원천으로 읽는 우리 고전 3

팔찌의 인연

쌍천기몽

7

원전으로 읽는 우리 고전 3

팔찌의 인연

쌍천기봉

7

장시광 옮김

이담 Books

역자 서문

　역자가 <쌍천기봉>을 처음 접한 것은 1993년도, 대학원 석사과정 1학기 때였다. 막 입학하였는데 고전소설을 전공하는 이지하, 김탁환, 정대진 선배 등이 <쌍천기봉>으로 스터디를 하고 있는 것이었다. 당시에는 무슨 내용인지도 모른 채 선배들 손에 이끌려 스터디 자리 한 구석을 차지하고서 소설 읽기에 동참하였다. 그랬던 것이, 후에 이 작품으로 석사논문을 쓰고, 이 작품을 포함하여 박사논문을 쓰기에 이르렀다. <쌍천기봉>은 역자에게는 전공에 발을 들여놓도록 하고, 학업의 징검다리 역할을 한 실로 은혜로운(?) 소설이 아닐 수 없다.

　역자가 <쌍천기봉>에 매력을 느낀 것은 무엇보다도 발랄하고 개성이 강한 인물들의 존재와 그에 기인한 홍미의 배가 때문이었다. 아버지가 정해 주는 중매결혼보다는 마음에 드는 여자를 발견하고 멋대로 결혼한 이몽창이 가장 매력적이다. 남편에게 무조건 복종하기보다는 자신의 주체적 의지를 강조하며 남편에게 저항하는 소월혜도 매력적이다. 비록 당대의 윤리에 저촉되어 후에 징치를 당하지만, 자신의 애정을 발현하려고 하는 조제염과 같은 인물에게서는 측은한 마음이 든다. 만일 이들 발랄하고 개성 강한 인물들이 존재하지 않고, 윤리를 체화한 군자형, 숙녀형 인물들만 소설에 등장했다면 <쌍천기봉>은 윤리 교과서 외의 존재 의미를 지니지 못했을 것이다.

역자는 이러한 <쌍천기봉>을 현대 독자들도 알았으면 하는 바람을 가지고 틈틈이 번역을 하였다. 북한에서는 1983년도에 이미 번역본이 출간되었는데 일반인들이 접하기 쉽지 않고, 또 북한 어투로 되어 있어 한국에서도 새로운 번역본의 출간이 필요하다는 생각에 번역을 시작한 것이다. 2004년에 시작하였으나 천성이 게으른 탓에 다른 일 때문에 제쳐 두고 세월만 천연한 것이 벌써 13년째다. 이제는 마냥 미룰 수만은 없다는 생각에 '결단'을 내리고 작업을 매듭지으려 한다.

이 책은 총 2부로 구성되어 있다. 1부에는 현대어 번역본을, 2부에는 주석(註釋) 및 교감(校勘) 본을 실었다. 저본은 한국학중앙연구원 소장본(18권 18책)이고 교감 대상본은 국립중앙도서관 소장본(19권 19책)이다. 2부의 작업은 현대어 번역의 과정을 보여준다는 의미와 더불어 전공자가 아닌 분들도 흥미롭게 읽을 수 있도록 하려는 취지에서 덧붙인 것이다.

이 번역, 교감본을 내는 데 여러 분의 도움과 격려를 받았다. 원문의 일부 기초 작업은 우리 학교에서 공부 중인 김민정, 신수임, 남기민, 유가 등이 수고해 주었다. 이 동학들과는 <쌍천기봉> 강독 스터디를 약 1년 전부터 꾸준히 해 오고 있는데, 이제는 원문을 능수능란하게 읽어내는 모습에 보람을 느낀다. 역자에게도 자신을 돌아보게 한 스터디가 되었음은 물론이다. 어학을 전공하는 목지선 선생님과 우리 학교 한문학과 황의열 선생님은 주석 작업이 완료된 원문을 꼼꼼히 읽고 해결이 안 된 부분들을 바로잡아 주셨다. 이 자리를 빌려 감사드린다. 2004년도에 대학 동아리 웹사이트에 <쌍천기봉> 번역문 일부를 연재한 적이 있는데 소설이 재미있다는 반응이 꽤 있었다. 그 당시 응원하고 격려해 준 선후배들에게 늘 빚진 마음이 있었다. 감사드린다.

<쌍천기봉>이라는 거질을 번역하는 작업은 역자의 학문적 여정에서

특별한 의미가 있다. 그런 면에서, 역자가 고전문학을 공부하도록 이끌어 주시고 지금까지도 격려와 질책을 아끼지 않으시는 정원표 선생님과 박일용 선생님, 이상택 선생님께 고개 숙여 감사드린다. 역자의 건강을 위해 노심초사하시는 양가 부모님께는 늘 죄송하고 감사한 마음뿐이다. 마지막으로 동지이자 반려자인 아내 서경희에게 감사한 마음을 전한다.

차례

제1부

현대어역

✿ 일러두기 ✿

1. 번역의 저본은 제2부에서 행한 교감의 결과 산출된 텍스트
   이다.
2. 원문에는 소제목이 없으나 내용을 고려하여 권별로 적절한
   소제목을 붙였다.
3. 주석은 인명 등 고유명사나 난해한 어구, 전고가 있는 어구에
   달았다.
4. 주석은 제2부의 것과 중복되는 것은 가급적 삭제하거나 간명하게
   처리하였다.

쌍천기봉 卷 13

이몽창은 귀양 가고 소월혜는 길에서 떠돌던 중 황제의 깨달음으로 소월혜 부부의 누명이 벗겨지다

이때 문후가 중문의 말을 따라 돌아보니 성문이 자기 안 보는 데서 눈물을 닦고 있는 것이었다. 이에 문후가 어여쁨과 기이함을 이기지 못해 중문을 나오게 해 안고 서서 일렀다.

"이 아이가 제 어미를 생각하고 저렇게 우는 것이다."

중문이 문득 놀라 말하였다.

"제가 이번에 외가에 가니 형의 모친이 동산 옥호정이라 하는 곳에 계셨으니 형이 어찌 가지 않는 것입니까?"

문후가 이 말을 듣고 크게 깨달았다. 부모가 소 씨를 멀리 보냈으나 전처럼 소 씨를 생각하지 않는 것을 속으로 의아해하더니,

'원래 소 씨를 옥호정에 감추어 두셔서 그러신 것이었구나.'

하고 꿈이 깬 듯하여 기쁨을 이기지 못해 짐짓 중문에게 말하였다.

"네 이런 말을 형님과 형수님께 고한다면 너에게 큰 벌이 내려질 것이니 나에게 일렀다고 말하지 마라."

이처럼 당부하니 중문이 고개를 끄덕였다.

문후가 부인을 천 리 밖에 보낸 줄 알고 아득히 애를 태우다가 오늘 꿈을 꾼 듯이 이 말을 들으니 기쁨이 하늘과 같아 성문에게 가만히 일렀다.

"부모님이 조 씨의 해(害)를 두려워하여 네 어미를 장씨 집안에 두신 것이니 너는 슬퍼하지 말거라."

이에 성문이 매우 기뻐하여 명령을 받들었다.

문후가 영문을 이끌어 거닐더니 문득 소주가 자리에 엎드려 잠이 깊이 든 것을 보고 친히 일으켜 안고 홍매정에 이르렀다. 부마는 안석(案席)[1]에 기대 잠들어 있고 공주는 멀리 단정하게 앉아 시부(詩賦)를 속으로 감상하다가 급히 일어나 문후를 맞아 말하였다.

"아이 유모는 어디 가고 서방님이 안아 친히 이르셨나이까?"

문후가 웃고 말하였다.

"아까 아이들이 소생을 따라 놀다가 흩어지고 이 아이가 홀로 놀다가 잠을 자니 혹 몸이 상할까 하여 안고 왔나이다."

드디어 부마 곁에 눕히니 부마가 깨어 이 모습을 보고 웃으며 말하였다.

"현제(賢弟)가 어찌 매양 이렇듯 어린아이의 행동을 하는 것이냐?"

문후가 웃으며 대답하였다.

"조카딸 사랑은 인정에 늘 있는 일이니 형은 꾸짖지 마소서."

부마가 또한 웃고 공주를 돌아보아 말하였다.

"아까 생이 먹던 과일을 아우에게 주시오."

원래 문후가 홀로 거처하게 된 후, 부마가 문후를 자기 침소로 불러 음식을 나눠 먹었는데 공주가 그 뜻을 이어 문후를 극진히 대접하였으니 문후가 감사한 마음을 이기지 못하였다.

문후는 소 씨가 장씨 집안에 있다는 말을 들은 후로 마음이 급해 소연을 먼저 옥호정 뒷문으로 보내 문지기에게 분부하여 문을 열어

---

1) 안석(案席): 벽에 세워 놓고 앉을 때 몸을 기대는 방석.

두도록 하였다.

밤이 되자 부모에게 저녁 문안을 드리고 즉시 한 필의 나귀를 타고 옥호정에 이르니 문지기가 벌써 문을 열어 두었다. 문후가 나귀에서 내려 천천히 걸어 세 개의 문을 거쳐 방안으로 들어가니 소저가 붉은 치마에 문채 나는 옷을 간소하게 입고 쪽 찐 머리를 잠깐 거두고서 침상에 기대 앉아 있었다. 새로운 광채에 눈이 환히 밝고 맑은 향내가 코에 먼저 쏘이니 정을 둔 장부 마음이야 어찌 헤아릴 수 있겠는가. 문후가 옥 같은 얼굴에 봉황의 눈으로 미소를 머금고 들어가니 소저가 크게 놀라 급히 일어나 맞이하니 문후가 나아가 손을 잡고 말하였다.

"부인이 어찌 이곳에 숨어 길고 긴 밤에 나의 애를 태우게 한 것이오?"

소저가 급히 손을 뿌리치니 문득 일주의 몸이 닿아 포대기 사이에서 옥을 울리는 듯한 울음이 낭랑하게 들려왔다. 상서가 무심결에 이 소리를 듣고 매우 놀라 급히 포대기를 헤치고 보니 어린아이가 난 지 석 달이라 몸의 크기는 강보(襁褓)를 면한 듯하고 눈빛이 등불 아래에 빛나고 있었다. 상서가 천만뜻밖에 이 경사를 보고 기쁨이 지극해 도리어 멍한 듯 오래도록 말이 없다가 한참 후에 아이를 내오게 해 안았다. 아이가 울음을 그치고 낭랑히 웃으니 얼굴의 기이함은 그 어머니보다 나은 점이 있었다. 상서가 밤낮 원하던 딸아이를 별 생각이 없는 상태에서 보고 그 얼굴까지 이처럼 절세(絶世)한 데다 향내가 온몸에 가득하여 보통 아이보다 뛰어난 것을 보고는 사랑이 어느 곳에서 나는 줄 깨닫지 못하고 말하였다.

"아이가 난 지 이렇듯 오래되었으나 아비가 알지 못하고 있었으니 어찌 한스럽지 않겠소? 그대가 이곳에 있는 줄 학생이 알면 무슨 기이한 화란을 지어낼 것이라고 없던 아이가 이렇게 크도록 고집스레 숨은 것은 무슨 뜻이오? 까닭을 듣고자 하오."

소저가 천천히 대답하였다.

"시부모님께서 명령하여 첩을 이곳에 두셨으니 첩은 명령을 받들 따름이라 어찌 감히 군자를 속여서이겠나이까?"

상서가 딸의 고운 자태를 마주하니 즐거움이 가득하여 만사를 잊고 말하였다.

"어제 초주를 앞에 앉히고는 딸아이를 얻고 싶은 마음이 마구 생겼으나 아내 없는 홀아비가 하릴없더니 딸아이가 이곳에 있는 줄을 어찌 알았겠소? 언제 낳았소? 딸이 난 일시(日時)나 알고자 하오."

소저가 천천히 이르니 상서가 더욱 기뻐 이름을 물으니 소저가 대답하였다.

"시아버님께서 일주라 하셨나이다."

상서가 딸의 외모를 살펴보고 부친이 이름 지은 뜻을 깨달아 이에 웃고 말하였다.

"그대가 생이 원하던 딸을 낳아 기쁘거니와 장래에 두통거리라 등에 가시를 진 듯한 모습을 보게 될 것이오."

소저가 천천히 대답하였다.

"아득한 운수를 벗어나기 어렵거늘 군(君)이 무슨 까닭에 미리 말을 하십니까? 남이 괴이하게 여길 줄을 모르는 것입니까?"

문후가 웃고 딸을 어르며 침상에 기대 만사가 무심한 듯하였으니 미처 부인을 향한 회포도 풀지 못할 정도로 그 딸에 대한 사랑이 지극하였다. 어린아이가 또 아는 것이 있는 듯하여 낭랑히 웃고 즐거하는 듯하였으니 그 절묘한 모습은 진실로 만금으로도 바꾸지 못할 정도였다. 상서가 사랑에 취하고 마음이 무른 떡 같아 다른 일을 생각지 못하니 소저가 가만히 있다가 일렀다.

"군이 온 곳을 시부모님께 고하셨나이까?"

상서가 웃고 말하였다.

"고하고 왔지, 고하지 않고 왔겠소?"

소저가 정색하고 말하였다.

"군자께서 진실로 무례합니다. 군이 이제 스물이 넘었고 벼슬이 존귀한데 무슨 행실로 처자를 위해 시부모님을 속이고 사사로이 이 곳에 와 희롱하며 웃으시나이까?"

문후가 말하였다.

"생이 부인을 속이겠소? 정말로 고하고 왔소."

소저가 그 다만 속이는 것을 불쾌하여 정색하고 대답하지 않았다. 상서가 크게 웃고 침상에 나아갔다. 딸을 사랑하는 마음과 부인을 사랑하는 정이 무르녹아 바다와 같았으니 그 사랑을 멈출 수가 없었다.

상서가 새벽에 일어나 집으로 돌아가 변함없이 아침 문안을 하니 그 누가 상서가 옥호정에 갔던 줄을 알겠는가. 문후가 딸을 본 후에 집에 돌아와서도 더욱 잊지 못해 이날 황혼에 또 가니 소저는 지체 높은 대신의 행동이 이와 같음을 크게 애달파 이마를 찡그리고 잠자코 있었다. 이에 문후가 사죄하며 말하였다.

"학생이 이곳에 이른 것이 정도(正道)가 아닌 줄 어찌 모르겠소? 다만 부인 향한 정이 산이 낮고 바다가 얕을 정도이기 때문이요, 딸 아이의 아리따움을 잊지 못하기 때문이니 부인은 행여 살펴 용서해 주시오."

소저가 이윽히 말을 않다가 대답하였다.

"첩이 재앙을 피하느라 이곳에 있으나 몸을 마칠 때까지 있을 곳 이 아니거늘 군의 행동이 이렇듯 괴이하니 첩이 죽으려 해도 죽을 땅이 없나이다."

문후가 길이 감탄하여 미미히 웃음을 머금고 자리에 나아가 잠드니 소저가 어이없어하였다.

이튿날 문후가 간 후, 소저가 장 공을 청해 말하였다.

"소질(小姪)이 시아버님 명으로 이곳에 있으면서 재앙을 피하고 있거늘, 문정후가 소질을 심히 업신여겨 바깥문으로부터 이르니 이는 무식한 사람이라 숙부께서는 시아버님께 고하여 오는 길을 막도록 하소서."

상서가 다 듣고는 손뼉을 치며 크게 웃었다.

"이는 소년 남자의 예삿일이니 어떤 남자가 너처럼 어여쁜 부인이 지척에 있음을 알고는 와서 보지 않겠느냐? 너의 얼굴을 보면 우숙(愚叔)의 무딘 눈이라도 상쾌해짐을 이기지 못하겠고 그 말을 들으면 뼈가 녹는 듯하니 네 가부의 마음을 일러 알겠느냐? 하물며 소년 남자가 너와 헤어졌으나 마침내 구구한 기색을 보이지 않으니 이는 대장부라 너는 너무 책망하지 말거라. 내 네가 이곳에 있는 것을 이르지 않았으나 그 왕래하는 모습이 참으로 어여쁘니 어찌 승상에게 이르겠느냐?"

이렇게 말하니 소저가 불쾌하여 대답하지 않았다.

문후가 돌아가 소저의 엄정함을 두려워해 며칠을 옥호정에 가지 않았으나 시간이 지나자 딸을 잊지 못하였다.

하루는 옥호정에 이르러 소저를 보니 소저가 크게 불쾌하여 이마를 찡그리고 말을 하지 않았다. 문후가 천천히 미소를 짓고 딸을 내어와 안으려 하더니 문득 장 시랑 옥지가 신을 끌고 이르러 난간머리에 앉으며 말하였다.

"내 문지기에게 분부하여 문을 지키라 했거늘 어떤 도적이 문을 연 것이냐? 문지기의 게으름이 심히 괴이하니 종들은 가서 문지기를 잡아 오도록 하라.”

잠시 뒤에 서너 명의 사내종이 문지기를 묶어 땅에 꿇리니 뒤이어 한림 옥계와 사인 옥필이 모두 이르러 물었다.

“형님이 어찌 심야에 문지기를 몽둥이로 치려 하십니까?”

시랑이 문지기를 가리키며 꾸짖었다.

“이 승상이 아버님을 믿고 천금 같은 며느리를 이곳에 두었거늘 문지기가 한밤중에 문을 열어 두었구나. 만일 백달[2]이 들으면 누이를 어떻게 여길 것이며 부친을 또 그릇 여길 것이니 어찌 한심하지 않으냐?”

장 한림이 미미히 웃고 말하였다.

“백달이 누이가 이곳에 있는 줄 혹 알까 하나이다.”

시랑이 말하였다.

“제 어찌 알 것이며, 비록 안다 하여도 재상이 처자 때문에 한밤중에 오겠느냐?”

이에 시중드는 종을 꾸짖어 문지기를 치라 하니 문지기가 겁에 질려 말하였다.

“이 상서 어른이 문을 열라고 하셔서 연 것이니 소복(小僕) 등이 어찌 마음대로 문을 열었겠나이까?”

시랑이 크게 꾸짖었다.

“이 게으른 노복이 이 상서를 팔아 죄를 면하려 하다니 참으로 죽을죄로다. 상서가 어떤 후백 대신인데 한밤중에 올 것이며, 혹 왔다 해도 우리를 보지 않고 이 문으로 숨어 다니겠느냐? 이 상서가 바야

---

2) 백달: 이몽창의 자(字).

흐로 고당(高堂)3)에서 편안히 지내다가 집을 오갈 적에는 수백 명의 추종(騶從)4)과 네 마리 말이 끄는 수레가 따르거늘 어찌하여 후백의 행렬이 없는 것이냐? 문 밖에 한 필의 나귀도 없으니 이 더욱 네가 거짓말을 하는 것이로다."

문지기가 초조해 아뢰었다.

"이 씨 어르신의 노복 소연이 밖에 있고 나귀도 있나이다."

시랑이 더욱 거짓으로 노해 말하였다.

"이 상서는 존귀한 몸이니 어찌 한 필 나귀를 타고 다니겠느냐? 네가 갈수록 허무맹랑한 말을 하니 큰 벌을 모면하기 어려울 것이다."

한림이 웃으며 말하였다.

"이 백달의 영혼이 저놈의 눈에 보이는 것인가? 어찌 저렇듯 틀림이 없는고?"

시랑이 말하였다.

"너희는 괴이한 말을 마라. 백달은 승상 합하의 교훈을 받들며 자란, 명문의 존귀한 사람이니 어찌 한밤중에 오겠느냐? 이는 모두 문지기가 이 백달을 팔아 자기 죄를 면하려 하는 것이니라."

말을 마치고 종을 시켜 문지기를 치려 하였다. 원래 시랑이 분노를 점점 일으켜 문지기를 치려고 한 것은 문후를 한바탕 보채려 해서였는데 문후가 끝내 나오지 않으니 문지기를 치기도 우스웠으므로 두 아우에게 눈짓을 하여 창틈으로 보라 하였다. 두 사람이 웃고 문틈으로 보니 문후가 수려한 미우(眉宇)5)에 웃음을 머금고 안석(案

---

3) 고당(高堂): 높게 지은 집.
4) 추종(騶從): 상전을 따라다니는 종.
5) 미우(眉宇): 이마의 눈썹 근처.

席)에 기대 딸을 희롱하며 전혀 이러한 일을 모르는 사람처럼 있었다. 이에 소저가 말하였다.

"표형(表兄)이 분노를 일으키면 일이 어려워질 것이니 상공은 나가서 말리소서."

문후가 웃으며 말하였다.

"제 종 제가 치는데 내가 어찌 간섭하겠소? 말끝마다 저 어린 것이 나를 조롱하며 모욕하니 부인은 내버려 두시오. 내 훗날 갚으리라."

말을 마치고는 태연히 웃고 움직이지 않았다. 한림 등이 이에 어이없어 시랑의 곁에 와 문후와 소저의 대화를 고하였다. 시랑이 문후를 더욱 밉게 여겨 한 계교를 생각하고는 문지기에게 다시 물었다.

"이씨 집안 종 소연이 밖에 정말로 있느냐?"

문지기가 대답하였다.

"정말로 있나이다."

시랑이 종을 시켜 소연을 잡아 오게 해 물었다.

"네 어찌하여 아무 이유도 없이 이곳에 온 것이냐?"

소연이 미미히 웃고 대답하였다.

"어르신을 모시고 이르렀나이다."

장 시랑이 대로하여 소리를 지르고는 소연을 묶으라 하고 일렀다.

"네 주인은 귀한 몸이다. 너 하나를 데리고 다니며 이곳에는 무얼하러 오겠느냐? 내 들으니 운교가 네 누이라 하더니 필연 누이를 불러내 함께 도주하려 하는 것이구나. 먼저 태장 50대를 치고 내일 너를 묶어 이씨 집안으로 보내야겠다."

소연이 웃고 말하였다.

"누이를 불러냈다는 죄목은 원통합니다. 그저 상서 어르신 대신에 맞는 것으로 하겠나이다."

장 시랑이 더욱 노해 말하였다.

"이놈이 어려서부터 이 백달에게 신임을 받아 그 언변을 배워 우리를 속이고 그 주인을 팔아 죄를 면하려 하니 백달이 이 일을 듣는다면 어찌 분해하지 않겠느냐? 내 네 어른을 대신하여 네 죄를 다스려야겠다. 네 주인이 비록 스물이 갓 넘었으나 글을 읽어 자못 사리(事理)를 잘 알고 벼슬이 후백에 있으며 또 부모를 모시는 사람이라 무슨 요괴가 들렸기에 너 같은 짐승을 데리고 부모께 자기 가는 곳을 고하지 않고 한밤중에 이곳에 오겠느냐? 정신이 성한 네 어른은 안 올 것이니 네 말은 삼척동자라도 곧이듣지 않을 것이다."

이렇게 말하고서 어서 치라 재촉하니 모든 사내종이 옷을 걷고 시험하려 하였다. 문후가 방 안에서 장 시랑의 말을 듣고 괘씸하게 여기다가 소연을 치려 하는 것을 보고 문득 몸을 일으켜 밖으로 나와 장 시랑을 밀치며 말하였다.

"계위6)야. 도깨비가 들린 것이냐? 네 어찌 내 종을 치려 하는 것이냐?"

이에 장 시랑이 두 아우를 돌아보며 말하였다.

"괴이하구나. 백달이 어이 내 눈에 뵈는 것이냐?"

문후가 장 시랑을 가리키며 꾸짖었다.

"너 짐승이 요괴에 들려 지금 나를 보고도 생시와 꿈을 분변하지 못하는 것이냐?"

장 시랑이 말하였다.

"아까 네 종이 말이 많았는데, 설마 네가 문정후 봉작(封爵)을 가지고서 저 종 하나만 세우고 이곳에 와 우리 몰래 뒷문으로 숨어 드

---

6) 계위: 시랑 장옥지의 자(字).

나들 줄은 꿈에도 생각지 못했다. 내 이제 너를 보니 놀랍기 한이 없구나. 문정후 금인(金印)이 참으로 아까우니 후백에게 이런 일도 있단 말이냐?"

문후가 말하였다.

"비록 추종이 수백 명인들 매양 거느리고 다니겠느냐?"

장 시랑이 말하였다.

"추종을 설사 데리고 다니지 않는다 해도 어느 재상이 저 나귀 등에 앉아 남의 동산의 뒷문으로 다니겠느냐? 필시 도깨비에 들렸으므로 밤에 다니는 것이로다."

이에 상서가 꾸짖었다.

"너희가 내 처자를 감추어 두었으므로 내 놀라움을 이기지 못해 너희를 속이고 이른 것인데 네 어찌 괴이하게 여기는 것이냐?"

장 시랑이 말하였다.

"후백이 처자를 설사 그리워한들 이런 해괴한 행동을 하는 것이 옳으냐? 존대인께서 표매(表妹)7)를 이곳에 두어 재앙을 물리치라 하셨거늘 네 어찌 어른의 명을 거역하여 몰래 다니느냐? 진실로 네 하는 행동이 옳다는 말이냐?"

상서가 천천히 웃으며 말하였다.

"네 어찌 이 형님을 욕하느냐?"

장 시랑이 웃고 말하였다.

"네가 사람으로서 몸에 비단옷을 입고 허리 아래에 금인(金印)을 차고 밖으로는 문정 한 고을의 백성들이 너를 주군(主君)으로 알고, 안으로는 네 병부상서 작위를 가져 안팎으로 대장과 군졸이 너를 에

---

7) 표매(表妹): 외종사촌누이. 장옥지 형제의 아버지 장세걸과 소월혜의 어머니 장 씨는 남매 사이로서, 장옥지 형제에게 소월혜는 고종사촌임.

워싸고 있거늘 네 차마 처자를 못 잊어 한밤중에 필마(匹馬)로 처자를 찾아 분주히 다닌다는 말이냐? 이 참으로 사람의 낯을 하고서 개 같은 행실을 한 것이구나."

상서가 손뼉을 치고 웃으며 말하였다.

"네 백수노옹인들 나보다 불과 오 년 위니 그 나이가 어린아이 때의 나이와 다를 것이라고 너를 공경하랴?"

장 시랑이 말하였다.

"네 다만 이렇듯 하니 네 존대인께 고해야겠다. 네가 그때도 어찌하는지 구경할 것이다."

상서가 웃으며 말하였다.

"아버님이 아신다 해도 성인도 처자를 멀리 못하셨으니 마음대로 나를 꾸짖으시랴? 내 비록 용렬하나 너같이 졸렬한 선비에게는 기가 꺾이지 않을 것이다."

장 한림이 말하였다.

"우리 사촌누이의 팔자가 무상하여 너처럼 포악한 놈에게 목숨이 달려 일생이 순탄치 못하니 우리가 안타까워했다. 과연 사촌누이가 이곳에 있으니 사촌누이가 네게 무엇을 잘못했기에 따라와서 보채는 것이냐?"

상서가 눈을 흘겨 말하였다.

"계연은 세상일을 모르니 네 아직도 어린아이인 것이냐? 내 보기엔 네 턱 아래 수염이 거뭇하니 벌써 사람의 할아비에 참예하게 되었도다."

한림이 말하였다.

"내 어찌 세상일을 모른단 말이냐?"

문후가 웃으며 대답하였다.

"네 그래도 모르니 대강 일러 주겠다. 네 사촌누이가 어찌하여 일생이 좋지 못하다는 것이냐?"

한림이 말하였다.

"누이가 너의 그물에 잘못 걸려 세상에 있지 않은 화란(禍亂)을 두루 겪고 또 네 경사에 온 지 1년이 안 되어 이 산중에 들어오게 되었으니 또 네 아무 말이나 이르라. 누이의 팔자가 무엇이 좋단 말이냐?"

상서가 웃으며 말하였다.

"네 말을 들으니 이는 참으로 부리가 누런 새 새끼 같은 어린아이의 소견이로다. 네 사촌누이가 내 아내 되어 나이가 스물이 갓 넘었으나 봉관화리(鳳冠花履)[8]의 차림으로 명부(命婦)[9]가 되어 영화가 크고 성하며 자녀가 족하니 그 가운데 조그만 재앙이 있은들 무엇이 대수롭겠느냐? 네 고금을 비교해 보아도 네 사촌누이의 팔자처럼 좋은 이가 있더냐?"

장 시랑이 말하였다.

"저놈이 다만 말을 잘하는 체하고 한갓 억지로 우리를 제압하려 하니 우리가 말해 부질없다. 내일 승상 합하께 고해 무거운 벌을 얻게 해 주어야겠다."

말을 마치고 모두 소매를 떨쳐 돌아가니 문후가 크게 웃고 방 안에 들어가 자고 다음 날 아침에 돌아갔다.

장 시랑 등이 집에 돌아와 부모에게 상서의 말을 고하고 웃으니 장 공이 역시 웃고 말하였다.

---

8) 봉관화리(鳳冠花履): 봉관은 봉황의 장식이 있는 예관(禮冠)이고, 화리는 아름다운 꽃신으로, 모두 고관(高官) 부녀의 복식을 가리킴.

9) 명부(命婦): 봉작을 받은 부인의 통칭.

"우리 사위는 단엄하고 조용하며 편안하여 일대의 군자요, 이 아이는 호방한 기운이 빼어나 일세의 호걸이니 이 형이 진실로 아들을 잘 낳았다 하겠구나."

문후가 집에 돌아와 생각하니 소 씨가 자기를 단엄하게 대하고 자기가 아버지 명령 없이 한밤중에 다니는 것이 자못 잘못된 일이므로 오랫동안 소 씨에게 가지 않았다.

하루는 최 상서 생일에 가 크게 취해 돌아와 감히 부모를 뵙지 못하고 설연당에 이르러 임 씨를 불러 자기 옷을 벗기게 하고는 자기의 기거(起居)를 살피라 하고 누웠다. 문후가 잠깐 잠이 드니 임 씨가 물러나 휘장 밖으로 나왔다. 이때 조 씨가 음흉한 마음을 억누르지 못해 괴이한 생각이 치솟아 매일 문후가 술에 취하기를 기다렸다. 그런데 문후가 이날 임 씨를 불러 자기 보호하라는 말을 듣고는 급히 설연당에 이르러 임 씨에게 일렀다.

"내가 어머님의 명령을 받들어 상공의 기거를 살피러 이르렀으니 너는 네 침소로 가라."

임 씨가 속으로 놀랐으나 공손히 자기 침소로 갔다. 조 씨가 휘장 안으로 들어가 상서 곁에 앉았다. 문후가 이윽한 후에 깨어서 보니 방 안은 어둡고 조 씨가 홀로 곁에 앉아 자기 손을 주무르고 있는 것이었다. 생이 이때 취하여 정신이 흐릿하고 방 안이 어두웠으므로 어찌 임 씨가 아닌 줄 분변할 수 있겠는가. 조 씨를 이끌어 즐겁게 침석에 나아가니 취한 것이 평소보다 더했으므로 그 베푸는 사랑이 지극하였다. 새벽닭이 울자 조 씨가 일어나 돌아갔다. 아침에 상서가 깨어 임 씨가 없는 것을 괴이하게 여겨 좌우를 시켜 임 씨를 불러 꾸짖었다.

"네 어찌 나에게 옷을 주지 않고 침소로 간 것이냐?"

임 씨가 예예 하며 다만 사죄하고 관복을 섬기니 문후가 다시 꾸짖지 않았다.

이후에 세월이 거듭 되니 조 씨가 입맛이 달지 않고 심신이 평안하지 않았다. 또 두 달이 되니 잉태 기운이 분명하였다. 문 학사 부인이 이 소식을 알고 크게 놀라 가만히 부모에게 고하니 승상이 정색하고 말하였다.

"네가 어리석은 것이냐? 부부라 칭한 자에게 자식 있는 것이 괴이하냐?"

소저가 잠자코 있었으나 일찍이 문후가 조 씨의 침소에 가지 않은 것과 조 씨에게 앵혈이 그저 있는 것을 보았으므로 속으로 놀라움을 이기지 못하였다. 문후가 들어와 시좌(侍坐)하니 소저가 웃으며 말하였다.

"조 씨 아우가 잉태하였으니 이를 치하하나이다."

문후가 소저의 말을 듣고 놀라움을 이기지 못해 안색이 흙빛이 되었다가 한참 후에 말하였다.

"우형이 일찍이 조 씨와는 남이니 조 씨에게 어찌 자식이 있겠느냐? 음란한 계집이 반드시 사통(私通)한 것이니 결단코 집에 둘 수가 없다."

승상이 정색하고 말하였다.

"네 어찌 정실을 괴이한 말로 의심하는 것이냐?"

문후가 승상의 말을 듣고 고개를 조아려 대답하였다.

"제가 어찌 부모님 안전에서 속이겠나이까? 진실로 그 방에 간 적이 없으니 조 씨에게 어찌 자식이 생기겠나이까?"

승상이 역시 의아해하다가 밖으로 나가니 문후가 감히 억지로 청하지 못해 물러났다. 이날 저녁 문안 때 부친에게 죄를 청하고 조 씨 내칠 것을 청하였다. 그러나 승상이 대답을 하지 않고 좌우 사람들은 이 일을 듣고 놀랍게 여겼다. 임 씨가 이때 문후가 조 씨를 의심한다는 말을 듣고 가만히 문 소저에게 사실을 이르니 빙옥 소저가 낭랑히 크게 웃고 말하였다.

"오라버니가 진실로 조 씨를 멀리하셨나이까?"

문후가 정색하고 말하였다.

"누이 등이 보았듯이 내가 정말로 화영당에 갔더냐?"

소저가 웃으며 말하였다.

"가시지는 않았어도 조 형이 잉태하였으니 진실로 그 조화를 누가 알겠나이까?"

드디어 임 씨의 말을 모든 사람에게 설파하였다. 문후가 크게 놀라 생각해 보니 과연 그날 지극한 정을 베풀었으므로 속으로 어이가 없어 머리를 숙이고 낯빛을 잃었다. 사람들이 놀라고 우습게 여겨 일시에 크게 웃으니 무평백이 웃고 말하였다.

"몽창이 원래 조 씨에게 지극한 정이 있으나 남 보는 데에서는 짐짓 홀대한 것이었구나. 네 늘 조 씨를 소박한다 하더니 자식 낳는 소박도 있더냐?"

문후가 미소 짓고 대답하지 않으니 한림이 또한 웃고 말하였다.

"전날 형이 조 씨 형수의 씨를 받아 무엇에 쓰겠는가 하시더니 맹세도 헛것입니다."

문후가 말을 하지 않았으나 속으로 조 씨의 흉악함과 음란함을 매우 놀랍게 여겼다.

물러와 임 씨를 불러 섬돌 아래에 꿇리고 크게 꾸짖었다.

"내 너를 부인의 아름다운 뜻과 임 형의 의기를 생각해 내 곁에 두었더니 어찌 감히 조 씨를 유인해 네 몸을 대신하는 괴이한 거조가 있게 한 것이냐? 마땅히 죽을 벌을 줄 것이나 임 형의 낯을 보아 용서하니 빨리 네 집으로 돌아가고 내 눈에 보이지 마라."

임 씨가 나직이 고하였다.

"조 부인이 존당의 명령으로 왔으니 첩을 물러가라 하시기에 명령을 거역하지 못하였나이다."

상서가 조 씨가 부모의 명령을 위조했다는 말을 들으니 더욱 한스러워 노기(怒氣)가 솟구쳐 걷잡지 못하였다. 드디어 교자를 갖추어 임 씨에게 임 학사 집으로 가라 하니 임 씨가 안색을 자약히 하고 다시 한 마디 말도 답하지 않은 채 정당을 바라보아 네 번 절하고 돌아갔다.

소부가 안에서 나오다가 이 광경을 보고 우스워 말하였다.

"이 일은 곧 임 씨의 죄가 아니니 네가 잘못하는 것이다. 어찌 편벽되게 죄 없는 사람을 내쫓는 것이냐?"

문후가 웃고 대답하였다.

"소질이 용렬하여 처첩에게 위엄이 없으므로 임녀가 문득 방자한 짓을 하였습니다. 조녀가 비록 그런 행동을 했다 한들 임녀가 소질의 명도 없이 물러간다는 말입니까? 생각할수록 놀라우니 임·조 두 여자를 한칼에 죽여야 소질의 분이 풀릴 것입니다."

소부가 망령되다 하였다.

임 씨가 친정에 이르자 임 학사가 매우 놀라 연고를 물으니 임 씨가 태연자약하게 말하였다.

"천매의 행동이 사리에 맞지 않아 대군자(大君子)에게 졸렬함을 보인 것이니 물어서 아실 일이겠나이까?"

학사가 크게 의아하여 연고를 재삼 물었으나 임 씨가 끝내 이르지 않았다. 이는 대개 조 씨의 허물이 크게 관계된 것이므로 자기 동기에게도 차마 못 이른 것이니 임 씨의 어짊을 이로써 더욱 알 수 있다.

학사가 연고를 모르고 문후의 행동에 노해 즉시 이씨 집안에 이르렀다. 문후가 한림, 부마와 함께 서당에서 맞으니 임 학사가 예를 마친 후 이에 자리를 피해 말하였다.

"소생이 비루한 자질로 외람되게도 여러 합하의 은혜를 입어 합하께서 소생을 사랑하심이 등한치 않고 또한 불초한 천매(賤妹)를 문정후의 소실 자리에 두었으니 외람됨이 자못 큽니다. 물이 많으면 넘치는 것은 늘 있는 일입니다. 소매가 어려서부터 삼가 예의를 지키고 조심하였더니 오늘 내쫓김은 천만뜻밖의 일입니다. 소생이 연고를 물으나 이르려 하지 않으니 이는 한때 지은 죄가 커서일 것입니다. 소생이 문정후 대인께 사죄하고자 하나이다."

문후가 잠깐 웃고 사죄해 말하였다.

"학생이 본디 어리석으니 어찌 처첩에게 공손함을 바라겠습니까? 영매(令妹)가 과연 이러이러한 괴이한 행동을 저질렀습니다. 비록 위엄에 핍박당한 것이나 저의 도리로 학생을 동렬(同列)의 아래로 보았으니 학생이 불민한 노기를 참지 못하고 일세에 어리석은 남자가 되어 분노하여 임 씨를 내쳤으나 현형 보기가 부끄럽습니다."

임 학사가 문후의 말을 듣고 크게 우습게 여겨 이에 웃고 말하였다.

"소생이 당초에 천매가 큰 죄를 얻었는가 하여 두려움을 이기지 못하였습니다. 그런데 이제 연고를 알고 보니 이는 불과 합하의 금실을 화목하게 한 것이니 내쫓길 죄는 아닌가 하나이다."

부마가 잠시 천천히 웃고 말하였다.

"임 형이 비록 우리와 친하나 어찌 아름답지 않은 말을 입 밖에 내어 자기 집안의 행실을 자랑하는고?"

상서는 웃을 뿐 말이 없었다. 임 학사는 문후가 한때의 노기로 임 씨를 내쳤으나 임 씨가 죄를 지은 일이 없음을 알고 마음을 놓아 돌아갔다.

이때 조 씨는 잉태하게 되자 스스로 의기양양하여 가만히 생각하였다.

'내 요행히 아들을 낳아도 성문 등 때문에 종사(宗嗣)를 못 받들 것이니 마땅히 틈을 타 이들을 없애야겠다.'

이렇게 생각하고 틈을 엿보았다. 원래 성문은 일곱 살이 찼으므로 밤낮 부친과 소부를 모셔 자질(子姪)의 도리를 하고, 또 천생 타고난 것이 비범하여 서당에서 밤낮으로 글을 읽으니 내당에 각별히 다니는 일도 없고 유모를 데리고 있지도 않았으므로 어찌 조 씨의 독해(毒害)를 받겠는가. 영문은 다섯 살이라 매우 어려 세상일을 알지 못하고 비록 똑똑하여 말을 낭랑히 하였으나 다섯 살 어린아이가 무엇을 알겠는가. 유모 성교를 밤낮으로 보채니 성교가 공자를 손에서 잠시도 내려놓지 않았다. 성교가 공자를 데리고 중당에 있다가 갑자기 변소에 가느라 잠깐 뒤로 갔다. 조 씨가 밤낮으로 틈을 엿보다가 이때를 틈타 한 그릇 독주(毒酒)를 영문의 입에 급히 부어 넣으니 영문이 피를 토하고 거꾸러졌다. 조 씨가 매우 기뻐하며 급히 피하려 하더니 성교가 문득 이르러 이 모습을 보고 크게 놀라서 부인을 불러 말하였다.

"조 부인이시여! 이 어찌된 일이나이까?"

조 씨가 역시 급하여 대답하지 않고 바삐 도망쳐 달아났다.

성교가 공자를 살펴보니 입에서 누런 침을 흘리고 기절해 있었다.

성교가 이에 목 놓아 통곡하며 공자를 안고 정당에 이르니 이때는 낮 문안 때여서 모든 사람들이 다 무리를 이루어 있었는데 모두 이 모습을 보고 놀라지 않는 이가 없었다. 문후가 급히 공자를 안고 연고를 물으니 성교가 울며 조 씨의 행동을 자세히 고하였다. 문후가 놀라 급히 재촉하여 공자의 입에 약을 풀어 넣었으나 강보의 아이가 독약을 많이 먹었으니 어찌 회생하겠는가. 두어 시각이 지나 길이 한 소리를 지르고 명이 다하니 이때를 맞아 그 부모의 마음이 어떠하겠는가. 상서가 한 마디 통곡에 혼절하고 승상 부부가 일시에 통곡하며 소 씨의 신세를 참혹히 여겼다.

문후가 겨우 정신을 차리고 일어나 조 씨를 장차 죽일 뜻이 있어 좌우 사람들에게 명령해 조 씨를 가두게 하였다. 그리고 비단으로 영문을 염빈(殮殯)[10]하여 문성에게 맡겨 금주로 보내고 자기는 국가 대임을 맡았으므로 감히 경사를 떠나지 못해 영문을 따라가지 못하니 장부의 철석같은 마음이나 이를 능히 견디지 못해 종일 통곡하였다. 성문은 하나밖에 없는 아우를 이렇듯 참혹히 이별하였으므로 크게 슬퍼해 부르짖으니 그 우는 모습을 사람들이 차마 보지 못할 정도였다.

문후가 분개해 상소를 올려 연고를 고하고 조 씨 죽일 것을 아뢰었다. 임금이 놀라 황후를 돌아보아 묵묵히 있으니 황후가 문득 말하였다.

"이제 이몽창의 아뢰는 말이 이와 같으나 국법은 희미하게 처리할 수 없으니 영문의 유모와 신첩 아우의 시녀를 잡아서 물어 보옵소서."

임금이 옳게 여겨 이에 조서를 내렸다.

'이제 병부상서 이몽창의 상소가 이러이러하여 황이(皇姨) 조 씨

---

10) 염빈(殮殯): 시체를 염습하여 관에 넣어 안치함.

가 전처 소 씨가 낳은 자식을 죽였다고 하니 죽은 아이의 유모와 황이의 시비를 잡아 물어 실상을 조사하라.'

형부가 성지(聖旨)를 받들어 즉시 이씨 집안에 와 성교와 황이의 시비 이향을 잡아 법부에 데리고 가 형벌을 주었다. 이때 임자명은 이미 벼슬이 갈리고 종형 설연이 형부상서를 하고 있더니 위엄을 갖추어 두 사람을 엄히 벌주었다. 성교가 이를 갈며 매섭고 독한 눈으로 조 씨가 영문 독살한 사실을 고하니 설 공이 즉시 이향을 올려 물으니 이향이 울며 말하였다.

"주모(主母)가 이씨 집안에 들어가신 후로 악한 행실이 조금도 없었으나 주군의 박대가 참혹했습니다. 그런데 또 상원부인 소 씨가 들어온 후로 주모가 더욱 반첩여(班婕妤)11)의 <자도부(自悼賦)>를 지어 홍안(紅顔)에 깊은 한을 맺었습니다. 그럼에도 온화하고 공손함이 옛날의 숙녀와 자리를 함께할 만하였으니 어찌 어린아이를 독살하였겠나이까? 요사한 성교가 저의 옛 주인을 위하여 이런 큰 일을 베풀어 우리 주인을 구덩이에 넣으려는 것이니 어르신은 살피소서."

설 상서가 두 사람의 말이 서로 어긋남을 보고 결정하지 못해 두 사람을 다 옥에 가두고 집으로 갔다.

그런데 문득 조 국구가 와서 보기를 청하니 설연이 즉시 관복을 갖추어 서헌에 나와 맞이하였다. 연이 예를 마치고는 몸을 굽혀 응대해 말하였다.

"국구 어르신이 오늘 무슨 일로 폐사(弊舍)12)에 이르셨나이까?"

---

11) 반첩여(班婕妤): 중국 한(漢)나라 성제(成帝)의 궁녀. 시가(詩歌)에 능한 미녀로 성제의 총애를 받다가 궁녀 조비연(趙飛燕)의 참소를 받고 물러나 장신궁(長信宮)에서 지내며 <자도부(自悼賦)>를 지어 자신의 처지를 하소연함.

12) 폐사(弊舍): 자기 집을 낮추어 부르는 말.

국구가 흰 수염에 눈물을 연이어 떨어뜨리고 이에 오열하며 말하였다.

"오늘 늙은이가 여기에 이른 것은 천지간 원통한 사정을 족하(足下) 안전에 베풀어 족하의 돌아봄을 입고자 해서입니다. 만생(晚生)이 두 딸을 두어 장녀는 황후로서 영화롭고 귀하게 되어 큰 지위를 몸에 얹고 삼천 후궁을 적절히 다스려 후궁들이 조금도 원망하는 일이 없고 천자의 대우는 산과 같습니다. 그런데 작은딸이 자태와 행동은 황후의 위지만 팔자가 박명하고 전생의 죄악이 매우 커 괴이한 풍류랑 이가를 만났습니다. 시가에 이르러 제 몸가짐을 백옥에 티가 없는 것같이 하였으나 시부모가 박대하고 이 백달이 심당에 가두어 작은딸의 얼굴을 보지 않는 지경에 이르렀습니다. 그래도 작은딸은 갈수록 조심하였습니다. 접때 황후 낭랑이 두어 줄 글을 이몽창의 어머니에게 내려 그 아들을 타이르라 하셨는데 몽창이 이에 문득 독한 분노를 머금어 작은딸의 유모를 매우 치고 궁인을 내쫓았으니 이를 보면 이몽창은 나라를 어지럽힌 불충한 사람입니다. 그럼에도 천자께서는 이몽창의 조그만 공을 중히 여겨 죄를 주지 않으시고 다만 소 씨 여자와 이혼하게 하셨습니다. 이는 작은딸의 탓이 아닌데 원망이 제 딸에게 돌아가 소 씨 시비가 문득 제 손으로 소 씨의 아들을 독살하고서 작은딸에게 죄를 미룬 것입니다. 이는 아홉 개의 입이 있으나 규명하기 어렵고 천자께서 이가(李家)에서 유리하게 참소하는 말을 그럴듯하게 여겨 제 작은딸을 사사(賜死)[13]하려 하시니 작은딸의 원통한 사정을 족히 짐작할 수 있을 것입니다. 늙은이가 딸아이의 원통함을 능히 참지 못해 또한 당돌함을 잊고 이에 이른

___
13) 사사(賜死): 죽일 죄인을 대우하여 임금이 독약을 내려 스스로 죽게 하던 일.

것은 족하의 밝은 선처를 바라서이기 때문입니다.”

말을 마치자 눈물이 연이어 떨어졌다. 설연은 본디 설최의 사촌으로 위인이 설최와 비슷하였으나 다만 글을 잘하였으므로 요행히 과거에 급제하는 은혜를 입었다. 제 팔자로 벼슬이 재상 반열에 올라 있었으나 위인이 무엇이 볼 만한 것이 있겠는가. 또 당당한 황제의 장인인 국구를 보고 공경하지 않을 수 있겠는가. 이에 절하고 말하였다.

“소생이 용렬하나 영녀(令女)의 이런 억울한 사정을 살피지 않고 후백(侯伯) 벼슬을 붙들고 있겠나이까? 마땅히 소 씨 여자의 여종 성교를 엄히 심문하여 적실을 조사하여 밝히고 영녀의 더럽혀진 덕을 벗겨 놓을 것이니 합하는 근심하지 마소서.”

국구가 눈물을 흘리고 교묘하게 말을 꾸며 칭찬하였다.

“크도다, 명공(明公)의 의기여! 만일 딸아이의 억울함을 살펴 준다면 만생의 부녀가 풀을 맺어 갚을 것입니다. 원컨대 힘쓰고 힘써 주소서.”

설연이 즐거운 낯빛으로 응낙하였다.

국구가 환희하여 돌아가니 설연이 참으로 좌사우상(左思右想)[14] 하여 국구의 안면도 보지 않을 수 없고 이 승상의 권세도 매우 크므로 두루 어려워 결정하지 못하고 있었다. 그런데 새벽에 문 두드리는 소리가 났다. 상서가 동자를 시켜서 보라 하니 문득 내시 왕진이 황후 낭랑의 밀조(密詔)를 받들어 올리는 것이었다. 연이 놀라 급히 의관을 고치고 펴서 보았다.

‘만일 황이의 죄를 벗기고 몽창을 없앤다면 병부상서를 시켜 줄

---

14) 좌사우상(左思右想): 이렇게도 생각하고 저렇게도 생각한다는 뜻으로 생각이 깊음을 말함.

것이다.'

설연이 다 보고 크게 기뻐하여 네 번 절하고 왕진에게 말하였다.

"그대는 돌아가 낭랑께 아뢰라. 조서에서 말씀하신 명령을 받들기 위해 마땅히 힘을 들이겠다고 하라."

왕진이 명을 듣고 갔다.

설연이 마음에 이 승상을 두려워하였으나 병부의 큰 소임을 수중에 쥐는 것이 큰 영화이므로 자잘한 불안을 떨쳐냈다.

다음 날 아침, 좌기(坐起)15)를 베풀고 성교와 이향을 한 차례 심문하였다. 이때 좌시랑 장옥지는 병들어 집에 있고 우시랑 위공부는 전날 친상을 만나 미처 교대를 새로 낙점하지 못하였으므로 기회가 더욱 좋았다. 설연이 매우 기뻐하여 큰 매를 가려 성교를 가리키며 실상을 고하라 하니 성교가 하늘을 우러러 말하였다.

"황이가 우리 공자를 쳐 죽인 것이 이미 분명하거늘 또 어찌 묻는 것입니까?"

설연이 대로하여 먼저 한 차례 쳤으나 성교가 안색이 변하지 않은 채 끝까지 처음에 한 말을 바꾸지 않았다. 연이 하릴없어 급히 한 계책을 생각하고 좌우 여덟 낭중의 자리를 물리고 하리(下吏)의 귀에 입을 대고 이리이리 하라 하였다. 그러고서 부리는 종에게 명령해 크게 소리하여 성교를 윽박지르게 하고 제 또 소리를 높이 질러 죄를 물었다. 서기에게 붓과 벼루를 가지고 중계(中階)16)에 앉게 해 초사(招辭)17)를 쓰라 외치니 서기가 순식간에 백주에 거짓말을 써서 올리니 그 내용은 다음과 같다.

---

15) 좌기(坐起): 관아의 으뜸 벼슬에 있던 이가 출근하여 일을 시작함.
16) 중계(中階): 관청 앞의 큰 계단.
17) 초사(招辭): 죄인이 자기의 범죄 사실을 진술하던 말.

'여종 성교는, 옛 주인이 이혼당해 시가에서 나와 동경 수천 리 땅에 있으면서 이 계교를 가르쳐 주기에 주인을 위한 충성된 마음을 이기지 못해 짐짓 큰일을 저질러 주인의 원한을 풀려 했나이다.'

설연이 크게 기뻐 성교를 하옥하고 초사를 거두어 계사(啓辭)[18]하였다.

'당초에 황이 조 씨가 독살했다 한 말을 신이 홀로 믿지 않았더니 과연 간사한 정황이 이와 같아 죄인 성교의 초사가 이렇듯 명백하니 황이가 억울한 것이 분명하고 소 씨 여자가 사리에 밝지 못해 그 골육을 잔인하게 해쳐 적국을 없애려 하였으니 이는 만고의 찰녀(刹女)[19]이옵니다.'

임금이 설연의 표를 보고 크게 한심하게 여겼는데 안에서 황후가 십분 돋우며 말을 조 씨에게 이롭게 하니 임금에 이에 조서를 내렸다.

'문정후 이몽창이 이간하는 말과 참소를 곧이들어 애매한 여자를 의심하여 심지어 죽이기를 생각하고 명백하지 않은 일로 상소하여 대궐을 요란하게 하였으니 그 죄가 가볍지 않도다. 특별히 절강 소흥에 원찬하고 소 씨 여자는 제집에 내쳐 죽을 때까지 이씨 집안과 인연을 끊도록 하라.'

승상이 상서와 함께 도찰원에 있다가 중사(中使)가 달려와 조서를 전하니 상서가 비단옷을 벗고 옷을 바꿔 입고서 뜰에 내려 명령을 받고 즉시 집으로 돌아갔다. 이때 승상은 운남국에서 왕 목영이 죽고 세자 책봉해 줄 것을 천조(天朝)에 아뢰니 그 사연을 임금에게

---

18) 계사(啓辭): 논죄(論罪)에 관하여 임금에게 글을 올림. 또는 그러한 글.
19) 찰녀(刹女): 여자 나찰. 나찰(羅刹)은 푸른 눈과 검은 몸, 붉은 머리털을 하고서 사람을 잡아먹으며, 지옥에서 죄인을 못살게 군다고 함.

올리려 하였으므로 상서의 이 일을 모르는 사람같이 하며 자약히 붓을 들어 쓰고 있었다. 형부낭중 장사업이 문득 이르러 크게 분노해 말하였다.

"이제 형부상서 설연의 행동이 이와 같으나 그가 은밀하게 행한 일을 형부 관아의 크고 작은 관료들이 다 보았거늘 문득 옥사를 바꿔 상서 합하를 원찬하도록 하니 천하에 이런 허무맹랑한 일이 어디에 있나이까?"

승상이 잠깐 웃고는 대답하지 않고 표를 다 써 중서생(中書生)20)에게 맡기고 대궐 아래에서 죄를 기다렸다. 이에 임금이 말을 전하였다.

"짐이 다만 몽창을 죄준 것이니 선생은 불안해하지 말라."

승상이 명령에 사은숙배(謝恩肅拜)21)하고 물러났으나 상서의 일에 대해서는 한 마디도 하지 않았다. 13도의 어사들이 이 일을 듣고 크게 분노하여 즉시 어사부(御史府)22)에 모여 모두 연명(連名)하여 설연을 논핵(論劾)23)하고 이 상서의 무죄함을 베풀어 상소하였다. 황문시랑(黃門侍郞)24)이 황후와 국구의 청을 들어 사이에서 상소를 감추고 비답(批答)25)을 위조하니 조정의 모든 관료가 매우 괘씸해하

---

20) 중서생(中書生): 중서(中書). 중국 한나라 이후에, 궁정의 문서·조칙(詔勅) 따위를 맡아보던 벼슬.
21) 사은숙배(謝恩肅拜): 예전에, 임금의 은혜에 감사하며 공손하고 경건하게 절을 올리던 일.
22) 어사부(御史府): 조정 안에 있던 관청으로 모든 관리가 법도를 지키도록 감시하고 사방의 비리를 바로잡는 역할을 하였음.
23) 논핵(論劾): 잘못이나 죄과를 논하여 꾸짖음.
24) 황문시랑(黃門侍郞): 중국 후한시대부터 있었던 황제의 시종관. 황제를 곁에서 모시면서 궁궐 안팎의 연락을 담당함.
25) 비답(批答): 임금이 상주문의 말미에 적는 가부의 대답.

였으나 다시 도모할 만한 계교를 찾지 못하였다.

상서가 집에 돌아와 모든 사람에게 수말을 자세히 고하고 행장을 차려 적소(謫所)로 가려 하자, 존당과 부모의 슬픈 회포는 끝이 없고 일가 사람들의 분노는 헤아릴 수 없었다.

이때 설연이 성지(聖旨)를 받들어 성교를 저잣거리에서 목 베니 그 참담한 모습을 어찌 참을 수 있겠는가. 성교가 죽을 적에 좌우의 사람들에게 말하였다.

"내 이제 원통한 사정을 무릅써 억울하게 참형을 받아 죽으니 내 넋이 반드시 원수를 갚으리라."

이렇게 말하고서 칼을 받아 죽었다.

승상이 집에 이르러 상서를 불러 경계하였다.

"이제 돌아가는 일이 이처럼 참혹하니 어디에 가 억울함을 밝히 겠느냐? 영문이 독살당하고 성교가 죽은 일은 장차 5월에 서리가 내 릴 일이요, 거룩하신 임금님의 다스림이 크게 손상될 일이니 내 만 일 남의 일 같으면 큰 솥에 삶길지언정 일이 올바르게 되도록 했을 것이다. 그러나 이미 내 집의 일이라 스스로 억울함을 밝히는 것이 법에 어긋나므로 입을 잠그고 있는 것이다. 내가 평소에 어리석어 조정이 일을 이렇듯 뒤집어 나를 없는 사람처럼 하니 참으로 한심하 나 어찌하겠느냐? 네 또 영문이 참혹히 죽은 것을 목전(目前)에서 직 접 보고 원수도 갚지 못한 채 만 리 변방에 귀양 가니 마음에 원통 하고 억울함이 지극하겠으나 네 아비와 어미를 생각하여 널리 헤아 려 적소에 가 있다가 혹 천사(天赦)²⁶⁾를 입어 돌아오기를 바란다."

상서가 눈물이 옷에 가득한 채 절하고 말하였다.

---

26) 천사(天赦): 경사가 있을 때 천자(天子)가 죄인을 용서하여 풀어 줌.

"제가 어리석어 일이 이에 이르렀으니 누구를 한하겠나이까? 제가 귀양 가는 것은 족히 아깝지 않으나 아들을 참혹히 이별하고 제 모습이 눈앞에 벌여 있으니 토목과 같은 심장인들 어찌 참을 수 있겠나이까? 그러나 오늘 아버님의 가르침을 가슴속에 새기겠나이다."

승상이 탄식하고 대답하지 않았다.

상서가 물러나 화영당에 이르러 조 씨를 불러 꿇리고 죄를 하나하나 따지며 말하였다.

"사람의 악이 설사 지극하다 한들 차마 강보의 아이를 독살하고 남편을 죽을 곳에 넣을 수 있는가? 내 위엄이 제한되어 있어 원수를 목 베지 못하나 마땅히 내 아들의 원수를 갚을 날이 있으리라."

그러고서 좌우 사람들에게 명령하여 조 씨를 친정으로 내치게 하고 혼서를 찾아 불 질렀다. 아들의 원수를 갚지 못함을 참으로 슬퍼하여 몇 줄기 눈물이 소매를 적시니 조 씨가 어찌 눈을 들어서 볼 수 있겠는가. 참으로 참혹한 광경이었다.

상서가 억지로 참고 서헌에 이르러 승상을 모셔 밤을 보냈다. 승상이 비록 은은히 슬픈 빛을 보이지 않았으나 상서를 어루만지며 탄식이 끊이지 않았다.

다음 날 해가 뜨자, 상서가 모든 사람들에게 하직하였다. 태사 부부가 눈물을 흘리며 빨리 모이기만을 이를 뿐이요, 정 부인은 눈물이 비와 같아 상서의 손을 잡고 차마 놓지 못하니 상서가 또한 울고 아뢰었다.

"소자가 불초함이 커 여러 번 존당과 부모님께 불효를 끼쳤으니 죄가 깊습니다. 그러나 소자에게는 죄가 없으므로 빨리 사명(赦命)을 얻을 것이니 어머님은 훗날을 기다리시고 부질없이 슬퍼하지 마소서."

그러고서 하직을 하니 승상이 길이 탄식하고 보중하기를 이를 뿐이었다.

상서가 일어나니 성문이 크게 울고 옷을 잡아 말하였다.

"이제 아우가 갓 죽고 부친이 만 리 밖으로 향하시니 제가 어찌 홀로 집에 있겠나이까? 아버님을 따라가 사생을 함께 하려 하나이다."

상서가 손을 쥐고 머리를 쓰다듬어 위로하였다.

"네 아비가 불행하여 국가의 죄수 되어 변방에 내쳐지게 되었으나 오래지 않아 돌아올 것이니 너는 어른들을 모시고 있으면서 이런 망령된 생각을 먹지 말거라. 열 살도 안 된 어린아이가 도로의 고초를 무릅쓰며 어떻게 갈 수 있겠느냐?"

성문이 목이 쉬도록 눈물을 흘리며 말하였다.

"아버님이 평생 귀한 몸으로서 고초를 겪으시거늘 제가 어찌 홀로 차마 집에서 편안히 있겠나이까? 만일 안 데려가신다면 제가 죽어 넋이 죽은 아우와 함께 부친을 따르고자 하나이다."

상서가 오직 그렇지 않음을 이르고 승상 부부가 다만 타일렀으나 성문이 더욱 울고 목이 메여 말하였다.

"제가 아버님을 혼자 보내고는 차마 못 견딜 것이니 내일 죽어도 모셔 가려 하나이다."

그러고서 상서의 소매를 붙들고 목 놓아 오열하니 그 마음이 급하고 뜻이 서글펐다. 상서가 하릴없어 부모를 돌아보아 고하였다.

"아이의 뜻이 이와 같으니 막기 어렵고, 길을 가는 데 어린아이의 혈기가 군세지 않아 두려우나 제 만일 명이 길다면 쉽게 죽지 않을 것이니 제 소원대로 데려가겠나이다. 저의 액운이 가볍지 않아 강보의 젖먹이 아이 둘을 목전에서 참혹히 죽였으니 이는 다 저의 죄가 깊어서입니다. 성문도 미쁜 곳이 한 군데도 없으니 차라리 부자가 사생 간에 서로 떠나지 않다가 죽은들 설마 어찌하겠나이까?"

승상이 탄식하고 말하였다.

"원래 네 행동이 곳곳이 보기 싫으니 아무렇게나 하라. 내 또 정신이 어지러우니 잘 생각하여 처리하지 못하겠구나."

상서가 마음에 더욱 슬퍼 두 눈을 낮추어 명령을 듣고 또 고하였다.

"흉인이 화란(禍亂)을 심하게 짓고 성지(聖旨)가 엄하니 소 씨를 동경으로 보내소서. 혹 옥호정에 있는 기미가 누설된다면 이는 불 위에 기름을 더하는 꼴이니 만전(萬全)할 방법을 꾀하소서. 또 제가 이번에 가면 돌아올 기약을 정하지 못하오니 성문이 제 어미를 이별하도록 하게 해 주소서."

승상이 고개를 끄덕였다. 상서가 운아를 불러 성문을 데리고 부인 있는 곳에 가 잠깐 이별하게 하고 교외(郊外)로 데려오라 하였다.

소 씨는 문후가 자신을 시가로 오라고 하지 않음을 속으로 좋아하고 있더니 천만뜻밖에도 아이가 죽었다는 소식이 이르렀다. 소 씨가 입에서 피를 무수히 토하고 기절하여 엎어지니 장 상서와 장생 등이 겨우 구호하여 깨어났다. 소 씨가 이에 하늘을 우러러 부르짖었다.

"모자가 떠나 서로 그리워하다가 마침내 제 먼저 나를 버리니 내 전생 죄악이 이토록 심한 것입니까?"

그리고서 목 놓아 통곡하기를 마지않았다. 장 상서가 위로하고 문후가 상소를 올려 조 씨 죽이려 한 일을 이르니 소저가 정신을 진정하고 말하였다.

"이 군이 어떤 일에도 전후를 생각지 않고 일을 엉성하게 하니 어찌 애달프지 않나이까? 간사한 사람의 계교가 끝이 있지 않을 것이요, 하물며 황후께서 안으로 도우시니 필연 죄를 더할 것입니다."

장 공이 말하였다.

"너의 헤아림도 옳으나 옥사가 명백하니 제 무슨 계교로 무죄한 사람에게 죄주겠느냐?"

소저가 대답하지 않고 식음을 완전히 끊어 아들을 부르짖으며 하루 종일, 밤새도록 통곡하니 피눈물이 다하고 기운이 자주 끊어졌다. 장 공이 대의(大義)로 재삼 타일렀으나 소저의 눈에는 영문의 뛰어난 모습과 앞에서 넘놀던 형상이 아른거렸다. 이렇듯 떠나 있어 못 보는 것을 한하다가 흉인(凶人)의 손에 비명횡사하였으니 오장이 칼로 베이는 듯하여 장차 죽어 저를 따르려는 뜻이 있었다.

그런데 문득 성지(聖旨)가 내리니 상서는 남녘으로 귀양 가고 자기는 영영 이몽창과 이혼하라는 것이었다. 이 소식을 듣고 소저가 탄식하며 말하였다.

"내 이미 이러할 줄은 처음부터 헤아린 일이라 내 거취를 장차 어찌할꼬?"

또 성교가 죽었다는 기별을 듣고 목이 쉬도록 눈물을 흘리며 말하였다.

"심하구나, 나의 운수여! 벌써 6년 사이에 무궁한 험난(險難)을 자주 겪고 나 때문에 목전에서 사람들이 많이 죽으니 목숨이 질긴 것은 나로구나."

또 눈물을 흘리며 말하였다.

"영문이의 혼백이 있다면 어찌 원수를 갚지 않고 도리어 제 부친을 만 리 변방의 죄인이 되게 하는가?"

이처럼 슬피 부르짖으며 울음을 그치지 못하였다.

그런데 홀연 성문이 운아와 함께 이르니 소저가 급히 내달아 성문을 안고 통곡하며 말하였다.

"이제 너는 여기에 왔으되 영문이는 어디에 간 것이냐?"

말을 마치자 피를 토하고 기절하니 성문이 통곡하고 모친을 붙들어 겨우 진정시켰다. 소저가 비록 천균(千均)[27]의 무거운 심지가 있고 대해(大海)의 너른 도량이 있으나 전날 두 아이가 소매를 이끌어 앞에 이르던 때를 생각하니 오장이 끊어지는 듯하여 다만 아들을 안고 피눈물이 점점이 떨어지도록 말을 못 하였다. 한참 후에 물었다.

"네 어찌 온 것이냐?"

공자가 울며 말하였다.

"이제 아우를 참혹히 이별하고 부친이 슬프신 가운데 국가 죄수가 되어 만 리 밖으로 홀로 가시니 이는 자식으로서 참지 못할 일입니다. 소자가 부친께 천만 애걸하여 허락을 받아 이제 부친을 모시고 적소로 가려 하므로 모친께 하직하려 이르렀나이다."

소저가 이 말을 듣고 놀라더니 문득 성문을 어루만지며 슬피 말하였다.

"너의 도리로 이는 효에 당연한 일이니 내 어찌 가는 길을 막으며 이별을 슬퍼하겠느냐? 모름지기 부친을 좇아 가 박명한 어미를 생각지 말거라."

공자가 울며 아뢰었다.

"저는 부친을 모셔 가 무사히 있을 것이니 원컨대 모친은 천금과 같은 몸을 조심하시어 훗날 소자의 마음을 위로하소서. 아우의 죽음이 사람이 견디지 못할 바나 모친은 소자가 있음을 생각하시고 매사를 돌아보시어 다시금 몸을 조심하소서."

부인이 좋은 낯빛으로 위로하고 이에 슬피 말하였다.

"이제 나의 신세를 돌아보건대 세 아들을 낳았건만 경문은 큰 바

---

27) 천균(千均): 매우 무거운 무게 또는 그런 물건을 비유적으로 이르는 말. '균'은 예전에 쓰던 무게의 단위로, 1균은 30근임.

다에 부평초 같은 자취라 어느 곳에 있는 줄 알지 못하며 영문은 죽고 네가 또 대의로써 효를 완전히 하려 하니 나의 슬하에는 난 지겨우 서너 달 된 일주뿐이라 어찌 슬프지 않겠느냐? 만일 운문이가 있었다면 벌써 아홉 살이라 너의 형제가 각각 부모를 따를 것이니 이토록 외롭지는 않았을 것이다. 이 모두 나의 운명이니 누구를 한하겠느냐? 나의 눈썹 사이에는 필시 살기가 가득할 것이니 자식 여럿을 못 기르고 참혹한 변을 여러 번 보았으니 너를 진실로 내 자식이라 하는 것이 두렵구나. 너는 모름지기 남녘으로 돌아가 나를 생각지 말고 잘 있거라."

드디어 좋은 낯빛으로 위로하며 공자를 어루만져 잘 가기를 당부하였다. 공자가 절하여 인사하고 일주를 어루만지며 차마 일어나지 못하였다. 부인이 이 모습을 보니 비록 아들의 마음을 위로하느라 좋은 낯빛을 하였으나 영문이 죽고 일개 어린아이가 만 리 밖에 다니며 돌아올 기약을 정하지 못하니 자연히 서러움을 견디지 못하였다. 눈물을 겨우 참고 다시금 어루만지며 잘 가라 이르니 공자가 날이 늦었으므로 크게 울며 모친의 젖을 쥐고 낯을 대 말하였다.

"모친은 훗날 오늘 이리 하던 말을 옛말로 이르시고 몸을 돌아보소서."

부인이 참지 못해 눈물을 뿌려 말하였다.

"네 어미가 목숨이 질겨 물에 빠져도 죽지 않았는데 어찌 스스로 죽겠느냐? 너는 나를 염려하지 말고 삼가고 조심하여 가서 잘 있고 또 잘 있거라."

성문이 목 놓아 통곡하고 절한 후 섬돌을 내려가니 소저의 간장은 이미 탄 재가 된 듯하였고, 공자가 모친을 떠나는 마음은 하늘이 어둡고 땅이 꺼지는 듯하였다.

공자가 말 위에서 내내 울고 교외로 가니 상서는 벗들, 부마 등과 이별하고 있었다. 임 학사와 장 시랑 등 여러 벗들이 이별시를 부치며 술을 권하고 눈물을 뿌리니 상서가 또한 잔을 잡고 슬피 말하였다.

"소제가 어리석어 태평성대에 죄를 얻어 남녘 한 가로 돌아가니 잊히지 않는 한 마음이 북에서 오는 구름을 보아 느낄 따름일 것입니다. 원컨대 여러 형들은 소제를 본받지 말고 임금을 어질게 도와 태평성세를 이루소서."

뭇 사람이 그가 억울한 일로 저렇게 된 것을 분노하고 애달파하였다.

이때, 홍문과 세문이 푸른 옷을 바로 입고 성문과 함께 이에 이르러 숙부를 전별하니 부마가 상서의 손을 잡고 눈물이 낯에 가득하여 말하였다.

"네다섯 명의 형제가 무엇이 번성한 것이겠는가마는 이별이 이렇듯 잦으니 가문이 불행하고 운수가 불리해서인가 하구나. 성문이 어린아이지만 대의(大義)를 잡아 아우를 따르니 나의 아들이 어찌 네 아들보다 못함이 있겠느냐? 홍문을 데려가 적소에서의 회포를 위로하라."

상서가 눈물을 흘려 사례하고 말하였다.

"전후(前後)에 집을 떠나 돌아다닌 것은 다 소제가 불초해서이니 낯을 들어 사람을 보는 것이 부끄럽나이다. 그러나 홍문은 종사(宗嗣)의 중요한 몸이니 천 리 길에 데려가는 것은 위태롭습니다. 홍문을 안 데려간다 하여 소제가 형님의 우애를 모르겠나이까? 아버님이 몽상을 데려가라 하시니 형제가 서로 의지하여 지내면 울적함이 거의 없을까 하나이다."

부마가 불쾌한 빛으로 말하였다.

"네 어찌 이런 말을 하는 것이냐? 내게 여러 자식이 있고 네게는 홀로 성문뿐인데 네가 흥문 데려가기를 사양하니 이는 우형(愚兄)이 불민해서인가 하구나."

상서가 공수(拱手)[28]하고 사죄해 말하였다.

"소제가 형님의 두터운 정을 저버리려 하겠나이까? 다만 소제 부자는 죽으나 긴요하지 않은 몸이요, 흥문은 대종(大宗)[29]이니 이런 까닭에 데려가기를 꺼려했던 것입니다. 그런데 형님의 지성이 이와 같으시니 소제가 감히 거스르겠나이까? 원컨대 형님은 어리석은 이 동생을 생각지 마시고 부모를 모시고 평안히 즐기소서."

이처럼 이르며 눈물이 낯에 가득하니 부마가 간담이 부서졌으나 도리어 위로하였다.

"네 본디 매사에 대의를 생각하더니 이렇듯 아녀자의 모습을 하는 것이냐? 부모 형제를 떠나 남녘 한 가에 가는 것이 비록 슬프나 천자께서 슬기로우시니 오래지 않아 용서를 받아 돌아올 것이니 모름지기 마음을 너그럽게 하여 먼 길에 무사히 다녀오라."

상서가 사례하였다.

"소제가 또한 이를 모르는 것이 아니나 아버님을 떠나고 어머님과 형님의 지극한 정을 베어 버림을 참지 못하겠나이다. 그러나 일찍 죽고 오래 사는 것이 하늘에 달려 있으니 소제가 먼 길 떠나는 것이 관계가 있겠나이까?"

부마가 탄식하고 흥문을 경계하였다.

---

28) 공수(拱手): 절을 하거나 웃어른을 모실 때, 두 손을 앞으로 모아 포개어 잡음. 또는 그런 자세.

29) 대종(大宗): 동성동본의 일가 가운데 가장 큰 종가의 계통. 이몽현의 장자 이흥문은 할아버지 이관성, 아버지 이몽현의 뒤를 이어 이씨 집안의 대를 잇는 인물임.

"네 나이 어린 것이 너무 발랄하고 뜻이 고집스러워 협객의 무리라 바깥에 내보내지 않을 것이나 네 아저씨의 마음과 성문의 사정을 슬피 여겨 너를 보내는 것이니 삼가고 조심하여 숙부를 모시고 있다가 오라. 만일 조금이라도 내 경계를 어긴다면 결연히 부자의 정을 끊을 것이다."

공자가 두 번 절해 명령을 받으니 부마가 다시금 성문을 어루만지며 말하였다.

"네 나이 겨우 일곱 살에 이런 일을 당하였으니 천도(天道)를 알지 못하겠구나. 너는 모름지기 몸을 조심하라."

성문이 고개를 조아리고 눈물을 흘려 말하였다.

"소질이 어머님을 떠나 한 아우를 목전에서 죽이고 홀로 아버님을 모시고 하늘 끝으로 돌아가니 어머님과 헤어지고 죽은 아우를 생각하는 마음 때문에 장차 죽을 것 같더니 숙부께서 형을 함께 보내시어 객지의 회포를 없애게 하시니 큰 은혜를 뼈에 새기겠나이다."

부마가 등을 두드리며 말하였다.

"어찌 이렇듯 조숙한고? 홍문을 보내는 것은 숙질 형제 사이에 늘 있는 일이니 너는 과도히 사례하지 말거라."

그러고서 홍문을 돌아보아 말하였다.

"네 온갖 일에 성문을 본받는다면 명교(名敎)30)에 죄를 얻지 않을 것이다."

이렇듯 연연해하니 날이 늦어지고 공차(公差)는 길을 재촉하였다. 상서가 부마, 한림과 손을 나누며 피차 흘리는 눈물이 하수(河水)와 같았으니 벗들 가운데 슬퍼하지 않는 이가 없었다.

---

30) 명교(名敎): 인륜의 명분을 밝히는 가르침.

상서가 소매에서 한 통의 서간을 내어 장 시랑 옥지를 주며 말하였다.

"영매(令妹)에게 주게."

시랑이 슬피 응낙하여 받았다. 상서가 드디어 몽상, 홍문 등과 함께 남쪽으로 향하니 부마, 한림이 소부와 함께 눈물을 흘리고 성안으로 돌아갔다.

재설. 소 씨가 성문을 보내고 길게 한 소리로 탄식하고 기운이 막혀 거꾸러지니 운아가 급히 붙들어 구하고 울며 말하였다.

"전날에는 부인의 도량이 하해(河海)와 같아 남이 미치지 못할 정도더니 오늘은 어찌 이렇듯 참지 못하시나이까? 공자가 비록 멀리 가셨으나 어르신이 곁에서 보호하셔서 위태로운 일이 없을 것인데 이별에 편벽되게 서러움만 생각하시고 몸을 돌아보지 않으시나이까?"

소저가 정신이 아득하여 한참이나 말을 않다가 말하였다.

"어미는 생각해 보라. 내 비록 마음이 조금 넓다 한들 세 명의 자식 중 하나는 잃어 훗날 만날 것이라는 바람은 있으나 강보의 젖먹이 아이가 어디에 가 살아 있을 줄 알겠는가? 이미 죽은 것이나 다름이 없네. 또 영문이를 참혹히 죽이고 성문을 만 리에 이별하니 이 마음과 정을 어디에 두겠는가?"

말을 마치자 눈물이 줄줄 흐르니 운아가 또한 목이 쉬도록 울었다. 그런데 문득 장 시랑이 들어와 상서의 서간을 내어 주니 소저가 받고는 보지 않았다. 이에 시랑이 말하였다.

"동생의 뜻이 고상하나 편벽되게 지아비의 글을 보지 않음은 잘못된 일인가 하구나."

소저가 길이 탄식하고 말하였다.

"강보의 어린아이가 지아비 앞에서 죽었으니 지아비의 글 보기도 싫나이다."

장 시랑이 탄식하고 말하였다.

"동생의 마음은 이르지 않아도 우리가 어찌 모르겠느냐? 그러나 마음을 너그럽게 함이 옳다."

소저가 오열하고 답하지 않았다. 그러고서 천천히 뜯어보니 그 편지의 내용은 다음과 같았다.

'시운(時運)이 불행하여 부인과 학생이 한결같이 황천께 죄를 얻어 문득 영문이 흉악한 사람의 손에 죽고 그 원수를 갚지 못한 채 내 이제 남녘의 죄인이 되고 부인은 이혼하라는 명령을 엄히 받았으니 임금님을 두 번 속이지 못할 것이라 부인은 동쪽으로 가시오. 이 생에 거문고 줄을 다시 잇기 어려우나 부인은 성문의 사정을 돌아보고 일주의 어림을 생각하여 천금과 같이 귀한 몸을 조심하여 세상이 변하는 좋은 때를 기다리시오. 학생이 사리에 밝지 못해 찰녀(刹女)를 집에 머무르게 했다가 자식의 긴 목숨을 끊게 하니 죽은 저를 위해 원한을 풀어 버리지 못하고 스스로 천지간에 더러운 덕을 무릅써 변방의 죄수가 되었구려. 고당의 학발(鶴髮) 조부모와 부모를 떠나는 슬픔 때문에 내 장차 목숨을 잃을 지경에 있으니 처자를 돌아볼 바가 아니로되, 부인이 학생 때문에 거의 6년 동안 비상한 고난을 자주 겪었으니 내가 포악한 귀신이 아니라 어찌 부끄럽지 않겠소? 이 한 편의 글이 생의 죄를 사사로이 가리는 것이요, 사생의 영결이 될 것이오. 만일 살아서 만나지 못한다면 죽어 원귀(冤鬼)가 될 것이오.'

소저가 다 보고 길이 탄식하며 말하였다.

"이 모두 나의 액운이 참으로 심해서이니 어찌 남을 한하겠나이까? 그러나 이 군이 한 처자를 위해 말이 이렇듯 구구절절하니 어찌 대장부의 도리라 하겠나이까?"

장 시랑이 미소를 짓고 말하였다.

"반박할 경황도 없지만 동생이 하도 순리를 모르니 내 한 말을 해야겠구나. 부부가 다른 가문의 남녀로 만나 금실의 엷고 두터움은 스스로 억제할 수 없는 것이니 홀로 백달[31]을 그르다 하겠느냐? 백달이 일시 고집하여 이따금 이리 와 소매(小妹)를 대하나 소매는 눈을 가늘게 뜨고 입을 다물어 웃으며 말하는 적이 없었으니 저 여러 자식은 어디로부터 난 것인고? 실로 괴이하구나."

소저가 탄식하고 대답하지 않았다.

승상이 다음 날 이르러 소저를 보고 영문이 참혹하게 죽은 것을 위로하고는 슬픈 눈물이 눈에 어렸다. 이에 탄식하고 말하였다.

"강보의 어린아이가 눈앞에서 횡사(橫死)한 것은 진실로 참지 못할 일이나 이미 물이 엎어진 것과 같으니 편벽되게 슬퍼하여 어찌하겠느냐? 하물며 성지(聖旨)가 이와 같으시니 하늘을 두 번 속이는 것은 신하된 자의 도리가 아니다. 현부는 행장을 차려 동경으로 가도록 하라."

소저가 눈물을 흘리며 명을 받들었다.

승상이 돌아와 소저를 호행(護行)[32]할 사람을 못 얻어 근심하였다. 이때 소연이 상서를 모시고 가려 하다가 마침 병이 들어 못 가고 있었다. 지금 잠깐 병이 나았으므로 승상에게 고하고 소흥으로 가려 하다가 승상이 소 부인 호행할 사람을 못 얻은 것을 보고 급히 나아가 머리를 조아리고 눈물을 흘리며 말하였다.

---

31) 백달: 이몽창의 자(字).
32) 호행(護行): 보호하며 따라감.

"소복(小僕)이 일찍이 어려서부터 상서 어른의 신임을 얻어 그 은혜가 산이 낮고 바다가 옅은 지경에 이르렀으니 사생에 어찌 좇지 않겠나이까마는 마침 독한 병이 오래 낫지 않아 상서 어른을 적소에 모시고 가지 못하였사옵니다. 이제 병이 나아 소흥으로 가려 하더니 상공께서 소 부인 모셔 갈 사람이 없음을 근심하시니 소복이 비록 불민하나 소 부인을 무사히 모셔 동경에 들어가시는 것을 보고 바로 소흥으로 가려 하나이다."

승상이 그 충성과 의리를 어여삐 여겨 일렀다.

"네 한낱 천인으로서 주인 위한 마음이 이와 같구나. 이는 도리에 마땅하니 내 어찌 막겠느냐? 소 부인을 동경으로 보내고 싶으나 서상공(庶相公)33)이 문정후 소공자 영구(靈柩)를 거느려 금주에 갔으니 보낼 사람이 없어 근심하던 차였다. 네 이렇듯 자원(自願)하고 부지런하며 삼가니 내 또 이르지 않아도 네가 주모를 잘 보호해 갈 것이라 네 원대로 소 부인을 모시고 가라."

소연이 울고 물러와 제 어미를 보아 하직하고 말하였다.

"옛말에 '주인이 치욕을 당하면 신하가 목숨을 바친다.'라고 하였으니 제가 이제 동쪽으로 갔다가 또 남쪽으로 가니 돌아올 기약이 없어 모친을 위해 서러워하나이다. 대의(大義)가 중요하니 사사로운 정을 돌아보지 못합니다. 모친께서는 내내 무양하소서. 옷과 음식은 큰어르신께서 넉넉히 살펴서 주실 것이니 근심하지 않나이다."

원래 소연의 어미는 예전에 유 부인이 데리고 다니던 비자(婢子) 유랑이다. 충성스러운 마음이 본디 열렬하였으므로 소연을 경계하여 말하였다.

---

33) 서상공(庶相公): 이문성을 말함. 이문성은 이관성의 아버지인 이현의 첩 주 씨 소생으로, 승상 이관성의 서제(庶弟)에 해당하므로 이와 같이 말한 것임.

"나의 의식은 모자람이 없으니 염려 말고 너는 무사히 소흥에 가 있다가 와 빨리 모이기를 바란다."

연이 눈물을 흘려 이별하고 행장을 수습하여 장씨 집안에 이르러 부인이 길 나기를 재촉하였다. 이때 소저는 망극한 중이나 부모 있는 곳에 가는 것을 기뻐해 잠깐 마음을 진정하고 행장을 차려 길에 올랐다. 장 공 부부가 금백(金帛)으로 노자를 보내고 각각 소 공과 장 부인에게 서찰을 부치고 눈물을 뿌려 이별하였다. 승상 형제 등 세 명과 부마 등이 장씨 집안에 이르러 소저를 전별하니 서로의 아득한 마음은 헤아릴 수 없었다. 승상이 재삼 당부하여 일렀다.

"현부가 갓 서하(西河)의 지극한 슬픔[34]을 지내고 만 리 밖으로 돌아가나 모름지기 각각 마음을 넓게 하고 서러움을 참아 훗날을 기다리라."

소저가 재삼 명령을 듣고 맑은 눈물을 뿌려 하직을 마치니 이씨 집안의 시녀가 정 부인의 글월을 올렸다. 소저가 두 번 절하고 뜯어 보니, 영문의 참혹한 죽음을 위로하고 시절을 만나지 못해 이별이 이렇듯 잦음을 일컬었는데 그 따뜻한 정이 짧은 편지에 가득 드러나 있었다. 소저가 감격함을 이기지 못해 눈물을 머금고 답서를 지어 보내고서 길에 올랐다.

소연이 사내종 일고여덟 명을 거느려 동쪽으로 향하였다. 소저가 비록 부모 앞으로 가는 것이 기뻤으나 자기 신세를 돌아보니 강보의 어린아이와 참혹히 이별하고 천금 같은 자식과 지아비는 남녘 한 가에 돌려보냈는데 기러기가 편지를 전할 길이 없어 만날 기약이 아득하였다. 성문의 슬퍼하는 소리가 귀에 머물러 간장이 찢어지는 듯하

---

34) 서하(西河)의~슬픔: 서하(西河)는 자식을 잃은 슬픔을 말하는바, 공자의 제자 자하(子夏)가 서하에 있을 때 자식을 잃고 슬퍼해 눈이 멀도록 운 데서 유래함.

고 시부모의 은혜를 더 이상 입지 못해 눈물이 마를 적이 없었다.

10여 일을 가 한 산에 이르니 수풀이 지극히 험하고 나무가 빽빽하여 보기에 매우 험하였다. 소연이 마음에 생각하였다.

'이곳이 이렇듯 험하니 만일 도적이 있으면 어찌할꼬?'

말이 끝나기도 전에 사오십 명의 도적이 창을 들고 산을 껴 내달아와 외쳤다.

"너희 목숨은 우리 손에 잘 마칠 것이로다."

말을 마치고는 달려들어 행장 속 노자를 다 빼앗고 칼을 들어 모든 사람을 해치려 하였다. 소연 등이 정신이 없어 거장(車帳)35) 뒤로 달아나니 도적들이 웃고,

"저 거장 뒤로 나는 못 가겠는가?"

하고 거장 앞에 이르렀다. 그런데 갑자기 누런 구름과 누런 용이 내달아 거장을 가리는 듯하더니 도적들이 거장과 사람들을 볼 수가 없었다. 이에 도적들이 크게 놀라 급히 금백(金帛)을 거두어 가지고 달아났다.

이때 소연 등이 구름에 싸여 정신이 황홀한 중에 있더니 이윽고 구름이 걷히고 도적들은 간 데 없었다. 행장 속 노자를 도적들이 다 가져갔으니 소연이 정신이 없어 수레 앞에 나아가 고하였다.

"이제 요행히 인명이 상하지는 않았으나 양식이 다 없어졌으니 어찌 10여 일 길을 갈 수 있겠나이까?"

소저가 명령하였다.

"하늘이 도우셔서 인명이 상하지 않았으니 만일 목숨이 길다면 살아 돌아가지 못할까 근심하겠느냐? 이 고개를 마저 넘어 변통해야

---

35) 거장(車帳): 수레의 장막. 수레 위에 장막을 쳐 거처할 수 있도록 만든 곳.

겠다."

소연 등이 명령을 들어 모두 죽을힘을 다해 거장(車帳)을 붙들어 고개를 넘으니 촌가 수백 호가 나왔다.

원래 소 공은 갈 적에 조정 대신으로서 길을 미리 정해 지방관들이 호송하였으니 이런 폐가 없었으나 소저는 사람을 속이고 가는 길이므로 도적을 만난 것이다. 일행이 홍아, 홍벽, 운교, 운아, 소연 등 노복이 열 명이요, 또 운아 등이 탄 말이 있으니 하루에 먹는 양식이 많았다. 소저가 근심하여 자기 손에 낀 순금 보석 가락지와 머리에 꽂은 백옥쌍봉잠(白玉雙鳳簪)36)을 빼 소연에게 주어 시장에 가 팔아 오라 하여 수십 금을 겨우 받았다. 그 가운데 일부를 팔아 노비들에게 밥을 지어 먹게 하고서 생각해 보니 동경으로 가면서 먹을 양식이 없어 매우 근심하였다. 이때 홍아가 소연의 말을 전해 아뢰었다.

"이 땅에 해마다 흉년이 들어 하루 먹는 데 10금을 팔아야 된다 합니다. 동경으로 갈 길이 아득하니 이 고을 관청의 어른께 고하고 양식을 얻어 가지고 가소서."

소저가 미우를 찡그리고 말하였다.

"옳지 않다. 나라에서 작년에 이혼하라 하신 것을 올해야 가니 임금을 속인 죄가 깊은데 어찌 본관(本官)에게 아뢰겠느냐? 조용히 좋은 계책을 생각해 봐야겠다."

그러고서 묵묵히 헤아렸다.

소저가 묵는 집의 주인은 이 땅의 선비였으나 글을 못하여 점치는 일로 생계를 꾸렸다. 본디 그 땅의 풍속이 글을 하는 사람이면 온 고을 사람들이 공경하기를 제 조상같이 하고 글을 못하는 이는 왕가

---

36) 백옥쌍봉잠(白玉雙鳳簪): 백옥에 두 마리 봉황이 새겨진 비녀.

(王家)의 자제라도 가게 주인 노릇을 하였다. 그 주인 호충이 위인이 순박하고 성실하되 일찍이 어버이가 죽고 힘써 가르쳐 줄 사람이 없었으므로 글을 못해 가게 주인이 되었으나 속으로는 매양 불안하여 아무 세력가에게나 의지해 주부(主簿)37) 벼슬이라도 얻으려 하였다. 이날 호충이 소연에게 물었다.

"행차가 어디에서 오신 것이냐?"

소연이 대답하였다.

"경성 이 승상 며느리 병부상서 문정후 어른 부인이시니 부인의 부친 어른인 소 상서께서 친상을 만나 동경에 계시므로 근친(覲親)38)을 가시더니 저 고개 밑에서 도적을 만나 행장을 다 잃고 여러 사람이 근심하고 있나이다."

충이 놀라 말하였다.

"이 아니 천하에 유명한 이 승상이냐?"

소연이 말하였다.

"그렇나이다."

주인이 놀라 말하였다.

"내 이를 알지 못해 여러 분을 소홀히 대접했으니 죄가 참으로 크구나."

드디어 술과 고기를 내어 뭇 사람을 대접하고 말하였다.

"작년에 소 상서라 하는 이가 태부인 상구(喪柩)를 모시고 동경으로 간다 하는데 행렬이 거룩하더니 대강 그 어른의 따님이시고 후백의 부인이로다. 우리 집에 오신 것이 천하에 얻지 못할 영화라 조금

---

37) 주부(主簿): 명청(明淸) 이후 고관(高官)이나 지현(知縣) 등의 이하에 두어 그들을 보좌하던 벼슬.

38) 근친(覲親): 시집간 딸이 친정에 가서 부모를 뵘.

이라도 느슨하게 대할 수 있겠는가? 양식이 없다면 내 도울 것이다.”

소연 등이 주인의 두터운 인심에 사례하고 술과 고기를 배부르게 먹고 크게 기뻐하였다.

호충이 그 아내 호마를 시켜 맛있는 음식을 내어 와 부인을 모시게 하였다. 호마가 모든 노파를 데리고 온갖 진미를 화려하게 장만해서 부인 있는 곳에 가 전갈하였다. 소저가 가게 주인 노파가 보자고 하는 말을 듣고 들어오라 하니 호마가 즉시 들어와 뵈었다. 소저는 본디 동경 사람으로 그 풍속을 자못 알았으므로 저가 한미하고 천함을 개의치 않고 공경하여 예를 드리고 손님과 주인으로서 앉으니 호마가 아뢰었다.

“첩은 천한 사람이거늘 부인이 어찌 과도한 예를 차리시나이까?”

부인이 말하였다.

“나는 나이가 어리고 그대는 늙었으니 어찌 공경하지 않겠는가?”

노파가 재삼 사례하고 눈을 들어 소저를 보고는 놀라 세상에 저런 여자가 있음을 믿지 않아 마치 대낮에 신선을 만난 것처럼 여겼다. 이에 운아가 웃으며 말하였다.

“우리 부인만 홀로 특이하다 하겠는가? 우리 부인의 동서 세 부인이 다 우리 부인 같으시니 노인은 놀라지 마소서.”

호마가 이 말을 듣고 기특하게 여겨 칭찬하고 노파를 불러 상을 들이니 인간 세상의 음식이 아닌 듯하였다. 소저가 노파를 대해 사례하고 말하였다.

“지나가는 객이 주인의 은혜를 이렇듯 입으니 자못 갚을 바를 알지 못하겠거니와 사정에 절박한 상사(喪事)를 만나 육즙(肉汁)을 먹지 못하니 노인은 용서하라.”

호마가 문득 상을 급히 물리고 소식(素食)[39]을 올리니 천하 과일이 모두 모인 듯하여 음식이 지극히 화려하였다. 소저가 호마의 후한 정을 고마워하며 기쁜 빛으로 젓가락을 대니 푸른 눈썹과 맑은 눈길이 나직하고 붉은 입 사이로 흰 이가 간간이 비치며 일만 광채는 만고(萬古)를 비교하나 비슷한 이가 없을 정도였다. 노파가 눈이 부시고 정신이 어릿해 간간이 숨을 길게 쉴 따름이었다.

이윽고 운아에게 물었다.

"부인이 무슨 상사(喪事)를 만나신 것이오?"

운아가 말하였다.

"부인이 요즈음에 대여섯 살 난 공자를 잃었습니다."

노파가 눈물을 흘려 말하였다.

"노신(老臣)이 젊어서 자식을 여럿 잃고 이제 딸 하나와 아들 하나가 있으나 다 어리니 그 자라는 것을 보지 못할까 서러워한다오."

소저가 슬피 낯빛을 고친 채 말이 없었다.

다음 날 길에 오르려 하였으나 양식이 없으니 호파에게 말하였다.

"내 동경에 가서 배로 보낼 것이니 금백(金帛)을 꿔 주는 것이 어떠한고?"

노파가 급히 대답하였다.

"부인이 거저 달라 하셔도 더디게 드리지 않을 것인데 어찌 꿔 드리는 것을 아끼겠나이까? 다만 집이 누추하나 부인을 만나기 쉽지 않을 것이니 두어 날 더 머무르다 가시는 것이 어떠하나이까?"

소저가 사례하고 말하였다.

"노인의 은혜가 두터우니 어찌 하룻밤 머물기를 아끼겠는가마는 가는 길이 매우 급하니 후의와 같지 못할까 하네."

---

39) 소식(素食): 고기반찬이 없는 밥.

노파가 재삼 청하였다.

"하룻밤은 괜찮을 것이니 원컨대 정성을 돌아보소서."

소저가 인정에 마지못해 허락하고 이 밤을 노파의 집에서 머물렀다. 호 씨가 기뻐하여 술과 고기를 장만해 소연, 운아 등을 대접하였다. 호 씨가 이 밤에 소저를 모시고 자며 평생의 회포를 열어 몸이 양반이었으나 이런 천한 일을 하고 있다 하고 천한 데에서 벗어나도록 해 주기를 청하니 소저가 대답하였다.

"허다한 이야기는 내 어려서부터 동경에서 경사에 갈 적에 자세히 들었으니 노파가 이름을 말하지 않아도 알고 있네. 형세를 바꿀 번성한 권세가 있다면 어찌 노인의 청을 들어주지 않겠는가? 나의 시아버님께서 조정의 공사(公事)를 주관하고 계시니 노인의 지아비가 내가 주는 한 통의 서간을 가지고 가 경사 이 승상께 드리고 이런 연유를 아뢴다면 반드시 관직을 얻을 수 있을 것이네."

노파가 일이 바란 것보다 넘쳐 매우 기뻐하고 머리를 조아려 사례하기를 마지않았다. 소저가 한 통의 서간을 써서 주고 다음 날에 길에 오르려 하더니 소연이 정신없이 들어와 아뢰었다.

"동주에 도적이 일어나 본현 태수가 바야흐로 맞아 싸우니 길이 막혀 동경 갔던 물건 파는 장사꾼들이 다 도로 오고 있으니 이를 어찌하나이까?"

소저가 크게 놀라 말하였다.

"나의 운수가 이렇듯 한가? 이제 중도에서 진퇴양난하니 거취를 어찌할꼬?"

노파가 일렀다.

"일이 이에 이르렀으니 우리와 함께 경사로 가소서."

소저가 한참을 묵묵히 있다가 사실대로 일렀다.

"내 몸이 이이(離異)를 당한 죄인으로 있으니 도로 경사에 가지 못할 것이네. 비록 주인에게 폐를 끼치는 것이 불안하나 이곳에서 길이 트이기를 기다렸다가 가려 하니 주인 노장(老長)의 뜻이 어떠한고?"

노파가 호충에게 소저의 말을 전하니 충이 황급히 말하였다.

"부인께서 하시고자 하는 바를 어찌 행하지 않겠으며 부인의 형세가 저러할수록 제가 부인 보호하기를 허투루 하겠나이까?"

소저가 매우 기뻐하고 노복 등을 거느려 평안히 있게 되었으나 자기 운수가 곳곳에 귀신의 장난이 많아 부모 앞에 쉽게 이르지 못함을 슬퍼하고, 팔자가 사나워 몸이 괴이한 곳에서 떠돌아다님을 슬퍼하였다.

화설. 이 상서가 몽상 공자, 흥문 등과 소흥으로 향하니 지나는 고을마다 관리들이 그 세력을 우러러 복종하였다. 각각 작은 지방의 관리까지 행렬을 거느리고 술과 안주를 갖추어 맞으니 상서가 사양하여 국가 죄인으로서 이러한 예가 어디에 있는가 하며 옳지 않음을 이르고 그들을 물리쳤다. 빨리 길을 가다가 한 곳에 다다르니 큰 산이 앞을 가리고 높은 봉우리가 구름에 닿아 있으니 노복들이 매우 두려워하였다. 상서가 이에 말하였다.

"이것이 절강으로 가는 높은 고개니 사람이 다 어렵다고들 하나 고개를 넘지 않고 도로 가자 하는 것이냐?"

말이 끝나기도 전에 수십여 명의 강도가 내달려 와 말하였다.

"너 짐승이 갈수록 담이 큰 체하거니와 어찌해서든 이 고개를 넘을 성싶으냐?"

상서가 뭇 종들에게 분부하여 세 공자를 멀리 치우라 하고 이에 도적들에게 말하였다.

"대장부가 말을 내면 소매가 따르기 어렵다고 하나[40] 내 어찌 말과 다르게 하겠느냐? 너희가 어찌해서든 내가 이 고개를 못 넘어가게 해 보라."

도적들이 크게 웃고 말하였다.

"이놈이 대담하구나."

그러고서 일시에 상서에게 달려들었다. 상서가 먼 길을 갈 때 이런 폐가 있을까 하여 선조(先祖)인 송 태조 적 공신 이방(李昉)[41]이 임금에게서 받은 구홍검(鳩鴻劍)[42]을 일찍이 전장에도 가지고 다녔는데 이날 마침 길마[43] 앞가지[44]에 걸어 두었었다. 상서가 구홍검을 빼어 들고 좌충우돌하며 대적하니 수단이 기특하므로 도적들이 서로 돌아보아 말하였다.

"이놈이 참으로 기특하구나."

이처럼 칭찬하기를 마지않으니 상서가 칼을 멈추고 말하였다.

"너희를 죽이지는 않을 것이니 어서 물러가라."

도적들이 웃으며 말하였다.

"네 감언이설로 우리를 달래나 우리는 네 아비가 아니라 어찌 이 고개를 넘겨 보내겠느냐?"

상서가 처음에는 살생을 좋지 않게 여겨 도적이 깨닫기를 기다려

---

40) 대장부가~하나: 말을 행동으로 실천하기 어렵다는 말.

41) 이방(李昉): 중국 당말오대(唐末五代) 후한(後漢)과 후주(後周) 출신으로 한림학사가 되어 나중에 송(宋)에 귀순하여 중서사인(中書舍人)을 함.

42) 구홍검(鳩鴻劍): 구홍은 검술의 대가로 알려진 인물로 구홍검은 구홍이 가지고 다니던 검으로 보임. 구홍이 살았던 시대는 분명하지 않음.

43) 길마: 짐을 싣거나 수레를 끌기 위하여 소나 말 따위의 등에 얹는 기구.

44) 앞가지: 길마의 앞부분이 되는 편자 모양의 나무.

결단하려고 도적을 막을 정도로만 하다가 이 말을 듣고는 대로하여 구홍검을 춤추어 어지럽게 도적을 베었다. 칼이 닿는 족족 도적의 머리가 삼이 베이듯 하니 남은 무리 네다섯 명이 머리를 싸고 쥐 숨 듯 달아났다.

상서가 세 공자에게 와서 보니 홍문과 몽상 공자는 몸을 떨며 불안해하였으나 성문은 평안한 낯빛으로 몸을 움직이지 않고 앉아 있다가 몸을 일으켜 상서를 맞아 말하였다.

"아버님이 흉포한 도적을 제어하시느라 오랫동안 힘을 쓰셨으니 성체(盛體)45) 어떠하시나이까?"

이에 상서가 성문의 손을 잡아 기쁨을 이기지 못하였다. 또 두 공자의 손을 잡아 보호하니 공자들이 겨우 정신을 진정하였다. 이에 몽상 공자가 말하였다.

"형님의 용맹이 아니었으면 우리가 다 도적의 손에 속절없이 죽을 뻔했나이다."

상서가 말하였다.

"이 조그마한 도적이 무엇이 두렵겠느냐?"

드디어 말과 안장을 정돈하여 무사히 고개를 넘어 소흥에 이르렀다.

본주 태수가 십 리 밖에 나와 두터운 공경을 표하고 성안의 큰 집을 치워 상서 일행을 안둔(安屯)46)하게 하려 하였다. 그러나 상서가 굳이 사양하고 산수를 갖춘 곳에 초옥을 가려 세 공자를 거느리고 편안히 거주했다. 혹 거문고를 어루만져 운수의 불리(不利)함을 탄식하고 멀리 임금과 어버이를 생각하며 눈물을 흘리는 나머지에 영문이 참혹히 죽은 것을 슬퍼하고 끝내 그 원수 못 갚은 것에 무릎을

---

45) 성체(盛體): 몸을 높여 이르는 말.
46) 안둔(安屯): 편안히 둔침.

치며 비분강개하였으니 분노한 머리털이 관(冠)을 찌를 정도였다.

본주 태수 여현기는 소년 등과한 인물로 위인이 현명하고 정직하여 일세의 군자였다. 부인 경 씨를 아내로 맞아 집안에 이남일녀를 두었다. 남자아이는 어렸고 여자아이 이화의 자는 빙란이니 타고난 특출난 용모는 꽃에 비겨도 비슷하게 묘사하지 못하고 달에 비겨도 형용하지 못할 정도였다. 방년 여섯 살에 무릇 행동거지와 여공(女工) 길쌈 등을 갖추지 않은 것이 없었으니 여 공이 크게 사랑하여 무릎 위에서 내리지 않았다. 그러나 일찍이 근심하여 말하였다.

"여자의 색은 예로부터 중요하게 여기지 않았으니 네가 또 남자를 만나기가 쉽지 않을 것이라 너를 위하여 근심하노라."

부인이 웃으며 말하였다.

"딸아이가 비록 극히 고우나 맑고 깨끗하기만 하지는 않아 복을 가진 아이이거늘 어찌 저렇듯 괴이한 말을 하시나이까?"

공이 기쁜 낯빛으로 웃으며 부인의 말이 옳다고 하였다.

이때 여 공은 나이가 스물여섯 살이요, 문후는 스물세 살이었다. 서로 의기가 맞아 태수가 공사를 처리한 여가에는 문후를 찾아 극진히 공경하였다. 고금을 의논할 적에 문후가 붉은 입술에 흰 이 사이로 도도히 흐르는 물을 거스르는 것처럼 말하니 태수가 더욱 탄복하였다.

태수가 하루는 술병을 가지고 상서가 머무르는 곳에 이르니 서너 명의 동자가 초당에 있다가 태수가 왔다는 말을 듣고 내각으로 들어가는 것이었다. 태수가 속으로 괴이하게 여겨 들어가 상서를 보고 인사를 마친 후에 물었다.

"아까 선동들이 어떤 사람이기에 만생(晚生)을 피하는 것입니까?"

상서가 원래 몽상 등의 풍채를 남이 알아 구혼하는 이가 있을까 하여 밤낮 내당에 두어 사람에게 보이지 않더니 태수가 묻자 이에 대답하였다.

"이는 죄인의 아우와 아들, 조카입니다."

태수가 말하였다.

"소제가 외람하나 시골의 무딘 눈으로 귀공자들을 한번 구경하고 싶나이다."

문후가 흔쾌히 세 공자를 불러 태수를 뵈라 하니 몽상이 흥문을 데리고 즐거운 빛으로 일어났으나 성문은 움직이지 않고 말하였다.

"소제는 모친을 만 리에 이별하고 아우를 참혹히 사별하여 사람 보는 것이 부끄러우니 태수를 어찌 보겠나이까?"

두 공자가 권하다가 성문의 뜻을 되돌리지 못하고 초당에 이르러 예를 마치고 말석에 좌정하였다. 태수가 눈을 들어서 보니 큰 아이는 일대의 풍류 학사였다. 얼굴이 옥을 다듬어 채색을 메운 듯, 두 눈은 맑은 거울 같고 입은 단사를 찍은 듯하였으니 그 고움은 절대가인이나 다름이 없었다. 작은 아이는 나이가 어렸으나 한 쌍 봉황의 눈은 영롱하고, 눈썹은 누에가 누워 있는 모양이며 왼쪽 이마는 우뚝 솟아 있었다. 풍채가 보통사람보다 빼어나 신선이 되어 사뿐히 날아갈 듯하고 낯빛은 희기가 눈 같고 이마는 넓으며 귀밑은 진주를 메운 듯하였으니 참으로 세상을 경륜할 기상이 있었다. 태수가 크게 놀라 말하였다.

"만생이 본바 처음입니다. 나이가 몇이나 합니까?"

상서가 말하였다.

"큰 아이는 열다섯 살이니 만생의 넷째 아우요, 작은 아이는 학생의 백형(伯兄) 부마의 장자니 열 살입니다."

태수가 탄복하며 말하였다.

"이 참으로 천리구(千里駒)라 할 만합니다. 아까 세 선동이 있더니 하나는 어디에 갔나이까?"

몽상이 대답하였다.

"어린 조카가 사람 보기를 부끄러워해 나오지 않았나이다."

말을 마치자 상서가 불쾌한 빛으로 말하였다.

"이 아이가 단엄하고 진중한 것이 도리어 졸렬한 선비에 가까우니 무엇에 쓰겠는가?"

이에 동자를 명해 공자를 불렀다. 공자가 마지못해 초당에 이르러 명령을 받드니 상서가 정색하고 말하였다.

"너 어린 것이 아비가 불러도 응하지 않고 귀한 손님이 계셔도 예를 차릴 줄 모르니 이 무슨 예란 말이냐?"

공자가 황공하여 나직이 절해 사죄하고 태수를 향해 두 번 절하고 자리에 나아갔는데 예를 갖추어 삼가고, 나아가고 물러남에 흔적이 없었다. 태수가 눈을 쏘아 자세히 보니 기상의 활달함과 예도(禮度)[47]의 조숙함이 외모에 나타났다. 옥 같은 얼굴은 가을 달 같고, 한 쌍 별 같은 눈은 새벽별이 몽롱한 듯하며, 두 귀밑은 백련화(白蓮華)를 꽂은 듯하고, 붉은 입술은 도솔궁(兜率宮)[48]의 단사(丹沙)를 찍은 듯하며, 눈썹은 누에모양을 닮았고 미우에는 강산의 정기를 아울러 태산의 군음이 있었다. 흥문과 비교하면 흥문은 천추의 영웅호걸이요, 성문은 금세의 대군자였다. 태수가 입이 있으나 기릴 줄을 알지 못해 말하였다.

"괴이하구나. 금세에 이런 성인이 있는고? 어쨌거나 공자의 나이가 몇이나 하는고?"

---

47) 예도(禮度): 예의와 법도.

48) 도솔궁(兜率宮): 불교에서, 도솔천(兜率天)에 있는 궁.

공자가 몸을 굽혀 말하였다.

"일곱 살이옵니다."

태수가 크게 놀라고 감탄하여 말하였다.

"일곱 살 어린아이가 이렇듯 조숙한고?"

뒤돌아 상서를 향해 치하하였다.

"영질과 영랑의 풍채가 이와 같으니 이는 만고에 없는 경사입니다. 합하에게는 영랑뿐입니까?"

문후가 탄식하고 말하였다.

"학생이 불행하여 죽은 처에게 아들 하나를 두었더니 이리이리하여 죽고, 이 아이는 재실의 장자입니다. 이 아이에게 아우가 있었는데 이번에 저의 의모(義母)인 황이(皇姨)가 모의해 살해하여 학생이 원수를 갚으려 하다가 죄를 입어 이리로 오고 또 셋째아들은 이리이리 하여 남창에 가 잃고 이제 강보의 딸밖에 없나이다."

태수가 문후를 위해 슬퍼하며 말하였다.

"합하께서 적소에 홀로 오시고 부인은 어찌 오지 않으셨나이까?"

상서가 말하였다.

"찰녀(刹女)가 악독하여 지아비를 모르는데 하물며 적국(敵國)에 대해서는 오죽하겠나이까? 이리이리 하여 동경 본가로 갔나이다."

태수가 개탄함을 마지않았다. 성문을 다시금 살펴보아 손을 잡고 등을 어루만져 사랑하기를 마지않으니 상서가 벌써 기미를 알아차렸다.

태수가 한나절을 술 마시다가 돌아갈 적에 몽상, 흥문 등은 절하여 손을 나누었으나 성문은 홀로 뜰에 내려 절하고 문밖에 나와 보내니 태수가 더욱 사랑하였다.

태수가 집으로 돌아가 바삐 부인에게 일렀다.

"하늘이 이미 숙녀의 짝을 내셨으니 부인이 딸아이에게 복이 있다고 한 말이 옳구려."

부인이 놀라 물으니 태수가 말하였다.

"경사 병부상서 문정후 이 공이 이러이러한 일로 이곳에 귀양을 왔는데 오늘에서야 그곳에 가 세 명의 선동을 보았소. 하나는 이 승상의 넷째아들이니 열다섯 살이요, 하나는 이 승상 장자인 부마의 장자니 나이가 열 살인데 일대 호걸이요, 문정후 장자 성문은 나이가 일곱 살인데 그 얼굴은 다시 이를 것이 없거니와 행동이 조숙하고 몸가짐을 삼가니 공부자(孔夫子)에 비길 수 있을 정도라오. 이 아이가 참으로 빙란의 좋은 짝이니 어찌 기쁘지 않겠소?"

부인이 또한 기쁨을 이기지 못하며 부부가 환희하였다.

태수가 이후로는 날마다 상서가 머무는 곳에 이르러 흥문 등을 불러 한가지로 사랑하니 문후가 그윽이 감사하였다.

시절이 추구월(秋九月)에 이르니 마침 태수의 생일이었다. 태수가 친히 이르러 간청하니 문후가 말하였다.

"죄인은 국가에 심한 죄를 지은 사람이라 어찌 성대한 잔치에 참여하겠나이까? 아이들이나 보내어 후의(厚意)를 받들겠나이다."

태수가 기뻐하고 돌아가 잔칫날에 수레와 말을 보내 세 공자를 청하였다. 문후가 명령해 가라 하니 성문이 슬픈 낯빛으로 말하였다.

"아우의 기년(朞年)49)이 지나지 않았는데 무엇이 즐거워 남의 집 잔치자리에 가겠나이까?"

상서가 그 노숙함을 기뻐하였으나 짐짓 정색하고 말하였다.

"너 어린아이가 좋든 싫든 간에 지금부터 내 말을 거역하니 아무

---

49) 기년(朞年): 죽은 지 1년이 되는 날.

렇게나 하라."

공자가 이 말을 듣고 황공하여 드디어 홍문 등과 함께 관아에 이르렀다. 흰 차일이 구름에 닿았고 생황과 노래 소리가 낭랑하였다. 세 사람이 자리에 나아가 참여하니 태수가 후하게 대접하고 절색미인 세 명을 뽑아 세 공자 앞에서 춤추어 보이라 하였다. 그중에서 홍선이란 미인이 나이가 열 살이요, 자색이 당대에 독보적이었으니 홍문이 좋게 여겨 깁부채를 얻어서 던지며 말하였다.

"미인이 마땅히 이 물건으로 원앙의 신물을 삼으라."

홍선이 낭랑한 소리로 크게 웃고 부채를 받으니 몽상이 미미히 웃고 말하였다.

"조카가 이렇듯 외람된 노릇을 하니 훗날을 알 수 있겠구나."

태수가 크게 웃고 말하였다.

"이 사람의 기상이 참으로 대장부로구나. 그러나 이로써 깨끗한 옥에 티를 삼아야겠다."

성문의 손을 잡고 말하였다.

"그대는 어찌 미인을 안 잡는 것인가?"

생이 공수(拱手)하고 말하였다.

"소생은 부리가 누런 새 새끼라 이런 마음이 있겠나이까? 남자가 되어 남교(藍橋)[50]의 숙녀를 기다릴 것이니 창녀 같은 것은 군자가 볼 바가 아니옵니다."

태수가 크게 웃고 홍문이 웃으며 말하였다.

"네가 나를 대놓고 모욕 주거니와 대장부가 규방의 한 여자만 지

---

50) 남교(藍橋): 중국 섬서성 남전현 동남쪽에 있는 땅. 배항(裴航)이 남교역(藍橋驛)을 지나다가 선녀 운영(雲英)을 만나 아내로 맞고 뒤에 둘이 함께 신선이 되었다는 이야기가 당나라 배형(裴鉶)의 『전기(傳奇)』에 실려 있음.

키며 늙을 수 있겠느냐?"

성문이 대답하였다.

"처자를 두는 일은 부모께 있으니 우리처럼 어린아이가 어찌 편협하게 논하겠나이까? 원래 한 여자로 늙겠다고 하는 것이 아닙니다. 숙녀를 얻어 평생을 지낼 것인데 추잡한 창녀는 모아 부질없나이다."

홍문이 웃으며 말하였다.

"숙녀도 얻고 미인도 얻어 너른 집을 메우는 것이 장부의 풍류니 어찌 할 만하지 않으냐?"

태수가 크게 웃고 홍문의 기상을 너그러이 여기며 성문의 정대함을 사랑하였다.

석양에, 거처하는 곳에 이르러 몽상 공자가 웃으며 홍문의 행동을 일일이 고하니 상서가 정색하고 홍문을 꾸짖었다.

"네 이리 올 적에 내 형님이 무엇이라 하였더냐? 하물며 네 아저씨가 국가의 중대 죄수로 이리 왔거늘 사람 염치에 무엇이 즐거워 이런 잡된 일을 한 것이냐?"

홍문이 고개를 조아려 사죄할 뿐이요 말이 없으니, 상서가 홍문의 호방함을 어렵게 여겨 이후에는 홍문을 깊이 감추어 두고 밖에 내지 않았다.

하루는 태수가 상서가 오기를 간청하니 상서가 저의 두터운 정을 막지 못하여 선뜻 관아에 이르러 조용히 한담하였다. 이에 태수가 말하였다.

"소제가 형을 청하였는데 어찌 형과 내외하겠는가? 나의 딸아이를 자질(子姪)의 예로 대하게."

말을 마치고 양랑(養娘)을 불러 딸을 데려오라 하였다. 소저가 이에 이르러 문후가 와 있는 것을 보고 피하려 하니 태수가 웃고 손을 잡아 말하였다.

"이는 아비의 죽마고우니 예를 차려 뵈어라."

이에 소저가 억지로 절하였다. 문후가 바삐 눈을 들어서 보고 크게 놀라 일주를 본 듯 매우 반겨 소저를 앞으로 나오게 해 손을 잡고 말하였다.

"형의 딸이 내 딸이나 다르겠는가? 이 아이의 눈빛이 밝게 빛나고 신이한 것이 내 딸아이와 흡사하니 마음에 느끼는 바가 있네. 부자(父子)의 정은 예나 지금이나 늘 있으니 소제가 금년 초봄에 딸아이를 얻어 사랑했네. 그런데 이제 타향에 이별하여 만날 기약이 아득하니 소제가 비록 장부지만 이따금 딸아이 생각이 간절하다네."

태수가 슬픈 빛으로 말하였다.

"형의 정이 그러한 것이 괴이한 것이겠는가? 소제 앞에 자식이 여럿 있으나 사랑은 이 아이에게 있으니 소제의 편벽됨을 비웃지 말게."

상서가 다시금 소저를 살펴보니 영롱하고 아름다운 광채에 모습이 얌전하고 윤택하며 시원스러워 온갖 자태에 미진한 면이 없었다. 문후가 크게 사랑하며 연연해함을 마지않으니 소저가 몸을 수습하여 들어갔다. 이에 태수가 손뼉을 치고 웃으며 말하였다.

"형은 딸처럼 사랑하는데 딸아이는 저렇듯 하니 참 우습다. 다만 묻나니 우리 딸이 어떤가?"

상서가 말하였다.

"소제가 본바 처음이라 묘사하지 못해 기리지 못하겠네."

태수가 또 물었다.

"영랑(令郎)과 비교하면 어떠한가?"

상서가 알아듣고 웃으며 말하였다.

"내 자식처럼 못난 용모의 아이가 어찌 영녀(令女)를 우러러보겠는가?"

태수가 웃으며 말하였다.

"소제가 외람되나, 군자와 숙녀는 예로부터 그 쌍을 만나기 쉽지 않으니 내 딸이 아니면 형의 며느리 되기가 불가하니 형은 어쨌거나 뜻을 말해 보게."

상서가 웃고 말하였다.

"두 아이가 다 나이 어리니 혼사를 이르는 것이 우습지만 만일 탈 없이 자란다면 어찌 다른 뜻을 두겠는가?"

태수가 웃고 말하였다.

"장래의 일을 알 수 없으니 아무 것이나 빙물(聘物)51)을 주어 딸아이가 비록 깊은 방에 있으나 이씨 집안의 사람인 줄을 드러내는 것이 어떤가?"

상서가 응낙하고 머리에 꽂은 건잠(巾簪)52)을 빼어 빙폐(聘幣)53)로 삼았다. 태수가 매우 기뻐 술을 종일토록 마셔 취하였다. 석양이 되자 상서가 하직하고 돌아갔다.

세 공자가 상서를 맞이해 초당에 들어가 말하더니 몽상이 상서에게 건잠이 없는 것을 보고 의심하여 물으니 문후가 수말(首末)을 일렀다. 이에 몽상이 웃으며 말하였다.

"나는 약관(弱冠)이 넘었어도 아무도 구혼하는 이가 없더니 성문이는 일곱 살인데도 태수가 벌써 정혼하였으니 이를 보면 성문이의

---

51) 빙물(聘物): 결혼할 때 신랑이 신부의 친정에 주던 재물.
52) 건잠(巾簪): 망건에 달아 당줄을 꿰는 작은 단추 모양의 고리.
53) 빙폐(聘幣): 결혼할 때 신랑이 신부의 친정에 주던 재물. 빙물(聘物).

장래에 미인이 수도 없겠구나."

홍문이 크게 웃고 성문을 어지럽게 기롱하니 성문이 다만 미미히 웃을 뿐이었다.

태수가 이후에는 상서가 머무는 곳에 자주 와 성문을 쾌서(快壻)[54]라 하며 지극히 사랑하니 성문이 또한 태수가 자기 알아준 것을 감사하여 태수에 대한 공경이 작지 않았다.

재설. 소 부인이 호충의 집에 있은 지 가을, 겨울이 지나도록 동주 길이 트이지 않으니 하루 지내는 것을 삼추(三秋)같이 여겼다. 봄 2월에 이르러 동주 태수가 유적(流賊)[55]을 크게 무찌르고 승전보가 경사로 향하였다. 소저가 크게 기뻐하여 한 통의 서간을 닦아 호충에게 주어 경사 이 승상께 드리라 하고 여러 달 가게에서 폐 끼친 은혜를 사례하고 길을 떠나려 하였다. 이에 호충이 말하였다.

"이곳에서 동주에 가시려면 열흘이 넘으니 또 도적을 만날까 두렵습니다. 요사이에 계속하여 서풍이 부니 배를 타신다면 수삼 일 내에 동경에 가실 것입니다."

소연이 이 말을 듣고 기뻐 소저에게 아뢰니 소저가 말하였다.

"이미 그렇다면 쉬운 방법으로 하라."

소연이 드디어 강가에 가 동경으로 가는 배를 얻어 부인에게 고하였다. 일행이 배에 오르니 순풍이 불어 한나절을 살 쏘듯이 갔다. 그런데 홀연히 큰 바람이 일어나니 배의 닻줄이 끊어져 배가 거슬러 바람에 이끌려 갔다. 물의 기세가 매우 힘차서 배가 정처 없이 가니 배에 있던 사람들이 정신이 없어 곧 울 것 같았고, 운아 등은 소저를

---

54) 쾌서(快壻): 마음에 드는 좋은 사위.

55) 유적(流賊): 떠돌아다니며 사람을 해치고 재물을 빼앗는 도둑.

붙들고 통곡하였다. 그러나 소저는 낯빛이 자약하여 말하였다.

"사생이 하늘에 달려 있으니 지레 놀랄 일이 아니다."

그러고서 몸을 움직이지 않더니 배가 광풍에 밀려 엿새 정도를 간후 바람이 그치며 배가 여흘[56]에 부딪혔다. 사공이 바야흐로 숨을 진정하여 그곳의 붙박이 사람에게 말하였다.

"여기가 어느 곳인고?"

붙박이 사람이 말하였다.

"절강 소흥부외다."

그러고서 붙박이 사람이 물었다.

"안 다녀보았소?"

사공이 이 말을 듣고 크게 놀라 말하였다.

"동경으로 갈 것을 엉뚱한 데로 왔으니 어찌 괴이하지 않은가?"

그러고서 소연을 돌아보아 꾸짖었다.

"우리가 일생 배를 가지고 다닌 지 오래되었으나 이러한 변이 없었다. 동쪽으로 갈 배가 서쪽으로 왔으니 너는 필연 연고가 있는 사람이라 빨리 내려라. 수만 리를 또 어찌 거슬러갈꼬?"

소연이 소흥라는 말을 들으니 기쁨이 바라는 것 이상이라 가만히 하늘에 사례하고 홍아에게 말하였다.

"하늘이 부인을 소흥에 이르게 하셨으니 어찌 기특하지 않은가? 부인께 '배에서 내려 상서가 머무는 곳으로 가소서.'라고 아뢰라."

소저가 전해 듣고 말하였다.

"일이 불행하여 여기에 왔으나 나라에서 이혼하라 하셨으니 부부가 어찌 방자하게 만나겠느냐? 값을 배로 더 줄 것이니 배로 갈 것

---

56) 여흘: 바닷가 바닥이 얕거나 썰물일 때 나타나 보이는 돌 따위.

을 물으라."

소연이 이대로 사공에게 물으니 사공이 노하여 어지럽게 꾸짖었다.

"이 짐승아! 갈수록 담이 큰 체하는구나. 우리는 경사 사람으로 동경에 물건 받으러 가다가 너희 요사스러운 무리를 부질없이 배에 올려 듣도 보도 못하던 일을 당했으니 여기에서 어찌 동주로 가겠느냐? 경사로 가 양식을 준비해 가지고 갈 것이다. 북쪽으로 가다가 서쪽으로 갈 것이니 너희는 잠자코 내리라."

소연이 말하였다.

"여러분들의 말이 그르다. 예로부터 배가 광풍을 만나면 바람결에 떠 흘러가는 것이 괴이하지 않고 또 우리가 요사스러운 줄 어찌 아는가?"

사공이 대로하여 뺨을 매우 쳤다.

"요 원숭이 상 같은 놈이 방자함이 심하여 말 한 마디 사례도 않고 이런 말을 하는구나. 우리가 어려서부터 배를 가지고 다니면서 흰 머리털이 나기 시작하는 나이에 이르렀으되 이런 큰 바람을 만나 동경으로 가려 한 것이 소흥으로 온 적은 없었으니 이렇게 된 것은 네 탓 아니냐? 빨리 행차를 모셔 내리라."

소연은 사공이 이렇듯 함을 보고 대로하여 부인에게 아뢰었다. 부인이 하릴없어 호충이 준 약간의 금은을 내어 사공에게 주고 뭍에 내려 촌가를 찾아 들어갔다.

세 칸 초가집이 처량하고 적막한데 한 여자가 엷게 화장하고 소복 (素服) 차림으로 한 명의 노파와 한 명의 어린 계집종과 함께 깁을 짜다가 소 부인이 두세 명과 들어서는 것을 보았다. 시녀들이 다 놀랐으나 그 여자는 안색을 바르게 하고 베틀에서 내려 말하였다.

"어떠한 행차가 뜻밖에도 누추한 곳에 이르셨나이까?"

부인이 대답하였다.

"마침 배를 타고 고향으로 가다가 한바탕 괴이한 바람을 만나 배가 거슬러 와 이곳에 이르렀으니 사공의 말이 이러이러하여 하릴없어 이곳에 이르러 다시 변통해 처리하려 하였습니다. 그런데 잘못하여 귀소저가 계신 곳을 범하였으니 부끄러우나 이미 이르렀으니 잠깐 머무는 것이 어떠하겠나이까?"

드디어 홍아는 일주 소저를 안아 곁에 있게 하고 운아와 소연 등에게는 객점(客店)에 가 밥을 구해 먹으라 하였다. 그러고서 소저의 손을 잡고 마루에 올라 인사를 마치니 그 소저가 물었다.

"부인의 서시(西施)[57]와 같은 빛나는 자태를 보니 시골 사람의 무딘 눈이 시원합니다. 감히 성씨와 거주하시는 곳을 알고자 하나이다."

부인이 눈을 들어 보니 버들 같은 눈썹은 나직하고 보름달이 가을 하늘에 높이 뜬 듯, 시원한 자태며 흰 낯은 지분을 더럽게 여기고, 앵두 같은 붉은 입술은 복숭아 구슬을 취한 듯, 한 쌍의 가을 물결은 맑은 거울을 걸어 둔 듯, 쪽 찐 머리는 구름이 머무는 듯하여 일세의 경국지색이었다. 다만 보건대 이 소저는 남창 안무현에서 달빛 저녁에 본 소저였다. 매우 놀라 노파를 보니 노파는 자기를 붙들고 꾸짖던 여종이었다. 참으로 괴이하게 여겨 물었다.

"소저는 남창 안무현 화 시랑 댁 따님이 아니시오?"

여자가 크게 놀라 말하였다.

"부인이 어찌 아시나이까?"

부인이 노파를 돌아보아 말하였다.

"그대가 아무 달의 밤에 꽃 수풀에 있었던 수재(秀才)를 잡고 힐

---

57) 서시(西施): 중국 춘추(春秋)시대 월(越)나라의 미인.

난한 일이 없었더냐?"

노파가 가만히 생각하다가 한참 뒤에 대답하였다.

"그런 일이 있었거니와 부인이 어찌 아시나이까?"

소 씨가 슬픈 빛으로 화 소저의 손을 잡고 말하였다.

"그때 꽃 수풀에 있었던 수재는 곧 첩입니다. 마침 화란을 만나 남자 옷을 입고 길에서 떠돌아다녔더니 잘 적엔 집이 없고 다닐 적엔 밥이 없어 마음을 지향할 곳이 없었습니다. 그런 가운데 그날 소저가 절묘하게 읊는 아름다운 시를 듣고 몸에 남자 옷 걸쳤음을 생각지 못하고 반가움을 이기지 못해 그곳에 가서 보다가 뜻밖에도 노파에게 붙들려 꾸지람을 입은 것입니다. 노파가 첩이 여자인 줄을 몰랐으므로 첩이 벗어날 계교가 없었는데 소저가 인자하시어 첩을 놓아 주셨으니 첩이 돌아가 소저의 어진 덕을 밤낮 잊지 못하였으나 기러기가 편지를 전할 길이 없어 구름을 바라보며 탄식하여 느낄 따름이었습니다. 천만뜻밖에도 소저를 이곳에서 만나 광경이 이러하니 남창이 소흥에 속한 땅이 아니고 길이 멀거늘 무슨 까닭에 이에 이르신 것입니까?"

화 소저가 오열하고 말하였다.

"그날 우연히 집안을 엿보는 수재를 놓아 주었으니 부인인 줄 어찌 알았겠나이까? 첩의 사정은 하늘을 우러러보나 통곡할 뿐이니 어찌 지금 다 고하겠나이까? 묻고 싶습니다. 부인이 그때는 무슨 연고로 남자 옷으로 다니셨던 것입니까?"

부인이 탄식하고 말하였다.

"첩이 또한 하늘 아래 있지 않은 환난을 만나 남창에 귀양 갔더니 또 도적을 만나 강보의 어린아이를 잃고 남자 옷으로 길에서 떠돌아다녔습니다. 그러다가 겨우 한 몸이 더러운 이름을 씻어 용서를 받아 경사에 갔다가 또 이러이러한 일을 만나 다섯 살 어린아이를 죽이고 나라로부터 이혼하라는 명령을 받았습니다. 친부가 동경에 계시므로 배를 타고 고향으로 가다가 악풍(惡風)을 만나 여기에 이르렀으니 이 소흥은 곧 가군이 귀양 온 땅이라 나아가고 물러나는 것이 난처합니다."

화 소저가 슬픈 빛으로 말하였다.

"부인의 전후 험난했던 일을 들으니 모골이 송연합니다. 첩은 그때 나이가 열 살이었습니다. 그해 가을에 부모가 모두 돌아가시고 호천지통(呼天之痛)58)을 품어 겨우 삼년상을 마쳤는데 작년에 외삼촌 구 공이 소흥 태수를 해서 왔으므로 천신만고 끝에 찾아갔으나 외삼촌이 지친의 정을 조금도 생각하지 않았습니다. 일이 공교롭게 되어 경사에서 외삼촌을 공부시랑으로 부르시니 외삼촌이 벼슬이 올라 올라가셨으나 첩을 마음에 두지 않으셨습니다. 첩이 중도에 거취를 정하지 못해 부득이 이곳에 초가를 짓고 주인과 종이 의지하여 살아 왔으나 능히 아침저녁으로 밥을 얻어먹지 못해 춥고 배고픈 괴로움을 이기지 못하고 있나이다."

부인이 다 듣고 그 사정을 참혹히 여겨 소저를 위해 눈물을 뿌리고 말하였다.

"소저가 재상의 한 딸로 어찌 이에 이를 줄 알았겠나이까? 다만 그날 여러 여자는 누구시며 영부모(令父母)께서 남겨 주신 노복도 없나이까?"

소저가 말하였다.

"그 여자들은 우리 백부와 숙부의 딸들이니 부모님이 다 돌아가

---

58) 호천지통(呼天之痛): 하늘을 우러러 부르짖을 만한 고통이라는 뜻으로 부모나 조부모, 임금의 상사에 주로 쓰이는 말.

시자 첩의 부모가 양육하고 있었나이다. 다 각각 시가에 갔고 가친께서 본디 청렴하시어 관청에서 취한 재물이 없고 늙고 병들어 치사(致仕)[59]한 후에는 약간 논밭에 재물로 겨우 지냈습니다. 그런데 돌아가신 후에 그것들을 다 팔아 장사지내고 삼년상을 지내는 데 썼으니 어찌 남은 것이 있겠나이까? 이 땅을 떠돌아다니며 사방을 돌아보나 아는 사람이 없고 처지를 하소연할 곳이 없더니 오늘 부모님의 정령이 도우시어 부인을 만나 가슴에 쌓인 회포를 펴니 참으로 구름과 안개를 헤치고 맑게 갠 하늘을 본 것 같나이다."

부인이 크게 불쌍히 여겨 구제할 마음이 나 소연을 불러 상서 머무는 곳에 가 이런 사연을 고하라 하였다.

소연이 사람들에게 물어 상서가 있는 곳을 찾으니 먼 곳에 있지 않았다. 소연이 상서 앞에 나아가 절하니 상서가 놀라 말하였다.

"부모님이 저번에 보내 주신 서간에, 작년 여름 5월에 네가 부인을 모시고 동경에 들른 후 이리 온다고 하셨는데 지금까지 네 모습을 보지 못해 중도에 뿔뿔이 흩어졌는가 여겼더니 어찌하여 이제야 이른 것이냐?"

소연이 고개를 조아리고 말하였다.

"부인을 모시고 허다하게 겪은 고생이야 이 짧은 시간에 다 아뢸 수 있겠나이까? 부인이 여기에 와 계시나이다."

상서가 크게 놀라 말하였다.

"여기서 동경이 몇 만 리인데 여기에 이르렀단 말이냐?"

소연이 전후사연을 일일이 아뢰었다. 상서는 한결같이 부인의 존문(存問)과 딸의 안부를 몰라 그리워하는 마음이 마음속에 맺혀 있었

---

59) 치사(致仕): 나이가 많아 벼슬을 사양하고 물러남.

다. 그러다가 오늘 소연의 말을 듣고는 부인이 환난 겪은 것에 놀라고 또 공교롭게 여기에 와 서로 만나게 된 것을 환희하여 몽상을 불러 곡절을 이르고 부인이 머무는 곳에 가 부인을 맞아 오라 하였다.

세 공자가 놀라면서도 기뻐하고, 성문은 슬프고 경황이 없어 기쁜 줄을 알지 못해 옷을 바삐 차려 입고 부인 있는 곳에 가 자신이 왔음을 고하였다. 부인이 집이 좁아 집에서 자식을 보지 못하고 선뜻 몸을 일으켜 화 소저의 손을 잡아 마땅히 변통해 처리해 줄 방법을 이르고는 수레에 올라 문후가 머무는 곳에 이르렀다.

이때 문후가 기쁨이 지극하여 뜰에 내려와 부인을 맞았다. 부인이 천천히 휘장 밖으로 나오니 성문이 절하고 부인이 손을 붙들어 당에 올랐다. 상서가 급히 자리를 정하고 바삐 딸을 안고는 부인을 향해 말하였다.

"오늘이 생시요? 꿈이오? 이생에서 부인과 다시 만날 줄을 바라지 못했더니 오늘 만날 줄은 꿈에도 생각지 못했던 바요."

소저가 매무시를 바로 하고 눈물을 흘려 말하였다.

"죄 많은 첩(妾)이 자식을 보전치 못하고 몸이 시부모님 곁을 떠나 동쪽으로 돌아가더니 상공의 적소에 이를 줄 알았겠나이까? 액운이 갈수록 기구하여 여기에 이르렀으니 도리어 할 말이 없나이다."

상서가 영문이 참혹히 죽은 것을 이르고 목이 쉬도록 울고 말하였다.

"학생이 사리에 밝지 못해 찰녀(刹女)를 집에 머무르게 했다가 천금과 같은 자식을 눈앞에서 죽였으니 부인 보기가 부끄럽소."

소저가 눈물을 줄줄 흘리며 말을 하지 않다가 천천히 말하였다.

"이것은 첩의 운수요, 영문의 수명이 짧은 탓이니 어찌 남을 원망하겠나이까?"

그러고서 성문을 어루만져 반기고 흥문을 곁에 앉혀 어버이를 떠나 있는 것을 위로하였다. 성문이 모친을 만나 반가움과 즐거움을 이기지 못하고 흥문은 기뻐하는 것이 친모를 보았을 때보다 못하지 않았다. 서로 슬픔을 진정한 후 상서가 딸을 살펴보았다. 이미 돌이 지나 수려한 골격과 영리함이 어머니보다 나았다. 문후가 깃에 싸인 것을 보고 떠났는데 이제 딸이 걸음을 옮기고 말을 하며 재주와 용모가 기특한 것을 보고 사랑을 이기지 못하였다. 이에 부인이 말하였다.

"형세에 쫓겨 여기에 왔으나 임금을 속인 것이 심하니 어서 선처하여 동경으로 가도록 해 주소서."

상서가 부인을 만나 하해와 같은 정이 생기고 또 딸의 어여쁜 모습을 보니 지금 사죄(死罪)를 받아도 부인과 딸을 놓아 보낼 마음이 없어 잠시 웃고 말하였다.

"동경이 하루 이틀 갈 길이 아니니 아직 두어 날 머무르며 쉬시오."

이날 상서가 세 공자와 부인과 함께 저녁밥을 먹고, 밤이 되자 몽상 공자가 흥문, 성문 두 조카와 함께 초당에서 자고 상서는 내당에서 잤다. 상서가 일생 부인을 다시 만나지 못할까 여겼다가 자리를 함께하니 기쁨이 꿈속과 같아 딸을 안고 부인의 옥수(玉手)를 잡아 탄식하고 말하였다.

"흉악한 사람의 독수(毒手)를 만나 우리 부부가 이생에 다시 만나지 못할까 했더니, 하늘이 숙녀가 빈 방에서 지내는 박명(薄命)을 불쌍히 여기셔서 학생을 만나게 하셨으니 지금 사죄를 당한들 설마 어찌하겠소?"

부인이 마음이 불편하여 소매를 떨치고 물러 앉아 말을 하지 않았다. 상서가 미미히 웃고 다시 손을 이끌어 잠자리에 나아가니 새로운 정이 산이 가벼울 정도요, 이별 후 그리워하던 마음이 아울러 그 정을 헤아릴 수 없었다.

이때, 몽상 공자가 화 소저 있는 곳이 깊지 않았으므로 얼핏 그 용모를 보고 크게 황홀하여 밤이 새도록 잠을 이루지 못하였다. 다음 날 아침에 상서와 부인에게 문안을 드리고 나서 말하였다.

"형수님이 어제 그 여자를 언제 아셨나이까?"

부인이 가만히 있다가 대답하였다.

"그 여자의 근본은 이러이러한데 어찌 물으시나이까?"

몽상이 웃고 말하였다.

"그 여자의 가문이 그러하다면 소생이 그 여자에게 장가들고자 하니 형수님의 명령을 청하나이다."

부인이 천천히 말하였다.

"제 마침 운수가 글러 저렇듯 빈한(貧寒)하나 사족이니 서방님은 중매로 통하시고 이렇듯 무례한 말을 마소서."

이에 문후를 향해 말하였다.

"저 화 소저의 사정이 참담하며 의지하여 살아갈 도리가 아득하니 만일 포악한 자를 만난다면 보옥(寶玉)이 속절없이 진흙에 버려질 것입니다. 그런데 서방님이 나이가 찼으나 아내를 정하지 못해 매우 울적하게 지내고 있습니다. 저 화 씨의 행실은 첩이 보았으니 서방님의 평생 금실로 잘 어울릴 것이나 시부모님께 아뢰지 못해 주저하나이다."

상서가 가만히 생각하다가 말하였다.

"처자가 그렇듯 아름답다면 부모님이 친히 택하셔도 이보다 낫지 못할 듯하고 저의 형세가 위태하니 권도(權道)60)로 혼례를 이루고 부모님께 고하는 것이 마땅할 것이오."

부인이 뜻을 정하고 운아를 시켜 화 소저에게 가 그 뜻을 알아보라 하였다. 운아가 명령을 받들어 화씨 집에 나아가 부인의 뜻을 고하니 소저가 슬피 눈물을 흘리며 말하였다.

"천첩(賤妾)이 목숨이 모질고 부모께서 남겨 주신 몸을 스스로 결정하지 못해 이렇듯 구차히 살기를 꾀하고 있으나 속세를 사절한 지 오래입니다. 더욱이 부인의 이르시는 말씀은 첩이 원하지 않는 바니 두 번 이르지 마소서."

운아가 다시 말을 못 하고 돌아가 부인에게 고하니 부인이 잠시 웃고는 말이 없었다. 공자가 초조하여 친히 가 권할 것을 애걸하니 부인이 말하였다.

"제 이미 뜻이 그러하니 첩이 가더라도 어쩔 수 없을까 하나이다."

공자가 조급해하니 부인이 미소 짓고 즉시 교자를 갖추어 화씨 집에 이르렀다. 화 소저가 당에서 내려 맞이해 당에 오르게 해 좌정하고 밤사이 안부를 물었다. 부인이 기뻐하고 전날 서로 본 일을 일컫고 말을 한참 주고받은 후 소저의 손을 잡고 말하였다.

"소저가 일찍이 고서를 읽어 오륜(五倫)의 중함을 알 것이니 어찌 편협하게 생각하시나이까? 소저가 경화거족(京華巨族)으로 이렇듯 한미하게 있으니 행여 포악한 자를 만난다면 반드시 부모가 남긴 몸을 버릴 것입니다. 다시 생각해 군자를 맞이하여 부모 제사를 그치지 않게 하는 것이 옳습니다."

화 소저가 눈물을 뿌려 말하였다.

"부인이 곤궁한 사람을 구제하려 하시니 은혜 백골난망이라 어찌

---

60) 권도(權道): 목적 달성을 위하여 그때그때의 형편에 따라 임기응변으로 일을 처리하는 방도.

좇지 않겠나이까? 그러나 혼인은 인륜의 큰일이라 외삼촌이 경사에 계시니 제 비록 첩을 저버렸으나 첩의 도리로 멋대로 행함은 잘못된 일입니다. 그래서 명령을 받들지 못하는 것이니 당돌함을 용서하소서."

부인이 슬픈 빛으로 말하였다.

"소저가 이렇듯 절개가 곧으시니 탄복함을 이기지 못하거니와 만사에 정도(正道)도 있고 권도(權道)도 있습니다. 구 공이 그렇듯 저버렸는데 소저 혼사를 어찌 이루어 주겠나이까? 모름지기 첩의 말을 들으소서."

화 씨가 묵묵히 눈물을 흘릴 뿐이요, 다시 말을 하지 않았다. 부인이 다시금 아름다운 말로 사리를 들어 설득하니 도도한 목소리는 자공(子貢)61)의 분노를 되돌리는 것과 흡사하고 법도에 어긋나지 않았으므로 소저가 부득이 좇았다.

부인이 크게 기뻐하여 머무는 곳에 기별하고 택일(擇日)하여 혼례를 올렸다. 여 태수가 이 소식을 듣고 행렬을 극진히 갖추어 공자를 화씨 집에 보내 신부를 맞이해 돌아오게 하였다. 공자와 신부가 상서와 부인에게 예를 마치니 상서가 눈을 들어 신부를 보고 크게 기뻐하며 말하였다.

"이 참으로 아우의 평생 짝이며 일대의 좋은 배필이오. 훗날 부모님이 보신다면 부인이 중매 잘한 것을 기뻐하실 것이오."

부인이 겸손히 사양하였다. 이날 넷째공자가 신부를 보고 평생의 소원이 풀려 신부를 사랑하는 정이 끝이 없었다.

---

61) 자공(子貢): 중국 춘추시대 위(衛)나라의 학자로, 성은 단목(端木)이고 이름은 사(賜). 공자의 열 제자 중 한 사람으로 사리에 맞지 않는 일을 보면 참지 못하고 분노를 잘한 것으로 유명함.

다음 날 부인이 상서에게 청하였다.

"서방님이 내실(內室)을 얻으셨으니 이곳이 적막하지 않을 것입니다. 임금의 명령이 엄한데 이처럼 머물러 있는 것은 참으로 안 될 일이니 군은 대의를 생각하여 첩이 동경으로 어서 갈 수 있도록 해 주소서."

상서가 깊이 생각하다가 대답하였다.

"학생인들 어찌 생각하지 않았겠소? 다만 예서 동경까지는 길이 참으로 머니 부인이 편할 때도 환란을 잘 만났는데 하물며 위태한 곳에 어찌 보낼 수 있겠소? 아직 생각하여 선처할 것이오."

부인이 초조하여 날마다 동쪽으로 가기를 청하니 말이 사리에 들어맞고 일의 체면이 또 그러하였다. 상서가 대의를 알았으므로 매양 막지 못해 여 태수를 보고 한 척 전선을 잡아 달라고 하였다. 태수가 이미 연고를 알고 있었으므로 웃으며 말하였다.

"어찌 차마 보내려 하는고? 소제 같으면 일이 공교로워 만났으니 사죄(死罪)를 당한다 해도 부인을 안 보낼 것이네."

상서가 웃으며 말하였다.

"형은 본디 부인에게 넋을 잃었고 소제는 그렇지 않아서 그러네."

태수가 웃고 말하였다.

"형은 소제를 어둡게 여기지 말게. 내 들으니 소 부인 오신 후에 형이 어제도 부인 손을 이끌고 무릎을 가까이하여 앉았다 하니 저런 후백이 어디에 있겠는가?"

상서가 웃으며 말하였다.

"아내와 친하면 후백이 못 되는가? 집에 들면 암실 가운데 부인을 희롱하고 집에서 나면 손에 재상과 장수의 위세와 권력을 잡을 것이니 어쨌든 형은 말해 보라. 부인과 초월(楚越)⁶²⁾처럼 만나고 서너 명의 자녀가 어디에서 난 것인가?"

태수가 크게 웃고 돌아가 전선 한 척을 잘 꾸미고 격군(格軍)[63] 수십 명과 또 부지런한 아전 50명을 시켜 부인을 호위하게 하고 매사를 성대하게 차려 주었다. 문후가 그 의기에 사례하고 내당에 들어가 부인을 보아 자세히 일렀다. 부인이 매우 기뻐하였으나 아들과의 이별을 슬퍼하였다. 성문도 모친 무릎 위에 엎드려 울음을 그치고 않고 음식을 먹지 않으니 부인이 쓰다듬어 위로하기를 마지않았다.

이날 밤에 상서가 내당에 이르렀다. 부인이 성문의 낯을 대어 모자의 운수가 이렇듯 기구함을 슬퍼하니 연꽃 같은 두 뺨에 눈물이 어려 수려한 자태가 한층 더하였다. 상서가 영웅의 굳센 마음을 지녔으나 참지 못해 누에 같은 눈썹을 찡그리고 들어와 앉아 딸을 안고 부인의 손을 잡아 말하였다.

"알지 못하겠구려. 내일 이별에 만날 기약이 또 있을꼬?"

부인이 참고 대답하였다.

"천자께서 슬기로우시니 어서 누명을 씻고 모이는 날이 있을 것입니다."

상서가 아들과 딸을 두 무릎 위에 앉히고 말이 없었다. 자리에 나아가 두 아이를 곁에 눕히고 부인과 함께 베개를 나란히 하여 탄식하고 말하였다.

"학생이 어질지 못해 부인에게 이렇듯 떠돌아다니는 고생을 겪게 하니 어찌 부끄럽지 않겠소? 모름지기 꽃다운 몸을 보중(保重)하여 훗날을 기다리시오."

---

62) 초월(楚越): 중국 전국시대의 초나라와 월나라의 사이라는 뜻으로, 서로 원수처럼 여기는 사이를 비유적으로 이르는 말.

63) 격군(格軍): 사공의 일을 돕는 수부(水夫).

부인이 이때 일의 이치를 생각하여 만 리 길을 가려 하였으나 자식을 떠나는 마음이 슬프고 상서가 적소에서 겪을 고초를 우려하였다. 전날에는 나이가 젊고 마음이 물욕에서 벗어나 부부의 은정을 꿈같이 여겼으나 지금은 두 사람이 다 타향에서 떠돌아다녀 생사존망의 소식을 듣기가 어렵고 제 자기를 위해 밤새도록 근심하고 탄식하며 잠을 이루지 못하는 모습을 보고 만난 지 8년 만에 처음으로 마음이 잠깐 풀렸다. 이에 온화한 소리로 위로해 말하였다.

"지금 이별이 슬프나 사람이 죽지 않는다면 그토록 만나기 어렵겠나이까? 군자처럼 굳은 마음을 지닌 분이 이렇듯 약한 모습을 보이시나이까?"

상서가 탄식하였다.

"부인이 대의(大義)로 학생을 꾸짖으시나 초패왕(楚覇王)64)의 굳센 기운으로도 우희(虞姬)65)와 이별하며 영웅의 눈물이 속절없이 소매에 젖음을 면치 못하였는데 하물며 학생이 무슨 마음이라고 부부의 정이 없겠소?"

부인이 또한 탄식하고 예전에는 상서의 정을 받아들이는 일이 없더니 이날은 예전과 같은 매몰참이 없이 온순하니 상서가 더욱 사랑함을 이기지 못하였다.

다음 날 상서가 부인을 전별하니 다만 탄식하며 무사히 갈 것을 이르고 공자와 화 소저는 눈물을 비와 같이 흘리며 먼 길에 몸 보중

---

64) 초패왕(楚覇王): 중국 진(秦)나라 말기의 무장 항우(項羽)를 말함. 이름은 적(籍)이고 자는 우(羽)임. 숙부 항량과 함께 군사를 일으켜 유방과 협력해 진나라를 멸망시키고 스스로 서초(西楚)의 패왕(覇王)이 됨. 그 후 유방과 패권을 다투다가 해하(垓下)에서 포위되어 자살함.

65) 우희(虞姬): 초패왕의 애첩(愛妾). 항우가 유방(劉邦)에게 쫓겨 해하에 이르러 유방의 군대에게 포위되고 한나라 군대가 둘러싼 사방에서 초나라 노랫소리가 들리자, 우희가 장막 안에서 항우와 이별을 하고 항우의 칼로 자결을 했다는 이야기가 전함.

하기를 일렀다. 성문이 목 놓아 울며 기절할 듯하니 소저가 오열하
며 말하였다.

"우리 아이는 박복한 어미를 생각지 말고 잘 있으라. 운수가 이롭
지 않고 내 팔자가 무상해서이니 다시 슬퍼하여 무엇하겠느냐?"

상서가 성문을 꾸짖어 눈물을 그치게 하고 딸을 다시금 어루만져
손을 나누니, 성문의 심사가 무너지는 듯하였고 상서의 마음도 헤아
릴 수 없었다.

소 부인이 천금과 같은 아들과 이별하고 간장을 썩이며 돛단배를
타고 물에서 세월을 괴로이 보내다 천신만고 끝에 동경에 이르렀다.

소 공이 작년 6월에 종제(終祭)⁶⁶⁾를 마치고 이제 경사로 가려 하
더니 이때는 여름 4월이었다. 천만뜻밖에 기약지도 않았던 딸이 이
르자 소 공 부부가 영문이 참혹하게 죽은 것을 크게 서러워하고 상
서의 귀양과 딸의 이혼을 탄식하여 말하였다.

"너의 운수가 갈수록 이러하니 다 네 팔자로구나. 시가에 가지 말
고 우리와 함께 여생을 마치라."

소저가 아들과 헤어진 것을 슬퍼하였으나 부모를 만나 기쁨이 지
극하므로 슬픔을 내색하지 않았다. 서간을 닦아 소연 등에게 금백
(金帛)을 주어 소흥으로 보낸 후 부모를 모시고 즐기니 소 공 부부
가 비록 딸의 신세를 슬퍼하였으나 기이한 보배 같은 일주의 기질을
사랑하는 데다 딸을 그리워하다 모인 것이므로 딸을 퍽 위로하며 지
냈다.

소 한림이 이때 2자2녀를 두었으니 모두 곤강(崑岡)의 아름다운
옥 같았다. 이후 소 부인이 조카들과 함께 부모를 모시고 무사히 지

---

66) 종제(終祭): 삼년상을 마치고 처음 실내(室內)에서 지내는 제사 이름.

냈으나 오로지 성문을 잊지 못해 왕왕 지나가는 구름을 보아 넋을 태웠다.

화설. 이씨 집안에서 상서와 소 씨를 멀리 보내고는 존당, 부모가 그들을 일일여삼추(一日如三秋)처럼 그리워하였다.

이미 다음 해가 되었다. 하루는 승상이 서헌에 있었는데 하리(下吏)가 한 봉서(封書)를 드리니 이는 곧 소 씨의 서간이었다. 승상이 크게 반겨 자세히 보니 대강 길이 막혀 호충의 집에 있다가 이제야 간다는 사연과 호충의 소회를 두루 베푼 것이었다. 승상이 며느리가 길에서 떠돌아다니는 것에 놀라고 새로이 그 신세를 슬퍼하였다. 호충을 불러 은근히 위로하고 호충을 막하(幕下) 주부(主簿)를 시켜 바깥 창고의 재물을 관장하게 하니 호충이 크게 기뻐 절하고 물러나 제 처자를 데리고 승상부 아래에 머물렀다.

이때 조 씨가 돌아가 소 씨 없앤 것을 기뻐하였으나 문후가 원찬(遠竄)함을 우울해하였다. 열 달이 차 무사히 쌍둥이를 낳았는데 하나는 딸이요 하나는 아들이었다. 그들이 극히 고왔으니 국구가 매우 기뻐하며 말하였다.

"딸아이가 비록 시가에서 쫓겨났으나 한 번 임신에 자녀를 얻었으니 어찌 기쁘지 아니한가?"

조 씨가 또한 기뻐하였으나 문후가 자식들을 보지 못하는 것을 슬퍼하였다. 조 씨의 염치가 이처럼 하나도 없으니 어찌 놀랍지 않으며 문후에게 비록 자식이 없다 한들 자식 죽인 원수를 잊겠는가.

이때 설연은 황후가 힘을 써 병부상서를 하게 되었다. 설연이 병부의 큰 소임을 맡자 방자한 마음이 일어나 모든 군졸을 자기 마음대로 벌주며 변방에서 제독(提督), 총병(摠兵)을 하는 따위에게 뇌물을 받으면 없는 공도 크게 만들고 뇌물을 주지 않는 자는 공이 있어도 군졸로 있게 하였다. 병부의 대소 장수와 어영 군졸 들이 설연의 고기를 먹고 싶어하였으나 황후를 두려워해 감히 입을 열지 못하였다.

이때 임금이 조후에게는 저사(儲嗣)⁶⁷⁾가 없고 후궁 양 씨가 해를 꿈꾸고서 태자를 낳으니 임금이 크게 기뻐하여 양 씨를 지극히 총애하니 조후의 투기가 심하였다.

임금이 매양 양 씨가 있는 곳에 가더니, 하루는 더위를 피해 후원 상림원(上林苑)⁶⁸⁾에서 놀다가 양 씨를 불러 밤을 지냈다. 그런데 꿈에 한 여자가 머리를 풀고 발 벗고 목에는 피를 흘리면서 앞에 와 울고 말하였다.

"폐하는 저를 아시나이까?"

황제가 크게 놀라 물었다.

"네 어떤 계집인데 무슨 까닭으로 이런 모습을 하여 짐의 앞에 온 것이냐?"

그 여자가 한바탕을 울고 대답하였다.

"첩은 문정후 이몽창의 처 소 씨 시녀 성교입니다. 전에 주모 명으로 젖먹이 아이를 기르더니 공자가 천명이 짧고 문정후 부부에게 원한을 갚으려 났으므로 황이 조 씨가 어린아이를 짐살(鴆殺)⁶⁹⁾하였으나 문득 옥사가 크게 뒤집혔나이다. 조 국구가 설연과 말을 맞추고 황후가 밀서를 내려 설연에게 병부상서를 시켜 준다 하니 설연이 욕심을 냈기 때문입니다. 설연이 다음 날 좌기(坐起)에 마침 좌우 시

---

67) 저사(儲嗣): 임금의 자리를 이을 임금의 아들.
68) 상림원(上林苑): 원래 중국 장안(長安)의 서쪽에 있었던 궁원(宮苑)이나, 여기에서는 궁원의 일반적 이름으로 쓰임.
69) 짐살(鴆殺): 짐독(鴆毒)을 섞은 술로 만든 짐주(鴆酒)로 사람을 죽임. 짐독은 짐새의 깃에 있는 맹렬한 독.

랑이 없으므로 이 흉악한 사람이 더욱 날뛰어 여덟 낭중을 치우고 아전 무리와 동심(同心)하여 신첩이 입도 열지 않은 말을 거짓으로 꾸며 임금님을 속여 억울한 소 씨를 이이(離異)하게 하고 원통한 문후를 귀양 가게 하며 죄 없는 첩을 처참(處斬)하게 하였으니 이 원한은 삼생(三生)70)에 다 갚지 못할 것입니다. 그러나 첩의 몸이 명부(冥府)71)에 매여 있으므로 즉시 와 고하지 못하다가 이제야 고하니 엎드려 바라건대 폐하는 첩의 긴 목숨 끊은 원수를 갚아 주소서."

임금이 슬픈 빛을 띠고 이에 물었다.

"네 비명(非命)에 죽었으면서 어찌 명부(冥府)에 잡혀 있다고 하느냐?"

성교가 대답하였다.

"비명에 죽었으나 명부에서 틀림없는 줄을 몰라 수십 일을 조사하니 인간 세상은 벌써 여러 달이 되어 해가 지나 버렸나이다. 원컨대 이향을 죽여 주소서."

그리고서 크게 우니 소리가 쓸쓸하고 처량하였다. 임금이 놀라서 깨니 곧 남가일몽이었다. 기지개를 켜고 일어나 앉아 양 씨에게 꿈의 일을 말하였다. 원래 양 씨는 대가(大家)의 여자로 덕행이 뛰어났고 전에 성교의 옥사 때 그 억울함을 알았으나 황후 때문에 입을 다물고 있었다. 임금이 묻자 이에 대답하였다.

"이향을 죄주신다면 간악한 모해가 발각될 것입니다."

임금이 말하였다.

"이향도 죄를 줄 것이나, 설연은 더구나 자신이 큰 옥사를 맡아서 어찌 그렇게 했단 말이오? 한꺼번에 국문(鞫問)72)해야겠소."

───────────────

70) 삼생(三生): 전생(前生), 현생(現生), 내생(來生)을 통틀어 이르는 말.
71) 명부(冥府): 저승.

다음 날 임금이 대리시(大理寺)[73]에 명하여 설연과 이향과 조 국구를 다 옥에 가두어 국문하라 하였다. 이 승상이 반열(班列)에 있다가 조서를 보고는 속으로 놀라고 임금이 대개 어떻게 깨달았는지 궁금해하였다.

임금이 이 승상을 나아오라 하여 말하였다.

"짐이 현명하지 못해 몽창의 큰 공을 모르고 이간하는 말과 참소를 믿어 몽창을 죄인으로 삼아 변방에 내쳤으니 무슨 낯으로 선생을 보며 후세의 시비를 어찌 면하겠는가? 다만 경(卿)이 백관의 위에 거하여 음란하고 더러운 옥사를 앞에 두고 짐을 실덕(失德)하게 하였는고?"

승상이 머리를 두드려 죄를 청하고 울며 아뢰었다.

"신이 비록 지식이 없어 어리석으나 차마 폐하의 실덕을 규간(規諫)[74]하지 않겠나이까? 다만 작년에 옥사가 이미 자세하게 갖추어져 형부상서가 죄인이 승복하였다 하고 초사(招辭)를 이루어 폐하께 아뢰었으니 신이 비록 지식이 없어 어리석으나 차마 폐하 앞에서 자식 부부를 위해 스스로 폐하께 아뢰겠나이까? 오늘 성지(聖旨)가 엄하시니 이에 죄를 청하나이다."

임금이 잠자코 부끄러워하였다. 즉시 형장(刑杖)을 갖추고 설연을 올려 엄히 형벌을 내려 국문하니 연이 할 수 없이 전날 행했던 일의 수말을 다 초사(招辭)에 올려 승복하였다. 임금이 이에 대로하여 이향을 죄주니 조 씨가 영문을 죽인 것이 확실하였다. 임금이 더욱 노하여 담당 관청에 내려 법을 엄정히 하려 하였다.

---

72) 국문(鞫問): 국청(鞫廳)에서 중대한 죄인을 심문하던 일.

73) 대리시(大理寺): 형옥(刑獄)을 맡아보던 관아.

74) 규간(規諫): 옳은 도리나 이치로써 웃어른이나 왕의 잘못을 고치도록 말함.

이때 오부(五部)의 장졸들이 등문고를 쳐 소장(疏章)75)을 올리니 설연이 청탁을 탐욕스럽게 받은 일들이 적혀 있었다. 임금이 매우 놀라 연을 다시 죄주니 설연이 일일이 죄상을 다 털어놓았다.

임금이 이에 성지를 내려 설연과 이향을 엄한 법으로 다스리고 조 국구를 북쪽 땅에 원찬(遠竄)하고, 조 씨를 살인죄로 죽여야 할 것이나 황후의 낯을 보아 산동에 원찬하도록 하였다. 그리고 문후를 옛 벼슬로 부르고 소 씨를 이혼을 풀어 돌아오게 하였으며 성교를 예부에서 정표하도록 하였다. 이향은 삼족을 멸하도록 하였다. 황후를 폐하려 하였으나 태후가 말리니 이에 헤아려 황후를 폐하지는 않았다.

이씨 집안에서 이런 영화로운 기별을 듣고 모두 승상에게 치하를 하는 분위기였다. 승상이 이에 사람을 시켜 조 씨에게 말을 전하였다.

"황이의 몸으로 이에 이른 것을 탄식하니 적소에 가 모름지기 마음을 돌이키고 덕을 닦아 착한 길에 돌아가도록 하라. 또 자녀 둘은 이씨 집안의 골육이니 산동 험한 땅에 데려가는 것이 불편할 것이라 마땅히 돌려보내라."

황이가 듣고 대로하여 꾸짖었다.

"승상이 몹쓸 자식을 낳아 내 일생을 잘못 만들고 어린 아이들을 앗으려 하니 내 오늘 죽으나 어찌 아이들을 호랑이 굴에 보내겠는가?"

말이 끝나기도 전에 모친 유 씨가 꾸짖었다.

"네 죄가 태산 같은데 도리어 남을 꾸짖는 것이냐? 네 손으로 일을 저질러 아비를 사지(死地)에 넣고 황후 낭랑의 실덕을 도왔으니 구가(舅家)에뿐만 아니라 그 죄가 두루 깊으니 무슨 염치로 이런 말

---

75) 소장(疏章): 상소하는 글.

을 하는 것이냐? 두 아이가 사나운 어미의 자식이나 이 승상이 하해와 같은 도량으로 아이들을 찾는 것이거늘 아이들을 보내지 않고 꾸짖는 것은 어째서냐? 두 아이가 무사히 자란다면 네가 일생을 의지할 수 있을 것이요, 문정후가 아이들 낯을 돌아본다면 네가 기르는 것보다 나을 것이다. 저 어린아이들을 풍토가 사나운 곳에 데려가면 아이들이 반드시 몸을 보전하지 못할 것이다."

조 씨가 울며 말하였다.

"제가 비록 한때 그른 일을 행하였으나 이는 모두 문정후가 소녀를 박대한 데서 비롯한 것입니다. 그러한데 모친께서는 한갓 남만 옳다 하시니 어찌 서럽지 않나이까? 하물며 문정후와 소 씨는 전생의 원수니 차마 제 자식을 호랑이 소굴에 보낼 수 있겠나이까? 소녀는 죽어도 그렇게는 못하겠나이다."

이에 승상의 말에 답하였다.

"제가 이제 이씨 집안과 남이 되었으니 말을 전하는 것이 우습고 서먹하지만 전날에 시아버지라는 이름이 있었으니 억지로 대답합니다. 제가 무슨 죄를 지었다고 세도가의 위엄에 핍박당해 이렇게 되었으니 외로운 두 자식을 거느려 부모를 떠나 만 리 길을 가는 마음이 끊어지는 듯합니다. 그런데 조롱은 무슨 일이며 착한 길로 나아가라 하니 언제는 얼마나 사나운 노릇을 하였기에 대인 눈에 그리보인 것입니까? 외롭고 쇠잔한 목숨이 억울하게 누명을 무릅써 귀양가는 죄수가 되었으니 사람마다 죽으려 할 적에 자신의 모든 뜻에 맞추어 죽는 것이 상책입니다. 그러나 두 낱 어린아이는 버리지 못할 것인데 또 달라 하시니 아무리 대승상의 위엄이 있으나 제 뜻은 빼앗지 못할 것입니다."

승상이 전해 듣고는 어이없어 미소 짓고 말을 하지 않고, 무평백과 소부가 크게 통탄하며 말하였다.

"흉악한 여자의 자식을 형님이 큰 덕을 드리워 찾으시거늘 도리어 욕을 하니 형님이 찾기를 잘못한 것입니다."

승상이 잠시 웃고 대답하지 않으니 유 부인이 탄식하고 말하기를,

"쌍둥이가 어질게 자란다면 어미의 행동을 어찌 서럽게 여기지 않을 것이며, 어리석게 자란다면 이씨 집안에 욕이 이르지 않겠느냐?"

라 하였다.

재설. 임금의 석방 명령이 소흥에 이르니 상서가 놀라기도 하고 기쁘기도 하여 향안(香案)76)을 베풀고 조서를 보고 북쪽을 향해 네 번 절하였다. 그리고 나서 조정의 소식과 조 씨가 귀양 간 일과 설연의 죽음과 소 씨를 복귀하라고 한 일을 자세히 물어 알고 기뻐하였으나 조 씨를 죽이지 못함을 분해하였다.

드디어 행장을 차려 경사로 가려 할 적에 태수가 기뻐해 큰 잔치를 베풀고 상서와 이별하였다. 이에 성문의 손을 잡고 재삼 연연해하며 말하였다.

"내가 내년이면 벼슬의 임기가 차 경사로 갈 것이라 너를 곧 만날 것이지만 이별하기가 서운하구나."

공자가 자리를 피해 절하고 말하였다.

"대인께서 소자를 이렇듯 사랑하시는 은혜가 자못 깊으니 소자가 비록 북녘으로 돌아가나 어찌 대인의 은혜를 잊겠나이까? 마땅히 마음속 깊이 새기겠나이다."

---

76) 향안(香案): 향로나 향합(香盒)을 올려놓는 상.

몽상 공자가 웃으며 말하였다.

"이놈이 벌써 처자의 낯을 보아 장인을 공경하니 여 소저를 얻은 후에는 여 형의 말을 따르지 않는 일이 없겠구나."

공자가 옥 같은 이를 찬란히 드러내 웃음을 머금고 다시 말을 하지 않았다. 홍문이 태수를 향해 말하였다.

"대인께서 학생의 미인을 단단히 감추어 두었다가 주소서."

태수가 크게 웃고 말하였다.

"이생의 기상이 이처럼 넓으니 어찌 어여쁘지 않은가? 내 있을 동안에는 그대의 미인을 지키겠지만 내가 만일 간 후면 어찌하리오?"

홍문이 듣고 붓을 들어 칠언율시(七言律詩) 다섯 편을 잠깐 사이에 지어 태수에게 드리며 말하였다.

"이를 홍선에게 주소서. 제 만일 의리를 지키는 계집이라면 타인에게 못 갈 것입니다."

태수가 받아서 보니 구법(句法)이 호탕하고 자체(字體)가 뛰어나 봉황이 춤추는 듯하였다. 이에 태수가 칭찬하였다.

"그대의 시에 담긴 말은 진실로 탁문군(卓文君)[77]을 놀라게 할 만하니 홍선이 보면 넋을 잃겠구나. 그대의 기운이 이렇듯 호탕하여 만인(萬人)의 위에 있으니 영대인의 복록을 치하하노라."

문후가 홍문의 기상을 어이없이 여겨 말하였다.

"조카가 열 살 어린아이로서 이처럼 방자한 행동을 하여 숙부가 곁에 있음을 알지 못하니 나는 약하여 네 행동을 금하지 못하지만 네가 경사에 가는 날이면 큰 벌을 얻을 것이다."

---

77) 탁문군(卓文君): 중국 전한(前漢)시대 부호인 탁왕손(卓王孫)의 딸이자 사마상여(司馬相如)의 아내. 탁문군이 과부가 되어 친정에 와 있을 때, 사마상여가 탁문군을 유혹하기 위해 거문고를 타자 탁문군이 그 소리에 반해 한밤중에 탁문군과 함께 도망쳐 그의 아내가 됨.

홍문이 두려워 급히 죄를 청하니 태수가 웃으며 말하였다.

"옛날 이위공(李衛公)78)에게 홍불기(紅拂妓)79)가 있었으니 영질(令姪)의 행동은 참으로 대장부의 그것이라 형이 어찌 금하는 것인가? 내 낯을 보아 용서하게."

문후가 잠시 웃고 대답하지 않았다.

---

78) 이위공(李衛公): 중국 수말당초(隋末唐初)의 장군인 이정(李靖)으로, 자는 약사(藥師). 이위공은 그가 위국공(衛國公)에 봉해졌으므로 세상에서 그렇게 칭한 것임.

79) 홍불기(紅拂妓): 중국 당(唐)나라 두광정(杜光庭)의 <규염객전(虯髯客傳)>에 등장하는 기생의 이름. 수(隋)나라 말 이정이 장안(長安)의 양소(楊素)를 찾아갔는데, 양소의 가기(家妓)였던 홍불이 이정과 정이 통해 함께 도망감.

쌍천기봉 卷 14

요익은 꿈에서 본 미인과 결혼하고
이씨 집안 사람들은 진 부인을 장사지내러 금주로 떠나다

차설. 이 상서가 임금의 명령을 받들어 경사로 향하게 되어 태수와 이별하며 손을 나누었다. 상서가 경사로 가는 길에 각 지방의 관리들이 나와 너나없이 호송하니 상서의 영광이 빛났다.

길을 계속 가 집안에 이르러 존당에 들어가 인사하고 존당과 부모의 기운을 묻고는 그들을 모시고 앉았다. 존당과 부모는 상서가 무사히 집에 돌아온 것을 기뻐하고 성은의 망극함을 일렀는데 그 하는 말이 깊고 그윽하였다. 홍문이 공주 가슴에 낯을 대고 무릎에 엎드려 반가움이 지극해 도리어 울음을 터트리니 정 부인이 돌아보아 말하였다.

"홍문이가 옥주를 떠난 것이 처음인데도 저러한데, 나는 온갖 고초를 두루 겪고 목석(木石)처럼 되어 오늘 몽창이를 보아도 할 말이 없구나."

부마가 대답하였다.

"어머님 말씀이 옳습니다. 저희 형제는 서너 살 적에 모친을 떠났습니다만 홍문이는 아이가 용렬하고 제 어미가 염치없게 길러 어리지도 않은 것이 행동이 저와 같습니다."

말을 마치자 홍문을 데리고 홍매정으로 가라 하니 기운이 멀리 쏘였다. 공주가 안색을 엄정히 하고 홍문을 일으켜 앉히고는 눈물을 씻겨 형제 항렬에 앉도록 밀쳤다. 홍문이 아버지 말을 듣고 또한 두렵고 부끄러워 소매를 들어 눈물을 거두고 자리에서 물러났다. 이에 승상이 말하였다.

"몽현이의 행동이 저리 독하고 모질어 장부의 풍채가 하나도 없으니 내 제 말처럼 남 보기가 부끄럽구나. 어려서부터 사람들이 모인 자리에서 냉랭한 눈초리가 뚜렷해 남의 온화한 기운조차 떨어뜨려 수하 사람이 몸 둘 곳이 없게 했는데, 내 생각건대 나이가 들면 나아질까 했더니 점점 괴이한 성격이 되어 나이가 차도 조금도 나아진 것이 없구나. 열 살 아이가 어미를 떠났다가 보고 우는 것을 다 책망하여 어른 앞에서 성난 기색을 드러내니 너 때문에 사람들의 온화한 기운조차 줄어드니 너도 물러나는 것이 옳도다."

말을 마치자 기운이 엄숙하였다. 부마가 두려워하여 옥 같은 얼굴을 붉히고 재삼 사죄하고는 모시고 앉으니 문후가 웃고 말하였다.

"형님은 참 인정도 없는 사람입니다. 저 홍문이의 기상을 보면 남이라도 사랑함을 이기지 못할 터인데 부자(父子)의 정으로 오래 떠났다가 보면 반가움이 끝이 없을 것 같은데 무슨 까닭으로 보는 듯 마는 듯 하며 꾸짖으시는 것입니까?"

부마가 잠깐 웃고 대답하지 않았다.

상서가 이에 소 씨가 고생했던 이야기, 몽상이 화 씨를 아내로 맞이한 곡절, 화 씨를 데려와 별처에 머무르게 한 사연을 일일이 고하였다. 부모가 소 씨의 액운에 새로이 놀라고 넷째아들이 어진 처 얻은 것을 기뻐하고 택일하여 화 씨를 신부의 예로 데려오려 하였다.

다음 날, 상서가 임금에게 가 사은하니 임금이 전날의 일을 위로하고 본직을 힘써 다스리라 하니 상서가 사은하고 아뢰었다.

"자고로 살인한 자는 사형에 처하였거늘 폐하께서 어찌 조 씨의 죄를 가볍게 다스리셨나이까?"

임금이 답하였다.

"법이 그러하나 황후의 낯을 보아 언관이 다투지 않았으므로 형벌을 감해 준 것이로다."

상서가 마음이 편치 않은 채 집에 돌아오니 벗들이 서당에 가득해 이별의 회포를 풀었다. 이때 장옥지는 간의태우가 되고 임 상서의 셋째아들 임계운 등은 다 도어사를 하고 있었다. 상서가 뭇 사람을 향해 말하였다.

"여러 형들이 의기가 고상함을 자랑하더니 국구의 세력을 두려워해 흉악한 여자를 논핵(論劾)[1]하지 않았으니 저러고서 무슨 언관에 참예한다 하는가?"

가 어사가 크게 웃고 말하였다.

"조 부인의 죄는 참으로 세상에 가득하되 형의 낯을 돌아보아 성지(聖旨)의 명령대로 있었더니 도리어 형에게 책망 들을 줄 어찌 알았겠는가?"

상서가 웃으며 말하였다.

"투기하는 여자의 죄악이 끝이 없고 심지어 어린 자식을 독살해 죽인 죄는 극형에 처함이 마땅한데 여러 형이 소제(小弟)의 지극한 고통을 돌아보지 않고 국구의 권세만 보아 흉악한 여자를 편안히 사형에서 감해 주었으니 소제가 사람의 아비 되어 그 자식의 원수를 갚지 못한 것을 한하네."

---

1) 논핵(論劾): 잘못이나 죄과를 논하여 꾸짖음.

장 간의가 크게 웃고 말하였다.

"우리가 그대의 이런 마음은 모르고 속으로 헤아리기를, '영문이 죽은 것은 작은 일이요, 부부가 깊은 정을 지니고 서로 헤어지는 것은 슬픈 일인데 죽는다면 후에 그 슬퍼하는 모습을 어찌 볼꼬?' 하였더니 지금 들으니 그대의 말은 우리가 조 부인의 귀양을 풀어 주지 않았다고 하는 말이로다."

상서가 정색하고 말하였다.

"희롱도 할 만한 말이 있거늘 이처럼 사리에 어긋나는 말을 하는 겐가?"

임 어사가 웃고 말하였다.

"형의 말은 희언이네만 우리가 조 부인 죄의 경중을 모르는 것은 아니네. 다만 조 부인이 낳은 두 자녀는 형의 골육이니 영자(令子)가 참혹히 죽은 것은 물이 엎어진 것 같아 우리가 일이 돌아가는 이치를 보지 않을 수가 없어 잠자코 있었을 뿐 어찌 국구의 세력을 두려워해서였겠는가? 형의 낯을 돌아보아 그랬던 것이니 형의 이 말은 뜻밖이네."

상서가 탄식하고 답하지 않았다.

석양에 사람들이 흩어진 후 임 학사가 상서를 대해 조용히 일렀다.

"천매(賤妹)가 군후(君侯)가 멀리 떠났을 때부터 밤낮으로 애를 태우다가 마침 아들을 순산한 후에 병이 깊어 지금 죽을 지경에 있으니 학생이 참으로 걱정하고 있네. 군후는 은혜를 드리워 한 번 천매를 보는 것이 어떠한가?"

상서가 기쁜 낯빛으로 말하였다.

"그대 누이가 죄 없이 쫓겨난 줄을 내 어찌 모르겠는가? 다만 성을 풀 곳이 없어 그대 누이를 내쫓았으나 또 어찌 아주 내보낸 것이겠는가? 제수씨의 신행(新行)도 다다랐고 내가 적소에서 갓 돌아와 정신이 피로하니 두어 날 쉰 후에 가 보겠네."

임생이 이에 사례하고 돌아갔다.

다음 날 소 상서 집안 사람들이 옛집에 돌아왔다. 이 승상 부자 (父子)가 크게 기뻐 친히 이르러 소 공을 보고 세월의 덧없음을 일컬으며 삼년상을 무사히 치르고 경사에 돌아온 것을 하례하였다. 소 공이 이에 눈물을 드리워 목숨이 모진 것을 이르고 영문이 참혹히 죽은 것을 위로하며 피차 슬퍼함을 마지않았다. 상서 이몽창이 또한 악장을 향해 무사히 삼년상 지낸 것을 일컬으니 소 공이 상서의 손을 잡아 화란(禍亂) 겪은 것을 안타까워하였다.

소 씨가 바로 이씨 집안에 이르러 존당 진 태부인과 시부모를 뵈니 유 부인과 태사가 길게 탄식하고 영문의 말을 하고 정 부인은 한숨짓고 말하였다.

"내 사리에 밝지 못해 현부의 바람을 저버려 영문이를 흉악한 사람의 독수(毒手)에 마치게 하였으니 영문이의 모습을 생각하면 토목 (土木)과 같은 마음이라도 참기 어려운데 현부의 마음이야 헤아릴 수 있겠느냐? 또 정신이 없는 중에 눈앞에 환란이 닥쳐 성교가 억울하게 죽고 자식은 천 리 변방에 귀양을 가며 현부는 동쪽으로 가니 나의 마음이 갈기갈기 찢겨 비길 데가 없었다. 그런데 하늘이 살피시고 신명이 도우셔서 성교의 밝은 넋이 임금님의 마음을 되돌려 자식과 현부가 무사히 모였구나. 그래도 영문이를 생각하면 간담이 찢어지는 듯하구나."

소 씨가 옷깃을 바로하고 눈물을 흘리며 아뢰었다.

"불초한 며느리가 명문 집안에 들어온 지 오래되었으나 하나의 일도 기쁘시게 하지 못하고 화란이 자주 일어나니 이는 다 첩에게 복이 없고 마장(魔障)2)이 많았기 때문입니다. 갈수록 운수가 험하여 어린 자식을 죽였으니 이는 또 소첩의 전생 죄가 무거워 그런 것이니 누구를 미워하겠나이까? 동으로 가려다 길에서 세월을 보낸 까닭에 소흥에서 돌아다녔으니 첩이 전후에 겪은 화란을 생각하면 사람들이 진실로 첩을 보고 재앙이 많고 복이 없는 여자라 꾸짖을까 생각하였나이다. 그런데 요행히 은사(恩赦)3)를 입어 옛날 살던 곳에 돌아왔으니 이는 다 시부모님과 존당 어르신의 은혜 덕분입니다."

모두들 소 씨의 말이 이치에 맞음을 탄복하고 이에 시부모의 사랑이 더하였다. 모두 일주를 보고는 놀라며 사랑하였는데 보통의 안목을 지닌 사람은 일주를 칭찬하며 고금에 없는 인물임을 일컫고 알아보는 이는 기이하게 여기고 태사는 큰 근심으로 삼았다.

이윽고 존당을 모시고 말하다가 물러나 중당에 이르렀다. 공주와 장 씨, 최 씨며 빙옥 소저와 최 숙인, 문성의 처 조 씨가 모두들 각각 소 씨가 화란(禍亂)을 벗어나 함께 모인 것을 하례하였으나 공주가 홀로 자리를 떠나 눈물을 뿌리고 죄를 청하였다.

"첩이 사리에 밝지 못해 부인이 산악처럼 믿으신 바를 저버려 조카를 보전하지 못했습니다. 오늘 부인을 보니 부끄러움을 이기지 못하겠나이다."

부인이 급히 붙들어 눈물을 흘리며 말하였다.

"첩이 두루 떠돌아다니며 살기를 꾀하던 중에 미처 영문이를 생각도 못 했으니 흉하고 모진 목숨이 토목과 다르지 않았습니다. 그런데 옥주의 슬퍼하시는 모습을 보니 바야흐로 눈물이 납니다. 영문

---

2) 마장(魔障): 귀신의 장난이라는 뜻으로, 일의 진행에 나타나는 뜻밖의 방해나 헤살을 이르는 말.

3) 은사(恩赦): 나라에 경사가 있을 때에, 죄과가 가벼운 죄인을 풀어 주던 일.

이 죽은 것은 저의 수명이 짧고 첩의 괴이한 운명이 박복해서 그런 것이니 옥주께서 어찌 이처럼 하시는 것입니까?"

공주가 다시금 사죄하며 눈물을 거두지 못하니 그 어질고 너그러운 천성이 이와 같았다. 소 부인이 재삼 그렇지 않음을 고하며 자리를 바로하였다. 성문은 모친이 소씨 집안으로 들까 하여 소씨 집안으로 갔다가 모친이 이씨 집안으로 온 줄 알고 조부모를 잠깐 뵙고 즉시 이에 이르러 모친에게 절하고 반가움을 이기지 못하였다. 좌우 사람들의 하례하는 말이 계속되니 부인이 오열하고 말하였다.

"인생이 모질어 괴이한 화란을 겪고도 살아 부인네를 다시 보았거늘 어여쁜 내 아이의 자취는 스러졌으니 그 아이가 놀던 데를 보니 첩의 목숨이 질긴 줄을 알겠나이다."

장 씨가 또한 눈물을 머금고 말하였다.

"현제가 부탁한 말이 그림의 떡이 되었으니 어찌 부끄럽지 않은가? 그러나 현제는 한창 청춘이니 이제 아이 몇을 낳을 줄 알겠는가? 또 성문과 일주가 있으니 마음을 편안히 함이 마땅하네."

소저가 슬피 탄식하고 말하였다.

"첩에게는 조그마한 덕도 없고 재앙뿐이니 두 자식인들 믿을 수 있겠나이까? 자식이 여럿이나 정은 다 각각이니 첩이 영문이와 모자가 된 후 헤어져 밤낮으로 그리다가 영문이를 여의었으니 더욱 남은 한이 커 서러워하는 것입니다."

말을 마치자 눈물이 낯에 가득하였다. 모두 위로할 말이 없더니 공주가 나아가 앉아 위로하였다.

"첩이 지식이 없어 어리석으나 잠깐 생각하니 영문의 기상은 조씨가 아니라도 마침내 오래 살 그릇이 아니었습니다. 천명이 이러한 후에는 무익한 슬픔이 부질없고 부모 시하에 눈물을 종종 내는 것은 몸을 온전히 할 도리가 아닌가 하나이다."

소 씨가 눈물을 거두고 사례하였다.

"옥주의 가르치심이 명쾌하니 첩이 현명하지 못하나 어찌 마음을 평안히 할 도리를 갖지 않겠나이까?"

이렇게 서로 말하다가 날이 저물자 소 씨가 죽매각으로 갔다. 물색은 여전하나 영문의 자취가 아득하였다. 옛날 두 아이가 서로 소매를 이끌며 놀던 일을 생각하니 마음이 무너지는 듯하여 피를 되나 토하고 혼절하여 거꾸러졌다. 공주가 뒤를 따르다가 이 모습을 보고 급히 구해 운아를 시켜 소 씨를 붙들어 상에 눕히게 하고 상서를 찾아 고하게 하였다.

상서가 놀라고 염려하여 약을 소매에 넣고 들어와 이 광경을 보고 놀라 친히 소 씨를 붙들어 회생약을 흘려 구호하였다. 두어 식경(食頃)[4]이 지나 겨우 깨어났으나 소 씨가 기운이 혼미하여 정신이 없는 중에 있으니 상서가 손을 잡고 위로하며 말하였다.

"부인의 마음을 학생이 다 알고 있으니 다시 이르지는 않겠소. 그러나 전날 그대의 큰 도량은 다른 사람이 미치지 못할 정도였는데 오늘은 어찌 이렇듯 참지 못하는 것이오?"

부인이 묵묵히 대답하지 않고 눈물만 이따금 떨어질 뿐이었다. 상서가 더욱 구슬퍼 다시 위로하였다.

"소흥에서 모자, 부부가 손을 나눌 적에 이승에서 모두 모일 길이 없을까 했더니 이처럼 쉽게 만났소. 이런 행운이 없거늘 무슨 까닭으로 이미 잘못된 자식을 생각하여 애를 태우는 것이오?"

부인이 오랜 후에 정신을 차려 일어나 앉아 말을 하지 않으니 상

---

4) 식경(食頃): 밥을 먹을 동안이라는 뜻으로, 잠깐 동안을 이르는 말.

서가 또한 밤이 깊었으므로 부인과 함께 자리에 나아가 잤다.

이튿날 화 소저가 신부의 예로 이씨 집안에 이르러 존당에게 폐백을 드리러 나왔다. 시부모가 새사람을 보니 고운 안색은 연꽃이 빛을 잃게 할 정도였고 미우(眉宇)에는 어진 덕이 드러나 있었다. 시부모가 매우 기뻐하여 소 씨를 돌아보고 칭찬하였다.

"현부가 화란에 떠돌아다니면서도 몽상이를 위해 이렇듯 세상에 드문 여자를 얻어 우리 가문을 빛내니 무엇으로 이를 갚을꼬?"

소 씨가 자리를 피해 사례하였다. 시부모가 화 씨의 사정을 듣고는 불쌍히 여겨 깊이 사랑하고 어루만지기를 다른 며느리보다 더하였다. 침소를 매향당에 정해 시녀 열 명에게 모시도록 하였다. 화 소저가 침소로 돌아오니 이불, 베개 등과 방 안의 물건들이 옛날 소흥의 초막과는 현격히 차이가 난 것을 보고 스스로 감회를 이기지 못해 사람의 일이 윤회함을 탄식하였다.

이윽고 몽상 공자가 손에 기린촉(麒麟燭)5)을 들고 들어오니 소저가 일어났다. 생이 그 손을 잡고 웃으며 말하였다.

"그대가 보건대 이곳이 소흥과 비교해 어떠하오? 소 씨 형수님의 청에 과도히 사양하더니 만일 그대가 생에게 오지 않았다면 이 영화를 볼 성싶었겠소?"

소저가 탄식하고 대답하지 않다가 이윽고 말하였다.

"외삼촌이 어디 계신지 알아보고 가서 뵙게 하소서."

생이 웃으며 말하였다.

"구 공(公)이 그대를 저버렸거늘 그대가 무슨 마음으로 보고 싶은 것이오?"

---

5) 기린촉(麒麟燭): 기린 모양으로 장식한 등.

소저가 탄식하고 말하였다.

"제 비록 첩을 저버렸으나 첩에게는 숙부라는 무거운 이름이 있으니 어찌 가서 보지 않을 수 있겠나이까?"

생이 크게 웃고 잠자코 있다가 말하였다.

"아까 말은 희언이었소. 사람의 자식이 되어 저의 행동을 본받아 저를 책망하지 못할 것이니 생이 구 시랑을 찾아 수말을 이르고 그대를 보내 삼촌과 조카의 도리를 펴도록 하겠소."

공자가 조용히 상서를 대해 말하였다.

"공부시랑 구 공이 어디에 있나이까?"

상서가 말하였다.

"남문에 있거니와 네 찾아보려 하는 것이냐?"

공자가 말하였다.

"소제가 유생의 몸으로서 높은 벼슬아치의 집에 가 연고를 말하는 것이 우스우니 형님이 한번 가서 화 씨의 연고를 일러 주소서."

상서가 응낙하였다.

상서가 하루는 수레를 타고 구 시랑 집에 이르렀다. 구 공이 크게 놀라 저 후백 대신이 집에 이른 것이 뜻밖이라 관복을 바르게 하고 문밖에 나와 맞이해 서헌에 함께 들어와 인사를 마쳤다. 상서가 일찍이 구 공이 공무를 보고하러 집에 온 적이 있으나 그 인물을 더럽게 여겨 구태여 말을 주고받은 적이 없었다. 지금은 그 조카 저버린 일을 사리에 어두운 행위로 여겨 눈썹을 찡그리고 묵묵히 있다가 억지로 물었다.

"노형의 매제가 화 시랑이오?"

구 공이 대답하였다.

"그렇거니와 어찌 물으시는 것입니까?"

상서가 말하였다.

"화 시랑 부부가 다 죽고 한 딸이 있다 하더니 노형이 양육하고 있소?"

구 공이 부끄러워 한참을 있다가 대답하였다.

"조카가 남창에서 저의 부모 제사를 지내고 있으므로 아직 못 데려왔나이다."

상서가 냉소하고 말하였다.

"노형이 학생을 너무 어둡게 여기는구려. 노형이 전에 소흥에 부임했을 적에 영질(令姪)이 찾아간 일이 없었소?"

구 공이 이 말을 듣고 고개를 숙여 더욱 두렵고 부끄러워 대답을 하지 못했다. 상서가 이에 낯빛을 엄정히 하고 꾸짖었다.

"노형이 당당한 명문가의 사람으로 높은 벼슬에 종사하고 있거늘 어찌 밖으로 꾸미고 안으로 불인무상(不仁無狀)⁶⁾함이 이와 같은 것이오? 영질이 남창으로부터 소흥으로 형에게 의지하러 갔으나 공이 문득 버리고 조서를 받아 경사로 가니 영질이 중도에 낭패하여 산간에 초가집을 짓고선 겨우 유모와 한 명의 시비와 함께 연명하였소. 학생이 마침 귀양 갔을 적에 이 일을 자세히 알고 아우의 짝으로 정해 주었는데 제수씨의 덕행이 뛰어나 공의 어질지 않음을 잊고는 공을 뵙지 못함을 큰 우환으로 삼았소. 우리가 당당한 대신의 반열에 있어 공의 벼슬을 빼앗아 내쫓고 싶었으나 제수씨의 효를 상하게 하지 않으려 공의 허물을 괘념치 않고 이에 이른 것이오. 빨리 제수씨를 찾아보아 삼촌과 조카의 의리를 온전히 하길 바라오."

구 공이 상서의 엄정한 말과 힘써 꾸짖는 말을 들으니 두렵고 부

⁶⁾ 불인무상(不仁無狀): 어질지 않고 사리에 밝지 못함.

끄러워, 죽으려 해도 죽을 땅이 없어 고개를 조아리고 죄를 청하였다.

"소생이 사리에 어두워 부모 없는 조카를 저버려 죄를 태산같이 지었으니 다만 잘못한 죄를 청하나이다."

상서가 정색하고 말하였다.

"공이 학생에게 죄를 청할 까닭이 없으니 이후에나 빈(貧)을 버리고 부(富)를 취하지 마시오. 노형이 비록 악광(樂曠)[7]의 지감(知鑑)[8]이 없으나 제수씨 같은 위인이 끝까지 고초를 겪을까 싶었소?"

말을 마치자 소매를 떨치고 돌아갔다. 구 공이 더욱 부끄러워 죽으려 해도 죽을 땅이 없어 즉시 말에 안장을 갖추어 이씨 집안으로 향하였다.

상서가 수레를 밀어 집에 오다가 임 학사 집안에 이르니 학사가 크게 반겨 웃고 말하였다.

"귀한 발걸음이 무슨 바람으로 누추한 곳에 이른 겐가?"

상서가 웃으며 말하였다.

"현형이 괴로이 청해서 왔더니 새로이 묻는 것은 어째서인고?"

임 학사가 웃고 말하였다.

"천매는 형이 저버렸거니와 형의 자식이나 찾아서 가는 것이 어떤가?"

상서가 미소를 짓고 즉시 몸을 일으켜 임 씨의 침소에 이르렀다. 임 씨는 빛 없는 옷을 입고 무늬 없는 이불에 있었으니 이미 죄인으로 자처하는 모습이 현저하였다. 임 씨가 어지러운 머리털을 하고 베개에 기대고 있다가 상서를 보고는 침상에서 내려 예를 베풀었다.

---

7) 악광(樂曠): 중국 춘추시대 진(晉)나라 때의 악사(樂師)인 사광(師曠)으로, 음률을 잘 분간한 인물로 유명함.
8) 지감(知鑑): 사람을 잘 알아보는 능력.

상서가 명해 편안히 있으라 하고 천천히 말하였다.

"네 방자한 죄를 지어 내 출거하였으나 임 형의 낯을 돌아보지 않을 수 없어 너를 즉시 데려오려 했다. 내 한 해를 즈음하여 돌아왔으니 네 즉시 와서 내 명령을 기다려야 할 터인데 무슨 병이 이리도 오래 가는 것이냐?"

임 씨가 고개를 조아려 감히 대답하지 못하였다. 임 학사가 웃고 상서에게 머물기를 청하니 상서가 임생의 우애에 감격하여 허락하였다. 학사가 크게 기뻐하고 나와서 부인에게 명령하여 저녁밥을 갖추어 보내게 하였다. 상서가 식사를 마치고 드디어 임 씨가 낳은 아들을 보니 얼굴이 곤륜산(崑崙山)의 옥과 같아 자기를 많이 닮았으므로 아들을 어루만지며 매우 사랑하였다. 다시 임 씨를 경계한 후 이끌어 침석에 나아가니 사랑이 또한 범상하지 않았다.

밤을 보내고 다음 날 돌아갈 적에 임 씨에게 당부하여 몸을 조리한 후 곧 오라 하니 임 씨가 명령에 응하였다.

상서가 밖에 나와 하직하니 임 학사가 사례해 말하였다.

"합하가 귀한 가마를 움직여 와서 천매를 위로해 주니 은혜가 깊네."

상서가 웃으며 말하였다.

"이후에는 소제를 은인으로 알라."

이렇게 말을 마치고는 크게 웃고 돌아갔다.

재설. 구 시랑이 이 상서로부터 한바탕 의리로 절절히 꾸짖는 말을 듣자 속으로 두려움을 이기지 못해 즉시 이씨 집안에 이르렀다. 승상과 부마는 마침 없고 한림 몽원이 서헌에 있다가 구 시랑이 왔다는 말을 듣고 그 형이 격렬히 미워함을 스쳐 알아 속으로 웃고 잠시 호탕한 마음이 생겼다. 문득 의관을 어루만져 구 시랑을 청해 들어오게 하였다. 구 시랑이 와 예를 마치니 한림이 예를 잠깐 펴고 늠름하고 위엄 있게 앉아 말을 하지 않으니 그 굳세고 엄숙한 기세가 가을 하늘과 같았다. 구 공이 오래 말이 없으니 한참을 머뭇거리다가 몸을 굽히고 말하였다.

"천한 조카가 이곳에 왔다 하니 볼 수 있겠나이까?"

한림이 오랫동안 가만히 있다가 말하였다.

"족하(足下)의 조카가 어떤 사람입니까?"

대답하였다.

"이 사람은 곧 화 씨니 명공(明公)의 제수가 되었다 하므로 찾아보러 이르렀나이다."

한림이 잠시 웃고 말하였다.

"아우가 형님을 모시고 소흥 적소에 이르렀는데 이웃에 한 약한 여자가 독신으로 사고무친(四顧無親)하다는 말을 형님이 들으시고 크게 불쌍히 여겨 그 여자를 아우와 혼인시켰습니다. 그 근본을 물으니 화 시랑의 딸이 맞았는데, 대개 그 외삼촌이 소흥 태수를 하고 있었으므로 외삼촌에게 의지하려고 규중의 약한 여자가 남창으로부터 이르렀으나 그 외삼촌이 사리에 밝지 않아 문득 돌아보지 않고 경사로 갔다 합니다. 학생 등이 찾아서 조카 거둔 일을 물으려 했더니 뜻밖에 노형의 말을 들으니 참으로 의심되는 바가 있습니다. 노형이 어려서부터 이치를 아는 재상이라 지친(至親)을 박대하지 않을 것인데 진가(眞假)를 알지 못하겠나이다. 청컨대 밝히 가르쳐 주소서."

구 공이 이 한림의 말을 듣고 더욱 얼굴에 부끄러움이 가득하여 이에 사죄하며 말하였다.

"만생(晩生)이 그때 소흥에 부임했을 적에 조카가 찾아 이르렀기에 거두려 하였나이다. 그런데 경사에서 성지(聖旨)를 내려 벼슬을 올려 주셨으므로 역마로 상경하고 미처 식구들을 거느리고 오지 못하였나이다. 아내에게 분부하여 조카를 함께 데려오라 했더니 아내가 어질지 않아 조카를 버리고 왔습니다. 만생이 폐처(弊妻)9)를 꾸짖고 그 후에 데려오려 하였으나 길이 멀고 공무가 많아 못 찾아왔던 것입니다. 아까 병부상서 합하께서 이르러 이리이리 말씀하시기에 만생이 부끄러움을 무릅쓰고 조카를 보아 사죄하려고 이르렀나이다."

한림이 정색하고 말하였다.

"학생이 비록 나이가 어리나 또한 잠간 사리를 아니 오늘 족하의 말씀은 삼척동자라도 곧이듣지 않을 것이라 학생이 어찌 믿겠나이까? 족하께서 조금이라도 죽은 동생을 생각하여 제수씨를 염두에 두었다면 비록 족하에게 중죄가 있어 금위(禁衛)10)의 관원이 철사로 매어 풍우같이 온다 한들 하나밖에 없는 조카를 못 거느리겠나이까? 하물며 태수의 위엄으로 벼슬이 높아져 상경하면서 의지할 데 없는 약한 조카를 천 리 변방에 버리고 와 놓고 지금에 와서는 규중의 영부인(令夫人)에게 그 허물을 돌려보내는 것입니까? 또 길이 멀어 못 찾아왔다 하시니 이는 더욱 젖먹이 어린아이라도 곧이듣지 않을 말입니다. 그 땅에서도 제수씨를 찾아 데려오지 않았는데 경사에 와 찾을 생각인들 있었을 것이며, 진실로 찾을 정성이 있었다면 소흥이 경사에서 멀다 하나 하늘 밖이 아니거늘 공이 어찌 이런 허무맹랑한 말을 꾸며 학생을 속이는 것입니까? 학생이 비록 나이가 어리나 임금님의 은혜를 입어 한림원(翰林院)11)에 머릿수를 채워 백관을 다

---

9) 폐처(弊妻): 자기 아내를 낮추어 이르는 말.
10) 금위(禁衛): 중국에서, 천자의 궁성을 지키던 군대. 금위군(禁衛軍).
11) 한림원(翰林院): 당나라 초에 설치되어 명나라 때에는 저작(著作), 사서 편수, 도서

겪어 보았으니 오늘 거짓말을 이처럼 거리낌 없이 하는 것입니까? 내 이런 모습을 재상에게서는 보지 못하였으니 스스로 놀라움을 이기지 못하겠나이다. 족하의 허언(虛言)하는 모양을 보건대 가형(家兄)이 그곳에 갔다 한 말도 반드시 거짓말일 것입니다. 훗날 사형(舍兄)12)에게 물어 그 일이 확실한지 확인하고 대인께 고할 것이니 그 후에 제수씨를 보소서."

말을 마치고는 정색하고 구 시랑을 묵묵히 보니 찬 빛이 눈 위에 서리가 내린 듯하였고 단엄한 기운이 쏘였다. 구 공이 잠시 말을 꾸미며 자신의 사나운 심술을 감추려 했다가 이 한림의 밝게 비추는 말에 낭패하고 한림의 말마다 낯이 뜨거워 감히 앉아 있지 못해 하직하고 나왔다.

홀연 문 앞에 푸르고 붉은 양산이 어지럽게 나부끼고 벽제(辟除)13) 소리가 나 온 길을 움직였다. 승상이 머리에는 자금관(紫金冠)14)을 쓰고 몸에는 붉은 비단 도포를 입었으며, 옷의 어깨 부분에는 해와 달 모양이 그려져 있고 허리에는 옥띠를 둘렀으며 금인(金印)15)을 차 수레 위에 단정히 앉아 수백 명의 추종(騶從)을 거느려 문으로 들어오고 뒤에는 부마가 청총마(靑驄馬)16)를 채찍으로 치며 부친을 따라 들어오고 있었다. 구 공이 허리를 굽히고 빨리 걸어 수

　등의 사무를 맡아 함. 이몽원이 한림학사를 하고 있으므로 이와 같이 말한 것임.

12) 사형(舍兄): 남에게 자기 형을 낮추어 이르는 말.

13) 벽제(辟除): 지위가 높은 사람이 행차할 때, 구종(驅從) 별배(別陪)가 잡인의 통행을 금하던 일.

14) 자금관(紫金冠): 자금으로 만든 관. 자금은 적동(赤銅)의 다른 이름인바, 적동은 구리에 금을 더한 합금임.

15) 금인(金印): 금으로 된 인(印). 인(印)은 예전에 관직의 표시로 차고 다니던 쇠나 돌로 된 조각물.

16) 청총마(靑驄馬): 갈기와 꼬리가 파르스름한 백마.

레 앞에 와 예를 하니 승상이 손을 들어 읍양(揖讓)[17]하고 함께 서헌으로 들어가 좌정하였다. 이에 승상이 물었다.

"족하가 어찌 온 것이오?"

구 공이 자리를 피해 공수(拱手)[18]하고 말하였다.

"만생이 참으로 어리석어 예전에 조카를 저버린 일이 심했는데 이제 귀부(貴府) 공자의 배필이 되었다 하므로 서로 보려 하나이다."

승상이 다 듣고는 잠시 웃고 시녀를 시켜 화 소저를 나오게 해 구 시랑을 뵈라 하니, 승상이 매사에 말소리와 얼굴빛을 바꾸지 않음이 이와 같았다.

이윽고 화 소저가 나와 구 시랑을 향해 예하고 눈물을 흘려 말을 못 하니 구 시랑이 낯을 붉히고 소리를 낮추어 사죄하였다.

"그때는 내가 사리에 어두워 조카를 저버렸더니 어찌 오늘날 이리 귀하게 될 줄 알았겠느냐?"

화 소저가 다만 눈물만 흘리고 묵묵할 뿐이었다. 시랑이 이에 몽상 공자를 청해 보고 기쁨을 이기지 못하니 그 낯 두꺼움이 이와 같았다.

즉시 소저와 함께 집에 돌아가 소저를 극진히 대우하며 사랑하니 세상 인정이 형세를 좇아 이와 같이 하니 어찌 슬프지 않은가. 소저가 옛일을 괘념치 않고 구 시랑 부부를 부모처럼 섬기고 며칠을 묵다가 돌아왔다. 몽상 공자에게 자신의 사정을 고해 남창에 있는 부모 사당을 모셔 와 제사를 그치지 않고 올리니 천하가 이 공의 신의를 일컬었다.

---

17) 읍양(揖讓): 읍하는 예를 갖추면서 사양함.

18) 공수(拱手): 절을 하거나 웃어른을 모실 때, 두 손을 앞으로 모아 포개어 잡음. 또는 그런 자세.

이때 문후가 지난 화란을 다 떨쳐 버리고 부인과 함께 화락하며 임 씨를 데려와 전과 같이 총애하였다.

하루는 상서가 여러 형들과 서당에 있더니 집안의 종이 와 아뢰었다.

"산동 조 부인을 모시고 갔던 공차(公差)가 돌아왔는데 부인이 중도에 도적을 만나 가신 곳을 알지 못한다 하나이다."

좌우의 사람들이 다 듣고는 놀라고 상서가 이마를 찡그리며 말하였다.

"하늘이 악한 사람을 이렇듯 분명하게 징벌하시니 하늘이 높으나 살핌이 밝은 줄을 알겠도다."

부마가 말하였다.

"비록 그러하나 자녀 두 사람은 무슨 죄냐?"

상서가 대답하였다.

"조 씨가 귀양 갈 적에 소제가 있었다면 자식들을 앗아 둘 걸 그랬나이다."

사람들이, 처음에 승상이 조 씨 자녀의 앞길을 불쌍히 여겨 그들을 찾으러 보냈으나 조 씨가 욕했던 일을 상서에게 이르지 않았더니 부마의 넷째아들 중문이 내달아 말하였다.

"조 부인이 귀양 갈 적에 할아버지께서 자녀는 두고 가라 하셨는데 조 부인이 이리이리 꾸짖으셨으니 참으로 아깝나이다."

부마가 눈을 높이 떠 갑자가 화를 크게 내며 말하였다.

"어린 것은 빨리 물러가라."

이에 상서가 천천히 빙그레 웃으며 말하였다.

"형님이 흉악한 여자의 평생을 생각하시어 소제를 내외하시니 소제가 개탄하나이다. 조 씨 여자가 아버님을 욕한 일은 몰랐지만 천지 가운데 아버지와 아들 사이가 중요하니 소제가 비록 민첩하지 못하나 차마 자식 죽인 원수를 잊고 흉악한 인간과 함께 거처하겠나이까? 그 여자가 인간 세상에 없는 기린아를 낳았어도 아주 작은 원한도 잊지 않을 것이요, 그 낳은 자녀가 쓸데없으나 소제가 어려서부터 사람에게 관대하라 하신 아버님의 경계를 받들어 왔으므로 그 자녀를 거두려 했던 것입니다. 형님마저 부모를 욕한 흉악한 여자의 편을 들으시니 소제가 더욱 감히 형님의 높은 마음을 알지 못하겠나이다."

부마가 다 듣고는 오래 잠자코 있다가 일렀다.

"내 어찌 조 씨의 편을 들어서 그런 것이겠느냐? 매사에 말이 빠르지 못해 너에게 전하지 못한 것이다. 조 씨가 낳은 자식을 두고 말한다면 그들은 곧 너의 자식이다. 그 어미를 연좌하여 저렇듯 폄하하는 것은 옳지 않은가 하구나."

상서가 용모를 가다듬고 사례할 뿐이었다.

후에 경문이 산동어사로 가 조 씨 찾아온 일이 있으니 이 일은 후편 <이씨세대록>에 있다.

이때 승상의 다섯째아들 몽필의 자는 백명이니, 얼굴이 전혀 증조모 진 부인을 닮아 화려하고 준수한 골격은 미칠 사람이 없었으며 성품이 너그럽고 두터워 한나라 재상 소하(蕭何)[19]의 도량을 가졌다. 존당과 부모가 지극히 사랑하여 나이 열다섯 살에 태중대부 김오현의 넷째딸을 아내로 맞게 하였다. 김 씨가 성질이 질박하고 순

---

19) 소하(蕭何): 중국 전한의 정치가. 일찍이 진(秦)나라의 하급관리로 있으면서, 유방이 군사를 일으키자 종족 수십 명을 거느리고 모신(謀臣)으로 유방을 보좌하며 한신 등의 반란을 평정하고 상국(相國)으로 지냄.

수하며 외모가 또렷하여 보통의 평범한 여자니 공자의 옥 같은 얼굴과 봉황의 눈에 비기면 차이가 컸다. 그러나 공자가 부부 금실을 좋게 하여 조금도 부부 사이의 의리를 소홀히 하지 않았으니 승상이 기뻐해 말마다 김 씨를 일컬으며 온갖 복을 가진 이는 이 사람이라 하였다.

이때 승상의 막내딸 빙성 소저의 나이가 열넷이었다. 아름답고 화려한 용모는 봄에 아직 피어나지 않은 꽃 같고 가을 하늘 같은 골격은 공주와 소 씨에게 잠깐 떨어지는 면이 있으나 그 나머지 태도는 무쌍(無雙)하였고 여자로서의 행실이 빼어나 비길 사람이 없으니 승상이 매우 사랑하여 걸맞은 쌍을 구하였으나 능히 얻지 못하였다.

이때 태상경 요화는 당대에 유명한 가문의 사람으로 세 아들을 두었다. 장자는 급사낭중(給事郞中)20)이요, 차자 희는 한림이었다. 셋째아들 익은 열여섯 살이었으니 소년으로서 재주 있는 명성이 자자하여 열다섯 살에 형부주사 공겸의 딸을 아내로 맞았다. 생의 풍채는 예전 왕자진(王子晉)21)이 하강한 듯하였으나 공 씨의 용모는 평범하고 성품이 순박하지 않았으므로 생이 서로 맞지 않아 공 씨를 박대하여 얼굴을 보지 않았다. 이에 공 씨가 한스러움을 이기지 못해 재물을 요 태상에게 무궁히 들여 그의 마음을 흡족하게 하니 요 공은 원래 성품이 어리석고 현명하지 못했으므로 공 씨를 매우 사랑

---

20) 급사낭중(給事郞中): 관직 이름으로 줄여서 급사(給事)라 함. 중국 진한(秦漢) 때부터 있어온바, 명나라 때에는 황제를 곁에서 모시며 잘못을 간하고, 육부[吏戶禮兵刑工]의 폐단을 규찰하며 법규의 잘잘못을 논박해 바로잡는 권한이 있었음.

21) 왕자진(王子晉): 중국 주(周)나라 영왕(靈王)의 태자 진(晉)을 이름. 성은 희(姬). 자(字)가 자교(子喬)여서 왕자교(王子喬)로도 불리는데 일찍 죽어 왕위에 오르지는 못함. 전설에 따르면 그는 신선이 되어 학을 타고 다니면서 영생하였다 함.

하여 생을 매양 꾸짖어 공 씨를 박대하지 못하도록 하였다. 요생은 효성스러운 군자라 이에 공 씨를 억지로 잘 대우해 주었다.

급사 형제 세 명은 그 아버지를 닮지 않아 인물이 삼가고 공손하며 총명하고 효성스러우며 우애가 있으니 문후 형제가 그들을 지기(知己)로 삼아 문경지교(刎頸之交)[22]를 이루었다. 문후가 요익을 사랑하여 요익을 그 여동생의 배필로 삼지 못한 것을 한스러워하였다.

요생이 공 씨와 뜻이 맞지 않아 몰래 다시 아내를 맞으려 하였으나 부친의 성품이 사납고 집에 모친이 없어 감히 생각지 못하고 한숨 쉬고 근심하면서 날을 보냈다.

하루는 병부상서의 청으로 이씨 집안에 이르러 서당에서 이씨 형제들과 종일토록 술을 마셨다. 요생이 술에 취해 난간머리에 잠깐 누워 잠이 들었는데, 꿈속에서 몸이 스스로 날아 안으로 들어가 한 곳에 이르렀다. 작은 집이 매우 정결하였는데 현판에 '홍련당'이라는 세 글자가 새겨 있고 방 안에 한 미인이 붉은 치마에 비단옷을 입고 앉아 앵무새를 희롱하고 있었다. 달 같은 이마와 흰 낯이며 연꽃 같은 두 뺨에 앵두 같은 입술과 하얀 이는 고금을 견주어도 무쌍하였으니 생이 황홀하여 정신을 잃고 서 있었다. 곁에서 한 명이 미인을 가리켜,

"저 여자의 이름은 빙성이니 네 배필이다."

라고 하니 생이 의심하여 다시 물으려 할 적에 깨어나니 한 꿈이었다. 생들은 다 들어가고 홀로 부마의 장자 홍문과 문정후 장자 성문만 앉아 있었다. 요생이 일어나 앉아 꿈속에서 본 미인을 생각하니 천하에 그런 여자가 없을 듯하여 가만히 생각하였다.

---

22) 문경지교(刎頸之交): 친구를 위해 자기의 목을 베어 줄 정도의 사귐.

'지금 시대에 이 부마 형제의 일월과 같은 용모에 겨룰 만한 이가 없고 내 또 미인을 본 바가 많으나 그런 절색은 고금에 없으니 어쨌거나 그려 놓고 보아야겠다.'

그러고서 좌우를 살피니 채색 붓이 벼룻집에 있고 흰 깁이 상자에 담겨 있었다. 요생이 채색 묵을 갈고 깁을 펴 순식간에 붓을 놀려 미인도를 그리니 생기가 발랄하여 참으로 말 못 하는 빙성 소저였다. 두 공자가 그 재주의 신이함에 놀라더니 다시 살펴보고는 흥문이 크게 놀라 말하였다.

"상공이 언제 우리 숙모를 보았나이까?"

요생이 또한 놀라 말하였다.

"이 그림이 네 어느 숙모와 같으냐?"

흥문이 대답하였다.

"할아버지의 막내 처자 숙모......"

라고 하다가 성문이 눈짓을 하니 깨우치고 이에 두루 돌려 말하였다.

"우리 숙모 문 학사 부인 같으나 그리 비슷하지는 않나이다."

요생이 그 기색을 스치고 문정후의 여동생인 줄 깨달아 일부러 '홍련당 미인 빙성'이라고 썼다. 이때 부마 형제가 나오니 요생이 급히 그림을 밀어놓고 맞이하니 한림이 웃으며 말하였다.

"자평이 얼마나 취해 잔 겐가?"

요생이 미소 짓고 대답하지 않으니 상서가 요생이 그린 그림을 내놓아 펴고 말하였다.

"자평은 부질없는 노릇을 하였는가?"

이렇게 말하며 한편으로 모두 보다가 낯빛을 잃고 놀라고 의아하여 말이 없었다. 한참 뒤에 상서가 물었다.

"자평이 어디에 가서 이 미인을 보고 교묘하게 본떴는가?"

생이 말하였다.

"아까 잠깐 졸았는데 몸이 날아서 한 곳에 가니 '홍련당'이라는 세 글자가 있고 이 미인이 그곳에서 앵무새를 희롱하고 있었네. 그 곁에서 기이한 사람이 그 미인의 이름을 일러 이리이리 하므로 소제가 깨어 생각하니 일이 매우 공교롭고, 또 그 미인의 얼굴은 옛날 양귀비(楊貴妃),[23] 조비연(趙飛燕)[24]이 곱기로 유명하나 이 사람에게는 전혀 미치지 못할 것이므로 그 미인을 그려 놓고 다시 보려 하는 것이라네."

상서가 깊이 생각하다가 일렀다.

"이 일이 비록 공교로우나 매우 허탄하니 당당한 장부가 이런 일을 믿어서야 되겠는가? 봄꿈이 자연 이러하니 자평은 모름지기 마음에 두지 말게. 고금에 이런 자색이 어디에 있겠는가?"

요생이 또한 총명이 남보다 뛰어났으므로 아까 홍문의 말과 여러 사람의 기색을 보고는 이미 기미를 알아챘다. 미인을 사모하는 마음이 서서히 일어나 잠시 웃고 말하였다.

"꿈이 비록 허탄하다 하지만 이 꿈이 참으로 신기하니 내 맹세코 이 미인을 취하고야 말겠네."

상서가 정색하고 말하였다.

"자평을 군자로 알았더니 어찌 이런 헛된 말을 하는 겐가? 봄꿈이 어지러워 미인이 보였다 한들 그림을 그려서 얻으려 하니 그대는 생각해 보라. 지금 세상에 어떤 여자가 저 그림과 같은 이가 있을 것이며 그대의 짝이 되겠는가? 우리가 어려서부터 이런 허탄한 일을 가

---

23) 양귀비(楊貴妃): 중국 당(唐)나라 현종(玄宗)의 후궁. 본명은 옥환(玉環).

24) 조비연(趙飛燕): 중국 전한(前漢) 때 성제(成帝)의 후궁(皇后).

소롭게 여겼으니 그대는 우리에게 두 번 자랑하지 말게."

요생이 즐겁게 웃으며 말하였다.

"누가 형에게 미인을 얻어 달라고 했는가? 인연이 있다면 어느 댁 귀한 소저라도 내 손안에 있게 될 것이네."

이에 부마가 역시 정색하고 말하였다.

"자고로 한나라 무제(武帝)의 죽궁(竹宮)25)과 당나라 현종의 홍도 객(鴻都客)26)이 천추에 미담이 되었으나 지금까지 시인들의 비웃는 붓 끝에 군자의 부끄러움이 드러나 있네. 자평이 당당한 금옥 같은 군자로서 이런 괴이한 생각을 하여 뭇 사람들의 시비를 일으키려 하는가? 우리가 자평의 평소 행실과 다름을 크게 괴이하게 여기네."

말을 마치고는 홍문에게 명해 그림을 거두어 앗으라 하고 정색한 채 가만히 있었다. 요생이 부끄러운 빛으로 고개를 숙이고 잠자코 있으니 상서가 말하였다.

"한 무제와 당 현종은 근본이 있는 미인이라 그렇듯 했으나 이제 자평은 근거도 없는 미인을 한 꿈 때문에 사모하니 어찌 우습지 않은가?"

이 한림이 웃으며 말하였다.

"필시 자평이 꿈에 요괴가 들려 저렇게 하는가 싶습니다."

요생이 잠깐 웃고 말하였다.

"소제가 설사 용렬하나 요괴가 들릴 위인이겠는가? 이는 반드시 숙녀가 깊이 숨어 있어 소제와 인연이 있어서 그런 것이니 형들은

---

25) 죽궁(竹宮): 중국 한나라 무제가 감천(甘泉)에 있는 환구(圜丘)의 사단(祠壇)에 모여 드는 유성(流星)과 같은 귀신의 불빛들을 보고 망배(望拜)했다는 궁실 이름으로, 대 나무를 써서 만들었으므로 죽궁이라 하였음.

26) 홍도객(鴻都客): 홍도(鴻都)의 객이라는 뜻으로 신선 중의 한 명을 가리킴. 홍도(鴻都)는 선부(仙府).

너무 근심 말게."

말을 마치자 웃고 돌아갔다.

부마가 크게 근심하여 상서에게 말하였다.

"규문(閨門)이 바다처럼 깊은데 자평이 어찌 누이를 보았을 것이며 하물며 그 이름을 어찌 아는 것이냐? 그러나 자평의 꿈은 벌써 하늘의 뜻이 드러난 것이니 이를 어찌할꼬?"

상서가 대답하였다.

"자평은 단정한 선비니 진실로 누이의 쌍이 될 수 있습니다. 다만 그에게는 정실이 있고 제 한때 하는 말이니 그렇게 말한들 누구인 줄 알겠나이까?"

부마가 대답하였다.

"비록 누이인 줄을 알지 못하나 만일 사모하는 거동이 있게 된다면 누이를 누구에게 보낼 수 있겠느냐?"

이처럼 말하며 형제로 서로 즐거하지 않았다.

이때 요생이 돌아가 꿈에 본 미인을 생각하고는 뼈마디가 다 녹는 듯하여 말하였다.

"이는 반드시 문정후의 누이일 것이다. 나의 풍채와 골격이 어찌 그 누이와 백대의 좋은 짝이 안 되겠는가? 다만 저는 당당한 재상 집안의 소저니 어찌 나와 같은 유생(儒生)의 재실이 될 수 있겠는가? 내 속절없이 애를 태워 죽게 될 따름이로다. 장부가 되어 만일 이씨 빙성을 얻지 못한다면 죽는 것이 시원할 것이다."

이처럼 사모하여 식음을 물리치고 밤에는 빙성을 잊지 못해 잠을 이루지 못하고 심려를 허비하며 만사에 무심하였다. 며칠 지나자 문득 병이 생겨 자리에 누워 위독하게 되었다. 요 급사 형제가 정신이 없어 지성으로 구호하였으나 조금도 효과가 없었다. 십여 일이 되니 요생이 정신이 더욱 혼미해져 눈을 감으면 이 소저가 앞에 보여 비록 억제하려 해도 뜻대로 못 하였다. 두 형이 아우의 병세가 점점 더 해지는 것을 보고 망극하여 천하의 명의를 구해서 아우를 보였다. 그중 오담이라는 의원이 맥을 보고 나와서 급사에게 가만히 일렀다.

"영제(令弟)의 병은 사람을 생각하는 마음이 속 깊이 맺혀 바야흐로 괴이한 형상이 된 것이니 만일 생각하는 사람을 곁에 두면 병이 낫겠지만 그렇지 않으면 살지 못할 것입니다."

급사가 매우 놀라서 말하였다.

"아우가 본디 색에 뜻이 없고 의원들 가운데 이런 말을 한 사람이 없었는데 그대는 어찌 아는 것이오?"

오담이 웃고 말하였다.

"의원들이 알지 못한 것이 아니라 사람들의 시비를 두려워해 그런 것입니다. 이제 소상공의 병은 육맥(六脈)27)에 다 상사(相思) 한 마음이 맺혀 뱃속에 괴이한 형상이 마치 그림자처럼 생겨 있습니다. 이제 10여 일만 지나면 그 그림자가 얼굴이 될 것이요, 또 더 오래 지나면 얼굴이 능히 다 되어 움직이는 지경이 될 것이니 그렇게 되면 생각하는 사람이 곁에 있어도 살지 못할 것입니다."

요 급사가 이 말을 듣고 두려워하여 의원들이 다 흩어진 후 생을 대해 오담의 말을 다 이르고 눈물을 흘리며 말하였다.

"모친께서 돌아가신 후에 세 기러기가 의지하여 세월을 보내고 있더니 네 이제 병이 이와 같이 생겼구나. 알지 못하겠구나. 너는 누구를 사모하고 있는 것이냐? 우리 형제가 어느 집 여자라도 데려다 너의 소원을 이루어 줄 것이니 너는 마음속 생각을 속이지 말거라."

---

27) 육맥(六脈): 여섯 가지 맥박. 부(浮), 침(沈), 지(遲), 삭(數), 허(虛), 실(實)의 맥을 이름.

생이 바야흐로 형이 슬퍼하는 모습을 보고 역시 슬피 오열하고 말하였다.

"소제의 죄가 태산 같으니 무슨 면목으로 천하에 서겠습니까? 과연 이러한 일이 있어 그 때문에 이몽창에게 누이가 있는 줄 알고 사모함이 깊었으나, 부친이 엄하시고 이 승상이 천금 같은 딸을 소제에게 재실로 주는 것이 만무(萬無)하니 이 때문에 마음을 심하게 써 병이 생긴 것입니다."

급사가 매우 놀라 오랫동안 잠자코 있다가 일렀다.

"너의 꿈은 이미 하늘의 인연이 있어서 꾼 것이니 내 이를 부친께 고할 것이다. 부친이 만일 이 사유를 문후 형제에게 이른다면 이 공은 현명하고 통달한 대신이라 혹 허락할 수도 있으니 너는 몸을 조리하여 일어나거라."

생이 탄식하고 말이 없었다.

급사가 들어가 부친에게 이 사연을 조용히 고하니 태상이 대로하여 눈을 부릅뜨고 사납게 소리치며 크게 말하였다.

"불초한 자식이 이처럼 사리에 어두워 아비의 근심을 생각지 않고 남의 규수를 사모하여 이러한 일이 생겼으니 경계하지 않을 수 없도다."

시노(侍奴)를 호령하여 생을 잡아 오라 하니 급사가 급히 무릎을 꿇고 애걸하였다.

"아우가 비록 그러하였으나 이는 어린 남자에게 예삿일이니 어찌 과도하게 책망하실 수 있겠나이까? 또 지금 아우의 병이 중하니 참작하시기를 고하나이다."

태상이 더욱 노해 말하였다.

"네 형이 되어서 아우의 허물을 바로잡지 않으니 먼저 너부터 다스려야겠다."

드디어 밀어서 내치고 생을 잡아 오라 하는 호령이 산악과 같았다.

이때 이 상서는 요생을 오랫동안 보지 못한 데다 그가 자기 집에도 오지 않는 것을 괴이하게 여겼다. 그래서 수레를 밀어 요생의 집에 이르러 요생을 보고는 놀라 말하였다.

"자평이 요사이에 우리를 찾지 않기에 괴이하게 여겼더니 청춘에 무슨 병이 이토록 중한 것인가?"

생이 슬픈 빛으로 말하였다.

"소제의 운명이 기구하여 열여섯 청춘에 저승길을 재촉하니 앞으로 여러 형들과 관포(管鮑)의 지기(知己)[28]를 잇고 문경(刎頸)의 즐김[29]을 다시 바라지 못할 것이네."

상서가 말하였다.

"자평이 본디 기골이 준수하거늘 어찌 청춘에 요절하겠는가? 어찌 됐든 내가 맥을 보아야겠네."

그러고서 요생의 손을 잡아 그 맥을 보고는 놀라 낯빛이 변하였다. 이에 정색하고 말하였다.

---

28) 관포(管鮑)의 지기(知己): 관중(管仲)과 포숙아(鮑叔牙)의 사귐. 관중은 중국 춘추시대 제(齊)나라의 재상으로 이름은 이오(夷吾). 환공(桓公)이 즉위할 무렵 환공의 형인 규(糾)의 편에 섰다가 패전하여 노(魯)나라로 망명하였는데, 당시 환공을 모시고 있던 친구 포숙아의 진언(進言)으로 환공에게 기용되어 환공을 중원(中原)의 패자(霸者)로 만드는 데 일조함.

29) 문경(刎頸)의 즐김: 친구를 위해 자기의 목을 베어 줄 정도의 사귐. 중국 전국시대 조(趙)나라 염파(廉頗)와 인상여(藺相如)의 고사에서 나온 말. 인상여가 진(秦)나라에 가 화씨벽(和氏璧) 문제를 잘 처리하고 돌아와 상경(上卿)이 되자, 장군 염파는 자신이 인상여보다 오랫동안 큰 공을 세웠으나 인상여가 자기보다 높은 지위에 앉았다 하며 인상여를 욕하고 다님. 인상여가 이에 대응하지 않자 제자들이 그 까닭을 물으니, 두 사람이 다투면 국가가 위태로워지고 진(秦)나라에만 유리하게 되므로 대응하지 않은 것이었다 하니 염파가 그 말을 전해 듣고 가시나무로 만든 매를 지고 인상여의 집에 찾아가 사과하고 문경지교를 맺음.

"자평이 당당한 남자로서 경서를 읽어 예의를 알 것인데 또 누구를 상사하여 병이 이 지경에 이른 것인가?"

말이 끝나기도 전에 네다섯 명의 사내종이 태상의 명령이라며 생을 잡으러 연이어 오고 요 급사가 눈물을 흘리며 와서 일렀다.

"내가 아버님께 말씀을 드려 너에게 죄를 얻어 주었으니 이를 어찌한단 말이냐?"

요생이 이때 병으로 몸이 위중(危重)하였는데 이 말을 듣고는 크게 한 소리를 지르고 침상에 거꾸러져 기절하였다. 요 급사 형제가 눈물을 주르륵 흘리며 요생을 붙들어 구하고 목 놓아 통곡하였다. 문후가 이 광경을 보니 본디 도량이 너그럽고 컸으므로 요생을 매우 측은히 여겼다. 요생이 병들어 살아날 길이 없음을 눈으로 직접 보니 인명을 아끼고 요생의 재주를 사랑하는 마음이 크게 일어났다. 또 그 병을 손써 보지도 못하고 만일 요생이 죽게 된다면 자기 누이의 평생이 크게 어지럽게 될 것이었다. 이에 두루 좋을 방법을 생각해 선뜻 일어나며 말하였다.

"자평의 죄는 내 알지 못하지만 병이 저러한데 부친의 책망이 매우 심하니 내 존공(尊公)을 보아 잘 설득해 보겠네."

드디어 대서헌에 들어가니 이때 태상은 노기가 충천해 공산(空山)의 사나운 호랑이가 발톱을 드러내 사람을 먹으려 하는 듯, 산과 바다가 터지는 듯한 소리로 시노(侍奴)를 호령하고 있었다. 상서가 속으로 우습게 여기고 미우에 봄바람 같은 온화한 기운이 움직이니 그 기운이 모진 것을 다 태워 버릴 정도였다.

태상이 문후를 보고는 급히 당에서 내려와 맞았다. 상서가 전날 요 공의 행동을 매우 마땅치 않게 여겼으나 그 자식들이 모두 당대의 군자였으므로 요 공을 지극히 공경하였다. 그런데 오늘 요 공이 자신을 공경하는 모습을 보고 급히 사양하며 말하였다.

"학생은 자양 등과 같으니 노대인께서 어찌 이처럼 공경하시는 것입니까?"

태상이 공손히 사양하였다.

"늙은이가 미미한 나이가 많다 하나 명공은 조정의 대신이니 어찌 예를 차리지 않겠나이까?"

드디어 태상이 스스로 사양하여 상서를 당에 오르게 하니 상서가 예를 마친 후에 말하였다.

"오늘 학생이 와서 자평을 보니 그 병이 죽음에 이를 정도였나이다. 참으로 놀라웠으니 노대인이 하신 일을 슬퍼하나이다."

태상이 위인이 본디 심지가 굳지 않았으므로 성을 낸 김에 대답하였다.

"자식의 죄는 죽어 마땅하니 어찌 그 병을 생각하겠습니까?"

상서가 놀라 말하였다.

"천지가 생긴 후로 아버지와 자식의 의리가 큽니다. 하물며 자평은 일대(一代)의 훌륭한 선비니 무슨 중죄를 지었기에 대인의 말씀이 이와 같은 것입니까? 학생에게 일러 주시는 것이 해롭지 않을까 하나이다."

태상이 노기가 가득하여 내처 대답하였다.

"더러운 자식이 꿈 때문에 영매를 사모하니 그 죄가 어찌 죽을 만하지 않으며 상국(相國)께서 들으신다면 놀라움이 작지 않으실 것이니 이러므로 시원하게 치려 한 것입니다."

상서가 태상의 말이 두서가 없고 인사에 염치가 없음을 개탄하였다. 이에 편안한 모양으로 단정하게 앉아 자약히 웃으며 말하였다.

"노선생의 말씀이 하나를 알고 둘을 모르시는 것입니다. 이제 깊은 방에 있는 소매를 자평이 어찌 알겠나이까? 다만 비록 꿈이 허탄하다 하나 이는 또 두 사람 사이에 인연이 있기 때문이요, 자평이 젊은 남자로서 숙녀를 사모함이 괴이한 일이 아니거늘 부자(父子)의 큰 의리로써 자식 죽이기를 의논하시니 이는 인정이 없는 일인가 하나이다."

태상이 문정후의 한 마디에 깨달아 사례하였다.

"만생이 또 이를 생각지 못한 것이 아닙니다만 상국께서 어찌 천금과 같은 귀한 소저를 한미한 어린 사람에게 재실로 주겠습니까? 이는 큰 바다를 건너뛰는 것보다도 어려운 일입니다. 이러므로 자식을 엄히 꾸짖어 그러한 생각을 끊게 하려 한 것입니다."

상서가 웃음을 거두고 대답하였다.

"가친께서 미미한 벼슬이 높으시나 어찌 자평을 한미하다고 나무라시겠습니까? 사람의 목숨이 지중(至重)하니 관대하게 용서하실 방법이 없지 않을 것이니 가친께서 이 일을 들으신다면 자평을 편벽되게 책망하지는 않으실 것입니다. 또 학생이 붕우의 정으로써 자평이 요절함을 슬퍼하여 극진히 도모할 것이니 학생의 마음도 이러한데 대인께서 부자(父子)의 정으로 어찌 자평을 죽이려는 마음을 오래 두시는 것입니까? 접때 하신 말씀은 한때의 분노에서 비롯된 것이니 학생이 괘념치 않겠습니다. 그러나 자고로 미색(美色)은 남아가 사랑하는 바라, 이는 대대로 면치 못했으니 자평이 연소하고 약한 남자로서 미색을 직접 보고 사모하는 것이 괴이한 일이겠습니까? 학생은 다만 누이에게 자색(姿色)이 있음을 한스러워하고 자평을 한스러워하지 않습니다. 자평이 이제 십여 일을 더 근심한다면 반드시 죽을 것이니 대인께서는 이해로 타이르시어 부자의 천륜(天倫)을 온전히 하심이 옳을까 합니다. 자평은 당대의 영웅이니 조그마한 허물

때문에 문득 인간 세상을 버려 대인께 서하지탄(西河之嘆)30)을 끼치게 하면 되겠나이까? 이는 식견 있는 사람이 눈을 비비고 볼 일이 아닌 줄을 노대인께서 또 아실 것입니다. 문왕(文王)은 대성인(大聖人)이셨으나 전전반측(輾轉反側)31)하며 숙녀를 생각하셨으니 노대인께서는 자평을 편협하게 꾸짖지 마소서."

요 공이 한때 사나운 노기(怒氣)를 드러냈다가 문정후의 한 마디 상쾌한 말이 이치에 부합하여 인정과 도리 상 진실로 그러하고 사리에 마땅한 것을 보고는 마음에 도리어 자식을 불쌍히 여겨 이에 사례하고 말하였다.

"만생이 다만 한때 마음이 격하여 자식의 예의 없는 행동을 한스럽게 여겼더니 군후(君侯)의 말씀이 이렇듯 사리에 맞으니 어찌 어미 없는 아이를 다시 꾸짖는 일이 있겠습니까? 더욱이 승상 집안의 천금과 같이 귀한 소저를 불초자의 배필로 허락하려 하시니 이 은혜는 잊을 수 없을 것입니다."

상서가 사양하며 말하였다.

"아직 부모님의 마음을 모르니 어찌 자세히 정하겠습니까? 다만 자평이 누이를 저렇듯 사모하는데 누이를 다른 가문에 보내는 것이 윤리와 기강을 어지럽히는 일이 아니겠나이까?"

태상이 다시금 사례하였다.

상서가 물러나 요생의 처소에 가 보니 요생이 적이 정신을 차렸으므로 상서가 꾸짖었다.

---

30) 서하지탄(西河之嘆): 서하(西河)에서의 탄식. 서하(西河)는 지금의 하남성(河南省) 안양(安陽). 중국 춘추시대 자하(子夏)가 서하에 있을 때 자식을 잃고 눈이 멀 정도로 슬피 울며 탄식한 데서 유래함.

31) 전전반측(輾轉反側): 누워서 몸을 이리저리 뒤척이며 잠을 이루지 못함.

"우리 형제가 사광(師曠)[32]의 사람 알아보는 눈이 없어 너를 사람이라 부르고 붕우의 항렬에 두었더니 끝내 규방의 누이에게 욕이 이를 줄 알았겠는가? 네가 눈으로 경서(經書)를 보았거늘, 요사이에 요망한 꿈을 가지고 괴이한 그림을 그려 잡소리를 하므로 형님과 내가 대의(大義)로 그 허탄함을 꾸짖었다. 그러니 네가 바른 길에 나아감이 옳거늘 문득 음탕한 마음을 누르지 못해 더럽게 상사하니 우리 누이를 규방에서 늙힐지언정 너 같은 패륜아에게는 누이를 주지 않을 것이다. 네가 죽은 후에는 누이를 심규(深閨)에서 늙히고, 우리가 네 관을 두고 한 번 울어 사오 년 사귄 붕우의 정을 갚을 것이다."

요생이 문정후가 자신을 엄히 꾸짖는 것을 보니 참으로 부끄러워 다만 일렀다.

"영매(令妹)의 운수가 불리하고 팔자가 사나워 내 꿈에 보이고 이름까지 일렀으니 형은 생각해 보게. 남자가 그런 여자를 보고 어찌 잊겠는가? 문왕(文王)께서는 적이 성인이셨으나 태사(太姒)[33]를 하주(河洲)[34]에서 구하시어 전전반측(輾轉反側)하셨으니 나 같은 학생이야 이르다 뿐이겠는가? 살아서 영매를 만나지 못한다면 죽어서 영혼이 하늘에 올라 영매와 놀 것이니 형은 아무렇게나 하게. 소제의 풍채가 구태여 영매에게 욕되지 않을 것인데 살아서 내게 허락하지 않고 죽은 후에 수절시키겠다 하니 나 자평이 군후에게 무슨 죄를 지었는가?"

---

32) 사광(師曠): 중국 춘추시대 진(晉)나라 때의 악사(樂師)로, 음률을 잘 분간한 인물로 유명함.

33) 태사(太姒): 중국 고대 문왕의 아내이자 주나라 무왕(武王)의 어머니. 그 시어머니 태임(太姙)과 함께 현모양처의 대명사로 일컬어짐.

34) 하주(河洲): 하수(河水)의 모래톱. 『시경(詩經)』, <관저(關雎)>에 "꾸룩꾸룩 물새가 하수의 모래톱에 있네. 關關雎鳩, 在河之洲."라는 구절이 있음.

상서가 갑자기 성을 내어 말하였다.

"네가 규방 밖의 남자로 재상 집안의 규수를 사모한 죄가 천지에 가득한데 무슨 마음에서 이런 대담한 말을 하는 것이냐? 네 한갓 은으로 된 화살과 금으로 된 활 같이 얼굴이 아름다우나 속은 금수의 행실을 가졌으니, 내 누이가 덕스러운 자태에 어진 행실을 가지고 네 아내가 되는 것은 누이를 모욕하는 것이다. 그뿐만이 아니다. 너를 사위로 맞게 되는 날, 큰 덕을 지니신 우리 아버님이 너 같은 것을 사위라 하시는 것이 어찌 욕이 되지 않겠느냐? 네가 곧 죽는다 해도 내 누이는 네게 보내지 않을 것이다."

말을 마치자 상서가 소매를 떨치고 일어났다. 요 급사가 밖에 따라 나와 상서의 손을 잡고 눈물을 줄줄 흘리며 말하였다.

"아우의 행동이 비록 잘못되었으나 형제로서의 정은 끝이 없으니 그 죽는 것을 차마 보지 못하겠네. 그러니 군후(君侯)는 관대히 살펴주게. 어머님께서 임종하실 때 익이 강보에 있었는데 말씀을 전하시며, '익을 네게 맡기노라.' 하시던 말씀이 귓가에 선하다네. 이제 그 죽음이 병 때문이라면 할 수 없겠지만 구할 방법이 있은 후에는 속수무책으로 앉아서 죽이는 것은 차마 하지 못하겠네. 군후가 사람의 목숨 살리는 덕을 편다면 소제 등이 수레의 채를 잡아 그 은혜를 갚겠네."

말을 마치고는 오열함을 마지않으니 문후가 감동하여 이에 돌아보아 위로하였다.

"형의 마음이 이러한 줄 내 어찌 모를 것이며, 또 내 한 누이를 위해 자평처럼 아름답고 재주 있는 사람을 일찍 죽게 하겠는가? 소제가 돌아가 부모님께 고해 허락을 얻게 되면 곧바로 알려주겠네."

요 급사가 매우 기뻐 사례하기를 마지않았다.

상서가 이미 일의 형세가 이러하므로 허락하였으나 불쾌함을 이기지 못해 미우를 찡그리고 수레를 빨리 밀어 집안에 이르렀다. 서당에 들어가 부마와 한림 등에게 수말을 이르니 모두 크게 놀라고 부마가 탄식하며 말하였다.

"자평이 단아한 위인으로 어찌 이러한 행동을 하였으며, 요 태상은 잔인하고 포악한 사람이니 누이가 저 슬하에 있게 되면 몸이 어찌 편하겠느냐?"

상서가 대답하였다.

"일이 이미 이에 이르렀으니 함께 부모님께 고하여 잘 처리하시게 하는 것이 좋겠습니다."

부마가 옳다고 하였다.

형제들이 의관을 바르게 하고 아버지를 찾아 백화각에 들어가니 승상과 부인이 대화하다가 즐거운 빛으로 명하여 자리를 내어주었다. 형제들이 자리에서 공수(拱手)해 모시고 서 있으니 부마가 먼저 자리를 옮겨 요생이 꿈을 꾸어 빙성 소저의 얼굴을 그린 일과 요생이 이르던 말을 아뢰고, 상서가 이어서 요 태상의 행동과 요생의 병이 위중함을 일일이 고하였다. 승상이 다 듣고는 놀라 말하였다.

"이런 허탄한 말을 내가 듣고 싶지 않으니 다만 요생이 내 딸인 줄 어찌 알았으며 누가 그것을 일렀는고?"

이때 성문에 옆에 있다가 홍문이 부마를 어려워하는 줄을 알았으므로 나직이 아뢰었다.

"그날 요생이 그림을 그려 놓으니 참으로 말 못하는 숙모였습니다. 소손이 이럴 줄 모르고 우연히 생각 없이 이리이리 말하다가 표형이 눈짓을 주어 깨닫고서 이르지 않았습니다. 그러나 요생의 총명함이 남보다 뛰어나니 어찌 그 기색을 모를 것이며 또 여러 대인(大

人)께서 그림을 보시고 다 낯빛이 찬 재와 같아지셨으니 이 더욱 요생이 알기 쉽게 된 까닭입니다."

승상이 다 듣고는 웃으며 말하였다.

"벌을 받을 자는 성문이로구나."

상서가 성문의 일을 속으로 크게 탐탁지 않게 여겨 이에 다시 고하였다.

"요생의 행동이 비록 괘씸하나 그 병이 참으로 위태롭고 그 형들의 모습이 참담하여 인정에 감동할 바요, 또 요생이 저렇듯 누이를 상사(相思)한 후에는 누이가 다른 집안에 못 갈 것입니다. 제가 이리이리 말하였으니 장차 어찌하시겠나이까?"

승상이 미우를 찡그리고 천천히 말하였다.

"인명(人命)이 막중하니 내 어찌 한 딸을 아끼겠느냐? 속히 요가에 혼인을 허락할 것이다."

부마 형제가 모두 자리에서 내려와 절하고 말하였다.

"크신 덕이 넓고 큰 하늘과 같습니다."

정 부인이 이 말을 듣고 낯빛이 달라지며 말을 하지 않다가 승상이 허락하는 것을 보고 말하였다.

"이런 허탄한 일 때문에 혼인을 허락하심은 실로 뜻하지 않았으니 상공께서는 다시 생각하여 결정하소서."

승상이 대답하였다.

"허탄함은 부인이 이르지 않아도 아나 지금 사람이 죽어가는데 구하지 않는 것은 배운 자가 할 만한 일이 아니니 한 명의 딸이 무엇이 귀하다 하겠소?"

부인이 길이 탄식하고 말하였다.

"오늘로부터 빙성의 일생을 알 수 있겠나이다."

그러고서 정색하고 가만히 있으니 승상이 낯빛을 고치고 말하였다.

"부인이 어찌 이런 괴이한 말을 하시오? 오늘 내 기꺼이 한 것이 아니라 부득이해서 허락한 것이거늘, 부인이 사리(事理)를 모르는 사람처럼 말을 하고 좋지 않은 낯빛으로 학생을 업신여기는 것이오?"

부인이 낯빛을 고치고 눈을 낮춰 말하였다.

"첩의 말이 딸아이 신세를 염려해서 나온 것이요, 상공의 처사를 시비해 한 말은 아닙니다."

승상이 속으로 불쾌함을 이기지 못해 소매를 떨치고 일어나 나갔다. 부마 등이 크게 두려워하고 모친을 설득하였다.

"일마다 다 하늘의 뜻이니 사람의 힘으로는 못할 것이요, 누이 또한 앞길이 스러지지 않을 상이니 어머님은 염려하지 마소서."

부인이 탄식하고 말하였다.

"내 어찌 모르겠느냐? 빙성의 팔자를 탄식할 뿐이다."

부마 형제가 위로하고 서당에 나와 상서가 성문을 불렀다. 성문이 앞에 이르니 상서가 서동(書童)에게 명령하여 성문을 잡아 섬돌 아래로 내리도록 하고 소리를 엄히 하여 말하였다.

"이제 요생이 꿈꾼 것은 하늘의 운수요, 요생이 그림 그린 것은 이미 이루어진 일이니 네 탓이 아닌 줄 안다. 그러나 너 어린 것이 말을 삼가지 않으니 무엇에 쓰겠느냐? 방탕한 남자가 꿈속에서 미인을 보고 누구인지 생각을 못 하고 있었는데 네 어찌 경솔하게 그 처자가 숙모라 이른 것이냐? 요생이 그것을 무심히 듣고 사모하는 마음이 생기지 않을 수 있겠느냐? 오늘 부모님이 근심하신 것은 네 탓이다. 어서 스무 대를 맞아 경솔히 말한 죄를 깨닫도록 하라."

그러고서 치라고 재촉하니 이때 상서의 봄바람 같은 온화한 기운이 다 없어져 엄한 빛이 사방에 쏘였다. 성문이 안색이 더욱 자약하여 머리를 숙이고 편안한 모습으로 서서 맞기를 기다렸다. 그 어여쁜 태도가 빼어났으나 상서가 조금도 잘 대하지 않고 죄를 따지며 두 대를 치니 옥 같은 다리에 피가 점점이 맺혔다. 흥문이 자리에 있다가 성문이 자기 죄 때문에 맞는 것을 보고 마음이 급했으나 자기 부친을 두려워해 쉽게 발설하지 못하였다. 그러던 중 성문의 다리에 피가 맺히는 것을 보고 염치에 편안히 있지 못해 문득 섬돌 아래로 내려가 죄를 청하며 말하였다.

"오늘 성문을 억울한 죄로 치시니 원컨대 연고(緣故)를 고하고 소질(小姪)이 매를 맞겠나이다."

상서가 물었다.

"이 무엇을 말하는 것이냐?"

흥문이 고개를 조아리고 말하였다.

"요생에게 우리 숙모라 이른 것은 소질이 한 말인데 성문이 소질이 아버님께 죄를 얻을까 하여 소질을 아껴 자기가 했다고 하고 스스로 벌을 받은 것이니 소질의 죄가 한층 더합니다. 바라건대 성문의 죄가 아닌 줄 살피시고 위엄을 돌려 소질을 때려 주시기를 바라나이다."

문후가 다 듣고는 저 두 아이가 저희끼리 서로 죄를 벗겨 주니 기뻐하는 마음이 절로 솟아나 웃는 얼굴이 은은한 채 오랫동안 가만히 생각하였다. 부마가 흥문의 말을 듣고 어이가 없어 말하였다.

"제 한 말을 성문에게 미루고 또 자기가 그 죄를 입을 것이라면 성문이가 맞기 전에 이르는 것이 옳거늘 맞아서 살이 상한 후에 이른다면 무슨 유익함이 있겠느냐? 그 성품이 참으로 괘씸하니 너를 내버려둘 수 있겠느냐?"

말을 마치고 서동에게 명령해 치라고 하니, 상서가 또 성문을 가리켜 말하였다.

"어린 것이 착한 척하고 어른을 교묘하고 간사하게 속였으니 그 죄가 어찌 흥문보다 작겠는가? 흥문 조카가 맞는 수대로 맞아라."

이처럼 굴 때 소부가 이르러 이 광경을 보고 연고를 물어 잠깐 웃고 말하였다.

"이번 죄는 흥문이 하나 성문이 하나 다 대단하지 않으니 맞는다면 두 아이가 다 맞아야 옳을 것이다. 너희는 다만 우숙(愚叔)의 낯을 보아 아이들을 용서하라."

부마 형제가 명령을 듣고 두 아이를 용서하니 소부가 웃으며 말하였다.

"몽창 조카가 이 계단에서 형님께 매를 맞더니 어느 사이에 네가 아들을 낳아 칠 줄 알았더냐?"

이날 밤에 상서가 침소에 들어가니 성문이 누워 상처 때문에 앓다가 일어나 맞았다. 상서가 새삼 기뻐 성문을 나오게 해 안고 상처를 살펴보고는 부인을 돌아보아 웃으며 말하였다.

"오늘 제 죄가 아닌데도 맞았으니 부인이 필시 학생을 원망하겠구려."

부인이 미소하고 대답하지 않았다.

이때 승상이 태사에게 요생의 사연을 고하고 부득이 결혼시킬 것을 고하니 태사가 허락하였다. 승상이 이에 상서에게 명해 요씨 집안에 이를 알리라 하였다.

이때 요생은 이 상서의 엄한 꾸지람을 듣고 더욱 가망이 없을 것 같더니, 이 소식을 듣고 크게 기뻐 모든 병이 구름 흩어지듯 하여 며칠 후에 병석에서 일어났다. 요 태상이 비록 무식했으나 상국(相國)이 사랑하는 딸을 허락한 데 감격하고 생의 병이 나은 것을 기뻐해 다시는 생에게 가혹하게 꾸짖는 말을 하지 않았다.

상서가 요생의 병이 차도가 있음을 들었으나 또한 묻지 않고 속이려 하였다. 요 태상이 중매로 구혼하니 승상이 선뜻 허락하고 택일하여 요생을 맞았다. 길일에 요생이 관복을 바르게 하고 이씨 집에 이르러 전안(奠雁)35)을 마치고 신부가 가마에 오르기를 기다렸다. 승상은 즐거운 낯빛을 하고 있을 뿐이요, 생들은 손을 맞잡고 시립(侍立)하여 말을 하지 않으니 요생이 진실로 부끄러운 마음이 깊었다.

이윽고 신부가 칠보응장(七寶凝粧)36)으로 가마에 오르니 생이 가마를 다 봉한 후 호송하여 집으로 갔다. 부부가 쌍쌍이 교배를 마치고 신부가 태상에게 폐백을 드렸다. 태상이 바삐 눈을 들어서 보니 맑은 살빛은 수정을 다듬은 듯, 연꽃 같은 두 뺨과 붉은 입술에 별 같은 두 눈이 기기묘묘하여 참으로 경국지색이었다. 태상이 크게 기뻐해 승상의 은혜에 감격하였다.

잔치가 끝나자, 신부 숙소를 홍매각에 정하였다. 요생이 밤이 깊은 후 들어가 자리를 정하고 눈을 들어 보니 새사람의 찬란한 자색이 전날 꿈속에서 본 여자와 다름이 없었으나 자기 그림 속 미녀보다 백배 나은 점이 있었다. 생이 바란 바에 넘쳐 매우 기뻐해 웃음을 띠고 나아가 소저의 옥 같은 손을 이끌어 기쁜 낯빛으로 말하였다.

"생은 미천한 집안의 한미한 선비인데 다행히 천연(天緣)에 힘입어 소저와 함께 부부의 즐거움을 이루게 되었소. 평생 남은 한이 없게 되었으니 어찌 기쁘지 않겠소?"

소저가 급히 비단 소매를 뿌리쳐 물러나 앉아 대답하지 않았다.

---

35) 전안(奠雁): 신랑이 기러기를 가지고 신부 집에 가서 상 위에 놓고 절함. 또는 그런 예(禮). 산 기러기를 쓰기도 하나, 대개 나무로 만든 것을 씀.
36) 칠보응장(七寶凝粧): 각종 보석으로 꾸미고 화려하게 입음.

생이 미미히 웃으며 함께 잠자리에 나아가려 하였으나 소저가 가만히 단정히 앉아 몸가짐을 견고히 하니 오히려 쇠와 돌이 굳지 못한 듯하였다. 요생이 비록 장부의 힘을 지녔으나 위인이 본디 세차지 못했으므로 감히 핍박하지 못하고 은근히 소곤대는 말로 달래고 빌었으나 소저는 귀먹은 듯 답하지 않았다.

문득 동방에 흰 빛이 빛나니 소저가 일어나 세수하고 태상에게 문안하였다. 태상이 즐겁고 기뻐 공 씨에게 명하여 같이 화목하게 지내라 하니 공 씨가 노기(怒氣)를 갑자기 드러내어 먼저 일어나 돌아갔다. 소저가 이미 앞날을 훤히 알고 더욱 불쾌함을 이기지 못해 천천히 침소에 들어오니 생이 또한 들어와 곁에 앉아 은근히 달래기를 마지않았다.

문득 부마 등 다섯 형제가 이르러 누이를 보고 부마가 소저를 곁에 앉히고 쓰다듬으며 사랑하기를 강보의 어린아이처럼 하였다. 형제들의 말이 계속 이어졌으나 요생과는 알은 체하지 않으니 생이 부끄러워하고 노하여 이윽고 말하였다.

"소제가 비록 체면을 잃은 것이 있으나 군후 등이 유감하여 영매(令妹)가 내 수하 사람이 되었어도 분을 풀지 않는 것인가?"

부마와 상서는 들은 체하지 않고 이 한림이 말하였다.

"형세가 마지못하고 부모께서 너그러운 큰 덕을 드리워 누이를 네게 계실로 보내셨으나 너를 무슨 사람이라 하고 우리가 정담(情談)을 하겠느냐? 전날 너를 그릇 알아보아 붕우의 항렬에 두었던 것을 뉘우치니 어찌 또 교도(交道)를 맺겠느냐?"

요생이 정색하고 말하였다.

"소제가 무슨 더러운 일을 그토록 했기에 형이 이렇듯 핍박하는 것인가? 저렇듯 고상한 마음을 지녔다면 내 집에 오지 않는 것이 마땅할 것이네."

한림이 갑자기 성을 내어 말하였다.

"누가 너 같은 것을 보러 온 것이더냐? 우리 금쪽같은 누이를 보러 온 것이니 너는 네 죄를 스스로 알아 한쪽에 가만히 있는 것이 좋을 것이다."

요생이 냉소하고 침상에 올라 누우며 소저의 유모 벽랑을 불러 일렀다.

"내 비록 일개 유생이나 네 집 소저가 혁혁한 겨레를 믿어 지아비 공경할 줄을 모르니 진실로 내가 분노를 발하기 전에 소저를 데리고 빨리 네 집으로 가라."

이에 유모가 미소하고 물러났다. 부마 형제가 그 행동에 실소(失笑)하여 두 눈을 가늘게 뜨고 문득 일어나 돌아갔다.

요생이 또 인사를 폐하지 못해 이씨 집안에 나아가 승상을 뵙고 내당에 들어가 장모와 모든 부인을 뵈었다. 정 부인이 뭇 며느리와 문 학사 부인을 거느려 청하여 보니, 요생이 당당한 풍채에 푸른색 관복과 검은색 두건을 바로 하고 모든 부인에게 예를 차리고 자리에 나아갔다. 유 부인이 은근히 말을 펴 소저를 부탁하고 술상을 드려 요생을 대접하였다. 요생이 또한 곁눈질로 뭇 부인을 엿보니 그 장모의 밝은 달 같은 눈과 공주와 소 씨의 용모에 눈이 황홀하여 바야흐로 빙성 소저는 둘째가는 줄 깨닫고 부인들 흠모하기를 마지않았다.

이윽고 물러나 서당에 가 여러 생을 보니 문정후가 한림을 돌아보아 말하였다.

"더럽고 음란한 탕자를 대신들이 있는 자리에 오게 할 수 있겠느냐? 내쳐서 제집으로 보내라."

한림이 그 소리에 응해 명령을 따라 몸을 일으켜 두 아우와 함께 요생을 밀어 문밖으로 내쳤다. 이에 요생이 대로하여 달려들어 몽필 공자를 밀치며 말하였다.

"내 형세가 외롭고 약해 대신과는 겨루지 못하겠지만 너쯤이야 제어하지 못할까?"

상서가 이 모습을 보고 나아가 요생의 소매를 이끌고 방에 들어와 말하였다.

"그대를 그리 알지 않았더니 대개 알기가 힘든 사람이로구나."

말을 마치고 여러 사람들이 말할 적에 상서가 말하였다.

"네 이치를 아는 선비로서 벗의 누이를 사모하는 더러운 행실을 하였는데 군자들이 네가 자리에 함께하기를 바랄까 싶으냐?"

요생이 미소하고 대답하지 않으니 부마가 말하였다.

"네 얼굴과 행동이 평소에는 금옥과 같은 군자더니 어찌 미생(尾生)37)의 어리석음과 같을 줄 알았겠는가? 그러나 누이를 거느려 그 일생을 편안히 하도록 하라. 이제는 물이 엎어진 것 같게 되었으니 설마 어찌하겠느냐?"

문후가 말하였다.

"너의 기질은 누이와 짝할 만하다. 그런데 네가 우리 형제의 항렬에 들었으니 너로서는 얻지 못할 영화인데 경박히 누이를 사모한 것이 한스럽구나. 모름지기 규방에서 한 여자만을 사랑한다는 말이 나오게 하지 말고 누이에게 반첩여(班婕妤)38)의 원한을 갖게 하지 마라."

---

37) 미생(尾生): 중국 춘추시대 노(魯)나라 사람. 여자와 다리 아래에서 만나기로 약속하고 기다렸으나 여자가 오지 않자 소나기가 내려 물이 밀려와도 기다리다가 마침내 교각을 끌어안고 죽었음. 약속을 굳게 지켜 융통성이 없는 인물의 대명사로 쓰임.

38) 반첩여(班婕妤): 중국 한(漢)나라 성제(成帝)의 궁녀. 시가(詩歌)에 능한 미녀로 성제의 총애를 받다가 궁녀 조비연(趙飛燕)의 참소를 받고 물러나 장신궁(長信宮)에서 지내며 <자도부(自悼賦)>를 지어 자신의 처지를 하소연함.

요생이 부마 형제의 말을 듣고 감사한 마음을 이기지 못해 말하였다.

"소제의 죄를 어찌 모르겠는가? 그러나 장인어른의 큰 은혜와 뭇형의 지우(知遇)39)를 죽을 때까지 잊지 않을 것이네."

부마 형제가 즐거운 낯빛으로 자약하여 술을 내어와 통음(痛飮)하니 이 한림이 말하였다.

"알지 못하겠구나. 네가 누이를 만났으니 그 정이 어떠하며 마음이 날아갈 듯하냐?"

요생이 대답하였다.

"소제가 어찌 형들을 대해 마음을 속이겠는가? 영매가 소제를 싫어하여 어젯밤에 단정히 앉아 밤을 새우고 끝까지 생을 거절하였으니 아름다운 밤을 헛되이 보내고 두 사람의 정이 합하지 못했으므로 영매의 고집을 한스러워하네."

부마가 말하였다.

"누이가 천성이 고집스러워 복종시키기 어려우니 네가 행실을 잘못하여 그 마음을 풀지 못할까 하구나."

상서가 웃으며 말하였다.

"당당한 남자가 되어 여자가 아무리 강렬한들 한 방 안에서 어찌 이기지 못하겠는가? 네가 참으로 용렬하다."

요생이 웃고 말하였다.

"소제가 본디 가냘프고 약하니 영매의 굳은 마음을 풀기가 어려웠네. 그러나 듣지 않으니 어찌하겠는가?"

상서가 말하였다.

---

39) 지우(知遇): 남이 자신의 인격이나 재능을 알고 잘 대우함.

"네 마땅히 엄히 꾸짖어야 할 것이다. 그렇게 하면 잠깐 굽힐 것이니, 그렇게 하지 않는다면 여자가 더욱 착한 체할 것이다."

말을 마치자 생들이 다 웃었다.

석양에 요생이 돌아가 소저를 보고 즐거운 낯빛으로 웃으며 지난 저녁에 생들과 화답하던 말을 일렀다. 그리고 소저의 옥수(玉手)를 가까이해 말을 계속하였으나 소저가 마침내 대답하지 않고 앉아 있으니 생이 노하여 말하였다.

"그대가 비록 재상 집안의 여자나 어찌 이렇듯 교만한 것이오? 어젯밤에는 그대의 뜻을 받았으나 오늘 밤에는 어제와 같지 않을 것이오."

말을 마치고 소저를 핍박하였다. 소저가 더욱 몸을 단속하고 생의 말을 듣지 않아 생의 겁박(劫迫)을 밀막으니 옷이 도리어 어지럽혀져 모습이 괴이하게 되었다. 이에 생이 더욱 노해 말하였다.

"그대가 생을 이처럼 싫어한다면 아예 상국(相國)께 고하고 여기에 오지 않는 것이 옳을 것이오."

소저가 대답하지 않으니 생이 깊이 한하여 온갖 방법으로 꾸짖고 달랬다. 그러다 문득 날이 새자 소저가 세수하고 태상에게 문안하러 들어가니 생이 마음이 급해 정을 억제하지 못하였다.

이때 태상에게 사랑하는 첩이 있었으니 이름은 금완이었다. 위인이 간사하고 마음씀씀이가 불량하여 생의 형제를 태상이 보는 데서는 은근히 대접하였으나 태상이 없는 데서는 참혹히 박대하였다.

공 씨가 이때 이 소저가 자색이 있는 데다 생이 소저를 소중히 대하는 것을 보고 분노가 크게 일어 천금(千金)을 물 쓰듯이 하여 금완에게 뇌물을 주었다. 이에 금완이 긴 밤에 공 씨의 슬픈 사정과 이 씨의 방자함이며 생의 편벽됨을 태상에게 두루 고하였다. 태상이 혹

해 그 말을 곧이들어 이 씨를 탐탁지 않게 여겼으나 그 부형(父兄)의 낯을 보아 분노를 참고 생을 불러 규방에서 아내를 편벽하게 대하는 것을 크게 꾸짖었다. 생이 이 씨를 얻은 지 며칠 만에 이런 일이 있을 줄 알았겠는가. 속으로 불안하였으나 아버지의 명령을 어기지 않으려 공 씨가 있는 곳에 가서 지냈다.

이해 가을 8월에 과거가 있었으니 몽상 공자와 몽필 공자가 같이 보아 우수한 성적으로 급제하여 몽상은 간의대부(諫議大夫)40)를 하고 몽필은 춘방학사(春坊學士)41)를 하였다. 이때 한림은 예부시랑으로 벼슬이 옮겨졌다.

원래 이해 가을 8월은 태사의 환갑이었다. 승상이 부친을 위해 형제와 의논하여 날을 받아 큰 잔치를 열려고 하였으나 태사가 승상을 불러 크게 꾸짖고 듣지 않았으므로 승상이 근심하였다. 그런데 두 공자가 과거에 급제하였으므로 할머니에게 고하고 경사스러운 잔치를 겸하여 태사 생일에 크게 잔치를 베풀어 할머니와 부모에게 헌수(獻壽)42)하였다. 천자가 또한 태사의 환갑인 줄 듣고 상방(尙房)43)의 어미(御米)44)와 교방(敎坊)45)의 어악(御樂)을 보내 잔치 자리의 위엄을 도왔다. 또 전전태학사(殿前太學士) 위진을 보내 황봉어주(黃封御酒)46)를 태사와 진 부인에게 바치라 하니 승상이 성은에 망극하여

---

40) 간의대부(諫議大夫): 황제에게 간하고 정치의 득실을 논하던 관원.
41) 춘방학사(春坊學士): 태자를 보필하는 학사. 춘방은 태자의 어전을 말함.
42) 헌수(獻壽): 환갑잔치 따위에서, 주인공에게 장수를 비는 뜻으로 술잔을 올림.
43) 상방(尙房): 대궐의 각종 음식, 의복, 기물(器物)을 관리하던 곳. 상의원(尙衣院)이라고도 함.
44) 어미(御米): 임금의 밥을 짓는 쌀.
45) 교방(敎坊): 예전에 궁정(宮廷) 음악을 관리하던 관서.
46) 황봉어주(黃封御酒): 황제가 하사한 술. 황봉(黃封)은 황가(皇家)의 봉조(封條)가 황색이었으므로 그렇게 칭해짐. 봉조는 문(門)이나 기물(器物)을 사사로이 여는 것을

대궐을 바라보고 사은(謝恩)하였다. 무평백 이한성 등과 함께 의논하여 무릇 잔치에 필요한 물건들을 준비하라 명하고 부마 형제 다섯 사람이 받들어 행하니 천하 각 고을로부터 들어오는 물건이 이루 셀수 없었다. 하물며 승상이 조정의 권력을 잡아 덕택이 산중의 초목에까지 미쳐 비가 때맞추어 내리고 바람이 고르게 부는 지경에 이르렀으나 한 번도 잔치 자리를 베푼 적이 없다가 오늘 어버이를 봉양하는 잔치를 열게 되었으니 이를 듣고 기뻐하지 않는 이가 없었다.

잔칫날이 다다르니 아름다운 색깔로 꾸민 자리와 병풍이 차려졌고 흰 차일(遮日)47)은 구름에 닿을 듯하였다. 산해진미가 산 같고 바다 같았으며 천하 13성의 창녀가 모여 갖가지 풍류를 받들었다. 방 안팎에 모든 백관과 공경(公卿)의 부인이 모이니 채색한 수레와 붉은 칠을 한 수레가 골짜기에 가득하였다.

부마 등 다섯 사람이 관복을 바르게 하고 부친과 숙부를 모셔 모든 손님을 응대하였다. 태사의 가을하늘 같은 얼굴과 별 같은 안채(眼彩)는 조금도 쇠약한 모습이 없었고 수염이 잠깐 은실을 섞어 드리운 듯 무성하여 가슴에 닿았으며 흰 얼굴과 아름다운 구레나룻은 소년을 비웃는 듯하였다. 머리에는 자금소요건(紫金逍遙巾)48)을 쓰고 몸에는 학창의(鶴氅衣)49)를 입고서 주벽(主壁)에 앉아 있었다. 승상은 머리에 자금관(紫金冠)50)을 쓰고 몸에는 홍금포(紅錦袍)51)를

방지하기 위해 글씨를 써서 붙여 놓은 종이.

47) 차일(遮日): 햇볕을 가리기 위해 치는 포장.

48) 자금소요건(紫金逍遙巾): 자금으로 만든 소요건. 자금은 적동(赤銅)의 다른 이름으로, 적동은 구리에 금을 더한 합금이고, 소요건(逍遙巾)은 죽림칠현 등의 청담파(淸談派)들이 유흥할 때에 쓰던 두건임.

49) 학창의(鶴氅衣): 소매가 넓고 뒤 솔기가 갈라진 흰옷의 가를 검은 천으로 넓게 댄 웃옷.

50) 자금관(紫金冠): 자금으로 만든 관. 자금은 적동(赤銅)의 다른 이름으로, 적동은 구

입었으며 허리에는 서대(犀帶)52)를 두르고 초나라 옥과 같은 손에 옥홀(玉笏)을 쥐고 태사공 곁에서 시립하고 무평백 이한성과 소부 이연성은 예복을 바르게 차려입고 시좌하였다. 부마와 문후는 금관을 비스듬히 쓰고 비단 도포를 끌어 함께 모시고 한림 등 세 사람은 오사홍포(烏紗紅袍)53)를 착용하고 형제 항렬로 자리를 이루고 있었다. 이들이 한결같이 빼어나 옥청(玉淸)54)의 진인(眞人)55)이 열을 지어 앉아 있는 듯하였으니 천지 사이의 맑은 정기가 오로지 이씨 집안에 쏟아진 듯하였다.

백관이 차례로 모이니 승상이 자식과 조카들을 거느리고 맞이해 자리를 정하였다. 사람들이 각각 말을 베풀어 태사에게 하례하니 태사가 슬픈 빛으로 겸손히 사양하며 말하였다.

"이 늙은이가 덕이 부족해 양친(兩親)께서 함께 하시는 것을 보지 못하고 올해로 예순한 살에 이르렀으니 인생이 어찌 모질지 않습니까? 이 늙은이가 새로이 슬퍼함을 이기지 못하거늘 자식들이 괴이한 행동을 하여 여러 공을 수고롭게 하였으니 참으로 두렵고도 감격스럽습니다."

제공(諸公)이 모두 몸을 굽혀 말하였다.

"평범한 사람도 부모의 환갑을 재미없게 보내지 않는데 노태사는 선조(先朝)의 충신이고 하물며 승상 합하와 같은 아들을 두셨으니

리에 금을 더한 합금.

51) 홍금포(紅錦袍): 붉은 비단으로 만든 웃옷.

52) 서대(犀帶): 일품의 벼슬아치가 허리에 두르던 띠. 서(犀)는 통천서(通天犀), 즉 무소의 뿔임.

53) 오사홍포(烏紗紅袍): 오사모(烏紗帽)와 붉은 색의 도포. 오사모는 벼슬아치들이 관복을 입을 때에 쓰던 모자로, 검은 사(紗)로 만들었음.

54) 옥청(玉淸): 옥청. 도교에서, 신선이 산다는 삼청(三淸)의 하나. 상제(上帝)가 있는 곳.

55) 진인(眞人): 도교에서, 도를 깨쳐 깊은 진리를 깨달은 사람을 이르는 말.

그 예사로 하는 예를 폐할 수 있겠나이까?"

드디어 모든 수석시(壽席詩)[56]를 내어 좌중에 놓으니 태사가 일일이 잡아서 다 보고 자리를 옮겨 사례하였다.

"이 늙은이가 무슨 사람이라고 여러 공께서 이렇듯 과도한 일을 하신 것입니까? 감당하지 못할까 두렵습니다."

승상이 또한 몸을 굽혀 사례함을 마지않았다.

해가 지자, 모두 태사를 모시고 들어가 헌수하였다. 태사가 또한 일품(一品) 관복을 입고 전전태학사 위진이 먼저 옥배(玉杯)에 향온(香醞)[57]을 부어 태부인에게 삼배(三盃) 헌수를 마쳤다. 태사가 나아가 부인에게 잔을 올리고 물러나 두 번 절하니 이때 부인의 나이는 여든두 살이었다. 백발이 귀 밑에 서리와 같아 쇠약함이 심하였으니 태사가 술을 다 바치고는 홀연히 눈물 두어 줄이 슬피 떨어졌다. 승상이 태사의 마음을 안 지 오래였으므로 이마를 찡그리고 앞에 나아가 아뢰었다.

"대인(大人)께서 비록 옛일을 생각하여 슬픈 회포를 품으셨으나 잠깐 너그러이 억제하시기를 바라나이다."

태부인이 태사를 향해 위로하였다.

"노모와 우리 아들이 재앙과 환란 속에서 살아난 목숨으로 임금님의 은혜가 너와 나의 한 몸에 가득하고 자손이 집에 가득하며 모자(母子)가 같이 늙어 이와 같은 경사를 보기에 이르렀으니 이는 세상에 보기 드문 영화라 네가 어찌 이렇듯 슬퍼하는 것이냐?"

태사가 이에 용모를 가다듬고 절하였다. 승상 형제와 경 시랑이 각각 수배(壽杯)[58]를 바치고 유 부인이 총부(冢婦)[59] 정 씨와 함께

---

56) 수석시(壽席詩): 장수(長壽)를 축하하는 시.
57) 향온(香醞): 멥쌀, 찹쌀 식힌 것에 보리와 녹두를 넣고 빚은 술.

각각 한 잔의 술을 태부인에게 바쳤다. 태사가 유 부인과 함께 어깨를 나란히 하여 태부인의 자리 아래에 앉으니 승상이 먼저 정 부인과 함께 수배(壽杯)를 들고 나아가 술잔을 바치고 강릉(岡陵)의 수(壽)[60]를 부르니 소리가 맑고 깊어 높은 하늘에서 봉황이 우는 듯하였다. 태사가 이에 슬피 탄식하고 승상의 손을 잡아 말하였다.

"오늘 우리 아이의 모습을 보니 내 다시 얻지 못할 영화로구나. 내 네 손을 잡아 매우 사랑함을 표하니 부자가 처음과 끝을 겸하노라."

승상이 태사의 말이 불길한 것에 매우 놀라 다만 사례하였다.

"대인께서 어찌 이런 말씀을 하시나이까? 부모님이 회혼(回婚)[61]을 맞으시려면 13년이 남아 있으니 다시 남산(南山)의 수(壽)[62]를 부르지 못할까 근심하겠나이까?"

태사가 다 듣고는 잠깐 웃고 말을 하지 않았다.

이어서 소부 등 두 형제가 잔을 올리고 부마 등 다섯 명, 무평백과 소부의 아들 및 사위가 한꺼번에 일어나 비단옷을 날리며 넓은 소매를 나부끼며 이끌어 잔을 바치니 모두 한결같이 남해(南海)의 구슬과 공산(空山)의 옥 같았다. 청춘에 명공(名公), 후백(侯伯)의 복색을 갖추었으니 유 부인과 태사의 유복함은 만고(萬古)를 돌아보아도 비슷한 이가 없었다.

태사가 이에 탄식하고 말하였다.

"박명(薄命)한 사람이 오늘 고금에 없는 경사와 복을 얻었으니 저

---

58) 수배(壽杯): 장수를 비는 잔.
59) 총부(冢婦): 종가(宗家)의 맏며느리. 승상 이관성의 아내 정몽홍을 가리킴.
60) 강릉(岡陵)의 수(壽): 강릉의 수. 산마루와 구릉처럼 오래 살기를 비는 노래.
61) 회혼(回婚): 부부가 혼인하여 함께 맞는 예순 돌 되는 날. 또는 그해.
62) 남산(南山)의 수(壽): 남산과 같이 오래 살기를 비는 노래.

녁에 죽은들 무슨 한이 있겠는가?"

다 각각 손을 잡아 기뻐하였다.

드디어 밖에 나와 뭇 손님들을 접대하여 상을 내어와 즐기니 음식 위에 꽃은 춘색(春色)이 돌아온 듯하였고 온갖 풍류 소리는 사람의 흥을 돋웠다. 종일토록 즐거움을 다하고 모든 창기와 악공에게 상을 주어 보냈다.

승상 형제가 태사를 모시고 내당에 들어와 조모와 모친을 모시고 아들과 며느리를 거느려 다시 잔을 날려 즐겼다. 이때 모든 부녀가 각각 수석시(壽席詩)를 지어 함에 봉하여 유 부인에게 드리니 태사 가 바야흐로 승상을 앞에 앉히고 봉함(封函)을 뜯어 일일이 보았다. 공주의 문채(文彩)는 푸른 물결 같고 비단 위에 금수를 더한 듯하였 으며 장강(長江)과 대해(大海)의 넓음과 태산(泰山)과 오악(五嶽)의 굳음이 있어 위부인(衛夫人)[63]과 소사(蘇謝)[64]라도 따르지 못할 정 도였다. 장 씨의 탐스럽고 씩씩한 필적도 또한 공주에게 짝할 만하 였다. 소 씨의 구법(句法)은 글자마다 주옥이요, 맑고 참신하며 고상 해 구만 리 높은 하늘을 낮게 여기는 듯 깊고 빼어나며, 곤륜산의 옥 처럼 깨끗하고 큰 바다처럼 시원했으니 고금을 의논해도 겨룰 자가 없을 듯하였다. 최 씨의 문체는 산뜻하며 정결하고, 화 씨의 글은 슬 피 원망하는 듯하고 가냘팠으며 김 씨의 문체는 철사 같아서 엄숙하 고 말에 다 슬기가 가득하였다. 무평백 이한성의 장자인 몽경의 아 내 허 씨의 글귀는 비록 희미하였으나 잠깐 숙성하였다. 장녀 빙염

---

63) 위부인(衛夫人): 중국 진(晉)나라의 위삭(衛鑠). 이구(李矩)의 아내였으므로 이부인 (李夫人)이라고도 했는데, 종요(鍾繇)의 필적을 본받아 예서(隸書)와 정서(正書)를 잘 썼고, 왕희지(王羲之)를 가르쳤음.

64) 소사(蘇謝): 소혜(蘇蕙)와 사도온(謝道蘊). 모두 위진남북조 시기 동진(東晉)의 빼어 난 여류 시인.

은 경 한림의 부인이요, 차녀 빙소는 조 학사의 부인이며, 삼녀 빙홍은 여생의 처였으니 모두 한결같이 문체가 빼어났다. 소부 이연성의 장자 몽석은 이제야 열다섯 살로 아내를 얻지 못하였다.

태사가 웃고 승상에게 말하였다.

"빙성 형제는 딸이니 의논하지 말고 며느리들의 글 가운데 우열을 정하라."

승상이 아버지의 명을 받아 기쁜 빛으로 공주의 글을 가리켜 고하였다.

"이 글은 비유하자면 장강(長江)을 좁게 여기고 빛남은 비단을 나무라며 화려함은 봄빛을 비웃고 구법이 높아 태산을 낮게 여기니 일등이라 할 만합니다. 장 씨의 글은 문체가 탐스럽고 아름다우며 전아하고 빼어나 참으로 눈 위의 매화 같으니 그 아름다움을 알 수 있습니다. 소 씨의 글은 구(句)마다 산악 같고 문체가 맑고 참신하고 아름다워 달 아래 강물이 흐르는 듯하고, 고상함은 높은 봉우리 같고 엄숙함은 가을하늘 같은데, 비단을 흩어 놓은 듯합니다. 공주의 글과 의논하자면 잠깐 나은 점이 있으나 너른 면에서는 잠깐 미치지 못하니 공주의 글보다 하등(下等)으로 정하지 못할 것입니다. 최·화·허 세 사람의 글은 일대(一代)의 재주 있는 선비의 글이요, 김 씨의 글은 사람됨이 분명히 보이니 반드시 빼어나고 영특해 남보다 복을 낫게 누릴 것이라 의논할 것이 없나이다."

태사가 기쁜 낯빛으로 웃고 옳다 하니 태부인이 웃으며 말하였다.

"너희 부자가 평생 처음으로 자리를 같이해 저렇듯 화락하니 이는 가문의 경사라 참으로 치하할 만하구나."

태사와 승상이 다시 예를 하고 이윽히 말하였다. 밤이 깊어지자 승상은 태사를 모시고 밖으로 나가고 태부인은 잠을 자니 유 부인이하 사람들도 각각 침소로 돌아갔다.

빙성 소저가 이날 왔더니 요생이 또한 와서 소저 침소에 이르렀다. 정 부인이 술과 안주를 갖추어 보내고 영매를 불러 두 사람의 행동을 보아 아뢰라 하였다. 영매가 홍련당에 이르러 가만히 엿보니 요생이 소저를 보고 좋아하는 소리가 이어졌으나 소저는 눈도 기울이는 일이 없고 요생이 만일 손을 잡으면 소저가 맹렬히 뿌리쳐 용납하지 않았다. 침상에 나아가려 하자 소저가 고요하고 단정하게 앉아 끝까지 듣지 않으니 요생이 초조해하였다. 영매가 놀람과 의아함을 이기지 못해 돌아가 부인에게 고하니 부인이 깊이 생각하였다.

다음 날 아침에 정 부인이 자녀 문안을 받을 적에 좌우의 사람들에게 명령하여 빙성 소저를 자리에서 물리치게 하고 벽랑을 섬돌 아래로 내려가게 해 말을 전해 꾸짖었다.

"내 아름답지 않은 위인으로 여러 자식을 두어 행여나 욕이 선조에 미칠까 두려워했더니 천행으로 여러 며느리가 다른 가문 사람이지만 다 온순하기를 힘쓰는데 하물며 딸임에랴? 이제 네 주인을 데리고 시집에 가매 몸이 재상가의 여자라 교만하지 않아도 그런가 여길 것인데 소저가 남편을 압도하고 심지어 부모가 명령해 맺은 배필을 나무라 화락하지 않으니 이는 여자 중의 대악(大惡)이다. 네가 주인을 이끌지 못한 죄를 다스릴 것이나 참작하니 이후에 그런 괴이한 행동이 내 귀에 들린다면 결단코 용서하지 않을 것이다."

벽랑이 황공해 물러나고 부인이 안색을 거둬 말을 하지 않으니 아들과 며느리 들이 두려움을 이기지 못하고 빙성 소저는 크게 두려워 섬돌에 서서 어찌할 줄 몰랐으나 부인이 다시 말을 하지 않았다. 시간이 흘러 식사 때가 지났다. 요생이 집에 갔다 이에 이르러 장모를 뵈러 들어오다가 문득 보니 소저가 두 눈썹을 찡그리고 버들 같은 눈썹을 낮추어 백화각 계단에 박힌 듯이 서 있는 것이었다. 요생이 이상하게 여겨 당에 올라 부인을 뵈니 부인이 옷깃을 여미고 겸손히 사죄하며 말하였다.

"첩이 용렬하여 자식을 잘못 가르쳐 군자의 뜻을 어겼으니 자못 군자에게 죄를 얻었습니다. 부끄러움을 이기지 못하니 현서(賢婿)는 분명히 다스려 후에 뉘우치지 마소서."

생이 바야흐로 소저가 계단에 서 있는 까닭을 알고 부인이 부드럽고 온화한 말과 온순한 기색으로 사죄하는 모습을 보니 탄복함을 이기지 못해 일어나 사례하였다.

"소서(小婿)가 불민하여 영녀(令女)의 마음에 맞지 않아 그런 것이니 어찌 영녀를 그르다 하겠습니까? 오늘 말씀은 감히 감당하지 못하겠나이다."

부인이 잠시 웃고 말하였다.

"여자가 되어 지아비를 아름답지 않다 하고 마음대로 지아비의 뜻을 거슬러 순종하지 않을 수 있겠습니까? 낭군은 모름지기 사사로운 정을 끊어 첩 딸의 날카로운 기운을 돋우지 마소서."

요생이 부인의 한 마디에 부끄러워 미소하고 사례하였다. 물러나 침소에 와 소저를 청하였으나 소저가 응하지 않으니 부인이 더욱 마음이 평안하지 않아 기운이 점점 엄숙해지니 상서가 몸을 일으켜 난간머리에 와 깊이 꾸짖었다.

"모친의 훈계가 참으로 마땅하신데 네 어찌 갈수록 이러한 것이냐?"

소저가 눈물이 거의 떨어질 듯하여 대답하였다.

"모친이 용서하지도 않았는데 그 전에 소매(小妹)가 어찌 감히 요랑의 부름에 응하겠나이까?"

상서가 말하였다.

"네 자평과 화락하는 날이 모친이 너를 용서하시는 날이 될 것이니 네 이제 어찌 갈수록 이를 생각하지 않는 것이냐?"

소저가 깨달아 마지못해 연꽃 같은 걸음을 옮겨 침소에 이르렀다. 생이 얼굴 가득 온화한 기운을 하여 일어나 맞아 편히 앉기를 청하고 말하였다.

"오래 서 있었으니 약질이 피곤할 것이라 편히 누워 쉬시오. 그대가 생의 말을 들었다면 무슨 까닭으로 장모님께 벌을 받았겠소?"

소저가 더욱 부끄러워 대답하지 않았다. 생이 소저가 온순하게 된 것을 기뻐하여 손을 잡아 즐거운 낯빛으로 웃으며 재삼 편히 누워 쉬라 일렀다.

마침 성문과 흥문이 모친의 명으로 위로하러 이에 이르렀다가 요생이 소저와 무릎을 붙이고 손을 잡아 즐겁게 웃는 모습을 보았다. 흥문은 웃음을 머금었으나 성문이 문득 눈을 낮추고 흥문을 이끌어 난간 뒤로 가 말하였다.

"숙모 부부께서 손을 잡고 계신데 어찌 방자하게 들어갈 수 있겠습니까?"

흥문이 말하였다.

"우리가 들어가면 자연히 물러나 앉을 것이니 요 씨 숙부가 숙모의 손 놓을 때를 기다리려면 모친께 아뢰는 때가 더딜 것이니 방으로 들어가야겠다."

성문이 마지못해 형제가 손을 이끌어 들어가니 요생이 소저의 손을 잡은 채 베개에 기대 웃으며 말하였다.

"너희가 어찌 왔느냐?"

두 공자가 꿇어 각각 모친의 말로 고하였다.

"아까 숙모께서 오래 서 계셨으니 기운이 어떠한지 물으셨습니다."

소저가 잠자코 대답하지 않으니 요생이 웃으며 말하였다.

"이는 스스로 만든 재앙이라 어찌 남을 한스러워하겠느냐?"

그러고서 소저를 향해 웃고 말하였다.

"그대가 대답하여 보내시오."

소저가 또 대답하지 않으니 요생이 미미히 웃으며 소저의 손을 만지며 사랑이 지극하니 홍문이 웃겨 참지 못하고 말하였다.

"숙부께서 숙모를 하도 단단히 잡고 계시니 숙모께서 이전에 도주하신 적이 있어 그런 것입니까?"

요생이 크게 웃고 말하였다.

"내 여러 번 속았으므로 오늘은 더 단단히 잡고 있는 것이다."

홍문이 또 물었다.

"숙부 눈에는 숙모께서 기이해 보이나이까?"

요생이 말하였다.

"어여쁘므로 붙들고 있는 것이다."

소저가 이 말을 듣고 낯빛이 엄숙하였으나 생이 굳게 잡고 있으니 손을 떨치지 못하였다. 홍문이 호탕하게 웃었으나 성문은 고요히 꿇어 행여 그 모습을 볼까 매우 상심하다가 문득 하직하고 일어나니 홍문이 또한 웃고 일어났다. 함께 오다가 홍문이 웃으며 말하였다.

"아까 요 씨 숙부의 행동이 우습더라."

성문이 바야흐로 미소하고 말하였다.

"요 씨 숙부의 행동이 무례했습니다. 우리를 어린아이라 하여 예의를 모르니 숙모의 일생이 편안치 못할까 합니다."

홍문이 말하였다.

"요 씨 숙부의 행동이 우습기는 하나 부부가 된 후에 그 손을 잡고 살갗을 붙이는 것이 괴이한 것이겠느냐?"

성문이 말하였다.

"손을 잡는 것이 괴이하다 하는 것이 아니라 설사 부부라 한들 대낮에 몸을 붙여 앉아 있으면서 남이 들어와도 놓을 줄을 모르니 과연 인사불성(人事不省)이라 할 만합니다."

홍문이 웃고는 묵묵히 있더니 마침 최 숙인이 뒤에서 따라오며 이 말을 다 듣고 성문에게 말하였다.

"공자는 남의 말을 이르지 마라. 그대 부친도 그대 모친의 손을 놓을 적이 드물더니 요사이엔 어쩐 일인지 낮에 손잡는 일이 드무니, 공자가 속 시원한 말을 하고 있도다."

성문이 돌아보고 문득 정색하고 모친 침소로 갔다. 숙인이 부마 형제를 보고 아까 두 공자가 한 말을 옮겨 이르니 부마가 말하였다.

"성문이 매사에 기특하니 제 아비가 절대로 미치지 못할 것이다."

문후가 대답하였다.

"조그만 어린 것이 돌아다니면서 매사에 착한 체하니 어른을 몰라보는 것이 괘씸합니다."

말이 잠시 그친 사이에 성문이 안에서 나와 시좌(侍坐)하니 상서가 정색하고 나아오라 하여 물었다.

"부부가 낮에 몸을 붙여 앉아 있으면 어찌하여 인사불성이며, 요생이 너에게 어떠한 사람이며 나이가 너와 같으냐? 너의 소견을 자세히 아뢰라."

성문이 우연히 한 말에 부친의 꾸지람을 듣고 크게 두려워 천천히 고개를 조아리고 사죄해 대답하였다.

"어린아이가 불초하여 어른을 시비한 죄는 만 번 죽어도 아깝지 않나이다."

상서가 혀를 차고 말하였다.

"제 어미를 닮는다 한들 어찌 그리 심하게 닮았는고? 네 벌써부터 사람들이 모인 자리에서 온화한 기운이 없으니 장래에 저 버릇이 길어지게 된다면 나를 보지 못하도록 할 것이다."

부마가 웃으며 말하였다.

"현제(賢弟)의 자식 가르침은 진실로 어렵구나. 성문 같은 아들을 나무라니 너의 위인처럼 실성(失性)해야 좋겠느냐?"

상서가 웃으며 말하였다.

"소제의 무슨 행동이 그리 실성한 것입니까? 원래 대장부는 나라를 다스리고 천하를 고르게 하는 도리를 가지는 것이 으뜸이니 구태여 눈을 낮추어 안색을 엄히 하여 가만히 앉아 있은 후에야 군자라 하겠습니까? 이는 도를 닦는 도사가 참선하는 도리이니 성문을 차라리 도사의 제자로나 주어야겠습니다."

부마가 빙그레 웃었다.

성문이 이날 밤에 모친 침소에 가니 부인이 침상에 누워 성문에게 손을 주무르라 하고 물었다.

"낮에 네 부친이 너를 꾸짖었다 하니 무슨 일 때문에 그런 것이냐?"

공자가 웃고 수말을 고하니 부인이 낭랑히 웃고 말하였다.

"네 부친의 행동이 갈수록 미친 것 같구나."

그리고서 흰 이가 드러나게 웃었다. 상서가 이에 들어오다가 부인이 웃는 것을 듣고 잠깐 발을 멈춰 등불 뒤에서 그 행동을 살폈다. 상서가 부인의 웃는 얼굴을 처음 보았으니 엄숙한 모습이 변하여 봄바람이 따뜻한 기운을 드날려 온갖 사물이 회생하는 듯하여 일만 광채가 비교할 데가 없었다. 상서가 크게 기이하게 여겨 사랑이 더욱 가득해 문득 나아가 침상에 앉아 말하였다.

"부인이 학생을 만난 지 팔구 년에 입을 열어 웃는 적이 없더니 오늘은 무슨 기쁜 일이 있어서 웃는 것이오?"

부인이 놀라 급히 일어나 자리를 물리쳐 정색하고 말이 없으니 상서가 잠자코 오래 있다가 물었다.

"부인이 무슨 까닭에 학생을 보면 이렇듯 온화한 기운이 없는 것이오?"

부인이 또한 응대하지 않고 상서가 자기를 가볍게 여겨 저의 정을 낚으려 하는 것 같아 불쾌하였다. 이에 웃은 것을 뉘우치고 온화한 기운이 바로 없어지니 상서가 오랫동안 부인을 보다가 갑자기 낯빛을 바꾸어 말하였다.

"그대가 이렇듯 학생을 싫어하니 생이 구태여 순종하지 않는 아내를 데리고 살겠소? 그대는 어서 친정으로 돌아가시오."

이에 성문을 불러 빨리 어미를 데리고 나가라 하였다. 성문이 이때 송구함을 이기지 못하다가 이 말을 듣고 머리를 숙여 눈물을 흘리고 말을 하지 않았다. 부인이 자약히 딸을 데리고 휘장 밖으로 나오니 상서가 더욱 혀 차고 탄식하였다. 상서가 매양 부인의 강렬함을 큰 흠으로 삼았고 또 거문고 곡조가 잘 섞이듯 화락한 적이 없었으므로 그것이 심증(心症)[65]이 되었다. 그래서 이때를 틈타 그 기운을 꺾으려 하여 홍아를 불러 호령해 부인을 어서 모시고 나가라 하였다. 홍아가 소저에게 그 말을 고하니 소저가 냉소하고 말하였다.

"시부모님께서 아직 첩을 나가라 하지 않으셨으니 다시 아뢰어 허락하신다면 군의 명령을 받들겠나이다."

---

65) 심증(心症): 마음에 마땅하지 않아 화를 내는 일.

상서가 더욱 노하여 성문에게 명령하였다.

"네 어미가 나가기를 지체하니 속히 부르라. 그 뜻을 물어 보아야 겠다."

성문이 모친에게 고하였으나 소저가 전혀 움직이지 않았다. 상서가 이에 대로하여 크게 소리를 질러 호령이 서릿바람과 뜨거운 태양 같았으니 부인이 더욱 개탄하고 문득 몸을 일으켜 휘장 안으로 들어갔다. 상서가 이에 꾸짖어 말하였다.

"그대가 내 아내로 외람되게 있으면서 내 명령을 어찌 어기는 것이오?"

소저가 대답하였다.

"첩이 돌아가기를 지체하는 것이 아니라 위로 부모님의 명령이 없으시니 편벽되게 군의 명령을 순순히 받는 것이 옳지 않으므로 지체하는 것입니다."

상서가 정색하고 말을 하지 않다가 성문에게 명령해 곁에서 편히 자라 하고 딸을 안아 자리에 눕히고 자기 자리로 나아갔다. 성문이 부친을 두려워해 비록 누웠으나 모친이 약질에 저렇듯 앉아 있는 것을 근심하여 자주 머리를 들어서 보고 염려가 되어 잠을 자지 못하였다. 상서가 나아가 부인을 이끌어 누울 것을 재촉하니 부인이 이 광경을 보고 자기를 업신여기는 것에 대로하여 급히 손을 떨치고 침상에서 내려왔다. 엄숙한 빛이 사방에 빛나 사람의 뼈마디를 녹일 듯하였으니 상서가 하릴없어 의관을 여미고 일어나며 말하였다.

"부인이 전후에 생을 참으로 싫어하였으나 생이 춘정(春情)을 이기지 못했더니 이제 그대의 행동을 보니 실로 그대에게 정을 둔 자가 있음을 깨닫게 되었소. 그대는 속히 본가로 돌아가시오."

말을 마치고 밖으로 나가니 부인이 들은 체하지 않고 드디어 침상에 나아가 상서의 이불을 걷어 앉고 두 아이를 데리고 편히 잤다.

이때 요생이 이날 밤에 부인의 경계에 힘입어 소저와 정을 맺으니 온갖 사랑은 산이 낮을 정도였다.

다음 날 집에 돌아오니 공 씨가 이때 태상에게 다투어 말하였다.

"이 씨가 저곳에서 낭군에게 정을 낚고 있으니 이 씨를 불러 오소서."

태상이 한결같이 그 말을 좇아 생에게 명령하였다.

"이 씨가 비록 상국(相國)의 딸이나 친정에 까닭 없이 가 있는 것은 옳지 않으니 너는 모름지기 내 뜻을 전하고 이 씨를 데려오너라."

생이 명령을 듣고 이씨 집안에 이르러 소저를 보아 수말을 일렀다. 이에 소저가 즉시 부모에게 하직하고 요씨 집안으로 가니 정 부인이 소저에게 남편에게 낯빛을 풀고 온순할 것을 경계하였다.

소저가 요씨 집안에 이르니 태상이 밤낮으로 생을 꾸짖어 공 씨 방에 있게 하였다. 이에 생이 감히 이 씨를 보지 못해 이 씨를 사모하는 마음이 무궁하였다. 요생이 이렇게 지내니 다른 데는 더욱 생각이 없어 아무 일도 내켜하지 않았다.

하루는 생이 달밤을 틈타 소저가 있는 곳에 이르러 탄식하고 소저를 위로하였다.

"그대가 재상 집안의 여자로서 그 귀함이 금옥에 비교하지 못할 것인데 불행히도 나에게 와 이렇듯 고생을 하니 어찌 참담하지 않소?"

소저가 정색하고 말을 하지 않으니 생이 옥수(玉手)를 잡고 사랑하더니 공 씨가 이르러 엿보고 대로하여 태상에게 가 울며 고하였다.

"시아버님께서 낭군에게 첩이 있는 곳에 있으라 하셨거늘, 아까 낭군이 이 씨의 처소에 가 서로 마주보고 시아버님을 원망하고 첩 죽일 것을 의논하니 이 어찌 자식의 도리라 하겠나이까? 원컨대 대인(大人)께서는 첩을 친정에 보내 주소서."

태상이 이 말을 듣고 크게 노하여 급히 생을 잡아오라 하였다. 그러고서 생을 결박하고 꾸짖었다.

"네가 이 씨의 위세를 흠모하여 아비를 시비하고 무죄한 공 씨를 죽이려 하니 너는 아비 명령을 거역한 자식이라 살아 부질없다."

드디어 큰 매를 가려 수를 세지 않고 치니 피가 땅에 고였다. 급사가 이 기별을 듣고 급히 나와 울며 애걸하니 태상이 그래도 분이 풀리지 않아 40여 대를 친 후 생을 끌어 내쳤다. 요 급사 형제가 함께 생을 붙들어 구호하며, 소저는 화장을 지우고 패옥(佩玉)을 풀어 누실(陋室)66)로 내려가 벌을 기다렸으나 태상이 다시 묻지 않았다.

생은 상처가 덧나 매우 위중하였는데 이때 부마 형제는 조정일로 분주하여 오랫동안 요생을 찾지 않아 이러한 줄을 알지 못하였다. 하루는 무평백의 장자 한림 몽경이 이르러 요생을 보고 병이 중한데 놀라 문후 형제를 보아 이르려 하였다. 그런데 길에서 승상을 만나니 몽경이 앞에 나아가 요생의 병이 사생(死生)에 있음을 고하였다. 승상이 염려하여 수레를 밀어 요씨 집안에 이르니 태상이 관복을 바로 하고 문밖에 나가 승상을 맞이해 들어왔다. 예를 마친 후 승상이 말하였다.

"학생이 공무가 많아 딸아이를 보러 이곳에 전혀 오지 못했습니다. 들으니 자평이 병이 위중하다 하므로 놀라움을 이기지 못해 이르렀으니 무슨 병이 갑자기 생겨 그렇게 된 것입니까?"

태상이 승상의 말을 듣고 속으로 부끄러움이 깊어 다만 대답하였다.

---

66) 누실(陋室): 종들이 거처하는 방.

"자식이 불의에 얻은 병이 참으로 깊으니 걱정을 이기지 못하겠습니다."

승상이 매우 염려하여 몸을 일으켜 생이 있는 곳에 가 보았다. 생이 침상에 누워 움직이지 못하는데 옥 같은 골격과 눈 같은 피부가 다 사라져 몰라보게 되었다. 승상이 크게 놀라 나아가 앉아 손을 잡고 말하였다.

"며칠 보지 못한 사이에 네 병세가 어찌 이렇게 되었단 말이냐?"

생이 승상을 보고 부끄러워 말을 못 하니 승상이 이에 맥을 보고는 문득 낯빛을 고치고 말을 하지 않았다. 태상이 승상의 위인을 꺼려했으므로 소저에게 나와서 승상을 뵈라 하니 소저가 억지로 이에 나와 그 부친을 뵈었다. 승상이 두 눈을 낮추고 말을 하지 않다가 오랜 뒤에 소저를 경계하여 말하였다.

"너는 모름지기 매사에 삼가고 조심하여 자평에게 없어도 되는 병을 얻게 하지 말거라."

말을 마치고는 태상을 향해 하직하고 돌아갔다.

태상이 처음에는 승상이 아들의 병에 매우 놀라다 마침내 탄식하는 기색을 보이고 딸에게 경계하는 말을 하는 것을 보고 부끄러움이 극하여 두 눈을 껌벅이며 말을 하지 못하였다.

이때 벽제(辟除)[67] 소리가 문을 부술 듯하고 뒤따르는 하리(下吏)들이 개미가 꼬인 듯하니 부마 등 다섯 형제가 한꺼번에 이르러 태상을 향해 예를 하고 말하였다.

"조정일이 바빠 오랫동안 자평을 못 보았더니 아까 종제(從弟)가 전하는 말을 들으니 자평의 병이 매우 위중하다 하므로 왔습니다.

---

67) 벽제(辟除): 지위가 높은 사람이 행차할 때, 구종(驅從) 별배(別陪)가 잡인의 통행을 금하던 일.

무슨 증세입니까?"

태상이 낯을 붉혀 대답하지 못하니 병부가 요생의 손을 잡아 맥을 다 보고는 깜짝 놀라 낯빛이 바뀌며 말하였다.

"이 병은 찬바람에 상한 것이 아니요, 또 마음에서 난 병도 아니라 장독(杖毒)[68]이 깊이 들어 난 것이니 살기를 바라지 못할 것입니다."

말을 마치고 하리(下吏)에게 분부하여 태의원(太醫院)에 가 침을 가져오라 하였다. 그리고 다시 요생을 살펴보니 기운이 혼미하여 어찌할 줄을 모르고 급사 형제는 울고 있었다. 부마 등이 매우 놀라 눈에 물결이 어려 태상을 보고 말을 하지 않으니 상서가 태상을 향해 말하였다.

"자평이 무슨 중죄를 지었기에 노대인의 책망이 이 지경에 미친 것입니까?"

태상이 낯빛을 바꾸고 말하였다.

"제 자식이 영매(令妹)는 잘 대우하나 정실 공 씨를 박대하여 그 원망이 내게 돌아오니 이 늙은이가 두루 심증(心症)이 생겨 약간 벌을 주었더니 이처럼 위중할 줄은 생각지 못했다네."

상서가 정색하고 말하였다.

"대인의 말씀이 모호하시니 이는 속마음을 속여서 그런 것입니다. 소생이 다 알고 있으니 대인께서 누이를 탐탁지 않게 여기셨다면 누이에게 벌을 쓰시는 것이 옳거늘 무슨 까닭으로 억울한 아들을 이처럼 모질게 쳐서 죽기에 이르게 하셨습니까?"

말을 마치자, 하리(下吏)가 침을 가져 이르니 상서가 이불을 들치고 상처를 보니 그 상태가 자못 놀라웠다. 상서가 낯빛을 고치고 요

---

68) 장독(杖毒): 곤장 따위로 매를 몹시 맞아서 생긴 상처의 독.

급사를 돌아보아 꾸짖었다.

"영대인의 책망이 비록 엄하시나 자양에게 만일 동기의 정이 있다면 자평의 상처가 이 지경이 되도록 내버려두었겠는가?"

드디어 침을 가져 낱낱이 뜯어내고 약을 붙인 후 태상을 향해 말하였다.

"소생이 불초하나 어찌 누이를 어질다 하겠습니까? 이후에는 누이의 죄를 다스리시고 무죄한 자평을 치지 말기를 원하나이다. 지금이라도 우리 낯을 보시어 누이를 다스리지 않는 것은 그른 일이니 대인은 모름지기 소생의 우직하고 당돌함을 용서하소서."

태상이 얼굴에 부끄러움이 가득하여 사죄하였다.

"늙은이가 한때 고집스레 생각하여 자식을 심하게 다스렸으나 어찌 우리 며느리를 그릇 여기는 일이 있겠는가? 명공(明公)은 이 늙은이의 허물을 마음에 두지 말게. 다시는 잘못하는 일이 없을 것이네."

상서가 기쁜 빛으로 사례하고 형제들과 함께 집으로 돌아갔다. 정부인이 요생의 병을 물으니 부마가 대단치 않음을 고하고 이후에는 날마다 문병하며 가지 않는 날이 없었다.

시절이 겨울 10월이 되었다. 진 태부인의 노환이 오랫동안 낫지 않아 위중하니 태사가 망극하여 식음을 물리치고 밤낮으로 붙들어 근심하였다. 승상 형제와 부마 등이 함께 근심하여 의약을 극진히 하였으나 천명이 다하였으므로 조금도 효험이 없었다. 진 태부인이 조용히 베개에 몸을 기대 정신이 없다가 갑자기 눈을 들어 태사를 보고 손을 잡아 말하였다.

"노모가 너와 함께 재앙을 두루 겪고서 영화를 누리다 오늘 돌아가는 것이 나쁘지 않으니 너는 길이 무양(無恙)하라."

또 유 부인에게 말을 하려 하다가 기운을 이기지 못해 연기가 스러지듯 죽으니 태사가 이때 하늘이 무너지는 듯, 땅이 꺼지는 듯하여 모친을 붙들고 혼절하였다. 승상 형제가 망극하여 태사를 붙들어 구해 중당(中堂)에 나와 초혼(招魂),[69] 발상(發喪)[70]하니 내외의 상하노소, 남녀의 곡성이 천지를 흔들었다. 태사가 전후에 화란(禍亂)을 겪고 또 모친을 마저 여의고서 서러움이 뼈에 새겨져 한 번 울고 두 번 기절하니 승상 형제가 대의(大義)로 설득하고 붙들어 보호하였다. 그러나 태사가 길이 어버이를 잊지 못하는 마음을 이기지 못해 울음을 그치지 않으니 피눈물이 옷에 가득하였다. 조문객이 모여 문을 가득 메우니 승상이 무평백 이한성 등과 함께 응대하고 부친을 모셔 초상(初喪)을 다스려 염빈(殮殯)[71]하였다. 진 태부인의 모습이 이미 감춰졌으므로 태사가 더욱 간장이 무너지는 듯하여 피를 토하고 관을 붙들어 모친을 부르짖으며 통곡하여 기절하였다. 이에 승상이 울며 붙들어 애걸하며 말하였다.

"할머님이 돌아가신 것이 사람의 도리에 참지 못할 일이나 대인께서는 훼불멸성(毀不滅性)[72]을 생각하소서."

태사가 눈물이 얼굴에 가득한 채 오열하며 말하였다.

"내 부친을 참혹히 이별하고 살 뜻이 없었으나 다만 모친을 바라고 모진 목숨을 이어 살았더니, 이제 모친이 마저 기세(棄世)하셨으니 모친을 모시고 뒤를 좇는 것이 옳고 살아 있는 것이 부질없도다."

---

69) 초혼(招魂): 사람이 죽었을 때에, 그 혼을 소리쳐 부르는 일.
70) 발상(發喪): 상례에서, 죽은 사람의 혼을 부르고 나서 상제가 머리를 풀고 슬피 울어 초상난 것을 알림. 또는 그런 절차.
71) 염빈(殮殯): 시체를 염습하여 관에 넣어 안치함.
72) 훼불멸성(毀不滅性): 부모의 상을 당해 너무 슬퍼하더라도 목숨을 잃게까지 하지는 않음.

말을 마치고는 또 혼절하니 승상 형제가 망극하여 어찌할 줄을 몰랐다.

이튿날 성복(成服)73)을 이루니 조정의 모든 관리들이 집에 가득해 조문하고 천자가 예관을 보내 죽을 권하였다. 태사가 상복에 피눈물이 점점이 어려 울음을 울면 소리가 자주 그쳐지고 자주 혼절하였으니 보는 자가 슬퍼하지 않는 이가 없었다. 정당(正堂)을 진 태부인의 빈소(殯所)74)로 삼으니 유 부인이 설움을 참고서 아침저녁으로 제사를 지내고 정 부인과 공주가 뒤를 따라 유 부인을 위로하였다.

몇 달이 지나자, 태사가 날을 가려 영구(靈柩)를 모시고 금주로 가려 하니 승상 형제가 계속해 상소를 올려 벼슬을 사양하고 병든 어버이를 위로할 것임을 아뢰니 상서 등이 또 모두 사직하였다.

이때 태감 왕진이 큰 뜻을 품어 매양 임금에게 이 승상의 허물을 참소하다가 이때를 틈타 임금을 부추겨 이씨 집안 사람들의 사직(辭職)을 허락하도록 하였다. 승상 형제가 다 임금의 은혜에 사례하고 물러나 행장을 차렸다. 정 부인이 칠십 살 된 양친(兩親)을 떠나는 정이 망극하였고 또 모든 부녀가 각각 친정 부모를 이별하였으니 그 정을 어찌 헤아릴 수 있겠는가.

공주는 더욱이 태후의 춘추(春秋)가 매우 많았으므로 떠나는 마음을 차마 견디지 못해 홀로 남아 있고 싶었으나 부마의 위인을 알았으므로 무익한 말을 하지 않았다. 떠날 적에, 대궐에 들어가 전각의 섬돌에서 하직하니 피차 이별이 슬퍼 피눈물이 옷깃을 적시고 목이 메어 말을 하지 못하였다. 태후가 울며 무사히 삼년상을 마치고 돌

---

73) 성복(成服): 초상이 나서 처음으로 상복을 입음. 보통 초상난 지 나흘 되는 날부터 입음.

74) 빈소(殯所): 상여가 나갈 때까지 관을 놓아두는 방.

아와 반갑게 만날 것을 이르고 임금이 특별히 비단으로 행장을 도우니 공주가 울며 사양하고 받지 않으며 말하였다.

"폐하께서는 국정에 힘쓰시고 신은 염려하지 마소서. 신의 집에 재물이 넉넉하니 길 가는 데 노자를 근심하겠나이까?"

드디어 태후에게 하직하고 나왔다.

이때 소 부인이 부모를 갓 만나고서 또 떠나게 되니 더욱 슬퍼 눈물을 줄줄 흘리고 식음을 전폐하니 소 상서도 하나밖에 없는 딸이 떠나는 것을 더욱 슬퍼하였다. 정 각로가 이르러 정 부인과 이별하니 부인이 나이 많은 부모를 떠날 일이 망극하였으나 낯빛을 온화하게 하고 부친을 위로하였다. 그러나 막상 헤어질 적에는 자연히 눈에서 눈물이 떨어짐을 깨닫지 못하였다. 각로가 이에 길이 탄식하고 말하였다.

"인생에는 끝이 있고 세상일이 변함은 자연의 떳떳한 이치이다. 늙은 아비가 너를 막내로 얻어 네가 손자를 보도록 살았으니 이제 이별함을 어찌 슬퍼하겠느냐? 보중하고 보중하여 내려가 삼년상을 마치고 돌아오너라."

부인이 절하고 울며 말하였다.

"소녀가 오늘 연로하신 부모님을 떠나 천 리 밖으로 돌아가니 마음이 베어지는 듯하오나 아버님은 모름지기 귀체(貴體)를 평안히 보전하시어 만수무강하소서."

다시 어머니를 붙들어 위로하고 슬퍼하며 손을 나누니 피차의 슬픔은 헤아릴 수 없었다.

빙성 소저가 문 학사 부인과 함께 이에 이르렀는데 떠나는 날이 밤을 사이에 두고 있었다. 뭇 소저들은 다 친정에 가고 빙성 소저와 문 학사 부인 두 사람이 서헌에 나와 부친을 붙들고 이별을 슬퍼하였다. 태사가 겨우 정신을 진정하여 두 딸을 나아오라 하여 각각 손을 잡고 탄식하며 눈물을 흘리고 말하였다.

"너희를 손 안의 보배처럼 여겼더니 오늘 영영 이별하게 되었구나. 다시는 보기가 쉽지 않을 것이니 너희는 각각 시가에 가 남편을 어질게 인도하여 복록(福祿)을 길이 누리고 늙은 아비를 생각지 말거라."

두 소저가 슬피 울며 말하였다.

"지금 이별이 슬프나 삼년상을 무사히 지내시고 귀체를 평안히 보전하여 경사에 돌아오시기를 바라나이다."

태사가 슬피 눈물을 흘리고 말하였다.

"내가 천붕지통(天崩之痛)75)을 겪은 후로부터 정신과 혼백이 흩어졌으니 살 수 있을 것이라 믿겠느냐? 너희는 우리가 나중에 만나리라 기대하지 말거라."

두 소저는 다만 눈물을 흘릴 따름이요, 승상은 벌써 아는 것이 있었으므로 태사의 말을 듣고는 눈물이 소매를 적실 뿐이었다.

두 소저가 들어와 모친 곁에서 종일토록 눈물을 감추지 못하니 정 부인이 역시 슬피 말하였다.

"네 어미는 고당의 학발(鶴髮) 양친을 이별하고 가나 너희는 우리가 아직 젊어 훗날 만날 날이 있을 것이니 무엇 때문에 이처럼 구는 것이냐? 우리가 삼 년 후에 즉시 경사로 올 것이다."

두 소저가 슬피 울었다.

다음 날 새벽에 유 부인이 정 부인, 설 부인, 소부 이연성의 부인, 공주, 장 씨, 소 씨, 최 씨, 장 씨, 김 씨, 몽경 처 허 씨, 몽석 처 가

75) 천붕지통(天崩之痛): 하늘이 무너지는 것 같은 아픔이라는 뜻으로, 제왕이나 부모의 죽음을 당한 슬픔을 이르는 말.

씨를 거느려 수레에 오르니 뭇 소저가 그들을 보내며 흘리는 눈물은 넓고 큰 바다가 작을 정도였다. 초왕비가 이르러 모친과 부친을 이별하니 그 부친 근력이 삼년상에 부지하지 어려울 것이므로 통곡하기를 마지않았다. 철 상서 부인의 슬픔이 지극하니 경 시랑이 함께 모셔 금주로 가게 되었으므로 상서 부인이 여기에 있었던 것이다.

승상이 모친이 덩에 드는 것을 보고 초왕비와 이별하였다. 왕비가 태사를 붙들어 피눈물이 소매를 적시니 승상이 역시 눈물을 흘리며 말하였다.

"돌아가실 날이 머지않은 부모님이 초상에 지나치게 슬퍼하여 몸을 돌아보지 않으시어 우형(愚兄)의 마음이 구름에 떠 있는 듯하니 현매(賢妹)의 마음을 더욱 이를 수 있겠는가? 무익한 슬픔이 부질없으니 현매는 보중하여 군왕을 어질게 도우라."

왕비가 오열하며 대답하지 않고 빙성 소저와 문 학사 부인이 부친을 붙들어 차마 놓지 못하니 승상이 붙들어 경계하였다.

"오늘 나의 형세가 마음이 무너지는 듯하니 자잘한 사정(私情)을 연연하겠느냐? 너희는 삼 년을 기다리고 부질없이 내 심사를 돋우지 마라."

드디어 소매를 떨쳐 밖으로 나갔다.

천자가 중사(中使)76)를 보내 10리 밖까지 호송하게 하고 조정의 모든 재상이 대로를 덮어 교외(郊外)에 와 전별하였다. 승상이 눈물을 뿌려 장 상서 등 여러 벗들을 대해 국사를 부탁하고 여러 재상을 대해 각각 손을 들어 사례하며 멀리까지 와서 전송해 준 것을 고마워하였다. 정 각로가 태사의 손을 잡고 눈물을 흘리며 말하였다.

---

76) 중사(中使): 궁중에서 왕명을 전하던 내시.

"옛날 승상 형과 함께 세 사람이 막역한 사귐을 가져 동기(同氣)가 아닌 줄을 생각지 못했더니 세월이 유수와 같아 세상 일이 이처럼 변했으니 슬픔을 이기지 못하겠네. 형이 천붕지통을 만났으니 노령(老齡)을 생각하여 슬픔을 너그러이 억제해 삼년상을 무사히 치르고 예전처럼 모이길 바라네."

태사가 오열하고 말하였다.

"소제가 형의 지우(知遇)77)를 입었는데 조금도 갚지 못하고 이제 호천지통(呼天之痛)78)을 만나 남쪽으로 돌아가니 다시 살아 돌아오기를 믿지 못하겠으니 오늘 이 이별이 영결이네. 지하에 가 서로 보기를 언약하세."

정 각로가 더욱 슬퍼해 태사를 위로하며 한참을 연연해하다가 손을 나누었다. 태사가 승상 형제 세 명과 함께 영구(靈柩)를 모셔 앞서고 뒤에 부마 형제 다섯 명과 몽경, 몽석 등이 상복에 흰 허리띠를 하고 무수한 행렬을 거느려 유 부인, 정 씨, 설 씨, 혜아 부인 행차를 모시고 갔다. 그 나머지 공주와 소 부인 등의 덩은 보석으로 꾸몄으므로 문성과 소공자 등이 모시고 뒤를 따랐다. 그 행렬이 30여 리에 이었는데 그 웅장함은 겨룰 사람이 없었으니 사람들마다 진 부인의 복록(福祿)을 일컫지 않는 이가 없었다.

---

77) 지우(知遇): 남이 자신의 인격이나 재능을 알고 잘 대우함.
78) 호천지통(呼天之痛): 하늘을 부르짖으며 슬피 울 만한 고통. 부모가 죽었을 때 이러한 표현을 주로 씀.

제2부

주석 및 교감

✤ 일러두기 ✤

A. 원문

1. 저본은 한국학중앙연구원 소장본(18권 18책)으로 하였다.
2. 면을 구분해 표시하였다.
3. 한자어가 들어간 어휘는 한자 병기를 원칙으로 하였다.
4. 음이 변이된 한자어 및 한자와 한글의 복합어는 원문대로 쓰고 한자를 병기하였다. 예) 고이(怪異). 겁칙(劫-)
6. 현대 맞춤법 규정에 의거해 띄어쓰기를 하되, 소왈(笑曰)처럼 '왈(曰)'과 결합하는 1음절 어휘는 붙여 썼다.

B. 주석

1. 다음과 같은 경우에 각주를 통해 풀이를 해 주었다.
    가. 인명, 국명, 지명, 관명 등의 고유명사
    나. 전고(典故)
    다. 뜻을 풀이할 필요가 있는 어휘
2. 현대어와 다른 표기의 표제어일 경우, 먼저 현대어로 옮겼다.
    예) 츄천(秋天): 추천.
3. 주격조사 'ㅣ'가 결합된 명사를 표제어로 할 경우, 현대어로 옮길 때 'ㅣ'는 옮기지 않았다. 예) 긔위(氣宇ㅣ): 기우.

C. 교감

1. 교감을 했을 경우 다른 주석과 구분해 주기 위해 [교]로 표기하였다.
2. 원문의 분명한 오류는 수정하고 그 사실을 주석을 통해 밝혔다.
3. 원문의 의미가 분명하지 않은 경우, 국립중앙도서관 소장본을 참고해 수정하고 주석을 통해 그 사실을 밝혔다.
4. 알 수 없는 어휘의 경우 '미상'이라 명기하였다.

빵텬긔봉(雙釧奇逢) 권지십삼(卷之十三)

1면

츠시(此時) 문휘 즁문의 말노조츠 도라보니 셩문이 주가(自家) 못 보는 딕 누흔(淚痕)1)을 벗거늘 문휘 어엿븜과 긔이(奇異)ᄒᆞ믈 니긔지 못ᄒᆞ야 듕문을 나호여 안고 셔셔 닐오딕,

"츠이(此兒ㅣ) 졔 어미를 싱각고 져러툿 우ᄂᆞ니라."

듕문이 믄득 놀나 왈(曰),

"내 이번(-番) 외가(外家)에 가니 형(兄)의 모친(母親)이 동산(東山) 옥호뎡이라 ᄒᆞᄂᆞᆫ 곳에 계시니 형(兄)이 엇지 가지 아니ᄒᆞᄂᆞ뇨?"

문휘 츠언(此言)을 듯고 크게 씨ᄃᆞ라 부뫼(父母ㅣ) 소 시(氏)를 먼니 보ᄂᆡ시딕 이젼(以前)쳐로 싱각지 아니시믈 듕심(中心)의 의아(疑訝)ᄒᆞ더니,

'원ᄂᆡ(元來) 옥호뎡의 감초와 계시므로 이러ᄒᆞ시도다.'

ᄒᆞ야 쭘이 씬 듯ᄒᆞ니 환환희희(歡歡喜喜)ᄒᆞ믈 니긔지 못ᄒᆞ여 짐줏 듕문다려 왈(曰),

"네 이런 말을 형쟝(兄丈)과 슈수(嫂嫂)긔 고(告)

2면

홀진딕 큰 죄(罪) 이실 거시니 날다려 닐넛노라 말나."

---

1) 누흔(淚痕): 눈물 흔적.

당보(當付)ᄒ니 등문이 허락(許諾)ᄒ더라.

문휘 부인(夫人)을 쳔(千) 니(里) 밧긔 보닌가 아라 아득히 이를 슬오다가 금일(今日) 꿈으로조ᄎ ᄎ언(此言)을 드릭미 깃부미 여텬(如天)ᄒ야 셩문다려 가마니 닐오딕,

"부뫼(父母ㅣ) 됴 시(氏)에 히(害)를 두려 네 어미를 댱부(-府)에 두어 계시니 네 샹회(傷懷)²⁾치 말나."

ᄒ니 셩문이 대희(大喜)ᄒ야 슈명(受命)ᄒ더라.

문휘 영문을 닛그러 건너더니 믄득 보니 쇼ᄋ 돗긔 업딕여 ᄌ음을 깁히 드럿거늘 문휘 친(親)히 니릭혀 안고 홍미뎡에 니릭니 부매(駙馬ㅣ) 안셕(案席)³⁾에 비겨 ᄌ음드럿고 공쥐(公主ㅣ) 먼니 단좌(端坐)ᄒ야 시부(詩賦)를 잠샹(潛賞)⁴⁾ᄒ다가 밧비 니러 마ᄌ 왈(曰),

"쇼ᄋ(小兒)의 유뫼(乳母ㅣ) 어딕 가고 슉슉(叔叔)이 안아 친(親)히 니릭시니잇고?"

문휘 웃고 칭샤(稱謝) 왈(曰),

"앗가 졔익(諸兒ㅣ) 쇼싱(小生)을 조ᄎ 희락(喜樂)⁵⁾ᄒ다가 훗터지고 ᄎ익(此兒ㅣ)

* * *

3면

홀노 노다가 ᄌ음을 ᄌ오니 혹(或) 샹(傷)ᄒ미 이실가 ᄒ여 안고 오이다."

ᄒ고 드딕여 부마(駙馬) 겻히 누이니 부매(駙馬ㅣ) 씨여 이 거동

---

2) 샹회(傷懷): 마음속으로 애통히 여김.
3) 안셕(案席): 안석. 벽에 세워 놓고 앉을 때 몸을 기대는 방석.
4) 잠샹(潛賞): 조용히 감상함.
5) 희락(喜樂): 기뻐하며 즐김.

(擧動)을 보고 소왈(笑曰),

　"현뎨(賢弟)는 엇지 마양 이러틋 쇼♀(小兒)의 일을 ᄒᄂ뇨?"

　문휘 우어 답왈(答曰),

　"녀♀(女兒) 스랑은 인졍샹싀(人情常事ㅣ)6)라 형(兄)은 칙(責)지 마ᄅ소셔."

　부매(駙馬ㅣ) 역소(亦笑)ᄒ고 공쥬(公主)를 도라보아 왈(曰),

　"앗가 싱(生)이 먹던 과픔(果品)7)을 아♀긔 닉소셔."

　원닉(元來) 문휘 독쳐(獨處)8)ᄒ 후(後)ᄂ 부매(駙馬ㅣ) ᄌ가(自家) 침소(寢所)로 블너 음식(飮食)을 난화 먹으믹 공쥬(公主ㅣ) 뜻을 밧아 극진(極盡)이 딕졉(待接)ᄒ니 문휘 감샤(感謝)ᄒ믈 니긔지 못ᄒ더라.

　문휘 소 시(氏) 댱부(-府)의 이시믈 드른 후(後) ᄆ옴이 급(急)ᄒ야 쇼연을 몬져 옥호뎡 뒤문(-門)으로 보닉여 원ᄌ(院者)9)를 분부(分付)ᄒ야 문(門)을 여러 두라 ᄒ고 밤이 되믹 부모(父母)긔 혼졍(昏定)10)을

≫ ●●

4면

파(罷)ᄒ고 즉시(卽時) 일(一) 필(匹) 나귀를 타고 옥호뎡에 니ᄅ니 원직(院者ㅣ) 발셔 문(門)을 여럿더라. 문휘 나귀를 나려 완완(緩緩)이11) 거러 세 문(門)을 드러 방듕(房中)에 드러가니 쇼졔(小姐ㅣ) 초

---

6) 인졍샹싀(人情常事ㅣ): 인정상사. 정을 가진 사람에게 늘 있는 일.

7) 과픔(果品): 과품. 여러 가지 과실(果實).

8) 독쳐(獨處): 독처. 홀로 거처함.

9) 원ᄌ(院者): 원자. 문지기.

10) 혼졍(昏定): 혼정. 잠자리에 들 때에 부모의 침소에 가서 잠자리를 살피고 밤 동안 안녕하기를 여쭘.

초(草草)12)흔 홍상치의(紅裳彩衣)13)로 운환(雲鬟)을 잠간(暫間) 것우
고 상(牀)의 지혀 안즈시니 새로온 광치(光彩) 눈이 황연(晃然)14)이
붉고 묽은 향닉(香-) 몬져 코에 쏘이니 유졍(有情)흔 쟝부(丈夫)의 쯧
에 어이 측냥(測量)흐리오. 문휘 옥면(玉面) 봉안(鳳眼)에 함쇼(含笑)
흐고 드러가니 쇼졔(小姐ㅣ) 대경(大驚)흐야 썰니 니러 마즈미 문휘
나아가 손을 잡아 길오딕,

"부인(夫人)이 엇지 이곳에 숨어 날노 흐야금 쟝우쟝야(長又長
夜)15)의 심亽(心思)롤 슬오게 흐느뇨?"

쇼졔(小姐ㅣ) 연망(連忙)이 샋리칠 겨 믄득 일쥬의 몸이 닷쳐 깃
亽이로조츳 믄득 옥(玉)을 울니는 듯흔 우름이 낭낭(朗朗)흐니 샹셰
(尙書ㅣ) 무심즁(無心中)

• • •

5면

이 소릭롤 듯고 대경(大驚)흐야 연망(連忙)16)이 헤혀고 보미 희익(孩
兒ㅣ) 난 지 삼(三) 삭(朔)이라 크기롤 강보(襁褓)롤 면(免)흔 듯흐고
안광(眼光)이 몬져 촉하(燭下)에 브이니 샹셰(尙書ㅣ) 쳔만몽믹(千萬
夢寐)17)에 이 경亽(慶事)롤 보니 깃부미 극(極)흐야 도로혀 어린 듯
냥구(良久)히 말이 업더니 반향(半晌) 후(後) 나오혀 안으미 희익(孩

---

11) 완완(緩緩)이: 천천히.

12) 초초(草草): 갖출 것을 다 갖추지 못하여 초라한 형상을 나타내는 말.

13) 홍상치의(紅裳彩衣): 홍상채의. 붉은 치마와 문채 나는 옷.

14) 황연(晃然): 환하게 밝은 모양.

15) 쟝우쟝야(長又長夜): 장우장야. 길고 또 긴 밤.

16) 연망(連忙): 급한 모양.

17) 쳔만몽믹(千萬夢寐): 천만몽매. 천만뜻밖.

兒]) 우름을 긋치고 낭연(朗然)이 우으니 그 얼골의 특이(特異)ᄒ미 모시(母氏)18)의 승(勝)ᄒ미 이시니 샹셰(尙書]) 일야(日夜) 원(願)ᄒ던 녀ᄋ(女兒)를 무망(無妄)19)의 보고 그 얼골가지 이러틋 졀셰(絶世)ᄒ고 향닉(香-) 만신(滿身)의 옹울(蓊鬱)20)ᄒ야 출어범뉴(出於凡類)21)ᄒ니 ᄉ랑이 아모 곳으로 나믈 씨닷지 못ᄒ야 굴오디,

"아히 난 지 이러틋 오라디 아비 아지 못ᄒ니 엇지 탄(嘆)홉지 아니리오? 그디 이곳에 이시믈 흑싱(學生)이 아다 무슴 별단(別段)22)화(禍)를 지어닐 거시라 업던 ᄋ히나 이러틋 크도록

❋ ❋ ❋

6면

고집(固執)히 숨으믄 므슴 쯧이뇨? 연유(緣由)를 둣고ᄌ ᄒ노라."

쇼졔(小姐]) 날호여 디왈(對曰),

"구괴(舅姑]) 명(命)ᄒ야 이곳에 두시니 쳡(妾)은 명(命)을 밧ᄌ올ᄯ름이라 엇지 감(敢)이 군ᄌ(君子)를 긔이며 속이미 이시리잇고?"

샹셰(尙書]) 녀ᄋ(女兒)의 염틱(艶態)23)를 디(對)ᄒ니 환환희희(歡歡喜喜)24)ᄒ야 만ᄉ(萬事)를 니져 굴오디,

"작일(昨日) 초쥬를 압히 안쳐 녀ᄋ(女兒) 엇고 시브미 밍동(猛動)25)ᄒ디 안히 업ᄉ 환뷔(鰥夫])26) 홀일업더니 녀익(女兒]) 이곳

---

18) 모시(母氏): 모씨. 그 어머니.

19) 무망(無妄): '무망중'의 준말. 별 생각이 없는 상태.

20) 옹울(蓊鬱): 원래 초목이 무성한 상태를 가리키나 여기에서는 많음을 뜻함.

21) 출어범뉴(出於凡類): 출어범류. 보통의 무리보다 뛰어남.

22) 별단(別段): 별다르게.

23) 염틱(艶態): 염태. 고운 자태.

24) 환환희희(歡歡喜喜): 매우 기뻐함.

에 이시믈 엇지 알니오? 언졔 낫ᄂᆞ뇨? 져의 난 일시(日時)나 알고ᄌᆞ
ᄒᆞ노라."

쇼졔(小姐ㅣ) 날호여 니르니 샹셰(尚書ㅣ) 더옥 깃거 닐홈을 므르
니 쇼졔(小姐ㅣ) 뒤왈(對曰),

"존귀(尊舅ㅣ) 일쥐라 ᄒᆞ시니이다."

샹셰(尚書ㅣ) 녀ᄋᆞ(女兒)의 샹모(相貌)27)를 술펴보고 부친(父親)
뎨명(題名)ᄒᆞ신 ᄯᅳᆺ을 씨다라 이에 소왈(笑曰),

"그듸 싱(生)의 원(願)ᄒᆞ던 녀ᄋᆞ(女兒)를 나흐니 깃부나 쟝ᄂᆡ28)(將
來) 두통(頭痛)과 등의 가시 진 듯ᄒᆞᆫ

．●●

7면

거동(擧動)을 보리로다."

쇼졔(小姐ㅣ) 날호여 뒤왈(對曰),

"망망(茫茫)ᄒᆞᆫ 운슈(運數)를 도망(逃亡)키 어렵거니와 군(君)이 엇
진 고(故)로 미리 파셜(播說)29)ᄒᆞ야 남이 고이(怪異)히 넉일 줄을 모
르ᄂᆞ뇨?"

휘(侯ㅣ) 우어 녀ᄋᆞ(女兒)를 유희(遊戱)ᄒᆞ며 샹(林)의 지혀 만ᄉᆞ(萬
事ㅣ) 무심(無心)ᄒᆞ야 밋쳐 부인(夫人)을 향(向)ᄒᆞ야 졍회(情懷)를 펴
미 업ᄉᆞ니 가(可)히 그 ᄉᆞ랑이 지극(至極)ᄒᆞ지라. 히ᄋᆞ(孩兒ㅣ) 또 아

---

25) 밍동(猛動): 맹동. 맹렬히 생김.

26) 환뷔(鰥夫ㅣ): 홀아비.

27) 샹모(相貌): 상모. 얼굴과 외모.

28) 쟝ᄂᆡ: [교] 원문에는 '댱개'로 되어 있으나 문맥을 고려하여 국도본(14:6)을 따름.

29) 파셜(播說): 파설. 말을 퍼뜨림.

는 거시 잇는 둣ᄒᆞ야 낭낭(朗朗)이 웃고 즐겨ᄒᆞᄂᆞᆫ 듯 졀묘(絶妙)ᄒᆞᆫ 태되(態度ㅣ) 가(可)히 만금(萬金)을 가져 밧고지 못홀지라. 샹셰(尙書ㅣ) ᄉᆞ랑이 취(醉)ᄒᆞ이고 ᄆᆞ음이 연(軟)ᄒᆞᆫ 쩍 ᄀᆞᆺᄐᆞ야 타ᄉᆞ(他事)ᄅᆞᆯ 싱각지 못ᄒᆞ니 쇼졔(小姐ㅣ) 침음(沈吟)ᄒᆞ다가 닐오ᄃᆡ,

"군(君)이 방소(方所)ᄅᆞᆯ 고(告)코 와 겨시냐?"

샹셰(尙書ㅣ) 소이왈(笑而曰),

"고(告)코 오지, 아니 고(告)코 오리잇가?"

쇼졔(小姐ㅣ) 졍ᄉᆡᆨ(正色) 왈(曰),

"군ᄌᆞ(君子ㅣ) 진실(眞實)노 무례(無禮)ᄒᆞ도다. 군(君)이 이졔 이십(二十)이 넘엇고 작위(爵位) 존(尊)ᄒᆞ

※※◆

8면

거든 므슴 힝실(行實)노 쳐ᄌᆞ(妻子)ᄅᆞᆯ 위(爲)ᄒᆞ야 구고(舅姑)ᄅᆞᆯ 긔이고[30] ᄉᆞᄉᆞ(私私)로이 이곳의 와 희소(戱笑)[31]ᄒᆞ시ᄂᆞ뇨?"

문후 왈(曰),

"ᄉᆡᆼ(生)이 부인(夫人)을 속이리오? 진실(眞實)노 고(告)ᄒᆞ고 오이다."

쇼졔(小姐ㅣ) 그 다함[32] 속이믈 미온(未穩)[33]ᄒᆞ야 졍ᄉᆡᆨ(正色) 부답(不答)ᄒᆞ니 샹셰(尙書ㅣ) 대소(大笑)ᄒᆞ고 침상(寢牀)의 나아가 녀ᄋᆞ(女兒) ᄉᆞ랑ᄒᆞᄂᆞᆫ ᄆᆞ음과 부인(夫人) ᄋᆡ즁(愛重)[34]ᄒᆞᄂᆞᆫ ᄆᆞ음이 졍

---

30) 고: [교] 원문에는 이 뒤에 '와녕을 넘어'가 있으나 부연으로 보이므로 국도본(14:8)을 따라 삭제함.

31) 희소(戱笑): 희롱하며 웃음.

32) 다함: 그저. 그다지.

33) 미온(未穩): 평온하지 않음.

34) ᄋᆡ즁(愛重): 애중. 사랑하고 소중하게 여김.

(正)히 무로녹아 하히(河海) 굿트여 능(能)히 금(禁)치 못홀너라.

계명(鷄鳴)의 니러 도라가 의구(依舊)히 신성(晨省)[35]하니 뉘 옥호명의 갓던 줄 알니오. 문휘 도라와 녀ᄋ(女兒)를 본 후(後) 더옥 닛지 못하야 추일(此日) 황혼(黃昏)에 쏘 니르니 쇼졔(小姐ㅣ) 그 후빅대신(侯伯大臣)[36]의 거죄(擧措ㅣ) 여추(如此)하믈 크게 잇달와 미우(眉宇)를 뗑긔고 믁믁(默默)하니 문휘 이에 샤왈(謝曰),

"흑싱(學生)이 이곳에 니르미 졍되(正道ㅣ) 아니믈 엇지 모르리오마는 부인(夫人) 향(向)흔 졍(情)

●●●

9면

이 산(山)이 낫고 바다히 엿튼 연괴(緣故ㅣ)오, 녀ᄋ(女兒)의 교염(嬌艶)[37]하믈 니긔지 못하는 연괴(緣故ㅣ)니 부인(夫人)은 힝(幸)혀 슬펴 용샤(容赦)하라."

쇼졔(小姐ㅣ) 이윽이 말을 아니타가 답왈(答曰),

"쳡(妾)이 지앙(災殃)을 피(避)하노라 이곳의 이시나 죵신(終身)홀 짜히 아니어늘 군(君)의 거죄(擧措ㅣ) 이러툿 히연(駭然)[38]하시니 쳡(妾)이 욕ᄉ무지(欲死無地)[39]하ᄂ이다."

휘(侯ㅣ) 기리 감탄(感歎)하야 미〃(微微)히 함소(含笑)하고 ᄌ리에 나아가 줌드니 쇼졔(小姐ㅣ) 어히업셔 이튼날 문휘 간 후(後) 댱

---

35) 신성(晨省): 신성. 아침 일찍 부모의 침소에 가서 밤사이의 안부를 살피는 일.

36) 후빅대신(侯伯大臣): 후백대신. 제후의 벼슬을 하는 대신. 여기에서는 이몽창이 '문정후'이므로 이와 같이 칭한 것임.

37) 교염(嬌艶): 아리따움.

38) 히연(駭然): 해연. 몹시 이상스러워 놀라움.

39) 욕ᄉ무지(欲死無地): 욕사무지. 죽으려 해도 죽을 땅이 없음.

공(公)을 청(請)ᄒ야 글오ᄃᆡ,

"쇼질(小姪)이 이곳에 이셔 존구(尊舅)의 명(命)으로 양ᄌᆡ(禳災)40) ᄒ거늘 문졍휘 소질(小姪) 업슈이 넉이ᄆᆞᆯ 태심(太甚)이 ᄒ와 원문(院門)으로조ᄎᆞ 니ᄅᆞ니 이ᄂᆞᆫ 무식지인(無識之人)이라 슉부(叔父)ᄂᆞᆫ 존구(尊舅)긔 고(告)ᄒ야 이런 길을 막으쇼셔."

샹셰(尙書ㅣ) 쳥파(聽罷)에 고쟝ᄃᆡ소(鼓掌大笑)41) 왈(曰),

"이ᄂᆞᆫ 쇼년(少年) 남ᄋᆞ(男兒)의 예ᄉᆞ(例事)일이라 엇던 남ᄌᆡ(男子ㅣ) 너

* ● ●

10면

ᄀᆞᄐᆞᆫ 졀ᄉᆡᆨ슉완(絶色淑婉)42)의 부인(夫人)이 지쳑(咫尺)에 이시ᄆᆞᆯ 안후(後)야 아니 와 보리오? 너의 얼골을 보건ᄃᆡ 우슉(愚叔)의 무ᄃᆡᆫ 눈이라도 샹쾌(爽快)ᄒᄆᆞᆯ 니긔지 못ᄒ고 그 말ᄉᆞᆷ을 드ᄅᆞᆫ즉 쎼 녹는 듯ᄒ니 ᄒᄆᆞᆯ며 네 가부(家夫)의 ᄆᆞᄋᆞᆷ을 닐너 알니오? ᄒᄆᆞᆯ며 소년(少年) 남ᄌᆡ(男子ㅣ) 너ᄅᆞᆯ 써나ᄃᆡ 맛ᄎᆞ님 구구(區區)ᄒᆫ 긔ᄉᆡᆨ(氣色)을 아니ᄒ니 이ᄂᆞᆫ 대쟝뷔(大丈夫ㅣ)라 너ᄂᆞᆫ 너모 칙망(責望)치 말나. 내 너의 이곳에 이시믄 닐오지 아녓거니와 그 왕ᄂᆡ(往來)ᄒᄂᆞᆫ 거동(擧動)이 심(甚)히 어엿브니 엇지 승샹(丞相)의게 닐오리오?"

ᄒ니 쇼졔(小姐ㅣ) 블열(不悅)ᄒ야 답(答)지 아니ᄒ더라.

문휘 도라가 쇼져(小姐)의 엄졍(嚴正)43)ᄒᄆᆞᆯ 져허 슈일(數日)을 가

---

40) 양ᄌᆡ(禳災): 양재. 재앙을 물리침.

41) 고쟝ᄃᆡ소(鼓掌大笑): 고장대소. 손뼉을 치며 크게 웃음.

42) 졀ᄉᆡᆨ슉완(絶色淑婉): 절색숙완. 빼어난 미모를 지닌 착한 여자.

43) 엄졍(嚴正): 엄정. 엄숙하고 바름.

지 아낫더니 날포[44] 되니 녀오(女兒)를 닛지 못ᄒᆞ여 일일(一日)은 옥
호뎡에 니르러 쇼져(小姐)를 보니 쇼졔(小姐ㅣ) 크게 미

⁂

11면

안(未安)ᄒᆞ여 미우(眉宇)를 ᄭᅵᆼ긔고 말을 아니ᄒᆞ니 문휘 완완(緩緩)이
미소(微笑)ᄒᆞ고 녀오(女兒)를 나호여 안고ᄌᆞ ᄒᆞ더니 믄득 댱 시랑(侍
郞) 옥지 신을 ᄭᅳ어 니르러 난두(欄頭)에 안ᄌᆞ며 글오ᄃᆡ,

"내 원ᄌᆞ(院者)를 분부(分付)ᄒᆞ여 문(門)을 직희웟거늘 엇던 도적
(盜賊)이 문(門)을 여럿ᄂᆞ뇨? 원ᄌᆞ(院者)의 태(怠) 심(甚)이 통ᄒᆡ(痛
駭)[45]ᄒᆞ니 가(可)히 챵두(蒼頭)를 블너 원ᄌᆞ(院者)를 잡아 오라."

ᄒᆞ니 슈유(須臾)[46]의 서너 챵뒤(蒼頭ㅣ) 원ᄌᆞ(院者)를 미여 ᄯᅡ히
ᄭᅮᆯ니ᄆᆡ 미조ᄎᆞ 한님(翰林) 옥계와 ᄉᆞ인(舍人) 옥필이 일시(一時)에
니르러 뭇ᄌᆞ오ᄃᆡ,

"형쟝(兄丈)이 엇진 고(故)로 심야(深夜)의 원ᄌᆞ(院者)를 형쟝(刑
杖)[47]코져 ᄒᆞ시ᄂᆞ니잇고?"

시랑(侍郞)이 원ᄌᆞ(院者)를 가르쳐 즐왈(叱曰),

"니(李) 승샹(丞相)이 야야(爺爺)를 밋어 쳔금(千金) ᄀᆞᄐᆞᆫ 며느리를
이곳에 두엇거늘 원지(院者ㅣ) 즁야(中夜)의 문(門)을 여러시니 만일
(萬一) 빅달이

---

44) 날포: 하루가 조금 넘는 동안.
45) 통ᄒᆡ(痛駭): 통해. 몹시 이상스러워 놀라움.
46) 슈유(須臾): 수유. 잠시.
47) 형쟝(刑杖): 형장. 몽둥이로 벌을 줌.

드르면 미ᄌᆞ(妹子)를 엇덧케 넉이며 부친(父親)을 그릇 넉이리니 엇지 한심(寒心)치 아니리오?"

댱 한님(翰林)이 미미(微微)히 우어 글오ᄃᆡ,

"빅달이 미지(妹子ㅣ) 이곳의 이시믈 혹(或) 알가 ᄒᆞᄂᆞ이다."

시랑(侍郎) 왈(曰),

"제 어이 알며 비록 알미 이신들 대샹(大相)이 쳐ᄌᆞ(妻子)를 위(爲)ᄒᆞ야 반야(半夜)의 오리오?"

이에 시노(侍奴)를 ᄭᅮ지져 원ᄌᆞ(院者)를 치라 ᄒᆞ니 원지(院者ㅣ) 겁(怯)ᄒᆞ야 글오ᄃᆡ,

"니(李) 샹셔(尙書) 노애(老爺ㅣ) 문(門)을 열나 ᄒᆞ시미 여러삽나니 쇼복(小僕) 등(等)이 어이 무음으로 문(門)을 열니잇고?"

시랑(侍郎)이 크게 ᄭᅮ지져 왈(曰),

"이 완만(緩慢)[48]ᄒᆞᆫ 노복(奴僕)이 니(李) 샹셔(尙書)를 파라 죄(罪)를 면(免)코져 ᄒᆞ니 가(可)히 죽을죄(--罪)로다. 샹셰(尙書ㅣ) 엇던 후빅대신(侯伯大臣)이라 혼야(昏夜)의 와시며 혹(或) 와신들 우리게 뵈지 아니며 이 문(門)으로 숨어 단니리오? 니(李) 샹셰(尙書ㅣ) 바야흐

로 고당(高堂)[49]의 안거(安居)[50]ᄒᆞ야 츌입(出入)에 슈빅(數百) 츄죵

---

48) 완만(緩慢): 게으름.

49) 고당(高堂): 높다랗게 지은 집.

(騎從)과 ᄉ마ᄬ곡(四馬雙轂)51)이 잇거늘 엇지 후ᄇᆡᆨ(侯伯)의 위의(威儀) 업ᄉ리오? 문(門) ᄇᆞᆺ긔 일(一) 필(匹) 나귀도 업ᄉ니 이 더옥 너의 거즛말이라."

원ᄌᆡ(院者ㅣ) 초조(焦燥)ᄒᆞ야 알외ᄃᆡ,

"니(李) 노야(老爺) 노복(奴僕) 쇼연이 ᄇᆞᆺ긔 잇고 나귀도 잇ᄂᆞ이다."

시랑(侍郞)이 더옥 양노(佯怒)52) 왈(曰),

"니(李) 샹셰(尚書ㅣ) 존귀(尊貴)ᄒᆞᆫ 몸이라 엇지 일(一) 필(匹) 나귀를 타고 단니리오? 네 가지록 허무(虛無)ᄒᆞᆫ 말을 ᄒᆞ니 즁죄(重罪)를 도망(逃亡)치 못ᄒᆞ리라."

한님(翰林)이 소왈(笑曰),

"니(李) ᄇᆡᆨ달의 녕혼(靈魂)이 져놈의 눈에 뵌가? 엇지 져러틋 진젹(眞的)53)ᄒᆞ뇨?"

시랑(侍郞) 왈(曰), ·

"여등(汝等)은 고이(怪異)ᄒᆞᆫ 말 말나. ᄇᆡᆨ달이 승샹(丞相) 합하(閤下)의 교훈(敎訓)을 ᄇᆞᆮ와 셩문(盛門)의 존(尊)ᄒᆞᆫ 사ᄅᆞᆷ이어든 엇지 혼야(昏夜)의 오리오? 이 도시(都是) 원ᄌᆡ(院者ㅣ) 니(李) ᄇᆡᆨ달을 파라 죄(罪)를 면(免)

∴●●

14면

코즈 ᄒᆞ미니라."

---

50) 안거(安居): 편안히 지냄.
51) ᄉ마ᄬ곡(四馬雙轂): 사마쌍곡. 네 마리 말이 이끄는 수레.
52) 양노(佯怒): 거짓으로 성냄.
53) 진젹(眞的): 진적. 틀림없음.

셜파(說罷)에 시노(侍奴)로 치고ᄌᆞ ᄒᆞ니 원ᄂᆡ(元來) 시랑(侍郎)의 뇌(怒ㅣ) 졈졈(漸漸) 니러 치고ᄌᆞ ᄒᆞᆯ 젹은 문후를 일장(一場) 봇치고져 ᄒᆞ미러니 문휘 죵시(終是) 나오지 아니코 원ᄌᆞ(院者) 치기도 우은지라 냥뎨(兩弟)를 눈 주어 창틈(窓-)으로 보라 ᄒᆞ니 이(二) 인(人)이 웃고 문틈(門-)으로 보니 문휘 슈려(秀麗)ᄒᆞᆫ 미우(眉宇)에 우음을 먹음고 안셕(案席)의 지혀 녀ᄋᆞ(女兒)를 유희(遊戱)ᄒᆞ고 젼연(全然)이 모ᄅᆞᄂᆞᆫ 사ᄅᆞᆷ ᄀᆞᆺ더니 쇼졔(小姐ㅣ) ᄀᆞᆯ오ᄃᆡ,

"표형(表兄)이 노(怒)를 발(發)ᄒᆞ면 어려오니 상공(相公)은 나가 말니소셔."

문휘 소왈(笑曰),

"졔 종 졔 치ᄂᆞᆫᄃᆡ 내 어이 간셥(干涉)ᄒᆞ리오? 말ᄉᆞᆷ마다 져 소ᄋᆡ(小兒ㅣ) 날을 됴희(嘲戱)[54]ᄒᆞ야 욕(辱)ᄒᆞ니 부인(夫人)은 바려두라. 내 후일(後日) 갑흐리라."

셜파(說罷)에 타연(泰然)이 웃고 요동(搖動)치 아니커ᄂᆞᆯ 한님(翰林) 등(等)이 어이업셔 시랑(侍郎)

***

15면

의 겻히 와 고(告)ᄒᆞ니 시랑(侍郎)이 더옥 뮈이 넉여 ᄒᆞᆫ 계교[55](計巧)를 ᄉᆡᆼ각고 원ᄌᆞ(院者)다려 다시 문왈(問曰),

"니부(李府) 창두(蒼頭) 소연이 일졍[56] 밧긔 잇ᄂᆞ냐?"

원지(院者ㅣ) ᄃᆡ왈(對曰),

---

54) 됴희(嘲戱): 조희. 빈정거리며 조롱함.

55) 교: [교] 원문에는 '규'로 되어 있으나 오기로 보임.

56) 일졍: 반드시.

"진실(眞實)노 잇ᄂᆞ니이다."

시랑(侍郎)이 시노(侍奴)로 ᄒᆞ야금 잡아 오라 ᄒᆞ여 므ᄅᆞ되,

"네 어이 무단(無斷)57)이 이곳의 왓ᄂᆞᆫ다?"

쇼연이 미미(微微)히 웃고 ᄃᆡ왈(對曰),

"노야(老爺)를 뫼서 니ᄅᆞ럿ᄂᆞ이다."

댱 시랑(侍郎)이 대로(大怒)ᄒᆞ야 소ᄅᆡ 질너 믹라 ᄒᆞ고 닐오되,

"너의 쥬인(主人)은 귀인(貴人)의 몸이라. 너 ᄒᆞ나흘 다리고 단니며 이곳에 무엇ᄒᆞ라 오리오? 내 드ᄅᆞ니 운괴 네 누의라 ᄒᆞ더니 필연(必然) 초인(招引)58)ᄒᆞ야 ᄂᆡ여 ᄒᆞᆫ가지로 도쥬(逃走)ᄒᆞ려 ᄒᆞ미라. 몬져 쟝(杖) 오십(五十)을 치고 ᄂᆡ일(來日) 믹여 니부(李府)로 보ᄂᆡ리라."

쇼연이 웃고 굴오되,

"누의 초인(招引)ᄒᆞ여 ᄂᆡ다 죄목(罪目)은 원통(寃痛)ᄒᆞ니 그져 샹셔(尙書) 노야(老爺)

⁕＊＊

16면

대신(代身)의 마ᄌᆞ지이다."

댱 시랑(侍郎)이 더욱 노왈(怒曰),

"이놈이 ᄌᆞ소(自少)로 니(李) 빅달의게 신임(信任)ᄒᆞ믹 그 언변(言辯)을 빗화 아등(我等)을 속이고 그 항거슬59) 파라 죄(罪)를 면(免)코ᄌᆞ ᄒᆞ니 빅달이 드를진되 엇지 아니 분희(憤駭)60)ᄒᆞ여 ᄒᆞ리오? 내

---

57) 무단(無斷): 사전에 허락이 없음. 또는 아무 사유가 없음.

58) 초인(招引): 불러냄.

59) 항거슬: 주인을. '항것'은 주인의 뜻임.

네 노야(老爺)를 딕(代)ᄒ야 너의 죄(罪)를 다ᄉ리리라. 네 항거시[61] 비록 이십(二十)이 갓 넘어시나 글을 닑어 즈못 ᄉ리(事理)를 통(通)ᄒ고 작위(爵位) 후빅(侯伯)의 잇고 ᄯ오 부모(父母) 시하인(侍下人)[62]이라 므슴 요괴(妖怪)를 들녓관디 너 즘싱을 다리고 부모(父母)ᄭ긔 방소(方所)를 고(告)치 아니코 혼야(昏夜)의 이곳의 오리오? 네 셩혼 노야(老爺)ᄂ 아니 올 거시니 네 말을 삼쳑동(三尺童)도 곳이듯지 아닐지라."

ᄒ고 인(因)ᄒ야 치기를 직쵹ᄒ니 모든 시뇌(侍奴ㅣ) 옷슬 메왓고 시험(試驗)ᄒ려 ᄒ더니 문휘 방듕(房中)의셔 댱 시랑(侍郎)의 말을

* **

17면

듯고 쾌심이 넉이더니 쇼연 치려 ᄒ믈 보고 믄득 몸을 니러 나와 댱 시랑(侍郎)을 밀쳐 왈(曰),

"계위[63]야, 니민(魑魅)[64]를 들녓ᄂ냐? 네 어이 내 죵을 치리오?"

ᄒ니 댱 시랑(侍郎)이 냥뎨(兩弟)를 도라보아 왈(曰),

"고이(怪異)ᄒ다. 빅달이 어이 내 눈의 뵈ᄂ뇨?"

문휘 가르쳐 즐왈(叱曰),

"너 즘싱이야 요괴(妖怪)를 들녀 즉금(卽今) 날을 보고 샹시(常時)와 쑴을 분변(分辨)치 못ᄒᄂ냐?"

---

60) 분히(憤駭): 분해. 분하고 이상하게 여김.

61) 항거시: 주인이.

62) 시하인(侍下人): 윗사람을 모시고 있는 사람.

63) 계위: 시랑 장옥지의 자(字).

64) 니민(魑魅): 이매. 얼굴은 사람 모양이고 몸은 짐승 모양으로 되어 있다는 네 발 가진 도깨비.

댱 시랑(侍郞) 왈(曰),

"앗가 네 시노(侍奴)의 말이 다언(多言)ᄒ되 현마 네 문졍후 봉작(封爵)을 가지고 져 시노(侍奴) 일(一) 인(人)만 세오고 이곳에 오딕 우리를 몰니여 뒤문(-門)으로 숨어 드나들 줄 쳔만(千萬) 싱각지 아녓더니 내 이졔 너를 보니 놀납기 가이 업고 문졍후 금인(金印)65)이 가(可)히 앗가올샤 후빅(侯伯)이 이런 일이 잇ᄂ냐?"

문휘 왈(曰),

"비록 츄죵(騶從)이 슈빅(數百)인

• ● ●

18면

들 미양 거ᄂ리고 단니랴?"

댱 시랑(侍郞) 왈(曰),

"츄죵(騶從)을 셜ᄉ(設使) 아니 다리고 단인들 어나 지샹(宰相)이 져 나귀 등의 안져 남의 동산(東山) 뒤문(-門)으로 단니리오? 필연(必然) 돗갑이를 들녀실시 밤의 단니ᄂ도다."

샹셰(尙書ㅣ) 즐지(叱之) 왈(曰),

"너히 등(等)이 나의 쳐ᄌ(妻子)를 감초와시니 내 통히(痛駭)66)ᄒ믈 니긔지 못ᄒ야 너히를 긔고 니ᄅ러든 네 엇지 고이(怪異)히 넉이ᄂ뇨?"

댱 시랑(侍郞) 왈(曰),

"후빅(侯伯)이 쳐ᄌ(妻子ㅣ) 셜ᄉ(設使) 그리온들 이런 히괴(駭怪)67)한 거됴(擧措)를 ᄒ미 가(可)ᄒ냐? 존대인(尊大人)이 표미(表

___
65) 금인(金印): 금으로 된 인수(印綬). 관인(官印)의 꼭지에 달아 몸에 달 수 있도록 한 끈.
66) 통히(痛駭): 통해. 몹시 이상스러워 놀람.

妹)68)룰 이곳에 두어 양지(禳災)69)ᄒ라 ᄒ여 계시거늘 네 엇지 존명(尊命)을 거역(拒逆)ᄒ야 암힝(暗行)ᄒ리오? 진실(眞實)노 네 일이 올흐냐?"

샹셰(尙書ㅣ) 완소(緩笑)70) 왈(曰),

"네 엇지 노형(老兄)을 욕(辱)ᄒᄂ뇨?"

댱 시랑(侍郞)이 소왈(笑曰),

"너는 사름이미 몸의 금의(錦衣)룰 닙고 허리 아릭 금인(金印)을

***

19면

츠고 밧그로 문경후 일읍(一邑)에셔 그 짜 빅셩(百姓)이 너룰 쥬군(主君)으로 알고 안흐로 병부샹셔(兵部尙書) 작위(爵位)룰 가져 닉외(內外) 어영대장(御營大將) 군졸(軍卒)이 위왓거늘 네 춤아 쳐즈(妻子)룰 못 니져 혼야(昏夜)의 필마(匹馬)로 쳐즈(妻子)룰 춧노라 분쥬(奔走)ᄒᄂ뇨? 이 진짓 사름의 낫치오 개힝실(-行實)이로다."

샹셰(尙書ㅣ) 고쟝(鼓掌)71) 소왈(笑曰),

"네 빅슈노옹(白首老翁)인들 블과(不過) 오(五) 년(年) 맛이라 그 나히 견동(犬童)72)의 나히나 다룰 거시라 공경(恭敬)ᄒ랴?"

댱 시랑(侍郞) 왈(曰),

---

67) 히괴(駭怪): 해괴. 크게 놀랄 정도로 매우 괴이함.

68) 표미(表妹): 표매. 외종사촌누이. 장옥지 형제의 아버지 장세걸과 소월혜의 어머니 장 씨는 남매 사이로서, 장옥지 형제에게 소월혜는 고종사촌임.

69) 양지(禳災): 양재. 재앙을 물리침.

70) 완소(緩笑): 천천히 웃음.

71) 고쟝(鼓掌): 고장. 손뼉을 침.

72) 견동(犬童): 하찮은 어린아이.

"네 다함73) 져리 ᄒ니 네 존대인(尊大人)긔 고(告)ᄒ리라. 그ᄶ 엇지 ᄒ는고 구경ᄒ리라."

샹셰(尚書ㅣ) 소왈(笑曰),

"야애(爺爺ㅣ) 아ᄅ시나 쳐ᄌ(妻子)를 셩인(聖人)도 먼니 못ᄒ시니 간디로 칙(責)ᄒ시랴. 내 비록 용녈(庸劣)ᄒ나 너의 졸ᄉ(拙士)74)의 게는 훈아이지75) 아니리라."

댱 한님(翰林) 왈(曰),

"우리 표민(表妹) 팔지(八字ㅣ) 무상(無常)ᄒ야 너 ᄀ튼 완포(頑暴)76)ᄒ 놈의게

※※※

20면

ᄉ싱(死生)이 달녀 일싱(一生)이 슌(順)치 못ᄒ니 아등(我等)이 가셕(可惜)ᄒ더니 이곳에 이시니 네게 무어시 아쳐로와77) ᄣ아와 보치는다?"

샹셰(尚書ㅣ) 눈을 흘긔여 왈(曰),

"계연은 시ᄉ(時事)를 모ᄅ니 네 이제 황구소인(黃口小兒ㄴ)78)다? 내 보기는 네 턱 아릭 슈염(鬚髥)이 검어서니 발셔 사름의 한아비 참예(參預)ᄒ게 되엿도다."

한님(翰林) 왈(曰),

---

73) 다함: 다만. 오직.

74) 졸ᄉ(拙士): 졸사. 졸렬한 선비.

75) 훈아이지: '기가 꺾이지'의 의미로 보이나 미상임.

76) 완포(頑暴): 고집이 세고 포악함.

77) 아쳐로와: 싫어. 기본형은 '아쳐러ᄒ다'임.

78) 황구소인(黃口小兒ㄴ): 황구소아. 부리가 누런 새 새끼처럼 어린 아이.

"내 어이 시스(時事)를 모르리오?"

문휘 답소(答笑) 왈(曰),

"네 그려도 모르니 대강(大綱) 닐오리라. 네 표민(表妹) 엇지ㅎ야 일싱(一生)이 됴치 못ㅎ뇨?"

한님(翰林) 왈(曰),

"민지(妹子ㅣ) 그릇 너의 그믈에 걸녀 셰샹(世上)의 잇지 아닌 화란(禍亂)을 곳초 격고 쏘 네 경스(京師)의 완 지 일(一) 년(年)이 못ㅎ야 이 산듕(山中)에 드러시니 쏘 아모커나 네 닐오라. 팔지(八字ㅣ) 무어시 됴ㅎ뇨?"

샹셰(尙書ㅣ) 소왈(笑曰),

"네 말을 드르니 이 곳 입 누른 ᄋ소(兒小)의 소견(所見)이로다. 너의 표민(表妹) 나의 안히 되민

* * *

21면

나히 이십(二十)이 곳 넘엇거늘 봉관화리(鳳冠花履)79)로 명뷔(命婦ㅣ)80) 되어 영홰(榮華ㅣ) 호셩(豪盛)81)ㅎ며 즈녜(子女ㅣ) 죡(足)ㅎ니 기듕(其中) 조고만 지앙(災殃)이야 무어시 관겨(關係)ㅎ리오? 네 고금(古今)을 비(比)ㅎ나 네 표민(表妹) 팔즈(八字) 곳치 됴ㅎ니 잇느냐?"

댱 시랑(侍郞) 왈(曰),

"져놈이 다함82) 말 됴흔 체ㅎ고 흔갓 억지로 우리를 관속(管束)83)

---

79) 봉관화리(鳳冠花履): 봉관(鳳冠)은 봉황의 장식이 있는 예관(禮冠)이고, 화리(花履)는 아름다운 꽃신으로, 고관(高官) 부녀의 복식을 가리킴.

80) 명뷔(命婦ㅣ): 봉작을 받은 부인의 통칭.

81) 호셩(豪盛): 호성. 크고 성함.

82) 다함: 다만, 오직.

ᄒ니 우리 말ᄒ야 부졀업ᄉ니 명일(明日) 승샹(丞相) 합하(閤下)긔 고(告)ᄒ고 듕칙(重責)을 어더 주리라.”

ᄒ고 셜파(說罷)에 일시(一時)에 ᄉ미를 썰쳐 도라가니 문휘 대소(大笑)ᄒ고 방듕(房中)에 드러가 ᄌ고 명조(明朝)에 도라가니라.

댱 시랑(侍郞) 등(等)이 부듕(府中)에 도라와 부모(父母)긔 샹셔(尙書)의 말을 고(告)하고 우ᄉ니 댱 공(公)이 역시(亦是) 웃고 왈(曰),

“아셔(我壻)ᄂ 단믁(端默)84) 안졍(安靜)85)ᄒ야 일ᄃᆡ군ᄌ(一代君子)오, 이 ᄋ히ᄂ 호긔(豪氣) 츌뉴(出類)ᄒ야 일셰호걸(一世豪傑)이니 니형(李兄)이 진실(眞實)노 ᄋ들을 잘 낫타 ᄒ

• **•**

22면

리로다.”

ᄒ더라.

문휘 본부(本府)에 도라와 쇼져(小姐)의 단엄(端嚴)홈과 ᄌ개(自家ㅣ) 부명(父命) 업시 혼야(昏夜)의 단니미 ᄌ못 그른 고(故)로 오릭 가지 아녓더니,

일일(一日)은 최 샹셔(尙書) 싱일(生日)에 가 크게 취(醉)ᄒ야 도라와 감(敢)이 부모(父母)긔 뵈옵지 못ᄒ고 셜연당에 니릭러 님 시(氏)를 블너 옷슬 벗기이고 긔거(起居)를 슬피라 ᄒ고 누엇더니 잠간(暫間) 졈드니 님 시(氏) 믈너 장(帳) 밧긔 나오니, 이ᄭᅥ 됴 시(氏) 음흉(陰凶)ᄒ 뜻이 ᄭᅳᆺ치 누르지 못ᄒ야 고이(怪異)ᄒ 의ᄉ(意思ㅣ) 바라

---

83) 관속(管束): 제약하여 구속함.

84) 단믁(端默): 단묵. 단엄하고 점잖음.

85) 안졍(安靜): 안정. 편안하고 고요함.

나는지라86) 미일(每日) 문후의 술 취(醉)키를 기다리더니 이날 취(醉)ᄒᆞ야 님 시(氏)를 블러 보호(保護)ᄒᆞᆷ믈 듯고 급(急)히 셜연당에 니ᄅᆞ러 님 시(氏)ᄃᆞ려 닐오ᄃᆡ,

"내 존고(尊姑) 명(命)으로 샹공(相公) 좌와(坐臥)를 술피라 니ᄅᆞ러시니 너는 네 침소(寢所)로 가라."

님 시(氏) 심하(心下)에 희연(駭然)ᄒᆞᄃᆡ 공슌(恭順)이 ᄌᆞ가(自家) 침소(寢所)로

* * *

23면

가니 됴 시(氏) 쟝(帳) 안히 드러가 샹셔(尙書) 겻히 안ᄌᆞ시니 문휘 이윽흔 후(後) ᄭᆡ여 보니 방(房) 안이 어둡고 됴 시(氏) 홀노 겻히 안ᄌᆞ 손을 쥐무르니 싱(生)이 ᄎᆞ시(此時) 취몽(醉夢)87)이 혼혼(昏昏)88)ᄒᆞ고 실듕(室中)이 어두오니 엇지 님 시(氏) 아니믈 분변(分辨)ᄒᆞ리오. 흔연(欣然)이 닛그러 침셕(寢席)에 나아가ᄆᆡ 취셩(醉醒)89)이 샹시(常時)로 더은 고(故)로 그 만단(萬端) 은이(恩愛) 지극(至極)ᄒᆞ더니 계명(鷄鳴)의 됴 시(氏) 니러 도라가니 아츰에 샹셰(尙書 ㅣ) ᄭᆡ여 님 시(氏) 업ᄉᆞ믈 고이(怪異)히 넉여 좌우(左右)로 블러 칙(責)ᄒᆞ되,

"네 어이 나의 옷술 주지 아니코 침소(寢所)로 갓는다?"

님 시(氏) 유유(唯唯)ᄒᆞ야 다만 ᄉᆞ죄(謝罪)ᄒᆞ고 관복(官服)을 셥기니 문휘 다시 칙(責)지 아니ᄒᆞ더니,

---

86) 바라나는지라: 치열하게 나므로. '바라나다'는 '치열하게 나다'의 뜻임.

87) 취몽(醉夢): 취몽. 술에 취하여 자는 동안에 꾸는 꿈.

88) 혼혼(昏昏): 정신이 가물가물하고 희미한 모양.

89) 취셩(醉醒): 취성. 취함.

이후(以後) 됴 시(氏) 일월(日月)이 포90) 되믹 입이 다지 아니ᄒ고
신긔(神氣)91) 블평(不平)ᄒ더니 ᄯ 두 돌이 되믹 잉태(孕胎) 긔운이
분명(分明)ᄒ니 문

●●●

24면

혹ᄉ(學士) 부인(夫人)이 이 소식(消息)을 알고 크게 놀나 가만이 부
모(父母)긔 고(告)ᄒ니 승샹(丞相)이 졍식(正色) 왈(曰),

"녀ᄋ(女兒ㅣ) 어렷ᄂᆞ냐? 부뷔(夫婦ㅣ) ᄀᆞ진 쟤(者)의 ᄌᆞ식(子息)
이시미 고이(怪異)ᄒ리오?"

쇼제(小姐ㅣ) 믁연(默然)ᄒ나 일즉 문휘 그 침소(寢所)의 아니 감
과 싱혈(生血)이 그져 이시믈 보왓ᄂᆞᆫ지라 ᄆᆞ음에 경희(驚駭)ᄒᆞᆷᆯ 니
긔지 못ᄒ더니 문휘 드러와 시좌(侍坐)ᄒ니 쇼제(小姐ㅣ) 소왈(笑曰),

"됴뎨(-弟) 잉틱(孕胎)ᄒ시니 치하(致賀)ᄒᄂ이다."

문졍휘 쳥파(聽罷)에 블승대경(不勝大驚)92)ᄒ야 안식(顔色)이 여
토(如土)ᄒ더니 반향(半晌) 후(後) ᄀᆞᆯ오딕,

"우형(愚兄)이 일즉이 됴 시(氏)로 남이니 엇지 ᄌᆞ식(子息)이 이시
리오? 음뷔(淫婦ㅣ) 반다시 ᄉᆞ통(私通)ᄒ미니 결연(決然)이 집의 두
지 못ᄒ리라."

승샹(丞相)이 졍식(正色) 왈(曰),

"네 엇지 정실(正室)을 고이(怪異)ᄒᆫ 말노 의심(疑心)ᄒᄂ뇨?"

휘(侯ㅣ) 쳥파(聽罷)에 돈슈(頓首) 딕왈(對曰),

---

90) 포: 거듭.

91) 신긔(神氣): 신기. 정신과 기운.

92) 블승대경(不勝大驚): 불승대경. 크게 놀람을 이기지 못함.

"히익(孩兒ㅣ) 엇지 부모(父母) 안젼(案前)의 긔망(欺妄)ᄒ리잇고? 실(實)노 그 당듕(堂中)의 가미 업ᄉ니

* * *

25면

엇지 ᄌ식(子息)이 이시리잇가?"

승샹(丞相)이 역시(亦是) 의아(疑訝)ᄒ다가 밧그로 나가니 휘(侯ㅣ) 감(敢)이 강쳥(强請)치 못ᄒ야 믈너낫더니 ᄎ일(此日) 져녁 문안(問安)히 부친(父親)긔 쳥죄(請罪)ᄒ고 됴 시(氏) 닉치믈 쳥(請)ᄒ니 승샹(丞相)이 ᄯ흔 부답(不答)이오, 좌위(左右ㅣ) ᄎᄉ(此事)ᄅᆞᆯ 듯고 히연(駭然)이 넉이더니 님 시(氏) 이쩍 문휘 됴 시(氏) 의심(疑心)ᄒ믈 듯고 ᄀᆞ만이 문 소져(小姐)다려 니른지라, 빙옥 쇼졔(小姐ㅣ) 낭낭(朗朗)이 대소(大笑)ᄒ고 왈(曰),

"거게(哥哥ㅣ) 진실(眞實)노 됴 시(氏)ᄅᆞᆯ 먼니ᄒ시니잇가?"

문휘 졍식(正色) 왈(曰),

"미ᄌ(妹子) 등(等)이 보ᄃᆞ시 내 진실(眞實)노 화[93]영당에 갓더냐?"

쇼졔(小姐ㅣ) 소왈(笑曰),

"가시든 아녀도 됴형(-兄)이 잉틴(孕胎)하니 진실(眞實)노 그 조화(造化)ᄅᆞᆯ 뉘 알니오?"

드듸여 님 시(氏)의 말을 모든 딕 셜파(說破)ᄒ니 문휘 대경(大驚)ᄒ야 싱각ᄒᄆᆡ 그날 과연(果然) 지극(至極)ᄒᆞᆫ 졍(情)을 베펏ᄂᆞ 고(故)로 심듕(心中)의 어히업셔 머리ᄅᆞᆯ 숙여 신

---

93) 화: [교] 원문에는 '하'로 되어 있으나 앞의 예를 따라 이와 같이 수정함.

식(神色)이 져상(沮喪)94)ᄒ니 좌위(左右ㅣ) 놀나고 우이 넉여 일시(一時)의 대소(大笑)ᄒ니 무평95)빅이 웃고 왈(曰),

"몽챵이 원ᄂᆡ(元來) 됴 시(氏)로 지극(至極)ᄒᆫ 졍(情)이 이시ᄃᆡ 짐 짓 남 보ᄂᆞᆫ ᄃᆡ 소(疎)하닷다. 네 샹시(常時) 됴 시(氏)를 소박(疏薄)ᄒ노라 ᄒ더니 ᄌᆞ식(子息) 낫ᄂᆞᆫ 소박(疏薄)이 잇ᄂᆞ냐?"

문휘 미소(微笑) 부답(不答)이러니 한님(翰林)이 역소(亦笑) 왈(曰),

"젼일(前日) 형(兄)이 됴슈(-嫂)의 ᄲᅵ를 바다 무어ᄉᆡ 쓰리오 ᄒ시더니 ᄆᆡᆼ셰(盟誓)도 한ᄃᆡ지거다.96)"

문휘 무언(無言)이나 심하(心下)에 그 흉음(凶淫)97)ᄒ믈 각골통ᄒᆡ(刻骨痛駭)98)ᄒ야 ᄭ드러와 님 시(氏)를 블너 계하(階下)에 ᄭᅮᆯ니고 대즐(大叱) 왈(曰),

"내 너를 부인(夫人)의 아름다온 ᄯᅳᆺ과 님 형(兄)의 의긔(義氣)를 인(因)ᄒ야 좌측(座側)에 두어신들 네 어이 감(敢)이 됴 시(氏)를 유인(誘引)ᄒ야 네 몸을 ᄃᆡ신(代身)ᄒ야 고이(怪異)ᄒᆫ 거죄(擧措ㅣ) 잇게 ᄒᄂᆈ? 당당(堂堂)이 ᄉᆞ죄(死罪)를 줄 거시로ᄃᆡ 님 형(兄)의 낫츨 보

---

94) 져상(沮喪): 저상. 기운을 잃음.

95) 평: [교] 원문에는 '령'으로 되어 있으나 앞의 예를 따라 이와 같이 수정함.

96) 한ᄃᆡ지거다: '헛것입니다'의 뜻으로 보이나 미상임.

97) 흉음(凶淫): 흉악하고 음란함.

98) 각골통ᄒᆡ(刻骨痛駭): 각골통해. 매우 놀라고 이상하게 여김.

아 샤(赦)ᄒᆞᄂᆞ니 셜니 네 집으로 도라가고 내 눈에 뵈지 말나."

님 시(氏) 나작이 고왈(告曰),

"됴 부인(夫人)이 존당(尊堂) 명(命)으로 와시니 쳡(妾)을 믈너가라 ᄒᆞ시ᄆᆡ 명(命)을 거역(拒逆)지 못ᄒᆞ이다."

샹셰(尙書ㅣ) 부모(父母) 명(命)을 위조(僞造)ᄒᆞᆷ믈 드ᄅᆞᄆᆡ 더옥 통한(痛恨)ᄒᆞ야 노긔(怒氣) 돌관(突冠)⁹⁹⁾ᄒᆞ여 것잡지 못ᄒᆞ야 드듸여 교ᄌᆞ(轎子)를 ᄀᆞᆺ초와 님 흑ᄉᆞ(學士) 부듕(府中)으로 보ᄂᆡ니 님 시(氏) 안ᄉᆡᆨ(顏色)이 ᄌᆞ약(自若)ᄒᆞ야 다시 일언(一言)을 토셜(吐說)ᄒᆞ야 ᄃᆡ(對)치 아니코 졍당(正堂)을 바라 ᄉᆞᄇᆡ(四拜)ᄒᆞ고 도라가니 쇼뷔(少傅ㅣ) 안흐로조ᄎᆞ 나오다가 ᄎᆞ경(此景)을 보고 우어 왈(曰),

"이 곳 님 시(氏) 죄(罪) 아니어늘 네 그릇ᄒᆞ미라. 엇지 일편도히 무죄(無罪)ᄒᆞᆫ 사ᄅᆞᆷ을 구츅(驅逐)ᄒᆞᄂᆞ뇨?"

문휘 웃고 ᄃᆡ왈(對曰),

"쇼질(小姪)이 용녈(庸劣)ᄒᆞ야 쳐쳡(妻妾)의게 위엄(威嚴)이 업ᄉᆞ므로 님녜(-女ㅣ) 믄득 방ᄌᆞ(放恣)ᄒᆞ야 됴녜(-女ㅣ) 비록 그런 거죄(擧措ㅣ) 이신들 내 명(命)으

로 와셔 믈너가리잇가? 싱각홀ᄉᆞ록 통히(痛駭)ᄒᆞ니 님·됴 이(二) 녀(女)를 흔칼에 죽여야 쇼질(小姪)의 분(忿)이 플닐소이다."

---

99) 돌관(突冠): 관을 꿰뚫음.

쇼뷔(少傅ㅣ) 망녕(妄靈)되다 ᄒ더라.

님 시(氏) 본부(本府)에 니ᄅ니 님 혹시(學士ㅣ) 대경(大驚)ᄒ야 연고(緣故)ᄅᆯ 무른딕 님 시(氏) ᄌ약(自若)ᄒ야 ᄀᆞᆯ오딕,

"쳔미(賤妹) 힝시(行事ㅣ) 무샹(無狀)ᄒ야 대군ᄌ(大君子)의게 취졸(取拙)[100]을 뵈미니 무러 아ᄅ시리잇가?"

혹시(學士ㅣ) 크게 의아(疑訝)ᄒ야 연고(緣故)ᄅᆯ 지삼(再三) 무ᄅ나 님 시(氏) 맛ᄎᆞᆷ닉 니ᄅ지 아니니 대강(大綱) 됴 시(氏) 허믈이 크게 관계(關係)ᄒ미 ᄌ가(自家) 동긔(同氣)ᄅᆯ 딕(對)ᄒ나 ᄎᆞᆷ아 못 ᄒ니 님 시(氏) 어질믈 일노 더옥 알니러라.

혹시(學士ㅣ) 연고(緣故)ᄅᆯ 모로고 문후의 힝ᄉ(行事)ᄅᆯ 노(怒)ᄒ야 즉시(卽時) 니부(李府)에 니ᄅ니 문휘 홀노 한님(翰林)과 부마(駙馬)로 더브러 셔당(書堂)의셔 볼ᄉᆡ 님 학시(學士ㅣ) 한훤녜필(寒暄禮畢)[101]에 이에 피셕(避席) 왈(曰),

"쇼싱(小生)이

⁕●⁕

29면

비루(鄙陋)ᄒᆫ ᄌ최로 외람(猥濫)이 녈위(列位) 합하(閤下)에 은혜(恩惠)ᄅᆯ 닙ᄉ와 이휼(愛恤)ᄒ시미 등한(等閒)치 아니ᄒ고 ᄯ또ᄒᆞᆫ 블쵸(不肖) 쳔미(賤妹)로 문졍후 소실위(小室位)에 두니 외람(猥濫)ᄒ미 ᄌᆞ못 큰지라. 믈이 만ᄒᆞ미 넘으믄 샹ᄉᆡ(常事ㅣ)니 쇼미(小妹) ᄌᆞ소(自小)로 녜의(禮義)와 소심(小心)ᄒ믈 삼가ᄂᆞᆫ 배러니 금일(今日) 츌화(黜禍)[102]ᄂᆞᆫ 몽미(夢寐) 밧기로딕 연고(緣故)ᄅᆯ 즐겨 니ᄅ지 아니ᄒ

---

100) 취졸(取拙): 취졸. 서투름.

101) 한훤녜필(寒暄禮畢): 한훤예필. 날이 찬지 따뜻한지 여부 등의 인사를 하며 예를 마침.

니 일시(一時) 죄목(罪目)이 호되(浩大)하미라. 쇼싱(小生)이 문정후 대인(大人)긔 샤죄(謝罪)코져 ᄒᄂ이다."

문휘 숙연(倏然)이[103] 웃고 칭샤(稱謝) 왈(曰),

"혹싱(學生)이 본(本)되 블쵸(不肖)ᄒ니 엇지 쳐쳡(妻妾)의 공슌(恭順)키를 바라리오? 녕미(令妹) 과연(果然) 여ᄎᆞ여ᄎᆞ(如此如此)ᄒᆫ 괴거(怪擧)를 져ᄌᆞ니 비록 위엄(威嚴)의 핍박(逼迫)ᄒᆫ인 배나 져의 도리(道理)ᄂᆞᆫ 혹싱(學生)을 동녈(同列) 버금으로 혜니 블민(不敏)ᄒᆫ 노긔(怒氣)를 춤지 못ᄒ고 일셰(一世)에 어린 남지(男子ㅣ) 되

° ●●

30면

믈 분히(憤駭)ᄒ야 니치나 현형(賢兄) 보믈 붓그리더니라."

님 혹ᄉᆡ(學士ㅣ) 문후의 말을 듯고 크게 우이 넉여 이에 소왈(笑曰),

"쇼싱(小生)이 당초(當初) 쳔미(賤妹) 큰 죄(罪)를 어덧ᄂᆞᆫ가 ᄒ야 숑구(悚懼)ᄒ믈 니긔지 못ᄒ더니 이졔 연고(緣故)를 안즉 이 블과(不過) 합하(閤下) 금슬지화(琴瑟之和)를 창화(唱和)케 ᄒ미니 츌화(黜禍) 볼 죄(罪)ᄂᆞᆫ 아닌가 ᄒᄂ이다."

부매(駙馬ㅣ) 날호여 잠소(暫笑) 왈(曰),

"님 형(兄)이 비록 친(親)ᄒ나 엇지 아름답지 아닌 말을 파셜(播說)ᄒ야 ᄌᆞ긔(自己) 가ᄒᆡᆼ(家行)을 ᄌᆞ랑ᄒᄂ뇨?"

샹셰(尚書ㅣ) 소이무언(笑而無言)이오, 님 혹ᄉᆡ(學士ㅣ) 문휘 일시(一時) 노긔(怒氣)로 님 시(氏)를 니치나 그 득죄(得罪)ᄒᆫ 배 업스믈 알고 ᄆᆞ음을 노화 도라가니라.

---

102) 츌화(黜禍): 출화. 내쫓기는 화.
103) 숙연(倏然)이: 잠깐.

이씨 됴 시(氏) 잉틱(孕胎)ᄒ믹 스스로 의긔양양(意氣揚揚)ᄒ야 ᄀ마니 싱각ᄒ되,

'내 요힝(僥倖) ᄋ들을 나흘진되 셩문 둥(等)으로 인(因)ᄒ

여 죵ᄉ(宗嗣)를 못 밧들니니 당당(堂堂)이 이 조각을 타 업시ᄒ리라.'

ᄒ고 긔틀을 여으니 원닉(元來) 셩문은 칠(七) 셰(歲) 춧ᄂ 고(故)로 쥬야(晝夜) 부친(父親)과 쇼부(少傅)를 뫼셔 ᄌ질(子姪)의 도리(道理)를 ᄒ고 쏘 텬싱(天生) 타나믈 비범(非凡)이 ᄒ야 글을 셔당(書堂)의셔 쥬야(晝夜) 닑으니 각별(各別) 닉당(內堂)의 단니ᄂ 일도 업고 유모(乳母)를 다리고 잇지 아니ᄒ니 엇지 됴 시(氏) 독히(毒害)를 밧으리오. 영문은 오(五) 셰(歲)라 심(甚)이 어려 셰샹ᄉ(世上事)를 아지 못ᄒ고 비록 총민(聰敏)ᄒ야 말을 낭낭(朗朗)히 ᄒ들 오(五) 셰(歲) 히이(孩兒ㅣ) 무어슬 알니오. 유모(乳母) 셩교를 쥬야(晝夜) 보치니 괴 일시(一時)를 손에 나리오지 아니ᄒ더니 셩괴 공ᄌ(公子)를 다리고 듕당(中堂)에 잇다가 홀연(忽然) 녀측(如厠)[104]ᄒ라 잠간(暫間) 뒤흐로 가니 됴 시(氏) 이씩 쥬야(晝夜)로 조각을 엿더니 ᄎ시(此時)를 타 일긔(一器) 독쥬(毒酒)로

뻐 급(急)히 입의 부으니 영문이 피를 토(吐)ᄒ고 것구러진지라 됴

---

104) 녀측(如厠): 여측. 변소에 감.

시(氏) 크게 깃거 급(急)히 피(避)코져 ᄒᆞ더니 셩괴 믄득 니ᄅᆞ러 이 거동(擧動)을 보고 대경(大驚)ᄒᆞ야 크게 블너 왈(曰),

"됴 부인(夫人)아! 이 엇진 일이니잇가?"

됴 시(氏) 역시(亦是) 급(急)ᄒᆞ야 답(答)지 아니ᄒᆞ고 밧비 들쳐 ᄃᆞ르니 셩괴 공ᄌᆞ(公子)ᄅᆞᆯ 술펴본즉 입의 누른 춤을 흘니고 긔졀(氣絶)ᄒᆞ엿ᄂᆞᆫ지라. 실셩통곡(失聲慟哭)ᄒᆞ며 안고 졍당(正堂)에 니ᄅᆞ니 ᄎᆞ시(此時) 낫 문안(問安)에 만좌(滿座ㅣ) 셩녈(成列)ᄒᆞ엿더니 모다 이 거동(擧動)을 보고 막블ᄎᆞ악(莫不嗟愕)[105]ᄒᆞ야 문휘 급(急)히 안고 연고(緣故)ᄅᆞᆯ 무른ᄃᆡ 셩괴 울며 됴 시(氏)의 거동(擧動)을 ᄌᆞ시 고(告)ᄒᆞ니 문휘 차악(嗟愕)ᄒᆞ야 급(急)히 지촉ᄒᆞ여 약(藥)을 프러 너흐나 강보이(襁褓兒ㅣ) 독약(毒藥)을 만히 먹엇거ᄂᆞᆯ 엇지 회ᄉᆡᆼ(回生)ᄒᆞ리오. 두어 시긱(時刻)이 지나ᄆᆡ 기리

* * *

33면

흔 소ᄅᆡᄅᆞᆯ 지ᄅᆞ고 명(命)이 진(盡)ᄒᆞ니 ᄎᆞ시(此時)ᄅᆞᆯ 당(當)ᄒᆞ야 그 부모(父母)의 ᄆᆞ음이 엇더ᄒᆞ리오. 샹셰(尙書ㅣ) 일셩(一聲) 통곡(慟哭)의 혼졀(昏絶)ᄒᆞ고 승샹(丞相) 부뷔(夫婦ㅣ) 일시(一時)에 통곡(慟哭)ᄒᆞ며 소 시(氏)의 졍ᄉᆞ(情事)ᄅᆞᆯ 참혹(慘酷)히 넉이더라.

문휘 겨유 졍신(精神)을 ᄎᆞᆯ혀 니러나 됴 시(氏)ᄅᆞᆯ 쟝ᄎᆞᆺ(將次ㅅ) 죽일 ᄯᅳᆺ이 이셔 좌우(左右)ᄅᆞᆯ 명(命)ᄒᆞ여 가도고 금슈(錦繡)로 영문을 념빙(殮殯)[106]ᄒᆞ야 문셩을 맛져 금쥐(錦州)로 보ᄂᆡ며 ᄌᆞ개(自家ㅣ) 국가(國家) 대임(大任)을 맛타시므로 감(敢)이 년곡(輦轂)[107]을 ᄯᅥ나

---

105) 막블ᄎᆞ악(莫不嗟愕): 막불차악. 놀람을 이기지 못함.
106) 념빙(殮殯): 염빈. 시체를 염습하여 관에 넣어 안치함.

지 못ᄒ야 신톄(身體)를 쏠와가지 못ᄒ니 쟝부(丈夫)의 쳘셕지심(鐵石之心)이나 능(能)히 견듸지 못ᄒ니 죵일(終日) 통곡(慟哭)ᄒ며 셩문이 ᄒᆞᆫ 낫 아ᄋᆞ로 이러틋 참별(慘別)108)ᄒᆞᄆᆡ 크게 슬허 부ᄅᆞ지져 우ᄂᆞᆫ 거동(擧動)이 방인(傍人)이 ᄎᆞᆷ아 보지 못ᄒᆯ지라. 문휘 분연(憤然)이 소(疏)를 올녀 연고(緣故)를 고(告)ᄒ고 됴 시(氏)

* * *

34면

죽이믈 쥬(奏)ᄒ니 샹(上)이 ᄎᆞ악(嗟愕)ᄒ샤 황후(皇后)를 도라보샤 침음(沈吟)ᄒ시니 황휘(皇后ㅣ) 믄득 글오듸,

"이졔 니몽챵의 쥬ᄉᆡ(奏辭ㅣ) 여ᄎᆞ(如此)ᄒ나 국법(國法)인즉 가(可)히 희미(稀微)치 못ᄒ리니 영문의 유모(乳母)와 신쳡(臣妾)의 아ᄋᆡ 시녀(侍女)를 잡아 무러지이다."

샹(上)이 올히 넉이샤 이에 됴셔(詔書) 왈(曰),

'이졔 병부샹셔(兵部尙書) 니몽챵의 샹쇠(上疏ㅣ) 여ᄎᆞ여ᄎᆞ(如此如此)ᄒ야 황이(皇姨) 됴 시(氏) 젼쳐(前妻) 소 시(氏)의 나흔바 ᄌᆞ식(子息)을 죽이다 ᄒ니 죽은 아히 유모(乳母)와 황이(皇姨)의 시비(侍婢)를 잡아 무러 실상(實狀)을 샤힉(査覈)109)ᄒ라.'

ᄒ시니 형뷔(刑部ㅣ) 셩지(聖旨)를 밧ᄌᆞ와 즉시(卽時) 니부(李府)의 와 셩교와 황이(皇姨)의 시비(侍婢) 니향을 잡아 법부(法部)의 와 겨줄ᄉᆡ 이ᄯᆡ 임ᄌᆞ명이 블셔 갈고 셜최110)의 죵형(從兄) 셜연이 형부

---

107) 년곡(輦轂): 연곡. 황졔의 수레라는 뜻으로, 황졔가 있는 수도를 말함.

108) 참별(慘別): 참혹하게 이별함.

109) 샤힉(査覈): 사핵. 실졔 사정을 자셰히 조사하여 밝힘.

110) 최: [교] 원문에는 '초'로 되어 있으나 앞의 예를 따라 이와 같이 수정함.

샹셔(刑部尙書)룰 ᄒ엿더니 위의(威儀)룰 베퍼 이(二) 인(人)

❋❋❋

35면

을 엄(嚴)히 져쥰듸 셩괴 니룰 갈며 독(毒)ᄒᆞᆫ 눈이 녈녈(烈烈)ᄒ야 뇨 시(氏) 영문 치독(置毒)111)ᄒᆞ믈 고(告)ᄒ니 셜 공(公)이 즉시(卽時) 니향을 올녀 므르니 향이 읍왈(泣曰),

"쥬뫼(主母ㅣ) 니문(-門)의 드러가신 후(後)로 조곰도 악ᄒᆡᆼ(惡行)이 업ᄉᆞ듸 쥬군(主君)의 박듸(薄待) 참혹(慘酷)ᄒ더니 ᄯᅩ 샹원부인(上元夫人) 소 시(氏) 드러온 후(後) 쥬뫼(主母ㅣ) 더옥 반쳡여(班婕妤)112)의 자도부113)(自悼賦)114)룰 소임(所任)ᄒ야 홍안(紅顔)의 ᄌᆞ한(自恨)을 기쳐시듸 온공(溫恭)115)ᄒ미 녯날 슉녀(淑女)로 병구(竝驅)116)ᄒᆞ시거늘 엇지 치ᄋᆞ(稚兒)룰 짐살(鴆殺)117)ᄒ여시리오? 요인(妖人) 셩괴 져의 녯 쥬인(主人)을 위(爲)ᄒ야 이런 큰 노ᄅᆞᆨ살 베퍼 아쥬(我主)

---

111) 치독(置毒): 독약을 넣음.

112) 반쳡여(班婕妤): 반첩여. 중국 한(漢)나라 성제(成帝)의 궁녀. 시가(詩歌)에 능한 미녀로 성제의 총애를 받다가 궁녀 조비연(趙飛燕)의 참소를 받고 물러나 장신궁(長信宮)에서 지내며 <자도부(自悼賦)>를 지어 자신의 처지를 하소연함.

113) 자도부: [교] 원문에는 '장문부'로 되어 있으나 반첩여가 지은 부(賦)는 <자도부(自悼賦)>이므로 이와 같이 수정함. 국도본(14:37)에도 '댱문부'라 되어 있음. 참고로 <장문부(長門賦)>는 중국 전한(前漢)시대의 사마상여(司馬相如)가 지은 부(賦)로, 한(漢)나라 진황후(陳皇后)가 장문궁(長門宮)에 퇴거하여 시름에 잠겨 세월을 보내던 중, 사마상여(司馬相如)가 문장을 잘한다는 말을 듣고 황금 1백 근을 주고 시름을 푸는 글을 지어 달라 하므로, 상여가 장문부를 지어 바쳤다고 함.

114) 자도부(自悼賦): 반첩여가 장신궁에서 지은 부(賦).

115) 온공(溫恭): 온순하고 공손함.

116) 병구(竝驅): 말 따위를 한꺼번에 나란히 몬다는 뜻으로 자리를 나란히 함을 말함.

117) 짐살(鴆殺): 짐독(鴆毒)을 섞은 술로 만든 짐주(鴆酒)로 사람을 죽임. 짐독은 짐새의 깃에 있는 맹렬한 독.

룰 깅참(坑塹)118)의 드리치미니 노야(老爺)는 슬피소셔.”

셜 샹셰(尙書ㅣ) 냥인(兩人)의 말이 샹파(相頗)119)호믈 보고 결(決)

치 못호야 이(二) 인(人)을 다 옥(獄)의 나리오고 집의 니르럿더니,

믄득 됴 국귀(國舅ㅣ) 와 보믈 쳥(請)호니 셜연이 즉시(卽時) 관

✧●●

36면

복(官服)을 곳초와 셔헌(書軒)에 나와 마즈 녜파(禮罷)에 연이 흠신

(欠身)120) 디왈(待曰),

“국구(國舅) 노얘(老爺ㅣ) 엇지 금일(今日) 폐스(弊舍)의 니르시니

잇가?”

국귀(國舅ㅣ) 빅슈(白鬚)의 누쉬(淚水ㅣ) 년낙(連落)호야 오열(嗚

咽) 왈(曰),

“금일(今日) 노뷔(老夫ㅣ) 이에 니르믄 텬디간(天地間) 원통(寃痛)

흔 졍상(情狀)121)을 족하(足下) 안젼(案前)의 베퍼 도라보시믈 닙고

즈 호느니 만싱(晩生)이 두 쏠믈 두어 쟝녜(長女ㅣ) 초방(椒房)122)의

영귀(榮貴)호야 큰 위(位)룰 몸에 언져 삼쳔(三千) 후궁(後宮)을 졀졔

(節制)123)호되 조곰도 원망(怨望)호는 일이 업고 텬즈(天子)의 즁디

(重待) 여산(如山)호시거늘 적은쏠이 즈용(姿容)과 힝스(行事)는 황

후(皇后)의 우이로디 팔지(八字ㅣ) 박명(薄命)호고 젼싱(前生) 죄악

---

118) 깅참(坑塹): 갱참. 깊고 길게 파 놓은 구덩이.

119) 샹파(相頗): '서로 어긋남'의 뜻으로 보이나 미상임.

120) 흠신(欠身): 공경하는 뜻을 나타내기 위하여 몸을 굽힘.

121) 졍상(情狀): 정상. 딱하거나 가엾은 상태.

122) 초방(椒房): 왕비를 달리 이르는 말.

123) 졀졔(節制): 절제. 적절히 다스림.

(罪惡)이 티듕(太重)ᄒ야 고이(怪異)ᄒ 풍뉴랑(風流郞) 니가(李家)ᄅᆞᆯ 만나 구가(舅家)에 니ᄅᆞ미 제 몸가지를 빅옥(白玉)의 틔 업ᄉᆞᆷ굿치 ᄒ나 구괴(舅姑ㅣ) 박되(薄待)ᄒ고 니(李) 빅달이 쇼녀(小女)ᄅᆞᆯ 심당(深堂)의 드리

***

37면

쳐 면목블견(面目不見)[124]ᄒᄂᆞᆫ 지경(地境)에 이시되 쇼녜(小女ㅣ) 가지록 조심(操心)ᄒ더니 져즈음긔 황후(皇后) 낭낭(娘娘)이 두어 줄 글노 니몽챵의 ᄌᆞ친(慈親)긔 ᄂᆞ리와 그 ᄋᆞ들을 개유(開諭)ᄒ라 ᄒ시니 몽챵이 믄득 독(毒)ᄒ 노(怒)ᄅᆞᆯ 먹음어 쇼녀(小女)의 유모(乳母)ᄅᆞᆯ 듕형(重刑)ᄒ고 궁인(宮人)을 구축(驅逐)ᄒ니 이ᄂᆞᆫ 난신적지(亂臣賊子ㅣ)[125]로되 텬직(天子ㅣ) 조고만 공(功)을 즁(重)이 넉이샤 죄(罪)ᄅᆞᆯ 주지 아니시고 다만 쇼녀(-女)ᄅᆞᆯ 니이(離異)ᄒ시니 쇼녀(小女)의 탓시 아니로되 원(怨)이 아녜(我女)의게 도라져 소 시(氏) 시비(侍婢) 믄득 제 손으로 소 시(氏) ᄋᆞ들을 독살(毒殺)ᄒ고 쇼녀(小女)의게 죄(罪)ᄅᆞᆯ 밀위니 이ᄂᆞᆫ 아홉 입이 이시나 발명(發明)키 어렵고 텬직(天子ㅣ) 니가(李家)의 뉴리(有理)히 참소(讒訴)ᄒᄂᆞᆫ 말을 니언(利言)이 넉여 쇼녀(小女)ᄅᆞᆯ ᄉᆞᄉᆞ(賜死)[126]코져 ᄒ시니 쇼녀(小女)의 원통(寃痛)ᄒ 정상(情狀)을 족(足)히 짐작(斟酌)ᄒᆞᆯ지라. 노뷔(老夫ㅣ) 녀

---

124) 면목블견(面目不見): 면목불견. 얼굴을 보지 않음.

125) 난신적지(亂臣賊子ㅣ): 난신적자. 나라를 어지럽히는 불충한 무리.

126) ᄉᆞᄉᆞ(賜死): 사사. 죽일 죄인을 대우하여 임금이 독약을 내려 스스로 죽게 하던 일.

♀(女兒)의 원통(寃痛)ᄒ믈 능(能)히 참지 못ᄒ야 ᄯᅩ흔 긔운이 당돌
(唐突)ᄒ믈 닛고 이에 니ᄅᆞ믄 족하(足下)의 볽히 션쳐(善處)ᄒ믈 바
라ᄂᆞᆫ 배로다.”

셜파(說罷)에 누슈(淚水ㅣ) 년낙(連落)ᄒ니 셜연이 본(本)되 셜최
ᄉ촌(四寸)으로 우인(爲人)이 방블(彷佛)ᄒ되 다만 글을 잘ᄒᄂᆞᆫ 고
(故)로 요힝(僥倖) 과갑(科甲)의 모쳠(冒添)[127]ᄒ야 졔 팔ᄌᆞ(八字)로
벼슬이 진녈(宰列)의 올나시나 우인(爲人)이 무어시 보암 죽ᄒ리오.
ᄯᅩ 당당(堂堂)흔 황댱(皇丈)[128] 국구(國舅)를 보고 공경(恭敬)치 아니
리오. 이에 ᄇᆡ샤(拜謝) 왈(曰),

“쇼싱(小生)이 용녈(庸劣)ᄒ나 녕녀(令女)의 이런 이민흔 졍샹(情
狀)을 아니 슬펴 일편도히 후빅(侯伯)을 붓들니오? 당당(堂堂)이 소
녀(-女)의 비ᄌᆞ(婢子) 셩교를 엄문(嚴問)ᄒ야 젹실(的實)을 샤힉(査
覈)[129]ᄒ고 녕녀(令女)의 누덕(陋德)[130]을 벗겨 노ᄒ리니 합하(閤下)
ᄂᆞᆫ 믈우(勿憂)ᄒ소셔.”

국귀(國舅ㅣ) 슈루(垂淚)ᄒ고 교구(巧構)[131] 칭

---

127) 모쳠(冒添): 모첨. 외람되게 은혜를 입음.
128) 황댱(皇丈): 황장. 황제의 장인.
129) 샤힉(査覈): 사핵. 실제 사정을 자세히 조사하여 밝힘.
130) 누덕(陋德): 사실이 아닌 일로 덕을 더럽힘.
131) 교구(巧構): 교묘하게 꾸밈.

샤(稱謝) 왈(曰),

"대징(大哉)라, 명공(明公)의 의긔(義氣)여! 만일(萬一) 녀ᄋ(女兒)의 원민(冤悶)[132] ᄒᆞ믈 술필진ᄃᆡ 만싱(晩生)의 부녜(父女ㅣ) 플을 ᄆᆡ즈 갑흐리라. 원(願)컨ᄃᆡ 힘쓰며 힘쁠지어다."

셜연이 흔연(欣然) 응낙(應諾)ᄒᆞ더라.

국귀(國舅ㅣ) 환희(歡喜)ᄒᆞ여 도라가니 셜연이 졍(正)이 좌ᄉᆞ우샹(左思右想)[133] ᄒᆞ야 국구(國舅)의 안면(顔面)도 아니 보지 못ᄒᆞ고 니(李) 승샹(丞相) 권(權)이 태듕(泰重)ᄒᆞ니 ᄶᆞ초 어려워 결(決)치 못ᄒᆞ더니 미명(未明)의 문(門) 두다리ᄂᆞᆫ 소ᄅᆡ 잇거늘 샹셰(尙書ㅣ) 동ᄌᆞ(童子)로 보라 ᄒᆞ니 믄득 ᄂᆡ시(內侍) 왕진이 황후(皇后) 낭낭(娘娘) 밀됴(密詔)ᄅᆞᆯ 밧드러 드리니 연이 놀나 황망(慌忙)이 의관(衣冠)을 곳치고 펴 보니 ᄒᆞ여시ᄃᆡ,

'만일(萬一) 황이(皇姨)ᄅᆞᆯ 벗기고 몽챵을 젼졔(剪除)[134]ᄒᆞᆯ진ᄃᆡ 병부샹셔(兵部尙書)ᄅᆞᆯ ᄒᆞ이리라.'

ᄒᆞ엿더라.

---

132) 원민(冤悶): 억울하고 답답함.

133) 좌ᄉᆞ우샹(左思右想): 좌사우상. 이렇게도 생각하고 저렇게도 생각한다는 뜻으로 생각이 깊음을 말함.

134) 젼졔(剪除): 전제. 없애 버림.

셜연이 견필(見畢)135)에 대희(大喜)ᄒ야 ᄉ비(四拜)ᄒ고 왕진다려
왈(曰),

"그ᄃᆡᄂᆞᆫ 도라가 낭낭(娘娘)ᄭᅴ 알외라. 됴셔(詔書) 가온ᄃᆡ ᄉ연(事
緣)을 당당(堂堂)히 힘을 드려 명136)(命)을 밧들니이다."

왕137)진이 쳥녕(聽令)ᄒ고 가더라.

연이 ᄆᆞ음에 니(李) 승샹(丞相)을 두리나 병부(兵部) 큰 소임(所任)
을 ᄉ듕(手中)에 쥐미 큰 영홰(榮華ㅣ)라 소소(小小) 호의(狐疑)138)를
떨치고 명일(明日) 좌긔(坐起)139)를 베프고 셩교와 니향을 일(一) ᄎ
(次)의 츄문(推問)140)ᄒ니 이ᄯᅥ 좌시랑(左侍郞) 댱옥지 병(病)드러 집
의 잇고 우시랑(右侍郞) 위공뷔 작일(昨日) 친상(親喪)을 만나니 미
쳐 교ᄃᆡ(交代)를 신뎜(新點)141)치 못ᄒ엿ᄂᆞᆫ지라 긔회(機會) 더옥 됴
ᄒ니 셜연이 용약(踊躍)142)ᄒ야 큰 미를 갈희여 셩교를 가르쳐 실샹
(實狀)을 고(告)ᄒ라 ᄒ니 셩괴 앙텬(仰天) 왈(曰),

"황이(皇姨) 우리 공ᄌ(公子)를 시살(撕殺)143)ᄒ미 임의 분명(分明)

---

135) 견필(見畢): 다 봄.

136) 명: [교] 원문에는 이 앞에 '도'가 있으나 부연으로 보아 국도본(14:41)을 따라 삭
제함.

137) 왕: [교] 원문에는 '황'으로 되어 있으나 앞의 예를 따라 이와 같이 수정함.

138) 호의(狐疑): 여우의 의심이라는 뜻으로 자잘한 의심을 말함.

139) 좌긔(坐起): 좌기. 관아의 으뜸 벼슬에 있던 이가 출근하여 일을 시작함.

140) 츄문(推問): 추문. 어떠한 사실을 자세하게 캐며 꾸짖어 물음.

141) 신뎜(新點): 신점. 새로 낙점함.

142) 용약(踊躍): 좋아서 뜀.

143) 시살(撕殺): 쳐 죽임.

ᄒ거늘 ᄯ 엇지 무르리

* * *

41면

오?"

셜연이 대로(大怒)ᄒ야 몬져 일(一) ᄎ(次)를 치되 괴 안ᄉᆡᆨ(顏色)을
블변(不變)ᄒ고 맛ᄎᆞ내 첫말을 변(變)치 아니니 연이 ᄒᆞᆯ일업셔 급
(急)히 일계(一計)를 ᄉᆡᆼ각고 좌우(左右) 팔(八) 낭듕(郎中)의 좌(座)를
잠간(暫間) 믈니고 하리(下吏)에 귀에 다혀 여ᄎᆞ여ᄎᆞ(如此如此) ᄒ라
ᄒ고 ᄉ예(使隷)144)를 명(命)ᄒ여 크게 소리ᄒ야 엄포145)ᄒ며 제 ᄯ
고셩(高聲)ᄒ여 고찰(考察)ᄒᆞᆯᄉᆡ 셔긔(書記) 필연(筆硯)146)을 가지고
듕계(中階)에 안ᄌ 초ᄉ(招辭)147)ᄒ라 웨여 슌식(瞬息)148)의 빅쥬(白
晝)의 허언(虛言)을 그려 올니니 ᄒ여시되,

'비ᄌ(婢子) 셩괘 녯 쥬인(主人)이 구가(舅家)를 니이(離異)ᄒ야 동
경(東京) 슈쳔(數千) 니(里) ᄯᅡ히 이셔 이 계교(計巧)를 가ᄅ치니 위
쥬튱심(爲主忠心)을 니긔지 못ᄒ야 짐ᄌᆺ 큰일을 져즈러 쥬인(主人)
을 신원(伸寃)149)코ᄌ ᄒ더니이다.'

---

144) ᄉ예(使隷): 사예. 부리는 종.
145) 엄포: 실속 없이 호령이나 위협으로 으르는 짓.
146) 필연(筆硯): 붓과 벼루.
147) 초ᄉ(招辭): 초사. 죄인이 자기의 범죄 사실을 진술하던 말.
148) 슌식(瞬息): 순식. 눈을 한 번 깜짝하거나 숨을 한 번 쉴 만한 아주 짧은 동안.
149) 신원(伸寃): 가슴에 맺힌 원한을 풀어 버림.

ᄒᆞ여시니 연이 대희(大喜)ᄒᆞ야 교ᄅᆞᆯ 하옥(下獄)ᄒᆞ고 초ᄉᆞ(招辭)ᄅᆞᆯ 거두어 계ᄉᆞ(啓辭)150)ᄒᆞ디,

'당초(當初) 황이(皇姨) 됴 시(氏) 독살(毒殺)ᄒᆞ다 ᄒᆞᄆᆞᆯ 신(臣)이 홀노 밋지 아녓더니 과연(果然) 간정(奸情)151)이 여ᄎᆞ(如此)ᄒᆞ야 죄인(罪人) 셩교의 초ᄉᆞ(招辭ㅣ) 이러ᄐᆞᆺ 명ᄇᆡᆨ(明白)ᄒᆞ니 황이(皇姨) 이미ᄒᆞ미 번듯ᄒᆞ고 소녀(-女)의 무샹(無狀)ᄒᆞ미 그 골육(骨肉)을 잔ᄒᆡ(殘害)152)ᄒᆞ야 적국(敵國)을 업시코자 ᄒᆞ니 ᄎᆞ(此)ᄂᆞᆫ 만고(萬古) 찰녜(刹女ㅣ)153)로소이다.'

샹(上)이 셜연의 표(表)ᄅᆞᆯ 보시고 크게 한심(寒心)ᄒᆞ시ᄂᆞ디 안흐로 황휘(皇后ㅣ) 도도ᄆᆞᆯ 십분(十分) 니언(利言)이 ᄒᆞ시니 이에 됴셔(詔書) 왈(曰),

'문정후 니몽챵이 간참(間讒)154)을 곳이드러 이미ᄒᆞᆫ 녀ᄌᆞ(女子)ᄅᆞᆯ 의심(疑心)ᄒᆞ야 지어(至於) 죽이기ᄅᆞᆯ 싱각ᄒᆞ야 명ᄇᆡᆨ(明白)지 아닌 일노 샹소(上疏)ᄒᆞ야 텬졍(天廷)을 소요(騷擾)케 ᄒᆞ니 그 죄(罪) 경(輕)

---

150) 계ᄉᆞ(啓辭): 계사. 논죄(論罪)에 관하여 임금에게 올리던 글.
151) 간졍(奸情): 간정. 간악한 정황.
152) 잔ᄒᆡ(殘害): 잔해. 잔인하게 해침.
153) 찰녜(刹女ㅣ): 찰녀. 여자 나찰. 나찰(羅刹)은 푸른 눈과 검은 몸, 붉은 머리털을 하고서 사람을 잡아먹으며, 지옥에서 죄인을 못살게 군다고 함.
154) 간참(間讒): 이간하는 말과 참소.

치 아닌지라 특별(特別)이 졀강(浙江) 소흥(紹興)의 원찬(遠竄)ᄒ고 소
녀(-女)ᄂᆞᆫ 제집의 닉쳐 죵신(終身)토록 니가(李家)의 졀신(絶信)ᄒ라.'

ᄒ시니 승샹(丞相)이 샹셔(尙書)로 더브러 도찰원(都察院)의 잇더
니 듕ᄉᆡ(中使ㅣ) 달녀와 됴셔(詔書)ᄅᆞᆯ 젼(傳)ᄒᄆᆡ 샹셰(尙書ㅣ) 금의
(錦衣)ᄅᆞᆯ 벗고 옷슬 밧고와 쓸히 ᄂᆞ려 슈죄(受罪)155)ᄒᄆᆡ 즉시(卽時)
집의 도라오니 ᄎᆞ시(此時) 승샹(丞相)은 운남국(雲南國) 왕(王) 목영
이 죽고 셰ᄌᆞ(世子) 칙봉(冊封)ᄒᄆᆞᆯ 텬조(天朝)의 주문(奏聞)156)ᄒ여
시니 그 ᄉᆞ연(事緣)으로뻐 뇽젼(龍殿)의 올니려 ᄒᄆᆞ로 샹셔(尙書)의
ᄎᆞ경(此景)을 모로ᄂᆞᆫ 사ᄅᆞᆷ ᄀᆞᆺᄐᆞ야 ᄌᆞ약(自若)히 붓슬 드러 쓰더니 형
부낭듕(刑部郎中) 댱ᄉᆞ업이 믄득 니르러 크게 분완(憤惋)157)ᄒ여 왈
(曰),

"이졔 형부샹셔(刑部尙書) 셜연의 거죄(擧措ㅣ) 여ᄎᆞ(如此)ᄒ야 유
밀(幽密)158)ᄒᆞᆫ 졍샹(情狀)을 형부(刑部) 아문(衙門) 대소(大小) 뇨속
(僚屬)159)이 다 보왓거ᄂᆞᆯ 믄득 옥졍(獄情)160)을

---

155) 슈죄(受罪): 수죄. 죄를 받음.
156) 주문(奏聞): 임금에게 아룀.
157) 분완(憤惋): 몹시 분하게 여김. 분개(憤慨).
158) 유밀(幽密): 그윽함.
159) 뇨속(僚屬): 요속. 계급적으로 보아 아래에 딸린 동료.
160) 옥졍(獄情): 옥정. 옥사를 다스리는 정상.

변(變)ᄒ야 샹셔(尙書) 합하(閤下)를 원찬(遠竄)ᄒ니 텬하(天下)의 이런 허무(虛無)ᄒᆫ 일이 어듸 이시리잇가?"

승샹(丞相)이 잠소(暫笑) 부답(不答)ᄒ고 표(表) 쓰기를 맛쳐 듕셔싱(中書生)161)을 맛지고 궐하(闕下)의 디죄(待罪)ᄒ니 샹(上)이 젼어(傳語) 왈(曰),

"딤(朕)이 다만 몽챵을 죄(罪)ᄒ미니 션싱(先生)은 블안(不安)치 말나."

승샹(丞相)이 은명(恩命)을 슉샤(肅謝)162)ᄒ고 퇴(退)ᄒ디 일언(一言)을 아니ᄒ니 십삼도(十三道) 어시(御使ㅣ) 추언(此言)을 듯고 크게 분(憤)ᄒ야 즉시(卽時) 도어부(都御府)163)의 모다 년명(連名)ᄒ야 셜연을 논획(論劾)164)ᄒ야 니(李) 샹셔(尙書) 무죄(無罪)ᄒᆷᄅᆯ 베퍼 샹소(上疏)ᄒ니 황문시랑(黃門侍郞)165)이 황후(皇后)와 국구(國舅)의 쳥(請)을 드러 스이에 금초고 비답(批答)166)을 위됴(僞造)ᄒ니 만죄(滿朝ㅣ) 극(極)히 통완(痛惋)167)ᄒ나 다시 도모(圖謀)ᄒᆯ 계교(計巧)

---

161) 듕셔싱(中書生): 중서생. 중서(中書). 중서(中書)는 중국 한나라 이후에, 궁정의 문서·조칙(詔勅) 따위를 맡아보던 벼슬.

162) 슉샤(肅謝): 사은숙배(謝恩肅拜). 예전에, 임금의 은혜에 감사하며 공손하고 경건하게 절을 올리던 일.

163) 도어부(都御府): 어사부(御史府). 조정 안에 있던 관청으로 모든 관리가 법도를 지키도록 감시하고 사방의 비리를 바로잡는 역할을 하였음.

164) 논획(論劾): 논핵. 잘못이나 죄과를 논하여 꾸짖음.

165) 황문시랑(黃門侍郞): 중국 후한시대부터 있었던 황제의 시종관. 황제를 곁에서 모시면서 궁궐 안팎의 연락을 담당함.

166) 비답(批答): 임금이 상주문의 말미에 적는 가부의 대답.

167) 통완(痛惋): 괘씸해하고 한탄함.

업셔 호더라.

샹셰(尚書ㅣ) 부듕(府中)의 도라와 모든 되 슈말(首末)을 즈시 고(告)호고 힝쟝(行裝)을 츌혀 뎍소(謫所)로 가려 호니 존당(尊堂) 부모(父母)

*※※

45면

의 비회(悲懷) 궃히 업고 일가(一家)의 분히(憤駭)호미 어이 츙냥(測量)호리오.

츠시(此時) 셜연이 셩지(聖旨)를 밧드러 셩교를 져지에 참(斬)하니 참담(慘憺)혼 경쇠(景色)을 어이 궃을호리오.168) 셩괴 당수(當死)호야 좌우(左右)다려 왈(曰),

"내 이졔 원통(寃痛)혼 졍적(情迹)을 무릅뻐 이미혼 참형(斬刑)을 밧아 죽으니 내 넉시 필연(必然) 보슈(報讐)169)호리라."

호고 칼을 밧아 죽다.

승샹(丞相)이 본부(本府)에 니르러 샹셔(尚書)를 블너 경계(警戒) 왈(曰),

"이졔 시식(時事ㅣ) 여츠(如此) 참혹(慘酷)호니 어디 가 이미호믈 폭빅(暴白)170)호리오? 영문의 독수(毒死) 흠과 셩교의 죽으미 쟝츳(將次ㅅ) 오월(五月) 비샹(飛霜)이 나릴 거시오, 셩명지치(聖明之治)171) 크게 샹(傷)홀 거시니 내 만일(萬一) 남의 일 굿흘진디 뎡확(鼎鑊)172)

---

168) 궃을호리오: 거두어들이리오. 참을 수 있겠는가.

169) 보슈(報讐): 보수. 원수를 갚음.

170) 폭빅(暴白): 폭백. 죄나 잘못이 없음을 말하여 밝힘.

171) 셩명지치(聖明之治): 성명지치. 거룩하고 슬기로운 임금의 다스림.

의 삼길지언정 일을 올히 홀 거시로디 임의 내 집 일을 스스로 폭빅(暴白)ᄒ미 법(法)의 어긔므로 입

을 줌으나 내 평시(平時) 블초무샹(不肖無狀)173)ᄒ야 조뎡(朝廷)이 일을 이러ᄐᆞᆺ 뒤집어 판단(判斷)ᄒ여 날을 업슨 것ᄀᆞᆺ치 ᄒ니 극(極)히 한심(寒心)ᄒ나 엇지ᄒ리오? 네 ᄯᅩ 영ᄋ(-兒)의 참ᄉ(慘死)ᄒ믈 목젼(目前)의 안도(眼睹)ᄒ고 원슈(怨讐)도 갑지 못ᄒ고 만니새외(萬里塞外)174)에 뉴찬(流竄)175)ᄒ니 ᄆᆞ음의 원울(怨鬱)176)ᄒ미 극(極)ᄒ려니와 네 아비와 어미를 싱각ᄒ여 널니 혜아려 덕소(謫所)의 갓다가 혹(或) 뎐ᄉ(天赦)177)를 닙어 도라오믈 바라노라."

샹셰(尙書ㅣ) 눈믈이 옷시 가득ᄒ야 비왈(拜曰),

"히ᄋ(孩兒ㅣ) 무샹(無狀)ᄒ와 일이 지ᄎ(至此)ᄒ니 눌을 한(恨)ᄒ리잇고? 히ᄋ(孩兒)의 원찬(遠竄)은 족(足)히 앗갑지 아니ᄒ오나 ᄋᆞ즈(兒子)를 참별(慘別)178)ᄒ와 졔 거동(擧動)이 안져(眼底)179)의 버러시니 토목(土木) 심쟝(心腸)인들 엇지 참으리잇가? 연(然)이나 금일(今日) 명교(明敎)는 간폐(肝肺)의 삭이리이다."

---

172) 뎡확(鼎鑊): 정확. 발이 있는 솥과 발이 없는 솥을 아울러 이르는 말로 중국 전국시대에, 죄인을 삶아 죽이던 큰 솥.

173) 블초무샹(不肖無狀): 불초무상. 현명하지 못하고 사리에 밝지 못함.

174) 만니새외(萬里塞外): 만리새외. 만 리 밖 변방.

175) 뉴찬(流竄): 유찬. 귀양 감. 유배(流配).

176) 원울(怨鬱): 원통하고 억울함.

177) 뎐ᄉ(天赦): 천사. 경사가 있을 때 천자(天子)가 죄인을 용서하여 풀어 줌.

178) 참별(慘別): 참별. 참혹히 이별함.

179) 안져(眼底): 안저. 눈앞.

승샹(丞相)이 탄

· ● ●

47면

식(歎息) 부답(不答)이러라.

샹셔(尙書ㅣ) 믈너 화[180]영당에 니르러 됴 시(氏)를 블너 쑬니고 슈죄(數罪)[181] 왈(曰),

"사름의 악(惡)이 셜스(設使) 극(極)혼들 춤아 강보ㅇ(襁褓兒)를 독살(毒殺)ᄒ고 가부(家夫)를 ᄉ디(死地)의 너흐니 내 위엄(威嚴)이 구속(拘束)[182]ᄒ여 슈인(讎人)[183]을 베히지 못ᄒ나 당당(堂堂)이 나의 ㅇᄌ(兒子)의 원슈(怨讐) 갑흘 날이 이시리라."

인(因)ᄒ여 좌우(左右)를 명(命)ᄒ야 본부(本府)로 닉치고 혼셔(婚書)를 ᄎᄌ 블 지르고 ㅇᄌ(兒子)의 원슈(怨讐) 갑지 못ᄒ믈 춤아 각골비황(刻骨悲惶)[184]ᄒ야 슈항(數行) 누쉬(淚水ㅣ) ᄉ믜를 젹시니 됴 시(氏) 엇지 눈을 드러 보리오. 가(可)히 참혹(慘酷)ᄒ더라.

샹셔(尙書ㅣ) 강잉(强仍)ᄒ야 셔헌(書軒)의 니르러 승샹(丞相)을 뫼셔 밤을 지닐시 승샹(丞相)이 비록 은은(隱隱)이 비식(悲色)을 닉지 아니나 어로만져 탄식(歎息)을 ᄉᆽ치지 아니ᄒ더니 평명(平明)의 샹셰(尙書ㅣ) 모든 딕 하직(下直)ᄒ니 태ᄉ(太師) 부뷔(夫婦ㅣ) 슈루(垂淚)ᄒ야 슈이 모드믈

---

180) 화: [교] 원문에는 '하'로 되어 있으나 앞의 예를 따라 이와 같이 수정함.
181) 슈죄(數罪): 수죄. 죄를 하나하나 따짐.
182) 구속(拘束): 행동에 제한을 받음.
183) 슈인(讎人): 수인. 원수.
184) 각골비황(刻骨悲惶): 참으로 슬퍼함.

닐을 뿐이오, 뎡 부인(夫人)이 누쉬(淚水ㅣ) 여우(如雨)ᄒᆞ야 손을 잡
고 ᄎᆞ마 노치 못ᄒᆞ니 샹셰(尙書ㅣ) 역읍(亦泣) 주왈(奏曰),

"쇼ᄌᆞ(小子)의 블툐(不肖)ᄒᆞ미 커 여러 번(番) 존당(尊堂) 부모(父
母)긔 블효(不孝)를 기치오니 죄(罪) 깁도소이다. 슈연(雖然)이나 ᄒᆡ
ᄋᆞ(孩兒)의 죄(罪) 업ᄉᆞ니 슈이 샤(赦)를 어들 거시니 태태(太太)ᄂᆞᆫ
타일(他日)을 기다리시고 부졀업슨 상회(傷懷)를 마ᄅᆞ쇼셔."

ᄒᆞ고 인(因)ᄒᆞ야 하직(下直)ᄒᆞ니 승샹(丞相)이 쟝탄(長歎)ᄒᆞ고 보
듕(保重)ᄒᆞ믈 닐을 뿐이라.

샹셰(尙書ㅣ) 니러나ᄆᆡ 셩문이 크게 울고 옷슬 잡아 왈(曰),

"이졔 아이 ᄀᆞᆺ 죽고 부친(父親)이 만(萬) 니(里)를 향(向)ᄒᆞ시니 ᄒᆡ
ᄋᆞ(孩兒ㅣ) 엇지 홀노 집의 이시리잇고? 야야(爺爺)를 ᄯᆞᆯ와가 ᄉᆞᄉᆡᆼ
(死生)을 ᄒᆞᆫ가지로 ᄒᆞ랴 ᄒᆞᄂᆞ이다."

샹셰(尙書ㅣ) 손을 쥐고 머리를 쓰다듬아 위로(慰勞) 왈(曰),

"여뷔(汝父ㅣ) 블힝(不幸)ᄒᆞ야 국가(國家)의 죄쉬(罪囚ㅣ) 되여 새
외(塞外)에 닛치이나 오라지 아냐 도라오리니

너는 부모(父母)를 뫼셔 잇고 이런 망녕(妄靈)된 의ᄉᆞ(意思)를 먹지
말나. 십(十) 셰(歲)도 못된 소ᄋᆞ(小兒ㅣ) 도로(道路) 풍샹(風霜)을 무
릅뼈 엇지 가리오?"

셩문이 실셩톄읍(失聲涕泣) 왈(曰),

"야얘(爺爺ㅣ) 평싱(平生) 귀골(貴骨)노 풍상(風霜)을 겻그시거늘 히이(孩兒ㅣ) 엇지 홀노 춤아 집의 편(便)이 이시리잇고? 만일(萬一) 아니 다려가실진딕 히이(孩兒ㅣ) 죽어 넉시 망뎨(亡弟)로 더브러 부친(父親)을 쓰로고즈 ᄒᆞᄂᆞ이다."

샹셰(尙書ㅣ) 다암[185] 그러치 아니믈 닐오고, 승샹(丞相) 부뷔(夫婦ㅣ) 다만 개유(開諭)ᄒᆞ나 셩문이 더옥 울고 목이 메여 왈(曰),

"히이(孩兒ㅣ) 야야(爺爺)를 혼즈 보닉고 춤아 못 견딜지라 닉일(來日) 죽어도 뫼셔 가려 ᄒᆞᄂᆞ이다."

인(因)ᄒᆞ야 샹셔(尙書)의 ᄉᆞ믹를 붓들고 실셩오열(失聲嗚咽)ᄒᆞ야 그 졍(情)이 급(急)ᄒᆞ고 뜻이 쳐쵸(凄楚)[186]ᄒᆞ니 샹셰(尙書ㅣ) 홀일업셔 도라 부모(父母)긔 고왈(告曰),

"히ᄋᆞ(孩兒)의 뜻이 여ᄎᆞ(如此)ᄒᆞ니 막기 어렵고 도로(道路)

* * *

50면

힝역(行役)[187]의 유ᄋᆞ(幼兒)의 혈긔(血氣) 미졍(未定)ᄒᆞ니 두리오나 졔 만일(萬一) 명(命)이 길진딕 일편도이 죽지 아니리니 졔 원(願)딕로 다려가지이다. 히이(孩兒ㅣ) 운익(運厄)이 비경(非輕)ᄒᆞ와 강보(襁褓) 유ᄋᆞ(乳兒)를 목젼(目前)의 둘흘 참혹(慘酷)히 죽이니 이 도시(都是) 히ᄋᆞ(孩兒)의 죄(罪) 깁흐미라. 셩문도 밋분 곳이 ᄒᆞᆫ 곳도 업ᄉᆞ니 출하리 부ᄌᆞ(父子ㅣ) ᄉᆞ싱(死生)을 쩌나지 마다가 죽인들 현마 엇지 ᄒᆞ리잇고?"

---

185) 다암: 다만. 오직.
186) 쳐쵸(凄楚): 처초. 마음이 아프고 슬픔.
187) 힝역(行役): 행역. 여행의 피로와 괴로움.

승샹(丞相)이 탄식(歎息) 왈(曰),

"원니(元來) 너의 거동(擧動)이 곳곳이 보기 슬흐니 아모리나 ᄒ
라. 내 쏘 졍신(精神)이 참난(儳亂)[188]ᄒ니 능(能)히 싱각ᄒ야 션쳐
(善處)치 못ᄒ노라."

샹셰(尚書ㅣ) ᄆᆞ음의 더옥 비졀(悲絶)ᄒ야 ᄡᅡᆼ안(雙眼)을 낫초와 슈
명(受命)ᄒ고 쏘 고왈(告曰),

"흉인(凶人)의 작화(作禍ㅣ) 심(甚)ᄒ고 셩지(聖旨) 엄쥰(嚴峻)[189]
ᄒ니 소 시(氏)를 동경(東京)으로 보니소셔. 혹쟈(或者) 옥ᄒᆞ명의 잇
ᄂᆞ 긔미(幾微) 누셜(漏泄)홀진

∴●●

51면

디 이ᄂᆞ 블 우희 기름을 더으미니 만젼(萬全)홀 도리(道理)를 ᄒ시고
히이(孩兒ㅣ) 이번(-番) 가미 지속(遲速)을 명(定)치 못ᄒ옵ᄂᆞ니 셩문
으로 ᄒ야금 졔 어미를 니별(離別)케 ᄒ여지이다."

승샹(丞相)이 고개 됴으니 샹셰(尚書ㅣ) 운아를 블너 셩문을 다려
부인(夫人) 곳에 가 잠간(暫間) 니별(離別)ᄒ고 교외(郊外)로 오라
ᄒ다.

소 시(氏) 문후의 오라 오지 아니믈 심하(心下)의 방심(放心)ᄒ야
잇더니 몽미(夢寐)로조ᄎᆞ ᄋᆞᄌᆞ(兒子)의 흉문(凶聞)이 니ᄅᆞ니 쇼졔(小
姐ㅣ) 입으로 피를 무슈(無數)히 토(吐)ᄒ고 혼졀(昏絶)ᄒ야 업더지
니 댱 샹셔(尚書)와 댱싱(-生) 등(等)이 겨유 구호(救護)ᄒ야 씨미 하
늘을 우러라 호곡(號哭) 왈(曰),

---

188) 참난(儳亂): 참란. 어지러움.
189) 엄쥰(嚴峻): 엄준. 매우 엄하고 세참.

"모직(母子ㅣ) 써나 서로 그리다가 맛춤니 제 몬져 날을 바리니 나의 젼싱(前生) 죄악(罪惡)이 이딕도록 심(甚)ᄒ뇨?"

인(因)ᄒ야 실성호곡(失聲號哭)ᄒ믈 마지아니니 댱 샹셰(尙書ㅣ) 위로(慰勞)ᄒ고 문휘 소댱(疏狀)190)을 올녀 됴 시(氏) 죽이려 ᄒ믈

***

52면

닐으니 쇼졔(小姐ㅣ) 정신(精神)을 뎡(靜)ᄒ여 왈(曰),

"니(李) 군(君)이 아모 일에도 젼후(前後)를 싱각지 아니ᄒ고 초솔(草率)191)ᄒ니 엇지 의듧지 아니ᄒ리오? 간인(奸人)의 계교(計巧) 곳치 누르지 아닐 거시오, ᄒ믈며 황휘(皇后ㅣ) 안흐로 도으시니 필연(必然) 죄(罪)를 더으리이다."

댱 공(公) 왈(曰),

"너의 혜아림도 올흐나 연(然)이나 옥ᄉ(獄事ㅣ) 명빅(明白)ᄒ니 져의 므슴 계교(計巧)로 무죄(無罪)ᄒ 사름을 죄(罪)주리오?"

쇼졔(小姐ㅣ) 부답(不答)ᄒ고 식음(食飮)을 졀죵(絶終)192)ᄒ야 ᄋᄌ(兒子)를 블으지져 죵일죵야(終日終夜)토록 통곡(慟哭)ᄒ니 피눈믈이 진(盡)하고 긔운이 ᄌ로 엄홀(奄忽)193)ᄒ니 댱 공(公)이 대의(大義)로 지삼(再三) 개유(開諭)ᄒ되 쇼졔(小姐ㅣ) 영문의 졀묘(絶妙)ᄒ 거동(擧動)과 알픽 넘노던 형샹(形狀)이 눈의 암암(暗暗)194)ᄒ야 이

---

190) 소댱(疏狀): 소장. 상소.
191) 초솔(草率): 거칠고 엉성함.
192) 졀죵(絶終): 절종. 끊음.
193) 엄홀(奄忽): 갑자기 끊어짐.
194) 암암(暗暗): 기억에 남은 것이 눈앞에 아른거리는 듯함.

러툿 써나 못 보믈 한(恨)ᄒ다가 흉인(凶人)의 손의 비명(非命)의 참
ᄉ(慘死)ᄒ니 오ᄂᆡ(五內) 칼노 버히ᄂᆞᆫ 듯 쟝

✦●●

53면

ᄎᆞᆺ(將次ㅅ) 죽어 져를 ᄯ로고져 뜻이 잇더니,

믄득 셩지(聖旨) 나려 샹셔(尙書)를 남도(南道)의 원찬(遠竄)ᄒ고
ᄌᆞ가(自家)를 영영(永永) 니이(離異)ᄒ라 ᄒ신 소식(消息)을 드ᄅᆞ니
쇼졔(小姐ㅣ) 탄왈(嘆曰),

"내 임의 이러ᄒᆞᆷ믄 처음붓터 헤아린 일이라 내 거취(去就)를 쟝ᄎᆞᆺ
(將次ㅅ) 엇지ᄒᆞ리오?"

ᄯᅩ 셩교의 죽은 긔별(奇別)을 듯고 실셩타루(失聲墮淚) 왈(曰),

"심(甚)ᄒ다, 나의 운쉬(運數ㅣ)여! 발셔 뉵(六) 년(年)을 두고 무궁
(無窮)ᄒᆞᆫ 험난(險難)을 ᄌᆞ로 보고 목젼(目前)에 날노 인(因)ᄒ야 사ᄅᆞᆷ
이 만이 죽으니 목숨이 질긴 거시오, 명완(命頑)[195]ᄒᆞᆫ 거ᄉᆞᆫ 내로다."

ᄯᅩ 읍왈(泣曰),

"영ᄋᆞ(-兒)의 혼빅(魂魄)이 이실진딘 엇지 원(怨)을 갑지 아니ᄒ고
도로혀 졔 부친(父親)으로 ᄒ야금 만니ᄒᆡ외(萬里海外) 죄인(罪人)이
되게 ᄒᆞᄂᆈ?"

이쳐로 의호(哀號)ᄒ야 긋치지 못ᄒ더니,

홀연(忽然) 셩문이 운아로 더브러 이에 니ᄅᆞ니 쇼졔(小姐ㅣ) 밧비
ᄂᆡ다라 안고 통

―――――――

195) 명완(命頑): 목숨이 질김.

곡(痛哭) 왈(曰),

"이제 너는 이에 니르러시되 영이(-兒ㅣ) 어디 가뇨?"

셜파(說罷)의 피를 토(吐)ᄒ고 혼졀(昏絶)ᄒ니 셩문이 대곡(大哭)ᄒ고 모친(母親)을 붓드러 겨유 진졍(鎭靜)ᄒᄆᆡ 쇼제(小姐ㅣ) 비록 쳔균(千均)¹⁹⁶)의 무거오미 잇고 대ᄒᆡ(大海)에 너르미 이시나 젼일(前日) 냥이(兩兒ㅣ) ᄉᆞ미를 닛그러 알픠 니르던 쎠를 싱각ᄒ니 오ᄂᆡ(五內) ᄭᆞᆺᄂᆞᆫ 듯ᄒ지라. 다만 ᄋᆞ주(兒子)를 안고 피눈믈이 뎜뎜(點點)이 ᄯᅥ러져 말을 못 ᄒ더니 냥구(良久) 후(後) 무르되,

"네 어이 온다?"

공ᄌᆞ(公子ㅣ) 읍왈(泣曰),

"이제 아ᄋᆞ를 참별(慘別)ᄒ고 부친(父親)이 통샹(痛傷)ᄒ시는 가온ᄃᆡ 국가(國家) 죄슈(罪囚) 되여 만(萬) 니(里)에 홀노 가시니 ᄎᆞ(此)ᄂᆞᆫ 인ᄌᆞ(人子)의 참지 못홀 배라 쳔만이걸(千萬哀乞)ᄒ와 허(許)ᄒ시믈 어드니 이제 부친(父親)을 뫼셔 뎍소(謫所)로 가ᄋᆞᆸᄂᆞᆫ 고(故)로 모친(母親)긔 하직(下直)ᄒ려 니르럿ᄂᆞ이다."

쇼졔(小姐ㅣ) ᄎᆞ언(此言)을 듯고

놀라더니 믄득 어로만져 슬허 왈(曰),

---

196) 쳔균(千均): 천균. 매우 무거운 무게 또는 그런 물건을 비유적으로 이르는 말. '균'은 예전에 쓰던 무게의 단위로, 1균은 30근임.

"너의 도리(道理) 효(孝)의 당연(當然)ᄒ니 내 엇지 막으며 니별(離別)을 슬허ᄒ리오? 모로미 부친(父親)을 조츠 가 박명(薄命)ᄒ 어미를 싱각지 말나."

공ᄌ(公子ㅣ) 톄읍(涕泣) 주왈(奏曰),

"ᄒ으(孩兒)는 부친(父親)을 뫼와 가 무ᄉ(無事)이 이시리니 원(願)컨딘 모친(母親)은 천금지신(千金之身)을 됴심(操心)ᄒ샤 타일(他日) 쇼ᄌ(小子)의 ᄆᄋ음을 위로(慰勞)ᄒ소셔. 아의 죽으미 사름의 견딘지 못ᄒ올 배나 모친(母親)은 소ᄌ(小子ㅣ) 이시믈 싱각ᄒ시고 ᄆᆡᄉ(每事)를 도라보샤 다시음 몸을 됴심(操心)ᄒ소셔."

부인(夫人)이 흔연(欣然)이 위로(慰勞)ᄒ고 이에 슬허 왈(曰),

"이제 나의 신셰(身世)를 도라보건딘 삼(三) ᄌ(子)를 나핫것마는 경문이 대ᄒᆡ(大海)에 부평초(浮萍草) ᄀᆞᄐ ᄌ최 아모 딘 이시믈 아지 못ᄒ며 영문이 죽고 네 ᄯ 대의(大義)로써 효(孝)를 완젼(完全)코ᄌ ᄒ니 나의 슬하(膝下)의는 겨유

❊●●

56면

난 지 슈삼(數三) 월(月) 된 일쥬쑨이라 엇지 슬푸지 아니리오? 만일(萬一) 윤ᄋᆡ(-兒ㅣ) 이실진딘 발셔 구(九) 셰(歲)니 너의 형뎨(兄弟) 각각(各各) 부모(父母)를 ᄯᆞ를 거시니 이딘도록 외롭지 아닐낫다. 이 도시(都是) 나의 명운(命運)이니 누를 한(恨)ᄒ리오? 나의 눈셥 ᄉᆞ이 필연197)(必然) 살긔(殺氣) ᄀᆞ득훌ᄉᆡ ᄌ식(子息)을 여러흘 못 기르고 참변(慘變)을 여러 슌(巡)198) 보니 너를 진실(眞實)노 내 ᄌ식(子息)

─────────────

197) 연: [교] 원문에는 '여'로 되어 있으나 오기로 보임.
198) 슌(巡): 슌. 번.

이라 ᄒᆞ미 두리온지라. 너ᄂᆞᆫ 모로미 남(南)으로 도라가 날을 싱각지 말고 됴히 이시라."

드듸여 흔연(欣然)ᄒᆞᆫ 안ᄉᆡᆨ(顔色)으로 위로(慰勞)ᄒᆞ며 어로만져 됴히 가믈 당부(當付)ᄒᆞ니 공ᄌᆡ(公子ㅣ) 빈샤(拜謝)ᄒᆞ고 일쥬를 어로만져 ᄎᆞ마 ᄂᆞ리나지 못ᄒᆞ니 부인(夫人)이 이 거동(擧動)을 보미 비록 ᄋᆞᄌᆞ(兒子)의 ᄆᆞ음을 위로(慰勞)ᄒᆞ노라 흔연(欣然)ᄒᆞ나 영문을 죽이고 일개(一介) 소ᄋᆞ(小兒ㅣ) 만(萬) 니(里)에 분쥬(奔走)ᄒᆞ야 긔약(期約)을

뎡(定)치 못ᄒᆞ니 셜우미 ᄌᆞ연(自然) 견듸지 못ᄒᆞᆯ 배라. 눈믈을 겨유 ᄎᆞᆷ고 다시음 어로만져 됴이 가믈 닐으니 공ᄌᆡ(公子ㅣ) 날이 느ᄌᆞ믈 인(因)ᄒᆞ야 크게 울며 모친(母親) 젓ᄉᆞᆯ 쥐고 낫ᄎᆞᆯ 다혀 왈(曰),

"모친(母親)은 타일(他日) 이리 ᄒᆞ던 말을 녯말노 닐으시고 몸을 도라보소셔."

부인(夫人)이 ᄎᆞᆷ지 못ᄒᆞ야 눈믈을 ᄲᅳ려 왈(曰),

"여뫼(汝母ㅣ) 명완(命頑)ᄒᆞ미 믈의 ᄲᅥ져도 죽지 아녓거든 엇지 스스로 죽으리오? 너ᄂᆞᆫ 날을 넘녀(念慮) 말고 삼가고 됴심(操心)ᄒᆞ야 됴히 됴히 가 이시라."

문이 실셩통곡(失聲慟哭)ᄒᆞ고 졀ᄒᆞ야 셤에 ᄂᆞ리니 쇼져(小姐) 간쟝(肝腸)은 임의 탄[199] 지 된 ᄃᆞᆺᄒᆞ고 공ᄌᆡ(公子ㅣ) 모친(母親) ᄯᅥ나ᄂᆞᆫ ᄆᆞ음은 하늘이 어둡고 ᄯᅡ히 ᄲᅥ지ᄂᆞᆫ ᄃᆞᆺᄒᆞ더라.

---

199) 탄: [교] 원문에는 '타'로 되어 있으나 오기로 보임.

마샹(馬上)의셔 내내 울고 교외(郊外)로 가니 샹셰(尚書ㅣ) 친붕(親朋)과 부마(駙馬) 등(等)이 모다 젼별(餞別)

* * *

58면

홀시 님 혹ᄉ(學士) 등(等)과 댱 시랑(侍郞) 일반(一般) 졔붕(諸朋)이 별시(別詩)를 븟치며 술을 권(勸)ᄒ여 눈믈을 ᄲ리니 샹셰(尚書ㅣ) 역시(亦是) 잔(盞)을 잡고 슬허 왈(曰),

"쇼뎨(小弟) 블초(不肖)ᄒ야 셩딕(聖代)에 죄(罪)를 어더 남녁(南-)ᄒ 가에 도라가니 경경(耿耿)200)ᄒ 일념(一念)이 븍(北)으로 오ᄂ 구름을 보와 늣길 ᄯ롬이로소이다. 원(願)컨딕 녈위(列位) 졔형(諸兄)은 쇼뎨(小弟)를 본(本)밧지 말고 님군을 어지리 돕ᄉ와 태평(泰平)을 닐위소셔."

졔인(諸人)이 그 의미ᄒ 일노 져러ᄒ믈 분연(憤然)ᄒ고 이달와ᄒ더라.

ᄎ시(此時), 흥문과 셰문이 청사도의(靑絲道衣)201)를 졍(正)히 ᄒ고 셩문으로 더브러 이에 니ᄅ러 슉부(叔父)를 젼별(餞別)ᄒ더니 부매(駙馬ㅣ) 샹셔(尚書)의 손을 잡고 눈믈이 낫치 ᄀ득ᄒ야 왈(曰),

"ᄉ오(四五) 형뎨(兄弟) 무어시 번셩(繁盛)ᄒᄂ마ᄂ 니별(離別)이 이러틋 ᄌᄌ니 문운(門運)의 블힝(不幸)홈과

---

200) 경경(耿耿): 마음에서 사라지지 않고 염려가 됨.
201) 청사도의(靑絲道衣): 청사도의. 푸른 옷.

시운(時運)의 블니(不利)ᄒ민가 ᄒ노라. 셩문이 치ᄋ(稚兒ㅣ)나 대의
(大義)를 잡아 아을 ᄯ로니 나의 ᄋ직(兒子ㅣ) 엇지 네 ᄋ들의 지미
이시리오? 흥문을 다려가 뎍듕(謫中) 심회(心懷)를 위로(慰勞)ᄒ라.”

샹셰(尙書ㅣ) 눈믈을 흘녀 샤례(謝禮) 왈(曰),

“젼후(前後) 분니(奔離)202)ᄒ미 다 쇼뎨(小弟)의 블초(不肖)ᄒ미라
낫츨 드러 사름 보미 븟그럽도소이다. 연(然)이나 흥문이 죵샤(宗嗣)
의 듕(重)흔 몸이니 쳔(千) 니(里) 도로(道路)의 다려가미 위틱(危殆)
ᄒ니 흥문을 아니 다려가다 쇼뎨(小弟) 형쟝(兄丈) 우의(友愛)를 모
로리잇고? 야애(爺爺ㅣ) 몽샹을 다려가라 ᄒ시니 형뎨(兄弟) 샹의(相
依)203)ᄒ야 지닉면 거의 울젹(鬱寂)ᄒ미 업슬가 ᄒᄂ이다.”

부매(駙馬ㅣ) 블열(不悅) 왈(曰),

“네 엇지 이런 말을 ᄒᄂ다? 내게 여러 힉ᄌ(孩子ㅣ) 잇고 네게ᄂ
홀노 셩문ᄲᆞᆫ이어늘 다려가믈 ᄉᆞ양(辭讓)ᄒ니 우형(愚兄)이 블민(不
敏)ᄒ민가 ᄒ노라.”

샹셰(尙書ㅣ) 공슈(拱手)

칭샤(稱謝) 왈(曰),

“쇼뎨(小弟) 형쟝(兄丈) 후졍(厚情)을 져바리고져 ᄒ리잇고마ᄂ 쇼

---

202) 분니(奔離): 분리. 헤어져 돌아다님.
203) 샹의(相依): 상의. 서로 의지함.

뎨(小弟) 부ㅈ(父子)는 죽으나 블관(不關)흔 몸이오 홍문은 대종(大宗)204)이니 ᄎ고(此故)로 다려가믈 져허ᄒ더니 형쟝(兄丈)의 지셩(至誠)이 여ᄎ(如此)ᄒ시니 쇼졔(小弟) 감(敢)이 거ᄉᆯ니오? 원(願)컨딕 형쟝(兄丈)은 블초지인(不肖之人)을 싱각지 마ᄅ시고 부모(父母)를 뫼셔 안낙(安樂)ᄒ소셔."

이리 닐으며 눈믈이 만면(滿面)ᄒ니 부매(駙馬ㅣ) 간담(肝膽)이 바아지나 도로혀 위로(慰勞) 왈(曰),

"네 본(本)딕 미시(每事ㅣ) 대의(大義)를 싱각더니 이러틋 ᄋ녀ᄌ(兒女子)의 틱도(態度)를 ᄒᄂ다? 부모(父母) 동싱(同生)을 ᄣᅥ나 남녁(南-) 흔 ᄀ의 가미 비록 슬푸나 텬ᄌ(天子ㅣ) 셩명(聖明)ᄒ시니 오라지 아냐 샤(赦)를 닙어 도라올 거시니 모로미 관심(寬心)ᄒ야 무스(無事)히 원노(遠路)의 힝(行)ᄒ라."

샹셰(尚書ㅣ) 샤례(謝禮) 왈(曰),

"쇼뎨(小弟) ᄯᅩ흔 이를 모로미 아니로딕 야야(爺爺)를 ᄣᅥ나는 심시(心思ㅣ)와 모친(母親)과

· · ·

61면

형쟝(兄丈)의 지극(至極)흔 졍니(情理)를 버히미 ᄎᆷ지 못ᄒ나 슈요쟝단(壽夭長短)이 직텬(在天)ᄒ니 관겨(關係)ᄒ리잇가?"

부매(駙馬ㅣ) 탄식(歎息)ᄒ고 홍문을 경계(警戒) 왈(曰),

"네 나히 어린 거시 너모 발월(發越)205)ᄒ고 긔지(氣志)206) 완악

---

204) 대종(大宗): 대종. 동성동본의 일가 가운데 가장 큰 종가의 계통.
205) 발월(發越): 행동이 소소한 예법을 지키지 않고 발랄함.
206) 긔지(氣志): 기지. 의지와 기개.

(頑惡)[207]ᄒᆞ야 협긱(俠客)의 뉴(類)니 방외(房外)에 닉지 아닐 거시로
ᄃᆡ 네 아ᄌᆞ비 심ᄉᆞ(心思)와 셩문의 졍니(情理)ᄅᆞᆯ 참통(慘痛)ᄒᆞ야 너
ᄅᆞᆯ 보ᄂᆡᄂᆞ니 삼가고 됴심(操心)ᄒᆞ야 슉부(叔父)ᄅᆞᆯ 뫼셔 잇다가 오라.
만일(萬一) 조금이나 경계(警戒)ᄅᆞᆯ 엇그릇츤즉 결연(決然)이 부ᄌᆞ지
졍(父子之情)을 긋츠리라.”

공ᄌᆞ(公子ㅣ) 지ᄇᆡ(再拜) 슈명(受命)ᄒᆞ니 부매(駙馬ㅣ) 다시옴 셩
문을 어로만져 왈(曰),

“네 나히 겨유 칠(七) 셰(歲)에 이런 경ᄉᆡᆨ(景色)을 당(當)ᄒᆞ니 텬도
(天道)ᄅᆞᆯ 가(可)히 아지 못홀노라. 네 모로미 몸을 됴심(操心)ᄒᆞ라.”

셩문이 고두(叩頭) 뉴톄(流涕) 왈(曰),

“쇼질(小姪)이 ᄌᆞ모(慈母)ᄅᆞᆯ 써나 ᄒᆞᆫ 낫 아ᄋᆞᄅᆞᆯ 목견(目前)의 죽이
고 홀노

* * *

62면

야야(爺爺)ᄅᆞᆯ 뫼셔 텬이(天涯)에 도라가니 모친(母親)의 샹니(相
離)[208]ᄒᆞᄂᆞᆫ ᄆᆞ음과 망뎨(亡弟) 싱각ᄒᆞᄂᆞᆫ 졍니(情理) 쟝ᄎᆞᆺ(將次ㅅ) 붕
졀(崩絶)ᄒᆞ더니 슉뷔(叔父ㅣ) 형(兄)으로써 ᄒᆞᆫ가지로 보ᄂᆡ샤 긱니(客
裏) 수회(愁懷)ᄅᆞᆯ 소헐(消歇)[209]케 ᄒᆞ시니 대은(大恩)이 각골(刻骨)ᄒᆞ
이다.”

부매(駙馬ㅣ) 등을 두다려 왈(曰),

“엇지 이러툿 슉셩(夙成)ᄒᆞᄂᆇ? 홍문을 보ᄂᆡ미 슉질(叔姪) 형뎨(兄

---

207) 완악(頑惡): 성질이 억세게 고집스럽고 사나움.

208) 샹니(相離): 상리. 서로 물러나 떨어짐.

209) 소헐(消歇): 없애 버림.

弟) 간(間) 녜ᄉ(例事) 일이니 너는 너모 과도(過度)히 샤례(謝禮) 말
나."

홍문을 도라보아 왈(曰),

"네 온ᄀ 일을 셩문을 법밧은즉 명교(名敎)에 득죄(得罪)치 아니리
라."

이러틋 뉴련(留憐)210)ᄒ미 텬ᄉᆡ(天色)이 늦고 공ᄎᆡ(公差ㅣ) 길을
ᄌᆡ촉ᄒᄂ는지라 샹셰(尙書ㅣ) 부마(駙馬)와 한님(翰林)으로 손을 난홀
ᄉᆡ 피ᄎᆞ(彼此ㅣ) 누쉬(淚水ㅣ) 하슈(河水) ᄀᆺ트니 제붕(諸朋)이 참연
(慘然)치 아니리 업더라.

샹셰(尙書ㅣ) ᄉᆞᄆᆡ로조ᄎᆞ 일(一) 봉(封) 셔간(書簡)을 ᄂᆡ여 댱 시랑
(侍郎) 옥지를 주어 왈(曰),

"녕ᄆᆡ(令妹)를 줄지어

* * *

63면

다."

시랑(侍郎)이 참연(慘然) 응낙(應諾)ᄒ여 밧으니 샹셰(尙書ㅣ) 드
ᄃᆡ여 몽샹과 홍문 등(等)으로 더브러 남(南)으로 향(向)ᄒ니 부마(駙
馬)와 한님(翰林)이 쇼부(少傅)로 더브러 실셩타루(失聲墮淚)ᄒ고 셩
듕(城中)으로 드러오니라.

직셜(再說). 소 쇼졔(小姐ㅣ) 셩문을 보ᄂᆡ고 길게 흔 소리를 탄(嘆)
하고 긔운이 막혀 업더지니 운이 황망(慌忙)이 븟드러 구(救)ᄒ며 우
러 왈(曰),

---

210) 뉴련(留憐): 유련. 연연해함.

"젼일(前日) 부인(夫人)이 하히(河海)의 도량(度量)이 남이 밋지 못
홀너니 금일(今日) 엇지 이러툿 참지 못하시ᄂᆞ뇨? 공진(公子ㅣ) 비록
먼니 가시나 노야(老爺) 좌하(座下)에 보호(保護)ᄒᆞ샤 위틔(危殆)ᄒᆞ
미 업슬 거시어늘 일편도이 니별(離別)에 셜움만 싱각ᄒᆞ샤 몸을 도
라보지 아니시ᄂᆞ니잇고?"

쇼졔(小姐ㅣ) 졍신(精神)이 아득ᄒᆞ야 반향(半晌)이나 말을 아니ᄒᆞ
다가 글오ᄃᆡ,

"어미ᄂᆞᆫ 싱각ᄒᆞ여 보라. 내 비록 젹은 너ᄅᆞ미 이신들 세 낫 ᄌᆞ식
(子息)

⁂

64면

즁(中) ᄒᆞ나흔 일허 타일(他日) 만나리라 바라미 이신들 강보(襁
褓) 유이(乳兒ㅣ) 어ᄃᆡ 가 사라시믈 알니오? 임의 죽으나 다ᄅᆞ며
영ᄋᆞ(-兒)ᄅᆞᆯ 참혹(慘酷)히 죽이고 셩문을 만(萬) 니(里)에 니별(離別)
ᄒᆞ니 이 심ᄉᆞ(心思)와 졍니(情理)ᄅᆞᆯ 어ᄃᆡ 두리오?"

언파(言罷)에 눈믈이 쌍쌍(雙雙)ᄒᆞ니 운애 쏘흔 실셩뉴톄(失聲流
涕)러니 믄득 댱 시랑(侍郞)이 드러와 샹셔(尙書)의 셔간(書簡)을 ᄂᆡ
여 주니 쇼졔(小姐ㅣ) 밧아 보지 아니ᄒᆞ거늘 시랑(侍郞)이 글오ᄃᆡ,

"믜뎌(妹姐)211)의 ᄯᅳᆺ이 고샹(高尙)ᄒᆞ나 일편도히 가부(家夫)의 글
을 아니 보믄 그른가 ᄒᆞ노라."

쇼졔(小姐ㅣ) 쟝탄(長歎) 왈(曰),

"강보(襁褓) 유이(乳兒ㅣ)나 알픠 업시하여시니 가군(家君)의 글

---

211) 믜뎌(妹姐): 매져. 여동생.

보기도 슬흐여이다."

댱 시랑(侍郎)이 탄왈(嘆曰),

"미ᄌ(妹子)의 졍ᄉ(情事)는 니ᄅ지 아녀도 우리 엇지 모로리오? 연(然)이나 관심(寬心)ᄒ미 올흐니라."

쇼졔(小姐ㅣ) 오열(嗚咽) 부답(不答)이러라. 날호여 ᄲᅥ혀 보니 기셔(其書)의 왈(曰),

* * *

65면

'시운(時運)이 블힝(不幸)ᄒ야 부인(夫人)과 흑싱(學生)이 일편도히 황텬(皇天)긔 득죄(得罪)ᄒ야 믄득 영ᄋ(-兒)로뻐 흉인(凶人)의 손에 뭇고 그 원슈(怨讐)를 갑지 못ᄒ고 내 이제 남녁(南-) 죄인(罪人)이 되고 부인(夫人)을 니이(離異)ᄒ라 ᄒ시는 명(命)을 엄(嚴)히 밧ᄌ와시니 두 번(番) 긔망(欺妄)치 못홀 거시니 동(東)으로 갈지라. 츠싱(此生)의 거문고 줄이 다시 니이기 어렵고 부인(夫人)은 셩문의 졍ᄉ(情事)를 고렴(顧念)ᄒ고 일쥬의 유미(柔微)212)ᄒ믈 고렴(顧念)ᄒ야 쳔금즁신(千金重身)을 됴심(操心)ᄒ야 풍운(風雲)의 길시(吉時)를 기다리라. 흑싱(學生)이 무상(無狀)ᄒ야 찰녀(刹女)213)를 집의 머무럿다가 ᄋᄌ(兒子)의 긴 목숨을 ᄭᅳᆫ흐니 죽은 져를 위(爲)ᄒ야 신원(伸冤)214)치 못ᄒ고 스스로 텬디간(天地間) 누덕(累德)215)을 무릅뻐 녕히(嶺海) 죄슈(罪囚) 되니 고당(高堂)에 학발(鶴髮) 조부모(祖父母)와

---

212) 유미(柔微): 연약하고 어림.
213) 찰녀(刹女): 여자 나찰. 나찰(羅刹)은 푸른 눈과 검은 몸, 붉은 머리털을 하고서 사람을 잡아먹으며, 지옥에서 죄인을 못살게 군다고 함.
214) 신원(伸冤): 가슴에 맺힌 원한을 풀어 버림.
215) 누덕(累德): 덕을 욕되게 함.

부모(父母)

66면

룰 써나는 심시(心思 1) 쟝ᄎᆞᆺ(將次人) 샹명(喪命)[216]홀 지경(地境)에 이시니 쳐ᄌᆞ(妻子)룰 뉴렴(留念)홀 배 아니로ᄃᆡ, 부인(夫人)이 혹싱(學生)을 인(因)ᄒᆞ야 뉵(六) 년(年)을 그음ᄒᆞ야 비샹(非常)흔 화란(禍亂)을 ᄌᆞ로 겻그니 내 ᄆᆞ음이 포귀(暴鬼)[217] 아니라 엇지 참괴(慙愧)치 아니리오. 흔 편(篇) 글이 싱(生)의 죄(罪)룰 샤폐(私蔽)[218]ᄒᆞ미오, ᄉᆞ싱(死生)의 영결(永訣)이라. 만일(萬一) ᄉᆞ라 만나지 못ᄒᆞ면 죽어 원귀(寃鬼) 되리라.'

ᄒᆞ엿더라.

쇼졔(小姐 1) 남필(覽畢)에 기리 탄왈(嘆曰),

"이 도시(都是) 나의 운익(運厄)이 태심(太甚)ᄒᆞ미라 엇지 남을 한(恨)ᄒᆞ리오? 연(然)이나 니(李) 군(君)이 흔 쳐ᄌᆞ(妻子)룰 위(爲)ᄒᆞ야 언시(言辭 1) 이러ᄐᆞᆺ 구구(區區)ᄒᆞ니 엇지 대쟝부(大丈夫)의 도리(道理)리오?"

댱 시랑(侍郎)이 미소(微笑) 왈(曰),

"논박(論駁)[219]도 경(景)[220]이 업거니와 믜ᄌᆡ(妹子 1) 하 순니(順理)룰 모로니 흔 말을 ᄒᆞ리라. 부뷔(夫婦 1) 타문(他門) 남녀(男女)로

---

216) 샹명(喪命): 상명. 목숨을 잃음.
217) 포귀(暴鬼): '포악한 귀신'의 뜻으로 보이나 미상임.
218) 샤폐(私蔽): 사폐. 사사로이 가림.
219) 논박(論駁): 논리적으로 반박함.
220) 경(景): 경황.

만나 금슬(琴瑟)의 후박(厚薄)이 스

스로 강잉(强仍)치 못ᄒᆞᄂᆞ니 홀노 빅달을 그르다 ᄒᆞ리오? 빅달221)이 일시 고집(固執)ᄒᆞ야 잇다감 이리 와 쇼ᄆᆡ(小妹)를 ᄃᆡ(對)ᄒᆞ나 눈을 가나리 ᄒᆞ고 입을 다므러 언소(言笑)ᄒᆞᆯ 젹이 업스니 뎌 여러 ᄌᆞ녜(子女ㅣ) 어드러셔 난고? 실(實)노 고이(怪異)ᄒᆞ더라."

쇼졔(小姐ㅣ) 탄식(歎息) 부답(不答)이러라.

승샹(丞相)이 명일(明日) 니르러 쇼져(小姐)를 보고 영문의 참ᄉᆞ(慘死)를 치위(致慰)222)ᄒᆞ고 참연(慘然)이 눈믈이 봉안(鳳眼)에 어리여 탄왈(嘆曰),

"강보ᄋᆞ(襁褓兒)의 목젼(目前) 횡ᄉᆞ(橫死)ᄒᆞᆷ은 진실(眞實)노 참지 못ᄒᆞ거니와 임의 ᄠᅳᆯ이 업침 ᄀᆞᆺᄐᆞ니 일편도이 샹회(傷懷)223)ᄒᆞ야 엇지ᄒᆞ리오? ᄒᆞ믈며 셩지(聖旨) 여ᄎᆞ(如此)ᄒᆞ시니 하늘을 두 번(番) 긔망(欺妄)ᄒᆞ미 신ᄌᆞ(臣子)의 도리(道理) 아니라. 현부(賢婦)ᄂᆞᆫ 힝장(行裝)을 출혀 동경(東京)으로 가게 ᄒᆞ라."

쇼졔(小姐ㅣ) 톄루(涕淚) 슈명(受命)ᄒᆞ니 승샹(丞相)이 도라와 호힝(護行)224)ᄒᆞᆯ 사ᄅᆞᆷ을 못 어더 민망(憫惘)ᄒᆞ야 ᄒᆞ더

---

221) 달: [교] 원문에는 '균'으로 되어 있으나 문맥을 고려하여 이와 같이 수정함.
222) 치위(致慰): 위로함.
223) 샹회(傷懷): 상회. 마음속으로 애통히 여김.
224) 호힝(護行): 호행. 보호하며 따라감.

니 이써 쇼연이 샹셔(尚書)를 뫼서 가려 ᄒ다가 맛춤 병(病)드러 못
갓더니 즉금(卽今) 잠간(暫間) 하렷ᄂ지라225) 승샹(丞相)긔 고(告)ᄒ
고 소흥(紹興)으로 가고ᄌ ᄒ더니 승샹(丞相)이 소 부인(夫人) 호힝
(護行)ᄒᆯ 사름을 못 어더 ᄒᆯ믈 보고 급(急)히 나아가 고두(叩頭) 뉴
톄(流涕) 왈(曰),

"쇼복(小僕)이 일즉 ᄋ시(兒時)로붓터 샹셔(尚書) 노야(老爺)의 신
임(信任)ᄒ시믈 입어 은혜(恩惠) 산(山)이 낫고 바다히 엿트니 ᄉ싱
(死生)의 엇지 좃지 아니리잇고마ᄂ 맛춤 독질(毒疾)이 미류(彌
留)226)ᄒ와 뎍소(謫所)의 뫼셔 가지 못ᄒ여ᅀᆸ더니 이졔 병(病)이 나
앗ᄉ오니 소흥(紹興)으로 가고ᄌ ᄒᅀᆸ더니 소 부인(夫人) 뫼서 가리
업ᄉ믈 근심ᄒ시니 쇼복(小僕)이 비록 블민(不敏)ᄒ나 무ᄉ(無事)히
뫼서 동경(東京)의 드릭시믈 보ᅀᆸ고 바로 소흥(紹興)으로 가고ᄌ ᄒ
ᄂ이다."

승샹(丞相)이 그 튱의(忠義)를 어엿비 녁여 닐오ᄃᆡ,

"네 ᄒ낫 쳔인(賤人)으로 쥬인(主人) 위(爲)ᄒ ᄆ음이 여

ᄎ(如此)ᄒ니 도리(道理)의 당당(堂堂)ᄒ지라 내 엇지 막으리오? 소
부인(夫人)을 동경(東京)으로 보뉘고 시브ᄃᆡ 셔상공(庶相公)227)이 문

---

225) 하렷ᄂ지라: 나은지라. 'ᄒ리다'는 '낫다'의 뜻.
226) 미류(彌留): 병이 오래 낫지 않음.

졍후 쇼공즈(小公子) 녕구(靈柩)를 거느려 금쥐(錦州) 가시니 보낼 사름이 업셔 근심ᄒ더니 네 이러틋 즈원(自願)ᄒ고 근신(勤愼)ᄒ니 내 또 니르지 아녀도 유여(裕餘) 쥬모(主母)를 보호(保護)ᄒ야 가리니 네 원(願)대로 소 부인(夫人)을 뫼셔 가라"

쇼연이 울고 믈너와 졔 어미를 보와 하직(下直) 왈(曰),

"고어(古語)의 '쥬욕신시(主辱臣死ㅣ)228)'라 ᄒ니 내 이졔 동(東)으로 가 또 남(南)으로 가니 도라올 지속(遲速)이 업순지라 모친(母親)을 위(爲)ᄒ야 셜워ᄒᄂ이다. 대의(大義) 듕(重)ᄒ니 ᄉ졍(私情)을 도라보지 못ᄒ니 모친(母親)은 닉닉 무양(無恙)229)ᄒ소셔. 의식(衣食)은 대노얘(老爺ㅣ) 유여(裕餘) 슬피시리니 근심치 아닛ᄂ이다."

원닉(元來) 소연의 어미ᄂ 당년(當年)의 뉴 부인(夫人) 다리고 단니던 비즈(婢子) 뉴랑이라. 튱230)심(忠心)

☆ ● ●

70면

이 본(本)디 녈녈(烈烈)ᄒ지라 쇼연을 경계(警戒)ᄒ야 글오디,

"나의 의식(衣食)은 군핍(窘乏)231)ᄒ미 업스니 념녀(念慮) 말고 무ᄉ(無事)히 소흥(紹興)의 가 잇다가 슈이 모드믈 바라노라."

연이 눈믈을 흘녀 니별(離別)ᄒ고 거쟝(去裝)232)을 슈습(收拾)ᄒ야

---

227) 셔상공(庶相公): 서상공. 이문성을 말함. 이문성은 이현의 첩 주 씨 소생으로, 이관성의 서제(庶弟)에 해당하므로 이와 같이 말한 것임.

228) 쥬욕신시(主辱臣死ㅣ): 주욕신사. 임금이 치욕(恥辱)을 당하면 신하가 임금의 치욕을 씻기 위하여 목숨을 바친다는 뜻으로, 아랫사람이 윗사람을 도와 생사고락을 함께함을 이르는 말.

229) 무양(無恙): 몸에 병이나 탈이 없음.

230) 튱: [교] 원문에는 '듕'으로 되어 있으나 오기로 보임.

231) 군핍(窘乏): 필요한 것이 없거나 모자라 군색하고 아쉬움.

댱부(-府)의 니르러 부인(夫人) 힝노(行路)를 바이니,233) 이써 쇼졔(小姐ㅣ) 심식(心思ㅣ) 망극(罔極) 듕(中)이나 부모(父母)의 곳의 가믈 깃거 잠간(暫間) 므음을 진졍(鎭靜)ᄒᆞ야 힝쟝(行裝)을 출혀 길히 오ᄅᆞ니 댱 공(公) 부뷔(夫婦ㅣ) 금빅(金帛)으로 힝니(行李)234)를 돕고 각각(各各) 소 공(公)과 댱 부인(夫人)긔 셔찰(書札)을 붓치고 눈믈을 ᄲᅳ려 니별(離別)ᄒᆞ며 승샹(丞相) 등(等) 삼(三) 인(人)과 부마(駙馬) 등(等)이 댱부(-府)의 니르러 쇼져(小姐)를 젼별(餞別)235)ᄒᆞ니 피ᄎᆞ(彼此)의 유유(悠悠)236)ᄒᆞᆫ 뜻이 측냥(測量)업더라. 승샹(丞相)이 ᄌᆡ삼(再三) 당부(當付)ᄒᆞ야 닐오ᄃᆡ,

"현뷔(賢婦ㅣ) 갓 셔하참통(西河慘痛)237)을 지니고 만(萬) 니(里)에 도라가나 모

* * *

71면

로미 각각(各各) 므음을 널니ᄒᆞ고 셜우믈 춤아 타일(他日)을 기다리라."

쇼졔(小姐ㅣ) ᄌᆡ삼(再三) 슈명(受命)ᄒᆞ고 쳥누(淸淚)를 ᄲᅳ려 하직(下直)을 맛ᄎᆞᄆᆡ 니부(李府) 시녜(侍女ㅣ) 명 부인(夫人) 글월을 올니

232) 거쟝(去裝): 거장. 여행할 때 쓰는 물건과 차림. 행장(行裝).

233) 바이니: 바야니. 재촉하니. '바야다'는 '재촉하다'의 뜻임.

234) 힝니(行李): 행리. 행장(行裝).

235) 젼별(餞別): 전별. 잔치를 베풀어 작별한다는 뜻으로, 보내는 쪽에서 예를 차려 작별함을 이르는 말.

236) 유유(悠悠): 아득함.

237) 셔하참통(西河慘痛): 서하참통. 서하의 지극한 슬픔. 서하(西河)는 자식을 잃은 슬픔을 말하는바, 공자의 제자 자하(子夏)가 서하에 있을 때 자식을 잃고 슬퍼해 눈이 멀도록 운 데서 유래함. 『예기(禮記)』, 「단궁(檀弓) 상(上)」.

니 쇼졔(小姐ㅣ) 지빅(再拜)ᄒ고 써혀 보니 영문의 참ᄉ(慘死)를 치위(致慰)ᄒ고 시졀(時節)을 만나지 못ᄒ야 니별(離別)이 이러틋 ᄌᄌ믈 닐ᄏ라 졍의(情誼) ᄀ득ᄒ미 쳑셔(尺書)의 나타나니 쇼졔(小姐ㅣ) 감격(感激)ᄒ믈 니긔지 못ᄒ야 옥누(玉淚)를 먹음고 답셔(答書)를 지어 보ᄂᆡ고 길히 오ᄅᆞ니 소연이 창두(蒼頭) 칠팔(七八) 인(人)을 거ᄂᆞ려 동(東)으로 향(向)ᄒ니 쇼졔(小姐ㅣ) 비록 부모(父母) 앒ᄑᆡ 가믈 깃거ᄒ나 ᄌ긔(自己) 신셰(身世)를 도라보ᄆᆡ 강보(襁褓) 유ᄋ(乳兒)를 참별(慘別)ᄒ고 쳔금(千金) ᄋᄌ(兒子)와 가부(家夫)ᄂᆞ 남녁(南-)흔 가에 도라보ᄂᆡ고 기럭이 신(信)을 젼(傳)ᄒᆞᆯ 길이 업고 만날 긔약(期約)이 묘망(渺茫)²³⁸ᄒ니 셩문의 ᄋᆡ원(哀怨)²³⁹ᄒᆞᆫ 소

***

72면

ᄅᆡ 귀에 머므러 간쟝(肝腸)이 분분(紛紛)ᄒᆞ며 구고(舅姑) 혜틱(惠澤)을 삼상(參商)²⁴⁰ᄒᆞ야 눈믈이 마를 젹이 업더라.

십여(十餘) 일(一) ᄒᆡᆼ(行)ᄒᆞ야 흔 뫼히 니ᄅᆞ니 슈플이 극(極)히 험(險)ᄒ고 슈목(樹木)이 총잡(叢雜)²⁴¹ᄒᆞ야 보기의 극(極)히 험(險)흔지라. 쇼연이 ᄆᆞ음의 싱각ᄒᆞᄃᆡ,

'이곳이 이러틋 험(險)ᄒ니 만일(萬一) 도젹(盜賊)이 이실진ᄃᆡ 엇지ᄒ리오?'

언미필(言未畢)에 ᄉ오십(四五十) 창되(槍盜ㅣ)²⁴² 뫼흘 쪄 ᄂᆡ다라,

---

238) 묘망(渺茫): 아득함.

239) ᄋᆡ원(哀怨): 애원. 슬퍼하고 원망함.

240) 삼상(參商): 삼성(參星)과 상성(商星). 삼성은 서쪽에 있고 상성은 동쪽에 있어 서로 볼 수 없다는 뜻으로, 여기에서는 시부모가 떨어져 있어 볼 수 없음을 이름.

241) 총잡(叢雜): 나무가 무더기로 자라서 빽빽함.

"됴히 우리 손에 맛츠리로다."

말을 맛츠며 드리다라 힝듕(行中) 반젼(盤纏)243)을 다 앗고 칼을 드러 모든 사롬을 다 히(害)ᄒ려 ᄒ니 쇼연 등(等)이 창황(倉黃)244) ᄒ야 거쟝(車帳)245) 뒤흐로 다라드니 졔젹(諸賊)이 웃고,

"져 거쟝(車帳) 뒤히ᄂᆞ 나ᄂᆞᆫ 못 가ᄂᆞᆫ가?"

ᄒ고 거쟝(車帳) 알픠 니ᄅᆞ니 홀연(忽然) 누른 구롬과 누른 뇽(龍)이 닉다라 거쟝(車帳)을 가리오ᄂᆞᆫ 듯ᄒ더니 거쟝(車帳)

* **

73면

과 졔인(諸人)을 보지 못ᄒ니 졔젹(諸賊)이 크게 놀나 급(急)히 금빅(金帛)을 거두어 가지고 다라ᄂᆞ니라.

이ᄯᅥ 쇼연 등(等)이 구롬의 ᄡ혀 졍신(精神)이 황홀(恍惚) 즁(中) 잇더니 이윽고 구롬이 거두쳐 졔젹(諸賊)이 간 ᄃᆡ 업ᄉᆞ며 힝듕(行中) 반젼(盤纏)을 다 가져갓시니 쇼연이 창황(倉黃)ᄒ여 슈릭 알픠 나아가 고왈(告曰),

"이졔 요힝(僥倖) 인명(人命)이 샹(傷)치 아녀시나 힝냥(行糧)246)이 다 업ᄉᆞ니 엇지 십여(十餘) 일(日) 길을 득달(得達)ᄒ리잇고?"

쇼졔(小姐ㅣ) 명(命)ᄒ야 골오ᄃᆡ,

"하늘이 도으샤 인명(人命)이 샹(傷)치 아녀시니 만일(萬一) 목숨

---

242) 창되(槍盜ㅣ): '창을 든 강도'의 뜻으로 보이나 미상임.

243) 반젼(盤纏): 반전. 먼 길을 떠나 오가는 데 드는 비용.

244) 창황(倉黃): 허둥지둥 당황하는 모양.

245) 거쟝(車帳): 거장. 수레의 장막. 수레 위에 장막을 쳐 거처할 수 있도록 만든 곳.

246) 힝냥(行糧): 행량. 길을 갈 때 먹는 양식.

이 길진티 ᄉ라 가지 못ᄒ믈 근심ᄒ리오? 아직 이 녕(領)을 넘어 구쳐(區處)247)ᄒ리라."

쇼연 등(等)이 슈명(受命)ᄒ야 모다 죽을힘을 다ᄒ야 거쟝(車帳)248)을 붓드러 녕(領)을 넘으니 촌개(村家ㅣ) 슈빅(數百) 호(戶)나 ᄒ더라.

원ᄂ(元來) 쇼 공(公)은 갈 젹 죠뎡(朝廷) 대신(大臣)

으로 쟉노(作路)249)ᄒ니 디방관(地方官)이 호송(護送)ᄒ미 이런 폐(弊) 업고 쇼져(小姐)ᄂ 사름을 긔여 가ᄂ 길이므로 도적(盜賊)을 만나 일ᄒᆡᆼ(一行) 사름 홍아, 홍벽, 운교, 운아, 쇼연 등(等) 노복(奴僕) 십(十) 인(人)이오, ᄯᅩ 운ᄋ 등(等)이 탄 몰이 이시니 ᄒ로 먹ᄂ 냥식(糧食)이 만흔 고(故)로 쇼제(小姐ㅣ) 민망(憫惘)ᄒ야 ᄌᄀ(自己) 손에 ᄭᅧ던바 슌금보옥(純金寶玉)250) 지환(指環)251)과 머리에 ᄭᅩ잣던 빅옥ᄡᅡᆼ봉잠(白玉雙鳳簪)252)을 ᄲᅡ혀 쇼연을 주어 시상(市上)의 가 파라 오라 ᄒ여 슈십(數十) 금(金)을 겨유 밧으니 미말(微末)253)을 파라 졔노(諸奴)를 밥을 ᄒ야 먹이고 싱각ᄒ니 동경(東京)으로 갈 냥식(糧食)이 업ᄉ니 졍(正)히 근심ᄒ더니 홍애 쇼연의 말노 픔(稟)ᄒ되,

---

247) 구쳐(區處): 구처. 변통하여 처리함.

248) 거쟝(車帳): 거장. 수레의 장막. 수레 위에 장막을 쳐 거처할 수 있도록 만든 곳.

249) 쟉노(作路): 작로. 갈 길을 미리 정함.

250) 슌금보옥(純金寶玉): 순금으로 만든 보석.

251) 지환(指環): 가락지.

252) 빅옥ᄡᅡᆼ봉잠(白玉雙鳳簪): 백옥쌍봉잠. 백옥에 두 마리 봉황이 새겨진 비녀.

253) 미말(微末): 아주 작음.

"이 짜히 년흉(連凶)254)ᄒᆞ야 ᄒᆞ로 먹ᄂᆞᆫ 듸 십금(十金)을 ᄑᆞ255)라 ᄂᆞ니 동경(東京)으로 갈 길이 아득ᄒᆞᆫ지라 본부(本府) 디현(知縣) 노야(老爺)긔 고(告)ᄒᆞ고 냥식(糧食)을 어더 가지고

※●●

75면

가ᄉᆞ이다."

쇼졔(小姐ㅣ) 미우(眉宇)를 ᄲᅵᆼ긔여 왈(曰),

"가(可)치 아니타. 나라히 거년(去年)에 니이(離異)ᄒᆞ라 ᄒᆞ신 거ᄉᆞᆯ 올히야 가니 긔군망샹(欺君罔上)256)ᄒᆞᆫ 죄(罪) 깁흔지라 엇지 본관(本官)으로 알외리오? 됴용이 냥칙(良策)257)을 샹냥(商量)258)ᄒᆞ리라."

ᄒᆞ고 믁연(默然)이 혜아리더니,

쥬인(主人)이 이 ᄯᅡ 션븨로되 글을 못ᄒᆞ야 뎜복(占卜)259)ᄒᆞ기를 ᄒᆞ니 본(本)되 그 ᄯᅡ 풍속(風俗)이 글ᄒᆞᄂᆞᆫ 사름이면 일향(一鄕)이 공경(恭敬)ᄒᆞ기를 졔 조상(祖上) ᄀᆞᆺ치 ᄒᆞ고 글 못ᄒᆞᄂᆞᆫ 이ᄂᆞᆫ 왕가(王家) ᄌᆞ뎨(子弟)라도 뎜쥬(店主) 노릇슬 ᄒᆞ니 그 쥬인(主人) 호튱이 위인(爲人)이 박실(朴實)260)ᄒᆞ고 튱근(忠謹)261)ᄒᆞ되 일즉 어버이 죽고 힘 ᄡᅥ ᄀᆞᄅᆞ치리 업셔 글을 못 ᄒᆞ야 뎜쥬(店主)의 드러시나 심듕(心中)은

---

254) 년흉(連凶): 연흉. 계속 흉년이 듦.

255) ᄑᆞ: [교] 원문에는 '다'로 되어 있으나 오기로 보이므로 국도본(14:70)을 따름.

256) 긔군망샹(欺君罔上): 기군망상. 임금을 속임.

257) 냥칙(良策): 양책. 좋은 계책.

258) 샹냥(商量): 상량. 생각함.

259) 뎜복(占卜): 점복. 점치는 일.

260) 박실(朴實): 순박하고 진실함.

261) 튱근(忠謹): 충근. 성실하고 삼감.

마양 블안(不安)ᄒ야 아모 셰가(勢家)의나 투탁(投託)262)ᄒ야 쥬부
(主簿)263) 가지(家財)264)나 엇고ᄌ ᄒ더니 이날 호튱이 쇼연다려

∗●∗

76면

무르디,

"힝치(行次ㅣ) 어디 계시뇨?"

쇼연이 디왈(對曰),

"경셩(京城) 니(李) 승샹(丞相) ᄌ부(子婦) 병부샹셔(兵部尚書) 문
졍후 노야(老爺) 부인(夫人)이시러니 부인(夫人) 부친(父親) 노야(老
爺) 소 샹셰(尙書ㅣ) 친상(親喪)을 만나 동경(東京)의 계시므로 근친
(覲親)265) 가266)시더니 뎌 녕(嶺) 밋히셔 도적(盜賊)을 만나 힝쟝(行
裝)을 다 일코 여러 사ᄅᆷ이 민망(憫惘)ᄒ야이다."

튱이 경왈(驚曰),

"이 아니 텬하(天下)의 유명(有名)ᄒ 니(李) 승샹(丞相)이냐?"

쇼연 왈(曰),

"연(然)ᄒ이다."

쥬인(主人)이 경왈(驚曰),

"내 아지 못ᄒ야 녈위(列位)를 경(輕)히 디졉(待接)ᄒ니 죄(罪) 만
만(萬萬)ᄒ여라."

---

262) 투탁(投託): 남의 세력에 기댐.

263) 쥬부(主簿): 주부. 명청(明淸) 이후에는 고관(高官)이나 지현(知縣) 등의 이하에 두
   어 그들을 보좌하던 벼슬을 이름.

264) 가지(家財): 가재. 한 집안의 재물이나 재산. 살림 도구나 돈 따위를 이름.

265) 근친(覲親): 시집간 딸이 친정에 가서 부모를 뵘.

266) 가: [교] 원문에는 '기'로 되어 있으나 오기로 보임.

드듸여 쥬육(酒肉)을 닉여 제인(諸人)을 디졉(待接)ᄒ고 왈(曰),

"거년(去年)의 소 샹셰(尙書ㅣ)라 ᄒ리 태부인(夫人) 상구(喪柩)를 뫼셔 동경(東京)으로 간다 ᄒ고 위의(威儀) 거록ᄒ시더니 대강(大綱) 그 노야(老爺) 녀이(女兒ㅣ)시고 후븩(侯伯)의 부인(夫人)이랏다. 쇼환(小宦)의 집의 오시미 텬하(天下)의 엇지 못ᄒ홀 영홰(榮華ㅣ)

∗ ❋ ∗

77면

라 조곰이나 지완(遲緩)ᄒ리오? 힝냥(行糧)이 업슬진듸 도으리라."

쇼연 등(等)이 쥬인(主人)의 후(厚)ᄒ믈 칭샤(稱謝)ᄒ고 쥬육(酒肉)을 빅부르도록 먹고 크게 깃거ᄒ더라.

호튱이 기쳐(其妻) 호마로 ᄒ야금 부인(夫人)을 뫼셔 진찬(珍饌)267)을 나오라 ᄒ니 호매 모든 노파(老婆)를 다리고 팔진미(八珍味)268)를 스례(奢麗)269)히 장만ᄒ야 가지고 부인(夫人) 계신 곳의 가 유무270)를 드리니 쇼졔(小姐ㅣ) 뎜쥬(店主) 노파(老婆)의 뵈와지라 ᄒ믈 보고 드러오라 ᄒ니 호매 즉시(卽時) 드러와 뵐싀 쇼졔(小姐ㅣ) 본(本)듸 동경인(東京人)으로 그 풍속(風俗)을 ᄌ못 아ᄂ 고(故)로 뎌의 한젼(寒賤)271)ᄒ믈 개회(介懷)치 아니코 공경(恭敬)ᄒ야 녜(禮)를

---

267) 진찬(珍饌): 맛있는 음식.

268) 팔진미(八珍味): 원래 중국에서 성대한 음식상에 갖춘다고 하는 진귀한 여덟 가지 음식의 아주 좋은 맛을 이르는데, 순모(淳母), 순오(淳熬), 포장(炮牂), 포돈(炮豚), 도진(擣珍), 오(熬), 지(漬), 간료(肝膋)를 이르기도 하고 용간(龍肝), 봉수(鳳髓), 토태(兔胎), 이미(鯉尾), 악적(鴞炙), 웅장(熊掌), 성순(猩脣), 수락(酥酪)을 이르기도 함. 보통 굉장히 잘 차린 음식을 비유적으로 이르는 말로 쓰임.

269) 스례(奢麗): 사려. 사치하고 화려함.

270) 유무: 소식. 전갈.

271) 한젼(寒賤): 한천. 한미하고 천함.

뭇고 빈쥬(賓主)로 좌뎡(坐定)ᄒ니 호패 주왈(奏曰),

"첩(妾)은 쳔(賤)ᄒ 사람이라 부인(夫人)이 엇지 과(過)ᄒ 녜(禮)를 ᄒ시ᄂ뇨?"

부인(夫人) 왈(曰),

"나ᄂ 년소(年少)하고 그듸ᄂ 늘그니 엇지 공경(恭敬)치 아니리

• ●●

78면

오?"

패(婆ㅣ) 지삼(再三) 샤례(謝禮)ᄒ고 눈을 드러 쇼져(小姐)를 보고 놀나 셰상(世上)의 져런 녀지(女子ㅣ) 이시믈 밋지 아냐 마치 빅쥬(白晝)의 신션(神仙)을 만남ᄀᆺ치 넉이거늘 운이 소왈(笑曰),

"우리 부인(夫人)이 홀노 특이(特異)타 ᄒ리오? 우리 부인(夫人)의 금쟝(錦帳)272) 세 부인(夫人)이 다 우리 부인(夫人) ᄀᆺᄒ시니 만흐니 파파(婆婆)ᄂ 놀나지 말나."

패(婆ㅣ) 이 말을 듯고 긔특(奇特)이 넉여 칭찬(稱讚)ᄒ고 노파(老婆)를 블너 상(牀)을 드리니 인간(人間) 음식(飮食)이 아닌 둧ᄒ더라. 쇼계(小姐ㅣ) 노파(老婆)를 ᄃ(對)ᄒ야 ᄉ샤(謝辭)273) 왈(曰),

"과긱(過客)이 쥬인(主人) 은혜(恩惠)를 이러툿 닙으니 즈못 갑흘 바를 아지 못ᄒ거니와 ᄉ졍(事情)의 졀박(切迫)ᄒ 상ᄉ(喪事)를 만나 육즙(肉汁)을 나오지 못ᄒ니 파파(婆婆)ᄂ 용샤(容赦)ᄒ라."

패(婆ㅣ) 문득 상(牀)을 급(急)히 믈니고 소식(素食)274)을 올니니

---

272) 금쟝(錦帳): 금장. 동서.

273) ᄉ샤(謝辭): 사사. 예를 갖추어 사양함.

274) 소식(素食): 고기반찬이 없는 밥.

텬하(天下) 실과(實果)는 꼿치 모닷는 둧ᄒ야

* * *

79면

음식(飮食)이 극(極)히 ᄉ려(奢麗)ᄒ니 쇼졔(小姐ㅣ) 호파의 후(厚)ᄒ
졍(情)을 고마와ᄒ며 흔연(欣然)이 햐져(下箸)²⁷⁵⁾ᄒ니 푸른 눈섭과
묽은 눈씨 ᄂ작ᄒ고 블근 입 ᄉ이로 흰 니 간간(間間)이 빗최니 일
만(一萬) 광치(光彩) 만고(萬古)ᄅ 상고(相考)²⁷⁶⁾ᄒ나 방블(髣髴)ᄒ니
업슨지라 패(婆ㅣ) 눈이 싀고 졍신(精神)이 어려 간간(間間)이 숨을
길게 쉴 ᄯ름이러라.

이윽고 운아다려 무로ᄃᆡ,

"부인(夫人)이 엇던 상ᄉ(喪事)ᄅ 만나 계시뇨?"

운애 왈(曰),

"부인(夫人)이 져즈음긔 오뉵(五六) 셰(歲) 공ᄌ(公子)ᄅ 업시ᄒ니
이다."

패(婆ㅣ) 눈믈 흘녀 왈(曰),

"노신(老臣)이 져머셔 ᄌ식(子息)을 여러흘 업시ᄒ고 이졔 일(一)
녀(女) 일(一) ᄌ(子ㅣ) 이셔 다 어려시니 그 셩쟝(成長)ᄒ믈 보지 못
홀가 셜워ᄒ노라."

쇼졔(小姐ㅣ) 참연(慘然)이 싴(色)을 곳치고 말이 업더라.

명일(明日) 길희 오ᄅ려 ᄒ나 냥식(糧食)이 업스니 호파다려

---

275) 햐져(下箸): 하저. 젓가락을 댄다는 뜻으로, 음식을 먹음을 이르는 말.

276) 상고(相考): 서로 견주어 살핌.

왈(曰),

"내 동경(東京)으로 가셔 빈로 보닐 거시니 금빅(金帛)을 쑤이미 엇더ᄒ뇨?"

패(婆ㅣ) 연망(連忙)이 디왈(對曰),

"부인(夫人)이 그져 달나 ᄒ셔도 지완(遲緩)치 못ᄒ올 거시어늘 엇지 쑤이믈 앗기리오? 다만 집이 누츄(陋醜)ᄒ나 부인(夫人)을 만나기 쉽지 못ᄒ올 거시니 두어 날 더 머무러 가시미 엇더ᄒ시니잇가?"

쇼졔(小姐ㅣ) 샤례(謝禮) 왈(曰),

"파파(婆婆)의 은혜(恩惠) 듯터오니 엇지 일야(一夜) 머믈믈 앗기리오마는 힝되(行途ㅣ) 심(甚)히 총총(恩恩)ᄒ니 후의(厚意)와 ᄀᆺ지 못ᄒ가 ᄒ노라."

패(婆ㅣ) 지삼(再三) 쳥(請)ᄒ되,

"일애(一夜ㅣ) 관겨(關係)치 아니니 원(願)컨딕 졍셩(精誠)을 도라보소셔."

쇼졔(小姐ㅣ) 인졍(人情)의 마지못ᄒ야 허락(許諾)ᄒ고 츠야(此夜)를 머무니 호 시(氏) 깃거 쥬육(酒肉)을 장만ᄒ야 쇼연, 운아 등(等)을 디졉(待接)ᄒ고 이 밤의 쇼져(小姐)를 뫼서 ᄌᆞ며 평싱(平生) 소

회(所懷)를 여러 몸이 냥반(兩班)이로딕 이런 쳔역(賤役)을 ᄒ니 발쳔(發闡)277)ᄒ믈 쳥(請)ᄒᄂ지라 쇼졔(小姐ㅣ) 답왈(答曰),

"허다(許多) 셜화(說話)는 내 ᄌ소(自少)로 동경(東京)셔 경ᄉ(京師)의 갈 젹 ᄌ시 드러시ᄆᆡ 노파(老婆)의 니ᄅᆞᄆᆞᆯ 기다리지 아녀셔 아ᄂᆞ니 풍변(風變)ᄒᆞᆯ 셩세(盛勢) 이신즉 어이 파파(婆婆)의 청(請)을 아니 드ᄅᆞ리오? 나의 엄구(嚴舅) 대인(大人)이 묘당(廟堂) 공ᄉ(公事)ᄅᆞᆯ 가음아ᄅᆞ시ᄂᆞ니 파파(婆婆)의 가군(家君)이 나의 일(一) 봉(封) 셔간(書簡)으로써 경ᄉ(京師) 니(李) 승샹(丞相)긔 드리고 이 소유(所由)ᄅᆞᆯ 알욀진ᄃᆡ 벅벅이²⁷⁸⁾ 관명(官名)을 어드리라."

패(婆ㅣ) 대희과망(大喜過望)²⁷⁹⁾하야 머리 조아 칭샤(稱謝)하믈 마지아니ᄒᆞ고 쇼졔(小姐ㅣ) 일(一) 봉(封) 셔간(書簡)을 뻐 주고 명일(明日) 길희 오ᄅᆞ고ᄌ ᄒᆞ더니 쇼연이 황망(慌忙)이 드러와 알외ᄃᆡ,

"동쥐 젹(賊)이 니러나 본현(本縣) 태쉬(太守ㅣ) 바야흐로 결젼(決戰)ᄒᆞ니 길이 막혀 동경(東京) ᄆᆞᆯ화(物貨) 쟝시 다

* * *

82면

도로 오니 이룰 엇지ᄒᆞ리잇고?"

쇼졔(小姐ㅣ) 대경(大驚) 왈(曰),

"나의 운쉬(運數ㅣ) 이러ᄐᆞᆺ ᄒᆞ뇨? 이졔 즁도(中途)의 와 진퇴냥난(進退兩難)ᄒᆞ니 거취(去就)ᄅᆞᆯ 엇지ᄒᆞ리오?"

패(婆ㅣ) 닐오ᄃᆡ,

"일이 이에 니ᄅᆞ러시니 우리 등(等)으로 더브러 경ᄉ(京師)로 가리로소이다."

---

277) 발쳔(發闡): 발천. 앞길을 열어 세상에 나섬.

278) 벅벅이: 반드시.

279) 대희과망(大喜過望): 바라는 것보다 넘쳐 매우 기뻐함.

쇼제(小姐ㅣ) 이윽이 침음(沈吟)ᄒ다가 인(因)ᄒ야 실ᄉ(實事)를 닐오고,

"내 몸이 니이(離異)ᄒ시ᄂ 죄인(罪人)이 되여시니 도로 경ᄉ(京師)로 가지 못ᄒ올지라. 비록 쥬인(主人)의 폐(弊) 시기미 블안(不安)ᄒ나 이곳의셔 길 트이기를 기다려 가고ᄌ ᄒᄂ니 쥬인(主人) 노쟝(老長)280)의 ᄯᆮ이 엇더ᄒᆫ뇨?"

패(婆ㅣ) 호ᄐᆼ다려 쇼져(小姐)의 말을 ᄒ니 ᄐᆼ이 연망(連忙)이 ᄀᆯ오ᄃᆡ,

"부인(夫人)의 ᄒ고ᄌ ᄒᄂ 바를 엇지 ᄒᆼ(行)치 아니ᄒ오며 부인(夫人)의 형셰(形勢) 져러ᄒᆯᄉ록 쇼환(小宦)이 보호(保護)ᄒ믈 허슈이281) ᄒ리오?"

쇼제(小姐ㅣ) ᄀᆞ쟝 깃거 노복(奴僕) 등(等)을 거ᄂᆞ려

※●※

83면

평안(平安)이 이시나 ᄌᆞ긔(自己) 운쉬(運數ㅣ) 곳곳이 마쟝(魔障)282)이 만하 부모(父母) 알ᄑᆡ 슈이 니르지 못ᄒᆞ믈 슬허ᄒ고 팔지(八字ㅣ) ᄉ오나와 몸이 고이(怪異)ᄒᆫ ᄃᆡ 뉴락(流落)ᄒᆞ믈 슬허ᄒ더라.

화셜(話說). 니(李) 샹셰(尚書ㅣ) 몽상 공ᄌᆞ(公子)와 흥문 등(等)으로 소흥(紹興)으로 향(向)ᄒ니 지나ᄂ 일노(一路) 군현(郡縣)이 그 셰력(勢力)을 츄복(推服)283)ᄒ더라. 각각(各各) 디방(地方)가지 위의(威

---

280) 노쟝(老長): 노장. 나이 많은 사람을 높여 이르는 말.

281) 허슈이: 짜임새나 단정함이 없이 느슨하게.

282) 마쟝(魔障): 마장. 귀신의 장난이라는 뜻으로, 일의 진행에 나타나는 뜻밖의 방해나 헤살을 이르는 말.

283) 츄복(推服): 추복. 따라서 높이 받들고 복종함.

儀)와 쥬찬(酒饌)을 거느려 마즈나 샹셰(尚書ㅣ) 스양(辭讓)ᄒ야 국가(國家) 죄인(罪人)이 이런 녜(禮) 어듸 이시리오 ᄒ며 가(可)치 아니믈 닐너 믈니치고 표연(飄然)이 힝(行)ᄒ야 ᄒᆫ 곳에 다ᄃᄅ니 큰 뫼히 알플 가리오고 놉흔 봉(峰)이 구름의 다하시니 노복(奴僕)이 심(甚)히 두려ᄒ거ᄂᆞᆯ 샹셰(尚書ㅣ) 왈(曰),

"이거시 졀강(浙江)으로 가는 고령(高嶺)이니 사름이 다 어렵다 ᄒ거니와 아니 넘고 도로 가즈 ᄒᄂ냐?"

언미필(言未畢)에 슈십여(數十餘) 인(人) 강되(强盜ㅣ) 닉다

※※※

84면

라 ᄀᆞᆯ오듸,

"너 튝싱(畜生)이 가지록 담(膽) 큰 체ᄒ거니와 아모커나 이 녕(嶺)을 넘을가 시브냐?"

샹셰(尚書ㅣ) 졔노(諸奴)를 분부(分付)ᄒ야 삼(三) 공ᄌ(公子)를 먼니 최우라 ᄒ고 이에 졔젹(諸賊)다려 왈(曰),

"대쟝뷔(大丈夫ㅣ) 말을 닉ᄆ 스ᄆ ᄯᆞ로미 어렵다 ᄒ니 어이 말과 다르게 ᄒ리오? 여등(汝等)이 아모커나 날을 못 넘어가게 ᄒ라."

졔젹(諸賊)이 대소(大笑) 왈(曰),

"이놈이 열크도다.284)"

일시(一時)에 다라들거ᄂᆞᆯ 샹셰(尚書ㅣ) 원노(遠路)의 이런 폐(弊) 이실가 ᄒ야 션조(先祖) 송(宋) 태조(太祖) 공신(功臣) 니방(李昉)285)

---

284) 열크도다: 담차도다. '열크다'는 '겁이 없이 대담하고 여무지다'는 뜻임.

285) 니방(李昉): 이방(925~996). 중국 당말오대(唐末五代) 후한(後漢)과 후주(後周) 출신으로 한림학사가 되어 나중에 송(宋)에 귀순하여 중서사인(中書舍人)을 함. 자는

이 어스(御賜)286)ᄒ야 어든 구홍검(鳩鴻劍)287)을 일즉 젼쟝(戰場)의
도 가지고 단니던지라 이날 마ᄎ 길마288) 압가지289)에 거럿던지라
ᄲᅡ혀 들고 좌챠우챠(左次右次)290)ᄒ야 ᄃᆡ젹(對敵)ᄒ니 슈단(手段)291)
이 긔특(奇特)ᄒ지라 졔젹(諸賊)이 서로 도라보와 ᄀᆞᆯ오ᄃᆡ,

"이놈이 진실(眞實)노 긔특(奇特)ᄒ지라."

닐ᄏᆞ기롤 마지아니커ᄂᆞᆯ 샹셰(尙書ㅣ) 칼을 멈츄어

◦◉●

85면

왈(曰),

"너희 죽이믈 즐겨 아니ᄒ니 모로미 믈너가라."

졔젹(諸賊)이 소왈(笑曰),

"네 감언미어(甘言美語)292)로 우리롤 다ᄅᆡ나 우리 네 아비 아니라
엇지 이 녕(嶺)을 넘겨 보ᄂᆡ리오?"

샹셰(尙書ㅣ) 쳐음은 살ᄉᆡᆼ(殺生)을 됴히 아니 넉여 젹(賊)의 ᄭᅵ닷
기롤 기다려 결단(決斷)코ᄌ ᄒ야 막을 만ᄒ더니 ᄎ언(此言)을 듯고
대로(大怒)ᄒ야 구홍검(鳩鴻劍)을 춤츄어 어ᄌ러이 버히니 칼이 닷
ᄂ ᄃᆡ 죡죡 졔젹(諸賊)의 머리 삼 베듯 ᄒ니 여당(餘黨) 슈오(數五)

명원(明遠). 『태평어람(太平御覽)』, 『태평광기(太平廣記)』 등을 주편(主編)함.

286) 어스(御賜): 어사. 임금이 아랫사람에게 돈이나 물건을 내리는 일을 이르던 말.

287) 구홍검(鳩鴻劍): 구홍은 검술의 대가로 알려진 인물로 구홍검은 구홍이 가지고 다
니던 검으로 보임. 구홍이 살았던 시대는 분명하지 않음.

288) 길마: 짐을 싣거나 수레를 끌기 위하여 소나 말 따위의 등에 얹는 기구.

289) 압가지: 길마의 앞부분이 되는 편자 모양의 나무.

290) 좌챠우챠(左次右次): 좌차우차. 좌충우돌.

291) 슈단(手段): 수단. 일을 처리하여 나가는 솜씨와 꾀.

292) 감언미어(甘言美語): 달콤한 말.

인(人)이 머리를 벗고 쥐 숨둧 다라나니,

샹셰(尚書ㅣ) 삼(三) 공주(公子)를 와 보니 흥문과 몽샹 공주(公子)는 몸을 써러 안졉(安接)²⁹³지 못ᄒᆞᄃᆡ 셩문은 안연(晏然)²⁹⁴이 동(動)치 아냐 안졋더니 몸을 니러 마즈 왈(曰),

"야애(爺爺ㅣ) 흉포(凶暴)ᄒᆞᆫ 도적(盜賊)을 졔어(制御)ᄒᆞ시고 오릭 근노(勤勞)ᄒᆞ시니 셩톄(盛體)²⁹⁵ 엇더ᄒᆞ시니잇가?"

샹셰(尚書ㅣ) 손을

•••

86면

잡아 둧굿거오믈 니긔지 못ᄒᆞ며 냥(兩) 공주(公子)의 손을 잡아 두후(斗護)²⁹⁶ᄒᆞ니 공지(公子ㅣ) 겨유 졍신(精神)을 졍(靜)ᄒᆞ야 몽샹 공주(公子) 왈(曰),

"형쟝(兄丈)의 용밍(勇猛)곳 아니면 우리 다 젹슈(賊手)의 쇽졀업시 죽으리로쇼이다."

샹셰(尚書ㅣ) 왈(曰),

"이 조고만 도적(盜賊)이 무어시 두려오리오?"

드듸여 안마(鞍馬)를 졍돈(整頓)ᄒᆞ야 무ᄉᆞ(無事)히 녕(嶺)을 넘어 쇼흥(紹興)의 니르니,

본쥐(本州) 태쉬(太守ㅣ) 십(十) 니(里)에 마즈 공경(恭敬)ᄒᆞᆷ믈 후(厚)히 ᄒᆞ고 셩듕(城中) 큰 집을 셔로져 샹셔(尚書) 일힝(一行)을 안

---

293) 안졉(安接): 안접. 편안히 마음을 먹고 머무름.

294) 안연(晏然): 편안한 모양.

295) 셩톄(盛體): 성체. 몸을 높여 이르는 말.

296) 두후(斗護): 두호. 남을 두둔하여 보호함.

둔(安屯)²⁹⁷⁾코즈 ᄒ니 샹셰(尙書ㅣ) 크게 ᄉ양(辭讓)ᄒ고 산슈(山水)
가진 ᄃᆡ 초옥(草屋)을 ᄀᆞᆯ희여 삼(三) 공즈(公子)를 거ᄂ려 안돈(安
頓)²⁹⁸⁾ᄒ고 혹(或) 거문고를 어로만져 시운(時運)의 블니(不利)ᄒᄆᆞᆯ
탄(嘆)ᄒ고 먼니 군친(君親)을 ᄉ렴(思念)ᄒ야 눈믈 흘닌 여가(餘暇)
의 영문의 참ᄉ(慘死)를 슬허ᄒ고 보구(報仇)²⁹⁹⁾를 죵시(終是) 못

• • •

87면

ᄒᄆᆞᆯ 격졀(激切)³⁰⁰⁾ 비분앙앙(悲憤怏怏)³⁰¹⁾ᄒ야 노(怒)ᄒᄂᆞᆫ 머리털이
관(冠)을 가ᄅ치더라.

　본쥐(本州) 태슈(太守) 녀현긔ᄂᆞᆫ 쇼년등과(少年登科)³⁰²⁾ᄒ야 위인
(爲人)이 현명(賢明) 졍직(正直)ᄒ야 일셰(一世) 군지(君子ㅣ)라. 샤
듕(舍中)의 부인(夫人) 경 시(氏)를 취(娶)ᄒ야 이남일녀(二男一女)를
두어 남ᄋ(男兒)ᄂᆞᆫ 어렷고 녀ᄋ(女兒) 니화의 ᄌ(字)ᄂᆞᆫ 빙난이니 텬
싱특용(天生特容)³⁰³⁾이 곳치 비겨 모샤(模寫)³⁰⁴⁾치 못ᄒ고 둘의 비
겨 형용(形容)치 못ᄒ니 방년(芳年) 뉵(六) 셰(歲)에 므릇 힝동거지
(行動擧止)와 녀공방젹(女工紡績)³⁰⁵⁾이 아니 가진 거시³⁰⁶⁾ 업ᄉ니

---

297) 안둔(安屯): 편안히 둔침.
298) 안돈(安頓): 사물이나 주변 따위를 잘 정돈함.
299) 보구(報仇): 원수를 갚음.
300) 격졀(激切): 격절. 격렬하고 절절함.
301) 비분앙앙(悲憤怏怏): 분노하고 원망함.
302) 쇼년등과(少年登科): 소년등과. 젊은 나이에 급제함.
303) 텬싱특용(天生特容): 천생특용. 타고난 특출난 용모.
304) 모샤(模寫): 모사. 사물을 형체 그대로 그림.
305) 녀공방젹(女工紡績): 여공방적. 여자로서 해야 할 일과 길쌈.
306) [교] 시: 원문에는 '샤'로 되어 있으나 오기로 보임.

녀 공(公)이 크게 긔이(奇愛)307)ᄒ야 슬샹(膝上)의 나리오지 아니ᄒ
나 일쪽 됴심(操心)ᄒ여 왈(曰),

"녀ᄌ(女子)의 싀(色)은 ᄌ고(自古)로 블관(不關)ᄒ니 ᄯᅩ 쟝부(丈
夫)를 어더 만나미 쉽지 아니니 너를 위(爲)ᄒ야 근심ᄒ노라."

부인(夫人)이 소왈(笑曰),

"녀ᄋ(女兒ㅣ) 비록 고으미 극진(極盡)ᄒ나 청쇼(淸素)308)ᄒᆫ 듸 업
셔 복(福) 가진 ᄋ희어늘

88면

엇지 져러틋 고이(怪異)ᄒᆫ 말을 ᄒᄂ뇨?"

공(公)이 흔연(欣然)이 우어 부인(夫人) 말이 올타 ᄒ더라.

이ᄶ 녀 공(公)이 나히 이십뉵(二十六) 셰(歲)오, 문후의 년(年)은
이십삼(二十三) 셰(歲)라. 서로 의긔(意氣) 샹합(相合)ᄒ야 태쉬(太守
ㅣ) 공ᄉ(公事) 여가(餘暇)의ᄂ 문후를 ᄎᄌ 공경(恭敬)ᄒ믈 극진(極
盡)이 ᄒ고 고금(古今)을 의논(議論)ᄒ미 문후의 단슌옥치(丹脣玉
齒)309) ᄉ이로 도도(滔滔)이 뉴슈(流水)를 거후롬 ᄀᆺ투니 태쉬(太守
ㅣ) 더옥 탄복(歎服)ᄒ더라.

태쉬(太守ㅣ) 일일(一日)은 쥬호(酒壺)를 가지고 샹셔(尙書)의 햐
쳐(下處)에 니르니 삼ᄉ(三四) 개(個) 동ᄌ(童子ㅣ) 초당(草堂)의 잇
다가 태슈(太守)의 와시믈 듯고 ᄂᆡ각(內閣)으로 드러가거ᄂᆞᆯ 태쉬(太
守ㅣ) 심즁(心中)에 고이(怪異)히 넉여 드러가 샹셔(尙書)를 보고 한

---

307) 긔이(奇愛): 기애. 매우 사랑함.
308) 청쇼(淸素): 청소. 맑고 깨끗함.
309) 단슌옥치(丹脣玉齒): 단순옥치. 붉은 입술과 옥처럼 흰 이.

횐녜필(寒暄禮畢)310)에 문왈(問曰),

"앗가 션동(仙童)이 엇던 사름이완듸 만싱(晚生)을 피(避) 호더뇨?"

샹셰(尚書 l) 원늬(元來) 몽샹 등(等) 풍치(風采)를 남이 아라 구혼
(求婚)

* * *

89면

호리 이실가 호야 쥬야(晝夜) 늬당(內堂)에 두어 사름을 뵈지 아니터
니 태슈(太守)의 므록믈조차 되왈(對曰),

"이는 죄인(罪人)의 뎨(弟)와 조질(子姪)이로쇼이다."

태쉬(太守 l) 왈(曰),

"쇼뎨(小弟) 외람(猥濫)호나 향곡(鄕曲)의 무된 눈으로 귀공조(貴
公子)를 호번(-番) 귀경코조 호노이다."

문휘 흔연(欣然)이 삼(三) 공조(公子)를 블너 태슈(太守)긔 뵈오라
호니 몽샹이 흥문을 다리고 흔연(欣然)이 니러나듸 셩문은 동(動)치
아냐 왈(曰),

"쇼뎨(小弟)는 모친(母親)을 만(萬) 니(里)에 니별(離別)호고 우을
참별(慘別)호야 사름을 보미 뉵니(恧怩)311)호니 태슈(太守)를 엇지
보리오?"

냥(兩) 공조(公子 l) 권(勸)타가 못 호야 초당(草堂)에 니르러 말셕
(末席)에 녜필(禮畢) 좌졍(坐定)호미 태쉬(太守 l) 눈을 드러 보니 크
니는 일듸(一代) 풍뉴(風流) 흑시(學士 l)라 얼골이 옥(玉)을 다듬아

---

310) 한횐녜필(寒暄禮畢): 한훤예필. 날이 찬지 따뜻한지 여부 등의 인사를 하며 예를
마침.

311) 뉵니(恧怩): 육리. 근심하고 부끄러워함.

칙식(彩色)을 메온 듯 두 눈이 명경(明鏡) 궃투야

∘●∘

90면

입이 단샤(丹沙)룰 찍은 듯ᄒ니 그 고으미 졀ᄃᆡ가인(絶代佳人)이나
다ᄅ지 아니ᄒ고 젹으니ᄂᆞᆫ 나히 어리나 흔 ᄡᅡᆼ(雙) 봉안(鳳眼)이 녕녕
(玲玲)312)ᄒ고 눈셥이 와잠미(臥蠶眉)313) 늉준일각(隆準日角)314)으
로 풍ᄎᆡ(風采) 쥰일(俊逸)315) 츌뉴(出類)ᄒ미 표연(飄然)이 등션(登
仙)ᄒᆞᆯ 듯ᄒ고 낫빗치 희기 눈 궃고 니미 너ᄅ며 귀밋치 진쥬(珍珠)룰
메온 듯ᄒ니 진짓 운쥬유악(運籌帷幄)316)ᄒᆞᆯ 긔샹(氣像)이 잇ᄂᆞᆫ지라
태슈(太守ㅣ) 대경(大驚) 왈(曰),

"만싱(晩生)이 본바 쳐음이로쇼이다. 년긔(年紀) 몃치나 ᄒ시뇨?"

샹셰(尙書ㅣ) 왈(曰),

"크니ᄂᆞᆫ 십오(十五) 셰(歲)니 만싱(晩生)의 넷직 아이오, 젹으니ᄂᆞᆫ
혹싱(學生)의 빅형(伯兄) 부마(駙馬)의 쟝직(長子ㅣ)니 십(十) 셰(歲)
로소이다."

---

312) 녕녕(玲玲): 영령. 곱고 투명함.

313) 와잠미(臥蠶眉): 누에가 누워 있는 모양 같은 눈썹. 잘 생긴 남자의 눈썹을 표현할
때 주로 사용되는 표현.

314) 늉쥰일각(隆準日角): 융준일각. 우뚝 솟은 왼쪽 이마. 융준은 우뚝 솟은 모양을 의
미함. 일각(日角)은 이마 왼쪽의 두둑한 뼈 또는 이마 뼈가 불쑥 나온 모양으로 왕
자(王者)나 귀인의 상(相)이라고 함. 이에 비해 월각(月角)은 오른쪽 이마의 불쑥
나온 모양을 의미함. 크게 귀하게 될 골상.

315) 쥰일(俊逸): 준일. 빼어남.

316) 운쥬유악(運籌帷幄): 운주유악. 운주(運籌)는 주판을 놓듯 이리저리 궁리하고 계획
함을 의미하며, 유악(帷幄)은 슬기와 꾀를 내어 일을 처리하는 데 능함을 의미함.
중국 한(漢)나라 고조(高祖)의 모사(謀士)였던 장량(張良)이 장막 안에서 이리저리
꾀를 내었다는 데에서 연유한 말.

태쉬(太守ㅣ) 흠탄(欽歎) 왈(曰),

"이 진짓 천니뇽구(千里龍駒)³¹⁷⁾로소이다. 앗가 세 션동(仙童)이러니 ᄒ나흔 어ᄃᆡ 가니잇가?"

몽샹이 ᄃᆡ왈(對曰),

"적은 질의(姪兒ㅣ) 사름 보믈 붓그려 나오지 못ᄒᆞ미로소이다."

언필(言畢)에

• • •

91면

샹셰(尙書ㅣ) 블연(不悅) 왈(曰),

"ᄎᆞ의(此兒ㅣ) 단믁(端黙)³¹⁸⁾ᄒᆞ미 도로혀 졸ᄉᆞ(拙士)³¹⁹⁾의 갓가오니 무어시 쓰리오?"

동ᄌᆞ(童子)를 명(命)ᄒᆞ야 공ᄌᆞ(公子)를 브르니 마지못ᄒᆞ야 초당(草堂)에 니르러 승명(承命)³²⁰⁾ᄒᆞ니 샹셰(尙書ㅣ) 정ᄉᆡᆨ(正色) 왈(曰),

"너 소ᄋᆡ(小兒ㅣ) 아비 브르ᄃᆡ 응(應)치 아니하고 존긱(尊客)이 계시ᄃᆡ 녜(禮)ᄒᆞᆯ 줄 모로니 이 어인 녜(禮)고?"

공지(公子ㅣ) 황공(惶恐)ᄒᆞ야 나ᄌᆞᆨ이 ᄇᆡ샤(拜謝)ᄒᆞ고 태슈(太守)를 향(向)ᄒᆞ야 ᄌᆡᄇᆡ(再拜)ᄒᆞ고 좌(座)의 나아가니 녜모(禮貌ㅣ) 근신(謹愼)ᄒᆞ고 진퇴(進退) 흔젹(痕迹)이 업ᄉᆞ니 태쉬(太守ㅣ) 눈을 쏘아 ᄌᆞ시 보ᄆᆡ 긔샹(氣像)이 동탕(動蕩)³²¹⁾ᄒᆞᆷ과 녜도(禮度)의 슉셩(夙成)ᄒ

---

317) 천니뇽구(千里龍駒): 천리용구. 뛰어나게 잘난 자제를 칭찬하는 말. 용구(龍駒)는 준마가 될 망아지라는 뜻으로, 자질이 뛰어난 아이를 이르는 말.

318) 단믁(端黙): 단묵. 단엄하고 진중함.

319) 졸ᄉᆞ(拙士): 졸사. 졸렬한 선비.

320) 승명(承命): 임금이나 어버이의 명령을 받듦.

321) 동탕(動蕩): 활달하고 호탕함.

미 외모(外貌)에 나타나니 옥면(玉面)이 츄월(秋月) ᄀᆞ트여 일(一) 빵(雙) 셩안(星眼)이 새벽별이 몽농(朦朧)ᄒᆞᆫ ᄃᆞᆺ 두 귀밋치 빅년화(白蓮花)를 쏘진 ᄃᆞᆺ 쥬슌(朱脣)은 도솔궁(兜率宮)322) 단새(丹沙ㅣ)323) 닉은 ᄃᆞᆺ 눈셥은 와잠미(臥蠶眉)를 상(像)ᄒᆞ고 미우(眉宇)의 강산(江山) 졍긔(精氣)를 아오라 태산(泰山)의 굿으

. ● .

92면

미 잇ᄂᆞᆫ지라 홍문으로 비(比)컨딕 홍문은 쳔츄(千秋) 영웅호걸(英雄豪傑)이오, 셩문은 금셰(今世) 대군ᄌᆞ(大君子)라. 태슈(太守ㅣ) 입이 이시나 길일 줄 아지 못ᄒᆞ야 글오딕,

"고이(怪異)ᄒᆞ다. 금셰(今世)에 이런 셩인(聖人)이 잇ᄂᆞ뇨? 아모커나 공ᄌᆞ(公子)의 년(年)이 몃치나 ᄒᆞ뇨?"

공ᄌᆡ(公子ㅣ) 몸을 굽혀 글오딕,

"칠(七) 셰(歲)로소이다."

태슈(太守ㅣ) 대경ᄎᆞ탄(大驚且歎) 왈(曰),

"칠(七) 셰(歲) 히이(孩兒ㅣ) 져러틋 슉셩(夙成)ᄒᆞ뇨?"

도라 샹셔(尚書)를 향(向)ᄒᆞ야 치하(致賀) 왈(曰),

"녕질(令姪), 영낭(令郞)의 풍치(風采) 이러틋 ᄒᆞ니 이ᄂᆞᆫ 만고(萬古)의 업순 경ᄉᆡ(慶事ㅣ)라 합하(閤下)긔 녕낭(令郞)ᄲᅵᆫ이니잇가?"

휘(侯ㅣ) 탄식(歎息) 왈(曰),

---

322) 도솔궁(兜率宮): 도솔천(兜率天)에 있는 궁. 불교에서 육욕천의 넷째 하늘. 수미산의 꼭대기에서 12만 유순(由旬) 되는 곳에 있는, 미륵보살이 사는 곳으로, 내외(內外) 두 원(院)이 있는데, 내원은 미륵보살의 정토이며, 외원은 천계 대중이 환락하는 장소라고 함.

323) 단새(丹沙ㅣ): 수은으로 이루어진 황화 광물로, 붉은색 안료(顏料)임.

"흑싱(學生)이 블힝(不幸)ᄒ야 망쳐(亡妻)의 일(一) ᄌ(子)를 두엇더니 이리이리 ᄒ여 죽이고 ᄎᄋ(此兒)는 ᄌ쳐(再妻)의 쟝ᄌ(長子)오, 이 ᄋ히ᄂ ᄋ오 잇다가 금번(今番)의 져의 의모(義母) 황이(皇姨) 모살(謀殺)324) ᄒ니 흑싱(學生)이 보구(報仇)325) ᄒ려 ᄒ다가 죄(罪)를 닙어 이리 오고 ᄯ 삼ᄌ(三子)는 이리이리 ᄒ야 남

•••

93면

창(南昌)의 가 일코 이제 강보(襁褓) 녀ᄋ(女兒)밧근 업ᄂ이다."

태쉬(太守ㅣ) 위(爲)ᄒ여 슬허 왈(曰),

"합해(閤下ㅣ) 뎍니(謫裏)326)에 홀노 오시고 ᄂ뎐(內殿)327)은 엇지 아니 오시뇨?"

샹셰(尙書ㅣ) 왈(曰),

"찰녀(刹女)의 무상(無狀)ᄒ미 지아비를 모로거든 ᄒ믈며 적국(敵國)이시리잇고? 이리이리 ᄒ야 동경(東京) 본가(本家)로 가니이다."

태쉬(太守ㅣ) 개탄(慨歎)ᄒ믈 마지아니ᄒ더라. 셩문을 다시옴 술펴보와 손을 잡고 등을 어로만져 ᄋ련(愛憐)ᄒ믈 마지아니ᄒ니 샹셰(尙書ㅣ) 발셔 지긔(知機)328)ᄒ미 잇더라.

태쉬(太守ㅣ) 반일(半日)을 통음(痛飮)ᄒ다가 도라갈시 몽샹, 흥문 등(等)은 졀ᄒ야 손을 난호고 셩문은 홀노 쓸히 나려 졀ᄒ여 문밧(門

---

324) 모살(謀殺): 모의하여 살해함.

325) 보구(報仇): 원수를 갚음.

326) 뎍니(謫裏): 적리. 귀양지.

327) ᄂ뎐(內殿): 내전. 원래 왕비를 이르는 말이나 여기에서는 남의 아내를 높여 이르는 말로 쓰임.

328) 지긔(知機): 지기. 기미를 앎.

-)긔 나와 보닉니 태쉬(太守ㅣ) 더옥 흠익(欽愛)[329]ᄒᆞ야 부즁(府中)에 도라가 밧비 부인(夫人)다려 닐오ᄃᆡ,

"하늘이 임의 슉녀(淑女)의 ᄶᅡᆨ을 닉시니 부인(夫人)이 녀ᄋᆞ(女兒) 유복(有福)다 ᄒᆞ미 올

* * *

94면

토다."

부인(夫人)이 경문(驚問)ᄒᆞᄃᆡ, 태쉬(太守ㅣ) 왈(曰),

"경ᄉᆞ(京師) 병부샹셔(兵部尙書) 문졍후 니(李) 공(公)이 여ᄎᆞ여ᄎᆞ(如此如此)ᄒᆞᆫ 일노 이곳에 찬뎍(竄謫)[330]ᄒᆞ엿더니 오날이야 뎌곳의 가니 세 낫 션동(仙童)을 보니 ᄒᆞ나흔 니(李) 승샹(丞相) 뎨ᄉᆞ즈(第四子)니 십오(十五) 셰(歲)오, ᄒᆞ나흔 니(李) 승샹(丞相) 쟝ᄌᆞ(長子) 부마(駙馬)의 쟝ᄌᆡ(長子ㅣ)니 년(年)이 십(十) 셰(歲)오 일ᄃᆡ(一代) 호걸(豪傑)이오, 문졍후 쟝ᄌᆞ(長子) 셩문의 년(年)이 칠(七) 셰(歲)라 그 얼골은 다시 닐을 거시 업거니와 힝지(行止)의 슉셩(夙成) 공근(恭謹)ᄒᆞ미 공부ᄌᆞ(孔夫子)[331]의 비길지니 이 진짓 빙난의 호귀(好逑ㅣ)[332]라 엇지 깃부지 아니리오?"

부인(夫人)이 역시(亦是) 흔희(欣喜)ᄒᆞ믈 니긔지 못ᄒᆞ며 부뷔(夫婦

---

329) 흠익(欽愛): 흠애. 기쁜 마음으로 사랑함.

330) 찬뎍(竄謫): 찬적. 귀양 감.

331) 공부ᄌᆞ(孔夫子): 공부자. 공구(孔丘)를 높여 부르는 말. 공구(B.C.551~B.C.479)는 중국 춘추(春秋)시대 노(魯)나라의 사상가·학자로 자는 중니(仲尼)임. 인(仁)을 정치와 윤리의 이상으로 하는 도덕주의를 설파하여 덕치 정치를 강조하여 유학의 시조로 추앙받음.

332) 호귀(好逑ㅣ): 좋은 짝.

1) 환희(歡喜)ᄒ더라.

태슈(太守ㅣ) 이후(以後)ᄂᆞᆫ 날마다 샹셔(尚書) 햐쳐(下處)에 니ᄅᆞ러 흥문 등(等)을 블너 일톄(一切)로 ᄉᆞ랑ᄒ니 문휘 그으기 감샤(感謝)ᄒ더라.

시졀(時節)이 츄구월(秋九月)에 니ᄅᆞ니 마춤 태슈(太守)의 ᄉᆡᆼ일(生日)이라

❁❁❁

95면

태슈(太守ㅣ) 친(親)이 이ᄅᆞ러 ᄀᆞᆫ쳥(懇請)ᄒ니 문휘 왈(曰),

"죄인(罪人)은 국가(國家) 듕슈(重囚ㅣ)라 엇지 셩연(盛宴)의 참예(參預)ᄒ리오? ᄋᆞ히들이나 보ᄂᆡ여 후의(厚意)를 밧들ᄂᆞ이다."

태슈(太守ㅣ) 깃거 도라가 연셕(宴席) 날 거마(車馬)를 보ᄂᆡ여 삼(三) 공ᄌᆞ(公子)를 쳥(請)ᄒ니 휘(侯ㅣ) 명(命)ᄒ야 가라 ᄒᆞᄃᆡ 셩문이 참연(慘然) 왈(曰),

"아의 긔년(朞年)333)이 지나지 못ᄒᆞ야셔 무어시 즐거워 남의 집 연셕(宴席)에 가리잇고?"

샹셰(尚書ㅣ) 그 노셩(老成)ᄒᆞᆷ믈 두굿거워ᄒ나 짐줏 졍식(正色) 왈(曰),

"네 소ᄋᆞ(小兒ㅣ) 호블간(好不間) 이졔븟터 내 말을 거ᄉᆞ리니 아모리나 ᄒ라."

공ᄌᆡ(公子ㅣ) ᄎᆞ언(此言)을 듯고 황공(惶恐)ᄒ야 드ᄃᆡ여 흥문을 다리고 아즁(衙中)에 니ᄅᆞ니 흰 ᄎᆞ일(遮日)이 구름을 년(連)ᄒ엿고 ᄉᆡᆼ

---

333) 긔년(朞年): 기년. 죽은 지 1년이 되는 날.

가(笙歌)[334] 소릭 뇨량(嘹喨)[335]ᄒ더라. 삼(三) 인(人)이 좌(座)의 나아가 참예(叅預)ᄒᄆᆡ 태쉬(太守ㅣ) 후ᄃᆡ(厚待)ᄒ고 졀ᄉᆡᆨ미인(絶色美人) 삼(三) 인(人)을 ᄲᅢ 삼(三) 공ᄌᆞ(公子) 알픠 츔츄

96면

어 뵈오라 ᄒ니 그듕(-中) 홍션이란 미인(美人)이 나히 십(十) 셰(歲)오 ᄌᆞᄉᆡᆨ(姿色)이 당금(當今)의 독보(獨步)ᄒ니 홍문이 됴히 넉여 깁 붓체ᄅᆞᆯ 어더 더져 왈(曰),

"미인(美人)이 맛당이 ᄎᆞ믈(此物)노 원앙(鴛鴦)의 신(信)을 솜으라."

홍션이 낭연(朗然)이 대소(大笑)ᄒ고 밧으니 몽샹은 미미(微微)히 웃고 글오ᄃᆡ,

"질이(姪兒ㅣ) 이러툿 범남(氾濫)[336]ᄒᆞᆫ 노릇슬 ᄒ니 타일(他日)을 가(可)히 알니로다."

태쉬(太守ㅣ) 대소(大笑) 왈(曰),

"니ᄌᆞ(-者)의 긔샹(氣像)이 진짓 대쟝뷔(大丈夫ㅣ)라. 일노써 빈옥(琲玉)[337]에 하뎜(瑕點)[338]을 솜으리로다."

셩문의 손을 잡고 왈(曰),

"군(君)은 엇지 미인(美人)을 아니 잡ᄂᆞ뇨?"

ᄉᆡᆼ(生)이 공슈(拱手) 왈(曰),

---

334) ᄉᆡᆼ가(笙歌): 생가. 생황과 노래를 아울러 이르는 말.
335) 뇨량(嘹喨): 요량. 소리가 맑고 낭랑함.
336) 범남(氾濫): 범람. 제 분수에 넘침.
337) 빈옥(琲玉): 배옥. 깨끗한 옥.
338) 하뎜(瑕點): 하점. 티.

"쇼싱(小生)은 황구소익(黃口小兒ㅣ)[339]라 이런 쯧이 이시며 남지(男子ㅣ) 되여 남교(藍橋)[340]의 슉녀(淑女)롤 기다릴 배라 창믈(娼物)은 군즈(君子)의 지시(指示)[341]홀 배 아니니이다."

태슈(太守ㅣ) 대소(大笑)호고 흥문이 소왈(笑曰),

"네 날을 공치[342](公恥)[343]

· • ·

97면

호거니와 대쟝뷔(大丈夫ㅣ) 규방(閨房)의 혼 녀즈(女子)만 직희여 늙으랴?"

셩문이 답왈(答曰),

"쳐즈유실(妻子有室)[344]은 부모(父母)긔 이시니 우리쳐엿 쇼익(小兒ㅣ) 엇지 편논(偏論)[345]ᄒ리오. 원닉[346](元來) 일(一) 녀즈(女子)로 늙으리라 ᄒᄂ 거시 아니라 슉녀(淑女)롤 어더 평싱(平生)을 지닐 거시어늘 츄잡(醜雜)혼 창녀(娼女)ᄂ 모화 부졀업ᄂ이다."

흥문이 소왈(笑曰),

"슉녀(淑女)도 엇고 미인(美人)도 어더 너른 집을 메오미 엇지 쟝

---

339) 황구소익(黃口小兒ㅣ): 황구소아. 부리가 부런 새 새끼처럼 어린 아이.

340) 남교(藍橋): 중국 섬서성(陝西省) 남전현(藍田縣) 동남쪽에 있는 땅. 배항(裵航)이 남교역(藍橋驛)을 지나다가 선녀 운영(雲英)을 만나 아내로 맞고 뒤에 둘이 함께 신선이 되었다는 이야기가 당나라 배형(裵鉶)의 『전기(傳奇)』에 실려 있음.

341) 지시(指示): 가리켜 보게 함.

342) 치: [교] 원문에는 '챠'로 되어 있으나 오기로 보임.

343) 공치(公恥): 대놓고 모욕을 줌.

344) 쳐즈유실(妻子有室): 처자유실. 아내를 둠.

345) 편논(偏論): 편론. 편협하게 논함.

346) 닉: [교] 원문에는 '킥'로 되어 있으나 오기로 보이므로 국도본(14:90)을 따름.

부(丈夫)의 풍(風)이 아니 가(可)ᄒ냐."

태쉬(太守ㅣ) 대소(大笑)ᄒ고 흥문의 긔샹(氣像)을 너그러이 넉이며 셩문의 졍대(正大)ᄒ믈 ᄉ랑ᄒ더라.

셕양(夕陽)의 햐쳐(下處)에 니ᄅ러 뭉샹 공지(公子ㅣ) 웃고 흥문의 거동(擧動)을 일일(一一)히 고(告)ᄒ니 샹셰(尙書ㅣ) 졍식(正色)고 흥문을 칙왈(責曰),

"네 이리 올 제 형댱(兄丈)이 무어시라 ᄒ시더뇨? ᄒ믈며 네 아즈비 국가(國家) 즁슈(重囚)로 이

***

98면

리 왓거늘 인ᄉ(人事) 념치(廉恥)의 무어시 즐거워 이런 잡ᄉ(雜事)를 ᄒᄂ뇨?"

흥문이 고두(叩頭) 샤죄(謝罪) ᄲᆞ이오 말이 업ᄉ니 샹셰(尙書ㅣ) 그 호방(豪放)ᄒ믈 어려이 넉여 ᄎ후(此後) 깁히 감초와 닉지 아니ᄒ더라.

태쉬(太守ㅣ) 일일(一日)은 샹셔(尙書)를 근쳥(懇請)ᄒ니 샹셰(尙書ㅣ) 져의 후졍(厚情)을 벙으리왓지 못ᄒ야 가연이³⁴⁷⁾ 아듕(衙中)에 니ᄅ러 조용이 한담(閑談)ᄒ더니 태쉬(太守ㅣ) 글오듸,

"쇼뎨(小弟) 형(兄)을 쳥(請)ᄒᄂ 배 엇지 형(兄)을 닉외(內外)ᄒ리오? 나의 녀ᄋ(女兒)를 ᄌ질(子姪) 녜(禮)로 ᄒ라."

셜파(說罷)에 양낭(養娘)을 블너 녀ᄋ(女兒)를 다려오라 ᄒ니 쇼졔(小姐ㅣ) 이에 니ᄅ러 문후의 와시믈 보고 피(避)코ᄌ ᄒ거늘 태쉬

---

347) 가연이: 선뜻.

(太守ㅣ) 웃고 손을 잡아 글오디,

"이는 아뷔 듁마붕위(竹馬朋友ㅣ)348)니 녜(禮)로 뵈오라."

쇼졔(小姐ㅣ) 강349)잉(强仍)ᄒ야 졀ᄒ니 휘(侯ㅣ) 밧비 눈을 드러 보고 크게 놀나며 일쥬를 본

* * *

99면

둧 크게 반겨 나호여 손을 잡고 왈(曰),

"형(兄)의 녀ᄋㅣ(女兒ㅣ) 내 여ᄋㅣ(女兒ㅣ)나 다릭랴? 츳ᄋ(此兒)의 안광(眼光)이 녕형(瑩炯)350) 신이(神異)ᄒ믈 보니 내 녀ᄋ(女兒)로 방블(髣髴)ᄒ니 ᄆᆞ음의 감샹(感傷)ᄒ도다. 부ᄌ지졍(父子之情)은 고금(古今)의 샹ᄉᆡ(常事ㅣ)니 쇼뎨(小弟) 금년(今年) 초츈(初春)의 녀ᄋ(女兒)를 어더 ᄉᆞ랑ᄒ더니 이졔 타향(他鄉)의 분슈(分手)ᄒ야 모들 긔약(期約)이 묘망(渺茫)351)ᄒ니 쇼뎨(小弟) 비록 쟝뷔(丈夫ㅣ)나 잇다감 싱각이 근졀(懇切)ᄒ여라."

태쉬(太守ㅣ) 츄연(惆然) 왈(曰),

"형(兄)의 졍니(情理) 그러ᄒ미 고이(怪異)ᄒ리오? 쇼졔(小弟) 알픽 ᄋᆞ지(兒子ㅣ) 여러히 이시나 ᄉᆞ랑은 츳ᄋ(此兒)의게 이시니 쇼뎨(小弟) 편벽(偏僻)되오믈 웃지 말나."

샹셰(尚書ㅣ) 다시옴 쇼져(小姐)를 슬펴보니 녕녕비무(玲玲緋楙)352)ᄒᆫ 광치(光彩) 유한졍졍(幽閒貞靜)353)ᄒ고 흐억354) 쇄락(灑落)

---

348) 듁마붕위(竹馬朋友ㅣ): 죽마붕우. 대말을 타고 놀던 벗이라는 뜻으로, 어릴 때부터 같이 놀며 자란 벗.

349) 강: [교] 원문에는 '가'로 되어 있으나 오기로 보임.

350) 녕형(瑩炯): 영형. 밝게 빛남.

351) 묘망(渺茫): 아득함.

ᄒ야 빅ᄐᆡ(百態) 미진(未盡)ᄒ미 업ᄉ니 휘(侯ㅣ) 크게 ᄉ랑ᄒ며 년이(戀愛)ᄒᄆᆯ 마지아니ᄒ니 쇼졔(小姐ㅣ) 슈

* * *

100면

습(收拾)ᄒ야 드러가ᄂᆞᆫ지라 태슈(太守ㅣ) 박쟝(拍掌) 소왈(笑曰),

"형(兄)은 녀ᄋᆞ(女兒)ᄀᆞ치 ᄉ랑ᄒᄂᆞᄃᆡ 녀ᄋᆞ(女兒)ᄂᆞᆫ 져러ᄐᆺ ᄒ니 가(可)히 우읍다. 다만 뭇ᄂᆞ니 ᄋᆞ녜(我女ㅣ) 엇더ᄒ뇨?"

샹셰(尙書ㅣ) 왈(曰),

"쇼뎨(小弟) 본바 쳐음이라 모ᄉ(模寫)치 못ᄒ야 기리지 못ᄒ노라."

태슈(太守ㅣ) 우문(又問) 왈(曰),

"녕낭(令郎)과 엇더ᄒ뇨?"

샹셰(尙書ㅣ) 아라듯고 쇼왈(笑曰),

"ᄋᆞᄌᆞ(兒子)의 츄용(醜容)이 엇지 우러라보리오?"

태슈(太守ㅣ) 소왈(笑曰),

"쇼뎨(小弟) 외람(猥濫)ᄒ나 군ᄌ(君子) 슉녜(淑女ㅣ) ᄌᆞ고(自古)로 그 ᄡᅡᆼ(雙)을 만나미 쉽지 아니ᄒ니 내 녀ᄋᆞ(女兒)곳 아니면 형(兄)의 며ᄂᆞ리 되기 블가(不可)ᄒ니 형(兄)은 아모커나 ᄠᅳᆺ을 닐오라."

샹셰(尙書ㅣ) 소왈(笑曰),

"두 ᄋᆞ히 다 나히 어리니 혼ᄉ(婚事)ᄅᆞᆯ 니ᄅᆞ미 우읍거니와 만일(萬一) 무양(無恙)이 ᄌᆞ랄진ᄃᆡ 엇지 타의(他意) 이시리오?"

태슈(太守ㅣ) 소왈(笑曰),

---

352) 녕녕비무(玲玲緋㷉): 영령비무. 영롱하고 아름다움.

353) 유한뎡뎡(幽閑貞靜): 유한정정. 그윽하며 곧고 고요하다는 뜻으로 부녀의 인품이 매우 얌전하고 점잖음을 말함.

354) 흐억: 탐스럽고 윤택함.

"쟝닉(將來) 인亽(人事)룰 싱각지 못ᄒ니 아모 거시나 빙믈(聘物)[355] 을 ᄭᅵ쳐 녀이(女兒ㅣ) 비록 심규(深閨)의

이시나 니시(李氏)의 사름인 줄 표(表)ᄒ미 엇더ᄒ뇨?"

샹셰(尚書ㅣ) 응낙(應諾)고 머리에 쏘진 건잠(巾簪)[356]을 ᄲᅢ혀 빙폐(聘幣)[357]룰 숨으니 태쉬(太守ㅣ) 대열(大悅)ᄒ야 술을 드려 죵일(終日)토록 취(醉)ᄒ고 셕양(夕陽)의 샹셰(尚書ㅣ) 햐쳐(下處)에 도라오니,

삼(三) 공직(公子ㅣ) 마ᄌ 초당(草堂)에 드러가 말슴ᄒ더니 몽샹이 샹셔(尚書)의 건잠(巾簪) 업亽믈 보고 의혹(疑惑)ᄒ야 뭇거늘 휘(侯ㅣ) 슈말(首末)을 닐오니 몽샹이 소왈(笑曰),

"나ᄂᆞᆫ 약관(弱冠)이 넘어시ᄃᆡ 아모도 구혼(求婚)ᄒ리 업더니 셩문은 칠(七) 셰(歲)로ᄃᆡ 태쉬(太守ㅣ) 발셔 뎡혼(定婚)ᄒ니 일노 볼작시면 쟝닉(將來) 미인(美人)이 슈업ᄉᆞᆯ노다."

홍문이 대소(大笑)ᄒ고 셩문을 어ᄌᆞ러이 긔롱(譏弄)ᄒ니 문이 다만 미미(微微)히 우을 ᄲᅮᆫ이러라.

태쉬(太守ㅣ) 이후(以後)ᄂᆞᆫ 햐쳐(下處)의 ᄌᆞ로 와 셩문을 쾌셔(快壻)[358]라 ᄒ야 亽랑이 지극(至極)ᄒ니 문이 ᄯᅩᄒᆞᆫ 지긔(知己)를 감샤(感謝)

---

355) 빙믈(聘物): 빙물. 결혼할 때 신랑이 신부의 친정에 주던 재물.
356) 건잠(巾簪): 망건에 달아 당줄을 꿰는 작은 단추 모양의 고리로, 신분에 따라 금(金), 옥(玉), 호박(琥珀), 마노(瑪瑙), 대모(玳瑁), 뿔, 뼈 따위의 재료를 사용하였음.
357) 빙폐(聘幣): 결혼할 때 신랑이 신부의 친정에 주던 재물. 빙물(聘物).
358) 쾌셔(快壻): 쾌서. 마음에 드는 좋은 사위.

ᄒᆞ야 공경(恭敬)ᄒᆞᄆᆡ 헐(歇)치 아니터라.

지셜(再說). 소 부인(夫人)이 호룡의 집의 이션 지 츄동(秋冬)이 진(盡)ᄒᆞ도록 동쥐 길이 트이지 아니ᄒᆞ니 ᄒᆞ로 지ᄂᆡᄆᆞᆯ 삼츄(三秋) ᄀᆞᆺ치 넉이더니 츈(春) 이월(二月)에 니ᄅᆞ러ᄂᆞᆫ 동쥐 태슈(太守ㅣ) 뉴적(流賊)359)을 크게 파(破)ᄒᆞ고 쳡음(捷音)360)이 경ᄉᆞ(京師)로 향(向)ᄒᆞ니 쇼졔(小姐ㅣ) 대희(大喜)ᄒᆞ야 일(一) 봉셔(封書)ᄅᆞᆯ 닷가 호룡을 주어 경ᄉᆞ(京師) 니(李) 승샹(丞相)긔 드리라 ᄒᆞ고 여러 달 뎜듕(店中)의셔 폐(弊) 시긴 은혜(恩惠)ᄅᆞᆯ 샤례(謝禮)ᄒᆞ고 발ᄒᆡᆼ(發行)ᄒᆞ려 홀시 호룡 왈(曰),

"이곳의셔 동쥐 가시기 십(十) 일(日)이나 남으니 ᄯᅩ 도적(盜賊)을 만날가 두리옵나니 요ᄉᆞ이 년(連)ᄒᆞ야 셔풍(西風)이 브니 빈ᄅᆞᆯ 타신 즉 슈삼(數三) 일(日) ᄂᆡ(內) 동경(東京)의 가시리이다."

쇼연이 이 말을 듯고 깃거 쇼졔(小姐ㅣ)긔 픔(稟)ᄒᆞ니 쇼졔(小姐ㅣ) 왈(曰),

"임의 그럴진ᄃᆡ 쉬올 도리(道理)ᄅᆞᆯ ᄒᆞ라."

쇼

연이 드듸여 강가(江-)의 가 동경(東京)으로 가ᄂᆞᆫ 빈ᄅᆞᆯ 어더 부인(夫

---

359) 뉴적(流賊): 유적. 떠돌아다니며 사람을 해치고 재물을 빼앗는 도둑.
360) 쳡음(捷音): 첩음. 전쟁에 이겼다는 소식.

人)긔 고(告)호고 일힝(一行)이 빈에 오르니 슌풍(順風)이 브러 반일(半日)을 살 쏘듯 가더니 낫 계며361) 홀연(忽然) 대풍(大風)이 니러나니 빈 닷줄을 써혀 빈 거스리 블니여 가니 믈셰(-勢) 호호탕탕(浩浩蕩蕩)362)호야 뎡쳐(定處) 업시 다르니 쥬듕(舟中) 졔인(諸人)이 창황(倉黃)363)호야 우름 빗364)치오 운ㅇ 등(等)이 쇼져(小姐)를 붓들고 곡365)통(哭痛)366)호디 쇼제(小姐ㅣ) 신싴(神色)이 주약(自若)호여 왈(曰),

"ᄉ싱(死生)이 하날의 이시니 즈레 놀날 빈 아니라."

호고 동(動)치 아니터니 빈 광풍(狂風)의 밀니여 슌367)엿쇠를 간 후(後) 바름이 긋치며 빈 여흘368)에 부드치거늘 사공(沙工)이 바야흐로 숨을 뎡(靜)호야 토인(土人)다려 왈(曰),

"이 어니 싸히뇨?"

토인(土人) 왈(曰),

"졀강(浙江) 소흥부(紹興府)니이다."

쏘 무러 왈(曰),

"아니 단녀보왓던다?"

사공(沙工)이 이 말을 듯고 대경(大驚) 왈(曰),

"동경(東京)으로 가실

---

361) 낫 계며: 미상. 참고로 국도본(14:95)에는 '닷계즉ᄒ며'로 되어 있음.

362) 호호탕탕(浩浩蕩蕩): 기세 있고 힘참.

363) 창황(倉黃): 정신이 없이 허둥지둥거리는 모양.

364) 우름 빗: 울음 빛. 곧 울 것 같은 표정.

365) 곡: [교] 원문에는 '고'로 되어 있으나 오기로 보이므로 국도본(14:96)을 따름.

366) 곡통(哭痛): 통곡.

367) 슌: [교] 원문에는 '츤'으로 되어 있으나 오기로 보이므로 국도본(14:96)을 따름.

368) 여흘: 바닷가 바닥이 얕거나 썰물일 때 나타나 보이는 돌 따위.

쎠 엉뚱흔 듸로 와시니 엇지 고이(怪異)치 아니리오?"

도라 쇼연을 꾸지져 왈(曰),

"우리 일싱(一生) 비 가지고 단년 지 오라되 이런 변(變)이 업더니 동(東)으로 가는 비 셔(西)흐로 와시니 너의 필연(必然) 연괴(緣故ㅣ) 잇는 사롬이라 셜니 나리라. 슈만(數萬) 니(里)롤 쏘 어이 거슬니가리오?"

쇼연이 쇼흥(紹興)인 줄 드릭믹 깃브미 망외(望外)369)예 나 ᄀᆞ마니 하늘긔 샤례(謝禮)ᄒᆞ고 흥아다려 왈(曰),

"하늘이 부인(夫人)을 쇼흥(紹興)의 니릭게 ᄒᆞ시니 엇지 긔특(奇特)지 아니리오? '비에 나려 샹셔(尚書) 햐쳐(下處)로 가샤이다.' 이리 알외라."

쇼졔(小姐ㅣ) 왈(曰),

"나라히 니이(離異)ᄒᆞ라 ᄒᆞ신 거슬 일이 블힝(不幸)ᄒᆞ야 이에 와시나 엇지 부뷔(夫婦ㅣ) 방즈(放恣)히 모드리오? 갑슬 비(倍)로 더 줄 거시니 비로 가믈 믜로라."

쇼연이 이뜻로 사공(沙工)다려 무로니 샤공이 노(怒)ᄒᆞ야 어즈러이 꾸지즈되,

"이 츅싱(畜生)아! 가지록

---

369) 망외(望外): 바라거나 희망하는 것 이상의 것.

담370)(膽) 큰 체ㅎ는도다. 우리 경ᄉ인(京師人)으로 동경(東京) 믈화
(物貨) 밧으라 가다가 너의 요괴(妖怪)로온 무리를 부졀업시 비의 올
녀 듯도보도 못ᄒ던 거조(擧措)를 당(當)ᄒ니 이리로셔 어이 동쥐로
가리오? 경ᄉ(京師)로 가 냥식(糧食)을 조비(造備)ᄒ여 가지고 가리
니 븍(北)으로 가다가 셔(西)흐로 가려 ᄒ니 졈졈(潛潛)코 나릴 만ᄒ
라."

쇼연 왈(曰),

"녈위(列位) 말이 그르다. ᄌ고(自古)로 비 광풍(狂風)을 만나면 표
풍(漂風)371)ᄒ기 고이(怪異)치 아니코 우리 요괴(妖怪)로온 줄 어이
아는다?"

사공(沙工)이 대로(大怒)ᄒ야 쌤을 미오 쳐,

"요 진납의 상(相) ᄀᆞᆺ튼 놈이 샤지(肆恣ㅣ)372) 기심(旣甚)373)ᄒ여
ᄒᆞᆫ 말 샤례(謝禮)도 아니ᄒ고 이런 말을 ᄒ니 우리 ᄋᆞ시(兒時)로붓터
비를 가지고 이모지년(二毛之年)374)에 니르러시ᄃᆡ 이런 대풍(大風)
을 만나 동경(東京)으로 가노라 ᄒᆞᆫ 거시 쇼흥(紹興)으로 오기는 아녀
시니 너의 탓시

---

370) 담: [교] 원문에는 '딤'으로 되어 있으나 오기로 보임.

371) 표풍(漂風): 바람결에 떠 흘러감.

372) 샤지(肆恣ㅣ): 사자. 방자함.

373) 기심(旣甚): 너무 심함.

374) 이모지년(二毛之年): 흰 머리털이 나기 시작하는 나이라는 뜻으로, 32세를 이르는
말. 이모(二毛)는 검은털과 흰털을 아울러 이르는 말.

아닌가? 섈니 힝ᄎ(行次)를 뫼서 ᄂᆞ리라."

연이 사공(沙工)의 이러틋 ᄒᆞᄆᆞᆯ 보고 대로(大怒)ᄒᆞ야 부인(夫人)긔 알외니 부인(夫人)이 홀일업셔 호듕의 주던바 약간(若干) 금은(金銀)을 ᄂᆡ여 사공(沙工)을 주고 뭇ᄒᆡ ᄂᆞ려 촌가(村家)를 ᄎᆞᄌᆞ 드러가니,

삼간초옥(三間草屋)375)이 쳐량(凄凉)ᄒᆞ고 소됴(蕭條)376) ᄒᆞ듸 일위(一位) 녀ᄌᆡ(女子ㅣ) 담장(淡粧)377) 소복(素服)으로 일(一) 개(個) 노고(老姑)와 일(一) 개(個) 소차환(小叉鬟)378)으로 더브러 깁 ᄧᆞ다가 소 부인(夫人)이 이삼(二三) 인(人)으로 드러오믈 보고 시ᄋᆡ(侍兒ㅣ) 다 놀나되 그 녀ᄌᆡ(女子ㅣ) 안식(顏色)을 졍(正)히 ᄒᆞ고 뵈틀에 ᄂᆞ려 굴오되,

"엇던 힝ᄎᆡ(行次ㅣ) 블의(不意)에 누쳐(陋處)379)에 니르시뇨?"

부인(夫人)이 답샤(答謝) 왈(曰),

"맛춤 ᄇᆡ 타고 고향(故鄉)으로 가다가 일진괴풍(一陣怪風)380)을 만나 ᄇᆡ 거스리 힝(行)ᄒᆞ여 이곳에 니르니 샤공(沙工)의 말이 여ᄎᆞ여ᄎᆞ(如此如此)한 고(故)로 홀일업셔 이곳에 니르러 다시 구쳐(區處)381)ᄒᆞ려 ᄒᆞ

---

375) 삼간초옥(三間草屋): 세 칸짜리 초가집.

376) 소됴(蕭條): 소조. 고요하고 쓸쓸함.

377) 담장(淡粧): 담장. 수수하고 엷게 화장을 함.

378) 소차환(小叉鬟): 나이 어린 계집종.

379) 누쳐(陋處): 누처. 누추한 곳.

380) 일진괴풍(一陣怪風): 한바탕 몰아치는 사나운 바람. 일진광풍(一陣狂風).

381) 구쳐(區處): 구처. 변통하여 처리함.

더니 그릇 귀쇼져(貴小姐) 계신 곳을 범(犯)ᄒ니 당돌(唐突)ᄒ믈 븟
그리나 임의 니르러시니 잠간(暫間) 머믈미 엇더ᄒ뇨?"

드듸여 홍아는 일쥬 쇼져(小姐)를 안아 겻히 잇고 운아 등(等)과
쇼연 등(等)으로 긱뎜(客店)의 가 밥을 구(求)ᄒ야 먹으라 ᄒ고 쇼져
(小姐)의 손을 잡고 당(堂)의 올나 녜필(禮畢)ᄒ 후(後) 그 쇼제(小姐
ㅣ) 무러 왈(曰),

"부인(夫人)의 셔ᄌ(西子)382) 광휘(光輝)를 보오니 촌야(村野) 무
된 눈이 쾌(快)ᄒ지라 감(敢)이 셩시(姓氏)와 거쥬(居住)를 알고ᄌ ᄒ
ᄂ이다."

부인(夫人)이 눈을 드러 보니 뉴383)미(柳眉)384)는 나ᄌ히ᄒ고 망월
(望月)이 츄텬(秋天)의 눕핫는 쇄락(灑落)ᄒ 태도(態度)며 흰 낫치 지
분(脂粉)을 더러이 넉이고 홍도(紅桃) ᄀᆺᄐᆫ 단슌(丹脣)이 도쥬(桃
珠)385)를 취(取)ᄒᆫ 듯 ᄒ 빵(雙) 츄픠(秋波ㅣ) 명경(明鏡)을 거럿는
듯 운환(雲鬟)386)은 구름이 머므는 듯 일셰(一世) 경국싁(傾國色)이
라. 다만 보건딘 남챵(南昌) 안무현의셔 월야(月夜)의 본 쇼

---

382) 셔ᄌ(西子): 서자. 중국 춘추(春秋)시대 월(越)나라의 미인인 서시(西施).

383) 뉴: [교] 원문에는 '츄'로 되어 있으나 오기로 보임.

384) 뉴미(柳眉): 유미. 버들잎 같은 눈썹이란 뜻으로 미인의 눈썹을 이르는 말.

385) 도쥬(桃珠): 도주. 복숭아꽃 같은 붉은 입술. 도주홍순(桃珠紅脣).

386) 운환(雲鬟): 여자의 탐스러운 쪽 찐 머리.

져(小姐)라. ᄀᆞ장 놀나 노파(老婆)ᄅᆞᆯ 보니 ᄌᆞ가(自家)ᄅᆞᆯ 붓들고 ᄊᆞ짓던 츠환(又鬟)이라. 크게 고이(怪異)히 넉여 문왈(問曰),

"쇼졔(小姐ㅣ) 아니 남챵(南昌) 안무현 화 시랑(侍郎) 듸(宅) 녀이(女兒ㅣ)시냐?"

녀지(女子ㅣ) 대경(大驚) 왈(曰),

"부인(夫人)이 엇지 아르시ᄂᆞ뇨?"

쇼졔(小姐ㅣ) 노파(老婆)ᄅᆞᆯ 도라보아 왈(曰),

"그듸 모월(某月) 야(夜)의 곳 슈플의 잇ᄂᆞᆫ 슈ᄌᆞ(秀才)ᄅᆞᆯ 잡고 힐난(詰難)ᄒᆞ미 업ᄂᆞ냐?"

ᄒᆞᆫ듸 노패(老婆ㅣ) 침음(沈吟) 반향(半晌)의 답왈(答曰),

"그러ᄒᆞᆫ 일이 잇거니와 부인(夫人)이 엇지 아르시ᄂᆞ뇨?"

소 쇼졔(小姐ㅣ) 츄연(惆然)이 화 쇼져(小姐)의 손을 잡고 왈(曰),

"그ᄯᅥ 곳 슈플에 잇던 슈ᄌᆞ(秀才)ᄂᆞᆫ 곳 쳡(妾)이라. 맛츰 화란(禍亂)을 만나 남의(男衣)로 도로(道路)의 뉴리(流離)ᄒᆞ니 ᄌᆞ믜 집이 업고 단니믜 밥이 업셔 ᄆᆞ음이 지향(志向)387)치 못ᄒᆞᆫ 가온듸 그날 쇼져(小姐)의 묘영가작(妙詠佳作)388)을 듯고 몸의 남의(男衣)ᄅᆞᆯ 싱각지 못ᄒᆞ고 반가오믈

---

387) 지향(志向): 어떤 목표로 뜻이 쏠리어 향함.
388) 묘영가작(妙詠佳作): 신묘하게 지은 아름다운 시.

니긔지 못ᄒ야 그곳의 가 보다가 의외(意外)에 노파(老婆)의게 들니여 견칙(譴責)389)ᄒᄆᆯ 닙으니 녀ᄌᆡ(女子ㅣ) 줄은 모로고 버셔날 계교(計巧) 업셔 ᄒ다가 쇼져(小姐)의 인ᄌ(仁慈)ᄒ시므로 노흐니 쳡(妾)이 도라가 쇼져(小姐)의 어진 덕(德)을 쥬야(晝夜) 닛지 못ᄒᄃᆡ 기러기 신(信)을 젼(傳)ᄒᆯ 길이 업ᄉ니 구름을 바라 탄(嘆)ᄒ여 늣길 ᄯᆞ름이러니 쳔만의외(千萬意外)에 쇼져(小姐)를 이곳의셔 만나 경쇠390)(景色)이 이러ᄒ니 남챵(南昌)이 쇼흥(紹興)의 쇽(屬)ᄒᆫ ᄯᅡ히 아니라 도뢰(道路ㅣ) 멀거늘 엇진 고(故)로 이에 니ᄅᆞ러 계시뇨?"

화 쇼졔(小姐ㅣ) 오열(嗚咽) 왈(曰),

"그날 우연(偶然)이 규뇌(窺內)391)ᄒᄂᆫ 슈ᄌ(秀才)를 노흐ᄆᆡ 부인(夫人)인 줄 어이 알니오? 쳡(妾)의 졍ᄉ(情事)ᄂᆫ 하늘을 부앙(俯仰)392)ᄒ야 통곡(慟哭)ᄒᆯ지라 엇지 도ᄎᆞ(到此)393)의 다 고(告)ᄒ리오? 뭇잡ᄂᆞ니 부인(夫人)이 그젹은 므슴 연고(緣故)로 남의(男衣)로

ᄃᆞ니시더뇨?"

부인(夫人)이 탄왈(嘆曰),

---

389) 견칙(譴責): 견책. 잘못을 꾸짖고 나무람.
390) 쇠: [교] 원문에는 '칙'으로 되어 있으나 오기로 보이므로 국도본(14:100)을 따름.
391) 규뇌(窺內): 규내. 안을 엿봄.
392) 부앙(俯仰): 내려다보고 우러러봄.
393) 도ᄎᆞ(到此): 도차. 이에 이름. 지금.

"쳡(妾)의 졍시(情事 l) 쏘흔 하늘 아릭 잇지 아닌 환난(患難)을 만나 남챵(南昌)의 뎍거(謫居)ᄒ엿더니 쏘 도젹(盜賊)을 만나 강보 (襁褓) 유♀(乳兒)를 일코 남의(男衣)로 길가에 뉴리(流離)ᄒ다가 겨유 일신(一身)의 누명(陋名)을 신셜(伸雪)³⁹⁴)ᄒ고 샤(赦)를 닙어 경ᄉ (京師)의 갓다가 쏘 이러이러흔 일을 만나 오(五) 셰(歲) 히♀(孩兒) 를 죽이고 나라이 니이(離異)ᄒ라 명(命)이 계시민 친뷔(親父 l) 동 경(東京)의 계시므로 빅를 타 고향(故鄕)의 가다가 악풍(惡風)을 만 나 이에 니ᄅ니 이 소흥(紹興)인즉 가군(家君)의 뎍거(謫居)흔 싸히 라 진퇴난쳐(進退難處)ᄒ야 ᄒᄂ이다."

화 쇼졔(小姐 l) 슬허 왈(曰),

"부인(夫人)의 젼후(前後) 험난(險難)을 드ᄅᄆᆡ 모골(毛骨)이 숑연 (悚然)³⁹⁵)히다. 쳡(妾)이 그ᄯᅥ 년(年)이 십(十) 셰(歲)라. 그히 ᄀᆞ을 에 부모(父母)를 빵망(雙亡)ᄒ고 호텬(呼天)의 통(痛)³⁹⁶)을 품어 겨유 삼년(三年)을 맛고 거

∗∗∗

111면

년(去年)의 외구(外舅) 구 공(公)이 쇼흥(紹興) 태슈(太守)를 ᄒ야 왓 거늘 쳔신만고(千辛萬苦)ᄒ야 ᄎᆞᄌ가니 외귀(外舅 l) 지친(至親)의 졍(情)을 조곰도 고렴(顧念)³⁹⁷)ᄒ미 업더니 일이 공교(工巧)ᄒ야 경

---

394) 신셜(伸雪): 신설. '신원설치(伸寃雪恥)'의 준말로 가슴에 맺힌 원한을 풀어 버리고 창피스러운 일을 씻어버린다는 뜻.

395) 숑연(悚然): 송연. 두려워 몸을 옹송그릴 정도로 오싹 소름이 끼침.

396) 호텬(呼天)의 통(痛): 호천의 통. 하늘을 우러러 부르짖을 만한 고통이라는 뜻으로 부모나 조부모, 임금의 상사에 주로 쓰이는 말.

397) 고렴(顧念): 고념. 남의 사정이나 일을 돌보아 줌.

〈(京師)의셔 공부시랑(工部侍郎)으로 부루시니 승치(陞差)[398]호야 올나가시되 쳡(妾)을 뉴렴(留念)치 아니시니 쳡(妾)이 즁노(中路)의와 거취(去就)를 뎡(定)치 못호야 브득이(不得已) 이곳에 초옥(草屋)을 짓고 노쥐(奴主ㅣ) 의지(依支)호여 이시나 능(能)히 죠셕(朝夕)을 어더먹지 못호야 긔한(飢寒)[399]의 괴로오믈 니긔지 못홀쇼이다."

부인(夫人)이 쳥파(聽罷)의 그 졍亽(情事)를 참혹(慘酷)히 넉여 위(爲)호여 눈믈을 색려 왈(曰),

"쇼제(小姐ㅣ) 츈경(春卿)[400]의 일(一) 녀乙(女子)로 엇지 이에 니를 줄 알니오? 다만 그날 여러 개(個) 녀乙(女子)는 뉘시며 녕부모(令父母) 씨친 노복(奴僕)도 업노냐?"

쇼제(小姐ㅣ) 왈(曰),

"그 녀乙(女子)는 우리 빅슉(伯叔)의 녀

···

112면

乙(女子)로 부뫼(父母ㅣ) 구몰(俱沒)[401]호시미 쳡(妾)의 부뫼(父母ㅣ) 양휵(養畜)호야 다 각각(各各) 구가(舅家)의 갓고 가친(家親)이 본(本)디 쳥념(淸廉)호샤 관亽(官事)의 탐(貪)혼 직믈(財物)이 업고 노병(老病) 치샤(致仕)[402]호온 후(後) 약간(若干) 뎐장(田莊)[403]의 지믈

398) 승치(陞差): 승차. 벼슬이 오름.

399) 긔한(飢寒): 기한. 굶주리고 헐벗어 배고프고 추움.

400) 츈경(春卿): 춘경. 춘관(春官)의 장관. 춘관은 중국 주나라의 관직명인데, 육경(六卿)의 하나로 예(禮)를 담당하였음. 이로부터 후에 예부(禮部)를 춘관이라 하고 그 장관(長官), 즉 예부상서 등을 춘경이라 불렀음.

401) 구몰(俱沒): 부모가 모두 세상을 떠남.

402) 치샤(致仕): 치사. 나이가 많아 벼슬을 사양하고 물러남.

403) 뎐장(田莊): 전장. 개인이 소유하고 있는 논밭.

(財物)노 겨유 지닉더니 기셰(棄世)ᄒ신 후(後) 다 파라 상장(喪葬)404)
의 쓰니 엇지 남은 거시 이시리오? 이 싸히 뉴리표박(流離漂泊)405)
ᄒ야 ᄉ면(四面)을 도라보나 알 니 업고 졍ᄉ(呈事)406)를 할 곳이 업
더니 오날 부모(父母) 명녕(精靈)이 도으샤 부인(夫人)을 만나 가슴
의 벗힌 회포(懷抱)를 펴니 졍(正)히 운무(雲霧)를 헷치고 청텬(晴
天)407)을 봄 ᄀᆺ튼여이다.”

부인(夫人)이 크게 잔잉이 넉여 구졔(救濟)408)홀 ᄆ음이 나니 쇼
연을 블너 샹셔(尚書) 햐쳐(下處)의 가 이런 ᄉ연(事緣)을 고(告)ᄒ라
ᄒ니 연이 인인(人人)다려 무러 샹셔(尚書) 잇ᄂ 곳을 ᄎᄌ니 머지
아니ᄒ더

***

113면

라.

연이 샹셔(尚書) 알픽 나아가 졀ᄒ되 샹셰(尚書ㅣ) 경왈(驚曰),

“부뫼(父母ㅣ) 져즈음긔 ᄒ신 셔간(書簡)에 거년(去年) 하(夏) 오월
(五月)에 네 부인(夫人)을 뫼셔 동경(東京)의 드리신 후(後) 이리 온
다 ᄒ여 계시더니 지금(至今) 너의 형영(形影)을 보지 못ᄒ니 듕도
(中途)의 실산(失散)409)ᄒ미 잇ᄂ가 ᄒ엿더니 엇지 이졔야 니르럿ᄂ

---

404) 상장(喪葬): 장사 지내는 일과 삼년상을 치르는 일.
405) 뉴리표박(流離漂泊): 유리표박. 일정한 집과 직업이 없이 이곳저곳으로 떠돌아다님.
406) 졍ᄉ(呈事): 정사. 자신의 처지를 하소연함.
407) 청텬(晴天): 청천. 맑게 갠 하늘.
408) 구졔(救濟): 구제. 자연적인 재해나 사회적인 피해를 당하여 어려운 처지에 있는
　　　사람을 도와줌.
409) 실산(失散): 뿔뿔이 흩어짐.

뇨?"

연이 고두(叩頭) 왈(曰),

"부인(夫人)을 뫼셔 허다(許多) 간고(艱苦)야 편시(片時)410)에 다 알외리잇가? 부인(夫人)이 이에 와 계시이다."

샹셰(尚書ㅣ) 대경(大驚) 왈(曰),

"예셔 동경(東京)이 몃 만(萬) 니(里)완듸 이에 니르리오?"

연이 젼후ᄉ연(前後事緣)을 일일(一一)히 알외니 샹셰(尚書ㅣ) 일념(一念)의 부인(夫人) 존문(存問)411)과 녀ᄋ(女兒) 안부(安否)를 몰나 ᄉ샹지심(思相之心)412)이 구곡(九曲)413)에 민쳣더니 금일(今日) 소연의 말을 드러 부인(夫人)의 환난(患難) 지니믈 놀나고 공교(工巧)히 이에 와 만나믈 환희(歡喜)ᄒ야 몽샹을 블너 곡졀(曲折)을 니

***

114면

르고 햐쳐(下處)의 가 마ᄌ 오라 ᄒ니 삼(三) 공ᄌ(公子ㅣ) 경희(驚喜)ᄒ고 셩문의 비황(悲遑)414)ᄒ미 깃븐 줄을 아지 못ᄒ고 옷슬 밧비 챨혀 부인(夫人) 잇ᄂ 듸 가 와시믈 고(告)ᄒ니 집이 좁아 ᄋᄌ(兒子)를 보지 못ᄒ고 가연이 몸을 니러 화 쇼져(小姐)의 손을 잡아 당당(堂堂)이 구쳐(區處)415)홀 도리(道理)를 니르고 거쟝(車帳)416)의

---

410) 편시(片時): 짧은 시간.

411) 존문(存問): 안부.

412) ᄉ샹지심(思相之心): 사상지심. 그리워하는 마음.

413) 구곡(九曲): 구곡간장(九曲肝腸)의 줄임말. 굽이굽이 서린 창자라는 뜻으로, 깊은 마음속 또는 시름이 쌓인 마음속을 비유적으로 이르는 말.

414) 비황(悲遑): 슬프고 경황이 없음.

415) 구쳐(區處): 구처. 변통하여 처리함.

올나 문후 햐쳐(下處)에 니르니,

이쩌 문휘 깃부미 극(極)호야 쓸히 나려 부인(夫人)을 마즐식 쇼졔(小姐ㅣ) 날호여 쟝(帳) 밧긔 나믹 셩문이 졀호고 부인(夫人) 손을 붓드러 당(堂)의 오르니 샹셰(尚書ㅣ) 급급(急急)히 좌(座)룰 닐우고 밧비 녀우(女兒)룰 안아 부인(夫人)을 향(向)호여 굴오딕,

"금일(今日)이 샹시(生時)417)냐 꿈이냐? 부인(夫人)을 직합(再合)호믈 츠싱(此生)의 바라지 못호엿더니 금일(今日) 만나믄 몽믹(夢寐)의도 싱각지 못홀 배로다."

쇼졔(小姐ㅣ) 졍금(正襟)418) 타루(墮淚) 왈(曰),

"죄쳡(罪妾)이 우즈(兒子)룰 보젼(保全)치 못호고 몸이 구고(舅姑) 좌측(座側)을 써나 동(東)으로 도라가니 샹

✳✳✳

115면

공(相公) 뎍소(謫所)에 니룰 줄 알니오? 운익(運厄)이 가지록 긔구(崎嶇)호야 이에 니르니 도로혀 말이 업노이다."

샹셰(尚書ㅣ) 영문의 참소(慘死)룰 닐으고 실셩뉴톄(失聲流涕) 왈(曰),

"흑싱(學生)이 무상(無狀)호야 츨419)녀(刹女)420)룰 머무럿다가 쳔금(千金) 우즈(兒子)룰 목견(目前)의 죽이니 부인(夫人) 보기룰 붓그

---

416) 거장(車帳): 거장. 수레 위에 장막을 쳐 거처할 수 있도록 만든 곳.

417) 상시(生時): 생시. 자거나 취하지 아니하고 깨어 있을 때.

418) 정금(正襟): 정금. 매무시를 바로 함.

419) 츨: [교] 원문에는 '츠'로 되어 있으나 문맥을 고려하여 이와 같이 수정함.

420) 츨녀(刹女): 찰녀. 여자 나찰. 나찰(羅刹)은 푸른 눈과 검은 몸, 붉은 머리털을 하고서 사람을 잡아먹으며, 지옥에서 죄인을 못살게 군다고 함.

리ᄂ이다."

쇼졔(小姐ㅣ) 톄뤼(涕淚ㅣ) 죵힝(從行)⁴²¹⁾ᄒ야 말이 업다가 날호여 굴오되,

"이거시 쳡(妾)의 운슈(運數)와 져의 명되(命途ㅣ)⁴²²⁾ 단(短)ᄒ미라 엇지 남을 원(怨)ᄒ리오?"

셩문을 어로만ᄌ 반기고 흥문을 겻히 안쳐 니친(離親)⁴²³⁾ᄒᄆᆯ 위로(慰勞)ᄒ니 셩문이 모친(母親)을 만나 반김과 즐기믈 니긔지 못ᄒ고 흥문의 깃거ᄒ미 친모(親母)의 ᄂ리지 아냐 피ᄎᆞ(彼此) 슬프믈 진졍(鎭靜)ᄒᆫ 후(後) 샹셰(尙書ㅣ) 녀ᄋ(女兒)ᄅᆯ 살피니 임의 돌시 지ᄂᆞᆫ지라 슈려(秀麗)ᄒᆫ 골격(骨格)과 영혜(穎慧)⁴²⁴⁾ᄒ미 모시(母氏)에 지나니 문휘 깃ᄉᆡ 벗인 거ᄉᆯ 보고 써낫더니 거름을 옴기며 말을 ᄒ야 ᄌᆡ용(才容)⁴²⁵⁾이 긔

* * *

116면

특(奇特)ᄒ니 익지(愛之)ᄒᄆᆯ 니긔지 못ᄒᄂᆫ지라. 부인(夫人) 왈(曰),

"형셰(形勢) 쪼치여 이에 와시니 긔군(欺君)⁴²⁶⁾ᄒ미 심(甚)ᄒ니 슈이 션쳐(善處)ᄒ샤 동경(東京)으로 가게 ᄒ쇼셔."

샹셰(尙書ㅣ) 부인(夫人)을 만나 하ᄒᆡ(河海) ᄀᆞᆺᄐᆫ 졍(情)과 녀ᄋ(女兒)의 교염(嬌艶)⁴²⁷⁾ᄒᄆᆯ 보니 즉금(卽今) ᄉᆞ죄(死罪)ᄅᆯ ᄂᆞ리오나 노

---

421) 죵힝(從行): 종행. 줄줄 흘림.
422) 명되(命途ㅣ): 운명과 재수.
423) 니친(離親): 이친. 부모와 헤어짐.
424) 영혜(穎慧): 남보다 뛰어나고 슬기로움.
425) ᄌᆡ용(才容): 재용. 재주와 용모.
426) 긔군(欺君): 기군. 임금을 속임.

화 보닐 뜻이 업셔 잠소(暫笑) 왈(曰),

"동경(東京)이 하로 이틀 갈 딕 아니니 아직 두어 날 머므러 쉬소
셔."

이날 샹셰(尚書ㅣ) 삼(三) 공ᄌ(公子)와 부인(夫人)으로 더브러 셕
식(夕食)을 흔가지로 ᄒ고 밤이 되미 몽샹 공ᄌ(公子ㅣ) 흥·셩 냥질
(兩姪)로 더브러 초당(草堂)의셔 ᄌ고 샹셰(尚書ㅣ) 닉당(內堂)의셔
잘시 일싱(一生) 부인(夫人)을 다시 만나지 못홀가 넉엿다가 ᄌ리를
년(連)ᄒ니 환희(歡喜)ᄒ미 꿈속 ᄀᆺᄐ여 녀ᄋ(女兒)를 안고 부인(夫
人) 옥슈(玉手)를 잡아 탄왈(嘆曰),

"흉인(凶人)의 독슈(毒手)를 만나미 우리 부뷔(夫婦ㅣ) 츠싱(此生)
의 다시 만나지 못홀가 ᄒ더니 하ᄂᆞᆯ이 슉녀(淑女) 공규(空閨)의 박명
(薄命)을 어엿비 넉이샤 흑싱(學生)

* * *

117면

을 만나게 ᄒ시니 즉금(卽今)에 ᄉ죄(死罪)를 당(當)흔들 현마 엇지
ᄒ리오?"

쇼졔(小姐ㅣ) 블평(不平)ᄒ야 ᄉ믹를 썰쳐 믈너 안ᄌ 말을 아니니
샹셰(尚書ㅣ) 미미(微微)히 웃고 다시 손을 닛그러 샹요(床-)에 나아
가니 새로온 졍(情)이 산이 경(輕)홀 거시오, 별후(別後) ᄉ상지심(思
相之心)이 아오라 측냥(測量)업더라.

ᄎ시(此時) 몽샹 공ᄌ(公子ㅣ) 화 쇼져(小姐) 잇ᄂᆫ 곳이 심원(深
遠)428)치 아닌지라 얼프시 그 용모(容貌)를 보고 크게 황홀(恍惚)ᄒ

427) 교염(嬌艷): 아리땁고 고움.
428) 심원(深遠): 깊고 멂.

야 밤이 맛도록 잠을 닐우지 못ᄒ고 명조(明朝)의 샹셔(尙書)와 부인 (夫人)긔 문안(問安)ᄒ고 인(因)ᄒ야 ᄀᆞᆯ오ᄃᆡ,

"슈쉬(嫂嫂ㅣ) 어졔 그 녀ᄌᆞ(女子)ᄅᆞᆯ 언졔 아ᄅᆞ시ᄂᆞ니잇가?"

부인(夫人)이 침음(沈吟) 답왈(答曰),

"그 녀ᄌᆞ(女子)의 근본(根本)은 여ᄎᆞ여ᄎᆞ(如此如此)ᄒ거니와 엇지 므ᄅᆞ시ᄂᆞ뇨?"

몽샹이 소왈(笑曰),

"그 녀ᄌᆞ(女子)의 문지(門地)429) 그럴진ᄃᆡ 쇼싱(小生)이 취(娶)코 ᄌᆞ ᄒᆞ니 수수(嫂嫂)의 명(命)을 쳥(請)ᄒᆞ이다."

부인(夫人)이 낤호여 ᄀᆞᆯ오ᄃᆡ,

"졔 맛춤 시운(時運)이 글너 져러틋 빈한(貧寒)ᄒ나 ᄉᆞ족(士族)이 니 숙숙(叔叔)은 듕

* * *

118면

ᄆᆡ(中媒)로 통(通)ᄒ시고 이러틋 무례(無禮)ᄒ 말을 마ᄅᆞ소셔."

이에 문후ᄅᆞᆯ 향(向)ᄒ여 왈(曰),

"져 화 쇼졔(小姐ㅣ) 졍ᄉᆞ(情事ㅣ) 참담(慘憺)ᄒ며 의지(依支)ᄒ야 요싱(聊生)430)ᄒᆞᆯ 도리(道理) 망연(茫然)ᄒ니 만일(萬一) 강포(强 暴)431)ᄒ 쟈(者)ᄅᆞᆯ 만난즉 보옥(寶玉)이 속졀업시 니토(泥土)432)의 바릴 거시니 숙숙(叔叔)이 쟝년(壯年)ᄒ야 안히ᄅᆞᆯ 명(定)치 아녀시니

---

429) 문지(門地): 문벌.

430) 요싱(聊生): 요생. 그럭저럭 살아감.

431) 강포(强暴): 몹시 우악스럽고 사나움.

432) 니토(泥土): 이토. 진흙.

심(甚)히 울젹(鬱寂)ᄒ지라 져 화 시(氏)에 힝ᄉ(行事)ᄂᆞᆫ 쳡(妾)이 본
배라 슉슉(叔叔)의 평싱(平生) 금슬(琴瑟)이 화(和)ᄒ려니와 구고(舅
姑)ᄭᅴ 취픔(就稟)433)ᄒ미 업ᄉ니 주뎌(趑趄)434)ᄒᄂ이다."

샹셰(尙書ㅣ) 침음(沈吟) 왈(曰),

"쳐ᄌᆡ(處子ㅣ) 그러틋 아름다올진딘 부뫼(父母ㅣ) 친(親)히 퇴(擇)
ᄒ셔도 이밧긔 나지 못홀 둣ᄒ고 져의 형셰(形勢) 위란(危亂)435)ᄒ
니 권도(權道)436)로 셩친(成親)ᄒ고 부모(父母)ᄭᅴ 고(告)ᄒ미 맛당ᄒ
이다."

부인(夫人)이 ᄯᅳᆺ을 결(決)ᄒ야 운아로 ᄒ야금 화 쇼져(小姐)ᄭᅴ 가
그 ᄯᅳᆺ을 보라 ᄒ니 운이 슈명(受命)ᄒ야 화가(-家)의 나아가 부인(夫
人) ᄯᅳᆺ을 고(告)ᄒ니 쇼졔(小姐ㅣ) 참연(慘然) 뉴

***

119면

뎨(流涕) 왈(曰),

"쳔쳡(賤妾)이 목숨이 모질고 부모(父母) 뉴톄(遺體)437)ᄅᆞᆯ 스스로
결(決)치 못ᄒ여 이러틋 투싱(偸生)438)ᄒ나 진념(塵念)439)을 ᄉ졀(謝
絶)ᄒ연 지 오라니 더옥 부인(夫人)의 니ᄅᆞ시ᄂᆞᆫ 말ᄉᆞᆷ은 쳡(妾)의 원

---

433) 취픔(就稟): 취품. 웃어른께 나아가 여쭘.
434) 주뎌(趑趄): 자저. 머뭇거리며 망설임.
435) 위란(危亂): 위태롭고 어지러움.
436) 권도(權道): 목적 달성을 위하여 그때그때의 형편에 따라 임기응변으로 일을 처리
　　하는 방도.
437) 뉴톄(遺體): 유체. 부모가 남겨 준 몸이라는 뜻으로 자기의 몸을 이르는 말.
438) 투싱(偸生): 투생. 욕되게 살기를 꾀함.
439) 진념(塵念): 속세의 명예와 이익을 생각하는 마음.

(願)치 아닛는 배라 두 번(番) 니르지 마르소셔.”

운이 다시 말을 못 ᄒ고 도라가 부인(夫人)긔 고(告)ᄒ니 부인(夫人)은 잠소(暫笑) 무언(無言)ᄒ고 공ᄌ(公子ㅣ) 초조(焦燥)ᄒ야 친(親)히 가 권(勸)ᄒ믈 의걸(哀乞)ᄒ니 부인(夫人) 왈(曰),

“제 임의 ᄯᅳᆺ이 그러ᄒ니 쳡(妾)이 가나 홀일업슬가 ᄒᄂ이다.”

공ᄌ(公子ㅣ) 착급(着急)440)ᄒ니 부인(夫人)이 미소(微笑)ᄒ고 즉시(卽時) 교ᄌ(轎子)를 ᄌᆽ초와 화부(-府)에 니르니 화 쇼졔(小姐ㅣ) 하당(下堂) 영지(迎之)ᄒ야 샹당(上堂)에 좌뎡(坐定)ᄒ고 야간(夜間) 평부(平否)를 뭇ᄌ오니 부인(夫人)이 흔연(欣然)ᄒ고 작일(昨日) 낫비441) 보믈 닐ᄏᆺ고 말이 이윽ᄒ 후(後) 쇼져(小姐)의 손을 잡고 ᄀᆞᆯ오ᄃᆡ,

“쇼졔(小姐ㅣ) 일즉 고셔(古書)를 닑어 오륜(五倫)의 듕(重)ᄒ믈 알니니 엇지 일편도이 싱각ᄒ시ᄂᆞ뇨? 쇼졔(小姐ㅣ) 경화거

＊＊＊

120면

족(京華巨族)442)으로 이러톳 한미(寒微)히 이시니 힝(幸)혀 강포(强暴)ᄒᆫ 쟈(者)를 만난즉 부모(父母)의 유톄(遺體)를 바리미 반닷ᄒ리니 곳쳐 싱각ᄒ야 군ᄌ(君子)를 마ᄌ 부모(父母) 졔ᄉ(祭事)를 긋치지 아니미 올흐니라.”

화 쇼졔(小姐ㅣ) 눈믈을 ᄭᅵᆯ려 ᄀᆞᆯ오ᄃᆡ,

“부인(夫人)이 궁박지인(窮迫之人)443)을 졔도(濟度)444)코져 ᄒ시

---

440) 착급(着急): 매우 급함.

441) 낫비: 미상.

442) 경화거족(京華巨族): 번화한 서울에서 권력 있고 번성한 집안.

443) 궁박지인(窮迫之人): 궁박한 사람. 궁박은 매우 곤궁한 상태를 뜻함.

니 은혜(恩惠) 빅골난망(白骨難忘)[445]이라 엇지 좃지 아니리오마는 혼인(婚姻)은 인륜(人倫) 큰 마디라 외귀(外舅ㅣ) 경수(京師)에 계시니 제 비록 첩(妾)을 져바리미 이시나 첩(妾)의 도리(道理)는 즈힝(恣行)[446]ᄒᆞ미 그른 고(故)로 티명(台命)[447]을 밧드지 못ᄒᆞ니 당돌(唐突)ᄒᆞᆷ을 용샤(容赦)ᄒᆞ소셔."

부인(夫人)이 측연(惻然) 왈(曰),

"쇼져지심(小姐之心)이 이러틋 고졀(苦節)[448]ᄒᆞ시니 탄복(歎服)ᄒᆞᆷ을 니긔지 못ᄒᆞ거니와 만시(萬事ㅣ) 정도(正道)도 잇고 권도(權道)도 이시니 구 공(公)이 그러틋 져바리는디 쇼져(小姐) 가긔(嫁期)[449]를 엇지 일워 쥬리오? 모로미 첩(妾)의 말을 드르라."

화 시(氏) 믁믁(默默) 톄루(涕淚) 샏이오, 말을 다시 아니커늘 부

* * *

121면

인(夫人)이 다시옴 아름다온 말슴으로 스톄(事體)를 기유(開諭)ᄒᆞ니 도도(滔滔)ᄒᆞᆫ 옥셩(玉聲)이 즈공(子貢)[450]의 노(怒)를 도로혐과 흡ᄉ

---

444) 졔도(濟度): 제도. 원래 불교 용어로, 미혹한 세계에서 생사만을 되풀이하는 중생을 건져 내어 생사 없는 열반의 언덕에 이르게 한다는 의미를 지니고 있는바, 여기에 서는 고통에서 건져 낸다는 뜻으로 쓰임.

445) 빅골난망(白骨難忘): 백골난망. 죽어 백골이 되어도 은혜를 잊지 않음.

446) 즈힝(恣行): 자행. 마음대로 행동함.

447) 티명(台命): 태명. 지체 높은 사람의 명령.

448) 고졀(苦節): 고절. 어려운 지경에 빠져도 변하지 아니하고 끝까지 지켜 나가는 굳은 절개.

449) 가긔(嫁期): 가기. 시집보낼 기약.

450) 즈공(子貢): 자공. 중국 춘추시대 위(衛)나라의 학자로, 성은 단목(端木)이고 이름은 사(賜). 공자의 열 제자 중 한 사람으로 사리에 맞지 않는 일을 보면 참지 못하고 분노를 잘한 것으로 유명함.

(恰似)ᄒ니 규귀(規矩ㅣ)451) 착난(錯亂)452)치 아닌지라 쇼졔(小姐ㅣ)
부득이(不得已) 조츠니,

부인(夫人)이 대희(大喜)ᄒ야 햐쳐(下處)에 긔별(奇別)ᄒ고 퇵일
(擇日)ᄒ야 셩녜(成禮)홀시 녀 태슈(太守ㅣ)이 소식(消息)을 듯고 위
의(威儀)를 극진(極盡)이 ᄀ초와 공ᄌ(公子)를 화부(-府)에 보니여 신
부(新婦)를 마ᄌ 도라와 샹셔(尙書)와 부인(夫人)긔 녜(禮)를 맛ᄎ미
샹셰(尙書ㅣ) 눈을 드러 신부(新婦)를 보고 대희(大喜) 왈(曰),

"이 진짓 ᄋ뎨(阿弟)의 평싱(平生) 비우(配偶)453)며 일딕(一代) 냥
필(良匹)454)이라. 타일(他日) 부뫼(父母ㅣ) 보신즉 부인(夫人)의 듕미
(仲媒) 잘ᄒᄆ를 깃거ᄒ실노다."

부인(夫人)이 겸양(謙讓)ᄒ야 ᄉ샤(謝辭)ᄒ더라. 이날 ᄉ공ᄌ(四公
子ㅣ)455) 신부(新婦)를 보고 평싱(平生) 원(願)이 족(足)ᄒ야 견권지
졍(繾綣之情)456)이 측냥(測量)업더라.

명일(明日) 부인(夫人)이 샹셔(尙書)긔 쳥(請)ᄒ여 왈(曰),

"숙숙(叔叔)이 닉실(內室)을 어더 계시니 이곳이 젹막(寂寞)지 아
니ᄒ지라. 군명(君命)이 엄(嚴)ᄒ

---

451) 규귀(規矩ㅣ): 일상생활에서 지켜야 할 법도.

452) 착난(錯亂): 착란. 어지럽고 어수선함.

453) 비우(配偶): 배우. 배필.

454) 냥필(良匹): 양필. 좋은 짝.

455) ᄉ공ᄌ(四公子ㅣ): 사공자. 넷째 공자. 이몽상이 이관성의 넷째 아들이므로 이와 같
이 표현함.

456) 견권지졍(繾綣之情): 견권지정. 마음속에 굳게 맺혀 잊히지 않는 정.

되 이리 지류(遲留)[457]ᄒᆞ미 만만절박(萬萬切迫)[458]ᄒᆞ니 군(君)은 대의(大義)ᄅᆞᆯ 싱각ᄒᆞ야 동경(東京)으로 수이 가게 ᄒᆞ쇼셔.”

샹셰(尚書ㅣ) 침음(沈吟) 답왈(答曰),

“ᄒᆞᆨ싱(學生)인들 엇지 싱각지 못ᄒᆞ리오마ᄂᆞᆫ 예셔 동경(東京)이 도뢰(道路ㅣ) 요원(遙遠)[459]ᄒᆞ니 부인(夫人)이 편(便)ᄒᆞᆯ 쩍도 환패(患敗)[460] 만나믈 잘ᄒᆞ니 ᄒᆞ믈며 위틱(危殆)ᄒᆞᆫ 곳에 어이 보닉리오? 아직 싱각ᄒᆞ야 션쳐(善處)ᄒᆞ리라.”

부인(夫人)이 초조(焦燥)ᄒᆞ야 날마다 동(東)으로 가믈 쳥(請)ᄒᆞ니 말ᄊᆞᆷ이 졀당(切當)[461]ᄒᆞ니 ᄉᆞ톈(事體ㄴ)즉 그러ᄒᆞᆫ지라. 샹셰(尚書ㅣ) 대의(大義)ᄅᆞᆯ 아ᄂᆞᆫ지라 마양 밀막지 못ᄒᆞ야 녀 태슈(太守)ᄅᆞᆯ 보아 ᄒᆞᆫ 쳑(隻) 젼션(戰船)을 잡아 달라 ᄒᆞ니 태쉬(太守ㅣ) 임의 연고(緣故)ᄅᆞᆯ 아ᄂᆞᆫ 고(故)로 우어 왈(曰),

“엇지 ᄎᆞ마 보닉려 ᄒᆞᄂᆞᄂᆈ? 쇼뎨(小弟) ᄀᆞᆺ틀진딕 ᄉᆞ죄(死罪)ᄅᆞᆯ 당(當)ᄒᆞ나 일이 공교(工巧)히 만나셔 못 보닐노다.”

샹셰(尚書ㅣ) 소왈(笑曰),

“형(兄)은 본(本)딕 부인(夫人)긔 넉슬 일헛

---

457) 지류(遲留): 오래 머무름.

458) 만만절박(萬萬切迫): 만만절박. 매우 다급하고 절실함.

459) 요원(遙遠): 매우 멂.

460) 환패(患敗): 우환의 뜻으로 보이나 미상임.

461) 절당(切當): 절당. 사리에 꼭 들어맞음.

고 쇼뎨(小弟)는 그러치 아니라."

태쉬(太守ㅣ) 소왈(笑曰),

"형(兄)은 쇼뎨(小弟)를 어둡게 넉이지 말나. 소 부인(夫人) 오신 후(後) 내 드릿니 형(兄)이 어제도 부인(夫人) 손을 닛글고 무릅흘 년(連)ᄒ야 안젓다 ᄒ니 져런 후빅(侯伯)이 어딋 이시리오?"

샹셰(尚書ㅣ) 소왈(笑曰),

"녀관(女官)462)을 친(親)히 ᄒ여든 후빅(侯伯)이 못 되리오? 들면 암실지듕(暗室之中)에 부인(夫人)을 희롱(戲弄)ᄒ고 나면 손에 샹쟝 (相將)463) 위권(威權)464)을 잡으리니 아모커나 형(兄)이 니릇라. 부인(夫人)으로 더브러 초465)월(楚越)466)ᄀᆞ치 먼니ᄒ고 삼ᄉᆞ(三四) 개 (個) ᄌᆞ녜(子女ㅣ) 어딋로셔 낫ᄂᆞᇇ뇨?"

태쉬(太守ㅣ) 대소(大笑)ᄒ고 도라가 ᄒᆞᆫ 낫 젼션(戰船)을 졍(正)히 ᄭᅮ미고 격군(格軍)467) 슈십(數十) 인(人)과 ᄯᅩ 근신(勤愼)468)ᄒᆞᆫ 하리 (下吏) 오십(五十) 명(名)을 호위(護衛)ᄒ게 ᄒ고 ᄆᆡᄉᆞ(每事)를 셩비 (盛備)469)히 출혀 주니 문휘 그 의긔(義氣)를 칭샤(稱謝)ᄒ고 ᄂᆡ당

---

462) 녀관(女官): 여관. 원래 후궁을 이르는 말이나 여기에서는 아내를 말함.

463) 샹쟝(相將): 상장. 재상과 장수.

464) 위권(威權): 위세와 권력.

465) 초: [교] 원문에는 '쇼'로 되어 있으나 오기로 보이므로 국도본(14:113)을 따름.

466) 초월(楚越): 중국 전국시대의 초나라와 월나라의 사이라는 뜻으로, 서로 원수처럼 여기는 사이를 비유적으로 이르는 말.

467) 격군(格軍): 사공의 일을 돕는 수부(水夫).

468) 근신(勤愼): 힘쓰고 삼감.

469) 셩비(盛備): 성비. 성대하게 갖춤.

(內堂)에 드러가 부인(夫人)을 보아 주시 니른니 부인(夫人)이 マ장 깃거호나 ♀즈(兒子) 써나믈 참통(慘痛)470)호고 셩문이

124면

모친(母親) 무롭 우히 업틱여 우름을 긋치지 아니호고 음식(飮食)을 젼폐(全廢)호니 부인(夫人)이 쓰다듬아 위로(慰勞)호믈 마지아니호더 니 추야(此夜)의 샹셰(尚書ㅣ) 뇌당(內堂)에 니른니 부인(夫人)이 셩 문의 낫츨 다혀 모즈(母子)의 운쉬(運數ㅣ) 이러틋 긔구(崎嶇)호믈 슬허호니 부용냥협(芙蓉兩頰)471)의 누쉬(淚水ㅣ) 어릐여 슈려(秀麗) 혼 틱되(態度ㅣ) 일충(一層)이 더은지라 샹셰(尚書ㅣ) 영웅(英雄)의 쟝심(壯心)이나 춤지 못호야 줌미(蠶眉)472)를 쁩긔고 드러 안즈 녀♀ (女兒)를 안고 부인(夫人) 손을 잡아 왈(曰),

"아지 못게라. 명일(明日) 니별(離別)이 만날 긔약(期約)이 뚀 이시랴?"
부인(夫人)이 강잉(强仍) 틱왈(對曰),

"텬지(天子ㅣ) 셩명(聖明)473)호시니 슈이 누명(陋名)을 신셜(伸雪) 호고 모드미 이시리이다."

샹셰(尚書ㅣ) ♀즈(兒子)와 녀♀(女兒)를 냥(兩) 슬샹(膝上)의 안치 고 말이 업더니 주리에 나아가 냥♀(兩兒)를 졌히 누이고 부인(夫人) 으로 더브러 벼개를 년(連)호야 탄왈(嘆曰),

"훅싱(學生)이 어지지

---

470) 참통(慘痛): 더할 수 없이 슬픔.
471) 부용냥협(芙蓉兩頰): 부용양협. 연꽃같이 아름다운 두 뺨.
472) 줌미(蠶眉): 잠미. 누에 같은 눈썹이라는 뜻으로 남자의 아름다운 눈썹을 이르는 말.
473) 셩명(聖明): 성명. 임금의 지혜가 밝음.

못ᄒᆞ야 부인(夫人)으로 ᄒᆞ야곰 이러틋 뉴리(流離) 험난(險難)을 겻게 ᄒᆞ니 엇디 참괴⁴⁷⁴⁾(慙愧)⁴⁷⁵⁾치 아니리오? 모ᄅᆞ미 방신(芳身)을 보듕 (保重)ᄒᆞ야 후일(後日)을 기ᄃᆞ리라.”

부인(夫人)이 이ᄍᆞ의 대톄(大體)ᄅᆞᆯ 싱각ᄒᆞ야 만(萬) 니(里)ᄅᆞᆯ 힝 (行)ᄒᆞ려 ᄒᆞ나 ᄋᆞᄌᆞ(兒子)ᄅᆞᆯ 써나ᄂᆞᆫ 심⁴⁷⁶⁾ᄉᆞ(心思ㅣ) ᄎᆞ아(嗟訝)⁴⁷⁷⁾ ᄒᆞ고 샹셔(尚書)의 뎍듕(謫中) 고초(苦楚)ᄅᆞᆯ 우려(憂慮)ᄒᆞ니 젼일(前 日) 나히 졈고 ᄆᆞ음이 믈욕(物慾)의 ᄉᆞ연(捨然)⁴⁷⁸⁾ᄒᆞ야 부부(夫婦) 은졍(恩情)을 ᄭᅮᆷᄀᆞᆺ치 너기나 도금(到今)ᄒᆞ야 냥인(兩人)이 다 타향 (他鄉)의 류락(流落)⁴⁷⁹⁾ᄒᆞ야 싱ᄉᆞ존망(生死存亡)을 드ᄅᆞ미 어렵고 뎨 ᄌᆞ가(自家)ᄅᆞᆯ 위(爲)ᄒᆞ야 죵야(終夜) 탄우(嘆憂)⁴⁸⁰⁾ᄒᆞ며 ᄌᆞᆷ을 니ᄅᆞ디 못ᄒᆞ믈 보고 맛난 디 팔(八) 년(年)의 텨음으로 ᄆᆞ음이 잠간(暫間) 플니며 화(和)ᄒᆞᆫ 쇼ᄅᆡ로 위로(慰勞) 왈(曰),

“즉금(卽今) 니별(離別)이 참연(慘然)ᄒᆞ나 ᄉᆞ름이 죽디 아니면 그 딋도록 만나기 어려오랴? 군ᄌᆞ(君子)의 굿은 ᄆᆞ음으로 이럿틋

<small>474) 괴: [교] 원문에는 '고'로 되어 있으나 오기로 보이므로 국도본(14:115)을 따름.</small>

<small>475) 참괴(慙愧): 참괴. 매우 부끄럽게 여김.</small>

<small>476) 심: [교] 원문에는 '힝'으로 되어 있으나 문맥을 고려하여 국도본(14:115)을 따름.</small>

<small>477) ᄎᆞ아(嗟訝): 차아. 슬프고 의아해함.</small>

<small>478) ᄉᆞ연(捨然): 사연. '생각 등이 없어진 모양'으로 보이나 미상임.</small>

<small>479) 류락(流落): 유락. 타향에서 돌아다님.</small>

<small>480) 탄우(嘆憂): 근심하며 탄식함.</small>

약(弱)ᄒ시뇨."

샹셰(尙書ㅣ) 탄왈(嘆曰),

"부인(夫人)은 대의(大義)로 혹싱(學生)을 칙(責)ᄒ시니 초패왕(楚霸王)481)의 댱긔(壯氣)482)로도 우희(虞姬)483)를 니별(離別)ᄒ고 영웅(英雄)의 눈믈이 쇽졀업시 ᄉᄆ 뎌즈믈 면(免)티 못ᄒ엿거든 ᄒ믈며 혹싱(學生)이 무슴 ᄆ음으로 부부디졍(夫婦之情)이 업ᄉ리오?"

부인(夫人)이 역탄(亦嘆)ᄒ고 젼일(前日)은 샹셔(尙書)의 졍(情)을 가랍(嘉納)484)ᄒᄂᆫ 일이 업더니 이늘은 젼일(前日) 민몰ᄒ미 업셔 온슌(溫順)ᄒ니 샹셰(尙書ㅣ) 더옥 ᄋᆡ련(愛憐)ᄒ믈 니긔디 못ᄒ여 ᄒ더라.

명일(明日) 샹셰(尙書ㅣ) 부인(夫人)을 젼별(餞別)ᄒ민 다만 탄식(歎息)ᄒ여 무ᄉ(無事)이 가믈 일ᄏ고 공ᄌ(公子)와 화 쇼졔(小姐ㅣ) 눈믈이 여우(如雨)ᄒ야 원노(遠路)의 보듕(保重)ᄒ믈 니ᄅ고 셩문이

---

481) 초패왕(楚霸王): 중국 진(秦)나라 말기의 무장(B.C.232~B.C.202) 항우(項羽)를 말함. 이름은 적(籍)이고 자는 우(羽)임. 숙부 항량(項梁)과 함께 군사를 일으켜 유방(劉邦)과 협력해 진나라를 멸망시키고 스스로 서초(西楚)의 패왕(霸王)이 됨. 그 후 유방과 패권을 다투다가 해하(垓下)에서 포위되어 자살함.

482) 댱긔(壯氣): 장기. 굳센 기운.

483) 우희(虞姬): 초패왕의 애첩(愛妾). 항우가 유방(劉邦)에게 쫓겨 해하(垓下)에 이르러 유방의 군대에게 포위되고 한나라 군대가 둘러싼 사방에서 초나라 노랫소리가 들리자, 우희가 장막 안에서 항우와 이별을 하고 항우의 칼로 자결을 했다는 이야기가 전함. 다만 『한서(漢書)』나 『사기(史記)』와 같은 역사서에는 "우씨 성을 가진 미인 有美人姓虞氏"(『한서』, 「진승항적전(陳勝項籍傳)」)이나 "우라는 이름의 미인 有美人名虞"(『사기』, 「항우본기(項羽本紀)」)와 같이 우희의 존재는 등장하나 우희가 자결했다는 이야기는 없는바, 후대의 문학 작품에 이 이야기가 덧붙여진 것으로 보임.

484) 가랍(嘉納): 가납. 기꺼이 받아들임.

실셩호읍(失聲號泣)485)호야 긔졀(氣絶)홀 둧호니 쇼졔(小姐ㅣ) 오열(嗚咽) 왈(曰),

"ᄋᆞᄌ(兒子)는 박복(薄福)혼 어미를 싱각디 말고 죠히 이시라. 시운(時運)이 니(利)티 아니

◦∗◦
127면

호고 내 팔ᄌ(八字ㅣ) 무샹(無常)호미니 다시 샹회(傷懷)486)호야 무엇호리오?"

샹셰(尙書ㅣ) 셩문을 칙(責)ᄒᆞ여 그치게 ᄒᆞ고 녀ᄋᆞ(女兒)를 다시옴 어ᄅᆞ만저 손을 난호니 셩문의 붕487)졀(崩絶)488)한 심ᄉᆞ(心思)와 샹셔(尙書)의 ᄆᆞᄋᆞᆷ이 측냥(測量)업더라.

쇼 부인(夫人)이 쳔금(千金) 아ᄌ(兒子)를 니별(離別)ᄒᆞ고 간댱(肝腸)을 셕여 풍범(風帆)489)을 조ᄎ 슈듕(水中)의셔 셰월(歲月)을 괴로이 보ᄂᆞ여 쳔신만고(千辛萬苦)를 겻거 동경(東京)의 니ᄅᆞ니,

소 공(公)이 거년(去年) 뉵월(六月)의 죵졔(終祭)490)를 뭇고 경ᄉ(京師)로 가려 ᄒᆞ더니, ᄎ시(此時) 하(夏) ᄉ월(四月)이라. 쳔만(千萬) 긔약(期約)디 아닌 녀이(女兒ㅣ) 니ᄅᆞ니 대경(大驚)ᄒᆞ야 붓들고 연고(緣故)를 므ᄅᆞᆫ딕 쇼졔491)(小姐ㅣ) 젼후슈말(前後首末)을 ᄌᆞ시 니ᄅᆞᆷ

---

485) 실셩호읍(失聲號泣): 실성호읍. 목 놓아 큰소리로 욺.
486) 샹회(傷懷): 상회. 마음속으로 애통히 여김.
487) 붕: [교] 원문에는 '봉'으로 되어 있으나 오기로 보이므로 국도본(14:117)을 따름.
488) 붕졀(崩絶): 붕절. 슬퍼서 마음이 끊어질 듯함.
489) 풍범(風帆): 돛단배.
490) 죵졔(終祭): 종제. 삼년상을 마치고 실내(室內)에서 처음 지내는 제사.
491) 졔: [교] 원문에는 '익'로 되어 있으나 오기로 보이므로 국도본(14:118)을 따름.

쇼 공(公) 부뷔(夫婦ㅣ) 영문의 츔스(慘死)ᄒ믈 크게 셜워ᄒ고 샹셔
(尙書)의 원뎍(遠謫)홈과 녀ᄋ(女兒)의 니이(離異)ᄒᄆᆯ 탄(嘆)ᄒ여 왈
(曰),

"너의 운쉬(運數ㅣ) 가지록 이러ᄒ

* **

128면

니 다 네 팔직(八字ㅣ)라. 구가(舅家)의 가디 말고 우리로 갓치 더부
러 여년(餘年)을 ᄆᆞᄎ라."

쇼몌(小姐ㅣ) ᄋᆽ(兒子) 쪄나믈 츔연(慘然)ᄒ나 부모(父母)ᄅᆯ 뭇
나 깃부미 극(極)ᄒ야 슬픔을 스식(辭色)디 아니코 쇼연 등(等)을 금
빅(金帛)을 주어 셔간(書簡)을 닷가 쇼흥(紹興)으로 보닌 후(後) 부모
(父母)ᄅᆯ 뫼셔 즐기니 쇼 공(公) 부뷔(夫婦ㅣ) 비록 녀ᄋ(女兒)의 신
셰(身世)ᄅᆯ 슬허ᄒ나 일쥬의 긔보(奇寶) ᄀᆞᆺ튼 긔딜(器質)⁴⁹²을 ᄉᆞ랑
ᄒ고 그리다가 모드니 펵 위회(慰懷)⁴⁹³ᄒ야 디니고,

쇼 한님(翰林)이 ᄎᆞ시(此時) 이ᄌ이녀(二子二女)ᄅᆯ 두엇시니 개개
(箇箇)히 곤강미옥(崑岡美玉)⁴⁹⁴이라. 이후(以後) 쇼 부인(夫人)이 졔
딜(弟姪)노 더브러 부모(父母)ᄅᆯ 뫼셔 무ᄉ(無事)히 디니나 일념(一
念)의 셩ᄋ(-兒)ᄅᆯ 잇디 못ᄒ야 왕왕(往往)히 가ᄂᆞ 구룸 보와 넉슬
슬오더라.

화셜(話說). 니부(李府)의셔 샹셔(尙書)와 쇼 시(氏)ᄅᆯ 먼니 보닉고

---

492) 긔딜(器質): 기질. 타고난 재능이나 성질.

493) 위회(慰懷): 괴롭거나 슬픈 마음을 위로함.

494) 곤강미옥(崑岡美玉): 곤륜산(崑崙山)의 아름다운 옥이라는 뜻으로, 아름다운 사람
  을 비유적으로 이르는 말.

죤당(尊堂) 부

＊＊＊

129면

모(父母)의 亽렴(思念)이 여숨츄(如三秋)[495]러니,

임의 명년(明年)이 된 후(後), 일일(一日)은 승샹(丞相)이 셔헌(書軒)의 잇더니 하리(下吏) 일(一) 봉셔(封書)를 드리거늘 쩌혀보니 이곳 쇼 시(氏)의 셔간(書簡)이라. 승샹(丞相)이 크게 반기 너겨 즈시보니 대강(大綱) 길 막혀 호통의 딥의 잇다가 이졔야 가는 亽연(事緣)과 호통의 쇼회(所懷)를 又죠 베퍼시니 승샹(丞相)이 도로(道路)의 구치(驅馳)[496]ᄒ믈 놀나고 시로이 졍亽(情事)를 춤연(慘然)ᄒ야 호통을 블너 은근(慇懃)이 위로(慰勞)ᄒ고 막하(幕下) 쥬부(主簿)[497]를 ᄒ이여 외고(外庫) 직믈(財物)을 가음올게 ᄒ니 통이 딕희(大喜)ᄒ야 비샤(拜謝)ᄒ고 믈너나 제 쳐즈(妻子)를 다리고 승샹부(丞相府)하(下)의[498] 머므다.

ᄎ시(此時) 됴 시(氏) 도라가 쇼 시(氏) 젼졔(剪除)[499]ᄒ믈 깃거ᄒ나 문휘 원젹(遠謫)ᄒ믈 울울(鬱鬱)ᄒ더니 십(十) 삭(朔)이 ᄎ미 무亽(無事)이 빵ᄋ(雙兒)를 싱(生)ᄒ니 ᄒ

---

495) 여숨츄(如三秋): 여삼추. 하루가 삼 년 같다는 뜻으로, 몹시 애태우며 기다림을 이르는 말. 일일여삼추(一日如三秋).

496) 구치(驅馳): 몹시 바삐 돌아다님.

497) 쥬부(主簿): 주부. 명청(明靑) 이후에는 고관(高官)이나 지현(知縣) 등의 이하에 두어 그들을 보좌하던 벼슬을 이름.

498) 의: [교] 원문에는 없으나 문맥을 고려하여 국도본(14:120)을 따라 삽입함.

499) 젼졔(剪除): 전제. 없애 버림.

나흔 쌸이오 ᄒ나흔 ᄋ들이라. 그 고으미 극딘(極盡)ᄒ니 국귀(國舅
ㅣ) 대희(大喜)ᄒ야 왈(曰),

"녀ᄋᆞ(女兒ㅣ) 비록 구가(舅家)의 구축(驅逐)500)을 닙어시나 일틱
(一胎)501)의 ᄌᆞ녀(子女)를 어더시니 어이 깃부디 아니ᄒ리오?"

됴 시(氏) 또흔 깃거ᄒ나 문후의 보디 못ᄒᆞ믈 슬허ᄒ니 념티(廉恥)
ᄲᅡᆼ딘(雙盡)ᄒ미 엇디 통히(痛駭)티 아니며 문휘 비록 ᄌᆞ식(子息)이
업슨들 ᄌᆞ식(子息) 듁인 원슈(怨讐)를 니즈리오.

이ᄢᅥ 셜연이 병부샹셔(兵部尙書)를 황휘(皇后ㅣ) 힘써 ᄒᆞ이니 병
부(兵部) 큰 쇼임(所任)을 맛ᄒᆞ미 방ᄌᆞ(放恣)흔 ᄯᅳ시 이러 모든 군병
(軍兵)을 임의(任意)로 죄(罪)쥬며 변방(邊方) 뎨독(提督) 총병(摠
兵)502)ᄒᆞᄂᆞᆫ 뉴(類)의게 회뢰(賄賂)503)를 밧으면 업슨 공(功)도 크게
치부(置簿)504)ᄒᆞ고 회뢰(賄賂) 아닌 쟈(者)ᄂᆞᆫ 유공쟈(有功者)도 군졸
(軍卒)의 어(御)505)ᄒᆞ니 병부(兵部) 듸쇼(大小) 댱ᄉᆞ(將士)506)와 어
영507)(御營)508) 군졸(軍卒)이

---

500) 구축(驅逐): 구축. 내쫓김.

501) 일틱(一胎): 일태. 한 번 아이를 뱀.

502) 총병(摠兵): 총병. 군대를 지휘함.

503) 회뢰(賄賂): 뇌물.

504) 치부(置簿): 마음속으로 그렇다고 여김.

505) 어(御): 다스림.

506) 댱ᄉᆞ(將士): 장사. 장졸.

507) 어영: [교] 원문에는 '에셩'으로 되어 있으나 의미를 명확히 하기 위해 국도본(14:121) 을 따름.

508) 어영(御營): 중국에는 어영, 혹은 어영청(御營廳)이라는 조직이 없었고, 조선시대에 군대인 어영청이 있었음. 여기에서는 군대의 의미로 쓰인 듯함.

그 고기를 먹고ᄌ ᄒᆞ딕509) 황후(皇后)를 두려 감(敢)히 발구(發口)치 못ᄒᆞ얏더니,

어시(於是)의 샹(上)이 됴후의게 뎌시(儲嗣ㅣ)510) 업고 후궁(後宮) 양 시(氏) 히를 ᄭᅮᆷ구어 태ᄌ(太子)를 나흐니 샹(上)이 크게 깃그샤 극(極)히 이통(愛寵)511)ᄒᆞ시니 됴 시(氏) 투긔(妬忌) 심(甚)ᄒᆞ디라.

ᄆᆞ양 양 시(氏)의 곳의 가시더니 일일(一日)은 더위를 피(避)ᄒᆞ여 후원(後園) 샹님원(上林苑)512)의 노르시다가 양 시(氏)를 부르샤 밤을 디닉시다가 몽듕(夢中)의 ᄒᆞᆫ 녀ᄌ(女子ㅣ) 머리를 플고 발 벗고 목의 피를 흘녀 ᄋᆔᆰ히 와 울고 왈(曰),

"폐하(陛下)ᄂᆞᆫ 나를 아르시ᄂᆞ니잇가?"

뎨(帝) 대경(大驚) 문왈(問曰),

"네 엇던 겨딥이완딕 무슨 연고(緣故)로 이 거조(擧措)를 ᄒᆞ야 딤(朕)의 ᄋᆔᆰ히 오ᄂᆞᆫ다?"

그 녀ᄌ(女子ㅣ) 일댱(一場)을 울고 대왈(對曰),

"첩(妾)은 문명후 니몽챵의 쳐(妻) 소 시(氏) 시녀(侍女) 셩괴라. 즉

---

509) 그~ᄒᆞ딕: 그 고기를 먹고자 하되. 셜연을 원망하여 죽이고 싶다는 말임. 참고로 국도본(14:121)에는 '그윽이 원망ᄒᆞ딕'라 되어 있음.

510) 뎌시(儲嗣ㅣ): 저사. 임금의 자리를 이을 임금의 아들.

511) 이통(愛寵): 애총. 사랑함. 총애(寵愛).

512) 샹님원(上林苑): 상림원. 원래 중국 장안(長安)의 서쪽에 있었던 궁원(宮苑)이나 여기에서는 후원의 대명사로 쓰임.

금(即今) 쥬모(主母)의 명(命)으로 유으(乳兒)롤 기릭읍더니 공직(公子 ㅣ) 텬명(天命)이 뎌릭고 문명후 부부(夫婦)의게 원(冤)을 갑흐려 낫거니와 황이(皇姨) 됴 시(氏) 유으(乳兒)롤 딤살(鴆殺)513)호고 믄득 옥샤(獄事)롤 크게 뒤쳐 됴 국귀(國舅 ㅣ) 셜연의게 조어(措語)514)호고 황후(皇后)의 밀셔(密書)롤 나리와 병부샹셔(兵部尚書)롤 호이마 호오니 셜연이 욕심을 늬이와 명일(明日) 좌긔(坐起)의 마춤 좌우(左右) 시랑(侍郎)이 업순 고(故)로 흉인(凶人)이 더옥 용약(踊躍)515)호와 팔(八) 낭듕(郎中)을 츼오고 니비(吏輩)516)로 동심(同心)호와 신쳡(臣妾)이 입도 여디 아닌 물을 쥬츌(做出)517)호여 텬뎡(天廷)을 속이고 이믜흔 쇼 시(氏)롤 니이(離異)호고 원억(冤抑)518)흔 문후롤 원뎍(遠謫)호며 죄(罪) 업순 쳡(妾)을 쳐참(處斬)519)호니 이 원슈(怨讐)는 샴싱(三生)520)의 다 갑디 못홀 거시로딕 몸이 명부(冥府)521)의 믹이엿는 고(故)

---

513) 딤살(鴆殺): 짐살. 짐독(鴆毒)을 섞은 술로 만든 짐주(鴆酒)로 사람을 죽임. 짐독은 짐새의 깃에 있는 맹렬한 독.

514) 조어(措語): 말을 맞춤.

515) 용약(踊躍): 좋아서 뜀.

516) 니비(吏輩): 이배. 이서(吏胥)의 무리. 이서는 관아에 속하여 말단 행정 실무에 종사하던 구실아치.

517) 쥬츌(做出): 주출. 없는 사실을 꾸며 냄.

518) 원억(冤抑): 원통하고 억울함.

519) 쳐참(處斬): 처참. 목 베어 죽임.

520) 삼싱(三生): 삼생. 전생(前生), 현생(現生), 내생(來生)을 통틀어 이르는 말.

521) 명부(冥府): 저승.

로 즉시(卽時) 와 하디 못ᄒᆞ야더니 이졔야 고(告)ᄒᆞ나니 복원(伏願)
폐하(陛下)ᄂᆞᆫ 쳡(妾)의 긴 목슘 ᄯᅳᆫ흔 원슈(怨讐)를 갑하 쥬쇼셔."

샹(上)이 츔연(慘然)ᄒᆞ야 이의 문왈(問曰),

"네 비명(非命)522)의 죽엇시면 엇디 명부(冥府)의 잡혓노라 ᄒᆞᄂᆞᆫ다?"

셩괴 답왈(答曰),

"비명(非命)의 죽엇건ᄆᆞᄂᆞᆫ 명부(冥府)의셔 딘뎍(眞的)523)ᄒᆞᆫ 줄 몰
나 슈십(數十) 일(日) 사힉(査覈)524)ᄒᆞᄆᆡ 인간(人間)은 불셔 여러 달
이 되여 히 딘(盡)ᄒᆞ엿나이다. 원(願)컨디 이향을 죽여 쥬쇼셔."

인(因)ᄒᆞ야 크게 우니 소ᄅᆡ 됴량(寥涼)525)ᄒᆞ니 놀나 ᄭᆡ치니 이의
남가일몽(南柯一夢)이러라. 흠신(欠伸)526)ᄒᆞ야 니러 안ᄌᆞ샤 양 시
(氏)다려 몽샤(夢事)를 니ᄅᆞ시니 원ᄂᆡ(元來) 양 시(氏)ᄂᆞᆫ 대가(大家)
녀ᄌᆞ(女子)로 덕ᄒᆡᆼ(德行)이 쵸츌(超出)527)ᄒᆞ고 젼일(前日) 셩괴 옥ᄉᆞ
(獄事) 뎍 원억(冤抑)ᄒᆞᄆᆞᆯ 알ᄋᆞᄃᆡ 황후(皇后)로 ᄒᆞ

여 닙을 즘가더니 샹(上)의 무ᄅᆞ시믈 조ᄎᆞ 대왈(對曰),

---

522) 비명(非命): 뜻밖의 재난으로 죽음.

523) 딘뎍(眞的): 진적. 참되고 틀림없음.

524) 사힉(査覈): 사핵. 실제 사정을 자세히 조사하여 밝힘.

525) 됴량(寥涼): 요량. 쓸쓸하고 처량함.

526) 흠신(欠伸): 하품하고 기지개를 켬.

527) 쵸츌(超出): 초출. 매우 뛰어남.

"이향을 뎌(罪)쥬신즉 간뫼(奸謀ㅣ)528) 발각(發覺)ᄒ리이다."

샹(上) 왈(曰),

"이향도 뎌(罪)쥬려니와 셜연이 더옥 제 대옥(大獄)을 뭇하 가디고 엇디 그릇툿 ᄒ리오? 일톄(一切)로 국문(鞫問)529)ᄒ리라."

ᄒ시고,

명일(明日) 듸리시(大理寺)530)의 셜연과 이531)향과 됴 국구(國舅)를 다 옥(獄)의 나리와 국문(鞫問)ᄒ라 ᄒ시니 니(李) 승샹(丞相)이 반녈(班列)의 이셔 됴셔(詔書)를 보고 심하(心下)의 경녀(驚慮)532)ᄒ니 대강(大綱) 엇디ᄒ여 씌다ᄅ신고 ᄒ더라.

샹(上)이 니(李) 승샹(丞相)을 나ᄋ오라 ᄒ샤 갈ᄋ샤듸,

"딤(朕)이 블명(不明)ᄒ야 몽챵의 대공(大功)을 모ᄅ고 간참(間讒)533)을 신텽(信聽)534)ᄒ야 쇠외(塞外)의 죄인(罪人)을 삼아 닉치니 므슴 낫ᄎ로 션싱(先生)을 보며 후세(後世)의 시비(是非)를 엇디 면(免)ᄒ리오? 다만 경(卿)이 빅535)뇨(百僚)의 우히 거(居)ᄒ여 음비(淫鄙)536)ᄒ 옥

528) 간뫼(奸謀ㅣ): 간사한 꾀.

529) 국문(鞫問): 국청(鞫廳)에서 중대한 죄인을 심문하던 일.

530) 듸리시(大理寺): 대리시. 형옥(刑獄)을 맡아보던 관아.

531) 이: [교] 원문에는 이 앞에 '셜연과'가 없으나 문맥을 고려하여 국도본(14:124)을 따라 삽입함.

532) 경녀(驚慮): 경려. 놀라고 염려함.

533) 간참(間讒): 간참. 이간하는 말과 참소.

534) 신텽(信聽): 신청. 믿고 곧이들음.

535) 빅: [교] 원문에는 '빙'으로 되어 있으나 오기로 보이므로 국도본(14:125)을 따름.

536) 음비(淫鄙): 음란하고 비루함.

ᄉ(獄事)를 앏히 두고 딤(朕)을 실덕(失德)ᄒ게 ᄒ뇨?"

승상(丞相)이 머리를 두드려 청죄(請罪)ᄒ고 읍쥬(泣奏)[537] 왈(曰),

"신(臣)이 비록 디식(知識)이 우몽(愚蒙)[538]ᄒ오나 츠마 폐하(陛下) 실덕(失德)을 규간(規諫)[539]티 아니리잇고마ᄂᆞ 거년(去年) 옥ᄉᆡ(獄事ㅣ) 임의 ᄒᆡ비(該備)[540]ᄒ야 형부샹셔(刑部尚書) 죄인(罪人)이 승복(承服)ᄒ다 ᄒ야 쵸ᄉᆞ(招辭)[541]를 일워 딘달(進達)[542]ᄒ엿ᄉᆞᆸ거든 신(臣)이 비록 디식(知識)이 우몽(愚蒙)ᄒ오나 츠마 폐하(陛下) 옳히 ᄌᆞ식(子息)의 부부(夫婦)를 위(爲)ᄒ야 스스로 딘ᄇᆡᆨ(進白)[543]ᄒ리잇고? 금일(今日) 셩디(聖旨) 엄쥰(嚴峻)하시믈 조차 죄(罪)를 쳥(請)ᄒᆞᄂᆞ이다."

샹(上)이 믁연(默然)이 붓그려샤 즉시(卽時) 형댱(刑杖)[544]을 ᄀᆞᆺ초시고 셜연을 올녀 엄형(嚴刑) 국문(鞫問)ᄒ니 연이 홀일업셔 뎐일(前日) 슈말(首末)을 다 초ᄉᆞ(招辭)의 올녀 승복(承服)ᄒ니 샹(上)이 디로(大怒)ᄒ샤 니향을 뎌(罪)조시민 됴 시(氏) 영문을 죽일시 뎍실(的實)[545]ᄒ니 샹(上)이

---

537) 읍쥬(泣奏): 읍주. 울며 아룀.

538) 우몽(愚蒙): 어리석음.

539) 규간(規諫): 옳은 도리나 이치로써 웃어른이나 왕의 잘못을 고치도록 말함.

540) ᄒᆡ비(該備): 해비. 다 갖추어짐.

541) 쵸ᄉᆞ(招辭): 초사. 자기의 범죄 사실을 진술하던 말.

542) 딘달(進達): 진달. 원래 관하(管下)의 공문 서류를 상급 관청으로 올려 보낸다는 뜻이나 여기에서는 주달(奏達)의 의미로 쓰임. 주달은 임금께 아뢴다는 뜻임.

543) 딘ᄇᆡᆨ(進白): 진백. 임금에게 아룀.

544) 형댱(刑杖): 형장. 죄인을 신문할 때에 쓰던 몽둥이.

545) 뎍실(的實): 적실. 틀림이 없이 확실함.

• * *

136면

더옥 노(怒)ᄒ샤 유샤(攸司)546)의 ᄂ리와 법(法)을 졍(正)히 ᄒ고ᄌ
ᄒ시더니 오부(五部) 댱졸(將卒)이 등문고(登聞鼓)ᄅ 텨 소댱(疏章)547)
을 올니니 셜연이 텽쵹(請囑)548)을 탐남(貪婪)549)이 바든 ᄉ에(辭語
ㅣ)라. 샹(上)이 ᄎ악(嗟愕)ᄒ샤 연을 다시 뎌(罪)쥬시미 일일(一一)
히 복쵸(服招)550)ᄒ니 이의 셩디(聖旨)ᄅ ᄂ리와 셜연, 니향을 듕률
(重律)노 다ᄉ리시고 됴 국구(國舅)ᄅ 븍디(北地)의 원찬(遠竄)551)ᄒ
시고 됴 시(氏)ᄅ 살인디죄(殺人之罪)로 죽일 거시로ᄃ 황후(皇后)
낫츨 보와 산동(山東)의 원찬(遠竄)ᄒ고 문후ᄅ 녯 벼슬로 브ᄅ시며
소 시(氏)ᄅ 니이(離異)ᄅ 프러 도라오게 ᄒ시고 셩교ᄅ 녜리(禮吏)
의 졍표(旌表)552)ᄒ고 니향을 니삼족(夷三族)553)ᄒ다. 황후(皇后)ᄅ
폐(廢)코ᄌ ᄒ시더니 태휘(太后ㅣ) 말니시고 혜아리샤 긋치시다.

　니부(李府)의셔 이런 영화(榮華)로운 긔별(奇別)을 듯고 모다 승샹
(丞相)긔 티하(致賀)ᄒᄂ 빗티러라. 승샹(丞相)

---

546) 유샤(攸司): 유사. 일을 다스리는 관청.

547) 소댱(疏章): 소장. 상소하는 글.

548) 텽쵹(請囑): 청촉. 청을 넣어 부탁함.

549) 탐남(貪婪): 탐람. 재물이나 음식을 탐냄.

550) 복쵸(服招): 복초. 문초를 받고 순순히 죄상을 털어놓음.

551) 원찬(遠竄): 원찬. 멀리 귀양 보냄.

552) 졍표(旌表): 정표. 착한 행실을 세상에 드러내어 널리 알림.

553) 니삼족(夷三族): 이삼족. 형벌의 일종. 죄를 범한 본인과 함께 삼족을 멸하는 형벌.
삼족은 친계(親系)·모계(母系)·처계(妻系).

이 이의 스룸으로 호야곰 됴 시(氏)의긔 뎐어(傳語) 왈(曰),

"황이(皇姨) 몸으로 니의 니릭믈 탄(嘆)호느니 뎍쇼(謫所)의 가 모로미 회심슈덕(回心修德)554) 호야 션도(善道)555)의 도라가고 쏘 즈녀(子女) 냥인(兩人)은 니가(李家) 골육(骨肉)이니 산동(山東) 험디(險地)의 다려가오미 미안(未安)호니 맛당히 도라보닉라."

황이(皇姨) 듯고 대로(大怒)호여 꾸디즈딕,

"승샹(丞相)이 못쁠 즈식(子息)을 나하 닉 일싱(一生)을 그릇 민들고 쇼교으(小嬌兒)556)를 아스려 호니 닉 오늘 죽으나 엇디 호혈(虎穴)의 보닉리오?"

언미필(言未畢)의 모친(母親) 뉴 시(氏) 칙왈(責曰),

"너의 죄(罪) 태산(泰山) ᄀᆞᆺ투여557) 도로혀 남을 꾸딧느뇨? 네 손으로 저즈러 아비를 스디(死地)의 너코 황후(皇后) 낭낭(娘娘) 실덕(失德)을 도으니 구가(舅家)의만 아냐 두로 죄(罪) 깁흐니 므슨 염치(廉恥)로 이런 믈이 나며 냥이(兩兒ㅣ) 사오나온 어믜의

즈식(子息)이어늘 니(李) 승샹(丞相)이 하히(河海) ᄀᆞᆺ튼 딕량(大量)558)

---

554) 회심슈덕(回心修德): 회심수덕. 마음을 돌리고 덕을 닦음.

555) 션도(善道): 선도. 바르고 착한 도리.

556) 쇼교ᄋᆞ(小嬌兒): 소교아. 작고 아리따운 아이.

557) 여: [교] 원문에는 이 뒤에 '악이 민멸한 고딕이 업슬 거시어늘'이 있으나 문맥을 고려해 국도본(14:127)을 따라 삭제함.

으로 춫거늘 보니디 아니코 칙(責)ᄒᄆᆫ 엇디오? 냥이(兩兒ㅣ) 무ᄉ
(無事)히 ᄌᆞ랄딘듸 네 일ᄉᆡᆼ(一生)을 의디(依支)ᄒᆞᆯ 거시오 문명후 낫
출 고렴(顧念)ᄒᆞ야 네게 나을 거시오, 져 유ᄋᆞ(乳兒)를 슈퇴(水土ㅣ)
사오나559)온 듸 다려가면 벅벅이 보젼(保全)티 못ᄒᆞ리라."

됴 시(氏) 읍왈(泣曰),

"내 비록 일시(一時) 그ᄅᆞ나 도560)시(都是) 문명후 박졍(薄情)ᄒᆞᄆᆯ
비로셧거늘 모친(母親)이 ᄒᆞᆫ갓 남만 올타 ᄒᆞ시니 엇디 셟디 아니ᄒᆞ
리오? ᄒᆞᄆᆯ며 문후와 소 시(氏)로 더브러 젼셰(前世) 원슈(怨讐ㅣ)라
ᄎᆞ마 내 ᄌᆞ식(子息)을 호구(虎口)의 보니리오? 쇼녀(小女)를 죽여도
못ᄒᆞᆯ소이다."

이의 승샹(丞相) 말을 대답(對答)ᄒᆞ듸,

"늬 이졔 니시(李氏)로 남이 되엿시니 젼어(傳語)ᄒᆞ미 우습고 셔의
(齟齬)561)커니와 젼일(前日) 존구(尊舅)의 명회(名號ㅣ) 잇던 거시니
강ᄌᆞᆨ(强作)562)ᄒᆞ

⁂

139면

야 듸답(對答)ᄒᆞᄂᆞ니 늬 므삼 죄(罪)로 셰가(勢家) 위엄(威嚴)의 핍박
(逼迫)ᄒᆞ야 니리 되니 고고(孤孤)ᄒᆞᆫ 냥개(兩個) ᄌᆞ녀(子女)를 거ᄂᆞ려
부모(父母)를 ᄯᅥ나 만(萬) 니(里)를 가ᄂᆞᆫ 심ᄉᆡᆨ(心思ㅣ) ᄯᆞ난 ᄃᆞᆺᄒᆞ거늘

---

558) 듸량(大量): 대량. 큰 도량.

559) 오나: [교] 원문에는 없으나 문맥을 고려하여 국도본(14:128)을 따라 삽입함.

560) 도: [교] 원문에는 '다'로 되어 있으나 문맥을 고려하여 국도본(14:128)을 따름.

561) 셔의(齟齬): 서어. 뜻이 맞지 않아 조금 서먹함.

562) 강ᄌᆞᆨ(强作): 강작. 억지로 함.

죠롱(嘲弄)은 므슨 일이며 션도(善道)로 나ᄋᆞ가라 ᄒᆞ니 언제ᄂᆞᆫ 언무 나 사오나온 노ᄅᆞᆺ슬 ᄒᆞ야 대인(大人) 눈의 뵈니잇고? 혈혈ᄌᆞᆫ명(孑孑 殘命)563)이 임의이 누얼(陋蘗)564)을 무롭써 뎡ᄇᆡ(定配) 죄슈(罪囚ㅣ) 되니 사름무다 죽고ᄌᆞ ᄒᆞᄂᆞᆫ 거슬 모든 ᄯᅳᆺ을 마ᄎᆞ 죽으미 샹췩(上策) 이로ᄃᆡ 두 낫 유ᄋᆞ(乳兒)ᄅᆞᆯ ᄇᆞ리디565) 못ᄒᆞ미어ᄂᆞᆯ ᄯᅩ 냥ᄋᆞ(兩兒)ᄅᆞᆯ 달나 ᄒᆞ시니 아모리 되승샹(丞相) 위엄(威嚴)이나 ᄂᆡ ᄯᆞᆺ은 앗566)디 못ᄒᆞ리이다."

승샹(丞相)이 어히업셔 미쇼(微笑) 무언(無言)이오, 무평ᄇᆡᆨ과 쇼부 (少傅ㅣ) 크게 통히(痛駭) 왈(曰),

"블부(潑婦)567)의 ᄌᆞ식(子息)을 형댱(兄長)이 되덕(大德)을 드리오 샤 ᄎᆞᄌᆞ시거ᄂᆞᆯ 도로혀 욕(辱)

...

140면

ᄒᆞ니 형댱(兄長)이 ᄎᆞᆺ기ᄅᆞᆯ 그릇ᄒᆞ여 겨시이다."

승샹(丞相)이 줌소(暫笑) 부답(不答)이오, 뉴 부인(夫人)이 탄왈 (嘆曰),

"ᄡᅡᆼᄋᆡ(雙兒ㅣ) ᄌᆞ라 어딜딘ᄃᆡ 어미 거동(擧動)을 엇디 아니 셜우며 블쵸(不肖)홀딘ᄃᆡ 니시(李氏) 가문(家門)의 욕(辱)이 니ᄅᆞ디 아니리오?"

---

563) 혈혈ᄌᆞᆫ명(孑孑殘命): 혈혈잔명. 외로운 쇠잔한 목숨.

564) 누얼(陋蘗): 누명.

565) ᄇᆞ리디: [교] 원문에는 '보리니'로 되어 있으나 문맥을 고려하여 국도본(14:129)을 따름.

566) 앗: [교] 원문에는 '아'로 되어 있으나 의미를 명확히 하기 위해 국도본(14:129)을 따름.

567) 블부(潑婦): 발부. 흉악하여 도리를 알지 못하는 여자.

ᄒᆞ더라.

지셜(再說). 샤문(赦文)568)이 쇼흥(紹興)의 니ᄅᆞ니 샹셰(尙書 |) 차경츠희(且驚且喜)569)ᄒᆞ여 향안(香案)570)을 ᄇᆡ셜(排設)ᄒᆞ고 죠셔(詔書)ᄅᆞᆯ 보고 북향(北向) ᄉᆞᄇᆡ(四拜)ᄒᆞ고 죠뎡(朝廷) 쇼식(消息)과 됴시(氏) 귀향 감과 셜연의 죽으며 소 시(氏) 환송(還送)ᄒᆞᆫ 일을 ᄌᆞ시무러 알고 깃거ᄒᆞ야 ᄒᆞ나 됴 시(氏) 듁디 못ᄒᆞᄆᆞᆯ 분(憤)ᄒᆞ야 ᄒᆞ더라.

드ᄃᆡ여 ᄒᆡᆼ쟝(行裝)을 출혀 경ᄉᆞ(京師)로 가려 ᄒᆞᆯᄉᆡ 태슈(太守 |) 깃거 대연(大宴)을 ᄇᆡ셜(排設)ᄒᆞ고 샹셔(尙書)ᄅᆞᆯ 젼별(餞別)571)ᄒᆞ고 셩문의 손을 줍고 ᄌᆡ삼(再三) 연연(戀戀)ᄒᆞ여 왈(曰),

"니 내년(來年)이면 과만(瓜滿)572)이 출 거시니 경ᄉᆞ(京師)로 갈

* **•**

141면

디라 슈이 모드려니와 니별(離別)이 의의(依依)573)ᄒᆞ도다."

공ᄌᆞ(公子 |) 피셕(避席) ᄇᆡ샤(拜謝) 왈(曰),

"ᄃᆡ인(大人)이 쇼ᄌᆞ(小子)ᄅᆞᆯ 이러툿 무휼(撫恤)574)ᄒᆞ신 은혜(恩惠) ᄌᆞ못 깁흐니 비록 북녁(北-)의 도라가나 엇디 이ᄌᆞ리잇고? 당당(堂堂)이 은혜(恩惠)ᄅᆞᆯ 심곡(心曲)의 삭이리이다."

---

568) 샤문(赦文): 사문. 죄수를 석방할 때에 임금이 내리던 글.

569) 차경츠희(且驚且喜): 차경차희. 놀라기도 하고 기쁘기도 함.

570) 향안(香案): 향로나 향합(香盒)을 올려놓는 상.

571) 젼별(餞別): 전별. 잔치를 베풀어 작별한다는 뜻으로, 보내는 쪽에서 예를 차려 작별함을 이르는 말.

572) 과만(瓜滿): 벼슬의 임기가 참.

573) 의의(依依): 헤어지기가 서운함.

574) 무휼(撫恤): 사랑하여 어루만지고 위로함.

몽샹 공직(公子ㅣ) 소왈(笑曰),

"이놈이 불셔 쳐즈(妻子)의 낫츨 보와 악댱(岳丈)을 공경(恭敬)ᄒ
니 녀 쇼뎌(小姐)ᄅᆞᆯ 어든 후(後) 녀 형(兄)의 말을 아니 쥰봉(遵
奉)575)ᄒᆞᆯ 일이 업슬노라."

공직(公子ㅣ) 옥치(玉齒) 찬576)연(燦然)577)이 우음을 먹음고 다시
믈을 아니니 홍문이 태슈(太守)ᄅᆞᆯ 향(向)ᄒᆞ야 ᄀᆞ로ᄃᆡ,

"ᄃᆡ인(大人)이 혹싱(學生)의 미인(美人)을 단단이 감초왓다가 쥬소
셔."

태쉬(太守ㅣ) 대소(大笑) 왈(曰),

"이즈(-者)의 긔샹(氣像)이 이러툿 어그러오니 엇디 어엿부디 아니
리오? 내 이실 동안 군(君)의 미578)인(美人)을 딕희려니와 ᄂᆡ 만일
(萬一) 간

· ● ●

142면

후(後)면 엇디ᄒ리오?"

홍문이 듯고 부슬 드러 칠언579)률시(七言律詩)ᄅᆞᆯ 회두(回頭) 사이
오(五) 편(篇)을 디어 태슈(太守)ᄭᅴ 들여 왈(曰),

"이를 홍션을 쥬쇼셔. 뎨 만일(萬一) 의(義)읫 겨딥일딘ᄃᆡ 타인(他
人)을 못 어드리이다."

---

575) 쥰봉(遵奉): 준봉. 관례나 명령을 좇아서 받듦.
576) 찬: [교] 원문에는 '단'으로 되어 있으나 문맥을 고려하여 국도본(14:130)을 따름.
577) 찬연(燦然): 빛나는 모양.
578) 미: [교] 원문에는 '민'으로 되어 있으나 오기로 보이므로 국도본(14:131)을 따름.
579) 언: [교] 원문에는 '원'으로 되어 있으나 오기로 보임.

태쉬(太守ㅣ) 바다 보니 귀법(句法)이 호샹(豪爽)580)ㅎ고 즈톄(字體) 경발(警拔)581)ㅎ여 봉황(鳳凰)이 춤츄는 둧ㅎ니 태쉬(太守ㅣ) 칭춘(稱讚) 왈(曰),

"군(君)의 악부(樂府) 가시(歌詞ㅣ) 딘실(眞實)로 문군(文君)582)을 놀닐디라 홍션이 보면 넉슬 일흐리로다. 군(君)의 긔운이 이럿툿 뎍탕(倜蕩)ㅎ야 만인디샹(萬人之上)이니 녕대인(令大人) 복녹(福祿)을 치583)하(致賀)ㅎ노라."

문후난 홍문의 긔샹(氣像)을 어히업시 너겨 왈(曰),

"딜이(姪兒ㅣ) 십(十) 셰(歲) 쇼ᄋ(小兒)로 붕즈(放恣)ᄒ 긔관(奇觀)이 여ᄎ(如此)ᄒ여 아즈미 겻히 이시믈 아디 못ᄒ니 나ᄂ 약(弱)ᄒ야 금(禁)치 못ᄒ거니와 네 경ᄉ(京師)의 가ᄂ 날이면 듕칙(重責)을 더으리

* **

143면

라."

문이 황연(惶然)584)ᄒ야 년뭉(連忙)이 텽죄(請罪)ᄒ니 태쉬(太守ㅣ) 소왈(笑曰),

"옛날 니위공(李衛公)585)이 홍블기(紅拂妓)586) 이시니 녕587)딜(令

---

580) 호샹(豪爽): 호상. 호탕하고 시원시원함.

581) 경발(警拔): 착상 따위가 아주 독특하고 뛰어남.

582) 문군(文君): 탁문군(卓文君). 중국 전한(前漢)시대 부호인 탁왕손(卓王孫)의 딸이자 사마상여(司馬相如)의 아내. 탁문군이 과부가 되어 친정에 와 있을 때, 사마상여가 탁문군을 유혹하기 위해 거문고를 타자 탁문군이 그 소리에 반해 한밤중에 탁문군과 함께 도망쳐 그의 아내가 됨.

583) 치: [교] 원문에는 '차'로 되어 있으나 오기로 보임.

584) 황연(惶然): 두려워하는 모양.

585) 니위공(李衛公): 이위공. 중국 수말당초(隋末唐初)의 장군인 이정(李靖, 571~649)

姪)의 거동(擧動)이 딘덧 대댱뷔(大丈夫ㅣ)라 형(兄)이 엇디 금(禁)ᄒ
ᄂ뇨? 내 낫츨 보와 용샤(容赦)ᄒ라."

문휘 댬쇼(暫笑) 부답(不答)이러라.

으로, 자는 약사(藥師). 이위공은 그가 위국공(衛國公)에 봉해졌으므로 세상에서 그
렇게 칭한 것임.

586) 홍블기(紅拂妓): 홍불기. 중국 당(唐)나라 두광정(杜光庭)의 <규염객전(虯髯客傳)>
에 등장하는 기생의 이름. 수(隋)나라 말 이정(李靖)이 장안(長安)의 양소(楊素)를
찾아갔는데, 양소의 가기(家妓)였던 홍불이 이정과 정이 통해 함께 도망감. 이 이
야기는 후에 명나라의 장봉익(張鳳翼)에 의해 희곡 <홍불기(紅拂記)>로 각색됨.

587) 녕: [교] 원문에는 '경'으로 되어 있으나 오기로 보이므로 국도본(14:131)을 따름.

빵쳔긔봉(雙釧奇逢) 권지십〈(卷之十四)

※※※

1면

챠셜(且說). 니(李) 샹셰(尚書ㅣ) 은명(恩命)을 밧즈와 경〈(京師)로 향(向)홀시 태슈(太守)로 더브러 니별(離別)을 맛고 손을 난호니 지나는 바에 일노(一路) 각관(各官)이 분분(紛紛)이 호송(護送)[1]호니 영광(榮光)이 빗나더라.

힝(行)호야 부즁(府中)에 니르러 존당(尊堂)에 드러가 녜(禮)호고 존당(尊堂) 부모(父母)의 긔운을 뭇잡고 시좌(侍坐)호니 존당(尊堂) 부뫼(父母ㅣ) 무〈(無事)히 환소[2](遷巢)[3]호믈 깃거호고 셩은(聖恩)에 망극(罔極)호믈 닐너 말숨이 탐탐(耽耽)[4]호며 흥문이 공쥬(公主) 가슴의 낫츨 다히고 무릅히 업듸여 반가오미 극(極)호야 도로혀 톄읍(涕泣)호니 뎡 부인(夫人)이 도라보아 왈(曰),

"흥이(-兒ㅣ) 옥쥬(玉主) 쩌나미 쳐음이나 져러툿 호니 나는 허다(許多) 간고(艱苦)를 又초 보와 목셕(木石)이 되여 금일(今日) 챵〇(-兒)를 보

---

1) 호송(護送): 호송. 보호하여 보냄.
2) 소: [교] 원문에는 '쇄'로 되어 있으나 오기로 보임.
3) 환소(遷巢): 자기 집에 돌아옴.
4) 탐탐(耽耽): 깊고 그윽한 모양.

나 말이 업도다."

부매(駙馬ㅣ) 딕왈(對曰),

"태태(太太) 말솜이 올흐셔이다. 히ᄋ(孩兒) 형뎨(兄弟) 삼ᄉ(三四)셰(歲) 젹 모친(母親)을 써나시리잇가? 홍ᄋ(-兒)ᄂᆞ 히ᄋ(孩兒ㅣ) 용녈(庸劣)ᄒᆞ고 제 어미 쥬졉드러이 길너 졈지 아닌 거시 거죄(擧措ㅣ) 여ᄎ(如此)ᄒᆞ야이다."

셜파(說罷)의 홍문을 다려 홍미뎡으로 가라 ᄒᆞ니 미온 긔운이 먼니 쏘이ᄂᆞᆫ지라 공쥬(公主ㅣ) 안ᄉᆡᆨ(顏色)을 졍(正)히 ᄒᆞ고 홍문을 니ᄅᆞ혀 안치고 눈믈을 써셔 형뎨(兄弟) 항녈(行列)노 미니 홍문이 야야(爺爺) 말솜을 듯고 쏘흔 황괴(惶愧)⁵⁾ᄒᆞ야 ᄉᆞ미를 드러 눈믈을 졋우고 좌(座)를 믈니미 승상(丞相)이 ᄀᆞᆯ오딕,

"몽현의 형상(刑象)이 져리 초독(楚毒)⁶⁾ᄒᆞ고 모지러 쟝부(丈夫)의 풍ᄎᆡ(風采) ᄒᆞ나토 업ᄉᆞ니 내 졔 말쳐로 남 보미 붓그럽도다. ᄌᆞ초(自初)로 즁회(衆會) 즁(中) 닝안(冷眼)이 표표(表表)⁷⁾ᄒᆞ야 남의 화긔(和氣)조ᄎᆞ 감(減)

ᄒᆞ니 슈하(手下) 사름이 몸 둘 곳이 업게 ᄒᆞ니 내 혜건딕 나히 만흐

---

5) 황괴(惶愧): 두렵고 부끄러움.

6) 초독(楚毒): 매섭고 독함.

7) 표표(表表): 눈에 띄게 두드러짐.

면 나을가 ㅎ더니 졈졈(漸漸) 고이(怪異)혼 픔되(稟度ㅣ)⁸⁾ 되고 나히 ᄎ되 조곰도 나으미 업스니 십(十) 세(歲) 히이(孩兒ㅣ) 어미 써나ᇰ다가 보고 우는 거슬 다 칙망(責望)ᄒ야 존젼(尊前)에서 셩ᄉᆡᆨ(-色)⁹⁾을 발(發)ᄒ니 널노 ᄒ야 모든 사름의 화긔(和氣)조ᄎ 감(減)ᄒ니 믈너 가미 올토다.”

언파(言罷)에 긔운이 ᄉᆡᆨᄉᆡᆨᄒ니 부매(駙馬ㅣ) 황연(惶然)ᄒ야 옥면(玉面)을 븕히고 지삼(再三) 샤죄(謝罪)ᄒ고 시좌(侍坐)ᄒ니 문휘 웃고 왈(曰),

“형쟝(兄丈)이 진실(眞實)노 비인졍(非人情)이로소이다. 져 홍문의 긔샹(氣像)을 남이라도 보면 ᄉ라ᇰᄒ믈 니긔지 못ᄒ거ᄂᆞᆯ 부ᄌ(父子) 졍니(情理)로뻐 오리 써나ᇰ다가 보니 반가오미 그음업셔 ᄒ려든 엇진 고(故)로 보ᄃᆞᆺ마ᄃᆞᆺ 칙(責)ᄒ시ᄂᆞᆨ뇨?”

부매(駙馬ㅣ) 잠소(暫笑) 부답(不答)이러라.

샹셰(尚書ㅣ)

4면

이에 소 시(氏) 쵸풍(招風)¹⁰⁾ᄒ엿던 셜화(說話)와 몽샹이 화 시(氏) 취(娶)혼 곡졀(曲折)과 다려와 별쳐(別處)에 머무는 ᄉ연(事緣)을 일일(一一)히 고(告)ᄒ니 부뫼(父母ㅣ) 소 시(氏) 익화(厄禍)를 새로이 경아(驚訝)ᄒ고 ᄉ공ᄌ(四公子) 현쳐(賢妻) 어드믈 깃거 틱일(擇日)ᄒ야 신부(新婦) 례(禮)로 다려오려 ᄒ더라.

---

8) 픔되(稟度ㅣ): 품도. 성품과 도량.

9) 셩ᄉᆡᆨ(-色): 성색. 성난 기색.

10) 쵸풍(招風): 초풍. 바람에 이끌림.

명일(明日) 샹셰(尙書]) 샤은(謝恩)ᄒ니 젼일(前日)을 위로(慰勞)
ᄒ시고 본직(本職)을 힘뼈 다ᄉ리라 ᄒ시니 샹셰(尙書]) 샤은(謝恩)
주왈(奏曰),

"ᄌ고(自古)로 살인쟈(殺人者)ᄅᆞᆯ 듸살(代殺)¹¹⁾ᄒ거늘 폐해(陛下])
엇지 됴녀(-女)의 죄(罪)ᄅᆞᆯ 경(輕)히 다ᄉ리시니잇고?"

샹(上)이 답왈(答曰),

"법(法)이 그러ᄒ나 황후(皇后)의 낫츨 보와 언관(言官)이 닷토지
아니ᄒ니 감ᄉ(減死)¹²⁾ᄒ엿ᄂ니라."

샹셰(尙書]) 앙앙(怏怏)이 집의 도라오니 친붕(親朋)이 셔당(書
堂)에 메여 별회(別懷)ᄅᆞᆯ 닐을ᄉᆡ 이ᄰᅥ 쟝옥지 간의태우(諫議大夫) 되
고 임 샹셔(尙書) 졔삼ᄌ(第三子) 임계운 등(等)이 다 도어ᄉ(都御使)
ᄅᆞᆯ ᄒ엿

＊●●

5면

ᄂᆞᆫ지라. 샹셰(尙書]) 계인(諸人)을 향(向)ᄒ여 왈(曰),

"졔형(諸兄)들이 의긔(義氣) 고샹(高尙)ᄒᄆᆯ ᄌ랑ᄒ더니 국구(國
舅)의 셰(勢)ᄅᆞᆯ 두려 발부(潑婦)¹³⁾ᄅᆞᆯ 논ᄒᆡᆨ(論劾)¹⁴⁾지 아니니 져리코
므ᄉᆞᆷ 언관(言官)의 참예(參預)ᄒᄂ뇨?"

가 어ᄉᆡ(御使]) 대소(大笑) 왈(曰),

"됴 부인(夫人) 죄(罪) 진실(眞實)노 관영(貫盈)¹⁵⁾ᄒ되 형(兄)의 낫

---

11) 듸살(代殺): 대살. 살인자를 사형에 처함.
12) 감ᄉ(減死): 감사. 사형을 면하게 형벌을 감하여 주던 일.
13) 발부(潑婦): 흉악하여 도리를 알지 못하는 여자.
14) 논ᄒᆡᆨ(論劾): 논핵. 잘못이나 죄과를 논하여 꾸짖음.

출 고렴(顧念)ᄒ야 셩지(聖旨)되로 잇더니 도로혀 형(兄)의게 칙(責)

드를 줄 엇지 알니오?"

샹셰(尚書ㅣ) 소왈(笑曰),

"투부(妬婦)의 죄샹(罪狀)이 측냥(測量)업고 지어(至於) 유ᄌ(幼子)

를 짐살(鴆殺)[16]ᄒᄆᆫ 죄(罪) 극뉼(極律)의 가(可)ᄒ거ᄂᆞᆯ 제형(諸兄)이

쇼뎨(小弟) 지통(至痛)을 고렴(顧念)치 아니ᄒ고 국구(國舅)의 셰(勢)

만 보아 발부(潑婦)를 편(便)히 감ᄉ(減死)ᄒ니 쇼뎨(小弟) 사름의 아

비 되야 그 ᄌ식(子息)의 원슈(怨讐) 갑지 못ᄒᆷ믈 한(恨)ᄒ노라."

댱 간의(諫議) 대소(大笑) 왈(曰),

"아등(我等)이 그되 져 ᄆᆞ음은 모로고 그윽이 혜건되, '영문 죽으

ᄆᆫ 소ᄉᆡ(小事ㅣ)오, 부부(夫婦) 즁졍(重情)을 쩌남도

✽●●

6면

참연(慘然)ᄒ거든 죽은 후(後) 그 통상(痛傷)[17]ᄒᄂᆞᆫ 양을 엇지 보리

오?' ᄒ엿더니 그되 말이 귀향을 플어 주지 아니ᄒ다 말이로다."

샹셰(尚書ㅣ) 졍ᄉᆡᆨ(正色) 왈(曰),

"희롱(戲弄)도 ᄒ염 즉ᄒᆫ 말이 잇거ᄂᆞᆯ 이런 괴려지언(乖戾之言)[18]

을 ᄒᄂᆞᆸᄂᆧ?"

임 어ᄉ(御使ㅣ) 소왈(笑曰),

"형(兄)의 말은 희언(戲言)이어니와 연(然)이나 됴 부인(夫人) 죄

---

15) 관영(貫盈): 가득 참.

16) 짐살(鴆殺): 짐독(鴆毒)을 섞은 술로 만든 짐주(鴆酒)로 사람을 죽임. 짐독은 짐새의
   깃에 있는 맹렬한 독.

17) 통상(痛傷): 몹시 슬퍼하고 아프게 여김.

18) 괴려지언(乖戾之言): 사리에 어그러져 온당하지 않은 말.

(罪)예 경즁(輕重)을 모로미 아니라 그 나흔 바 냥개(兩個) ᄌ녀(子女)ᄂ 형(兄)의 골육(骨肉)이니 녕ᄌ(令子)의 참ᄉ(慘死)ᄂ 믈이 업침 ᄀᄐ니 사니(事理)를 아니 보지 못ᄒ야 줌줌(潛潛)ᄒ미러니 엇지 국구(國舅)의 셰(勢)를 두리미리오? 젼혀(專-) 형(兄)의 낫츨 고렴(顧念) ᄒ미러니 ᄎ언(此言)은 의외(意外)로다."

샹셰(尙書ㅣ) 탄식(歎息) 부답(不答)이러라.

셕양(夕陽)의 졔인(諸人)이 훗터진 후(後) 님 혹ᄉ(學士ㅣ) 샹셔(尙書)를 디(對)ᄒ야 됴용이 닐오디,

"쳔미(賤妹) 군후(君侯)의 원힝(遠行)ᄒ므로붓터 쥬

7면

야(晝夜) 이를 슬오던 가온디 맛춤 슌산싱ᄌ(順産生子)ᄒ 후(後) 병(病)이 듕(重)ᄒ야 지금(只今) ᄉ싱(死生)의 이시니 혹싱(學生)의 우려(憂慮)ᄒ믈 니긔지 못ᄒᄂ니 군후(君侯)ᄂ 은혜(恩惠)를 드리워 ᄒ 번(番) 무르시미 엇더ᄒ뇨?"

샹셰(尙書ㅣ) 흔연(欣然) 왈(曰),

"그디 누의 죄(罪) 업시 츌거(黜去)ᄒ믈 내 엇지 모로리오마ᄂ 셩 플 곳이 업셔 구츅(驅逐)ᄒ여시나 ᄯ 엇지 아조 보니리오? 아직 가슈(家嫂)19)의 신힝(新行)도 다ᄃ랏고 뎍소(謫所)로셔 갓 드러와 심ᄉ(心思ㅣ) 곤뇌(困惱)ᄒ니 두어 날 쉬여 가 보리라."

님싱(-生)이 칭샤(稱謝)ᄒ고 도라가다.

명일(明日) 소 샹셔(尙書) 일개(一家ㅣ) 녯집에 도라오니 니(李) 승

---

19) 가슈(家嫂): 가수. 형수나 제수. 여기에서는 이몽상의 아내 화 씨를 가리킴.

샹(丞相) 부직(父子ㅣ) 크게 깃거 친(親)이 니르러 소 공(公)을 보고
셰월(歲月)이 덧업스믈 닐ᄏᆞᆫ며 삼상(三喪)을 무스(無事)히 지닉고
환경(還京)ᄒᆞᆯ믈 하례(賀禮)ᄒᆞ니 소 공(公)이 눈믈을 드리워 목숨이
모질믈 닐오

***

8면

며 버거20) 영문의 참소(慘死)를 치위(致慰)ᄒᆞ야 피치(彼此ㅣ) 비상
(悲傷)ᄒᆞ믈 마지아니ᄒᆞ더라. 샹셰(尙書ㅣ) 또흔 악쟝(岳丈)을 향(向)
ᄒᆞ야 무스(無事)히 삼상(三喪) 지닉믈 닐ᄏᆞ고 소 공(公)이 샹셔(尙書)
의 손을 잡아 화란(禍亂) 격그믈 챠셕(嗟惜)21)ᄒᆞ더라.

소 시(氏) 바로 니부(李府)의 니르러 존당(尊堂) 구고(舅姑)긔 뵈미
뉴 부인(夫人)과 태ᄉᆡ(太師ㅣ) 희허(噫噓) 쟝탄(長歎)의 영문의 말을
ᄒᆞ고 뎡 부인(夫人)이 희허(噫噓) 왈(曰),

"내 무샹(無狀)ᄒᆞ야 현부(賢婦)의 바라믈 져바려 영ᄋᆞ(-兒)를 흉인
(凶人)의 독슈(毒手)의 맛츠니 져의 거동(擧動)을 싱각ᄒᆞ면 토목(土
木) 간쟝(肝腸)이라도 참기 어렵거든 현부(賢婦)의 졍ᄉᆡ(情事ㅣ) 측
냥(測量)치 못ᄒᆞᄂᆞᆫ 가온ᄃᆡ 무망(無妄)22)의 낙미지환(落眉之患)23)이
니러나 셩괴 이믜이 참소(慘死)ᄒᆞ고 ᄋᆞ지(兒子ㅣ) 쳔니새외(千里塞
外)24)에 찬뎍(竄謫)25)ᄒᆞ고 현뷔(賢婦ㅣ) 동(東)으로 나리니 나의 심

---

20) 버거: 다음으로.

21) 챠셕(嗟惜): 차석. 애달프고 안타까움.

22) 무망(無妄): 별 생각이 없이 있는 상태.

23) 낙미지환(落眉之患): 눈앞에 닥친 환.

24) 쳔니새외(千里塞外): 천리새외. 매우 멀리 떨어진 변방.

25) 찬뎍(竄謫): 찬적. 귀양 감.

시(心思ㅣ) 붕졀(崩絶)²⁶⁾ᄒ미 비길 ᄃᆡ

●

9면

업더니 하늘이 슬피시고 신명(神明)이 도으샤 셩교의 붉은 넉시 텬심(天心)을 두로혀 ᄋᆞ즈(兒子)와 현뷔(賢婦ㅣ) 무ᄉ(無事)히 모드나 영ᄋᆞ(-兒)ᄅᆞᆯ 싱각ᄒ니 간담(肝膽)이 촌졀(寸切)ᄒᄂᆞ도다."

소 시(氏) 졍금(整襟)²⁷⁾ 타루(墮淚) 주왈(奏曰),

"블쵸(不肖) 식뷔(息婦ㅣ) 셩문(盛門)에 드러완 지 오라오나 ᄒᆞᆫ 일도 깃그시믈 보지 못ᄒ고 화란(禍亂)이 ᄌᆞ로 니러나니 도시(都是) 쳡(妾)의 복(福)이 업고 마쟝(魔障)²⁸⁾이 만ᄉ오미라. 가지록 운익(運厄)이 험조(險阻)²⁹⁾ᄒ와 유즈(幼子)ᄅᆞᆯ 죽이오니 이 ᄯᅩ 쇼쳡(小妾)의 젼싱(前生) 죄(罪) 즁(重)ᄒ미라 눌을 한(恨)ᄒ리잇고? 동(東)으로 가온 거시 일월(日月)을 도로(道路)의 엄뉴(淹留)³⁰⁾ᄒ온 고(故)로 쇼흥(紹興)으로 블니(奔離)³¹⁾ᄒ와 젼후(前後) 화란(禍亂)이 진실(眞實)노 사름이 쳡(妾)으로 ᄒ야금 지앙(災殃)이 만코 복(福)이 업ᄉ믈 ᄯᅮ지즐가 ᄒ더니 요힝(僥倖) 은샤(恩赦)³²⁾ᄅᆞᆯ 닙어 고토(故土)에 도라오오나 도시(都是) 구고(舅姑)와 존당(尊堂)

---

26) 붕졀(崩絶): 붕절. 무너지고 끊어짐.
27) 졍금(整襟): 정금. 옷깃을 여미어 모양을 바로잡음.
28) 마쟝(魔障): 마장. 귀신의 장난이라는 뜻으로, 일의 진행에 나타나는 뜻밖의 방해나 헤살을 이르는 말.
29) 험조(險阻): 지세가 가파르거나 험하여 막히거나 끊어져 있음. 여기에서는 운수가 그렇다는 말임.
30) 엄뉴(淹留): 엄류. 오래 머무름.
31) 블니(奔離): 분리. 헤어져 돌아다님.
32) 은샤(恩赦): 은사. 나라에 경사가 있을 때에, 죄과가 가벼운 죄인을 풀어 주던 일.

혜퇵(惠澤)이로소이다."

　　모다 그 언에(言語ㅣ) 절당(切當)33)ㅎ믈 항복(降服)ㅎ며 구고(舅姑)의 ᄉ랑이 더으고 일쥬를 보믹 놀나고 이련(愛憐)ㅎ야 범안(凡眼)34)은 칭찬(稱讚)ㅎ야 고금(古今)의 업ᄉ믈 닐콧고 아라보는 이는 긔이(奇異)히 넉이며 태ᄉ(太師ㅣ) 큰 근심을 숨앗더라.

　　이윽이 존당(尊堂)의 뫼서 말ᄉ믾ㅎ다가 믈너 즁당(中堂)에 ᄂ리니 공쥬(公主)와 댱 시(氏), 최 시(氏)며 빙옥 소져(小姐)와 최 슉인(淑人), 문셩 쳐(妻) 됴 시(氏) 모다 각각(各各) 화란(禍亂)을 진졍(鎭靜)ㅎ고 모드믈 하례(賀禮)ㅎ나 공쥬(公主ㅣ) 홀노 돗글 ᄯ러나 눈믈을 샏리고 쳥죄(請罪) 왈(曰),

　　"쳡(妾)이 무상(無狀)ㅎ야 부인(夫人)의 산악(山岳)ᄀ치 밋으신 바를 져바려 질ᄋ(姪兒)를 보젼(保全)치 못ㅎ니 금일(今日) 부인(夫人)을 보오믹 참안(慙顔)35)ㅎ믈 니긔지 못홀소이다."

　　부인(夫人)이 년망(連忙)이 붓드러 눈믈을 흘녀 왈(曰),

　　"쳡(妾)이 두

로 분쥬(奔走)ㅎ야 살기를 도모(圖謀)ㅎ믹 밋쳐 영ᄋ(-兒)를 싱각도

---

33) 절당(切當): 절당. 사리에 꼭 들어맞음.
34) 범안(凡眼): 평범한 사람의 안목.
35) 참안(慙顔): 얼굴 보기 부끄러움.

아니ᄒ니 흉완(凶頑)[36]코 모질미 토목(土木)이나 다ᄅ지 아니ᄒ더니 옥쥬(玉主)의 슬허ᄒ시믈 보오니 바햐호로 눈믈이 나ᄂ이다. 영문의 죽으미 져의 단명(短命)과 첩(妾)의 박복(薄福)이 고이(怪異)ᄒ미니 옥쥐(玉主ㅣ) 엇지 이디도록 ᄒ시리잇고?"

공쥐(公主ㅣ) 다시곰 샤죄(謝罪)ᄒ며 옥누(玉淚)를 것우지 못ᄒ니 그 텬셩(天性)의 인ᄌ관혜(仁慈寬惠)[37]ᄒ미 이 ᄀᆺ투니 소 부인(夫人)이 지삼(再三) 그러치 아니믈 고(告)ᄒ야 좌(座)를 뎡(正)ᄒ미 셩문이 모친(母親)이 소부(-府)로 들가 ᄒ야 소부(-府)로 갓다가 니부(李府)로 오믈 알고 조부모(祖父母)긔 잠간(暫間) 뵈고 즉시(卽時) 니르러 모친(母親)긔 졀ᄒ고 반기믈 니긔지 못ᄒ며 좌위(左右ㅣ) 하례(賀禮)ᄒᄂ 말이 니음츠니 부인(夫人)이 오열(嗚咽) 왈(曰),

"인싱(人生)이 모질어 고이(怪異)ᄒ 화

∗•••

12면

란(禍亂)을 격고도 사라 부인(夫人)ᄂ를 다시 보거ᄂ 어엿분 내 ᄋ히(兒孩) ᄌ최 스러져시니 져의 노던 ᄃ를 보건ᄃ 질긘 줄 알니로다."

댱 시(氏) ᄯ흔 함누(含淚) 왈(曰),

"현뎨(賢弟) 부탁(付託)ᄒ던 말이 그린 쪽이 되니 엇지 붓그럽지 아니리오? 연(然)이나 현뎨(賢弟) 청춘(靑春)이 바야히니 이제 몃츨 나흘 동 알며 셩문과 일쥐 이시니 관심(寬心)ᄒ미 올흐니라."

쇼졔(小姐ㅣ) 츄연(惆然) 탄왈(嘆曰),

"쇼져(小姐)의게ᄂ 조고만 덕(德)도 업고 직익(災厄)[38] 쑨이니 냥인

---

36) 흉완(凶頑): 흉악하고 모짊.

37) 인자관혜(仁慈寬惠): 어질고 너그러움.

(兩兒닌)들 밋으리오? 즈식(子息)이 여러히나 졍(情)은 다 각각(各各)
이니 영문으로 모직(母子ㅣ) 된 후(後) 쥬야(晝夜) 써나 그리다가 여
히니 더옥 유한(遺恨)이 커 셜워ᄒᆞᄂᆞ이다."

셜파(說罷)에 눈믈이 낫치 가득ᄒᆞ니 모다 위로(慰勞)홀 말이 업서
ᄒᆞ더니 공쥬(公主ㅣ) 나아 안즈 위로(慰勞) 왈(曰),

"쳡(妾)이 지식(知識)이

＊＊＊

13면

우몽(愚蒙)ᄒᆞ나 잠간(暫間) 싱각ᄒᆞ니 영문의 긔샹(氣像)이 됴 시(氏)
아니라도 맛ᄎᆞᆷ닉 쟝원(長遠)39)홀 그릇시 아니니 텬명(天命)이 이러
ᄒᆞᆫ 후(後)ᄂᆞᆫ 무익(無益)ᄒᆞᆫ 샹회(傷懷) 부졀업고 부모(父母) 시하(侍
下)의 눈믈을 죵죵(種種) 닉미 만젼(萬全)홀 도리(道理) 아닌가 ᄒᆞᄂᆞ
이다."

쇼 시(氏) 눈믈을 거두워 샤례(謝禮) 왈(曰),

"옥쥬(玉主)의 가ᄅᆞ치시미 명쾌(明快)ᄒᆞ니 쳡(妾)이 블명(不明)ᄒᆞ
나 엇지 관심(寬心)ᄒᆞᄂᆞ 도리(道理) 업ᄉᆞ리잇고?"

ᄒᆞ더라.

인(因)ᄒᆞ야 날이 져믈믹 소 시(氏) 쥭미각에 도라오니 믈식(物色)
이 의구(依舊)ᄒᆞ되 영ᄋᆞ(-兒)의 즈최 묘연(杳然)40)ᄒᆞ니 셕일(昔日) 냥
ᄋᆞ(兩兒ㅣ) 서로 ᄉᆞ미ᄅᆞᆯ 닛그러 넘노던 일을 싱각ᄒᆞ니 심ᄉᆞ(心思ㅣ)
붕졀(崩絶)ᄒᆞ야 피ᄅᆞᆯ 되나 토(吐)ᄒᆞ고 혼졀(昏絶)ᄒᆞ야 것구러지니 공

---

38) 진익(災厄): 재액. 재앙과 액운.

39) 쟝원(長遠): 장원. 수명이 긺.

40) 묘연(杳然): 소식이나 행방 따위를 알 길이 없음.

쥬(公主ㅣ) 뒤흘 좃찻다가 이 거동(擧動)을 보고 급(急)히 구(救)ᄒ야 운아로 더브러 붓드러 상(牀)에 누이고 샹셔⁴¹⁾(尙書)를

***

14면

ᄎ즈 고(告)ᄒ니 샹셰(尙書ㅣ) 경녀(驚慮)ᄒ야 약(藥)을 ᄉ미에 너코 드러와 ᄎ경(此景)을 보고 놀나 친(親)히 붓드러 회싱약(回生藥)을 흘녀 구호(救護)ᄒ니 두어 식경(食頃)⁴²⁾이 지나 겨유 ᄭ니 긔운이 혼미(昏迷)ᄒ야 미황⁴³⁾(未遑)⁴⁴⁾ 즁(中) 이시니 샹셰(尙書ㅣ) 손을 잡고 위로(慰勞) 왈(曰),

"부인(夫人)의 졍ᄉ(情思)를 다 혹싱(學生)이 아ᄂ니 다시 닐오지 아니ᄒ거니와 젼일(前日) 그ᄃ 쳔균대량(千鈞大量)⁴⁵⁾을 남이 밋지 못ᄒᆞ너니 금일(今日) 엇지 이러틋 참지 못ᄒᄂ뇨?"

부인(夫人)이 믁연(默然) 부답(不答)ᄒ고 눈믈이 잇다감 ᄯ러질 ᄲᆞᆫ이라. 샹셰(尙書ㅣ) 더옥 익감(哀感)⁴⁶⁾ᄒ야 다시 위로(慰勞) 왈(曰),

"쇼흥(紹興)의셔 모ᄌ(母子) 부뷔(夫婦ㅣ) 손을 난홀 시절(時節)에 ᄎ싱(此生)의 완취(完聚)⁴⁷⁾홀 길이 업슬가 ᄒ더니 이리 만나미 쉬오니 이밧 힝(幸)이 업거늘 엇진 고(故)로 발셔 그릇된 ᄋᄌ(兒子)를

---

41) 샹셔: [교] 원문과 국도본(15:11)에는 '야야'로 되어 있으나 문맥을 고려하여 이와 같이 수정함.

42) 식경(食頃): 밥을 먹을 동안이라는 뜻으로, 잠깐 동안을 이르는 말.

43) 황: [교] 원문에는 '환'으로 되어 있으나 오기로 보이므로 국도본(15:11)을 따름.

44) 미황(未遑): 미처 겨를이 없음.

45) 쳔균대량(千鈞大量): 천균대량. 천 균의 큰 도량이라는 뜻으로 도량이 매우 큼을 이르는 말. 균(鈞)은 서른 근임.

46) 익감(哀感): 애감. 구슬프게 느끼는 데가 있음.

47) 완취(完聚): 완취. 흩어진 가족이 모두 한곳에 함께 모여서 삶.

싱각ᄒ야 심ᄉ(心思)를 슬오ᄂᄂ뇨?"

◦◦◦

15면

부인(夫人)이 냥구(良久) 후(後) 졍신(精神)을 출혀 니러 안ᄌ 말을 아니ᄒ니 샹셰(尙書ㅣ) ᄯᅩ흔 밤이 깁흐니 부인(夫人)으로 더브러 ᄌ리에 나아가 ᄌ더라.

이튼날 화 쇼졔(小姐ㅣ) 신부(新婦) 녜(禮)로 니부(李府)에 니ᄅ러 존당(尊堂)의 폐ᄇᆡᆨ(幣帛)을 드러 나오니 구괴(舅姑ㅣ) 신인(新人)을 보니 안ᄉᆡᆨ(顔色)의 고으믄 년해(蓮花ㅣ) 무ᄉᆡᆨ(無色)ᄒ고 미우(眉宇)에 어진 덕(德)이 나타나니 구괴(舅姑ㅣ) 대희(大喜)ᄒ야 소 시(氏)를 도라보고 칭하(稱賀) 왈(曰),

"현뷔(賢婦ㅣ) 화란(禍亂)에 분쥬(奔走)ᄒ며 ᄯᅩ 샹ᄋ(-兒)를 위(爲)ᄒ야 이러틋 셰(世)에 드믄 녀ᄌ(女子)를 어더 우리 문호(門戶)를 빗ᄂᆡ니 무어ᄉ로 갑흐리오?"

소 시(氏) 피셕(避席) 샤례(謝禮)ᄒ고 구괴(舅姑ㅣ) 화 시(氏)의 졍ᄉ(情事)를 듯고 어엿비 넉여 긔렴(紀念)48)ᄒ고 무위(撫慰)49)ᄒ미 졔부(諸婦)의 지나고 침소(寢所)를 미향당의 뎡(定)ᄒ야 시녀(侍女) 십(十) 인(人)으로 시위(侍衛)ᄒ니 화

◦◦◦

16면

쇼졔(小姐ㅣ) 침소(寢所)의 도라오니 금침요셕(衾枕褥席)50)과 방듕

---

48) 긔렴(紀念): 기념. 매우 절실히 생각해 줌.

49) 무위(撫慰): 어루만져 위로함.

(房中) 경믈(景物)이 셕일(昔日) 소흥(紹興) 초막(草幕)으로 현격(懸隔)[51] ᄒᆞ니 스ᄉᆞ로 감회(感懷)ᄒᆞ믈 니긔지 못ᄒᆞ야 인ᄉᆡ(人事ㅣ) 뉸회(輪回)ᄒᆞ믈 탄식(歎息)ᄒᆞ더니,

이윽고 공ᄌᆡ(公子ㅣ) 손에 긔린쵹(麒麟燭)[52]을 들고 드러오니 쇼제(小姐ㅣ) 니러서니 ᄉᆡᆼ(生)이 그 손을 잡아 우어 왈(曰),

"그ᄃᆡ 보건ᄃᆡ 소흥(紹興)과 엇더ᄒᆞ뇨? 소슈(-嫂)의 말ᄉᆞᆷ으로조ᄎᆞ ᄉᆞ양(辭讓)ᄒᆞ미 과도(過度)ᄒᆞ더니 만일(萬一) ᄉᆡᆼ(生)의게 도라오지 아냐시면 이 영화(榮華)ᄅᆞᆯ 볼가 시브냐?"

쇼제(小姐ㅣ) 탄식(歎息) 부답(不答)이러니 이윽고 ᄀᆞᆯ오ᄃᆡ,

"외귀(外舅ㅣ) 어ᄃᆡ 계신고 아라보와 가 보게 ᄒᆞ소셔."

ᄉᆡᆼ(生)이 소왈(笑曰),

"구 공(公)이 그ᄃᆡᄅᆞᆯ 져바렷거ᄂᆞᆯ 므ᄉᆞᆷ ᄆᆞ음으로 보시고 시부뇨?"

쇼제(小姐ㅣ) 탄왈(嘆曰),

"졔 비록 져바려시나 졔 존슉(尊叔)의 즁(重)ᄒᆞ미니 엇지 아니 가

17면

보리오?"

ᄉᆡᆼ(生)이 대소(大笑)ᄒᆞ고 ᄌᆞᆷᄌᆞᆷ(潛潛)ᄒᆞ엿다가 왈(曰),

"앗가 말은 희롱(戲弄)이라. 사ᄅᆞᆷ의 ᄌᆞ식(子息)이 되여 져ᄅᆞᆯ ᄯᆞᆯ와 ᄎᆡᆨ망(責望)치 못ᄒᆞ리니 ᄉᆡᆼ(生)이 구 시랑(侍郞)을 ᄎᆞᄌᆞ 슈말(首末)을 닐오고 그ᄃᆡᄅᆞᆯ 보ᄂᆡ여 슉질(叔姪)의 도(道)ᄅᆞᆯ 펴게 ᄒᆞ리라."

---

50) 금침요셕(衾枕褥席): 금침요석. 이불과 베개, 요와 방석.

51) 현격(懸隔): 차이가 매우 큼.

52) 긔린쵹(麒麟燭): 기린촉. 기린 모양으로 장식한 등.

ᄒ더라.

공ᄌᆡ(公子ㅣ) 조용히 샹셔(尚書)를 ᄃᆡ(對)ᄒᆞ여 왈(曰),

"공부시랑(工部侍郞) 구 공(公)이 어ᄃᆡ 잇ᄂᆞ니잇고?"

샹셰(尚書ㅣ) 왈(曰),

"남문(南門)에 잇거니와 네 ᄎᆞ즈보려 ᄒᆞᄂᆞᆫ다?"

공ᄌᆡ(公子ㅣ) 왈(曰),

"쇼뎨(小弟) 유ᄉᆡᆼ(儒生)의 몸으로 춘경(春卿)53)의 집의 가 연고(緣故)를 토셜(吐說)ᄒᆞ미 우으니 형쟝(兄丈)이 ᄒᆞᆫ번(-番) 가셔 화 시(氏) 연고(緣故)를 닐오쇼셔."

샹셰(尚書ㅣ) 응낙(應諾)고 일일(一日)은 슈릭를 시러 구 시랑(侍郞) 집의 니르니 구 공(公)이 대경(大驚)ᄒᆞ야 져 후빅(侯伯) 대신(大臣)이 집의 닐을 줄 의외(意外)라 관복(冠服)을 졍(正)히 ᄒᆞ고 문밧(門-)긔 나와 마ᄌᆞ 셔헌(書軒)에 드

* ● ●

18면

러와 녜필(禮畢)ᄒᆞ미 샹셰(尚書ㅣ) 일즉 구 공(公)이 공ᄉᆞ(公事) 취픔(取稟)54)ᄒᆞ라 본부(本府)에 오나 그 인믈(人物)을 더러이 넉여 굿ᄒᆞ야 슈작(酬酢)55)ᄒᆞ미 업고 당시(當時)ᄒᆞ야 그 족하56) 져바리믈 무샹

---

53) 춘경(春卿): 춘경. 춘관(春官)의 장관. 춘관은 중국 주나라의 관직명인데, 육경(六卿)의 하나로 예(禮)를 담당하였음. 이로부터 후에 예부(禮部)를 춘관이라 하고 그 장관(長官), 즉 예부상서 등을 춘경이라 불렀음. 여기에서 구 공이 상서는 아니지만 높은 관직에 있으므로 이와 같이 칭한 것임.

54) 취픔(取稟): 취품. 웃어른이나 상관에게 여쭈어서 그 의견을 기다림.

55) 슈작(酬酢): 수작. 말을 주고받음.

56) 족하: 조카.

(無狀)57)이 넉여 줌58)미(蠶眉)59)를 변(變)ㅎ고 믁믁(默默)이러니 강잉(强仍) 문왈(問曰),

"노형(老兄)60)의 져뷔(弟夫ㅣ)61) 화 시랑(侍郞)이냐?"

구 공(公)이 디왈(對曰),

"연(然)ㅎ거니와 엇지 므르시ᄂ뇨?"

샹셰(尙書ㅣ) 왈(曰),

"화 시랑(侍郞) 부뷔(夫婦ㅣ) 빵망(雙亡)ㅎ고 일(一) 녀ᄌ(女子ㅣ) 잇다 ᄒ더니 노형(老兄)이 양휵(養畜)ᄒᄂ냐?"

구 공(公)이 참슈(慙羞)62) 냥구(良久)의 디왈(對曰),

"질이(姪兒ㅣ) 남챵(南昌)의셔 져의 부모(父母) 졔ᄉ(祭祀)를 ᄒ니 아직 못 다려왓나이다."

샹셰(尙書ㅣ) 닝소(冷笑) 왈(曰),

"노형(老兄)이 흑싱(學生)을 너모 어둡게 넉이ᄂ도다. 노형(老兄)이 당년(當年)의 쇼흥(紹興)의 부임(赴任)ᄒ여실 젹 녕질(令姪)이 아니 ᄎᄌᄀᆞᆮ던가?"

구 공(公)이 ᄎᆞ언(此言)을 듯고 고개를 숙

---

57) 무샹(無狀): 무상. 사리에 밝지 못함.

58) 줌: [교] 원문에는 '즈'로 되어 있으나 오기로 보이므로 국도본(15:15)을 따름.

59) 줌미(蠶眉): 잠미. 누에가 누워 있는 모양 같은 눈썹이라는 뜻으로, 남자의 아름다운 눈썹을 이르는 말.

60) 노형(老兄): 처음 만났거나 그다지 가깝지 않은 남자 어른들 사이에서, 상대편을 높여 이르는 이인칭 대명사.

61) 져뷔(弟夫ㅣ): 제부. 여동생의 남편.

62) 참슈(慙羞): 참수. 부끄러워함.

여 더옥 황괴(惶愧)[63]ᄒ야 되답(對答)지 못ᄒ거늘 샹셰(尚書 l) 이에 낫빗출 졍(正)히 ᄒ고 칙왈(責曰),

"노형(老兄)이 당당(堂堂)ᄒ 문미(門楣)[64]로 춘경(春卿)의 죵ᄉ(從事)ᄒ거늘 엇지 밧그로 쑴이고 안흐로 블인무상(不仁無狀)[65]ᄒ미 여ᄎ(如此)ᄒ뇨? 녕질(令姪)이 남챵(南昌)으로븟터 쇼흥(紹興)의 니르히 형(兄)을 의지(依支)ᄒ라 가니 공(公)이 믄득 바리고 경ᄉ(京師)로 슈됴(受詔)[66]ᄒ야 오니 녕질(令姪)이 즁도(中途)에 낭픠(狼狽)ᄒ야 산간(山間)에 모옥(茅屋)을 겨유 어더 유모(乳母)와 일(一) 개(個) 시비(侍婢)로 더브러 뇨ᄉᆡᆼ(聊生)[67]ᄒ니 혹ᄉᆡᆼ(學生)이 맛춤 뎍거(謫居)ᄒ여실 젹 ᄌᆞ셰 알고 샤뎨(舍弟)[68]의 호구(好逑)를 졍(定)ᄒ여시니 슈시(嫂氏)[69]의 덕힝(德行)이 여ᄎ(如此)ᄒ야 공(公)의 블인(不仁)을 닛고 븨현(拜見)[70]치 못ᄒ믈 큰 우환(憂患)을 숨앗ᄂᆞᆫ지라. 아등(我等)이 당당(堂堂)ᄒ 대신(大臣) 녈(列)의 이셔 공(公)을 삭츌(削黜)[71]코져 ᄒ되 가슈(家嫂)[72]의 효(孝)를 상(傷)히오

---

63) 황괴(惶愧): 두렵고 부끄러움.

64) 문미(門楣): 가문.

65) 블인무상(不仁無狀): 불인무상. 어질지 않고 사리에 밝지 못함.

66) 슈됴(受詔): 수조. 임금의 명을 받음.

67) 뇨ᄉᆡᆼ(聊生): 요생. 그럭저럭 살아감.

68) 샤뎨(舍弟): 사제. 남에게 대한 자기 아우의 겸칭.

69) 슈시(嫂氏): 수씨. 형제의 아내.

70) 븨현(拜見): 배현. 공경하는 마음으로 삼가 얼굴을 뵘.

71) 삭츌(削黜): 벼슬을 빼앗고 내쫓음.

72) 가슈(家嫂): 가수. 자기의 형수나 제수를 남에게 이르는 말.

지 아니려 ᄒ므로 공(公)의 허믈을 개회(介懷)치 아니려 ᄒ므로 이에 니ᄅᄂ니 셜니 ᄎᄌ보와 슉질(叔姪)의 의(義)를 온젼(穩全)73)이 홀지어다."

구 공(公)이 샹셔(尙書)의 엄정(嚴正)74)한 말ᄉᆷ과 ᄌᄌ(孜孜)75)히 칙(責)ᄒ믈 드ᄅ니 황츅참괴(惶蹙慙愧)76)ᄒ미 욕ᄉ무지(欲死無地)77) ᄒ야 돈슈(頓首) 쳥죄(請罪) 왈(曰),

"쇼싱(小生)이 무상(無狀)ᄒ야 부모(父母) 업ᄉᆫ 족하를 져바려 죄(罪)를 태산(泰山)ᄀᆺ치 지어시니 다만 그릇ᄒ믈 쳥죄(請罪)ᄒᄂ이다."

샹셰(尙書 l) 졍ᄉᆡᆨ(正色) 왈(曰),

"공(公)이 흑싱(學生)의게 쳥죄(請罪)홀 묘단(妙端)78)이 업ᄂ니 ᄎ후(此後)나 빈(貧)을 바리고 부(富)를 취(取)치 말나. 노형(老兄)이 비록 악광(樂曠)79)의 지감(知鑑)80)이 업ᄉ나 가슈(家嫂)의 우인(爲人)이 골몰81)홀가 시브더냐?"

셜파(說罷)에 ᄉᄆᆡ를 썰치고 도라가니 구 공(公)이 더옥 붓그려 욕

---

73) 온젼(穩全): 온전. 잘못된 것이 없이 바르거나 옳음.

74) 엄졍(嚴正): 엄정. 엄격하고 바름.

75) ᄌᄌ(孜孜): 자자. 힘쓰는 모양.

76) 황츅참괴(惶蹙慙愧): 황축참괴. 두렵고 부끄러움.

77) 욕ᄉ무지(欲死無地): 욕사무지. 죽으려 해도 죽을 땅이 없음.

78) 묘단(妙端): '까닭'의 뜻으로 보이나 미상임.

79) 악광(樂曠): 중국 춘추시대 진(晉)나라 때의 악사(樂師)인 사광(師曠)으로, 음률을 잘 분간한 인물로 유명함.

80) 지감(知鑑): 사람을 잘 알아보는 능력.

81) 골몰: 몸이나 처지가 몹시 고단함.

ᄉ무지(欲死無地)ᄒ야 즉시(卽時) 안마(鞍馬)ᄅᆞᆯ ᄀᆞᆺ초와 니

° • •

21면

부(李府)로 향(向)ᄒᆞ니라.

샹셰(尙書ㅣ) 술위ᄅᆞᆯ 미러 본부(本府)의 오다가 님 흑ᄉ(學士) 부
즁(府中)에 니ᄅᆞ니 흑시(學士ㅣ) 크게 반겨 웃고 왈(曰),

"귀개(貴-ㅣ)[82] 므슴 바룸으로 누쳐(陋處)[83]에 니ᄅᆞ뇨?"

샹셰(尙書ㅣ) 소왈(笑曰),

"현형(賢兄)이 괴로이 청(請)ᄒᆞ므로 니ᄅᆞ럿더니 새로이 므ᄅᆞ믄 엇
지오?"

님 흑시(學士ㅣ) 소왈(笑曰),

"쳔ᄆᆡ(賤妹)ᄂᆞᆫ 형(兄)이 져바렷거니와 형(兄)의 ᄌᆞ식(子息)이나 ᄎᆞ
ᄌᆞ 가미 엇더ᄒᆞ뇨?"

샹셰(尙書ㅣ) 미소(微笑)ᄒᆞ고 즉시(卽時) 몸을 니러 님 시(氏) 침소
(寢所)에 니ᄅᆞ니 빗업순 의복(衣服)과 문(文)[84] 업순 금침(衾枕)이 임
의 죄인(罪人)으로 ᄌᆞ쳐(自處)ᄒᆞᄂᆞᆫ 거동(擧動)이 현져(顯著)[85]ᄒᆞᄃᆡ
님 시(氏) 두발(頭髮)이 어ᄌᆞ러워 벼개의 의지(依支)ᄒᆞ엿다가 샹셔
(尙書)ᄅᆞᆯ 보고 샹(牀)의 ᄂᆞ려 녜(禮)ᄅᆞᆯ 베프니 샹셰(尙書ㅣ) 명(命)ᄒᆞ
여 긋치게 ᄒᆞ고 날호여 닐오ᄃᆡ,

"너의 방ᄌᆞ(放恣)ᄒᆞᆫ 죄(罪)ᄂᆞᆫ 츌거(黜去)ᄒᆞ나 님형(-兄)

---

82) 귀개(貴-ㅣ): 귀한 가마.

83) 누쳐(陋處): 누처. 누추한 곳.

84) 문(文): 무늬.

85) 현져(顯著): 현저. 분명히 드러남.

의 낫출 아니 보지 못ᄒ야 즉시(卽時) 다려오려 ᄒ더니 내 히를 즈음ᄒ야 도라오믹 네 즉시(卽時) 와 딕후(待候)[86]ᄒ여실 거시어늘 므슴 병(病)이 이리 지리(支離)ᄒ뇨?"

님 시(氏) 고두(叩頭)ᄒ야 감(敢)이 답(答)지 못ᄒ니 님 흑식(學士ㅣ) 웃고 샹셔(尙書)의 머믈믈 청(請)ᄒ니 샹셰(尙書ㅣ) 님싱(-生)의 우익(友愛)를 감격(感激)ᄒ야 허락(許諾)ᄒ니 흑식(學士ㅣ) 크게 깃거 나와 부인(夫人)을 긔걸[87]ᄒ야 셕식(夕食)을 ᄀᆞ초와 보닉니 샹셰(尙書ㅣ) 하져(下箸)[88]ᄒ기를 맛고 드딕여 님 시(氏)의 나흔바 ᄋᆞᄌᆞ(兒子)를 보니 용뫼(容貌ㅣ) 곤옥(崑玉)[89] ᄀᆞᄐᆞ야 ᄌᆞ가(自家)를 만히 달마시니 어로만져 익익(溺愛)[90]ᄒ더니 다시 님 시(氏)를 경계(警戒)ᄒ야 닛그러 침셕(寢席)에 나아갈ᄉᆡ 또흔 은익(恩愛) 범연(凡然)치 아니ᄒ더라.

밤을 지닉고 명일(明日) 도라갈ᄉᆡ 님 시(氏)를 당부(當付)ᄒ야 됴리(調理)ᄒ야 슈이 오라 ᄒ니

님 시(氏) 슈명(受命)ᄒ더라.

---

86) 딕후(待候): 대후. 웃어른의 명령을 기다림.

87) 긔걸: 명령함.

88) 하져(下箸): 하저. 젓가락을 댄다는 뜻으로, 음식을 먹음을 이르는 말.

89) 곤옥(崑玉): 곤륜산의 옥. 곤륜산은 중국에 있다는 전설상의 산으로 아름다운 옥이 많이 난다고 전해짐.

90) 익익(溺愛): 익애. 매우 사랑함.

밧긔 나와 하직(下直)홀시 님 혹시(學士ㅣ) 칭샤(稱謝) 왈(曰),

"합해(閤下ㅣ)91) 귀가(貴-)를 나지 굴(屈)ᄒ샤 쳔미(賤妹)를 위로
(慰勞)ᄒ시니 은혜(恩惠) 크도소이다."

샹셰(尙書ㅣ) 소왈(笑曰),

"ᄎ후(此後)란 쇼뎨(小弟)를 은인(恩人)으로 알나."

셜파(說罷)에 크게 웃고 도라가다.

지셜(再說). 구 시랑(侍郎)이 니(李) 샹셔(尙書)의 일쟝(一場) 의리
(義理)로 졀칙(切責)ᄒ믈 듯고 심즁(心中)의 황연(惶然)ᄒ믈 니긔지
못ᄒ야 즉시(卽時) 니부(李府)의 니ᄅ니 승샹(丞相)과 부미(駙馬ㅣ)
맛츰 업고 한님(翰林) 몽원이 셔헌(書軒)의 잇다가 구 시랑(侍郎)의
와시믈 듯고 그 형(兄)의 격동(激動)ᄒ믈 스치고 심하(心下)에 우으
며 일단(一端) 호흥(豪興)이 발(發)ᄒ야 믄득 의관(衣冠)을 어로만져
쳥(請)ᄒ여 드러와 녜필(禮畢)ᄒ미 한님(翰林)이 녜(禮)를 잠간(暫間)
폐고 늠연(凜然)92) 위좌(威坐)93)94)ᄒ여 말을 아니ᄒ니 늠녈(凜烈)95)
ᄒᆫ 위풍(威風)96)이 츄텬(秋天) ᄀᆺᄐᆫ지라 구 공(公)이

* * *

24면

오릭 말이 업셔 반일(半日)이나 머뭇기다가 흠신(欠身)97) 왈(曰),

---

91) 합해(閤下ㅣ): 존귀한 사람이라는 뜻으로, 상대편을 높여 부르는 말.

92) 늠연(凜然): 늠름한 모양.

93) 늠연 위좌: [교] 원문에는 '슈연이좌'로 되어 있으나 의미를 분명히 하기 위해 국도
본(15:19)을 따름.

94) 위좌(威坐): 위엄 있게 앉음.

95) 늠녈(凜烈): 늠열. 늠름하고 굳셈.

96) 위풍(威風): 위세가 있고 엄숙하여 쉽게 범하기 힘든 풍채나 기세.

"쳔(賤)흔 질이(姪兒ㅣ) 이곳에 왓다 ᄒ니 가(可)히 보믈 어드리잇
가?"

한님(翰林)이 침음(沈吟) 반향(半晌)의 굴오ᄃᆡ,

"족하(足下)의 질이(姪兒ㅣ) 엇더흔 사룸이뇨?"

ᄃᆡ왈(對曰),

"이 곳 화 시(氏)니 명공(明公)의 뎨쉬(弟嫂ㅣ) 되엿다 ᄒ니 ᄎᄌ
보라 니ᄅ과이다."

한님(翰林)이 잠소(暫笑) 왈(曰),

"샤뎨(舍弟) 아형(阿兄)을 뫼서 소흥(紹興) 뎍소(謫所)의 니ᄅ러 동
닌(洞隣)98)의 일(一) 개(個) 약녜(弱女ㅣ) 독신(獨身)으로 ᄉ고무탁
(四顧無託)99)ᄒ믈 드ᄅ시고 크게 잔잉이 넉여 그 녀ᄌ(女子)를 취
(娶)ᄒ니 근본(根本)을 무른즉 화 시랑(侍郞) 녀질(女子ㅣ)시 올흐ᄃᆡ
대강(大綱) 그 외귀(外舅ㅣ) 소흥(紹興) 태슈(太守)를 ᄒ여시ᄆᆡ 의지
(依支)ᄒ려 규즁(閨中) 약녜(弱女ㅣ) 남창(南昌)으로붓터 니ᄅ니 그
외귀(外舅ㅣ) 무샹(無狀)ᄒ야 믄득 도라보지 아니ᄒ고 경ᄉ(京師)로
오다 ᄒ니 혹싱(學生) 등(等)이 ᄎᄌ 친질(親姪) 것우믈 뭇고

＊＊＊

25면

ᄌ ᄒ더니 의외(意外) 노형(老兄) 말슴을 드ᄅ니 그윽이 의혹(疑惑)
ᄒᄂᆞᆫ 바ᄂᆞᆫ 노형(老兄)이 ᄌ소(自小)로 식니(識理)100)ᄒᄂᆞᆫ 직샹(宰相)

---

97) 흠신(欠身): 경의를 나타내기 위해 몸을 굽힘.

98) 동닌(洞隣): 동린. 동네 이웃.

99) ᄉ고무탁(四顧無託): 사고무탁. 사방을 돌아봐도 의탁할 곳이 없음.

100) 식니(識理): 식리. 이치를 앎.

이니 지친(至親)의게 박(薄)지 아닐지라 진가(眞假)를 아지 못ᄒᆞ니 청(請)컨ᄃᆡ ᄇᆞᆰ히 가ᄅᆞ치라."

구 공(公)이 니(李) 한님(翰林) 말을 듯고 더옥 참괴(慙愧) 만면(滿面)ᄒᆞ야 이에 샤죄(謝罪) 왈(曰),

"만ᄉᆡᆼ(晩生)이 당년(當年)의 소흥(紹興) 부임(赴任)ᄒᆞ여실 제 질ᄋᆡ(姪兒ㅣ) ᄎᆞᄌᆞ 니ᄅᆞ니 거두고져 홀 적 경ᄉᆞ(京師) 셩지(聖旨) ᄂᆞ려 승ᄎᆡ(陞差)[101] ᄒᆞ시니 역마(驛馬)로 상경(上京)ᄒᆞᄆᆡ 밋쳐 ᄂᆡ권(內眷)[102]을 슈렴(收斂)치 못ᄒᆞ야 쳐ᄌᆞ(妻子)를 분부(分付)ᄒᆞ야 ᄒᆞᆫ가지로 다려오라 ᄒᆞ엿더니 형픠(荊布ㅣ)[103] 블인(不仁)ᄒᆞ야 바리고 와시나 만ᄉᆡᆼ(晩生)이 폐쳐(弊妻)[104]를 ᄎᆡᆨ(責)ᄒᆞ고 그 후(後) 다려오고져 ᄒᆞᄃᆡ 도뢰(道路ㅣ) 멀고 공ᄉᆡ(公事ㅣ) 다ᄉᆞ(多事)ᄒᆞ야 못 ᄎᆞᄌᆞ왓더니 앗가 병부샹셔(兵部尙書) 합해(閤下ㅣ) 니ᄅᆞ러 여ᄎᆞ여ᄎᆞ(如此如此)ᄒᆞ니 만ᄉᆡᆼ(晩生)이 붓그리믈 무

***

26면

ᄅᆞᆸᄡᅥ 질ᄋᆞ(姪兒)를 보와 샤죄(謝罪)코져 니ᄅᆞ럿ᄂᆞ이다."

한님(翰林)이 정ᄉᆡᆨ(正色) 왈(曰),

"ᄒᆞᆨᄉᆡᆼ(學生)이 나히 비록 져무나 ᄯᅩᄒᆞᆫ 잠간(暫間) ᄉᆞ리(事理)를 아

---

101) 승ᄎᆡ(陞差): 승차. 윗자리의 벼슬로 오름.

102) ᄂᆡ권(內眷): 내권. 거느리고 사는 식구.

103) 형픠(荊布ㅣ): 아내. 가시나무 비녀와 베치마라는 뜻으로 아내를 이름. 형차포군(荊釵布裙). 중국 한(漢)나라 때 은사(隱士)인 양홍(梁鴻)의 아내 맹광(孟光)이 남편의 뜻을 받들어 이처럼 검소하게 착용한 데서 유래함. 『후한서(後漢書)』, 「양홍열전(梁鴻列傳)」.

104) 폐쳐(弊妻): 폐처. 자기 아내를 낮추어 이르는 말.

느니 금일(今日) 족하(足下) 말솜을 삼척동(三尺童)105)도 곳이듯지 아니리니 흑싱(學生)이 어이 취신(取信)106)ᄒ리오? 족해(足下ㅣ) 일호(一毫)나 죽은 동싱(同生)을 싱각ᄒ야 가슈(家嫂)를 긔렴(紀念)107) 홀진딕 비록 즁죄(重罪)이셔 금위(禁衛)108) 관원(官員)이 쳘삭(鐵索)으로 미여 풍우(風雨)ᄀᆞ치 온들 흔 낫 질ᄋᆞ(姪兒)를 못 거ᄂᆞ리리오? ᄒᆞ믈며 태슈(太守) 위의(威儀)로 승치(陞差)ᄒ여 올나와셔 혈혈약녀(孑孑弱女)를 쳔(千) 니(千) 히변(海邊)에 바리고 와 도금(到今)ᄒ야 규즁(閨中)에 잇ᄂᆞ 녕부인(令夫人)긔 허믈을 도라보ᄂᆡ고 ᄯᅩ 도뢰(道路ㅣ) 요원(遙遠)ᄒ야 못 ᄎᆞ즈왓노라 ᄒᆞ니 이 더옥 유하젹ᄌᆞ(乳下赤子)109)도 아니 곳이드롤 말이라. 그 ᄯᅡ히셔 아니 ᄎᆞ즈오고 경ᄉᆞ(京師)의 와 ᄎᆞ즐 싱각

＊＊＊

27면

인들 이시며 진실(眞實)노 ᄎᆞ즐 졍셩(精誠)곳 이시면 소흥(紹興)이 경ᄉᆞ(京師)의셔 머다 ᄒᆞ나 ᄒᆞ늘 밧기 아니어늘 공(公)이 엇지 이런 허무(虛無)흔 말을 쑴여 흑싱(學生)을 속이ᄂᆞ뇨? 흑싱(學生)이 비록 년소(年少)ᄒᆞ나 텬은(天恩)을 닙ᄉᆞ와 옥당(玉堂)110) 한원(翰苑)111)의

---

105) 삼척동(三尺童): 삼척동. 키가 석 자 정도밖에 되지 않는 어린아이.
106) 취신(取信): 취신. 어떤 사람이나 사실 따위에 신뢰를 가짐.
107) 긔렴(紀念): 기념. 생각하여 잊지 않음.
108) 금위(禁衛): 중국에서, 천자의 궁성을 지키던 군대. 금위군(禁衛軍).
109) 유하젹ᄌᆞ(乳下赤子): 유하적자. 젖먹이 어린아이.
110) 옥당(玉堂): 홍문관(弘文館)의 별칭. 홍문관은 전적의 교정, 생도의 교육 등을 맡아함. 당나라 때 처음 설치되어 명나라 초에는 있었으나 오래지 않아 없어지고 선덕(宣德) 연간에 다시 설치되었다가 후에 문연각(文淵閣)에 병입(幷入)됨.
111) 한원(翰苑): 한림원(翰林院)의 별칭. 당나라 초에 설치되어 명나라 때에는 저작(著

충슈(充數)[112]ᄒ니 빅뇨(百僚)를 다 지니여 보왓ᄂᆞᆫ지라 금일(今日) 허언(虛言)을 이딕도록 이언(利言)이 ᄒᆞᄂᆞ뇨? 춘경(春卿)은 보지 아 냐시니 스ᄉᆞ로 분희(憤駭)ᄒᆞᆷ믈 니긔지 못ᄒᆞᄂᆞ니 족하의 허언(虛言) ᄒᆞᄂᆞᆫ 양을 볼진딕 가형(家兄)이 그곳의 갓더라 홈도 필연(必然) 거즛 말이라. 후일(後日) 샤형(舍兄)[113]긔 무러 일이 젹실(的實)ᄒᆞᆫ 후(後) 대인(大人)긔 고(告)ᄒᆞ고 슈시(嫂氏)를 볼지어다.”

언파(言罷)에 졍식(正色) 믁도(黙睹)[114]ᄒᆞ니 ᄎᆞᆫ 빗치 셜샹가상(雪 上加霜) ᄀᆞᆺ고 단엄(端嚴)ᄒᆞᆫ 긔운이 ᄲᅩ이니 구 공(公)이 일시(一時) 말 을 ᄉᆞᆷ여 ᄉᆞ오나온 심슐(心術)을 감

28면

초려 ᄒᆞ다가 니(李) 한님(翰林) 븕은 말ᄉᆞᆷ의 픽(敗)ᄒᆞ고 언언(言言)이 낫치 더우니 감(敢)이 안ᄌᆞ지 못ᄒᆞ야 하직(下直)고 나오더니,

홀연(忽然) 문(門) 압희 쳥홍(靑紅) 냥산(陽傘)이 어즈러이 나붓기 고 벽졔(辟除)[115] 소릭 일도(一道)를 움작이며 승샹(丞相)이 머리에 ᄌᆞ금관(紫金冠)[116]을 쓰고 몸의 홍금포(紅錦袍)[117]를 닙어시며 엇게 에 일월(日月)을 붓치고 허리에 옥딕(玉帶)를 두르며 금인(金印)[118]

作), 사서 편수, 도서 등의 사무를 맡아 함.

112) 충슈(充數): 충수. 수를 채움.

113) 샤형(舍兄): 사형. 남에게 자기 형을 낮추어 이르는 말.

114) 믁도(黙睹): 묵도. 묵묵히 봄.

115) 벽졔(辟除): 벽제. 지위가 높은 사람이 행차할 때, 구종(驅從) 별배(別陪)가 잡인의 통행을 금하던 일.

116) ᄌᆞ금관(紫金冠): 자금관. 자금으로 만든 관. 자금은 적동(赤銅)의 다른 이름으로, 적 동은 구리에 금을 더한 합금임.

117) 홍금포(紅錦袍): 붉은 비단으로 된 도포.

을 챠 거상(車上)의 단좌(端坐)ᄒ야 슈빅(數百) 츄죵(騶從)을 거ᄂ려 문(門)을 들고 뒤히 부ᄆᆡ(駙馬ㅣ) 쳥춍마(靑驄馬)[119]를 칙쳐 부친(父親)을 쏠와 드러오거늘 구 공(公)이 츄쥬(趨走)[120]ᄒ야 슐위 압히 와 녜(禮)ᄒ듸 승샹(丞相)이 거슈(擧手) 읍양(揖讓)[121]ᄒ고 ᄒᆞᆫ가지로 셔헌(書軒)에 드러가 좌뎡(坐定)ᄒ고 승샹(丞相)이 문왈(問曰),

"족해(足下ㅣ) 엇지 왓더뇨?"

구 공(公)이 피셕(避席) 공슈(拱手)[122] 왈(曰),

"만ᄉᆡᆼ(晩生)이 블쵸(不肖)ᄒ미 심(甚)ᄒ야 당

년(當年)의 질ᄋᆞ(姪兒)를 져바리미 심(甚)ᄒ더니 이졔 귀부(貴府) 공ᄌᆞ(公子)의 빈필(配匹)이 되엿다 ᄒ오ᄆᆡ 서로 보고져 ᄒᄂᆞ이다."

승샹(丞相)이 쳥파(聽罷)에 즘소(暫笑)ᄒ고 시녀(侍女)를 블너 화 쇼져(小姐)를 나와 구 시랑(侍郎)긔 뵈라 ᄒ니 ᄆᆡᄉᆞ(每事)의 셩식(聲色)[123]을 부동(不動)ᄒ미 여ᄎᆞ(如此)ᄒ더라.

이윽고 화 쇼졔(小姐ㅣ) 나와 구 시랑(侍郎)을 향(向)ᄒ여 녜(禮)ᄒ고 눈믈을 흘녀 말을 못 ᄒ니 구 시랑(侍郎)이 낫츨 붉히고 소ᄅᆡ를 낫초와 샤죄(謝罪) 왈(曰),

---

118) 금인(金印): 금으로 된 인(印). 인(印)은 예전에 관직의 표시로 차고 다니던 쇠나 돌로 된 조각물.

119) 쳥춍마(靑驄馬): 청총마. 갈기와 꼬리가 파르스름한 백마.

120) 츄쥬(趨走): 추주. 윗사람 앞을 지날 때에 허리를 굽히고 빨리 걸음.

121) 읍양(揖讓): 읍하는 예를 갖추면서 사양함.

122) 공슈(拱手): 공수. 절을 하거나 웃어른을 모실 때, 두 손을 앞으로 모아 포개어 잡음. 또는 그런 자세.

123) 셩식(聲色): 성색. 말소리와 얼굴빛.

"당년(當年)의 내 무샹(無狀)ᄒ야 질녀(姪女)를 져바렷더니 엇지 금일(今日) 이리 귀(貴)히 되믈 알니오?"

ᄒ니 화 쇼제(小姐ㅣ) 다만 누쉬(淚水ㅣ) 삼삼(渗渗)[124]ᄒ고 믁믁(默默)홀 분이라. 시랑(侍郞)이 이에 몽샹 공ᄌ(公子)를 쳥(請)ᄒ야 보고 깃부믈 니긔지 못ᄒ니 그 낫 둣거오미 여ᄎ(如此)ᄒ더라.

즉시(卽時) 쇼져(小姐)를 더부러 도라가 극진(極盡) 이딘(愛待)

. ● ●

30면

ᄒ고 긔렴(紀念)[125]ᄒ며 ᄌ이(慈愛)ᄒ니 인심(人心) 셰되(世道ㅣ)[126] 형셰(形勢)를 조ᄎ 여ᄎ(如此)ᄒ니 엇지 슬푸지 아니ᄒ리오. 쇼졔(小姐ㅣ) 녯일을 개회(介懷)치 아니코 셤기믈 부모(父母)ᄀᆺ치 ᄒ고 슈일(數日)을 ᄆᆞᆨ어 도라와 공ᄌ(公子)의게 졍ᄉ(情事)를 고(告)ᄒ여 남챵(南昌)의 부모(父母) ᄉ당(祠堂)을 뫼셔 와 봉졔ᄉ(奉祭祀)[127]를 긋지 아니니 텬해(天下ㅣ) 니(李) 공(公)의 신의(信義)를 닐ᄏ더라.

이셕 문휘 지난 바 화란(禍亂)을 다 쩔치고 부인(夫人)으로 더브러 화락(和樂)ᄒ며 님 시(氏)를 다려와 총이(寵愛)ᄒ믈 젼(前)ᄀᆺ치 ᄒ더라.

일일(一日)은 샹셰(尙書ㅣ) 졔형(諸兄)으로 더브러 셔당(書堂)에 잇더니 가인(家人)이 보왈(報曰),

"산동(山東) 됴 부인(夫人) 뫼셔 갓던 공ᄎ(公差ㅣ) 도라와 부인

---

124) 삼삼(渗渗): 눈물이 흘러내리는 모양.

125) 긔렴(紀念): 기념. 매우 절실히 생각해 줌.

126) 셰되(世道): 세도. 세상을 살아가는 길.

127) 봉졔ᄉ(奉祭祀): 봉제사. 제사를 받듦.

(夫人)이 즁도(中途)의셔 도적(盜賊)을 만나 부지거쳐(不知去處)[128]
ᄒ시다 ᄒᄂ이다."

좌위(左右ㅣ) 쳥파(聽罷)에 놀나고 샹셰(尙書ㅣ) 미우(眉宇)를 씽
긔여 왈(曰),

"하늘이 악인(惡人) 갑

• • •

31면

ᄒ시미 이러틋 명명(明明)ᄒ니 텬되(天道ㅣ) 놉ᄒ나 슬피미 소소(昭
昭)[129]ᄒ믈 알니로다."

부매(駙馬ㅣ) 왈(曰),

"슈연(雖然)이나 그 ᄌ녀(子女) 냥인(兩人)은 하죄(何罪)오?"

샹셰(尙書ㅣ) 딕왈(對曰),

"그 원찬(遠竄) 시(時) 쇼뎨(小弟) 잇더면 아ᄉ 둘나소이다."

졔인(諸人)이 됴 시(氏) ᄌ녀(子女)의 젼졍(前程)[130]을 앗겨 초(初)
의 승샹(丞相)이 ᄎᄌ라 보닉니 즐욕(叱辱)ᄒ던 줄 샹셔(尙書)다려
닐오지 아녓더니 부마(駙馬)의 졔ᄉᄌ(第四子) 즁문이 닉다라 왈(曰),

"됴 부인(夫人) 원찬(遠竄) 시(時) 조뷔(祖父ㅣ) ᄌ녀(子女)를 두고
가라 ᄒ시니 여ᄎ여ᄎ(如此如此) 즐미(叱罵)[131]ᄒ시더니 가(可)히 앗
갑다."

ᄒᄂ지라 부매(駙馬ㅣ) 봉안(鳳眼)을 놉히 써 발연대로(勃然大怒)[132]

---

128) 부지거쳐(不知去處): 부지거처. 간 곳을 알지 못함.

129) 소소(昭昭): 밝고 밝음.

130) 젼졍(前程): 전정. 앞길.

131) 즐미(叱罵): 질매. 욕하고 꾸짖음.

왈(曰),

"쇼ᄋ(小兒)는 ᄲᆞᆯ니 믈너가라."

ᄒ니 샹셰(尙書ㅣ) 날호여 완이(莞爾)[133]히 소왈(笑曰),

"형쟝(兄丈)이 발부(潑婦)[134]의 평싱(平生)을 념(念)ᄒ샤 쇼뎨(小弟)를 ᄂᆡ외(內外)ᄒ시니 쇼뎨(小弟) 가연(慨然)[135]ᄒ이다. 됴녜(-女ㅣ) 야야(爺爺) 욕(辱)ᄒ믄 쇼뎨(小弟) 모로거니와 텬디(天地) 가온ᄃᆡ 부

❊●●

32면

ᄌᆞ(父子ㅣ) 크니 쇼뎨(小弟) 비록 블민(不敏)ᄒ나 ᄎᆞᆷ아 ᄌᆞ식(子息) 죽인 원슈(怨讎)를 ᄂᆡ져 흉인(凶人)으로 더브러 동실(同室)ᄒ리오? 텬샹(天生) 인간(人間)에 업슨 긔린(麒麟)을 나하실지라도 이ᄌᆞ지원(睚眥之怨)[136]을 닛지 아닐 거시오, 그 나흔 바 ᄌᆞ녜(子女ㅣ) 쓸ᄃᆡ업ᄉᆞ나 쇼뎨(小弟) ᄌᆞ소(自小)로 야야(爺爺)의 관대(寬待)ᄒ라 ᄒ신 경계(警戒)를 밧ᄌᆞ와시므로 거두고져 ᄒ미오, 지어(至於) 형쟝(兄丈)이신들 부모(父母) 욕(辱)ᄒᄂᆞ 찰녀(刹女)[137]의 편(便)을 드ᄅᆞ시니 이 더옥 쇼뎨(小弟) 감(敢)이 형쟝(兄丈)의 놉흔 ᄆᆞ음을 아지 못ᄒᄂᆞ이다."

부매(駙馬ㅣ) 쳥파(聽罷)의 오ᄅᆡ 잠〃(潛潛)ᄒ엿다가 닐오ᄃᆡ,

"내 엇지 됴 시(氏) 편(便)들미리오? ᄆᆡᄉᆞ(每事)의 말이 ᄲᆞᆯ으지 못

---

132) 발연대로(勃然大怒): 갑자기 크게 성을 냄.

133) 완이(莞爾): 빙그레 웃는 모양.

134) 발부(潑婦): 흉악하여 도리를 알지 못하는 여자.

135) 가연(慨然): 개연. 개탄함.

136) 이ᄌᆞ지원(睚眥之怨): 애자지원. 한 번 흘겨보는 정도의 원망이란 뜻으로, 아주 작은 원망.

137) 찰녀(刹女): 여자 나찰. 나찰(羅刹)은 푸른 눈과 검은 몸, 붉은 머리털을 하고서 사람을 잡아먹으며, 지옥에서 죄인을 못살게 군다고 함.

ᄒᆞ야 너다려 못 젼(傳)ᄒᆞ미로다. 지어(至於) 됴 시(氏)의 나흔 바 ᄌᆞ녀(子女)ᄂᆞᆫ 너의 ᄌᆞ식(子息)이라 기모(其母)의 연좌(連坐)로 져러틋 논폄138)(論貶)139)ᄒᆞ미 가(可)치 아닌가 ᄒᆞ노라.”

샹셰(尚書ㅣ) 개용(改容)

••●

33면

샤례(謝禮) 쑨이러라.

후리(後來)에 경문이 산동어ᄉᆞ(山東御使)로 가 됴 시(氏) ᄎᆞᄌᆞ온 ᄉᆞ젹(事跡)140)이 이시니 하회(下回)에 잇ᄂᆞ니라.141)

ᄎᆞ시(此時) 승샹(丞相) 뎨오ᄌᆞ(第五子) 몽필의 ᄌᆞ(字)ᄂᆞᆫ 빅명이니 얼골이 젼혀(專-) 증조모(祖母) 진 부인(夫人)을 픔슈(稟受)142)ᄒᆞ야 화려(華麗) 쥰아(俊雅)143)흔 골격(骨格)이 밋ᄎᆞ리 업고 셩졍(性情)이 관후(寬厚)ᄒᆞ야 한(漢) 샹국(相國) 소하(蕭何)144)의 도량(度量)을 가져시니 존당(尊堂) 부뫼(父母ㅣ) 극이(極愛)ᄒᆞ야 년(年)이 십오(十五)세(歲)에 태즁태우(太中大夫)145) 김오현의 뎨ᄉᆞ녀(第四女)ᄅᆞᆯ 취(娶)

---

138) 폄: [교] 원문에는 ‘편’로 되어 있으나 오기로 보이므로 국도본(15:26)을 따름.

139) 논폄(論貶): 논하여 폄하함.

140) ᄉᆞ젹(事跡): 사적. 일의 자취.

141) 후리(後來)에~잇ᄂᆞ니라: 뒤에 경문이 산동어사로 가 조 씨 찾아온 일이 있으니 뒤편에 있다. <쌍천기봉>의 후편인 <이씨세대록>에 이 이야기가 나옴.

142) 픔슈(稟受): 품수. 선천적으로 타고남.

143) 쥰아(俊雅): 준아. 준수하고 전아함.

144) 소하(蕭何): 중국 전한의 정치가(?~B.C.193). 일찍이 진(秦)나라의 하급관리로 있으면서, 유방이 군사를 일으키자 종족 수십 명을 거느리고 모신(謀臣)으로 유방을 보좌하며 한신 등의 반란을 평정하고 상국(相國)으로 지냄.

145) 태즁태우(太中大夫): 태중대부. 중국 한(漢)나라 때의 관명(官名)으로 대부 중에서 가장 높은 벼슬을 이름. 『한서(漢書)』, ‘백관공경표(百官公卿表)’에 의하면, “대부

ᄒᆞ니 김 시(氏) 셩질(性質)이 질슌(質純)[146]ᄒᆞ고 외뫼(外貌ㅣ) 확실
(確實)ᄒᆞ야 녜ᄉᆞ(例事) 범범(凡凡)ᄒᆞᆫ 녀ᄌᆡ(女子ㅣ)니 공ᄌᆞ(公子)의 옥
안(玉顔) 봉목(鳳目)으로 비기면 ᄂᆡ도(乃倒)[147]ᄒᆞ나 공ᄌᆡ(公子ㅣ) 금
슬(琴瑟)의 진즁(鎭重)ᄒᆞ야 조금도 눈의(倫義)[148]ᄅᆞᆯ 박(薄)히 아니니
승샹(丞相)이 깃거 언언(言言)이 김 시(氏)ᄅᆞᆯ 닐ᄏᆞ라 팔복(八福)[149]
가진 쟤(者)ᄂᆞᆫ ᄎᆞ인(此人)이라 ᄒᆞ더라.

ᄎᆞ시(此時) 승샹(丞相)의 필녀(畢女)[150] 빙셩 쇼졔(小姐ㅣ) 년(年)

* * *

34면

이 십ᄉᆞ(十四)라. 미려(美麗)ᄒᆞᆫ 용뫼(容貌ㅣ) 삼츈(三春) 미개화(未開
花)[151] ᄀᆞᆺᄐᆞ야 츄텬(秋天) ᄀᆞᆮᄐᆞᆫ 골격(骨格)은 공쥬(公主)와 소 시(氏)
긔 잠간(暫間) 지미 이시나 기여(其餘) 빅ᄐᆡ(百態) 무빵(無雙)ᄒᆞ고 녀
ᄒᆡᆼ(女行)이 ᄉᆡᆫ혀나 비기리 업ᄉᆞ니 승샹(丞相)이 과이(過愛)ᄒᆞ야 ᄀᆞᆺᄐᆞᆫ
빵(雙)을 구(求)ᄒᆞᄃᆡ 시러금 득(得)지 못ᄒᆞ더라.

이ᄌᆞᆨ에 태샹경(太常卿)[152] 뇨화ᄂᆞᆫ 일ᄃᆡ(一代) 유명(有名)ᄒᆞᆫ 가문
(家門)으로 삼(三) ᄌᆡ(子ㅣ) 이시니 쟝ᄌᆞ(長子)ᄂᆞᆫ 급ᄉᆞ낭즁(給事郎

(大夫)는 논의(論議)를 관장하는데, 태중대부(太中大夫), 간대부(諫大夫)가 있으며,
모두 정원은 없고 많게는 수십 명에 이른다."고 하였음.

146) 질슌(質純): 질순. 질박하고 순수함.

147) ᄂᆡ도(乃倒): 내도. 차이가 큼.

148) 눈의(倫義): 윤의. 오륜의 의리라는 뜻으로, 여기에서는 부부유별을 의미함.

149) 팔복(八福): 여덟 가지 복의 의미인 듯하나 미상임.

150) 필녀(畢女): 막내딸.

151) 미개화(未開花): 아직 피지 않은 꽃.

152) 태샹경(太常卿): 태상경. 제사(祭祀)를 주관하고 왕의 묘호와 시호를 제정하는 일을
맡아보던 태상시(太常寺)의 으뜸 벼슬.

中)153)이오 ᄎᄌ(次子) 희ᄂ 한님(翰林)이오, 삼ᄌ(三子) 익은 십뉵(十六)이라. 쇼년(少年) ᄌ명(才名)이 ᄌᄌ(藉藉)ᄒ야 십오(十五) 세(歲)에 형부쥬ᄉ(刑部主事) 공겸의 녀(女)ᄅᆞ 취(娶)ᄒ니 싱(生)의 풍골(風骨)154)이 당시(當時) 왕ᄌ진(王子晉)155)이 하강(下降)ᄒᆞᆫ 둣ᄒᆞ되 공 시(氏) 용뫼(容貌ㅣ) 범범(凡凡)ᄒ고 셩되(性度ㅣ)156) 블슌(不淳)157)ᄒ니 싱(生)이 블합(不合)ᄒ야 소ᄃᆡ(疎待)158)ᄒ야 얼골을 보지 아니ᄒ니 공 시(氏) 한(恨)ᄒᆞᆯ를 니긔지 못ᄒ야 ᄌ믈(財物)을 무궁(無窮)이 드려 뇨 태샹(太常) ᄆᆞᄋᆞᆷ을

* * *

35면

흔흡(欣洽)159)게 ᄒ니 뇨 공(公)이 원ᄂᆡ(元來) 셩되(性度ㅣ) 혼암(昏暗)ᄒ고 블명(不明)ᄒᆞ므로 공 시(氏)ᄅᆞᆯ 과이(過愛)ᄒ야 싱(生)을 ᄆᆡ양 ᄭᅮ지져 박ᄃᆡ(薄待)ᄒᆞᆯ믈 금(禁)ᄒ니 뇨싱(-生)은 효의(孝義)에 군ᄌ(君子ㅣ)라 강잉(强仍)ᄒ야 후ᄃᆡ(厚待)ᄒ더라.

급ᄉ(給事) 형뎨(兄弟) 삼(三) 인(人)이 기부(其父)ᄅᆞᆯ 담지 아냐 인

---

153) 급ᄉ냥듕(給事郞中): 급사낭중. 급사중(給事中). 관직 이름으로 줄여서 급사(給事)라 함. 중국 진한(秦漢) 때부터 있어온바, 명나라 때에는 황제를 곁에서 모시며 잘못을 간하고, 육부[吏戶禮兵刑工]의 폐단을 규찰하며 법규의 잘잘못을 논박해 바로잡는 권한이 있었음.

154) 풍골(風骨): 풍채.

155) 왕ᄌ진(王子晉): 왕자진. 중국 주(周)나라 영왕(靈王)의 태자 진(晉)을 이름. 성은 희(姬). 자(字)가 자교(子喬)여서 왕자교(王子喬)로도 불림. 일찍 죽어 왕위에 오르지는 못함. 전설에 따르면 그는 신선이 되어 학을 타고 다니면서 영생하였다 함.

156) 셩되(性度ㅣ): 성도. 성품과 도량.

157) 블슌(不淳): 불순. 순박하지 않음.

158) 소ᄃᆡ(疎待): 소대. 소원하게 대함.

159) 흔흡(欣洽): 기쁘고 흡족함.

믈(人物)이 근신(謹愼) 공검(恭儉)ᄒᆞ야 춍명(聰明) 효우(孝友)ᄒᆞ니 문후 형뎨(兄弟) 지긔(知己)로 ᄒᆞ야 문경160)(勿頸)161)의 ᄉᆞ괴미 잇고 문휘 뇨익을 ᄉᆞ랑ᄒᆞ야 그 미ᄌᆞ(妹子)의 비우(配偶) 숨지 못ᄒᆞ믈 한(恨)ᄒᆞ더라.

뇨ᄉᆡᆼ(-生)이 공 시(氏)로 블합(不合)ᄒᆞ야 그윽이 지취(再娶)코져 ᄒᆞ되 부친(父親) 셩되(性度ㅣ) 포려(暴戾)162)ᄒᆞ고 고당(高堂)에 모친(母親)이 업스니 감(敢)이 의ᄉᆞ(意思)치 못ᄒᆞ고 탄우(嘆憂)163)ᄒᆞ더니,

일일(一日)은 병부(兵部)의 쳥(請)ᄒᆞ므로조ᄎᆞ 니부(李府)의 니르러 셔당(書堂)의 졔니(諸李)로 더브러 죵일(終日) 년음(連飮)164)ᄒᆞ더니 뇨ᄉᆡᆼ(-生)이 술이 취(醉)ᄒᆞ야 난두(欄頭)에 즘간(暫間) 누

* ● ●

36면

어 줌드니 몽즁(夢中)의 몸이 스스로 나라 안흐로 드러가 ᄒᆞᆫ 곳에 니르니 쇼당(小堂)이 극(極)히 졍결(淨潔)ᄒᆞ고 현판(懸板)에 홍년당 세 ᄌᆞ(字ㅣ) 잇고 방듕(房中)의 일(一) 개(個) 미인(美人)이 홍상금의

---

160) 경: [교] 원문에는 '졍'으로 되어 있으나 오기로 보이므로 국도본(15:29)을 따름.

161) 문경(勿頸): 친구를 위해 자기의 목을 베어 줄 정도의 사귐. 문경지교(勿頸之交). 중국 전국(戰國)시대 조(趙)나라 염파(廉頗)와 인상여(藺相如)의 고사. 인상여(藺相如)가 진(秦)나라에 가 화씨벽(和氏璧) 문제를 잘 처리하고 돌아와 상경(上卿)이 되자, 장군 염파(廉頗)는 자신이 인상여보다 오랫동안 큰 공을 세웠으나 인상여가 자기보다 높은 지위에 앉았다 하며 인상여를 욕하고 다님. 인상여가 이에 대해 대응하지 않자 제자들이 그 까닭을 물으니, 두 사람이 다투면 국가가 위태로워지고 진(秦)나라에만 유리하게 되므로 대응하지 않은 것이었다 하니 염파가 그 말을 전해 듣고 가시나무로 만든 매를 지고 인상여의 집에 찾아가 사과하고 문경지교를 맺음. 『사기(史記)』, 「염파인상여열전(廉頗藺相如列傳)」.

162) 포려(暴戾): 사납고 도리에 어그러짐.

163) 탄우(嘆憂): 근심하며 탄식함.

164) 년음(連飮): 연음. 술을 계속 마심.

(紅裳錦衣)165)로 안주 잉무(鸚鵡)를 희롱(戲弄)ᄒ니 둘 ᄀᆞ튼 니마와 흰 낫치며 년화냥협(蓮花兩頰)166)과 잉슌호치(櫻脣晧齒)167) 고금(古今)을 비우(比偶)168)ᄒ나 무빵(無雙)ᄒ니 싱(生)이 황홀(恍惚)ᄒ야 졍신(精神)을 일허 셧더니 겻히 일(一) 인(人)이 미인(美人)을 가ᄅᆞ쳐 왈(曰),

"뎌 녀ᄌᆞ(女子)의 명(名)은 빙셩이니 네 빗필(配匹)이라."

ᄒ거늘 싱(生)이 의혹(疑惑)ᄒ야 다시 뭇고져 ᄒᆞᆯ 젹 씨치니 ᄒᆞᆫ 쑴이오, 졔싱(諸生)이 다 드러가고 홀노 부마(駙馬)의 쟝ᄌᆞ(長子) 흥문과 문졍후 쟝ᄌᆞ(長子) 셩문이 안졋거늘 뇨싱(-生)이 니러 안즈 몽듕(夢中) 본 미인(美人)을 싱각ᄒ니 텬하(天下)에 그런 녀지(女子ㅣ) 업슬 ᄃᆞ

* * *

37면

ᄒᆞ믈 혜아려 가마니 싱각ᄒᆞᄃᆡ,

'당금(當今)의 니(李) 부마(駙馬) 형뎨(兄弟) 일월(日月) 안광(眼光)을 다시 겨오리 업더니 내 쏘 미인(美人)을 본 배 만흐ᄃᆡ 그런 졀식(絶色)은 고금(古今)의 업스니 아모커나 그려 노코 보리라.'

ᄒ고 좌우(左右)로 슬피니 치식필(彩色筆)169)이 년갑(硯匣)170)의 잇고 빅깁(白-)이 샹ᄌᆞ(箱子)의 담겻거늘 뇨싱(-生)이 치식믁(彩色墨)을 갈고 깁을 펴 슌식(瞬息)에 휘쇄(揮灑)171)ᄒ야 미인도(美人圖)를

---

165) 홍샹금의(紅裳錦衣): 홍상금의. 붉은 치마에 비단옷.

166) 년화냥협(蓮花兩頰): 연화양협. 연꽃 같은 두 뺨.

167) 잉슌호치(櫻脣晧齒): 앵순호치. 앵두같이 붉은 입술과 흰 이.

168) 비우(比偶): 비교하고 견줌.

169) 치식필(彩色筆): 채색필. 채색을 칠할 수 있는 붓.

170) 년갑(硯匣): 연갑. 벼룻집.

그리니 싱긔(生氣) 발월(發越)[172]ᄒ야 진짓 말 못 ᄒᄂᆫ 빙셩 쇼제(小姐ㅣ)라. 냥(兩) 공지(公子ㅣ) 그 지조(才操)의 신이(神異)ᄒᆞ믈 놀나더니 다시 슬펴보고 흥문이 대경(大驚) 왈(曰),

"샹공(相公)이 언제 우리 슉모(叔母)를 보왓ᄂᆞ뇨?"

뇨싱(-生)이 역경(亦驚) 왈(曰),

"이 그림이 네 어ᄂᆡ 슉모(叔母) ᄀᆞᆺ트뇨?"

흥문이 답왈(答曰),

"조부(祖父) 필녀(畢女) 쳐자(處子) 슉모(叔母)……"

ᄒᆞ다가 셩문이 눈을 ᄀᆞ니 ᄭᅵ쳐 이에 두로쳐 글오ᄃᆡ,

"우리 슉모(叔母)

* **●**

38면

문 혹사(學士) 부인(夫人) ᄀᆞᆺ트나 굿ᄒᆞ여 방블(髣髴)치 아니이다."

뇨싱(-生)이 그 긔ᄉᆡᆨ(氣色)을 스쳐 문정후 미진(妹子ㅣ)줄 ᄭᅢ다라 진짓 '홍년당 미인(美人) 빙셩'이라 쓰더니 부마(駙馬) 형뎨(兄弟) 나오니 뇨싱(-生)이 황망(慌忙)[173]이 그림을 밀고 마즈니 한님(翰林)이 소왈(笑曰),

"ᄌᆞ평이 언마나 취(醉)ᄒᆞ야 잔다?"

뇨싱(-生)이 미소(微笑) 부답(不答)이러니 샹셔(尙書ㅣ) 뇨싱(-生)의 그린 그[174]림을 나호여 펴고 왈(曰),

---

171) 휘쇄(揮灑): 붓을 휘둘러 글씨를 그리거나 그림을 그림.

172) 발월(發越): 용모가 깨끗하고 훤칠함.

173) 황망(慌忙): 마음이 몹시 급하여 당황하고 허둥지둥하는 면이 있음.

174) 그: [교] 원문에는 '슈'로 되어 있으나 오기로 보임.

"ᄌ평은 부졀업슨 노로슬 ᄒᆞᄂᆞ뇨?"

니ᄅᆞ며 일변(一邊) 모다 보다가 실ᄉᆡᆨ(失色) 경아(驚訝)ᄒᆞ야 무언(無言)이러니 냥구(良久) 후(後) 샹셰(尙書ㅣ) 문왈(問曰),

"ᄌ175)평이 어ᄃᆡ 가 이 미인(美人)을 보고 공교(工巧)히 모ᄉᆞ(模寫)ᄒᆞ엿ᄂᆞ뇨?"

ᄉᆡᆼ(生) 왈(曰),

"앗가 줌간(暫間) 조을ᄆᆡ 몸이 나라 ᄒᆞᆫ 곳에 가니 '홍년당' 삼(三) 직(字ㅣ) 잇고 이 미인(美人)이 그곳의셔 잉모(鸚鵡)를 희롱(戲弄)ᄒᆞᄂᆞᄃᆡ 그 졋히 긔이(奇異)ᄒᆞᆫ 사름이 그 닐홈

• • •

39면

을 닐너 여ᄎᆞ여ᄎᆞ(如此如此) ᄒᆞᄂᆞᆫ지라 쇼뎨(小弟) ᄭᆡ여 ᄉᆡᆼ각ᄒᆞ니 심(甚)이 공교(工巧)ᄒᆞ고 그 미인(美人)의 얼골이 녯날 태진(太眞),176) 비연(飛燕)177)이 곱기로 유명(有名)ᄒᆞ나 ᄎᆞ인(此人)의게 빅분(百分) 밋지 못홀지라 그려 노코 다시 보려 ᄒᆞ노라."

샹셰(尙書ㅣ) 침음(沈吟)ᄒᆞ다가 닐오ᄃᆡ,

"이 일이 비록 공교(工巧)ᄒᆞ나 심(甚)히 허탄(虛誕)ᄒᆞ니 당당(堂堂)

---

175) ᄌ: [교] 원문에는 '군'으로 되어 있으나 앞의 예를 따라 이와 같이 수정함.

176) 태진(太眞): 중국 당(唐)나라 현종(玄宗)의 후궁 양귀비(楊貴妃)를 가리킴. 본명은 옥환(玉環). 원래 현종의 아들인 수왕(壽王)의 비(妃)였는데 현종이 보고 반해 아들을 변방으로 보내고 며느리를 차지하여 총애함. 안록산(安祿山)의 난 때 현종과 함께 피난하여 마외역(馬嵬驛)에서 목매어 죽었음.

177) 비연(飛燕): 중국 전한(前漢) 때 성제(成帝)의 후궁(皇后)인 조비연(趙飛燕). 절세의 미인으로 몸이 가볍고 가무(歌舞)에 능해 본명 조선주(趙宜主) 대신 '나는 제비'라는 뜻의 비연(飛燕)으로 불림. 후궁인 여동생 합덕(合德)과 함께 총애를 다투다가 성제가 죽은 후 동생 합덕이 자살하고, 비연도 평제(平帝) 때에 내쳐져 서민으로 강등되자 자살함.

흔 쟝뷔(丈夫ㅣ) 이런 일을 죡(足)히 취신(取信)ᄒ리오? 춘몽(春夢)이 ᄌ연(自然) 이러ᄒ니 ᄌ평은 모로미 ᄆᆞ음의 두지 말나. 고금(古今)의 이런 ᄉᆡᆨ(色)이 어ᄃᆡ 이시리오?"

뇨ᄉᆡᆼ(-生)이 ᄯᅩ흔 춍명(聰明)이 과인(過人)ᄒ지라 앗가 홍문의 말과 졔인(諸人)의 긔ᄉᆡᆨ(氣色)을 보고 임의 지심(知心)178)ᄒ야 ᄉᆞ모(思慕)ᄒ미 ᄆᆡᆼ동(萌動)179)ᄒ야 잠소(暫笑) 왈(曰),

"ᄭᅮᆷ이 비록 허탄(虛誕)ᄒ다 ᄒ나 ᄎᆞ몽(此夢)은 극(極)히 신긔(神奇)180)ᄒ니 내 ᄆᆡᆼ셰(盟誓)ᄒ야 이 미인(美人)을

* * *

40면

취(娶)ᄒ리라."

샹셰(尚書ㅣ) 졍ᄉᆡᆨ(正色) 왈(曰),

"ᄌ평을 군ᄌ(君子)로 아랏더니 엇지 이런 헛된 말을 ᄒᄂ뇨? 춘몽(春夢)이 혼잡(混雜)ᄒ야 미인(美人)이 뵌들 그림 그려 가지고 어드려 ᄒ니 그ᄃᆡ 싱각ᄒ야 보라. 당금(當今)에 엇던 녀ᄌᆡ(女子ㅣ) 져 그림과 ᄀᆞᆺ튼 재(者ㅣ) 이시며 그ᄃᆡ 빈위(配偶ㅣ) 되리오? 우리 ᄌ소(自小)로 이런 허탄(虛誕)흔 일을 가소(可笑)로이 넉이ᄂ니 그ᄃᆡ 두 번(番) 우리다려 ᄌ랑 말나."

뇨ᄉᆡᆼ(-生)이 희소(喜笑) 왈(曰),

"뉘 형(兄)다려 미인(美人) 어더 달나 ᄒᄂ냐? 인연(因緣)이 이실진ᄃᆡ 아모 귀쇼져(貴小姐)라도 내 슈즁(手中)에 오리라."

---

178) 지심(知心): 마음을 앎.
179) ᄆᆡᆼ동(萌動): 맹동. 어떤 생각이나 일이 일어나기 시작함.
180) 신긔(神奇): 신기. 믿을 수 없을 정도로 색다르고 놀라움.

ᄒ니 부매(駙馬ㅣ) 역시(亦是) 정ᄉᆡᆨ(正色) 왈(曰),

"ᄌᆞ고(自古)로 한무181)(漢武)182)의 듁궁(竹宮)183)과 당황(唐皇)184) 의 홍도긱(鴻都客)185)이 쳔츄(千秋) 미담(美談)이 되여 이졔ᄭᅵ지 시 인(詩人)의 웃는 붓긋치 군ᄌᆞ(君子)의 붓그러오믈 닐오거늘 ᄌᆞ평이 당당(堂堂)ᄒᆞᆫ 금옥군ᄌᆞ(金玉君子)로 이

•••

41면

런 고이(怪異)ᄒᆞᆫ 의ᄉᆞ(意思)를 ᄂᆡ여 즁인(衆人)의 시비(是非)를 니ᄅᆞ 혀ᄂᆞ뇨? 아등(我等)이 평일(平日) 힝ᄉᆞ(行事)와 다ᄅᆞ믈 크게 고이(怪 異)히 넉이노라."

셜파(說罷)에 홍문을 명(命)ᄒᆞ야 화도(畫圖)를 거두어 아ᄉᆞ라 ᄒᆞ고 정ᄉᆡᆨ(正色) 믁연(默然)ᄒᆞ니 뇨ᄉᆡᆼ(-生)이 참안(慙顔) 슈괴(羞愧)ᄒᆞ야 져두(低頭)186) 믁연(默然)이어늘 샹셰(尚書ㅣ) 왈(曰),

"한무(漢武), 당황(唐皇)은 근본(根本) 잇는 미인(美人)이나 그러틋

---

181) 무: [교] 원문에는 '문'으로 되어 있으나 오기로 보임.

182) 한무(漢武): 중국 한(漢)나라 무제(武帝).

183) 듁궁(竹宮): 죽궁. 중국 한나라 무제가 감천(甘泉)에 있는 환구(圜丘)의 사단(祠壇) 에 모여드는 유성(流星)과 같은 귀신의 불빛들을 보고 망배(望拜)했다는 궁실 이름 으로, 대나무를 써서 만들었으므로 죽궁이라고 하였음.

184) 당황(唐皇): 중국 당(唐)나라 현종(玄宗)을 가리킴. 황(皇)은 명황(明皇)의 줄임말로, 그 시호인 지도대성대명효황제(至道大聖大明孝皇帝)에서 따온 말임.

185) 홍도긱(鴻都客): 홍도객. 홍도(鴻都)의 객이라는 뜻으로 신선 중의 한 명을 가리킴. 홍도(鴻都)는 선부(仙府). 『용성록(龍城錄)』에 "당 명황이 신천사(申天師), 홍도객 (鴻都客)과 함께 8월 보름날 밤에 달 속에서 노니는데 방(榜)을 보니 '광한청허지 부(廣寒淸虛之府)'라 써져 있었다."라는 구절이 있고, 당 현종과 양귀비의 사랑을 읊은 백거이(白居易)의 <장한가(長恨歌)>에도 "임공(臨邛)의 도사(道士) 홍도객(鴻 都客)이 능히 정성으로 혼백을 불러올 수 있다 하네. 臨邛道士鴻都客, 能以精誠致 魂魄.)"라는 구절이 보임.

186) 져두(低頭): 저두. 고개를 낮게 숙임.

ᄒ엿거니와 이제 ᄌ평은 터도 업슨 미인(美人)을 ᄒᆞᆫ 꿈으로 인(因)ᄒ
야 ᄉᆞ샹(思相)ᄒ니 엇지 우읍지 아니리오?"

니(李) 한님(翰林)이 소왈(笑曰),

"필연(必然) ᄌ평이 꿈의 요괴(妖怪)ᄅᆞᆯ 들녀 져러틋 ᄒᆞᄂᆞᆫ가 시브다."

뇨싱(-生)이 잠소(暫笑) 왈(曰),

"쇼뎨(小弟) 셜ᄉᆞ(設使) 용녈(庸劣)ᄒ나 요괴(妖怪) 들닐 우인(爲
人)이리오? 이 반다시 슉녜(淑女ㅣ) 깁히 이셔 쇼뎨(小弟)로 인연(因
緣)이 이시미니 졔형(諸兄)은 너모 초조(焦燥) 말나."

ᄒ고 셜파(說罷)에 웃고 도라가니,

부매(駙馬ㅣ) 크게 근심ᄒ야 샹셔(尚書)다려 왈(曰),

"규

⟨••⟩

42면

문(閨門)이 바다ᄀᆞᆺ치 깁거늘 ᄌ평이 엇지 쇼ᄆᆡ(小妹)ᄅᆞᆯ 보와시며 ᄒ
들며 그 닐홈을 어이 알니오마ᄂᆞᆫ ᄌ평의 꿈이 발셔 텬의(天意) 이시
니 이룰 엇지ᄒ리오?"

샹셰(尚書ㅣ) 딕왈(對曰),

"ᄌ평은 옥면단ᄉᆡ(玉面端士ㅣ)[187]니 진실(眞實)노 쇼ᄆᆡ(小妹)의 ᄡᅡᆼ
(雙)이언마ᄂᆞᆫ 그 졍실(正室)이 잇고 졔 일시(一時) 말이라 그러ᄒᆞᆫ들
뉜동 알니오?"

부매(駙馬ㅣ) 답왈(答曰),

"비록 쇼ᄆᆡ(小妹ㄴ)줄 아지 못ᄒ나 만일(萬一) 샹ᄉᆞ(相思)ᄒᄂᆞᆫ 거

---

187) 옥면단ᄉᆡ(玉面端士ㅣ): 옥면단사. 옥 같은 얼굴을 지닌 단정한 선비.

죄(擧措ㅣ) 이실진디 쇼미(小妹)를 뉘게 보닉리오?"

호야 형뎨(兄弟) 서로 즐기지 아니터라.

이쩌 뇨싱(-生)이 도라가 쑴의 본 미인(美人)을 싱각고 골졀(骨節)
이 다 녹아지는 둣호야 왈(曰),

"이 반다시 문졍후 누의라. 나의 풍도(風度)[188] 긔골(奇骨)[189]이
엇지 빅셰(百世) 호귀(好逑ㅣ)[190] 아니리오마는 뎌 당당(堂堂)흔 후
문(侯門)[191] 쇼졔(小姐ㅣ) 엇지 나 유싱(儒生)의 지실(再室)이 되리
오? 속졀업시 념녀(念慮)를 술와

●●●

43면

죽을 짜름이로다. 쟝뷔(丈夫ㅣ) 되여 만일(萬一) 니시(李氏) 빙셩을
엇지 못흘진디 죽으미 쾌(快)호도다."

이쳐로 ᄉ샹(思相)호야 식음(食飮)을 믈니치고 밤의 경경(耿耿)[192]
호야 좀이 업고 심녀(心慮)를 허비(虛費)호니 만ᄉ(萬事ㅣ) 무심(無
心)호야 슈일(數日)에 니르러는 믄득 병(病)이 니러 샹셕(牀席)[193]에
위둔(委頓)[194]호니 뇨 급ᄉ(給事) 형뎨(兄弟) 창황(倉黃)호야 지셩(至
誠)으로 구호(救護)호디 촌회(寸效ㅣ)[195] 업셔 십여(十餘) 일(日)이

---

188) 풍도(風度): 풍채와 태도.
189) 긔골(奇骨): 기골. 남다른 기풍이 있어 보이는 골격.
190) 호귀(好逑ㅣ): 좋은 짝.
191) 후문(侯門): 지체 높은 집안.
192) 경경(耿耿): 마음에 잊히지 않고 염려됨.
193) 샹셕(牀席): 상석. 자리.
194) 위둔(委頓): 위돈. 병이 들어 쇠약함.
195) 촌회(寸效ㅣ): 조금의 효과.

되니 뇨싱(-生)이 졍신(精神)이 더옥 혼미(昏迷)ᄒ고 눈을 감은즉 니(李) 쇼제(小姐ㅣ) 안하(眼下)에 뵈여 비록 억졔(抑制)코져 ᄒ나 임의(任意)로 못 ᄒ니 냥형(兩兄)이 아의 병셰(病勢) 졈졈(漸漸) 더ᄒ믈 망극(罔極)ᄒ야 텬하(天下) 명의(名醫)를 구(求)ᄒ야 뵈더니 기즁(其中) 오담이란 의쟤(醫者ㅣ) 믹(脈)을 보고 나와 급ᄉ(給事)다려 ᄀ만이 닐오딕,

"녕뎨(令弟) 병(病)이 사룸을 싱각ᄒ야 심곡(心曲)의 크게 믹쳐 바

❋

44면

야흐로 괴얼골(怪--)196)이 일려 ᄒ니 만일(萬一) 싱각는 사룸을 겻히 두면 회두(回頭)197)ᄒ려니와 블연(不然)즉 사지 못ᄒ리라."

급시(給事ㅣ) 대경(大驚) 왈(曰),

"아이 본(本)딕 셩쇡(聲色)198)의 ᄯᆺ이 업고 졔의(諸醫) 다 이런 말이 업거늘 그딕 엇지 아ᄂᆞᇿ?"

오담이 소왈(笑曰),

"졔의(諸醫) 아지 못ᄒᄂᆞᆫ 거시 아니라 즁의(衆議)199) 시비(是非)를 두리미라. 이졔 쇼상공(小相公) 병(病)이 뉵믹(六脈)200)이 다 샹ᄉ(相思) 일념(一念)이 믹쳐 복즁(腹中)의 괴형샹(怪形狀)201)이 맛치 그림

---

196) 괴얼골(怪--): 괴상한 얼굴.

197) 회두(回頭): 병이 호전됨.

198) 셩쇡(聲色): 성색. 음악과 여색.

199) 즁의(衆議): 중의. 여러 사람의 의견.

200) 뉵믹(六脈): 육맥. 여섯 가지 맥박. 부(浮), 침(沈), 지(遲), 삭(數), 허(虛), 실(實)의 맥을 이름.

201) 괴형샹(怪形狀): 괴형상. 괴이한 모양.

ᄌᄀ치 되여시니 이제 십여(十餘) 일(日)만 ᄒ면 얼골이 될 거시오, 쏘 더 오릭면 능(能)히 다 되여 움족이는 지경(地境)의는 싱각는 사름이 겻히 이셔도 ᄉ지 못ᄒ리라."

ᄒ니 뇨 급ᄉ(給事ㅣ) ᄎ언(此言)을 듯고 구연(懼然)202)ᄒ야 졔의(諸醫) 다 흣터진 후(後) 싱(生)을 딕(對)ᄒ야 오담의 말을 다 닐으고 뉴톄(流涕) 왈(曰),

"모친(母親)이

＊●●

45면

기셰(棄世)ᄒ신 후(後) 세 기러기 의지(依支)ᄒ야 세월(歲月)을 보ᄂᆡ더니 네 이제 병(病)이 여ᄎ(如此)ᄒ니 아지 못게라, 눌을 싱각는다? 우리 형뎨(兄弟) 아모 집 녀ᄌᆡ(女子ㅣ)라도 너의 소원(所願)을 일울 거시니 너는 심곡(心曲)을 긔이지 말나."

싱(生)이 형(兄)의 비도(悲悼)203)ᄒᆞᄆᆞᆯ 보고 역시(亦是) 비열(悲咽)204)ᄒᆞᄆᆞᆯ 니긔지 못ᄒ여 왈(曰),

"쇼뎨(小弟) 죄(罪) 태산(泰山) ᄀᆞᆺ트니 하(何) 면목(面目)으로 텬하(天下)의 셔리잇고? 과연(果然) 이러ᄒᆞᆫ 일노 인(因)ᄒ야 니몽챵의 민ᄌ(妹子) 잇는 줄을 알고 ᄉ모(思慕)ᄒᆞᄆᆡ 깁흐되 부친(父親)이 엄(嚴)ᄒ시고 니(李) 승샹(丞相) 쳔금녀ᄌ(千金女子)로써 쇼뎨(小弟) 직실(再室) 주미 만무(萬無)ᄒ니 ᄎ고(此故)로 ᄆᆞᆷ 쓰미 즁(重)ᄒ야 병(病)이 일거이다."

―――――――――――
202) 구연(懼然): 두려워하는 모양.
203) 비도(悲悼): 슬퍼함.
204) 비열(悲咽): 슬퍼하여 목 놓아 욺.

급시(給事ㅣ) 대경(大驚)ᄒ야 반향(半晌)을 좀좀(潛潛)ᄒ다가 닐오되,

"너의 몽시(夢事ㅣ) 임의 뎐연(天緣)이 이시미니 부친(父親)긔 고(告)ᄒ야 만일(萬一) 이 정유(情由)205)를 문후 형뎨(兄弟)다려 닐을

* **

46면

진디 니(李) 공(公)은 명달(明達)206)ᄒ 대신(大臣)이니 혹(或) 허(許)ᄒᆯ 법(法)이 잇ᄂ니 너ᄂ 몸을 조심(操心)ᄒ야 니ᄅ나라."

싱(生)이 탄식(歎息) 무언(無言)이라.

급시(給事ㅣ) 드러가 부친(父親)긔 이 ᄉ연(事緣)을 조용히 고(告)ᄒ니 태샹(太常)이 대로(大怒)ᄒ야 눈을 부르ᄹ 녀셩(厲聲)207) 대호(大呼) 왈(曰),

"블초지(不肖子ㅣ) 여ᄎ(如此) 무상(無狀)ᄒ야 아뷔 근심을 싱각지 아니코 남의 규슈(閨秀)를 ᄉ렴(思念)ᄒ야 이런 일이 이시니 아니 경계(警戒)치 못ᄒ리라."

시노(侍奴)를 호령(號令)ᄒ야 잡아 오라 ᄒ니 급시(給事ㅣ) 연망(連忙)이 ᄭ리 이걸(哀乞) 왈(曰),

"아이 비록 그러나 년쇼(年少) 남ᄌ(男子)의 녜ᄉ(例事ㅣ)오니 엇지 과칙(過責)208)ᄒ시며 즉금(卽今) 병(病)이 즁(重)ᄒ니 짐작(斟酌)ᄒ시믈 고(告)ᄒᄂ이다."

태샹(太常)이 더옥 노왈(怒曰),

---

205) 정유(情由): 정유. 사유.
206) 명달(明達): 총명하여 사리에 통달함.
207) 녀셩(厲聲): 여성. 사납게 소리침.
208) 과칙(過責): 과책. 과도하게 꾸짖음.

"네 형(兄)이 되여 아익 허믈을 규정(規正)209)치 아니ᄒ니 몬져 너를 다ᄉ리리라."

드듸여 미러 닉치고 싱(生)을 잡아 오라 ᄒᄂ

⊙ ⊛ ●

47면

호령(號令)이 산악(山岳) ᄀᆺ더니,

ᄎ시(此時) 니(李) 샹셰(尙書ㅣ) 뇨싱(-生)을 오릭 보지 못ᄒ니 그 오지 아니믈 고이(怪異)히 넉여 술위ᄅ 미러 이에 니ᄅ러 뇨싱(-生)을 보고 놀나 왈(曰),

"ᄌ평이 요ᄉ이 우리ᄅᆯ 아니 ᄎ거늘 고이(怪異)히 넉엿더니 청츈(靑春)의 므슴 병(病)이 이디도록 즁(重)ᄒ뇨?"

싱(生)이 텩연(戚然)210) 왈(曰),

"쇼뎨(小弟) 명되(命途ㅣ)211) 긔구(崎嶇)ᄒ야 십뉵(十六) 청츈(靑春)의 황양(黃壤)212) 길을 바야니 다시 졔형(諸兄)으로 더브러 관포(管鮑)213)의 지긔(知己)ᄅ 니어 문경(刎頸)214)의 즐기믈 다시 바라지

---

209) 규정(規正): 규정. 바로잡아 고침.

210) 텩연(戚然): 척연. 슬퍼하는 모양.

211) 명되(命途ㅣ): 운명.

212) 황양(黃壤): 저승.

213) 관포(管鮑): 관중(管仲)과 포숙아(鮑叔牙). 관중(管仲, ?~B.C. 645)은 중국 춘추시대 제(齊)나라의 재상(?~B.C.645)으로 이름은 이오(夷吾). 환공(桓公)이 즉위할 무렵 환공의 형인 규(糾)의 편에 섰다가 패전하여 노(魯)나라로 망명하였는데, 당시 환공을 모시고 있던 친구 포숙아의 진언(進言)으로 환공에게 기용되어 환공(桓公)을 중원(中原)의 패자(霸者)로 만드는 데 일조함. 포숙아와의 사귐으로 유명하여 관포지교(管鮑之交)라는 말이 나옴.

214) 문경(刎頸): 친구를 위해 자기의 목을 베어 줄 정도의 사귐. 문경지교(刎頸之交). 중국 전국시대 조(趙)나라 염파(廉頗)와 인상여(藺相如)의 고사. 인상여(藺相如)가 진(秦)나라에 가 화씨벽(和氏璧) 문제를 잘 처리하고 돌아와 상경(上卿)이 되자, 장

못ᄒ리로소이다."

샹셰(尙書ㅣ) 왈(曰),

"ᄌ평이 본(本)되 긔골(氣骨)이 준믹(俊邁)²¹⁵⁾ᄒ거늘 어이 쳥츈(靑春)에 요졀(夭折)²¹⁶⁾ᄒ리오? 아모커나 내 믹(脈)을 보리라."

ᄒ고 손을 잡아 그 믹(脈)을 보고 신싴(神色)이 경히(驚駭)²¹⁷⁾ᄒ야 낫빗츨 변(變)ᄒ고 졍싴(正色) 왈(曰),

"ᄌ평이 당당(堂堂)ᄒ 남ᄌ(男子)로 경셔(經書)를 닑어 녜의(禮義)를 알녀든 쟝

■●●

48면

ᄎ(將次ㅅ) 눌을 샹ᄉ(相思)ᄒ야 병(病)이 이 지경(地境)에 니르럿ᄂ뇨?"

언미필(言未畢)에 슈오(數五) 개(個) 챵뒤(蒼頭ㅣ)²¹⁸⁾ 태샹(太常) 명(命)으로 싱(生)을 잡으라 낙²¹⁹⁾역(絡繹)²²⁰⁾ᄒ고 뇨 급싴(給事ㅣ) 눈믈을 흘니고 와 닐오되,

---

군 염파(廉頗)는 자신이 인상여보다 오랫동안 큰 공을 세웠으나 인상여가 자기보다 높은 지위에 앉았다 하며 인상여를 욕하고 다님. 인상여가 이에 대응하지 않자 제자들이 그 까닭을 물으니, 두 사람이 다투면 국가가 위태로워지고 진(秦)나라에만 유리하게 되므로 대응하지 않은 것이었다 하니 염파가 그 말을 전해 듣고 가시나무로 만든 매를 지고 인상여의 집에 찾아가 사과하고 문경지교를 맺음. 『사기(史記)』, 「염파인상여열전(廉頗藺相如列傳)」.

215) 준믹(俊邁): 준매. 재주와 지혜가 매우 뛰어남.

216) 요졀(夭折): 요절. 젊은 나이에 죽음.

217) 경히(驚駭): 경해. 뜻밖의 일로 몹시 놀라 괴이하게 여김.

218) 챵뒤(蒼頭ㅣ): 창두. 사내종.

219) 낙: [교] 원문에는 '나'로 되어 있으나 오기로 보임.

220) 낙역(絡繹): 왕래가 끊임이 없음.

"내 언급(言及)ᄒ야 널노뻐 죄(罪)를 어더 주니 이를 엇지ᄒ리오?"

뇨싱(-生)이 ᄎ시(此時) 병(病)이 위위(危危)221)ᄒ엿ᄂᄃᆡ ᄎ언(此言)을 듯고 크게 ᄒᆫ 소ᄅᆡ를 ᄒ고 샹(牀)의 것구러져 긔졀(氣絶)ᄒ니 뇨 급ᄉ(給事) 형뎨(兄弟) 누쉬(淚水ㅣ) 환222)낙(渙落)223)ᄒ야 붓드러 구(救)ᄒ며 실셩호통(失聲號痛)224)ᄒ니 문휘 ᄎ경(此景)을 보ᄆᆡ 본(本)ᄃᆡ 관홍(寬弘)225)ᄒᆫ 도량(度量)의 측은(惻隱)이 넉이믈 니긔지 못ᄒ고 뇨싱(-生)의 병(病)이 싱되(生道ㅣ) 어려오믈 안도(眼睹)226)ᄒᄆᆡ 인명(人命)을 앗김과 직조(才操) ᄉ랑ᄒᄂᆫ ᄆᆞᄋᆞᆷ이 밍동(萌動)227)ᄒ야 뎌의 병셔(病勢) 흘일업셔 만일(萬一) 죽을진ᄃᆡ ᄌᆞ가(自家)의 누의 평싱(平生)이 크게 어ᄌᆞ러올지라. 만젼(萬全)

∙∙∙

49면

흘 도리(道理)를 싱각ᄒ여 가연이228) 니러나며 왈(曰),

"ᄌᆞ평의 죄(罪)ᄂ 내 아지 못ᄒᆞ엿거니와 병(病)이 져린ᄃᆡ 엄부(嚴父)의 칙(責)이 급(急)ᄒ니 내 존공(尊公)을 보와 ᄒᆡ유(解諭)229)ᄒ리라."

드듸여 대셔헌(大書軒)에 드러가니 태샹(太常)이 이쩌 급(急)ᄒᆫ 노

---

221) 위위(危危): 병이 깊음.

222) 환: [교] 원문에는 '황'으로 되어 있으나 오기로 보임.

223) 환낙(渙落): 환락. 흩어져 떨어짐.

224) 실셩호통(失聲號痛): 실성호통. 목이 쉴 정도로 울며 크게 통곡함.

225) 관홍(寬弘): 마음이 넓고 너그러워 사소한 일에 거리끼지 아니함.

226) 안도(眼睹): 눈으로 직접 봄.

227) 밍동(萌動): 맹동. 생각이나 일이 일어나기 시작함.

228) 가연이: 선뜻.

229) ᄒᆡ유(解諭): 해유. 서로 화해하도록 타이름.

긔(怒氣) 공산(空山) 밍회(猛虎ㅣ) 톱230)을 버리고 사름을 먹고져 ᄒᆞ
ᄂᆞᆫ 듯 산과 바다히 터지는 둣ᄒᆞᆫ 소릭로 시노(侍奴)를 호령(號令)ᄒᆞ니
샹셰(尙書ㅣ) 심듕(心中)의 우이 넉여 미우(眉宇)의 츈풍화긔(春風和
氣)231) 움즉이니 화(和)ᄒᆞᆫ 긔운이 모진 거슬 살와 바리더라.

태샹(太常)이 문후를 보고 급(急)히 당(堂)의 ᄂᆞ려 마ᄌᆞ니 샹셰(尙
書ㅣ) 젼일(前日) 뇨 공(公)의 힝ᄉᆞ(行事)를 ᄆᆞ쟝 블안(不安)이 넉이
되 그 ᄌᆞ식(子息)드리 다 일ᄃᆡ(一代) 군ᄌᆡ(君子ㅣ)므로 공경(恭敬)ᄒᆞ
믈 지극(至極)히 ᄒᆞ더니 ᄎᆞ일(此日) 뇨 공(公)의 공경(恭敬)ᄒᆞ믈 보고
급(急)히 ᄉᆞ양(辭讓) 왈(曰),

"흑ᄉᆡᆼ(學生) 등(等)은 ᄌᆞ양 등(等)과 일톄(一體)232)라. 노대인(老大
人)이

* * *

50면

엇지 이ᄃᆡ도록 공경(恭敬)ᄒᆞ시ᄂᆞ니잇고?"

태샹(太常)이 손샤(遜辭) 왈(曰),

"노뷔(老夫ㅣ) 미(微)ᄒᆞᆫ 나히 만흐나 명공(明公)은 조뎡(朝廷) 대신
(大臣)이니 녜(禮)를 어이 일흐리오?"

드ᄃᆡ여 츄양(推讓)233)ᄒᆞ야 당(堂)의 올나 녜필(禮畢) 후(後) 샹셰
(尙書ㅣ) ᄀᆞᆯ오ᄃᆡ,

"금일(今日) 흑ᄉᆡᆼ(學生)이 ᄌᆞ평을 ᄎᆞᄌᆞ 니ᄅᆞ니 그 병(病)이 ᄉᆞᄉᆡᆼ

---

230) 톱: 손톱과 발톱을 통틀어 이르는 말.
231) 츈풍화긔(春風和氣): 춘풍화기. 봄바람과 같은 온화한 기운.
232) 일톄(一體): 일체. 한가지.
233) 츄양(推讓): 추양. 남을 추천하고 스스로는 사양함.

(死生)의 ㄱ가오니 추악(嗟愕)흔 밧 노대인(老大人)의 졍ᄉ(情事)를 참상(慘傷)234)ᄒᄂ이다."

태샹(太常)이 위인(爲人)이 본(本)되 쥬(主)혼 거시 업ᄉ므로 셩결235)의 답왈(答曰),

"ᄋᄌ(兒子)의 죄(罪) 죽엄 죽ᄒ니 어이 그 병(病)을 념(念)ᄒ리오?"

샹셰(尚書ㅣ) 경왈(驚曰),

"텬디(天地) 삼긴 후(後)로 부ᄌ(父子ㅣ) 크니 ᄒ믈며 ᄌ평은 일되(一代) 가ᄉᆡ(佳士ㅣ)라 무슴 즁죄(重罪)를 지엇관되 대인(大人) 말슴이 여ᄎ(如此)ᄒ시뇨? 혹ᄉᆡᆼ(學生)을 되(對)ᄒ야 닐ᄋ미 ᄒᆡ(害)롭지 아닐가 ᄒᄂ이다."

태샹(太常)이 긔운이 분분(忿憤)236)ᄒ야 ᄂᆡ써 되답(對答)ᄒ되,

"욕ᄌ(辱子ㅣ)237) 여ᄎ여ᄎ(如此如此)흔 꿈으

...

51면

로 인(因)ᄒ야 녕ᄆᆡ(令妹) 쇼져(小姐)를 ᄉ렴(思念)ᄒ니 그 죄(罪) 엇지 죽엄 죽지 아니며 샹국(相國)이 드ᄅ실진되 통ᄒ(痛駭)ᄒ시미 엇지 아니실 거시니 이러므로 통쾌(痛快)히 치고져 ᄒᄂ이다."

샹셰(尚書ㅣ) 그 말이 ᄎ셰두미(次序頭尾)238)와 인ᄉ(人事) 념치(廉恥) 업ᄉ믈 개탄(慨嘆)ᄒ고 슈연(綏然)239) 단좌(端坐)ᄒ여 ᄌ약(自

---

234) 참상(慘傷): 가슴 아플 정도로 비참함.

235) 셩결: 성결. 성을 낸 김.

236) 분분(忿憤): 분하고 원통하게 여김.

237) 욕ᄌ(辱子ㅣ): 욕자. 더러운 자식.

238) ᄎ셰두미(次序頭尾): 차서두미. 앞뒤 맥락.

239) 슈연(綏然): 수연. 편안한 모양.

若)히 소왈(笑曰),

"노션싱(老先生) 말숨이 ᄒ나흘 알고 둘을 모로시ᄂ이다. 이졔 심규(深閨)의 잇ᄂ 소미(小妹)를 엇지 ᄌ평이 알니오마ᄂ 비록 몽ᄉ(夢事ㅣ) 허탄(虛誕)ᄒ나 이 ᄯ 인연(因緣)이 이시미오, ᄌ평이 년쇼(年少) 남ᄌ(男子)로 슉녀(淑女) ᄉ모(思慕)ᄒ미 고이(怪異)ᄒ 일이 아니어든 부ᄌ(父子) 대의(大義)로 죽이기를 의논(議論)ᄒ시니 비인정(非人情)이로소이다."

태샹(太常)이 문정후 일언(一言)의 ᄭᆡ다라 칭샤(稱謝) 왈(曰),

"만싱(晩生)이 ᄯ 이를 싱각지 못ᄒ미 아니라 샹국(相國)이 엇지 천금(千金) 귀쇼져(貴小姐)로 한미(寒微)ᄒ 쇼ᄌ(小子)의 ᄌ

＊＊＊

52면

실(再室)을 주리오? 이ᄂ 대ᄒ(大海)를 건너ᄶᅱ기도곤 어려온 일이라. 이러므로 엄(嚴)히 칙(責)ᄒ야 념녀(念慮)를 ᄯᅳᆫ케 ᄒ미러니이다."

샹셰(尙書ㅣ) 념쇼(斂笑)[240] 디왈(對曰),

"가친(家親)이 미(微)ᄒ 벼슬이 놉ᄒ시나 엇지 ᄌ평을 한미(寒微)타 나모라 ᄒ시리오? 인명(人命)이 지즁(至重)ᄒ니 가(可)히 관셔(寬恕)[241]ᄒ시ᄂ 도리(道理) 업지 아니시리니 가친(家親)이 드ᄅ신즉 ᄌ평을 일편도히 칙망(責望) 아니실 거시오, 흑싱(學生)이 붕우(朋友)의 정(情)으로써 져의 조ᄉ(早死)ᄒ믈 참연(慘然)ᄒ여 도모(圖謀)ᄒ미 극진(極盡)ᄒ리니 흑싱(學生)의 ᄆᆞ음도 이러커든 대인(大人)이 부ᄌ(父子) 졍니(情理)로써 엇지 죽이고ᄌ ᄆᆞ음이 오릭 이시리오? 향셕

---

240) 념쇼(斂笑): 염소. 웃음을 거둠.
241) 관셔(寬恕): 관서. 너그럽게 용서함.

(向昔)242) 말솜이 일시(一時) 분격(憤激)243) ᄒ므로 말미암아시니 흑
싱(學生)이 개회(介懷)치 아니ᄒ거니와 ᄌ고(自古)로 미식(美色)은
남ᄋ(男兒)의 ᄉ랑ᄒ는 배 딕딕(代代)로 면(免)치 못ᄒᄂ니 ᄌ평이
년쇼(年少) 허랑(虛浪)

• • •
53면

의 미식(美色)을 안도(眼睹)ᄒ야 ᄉ모(思慕)ᄒ미 고이(怪異)ᄒ리오?
흑싱(學生)은 다만 누의 ᄌ식(姿色)이 이시믈 한(恨)ᄒ고 ᄌ평을 한
(恨)치 아니ᄒᄂ니 ᄌ평이 이졔 십여(十如) 일(日) 더 초조(焦燥)ᄒ즉
죽으미 반닷ᄒ리니 대인(大人)은 니히(利害)로 개유(開諭)ᄒ샤 부ᄌ
(父子) 텬뉸(天倫)을 온젼(穩全)이 ᄒ시미 가(可)ᄒ가 ᄒᄂ이다. ᄌ평
은 셰(世)의 영걸(英傑)244)이라 조고만 허믈노 인(因)ᄒ야 믄득 인간
(人間)을 바려 대인(大人)의 셔하지탄(西河之嘆)245)을 끼치리오? 이
는 식쟈(識者)의 안ᄌ괄목(眼眥刮目)246)ᄒ 일이 아니믈 노대인(老大
人)이 ᄯ 아ᄅ실지니 문왕(文王)247)이 대셩인(大聖人)이샤디 뎐뎐(輾
轉)ᄒ며 반측(反側)248)ᄒ시믈 싱각ᄒ시니 ᄌ평을 일편도이 칙(責)지

---

242) 향셕(向昔): 향석. 접때.
243) 분격(憤激): 분하고 노여운 감정이 복받쳐 오름.
244) 영걸(英傑): 재주와 지략이 뛰어난 사람. 영웅호걸.
245) 셔하지탄(西河之嘆): 서하지탄. 서하(西河)에서의 탄식. 서하(西河)는 지금의 하남
    성(河南省) 안양(安陽). 중국 춘추시대 자하(子夏, B.C.508?~B.C.425?)가 서하(西
    河)에 있을 때 자식을 잃고 눈이 멀 정도로 슬피 울며 탄식한 데서 유래함.
246) 안ᄌ괄목(眼眥刮目): 안자괄목. 눈을 비비고 봄.
247) 문왕(文王): 중국 주나라 무왕의 아버지. 이름은 창(昌). 기원전 12세기경에 활동한
    사람으로 은나라 말기에 태공망 등 어진 선비들을 모아 국정을 바로잡고 융적(戎
    狄)을 토벌하여 아들 무왕이 주나라를 세울 수 있도록 기반을 닦아 줌. 고대의 이
    상적인 성인 군주의 전형으로 꼽힘.

마르소셔."

뇨 공(公)이 일시(一時) 흉녕(凶獰)²⁴⁹ᄒᆞᆫ 노긔(怒氣)를 발(發)ᄒᆞ엿더니 문정후의 일단(一端) 샹쾌(爽快)ᄒᆞᆫ 말이 니합(理合)²⁵⁰ᄒᆞ니²⁵¹ 졍니(情理) 진실(眞實)노 그러ᄒᆞ고 ᄉᆞ리(事理) 당연(當然)

¤¤✿

54면

ᄒᆞᄆᆞᆯ 보니 ᄆᆞ음의 도로혀 ᄋᆞᄌᆞ(兒子)를 블샹이 넉여 이에 사례(謝禮)왈(曰),

"만싱(晚生)이 다만 일시(一時) 분격(憤激)ᄒᆞᄆᆞᆯ 인(因)ᄒᆞ야 ᄋᆞᄌᆞ(兒子)의 비례(非禮)를 통한(痛恨)ᄒᆞ더니 군후(君侯) 말슴이 이러틋 유리(有理)ᄒᆞ시니 엇지 다시 무모(無母)ᄒᆞᆫ ᄋᆞ히(兒孩)를 칙(責)ᄒᆞ미 이시리오? 더옥 샹부(相府) 쳔금(千金) 귀쇼져(貴小姐)를 블초ᄋᆞ(不肖兒)의 빅우(配偶)를 허(許)코져 ᄒᆞ시니 이 은혜(恩惠) 난망(難忘)이로쇼이다."

샹셰(尚書ㅣ) 샤왈(辭曰),

"아직 부모(父母)의 셩심(盛心)을 모로오니 엇지 ᄌᆞ시 뎡(定)ᄒᆞ리잇고마는 ᄌᆞ평이 쇼ᄆᆡ(小妹)를 져러틋 ᄉᆞ모(思慕)ᄒᆞᆫ 후(後)야 쇼ᄆᆡ

---

248) 면면(輾轉)ᄒᆞ며 반측(反側): 전전하며 반측. 전전반측(輾轉反側). 누워서 몸을 이리 저리 뒤척이며 잠을 이루지 못함. 『시경(詩經)』, <관저(關雎)>에 "생각하고 생각하며 이리 뒤척 저리 뒤척 잠을 못 이루네. 悠哉悠哉, 輾轉反側."라는 구절이 나오는 바 주희(朱熹)는 이를 문왕(文王)이 아내 태사(太姒)를 그리워한 내용이라 함. 『시경집전(詩經集傳)』.

249) 흉녕(凶獰): 성질이 흉악하고 사나움.

250) 니합(理合): 이합. 이치에 맞음.

251) ᄒᆞ니: [교] 원문에는 이 뒤에 '에 마ᄌᆞ'가 있으나 부연으로 보아 국도본(15:45)을 따라 삭제함.

(小妹) 타문(他門)의 가미 눈긔(倫紀)252)를 난(亂)ᄒ미 아니리잇고?"

태샹(太常)이 다시옴 칭샤(稱謝)ᄒ더라.

샹셰(尚書ㅣ) 믈너 셔당(書堂)의 와 뇨싱(-生)을 보니 져기 정신(精神)을 출히거늘 샹셰(尚書ㅣ) 칙왈(責曰),

"우리 형뎨(兄弟) 눈이 악광(樂曠)253)의 지인(知人)ᄒ미 업셔 너를

✷●●

55면

사름이라 ᄒ고 붕우(朋友) 항녈(行列)에 두엇더니 필경(畢竟) 규즁(閨中) 미즈(妹子)의게 욕(辱)이 이룰 줄 알니오? 네 눈으로 경셔(經書)룰 보며 져즈음긔 요망(妖妄)ᄒ 꿈으로 인연(因緣)ᄒ야 고이(怪異)한 그림을 그려 가지고 잡언(雜言)을 ᄒ거늘 빅형(伯兄)과 내 대의(大義)로 허탄(虛誕)ᄒ믈 칙(責)ᄒ니 네 곳쳐 정도(正道)의 나아가미 올커늘 믄득 음탕(淫蕩)ᄒ 마음을 주리지 못ᄒ야 더러이 샹ᄉ(相思)ᄒ니 우리 미즈(妹子)룰 규즁(閨中)의 늙히나 너 ᄀᆞᄐᆞ 픽즈(悖者)254)는 주지 아니리라. 네 죽은 후(後) 미즈(妹子)룰 심규(深閨)의 늙히고 우리 네 관(棺)을 비겨 흔 번(番) 우러 ᄉ오(四五) 년(年) 붕우(朋友)의 졍(情)을 갑흐리라."

뇨싱(-生)이 문졍후의 엄졀(嚴切)255)이 칙(責)ᄒ믈 보니 참괴(慙愧)ᄒ미 극(極)ᄒ야 다만 닐오ᄃᆡ,

"녕ᄆᆡ(令妹) 시운(時運)이 블니(不利)ᄒ고 팔지(八字ㅣ) ᄉ오납노

---

252) 눈긔(倫紀): 윤기. 윤리와 기강.

253) 악광(樂曠): 중국 춘추시대 진(晉)나라 때의 악사(樂師)인 사광(師曠)으로, 음률을 잘 분간한 인물로 유명함.

254) 픽즈(悖者): 패자. 사람으로서 마땅히 지켜야 할 도리에 어긋나게 행동하는 사람.

255) 엄졀(嚴切): 엄절. 태도가 매우 엄격함.

라 나의 쑴의

∵

56면

뵈여 닐홈지이²⁵⁶⁾ 일너시니 형(兄)은 혜여 보라. 남ᄌ(男子 l) 그런 녀ᄌ(女子)를 보고 어이 니ᄌ리오? 문왕(文王)은 져²⁵⁷⁾기 셩쥬(聖主) 로ᄃ 태ᄉ(太姒)²⁵⁸⁾를 하쥐(河洲)²⁵⁹⁾의 구(求)ᄒ샤 뎐뎐ᄉ복(輾轉思服)²⁶⁰⁾ᄒ시니 나 혹ᄉᆼ(學生)을 닐오리오? 사라 녕ᄆᆡ(令妹)를 만나지 못홀진ᄃ 죽어 녕혼(靈魂)이 운소(雲霄)²⁶¹⁾의 빗겨 녕ᄆᆡ(令妹)로 놀니니 형(兄)은 아모리나 ᄒ라. 쇼뎨(小弟) 풍ᄎ(風采) 굿ᄒ야 녕ᄆᆡ(令妹)를 욕(辱)지 아닐 거시로ᄃ 사라셔 내게 허(許)치 아니ᄒ고 죽은 후(後) 슈졀(守節)²⁶²⁾케 ᄒ엿노라 ᄒ니 나 ᄌ평이 군후(君侯)긔 므슴 죄(罪)를 어드뇨?"

샹셰(尙書 l) 블연작ᄉ(勃然作色)²⁶³⁾ 왈(曰),

"네 방외(房外) 남ᄌ(男子)로 후문(侯門) 규슈(閨秀)²⁶⁴⁾ 샹ᄉ(相思)

---

256) 닐홈지이: 이름까지. '-지이'는 '-까지'의 의미임.

257) 져: [교] 원문에는 '셔'로 되어 있으나 오기로 보이므로 국도본(15:47)을 따름.

258) 태ᄉ(太姒): 태사. 중국 고대 문왕의 아내이자 주나라 무왕(武王)의 어머니. 그 시어머니 태임(太姙)과 함께 현모양처의 대명사로 일컬어짐.

259) 하쥐(河洲): 하주. 하수(河水)의 모래톱. 『시경(詩經)』, <관저(關雎)>에 "꾸룩꾸룩 물새가 하수의 모래톱에 있네. 關關雎鳩, 在河之洲."라는 구절이 있음.

260) 뎐뎐ᄉ복(輾轉思服): 전전사복. 뒤척이며 잠을 못 이루면서 상대를 생각함. 『시경(詩經)』, <관저(關雎)>에 나오는 "전전반측(輾轉反側)"과 "오매사복(寤寐思服)"을 합친 말로, 두 어구 모두 잠을 못 이루며 상대를 그리워한다는 뜻임.

261) 운소(雲霄): 구름 낀 하늘.

262) 슈졀(守節): 수절. 절개를 지킴.

263) 블연작ᄉ(勃然作色): 발연작색. 갑자기 낯빛을 바꿈.

264) 규슈(閨秀): 규수. 남의 집 처녀를 정중하게 이르는 말.

ㅎ미 죄(罪) 텬디(天地)의 가득ㅎ거늘 므슴 무음으로 이런 큰 말이
나느뇨? 네 흔곳 은살(銀-)²⁶⁵)과 금활(金-)²⁶⁶) 궃투야 얼골이 미려(美
麗)ㅎ나 속은 금슈(禽獸)의

• • •

57면

힝실(行實)을 가졋거든 내 누의 슉ᄌ(淑姿)²⁶⁷) 현힝(賢行)으로 네 안
히로 ㅎ미 누의를 욕(辱)홀 쑨 아녀 너를 동샹(東床)²⁶⁸)의 맛눈 날은
우리 야야(爺爺) 셩덕(盛德)으로 너 궃튼 거슬 ᄉ회라 ㅎ시미 엇지 욕
(辱)이 아니리오? 네 죽기눈 쉬워도 내 누의눈 네게 보니지 아니리라."

셜파(說罷)의 ᄉ민를 썰치고 니러나니 뇨 급ᄉ(給事ㅣ) 쑐와 밧긔
나와 샹셔(尚書)의 손을 잡고 누쉬(淚水ㅣ) 환난(汍瀾)²⁶⁹)ㅎ여 왈
(曰),

"아이 힝ᄉ(行事ㅣ) 비록 그르나 동싱(同生)의 졍(情)은 가(可)히
그음이 업순지라 그 죽으믈 춤아 보지 못ㅎ느니 군후(君侯)눈 관대
(寬大)²⁷⁰)히 슬피소서. ᄌ모(慈母) 님종(臨終)의 익이 강보(襁褓)의
잇눈지라 말을 씨쳐 굴ᄋ샤딕, '익을 네게 밋노라.' ㅎ시던 말숨이 귀
가의 이시니 이제 그 죽으미 병(病)인즉 홀일업거니와 구(救)홀 도리
(道理) 이신 후(後)눈 속슈(束手)²⁷¹)ㅎ고 안

---

265) 은살(銀-): 은살. 은으로 된 화살.
266) 금활(金-): 금활. 금으로 된 활.
267) 슉ᄌ(淑姿): 숙자. 숙녀의 덕스러운 자태.
268) 동샹(東床): 동상. 사위. 중국 진(晉)나라의 태위 극감이 사윗감을 고르는데 왕도
(王導)의 집 동쪽 평상 위에 엎드려 음식을 먹고 있는 왕희지(王羲之)를 골랐다는
고사에서 온 말.
269) 환난(汍瀾): 환란. 눈물을 줄줄 흘림.
270) 관대(寬大): 마음이 너그럽고 큼.

쟈 죽이미 참아 못홀 배라. 군후(君侯)는 호싱지덕(好生之德)272)을 펼진딘 쇼뎨(小弟) 등(等)이 치롤 잡아 은혜(恩惠)롤 갑흐리라."

셜파(說罷)에 오열(嗚咽)ᄒᆞ믈 마지아니니 문휘 감동(感動)ᄒᆞ야 이에 도라 위로(慰勞) 왈(曰),

"형(兄)의 졍싀(情事ㅣ) 이러ᄒᆞ믈 내 엇지 모로며 내 훈 누의롤 위(爲)ᄒᆞ야 ᄌᆞ평의 관옥아지(冠玉雅才)273)롤 조ᄉᆞ(早死)케 ᄒᆞ리오? 쇼뎨(小弟) 도라가 부모(父母)긔 고(告)ᄒᆞ야 허락(許諾)을 엇ᄌᆞ온즉 즉시(卽時) 회보(回報)ᄒᆞ리라."

뇨 급싀(給事ㅣ) 대열(大悅)ᄒᆞ야 칭샤(稱謝)ᄒᆞ믈 마지아니터라.

샹셔(尚書ㅣ) 임의 ᄉᆞ셰(事勢) 이러ᄒᆞ므로 허락(許諾)ᄒᆞ나 블쾌(不快)ᄒᆞ믈 니긔지 못ᄒᆞ야 미우(眉宇)롤 ᄭᅴ긔고 술위롤 ᄌᆞ로 미러 부즁(府中)에 니르러 셔당(書堂)의 드러가 부마(駙馬)와 한님(翰林) 등(等)을 딘(對)ᄒᆞ야 슈말(首末)을 닐오니 졔인(諸人)이 대경(大驚)ᄒᆞ고 부매(駙馬ㅣ) 탄왈(嘆曰),

"ᄌᆞ평이 단아(端雅)훈 우인(爲人)이 엇지 이런

거조(擧措)롤 힝(行)ᄒᆞ며 뇨 태샹(太常)은 잔포(殘暴)274)훈 우인(爲

---

271) 속슈(束手): 속수. 손을 묶은 것처럼 있음.

272) 호싱지덕(好生之德): 호생지덕. 사람의 목숨을 살리는 큰 덕.

273) 관옥아지(冠玉雅才): 관옥아재. 관옥처럼 아름답고 재주가 있음. 관옥은 관의 앞을 꾸미는 옥으로 남자의 아름다운 얼굴을 이르는 말임.

人)이라 쇼미(小妹) 뎌 슬해(膝下ㅣ) 되여 몸이 엇지 편(便)ᄒᆞ리오?"

샹셰(尙書ㅣ) ᄃᆡ왈(對曰),

"일이 임의 이에 니ᄅᆞ러시니 서로 부모(父母)긔 고(告)ᄒᆞ야 션쳐(善處)ᄒᆞ시게 ᄒᆞ샤이다."

부매(駙馬ㅣ) 올타 ᄒᆞ야 졔인(諸人)이 의관(衣冠)을 졍(正)히 ᄒᆞ고 야야(爺爺)를 ᄎᆞ쟈 ᄇᆡᆨ화각에 드러가니 승샹(丞相)과 부인(夫人)이 말숨ᄒᆞ다가 흔연(欣然)이 명(命)ᄒᆞ야 좌(座)를 주니 졔인(諸人)이 좌(座)의 뫼서 공슈(拱手) 시립(侍立)ᄒᆞ니 부매(駙馬ㅣ) 몬져 됫글 써나 뇨ᄉᆡᆼ(-生)이 쉼을 ᄭᅩ어 빙셩 쇼져(小姐) 얼골 그리던 말과 뇨ᄉᆡᆼ(-生)이 닐오던 말을 주(奏)ᄒᆞ니 샹셰(尙書ㅣ) 니어 뇨 태샹(太常) 거동(擧動)과 뇨ᄉᆡᆼ(-生)의 병(病) 즁(重)ᄒᆞ믈 일일(一一)이 고(告)ᄒᆞ니 승샹(丞相)이 청파(聽罷)에 놀나 왈(曰),

"이런 허탄(虛誕)ᄒᆞᆫ 말을 내 듯고ᄌᆞ 아닛ᄂᆞ니 다만 뇨ᄉᆡᆼ(-生)이 내 녀ᄋᆞ(女兒ㅣ) 줄 어이 알며 뉘 닐으뇨?"

이ᄯᆡ 셩문이 ᄌᆡ측(在側)이러니 부마(駙馬)

60면

의 어려오믈 아는 고(故)로 나즉이 주왈(奏曰),

"그날 뇨ᄉᆡᆼ(-生)이 그림을 그려 노흐니 진짓 말 못ᄒᆞᄂᆞᆫ 슉뫼(叔母ㅣ)라 쇼손(小孫)이 이럴 줄 모로고 우연(偶然)이 무심즁(無心中) 이리이리 ᄒᆞ다가 표형(表兄)이 눈 기믈 알고 아니 닐넛거니와 뇨ᄉᆡᆼ(-生)이 총명(聰明)이 과인(過人)ᄒᆞ니 엇지 긔ᄉᆡᆨ(氣色)을 모로며 ᄯᅩ 졔

274) 잔포(殘暴): 잔인하고 포악함.

대인(諸大人)이 그림을 보시고 다 신식(神色)이 찬 지 굿트시니 이 더욱 알기 쉬온 마디러이다."

승샹(丞相)이 청파(聽罷)에 소왈(笑曰),

"슈죄쟈(受罪者)²⁷⁵)는 셩문이로다."

샹셰(尙書ㅣ) 셩문의 일을 심하(心下)의 크게 미온(未穩)ᄒ야 이에 다시 고왈(告曰),

"뎌의 힝식(行事ㅣ) 비록 통한(痛恨)ᄒ나 그 병(病)이 만분(萬分) 위틱(危殆)ᄒ고 그 형(兄)들의 거동(擧動)이 참담(慘憺)ᄒ니 인졍(人情)이 감동(感動)ᄒᆯ 배오, ᄯᅩ 져러틋 샹ᄉ(相思)ᄒ 후(後)는 쇼미(小妹) 타문(他門)의 못 갈 배라 힉이(孩兒ㅣ) 여ᄎ여ᄎ(如此如此)ᄒ여시니 쟝ᄎ(將次ㅅ) 엇지ᄒ리잇가?"

승샹(丞相)이 미우(眉宇)를 ᄢᅵᆼ

⁘⁂

61면

긔고 날호여 골오ᄃᆡ,

"인명(人命)이 막즁(莫重)ᄒ니 내 엇지 일(一) 녀(女)를 앗기리오. 쾌(快)히 뇨가(-家)의 허혼(許婚)ᄒ리라."

부마(駙馬) 형뎨(兄弟) 일시(一時)에 하셕(下席) 비샤(拜謝) 왈(曰),

"셩덕(盛德)이 호텬(昊天)²⁷⁶)ᄒ셔이다."

뎡 부인(夫人)이 ᄎ언(此言)을 듯고 신식(神色)이 달나 말을 아니 ᄒ더니 승샹(丞相)의 허락(許諾)ᄒᆯ믈 보고 골오ᄃᆡ,

"이런 허탄(虛誕)ᄒ 일노 인(因)ᄒ야 혼인(婚姻)을 허(許)ᄒ시믄 실

---

275) 슈죄쟈(受罪者): 수죄자. 벌을 받을 자.

276) 호텬(昊天): 호천. 넓고 큰 하늘.

(實)노 쓷ᄒ지 아닌 배라 샹공(相公)은 다시 샹냥(商量)ᄒ야 결(決)ᄒ
소셔."

승샹(丞相)이 딕왈(對曰),

"허탄(虛誕)ᄒ믄 부인(夫人)이 닐오지 아냐셔 알거니와 즉금(卽今)
사ᄅᆷ이 죽어가ᄂᆞᄃᆡ 구(救)치 아니ᄒ미 식쟈(識者)의 ᄒ염 즉ᄒᆫ 일이
며 일(一) 녜(女ㅣ) 무어시 귀(貴)ᄒ리오?"

부인(夫人)이 기리 탄식(歎息)고 ᄀᆞ로ᄃᆡ,

"빙셩이 오날노붓터 졔 일싱(一生)이 가지(可知)라."

ᄒ고 인(因)ᄒ야 졍식(正色) 믁도(黙睹)ᄒ니 승샹(丞相)이 졍식(正
色) 왈(曰),

"부인(夫人)이 엇지 이런 고이(怪異)ᄒ 말

•

62면

을 ᄒᄂᆈ? 금일(今日) 내 즐겨 ᄒ미 아냐 부득이(不得已) 허(許)ᄒ미
어늘 부인(夫人) 언ᄉᆞ(言辭ㅣ) ᄉᆞ리(事理) 모로ᄂᆞᆫ 사ᄅᆷ ᄀᆞᆺ치 블호(不
好)ᄒᆫ ᄉᆞᆨ(辭色)으로 혹싱(學生)을 만모(慢侮)[277]ᄒᄂᆈ?"

부인(夫人)이 낫빗츨 곳치고 셩안(星眼)을 낫초와 ᄀᆞ로ᄃᆡ,

"쳡(妾)의 말ᄉᆞᆷ이 녀ᄋᆞ(女兒)의 신셰(身世)를 넘녀(念慮)ᄒ미오 샹
공(相公)의 쳐ᄉᆞ(處事)를 시비(是非)ᄒ미 아니니이다."

승샹(丞相)이 심하(心下)의 미온(未穩)ᄒᆞᆯ 니긔지 못ᄒ야 ᄉᆞ미를
썰쳐 니러 나가니 부마(駙馬) 등(等)이 크게 황연(惶然)[278]ᄒ야 모친
(母親)을 ᄒᆡ유(解諭)[279]ᄒ야 ᄀᆞ로ᄃᆡ,

---

277) 만모(慢侮): 업신여김.

278) 황연(惶然): 두려운 모양.

"亽亽(事事]) 다 텬의(天意)니 인녁(人力)으로 못홀 배오, 쇼미(小妹) 쏘훈 젼졍(前程)이 미믈(埋沒)치 아닐 상(相)이니 태태(太太)눈 믈념(勿念)후소셔."

부인(夫人)이 탄왈(嘆曰),

"내 어이 모로리오? 빙셩의 팔즈(八字)룰 탄(嘆)후노라."

부마(駙馬) 형뎨(兄弟) 위로(慰勞)후고 셔당(書堂)의 나와 샹셰(尚書]) 셩문을 블너 압히 니르니 셔동(書童)280)을 명(命)후야 잡아 계하(階下)에 누리와 소리

· • •

63면

룰 엄졍(嚴正)이 후야 굴오딕,

"이졔 뇨싱(-生)의 쑴쑤기눈 텬쉬(天數])오, 뇨싱(-生)의 그림 그리기눈 소작(所作)이니 네 탓시 아닌 줄 알거니와 너 쇼이(小兒]) 말숨을 숨가지 못후니 므어시 쓰리오? 방탕(放蕩)훈 남직(男子]) 쑴 가온딕 미인(美人)을 보고 싱각지 못후눈딕 네 어이 경(輕)히 쳐즈(處子) 슉모(叔母)라 닐넛거니 뇨싱(-生)이 므심(無心)이 드르며 亽상(思相)후눈 거죄(擧措]) 업亽리오? 금일(今日) 부뫼(父母]) 환우(患憂)후시미 네 탓시라. 쾌(快)이 태(笞) 이십(二十)을 마즈 언경(言輕)281)훈 죄(罪)룰 알나."

후고 치기룰 직촉후니 이씩 샹셔(尚書)의 춘풍화긔(春風和氣)282)

---

279) 히유(解諭): 해유. 서로 화해하도록 타이름.

280) 셔동(書童): 서동. 주인 자제가 독서할 때 곁에서 시중 들거나 또는 주인집의 잡일을 하던 미성년의 종.

281) 언경(言輕): 말이 가벼움.

282) 춘풍화긔(春風和氣): 춘풍화기. 봄바람과 같은 온화한 기운.

소삭(蕭索)283)ᄒ야 엄(嚴)ᄒᆫ 빗치 ᄉ좌(四座)를 동(動)ᄒ니 셩문이 안
식(顔色)이 더옥 나죽ᄒ야 머리를 숙여 안졍(安靜)이 셔셔 맛기를 기
다리니 그 어엿분 틱되(態度ㅣ) 더옥 졀승(絶勝)ᄒ나 샹셰(尚書ㅣ)
분호(分毫)도 요틱(饒待)284)치 아니ᄒ고 고찰(考察)ᄒ야 둘을 치니
옥각(玉脚)285)의 피 졈졈(點點)이

＊＊＊

64면

미쳐시니 홍문이 좌(座)에 이셔 셩문이 제 죄(罪)에 마ᄌ믈 착급(着
急)286)ᄒ나 ᄌ가(自家) 부친(父親)을 두려 슈이 발셜(發說)치 못ᄒ더
니 셩문의 다리의 피 미치믈 보고 념치(廉恥)에 안안(晏晏)287)치 못
ᄒ야 믄득 계하(階下)에 ᄂ려 쳥죄(請罪) 왈(曰),

"금일(今日) 셩문을 이믜ᄒᆫ 죄(罪)에 치시니 원(願)컨틱 연고(緣故)
를 고(告)ᄒ고 쇼질(小姪)이 마ᄌ지이다."

샹셰(尚書ㅣ) 문왈(問曰),

"이 엇지 니름고?"

홍문이 고두(叩頭) 왈(曰),

"뇨싱(-生)다려 우리 슉모(叔母)라 닐오기를 쇼질(小姪)이 ᄒᆫ 배로
틱 쇼질(小姪)이 야야(爺爺)긔 득죄(得罪)홀가 셩문이 쇼질(小姪)을
앗겨 제 ᄒ엿노라 ᄒ고 죄(罪)를 스스로 밧으니 쇼질(小姪)의 죄(罪)

---

283) 소삭(蕭索): 생기가 사라짐.
284) 요틱(饒待): 요대. 잘 대함.
285) 옥각(玉脚): 옥 같은 다리.
286) 착급(着急): 몹시 급함.
287) 안안(晏晏): 즐겁고 화평함.

더옥 층가(層加)[288]ᄒᆞ온지라 바라건디 셩문의 죄(罪) 아니믈 슬피샤 위엄(威嚴)을 두로혀 쇼질(小姪)을 틱타(笞打)[289]ᄒᆞ시믈 바라ᄂᆞ이다."

문휘 쳥파(聽罷)에 뎌 냥ᄋᆞ이(兩兒ㅣ) 져희싯지 서로 죄(罪)를 벗기믈 두굿기ᄂᆞᆫ ᄆᆞ음이 스ᄉ

***

65면

로 소사나 소안(笑顔)[290]이 은은(隱隱)ᄒᆞ고 침음(沈吟)ᄒᆞ더니 부매(駙馬ㅣ) 흥문의 말을 듯고 어이업서 글오디,

"졔 ᄒᆞᆫ 말을 셩문의게 미루고 그 죄(罪)를 닙을 작시면 아니 마ᄌᆞ니ᄅᆞᆫ 거시 올흐디 마ᄌᆞ 살이 샹(傷)ᄒᆞᆫ 후(後) 닐너 므슴 유익(有益)ᄒᆞ미 이시리오? 그 셩질(性質)이 ᄀᆞ쟝 괘심ᄒᆞᆫ지라 너ᄡᅥ려 바려두리오?"

셜파(說罷)에 셔동(書童)을 명(命)ᄒᆞ야 치라 ᄒᆞ니 샹셰(尙書ㅣ) ᄯᅩ 셩문을 ᄀᆞᄅᆞ쳐 왈(曰),

"쇼ᄋᆞ이(小兒ㅣ) 착ᄒᆞᆫ 양ᄒᆞ고 어른을 교ᄉᆞ(巧邪)[291]히 속이니 죄(罪) 어이 흥문의게 지리오? 흥질(-姪)의 맛ᄂᆞᆫ 슈(數)로 마ᄌᆞ라."

이러 ᄀᆞᆯ 졔 쇼뷔(少傅ㅣ) 니ᄅᆞ러 ᄎᆞ경(此景)을 보고 연고(緣故)를 무러 잠간(暫間) 우어 왈(曰),

"이번(-番) 죄(罪)ᄂᆞᆫ 흥문이 ᄒᆞ나 셩문이 ᄒᆞ나 다 대단치 아니ᄒᆞ니 맛ᄂᆞᆫ 날은 냥ᄋᆞ이(兩兒ㅣ) 다 마ᄌᆞ야 올흐니 우슉(愚叔)의 낫츨 보와

---

288) 층가(層加): 한 층 더함.
289) 틱타(笞打): 태타. 볼기를 침.
290) 소안(笑顔): 웃는 얼굴.
291) 교ᄉᆞ(巧邪): 교사. 교묘하고 간사함.

샤(赦)흐라."

부마(駙馬) 형뎨(兄弟) 슈명(受命)흐고 냥아(兩兒)를 샤(赦)

66면

흐니 소292)뷔(少傅ㅣ) 우어 왈(曰),

"몽질(-姪)이 이 즁계(中階)의셔 형장(兄丈)긔 미를 맛더니 어느 스이 네 아들을 나하 칠 줄을 알니오?"

흐더라.

츠야(此夜)의 샹셰(尙書ㅣ) 침소(寢所)의 드러가니 셩문이 누어 샹쳐(傷處)를 알타가 니러 맛거늘 샹셰(尙書ㅣ) 새로이 두굿겨 나호여 안고 샹쳐(傷處)를 슬펴보고 부인(夫人)을 도라보아 소왈(笑曰),

"금일(今日) 졔 죄(罪) 아니로딕 마즈시니 부인(夫人)이 필연(必然) 원(怨)흐리로다."

부인(夫人)이 미소(微笑) 부답(不答)이러라.

츠시(此時) 승샹(丞相)이 태스(太師)긔 뇨싱(-生)의 스연(事緣)을 고(告)흐고 부득이(不得已) 결혼(結婚)흐믈 고(告)흐니 태싀(太師ㅣ) 윤허(允許)흐니 승샹(丞相)이 샹셔(尙書)를 명(命)흐야 뇨가(-家)의 통(通)흐라 흐니,

차시(此時) 뇨싱(-生)이 니(李) 샹셔(尙書)의 엄칙(嚴責)293)흐믈 보니 더옥 가망(可望)이 업셔 흐더니 이 소식(消息)을 듯고 대희(大喜) 흐야 빅병(百病)이 구름 스둣 흐야 수일(數日) 후(後)

---

292) 소: [교] 원문에는 '초'로 되어 있으나 오기로 보임.

293) 엄칙(嚴責): 엄책. 엄히 꾸짖음.

니러나니 뇨 태샹(太常)이 비록 무식(無識)ᄒ나 샹국(相國)의 인녀
(愛女)로 허락(許諾)ᄒ믈 감격(感激)ᄒ고 싱(生)의 병(病)이 나으믈
깃거 다시 가칙(苛責)²⁹⁴⁾ᄒᄂ 말이 업더라.

샹셰(尙書ㅣ) 뇨싱(-生)의 ᄎ병(差病)²⁹⁵⁾ᄒ믈 드르나 ᄯ혼 뭇지 아
냐 속이려 ᄒ더니 뇨 태샹(太常)이 듕ᄆᆡ(仲媒)로 구혼(求婚)ᄒ니 승
샹(丞相)이 가연이²⁹⁶⁾ 허락(許諾)ᄒ고 튁일(擇日)ᄒ야 뇨싱(-生)을 마
ᄌᆞ니 길일(吉日)의 뇨싱(-生)이 관복(冠服)을 졍(正)히 ᄒ고 니부(李
府)의 니르러 뎐안(奠雁)²⁹⁷⁾을 맛고 신부(新婦) 샹교(上轎)를 기다리
더니 승샹(丞相)이 흔연(欣然)ᄒᆫ 화긔(和氣)ᄲᆞᆫ이오, 졔싱(諸生)이 공
슈(拱手) 시립(侍立)ᄒ야 말이 업ᄉ니 뇨싱(-生)이 그윽이 참안(慙顔)
ᄒ미 깁더라.

이윽고 신뷔(新婦ㅣ) 칠보응²⁹⁸⁾장(七寶凝粧)²⁹⁹⁾으로 옥교(玉轎)에
올흐니 싱(生)이 봉교(封轎)ᄒ기를 맛고 호숑(護送)ᄒ야 부듕(府中)
에 니르니 부뷔(夫婦ㅣ) ᄬᆞᆼᄬᆞᆼ(雙雙)이 교ᄇᆡ(交拜)를 ᄆᆞ고 태샹(太常)
긔 폐ᄇᆡᆨ(幣帛)을 나오니 태샹(太常)이 밧

---

294) 가칙(苛責): 가책. 몹시 심하게 꾸짖음.

295) ᄎ병(差病): 차병. 병이 차도가 있음.

296) 가연이: 선뜻.

297) 뎐안(奠雁): 전안. 신랑이 기러기를 가지고 신부 집에 가서 상 위에 놓고 절함. 또
는 그런 예(禮). 산 기러기를 쓰기도 하나, 대개 나무로 만든 것을 씀.

298) 응: [교] 원문에는 '웅'으로 되어 있으나 오기로 보임.

299) 칠보응장(七寶凝粧): 칠보응장. 각종 보석으로 꾸미고 화려하게 입음.

비 눈을 드러 보니 묽은 살빗츤 슈졍(水晶)을 다듬은 둧 년화냥협(蓮花兩頰)300)과 쥬슌빵셩(朱脣雙星)301)이 긔긔묘묘(奇奇妙妙)ᄒᆞ야 진짓 졀뒤경국지쉭(絶代傾國之色)302)이라 태샹(太常)이 크게 깃거 승샹(丞相)의 은혜(恩惠)를 감은(感恩)ᄒᆞ야 ᄒᆞ더라.

연파(宴罷)303)에 신부(新婦) 슉소(宿所)를 홍미각에 명(定)ᄒᆞ니 뇨싱(-生)이 야심(夜深) 후(後) 드러가 좌(座)를 명(定)ᄒᆞ고 눈을 드러 보니 신인(新人)의 찬난(燦爛)ᄒᆞᆫ 식광(色光)이 젼일(前日) 몽듕(夢中) 본 녀ᄌᆞ(女子)로 다르미 업스나 ᄌᆞ긔(自己) 그림 속 미쉭(美色)의셔 빅비(百倍) 승(勝)ᄒᆞ미 잇ᄂᆞᆫ지라 싱(生)이 희츌망외(喜出望外)304)ᄒᆞ야 우음을 씌여 나아가 쇼져(小姐)의 옥305)슈(玉手)를 닛그러 흔연(欣然) 왈(曰),

"싱(生)은 미쳔(微賤)ᄒᆞᆫ 한쉭(寒士ㅣ)어늘 힝(幸)여 텬연(天緣)을 인(因)ᄒᆞ야 쇼져(小姐)로 더브러 봉디(鳳池)306)의 낙(樂)을 닐워 평싱(平生) 남은 한(恨)이 업슬지라 엇지 깃부지 아니리오?"

쇼졔(小姐ㅣ) 연망(連忙)이 나슈(羅袖)307)를 쎅리쳐 믈

---

300) 년화냥협(蓮花兩頰): 연화양협. 연꽃 같은 두 뺨.

301) 쥬슌빵셩(朱脣雙星): 주순쌍성. 붉은 입술과 별 같은 두 눈.

302) 졀뒤경국지쉭(絶代傾國之色): 절대경국지색. 세대에 독보적인 미색. 경국(傾國)은 빠져들면 나라를 망하게 할 만큼 아름다운 여자를 말함. 『한서(漢書)』, 「외척전(外戚傳)」.

303) 연파(宴罷): 잔치가 끝남.

304) 희츌망외(喜出望外): 희출망외. 바라는 바를 초과하는 일이 생겨 매우 기뻐함.

305) 옥: [교] 원문에는 '홍'으로 되어 있으나 문맥을 고려하여 국도본(15:58)을 따름.

306) 봉디(鳳池): 봉지. 봉황이 노니는 연못이라는 뜻으로 남녀의 즐거움을 의미하는 단어로 보이나 미상임.

너안즉 말을 답(答)지 아니ᄒ니 싱(生)이 미미(微微)히 우으며 ᄒᆞᆫ가
지로 샹요(牀-)의 나아가고즈 ᄒ나 쇼졔(小姐ㅣ) 침음(沈吟) 단좌(端
坐)ᄒ야 구지 병으리와드미 쳘셕(鐵石)이 오히려 굿지 못ᄒ 듯ᄒ니
뇨싱(-生)이 비록 쟝부(丈夫)의 힘이나 위인(爲人)이 본(本)ᄃᆡ 셰ᄎ지
못ᄒᄆ로 감(敢)이 핍박(逼迫)지 못ᄒ고 은근(慇懃) 셰어(細語)308)로
달ᄂᆡ고 비릭ᄃᆡ 쇼졔(小姐ㅣ) 귀먹은 듯ᄒ더니,

　믄득 동방(東方)의 흰 빗치 바이니 쇼졔(小姐ㅣ) 니러나 쇼셰(梳
洗)ᄒ고 태샹(太常)긔 문안(問安)ᄒ니 태샹(太常)이 두굿기고 깃거
공 시(氏)를 명(命)ᄒ야 화동(和同)309)ᄒ라 ᄒ니 공 시(氏) 노긔(怒氣)
발연(勃然)ᄒ고 몬져 니러 도라가니 쇼졔(小姐ㅣ) 임의 젼두(前
頭)310)를 붉히 알고 더옥 블열(不悅)ᄒᆞᆷ믈 니긔지 못ᄒ야 안셔(安
舒)311)이 침쇼(寢所)에 도라오니 싱(生)이 ᄯᅩᄒᆞᆫ 드러와 겻히 안즈 은
근(慇懃)이 달ᄂᆡ믈 마지아니ᄒ더니,

　믄득 부마(駙馬) 등(等) 오(五) 인(人)이 니르러

ᄆᆡᄌᆞ(妹子)를 볼ᄉᆡ 부매(駙馬ㅣ) 소졔(小姐ㅣ)를 겻히 안치고 쓰다듬

---

307) 나슈(羅袖): 나수. 비단 소매.
308) 셰어(細語): 세어. 소곤대는 말.
309) 화동(和同): 같이 화평하게 지냄.
310) 젼두(前頭): 전두. 앞일.
311) 안셔(安舒): 안서. 편안하고 조용함.

아 亽랑ᄒ믈 강보ᄋᆞ(襁褓兒)ᄀᆞ치 ᄒᆞ니 졔싱(諸生)이 다 말ᄉᆞᆷ이 니음ᄎᆞ나 뇨싱(-生)으로 알은 쳬 아니ᄒᆞ니 싱(生)이 붓그리고 노(怒)ᄒᆞ야 이윽고 글오ᄃᆡ,

"쇼뎨(小弟) 비록 실례(失體)312)ᄒᆞ미 이시나 군후(君侯) 등(等)이 유감(遺憾)ᄒᆞ야 녕ᄆᆡ(令妹) 닉 슈하인(手下人)이 되ᄃᆡ 푸지 아녓ᄂᆞ냐?"

부마(駙馬)와 샹셰(尙書ㅣ) 드른 쳬 아니코 니(李) 한님(翰林) 왈(曰),

"형셰(形勢) 마지못ᄒᆞ고 부뫼(父母ㅣ) 관인대덕(寬仁大德)313)을 드리오샤 쇼ᄆᆡ(小妹)로 네게 쇽314)현(續絃)315)ᄒᆞ야 계신들 너를 므슴 사름이라 ᄒᆞ고 졍담(情談)을 ᄒᆞ리오? 젼일(前日) 아라보기를 그릇ᄒᆞ야 붕우(朋友) 항녈(行列)의 두던 줄 뉘웃ᄂᆞ니 어이 ᄯᅩ 교도(交道)를 밋ᄌᆞ리오?"

뇨싱(-生)이 졍ᄉᆡᆨ(正色) 왈(曰),

"쇼뎨(小弟) 므슴 일 그ᄃᆡ도록 츄비(麤鄙)316)ᄒᆞ관ᄃᆡ 형(兄)이 이러틋 핍박(逼迫)ᄒᆞᄂᆞ뇨? 져러틋 고샹(高尙)ᄒᆞᆫ ᄆᆞ음에 닉 집의 오지 아니미 가(可)ᄒᆞ도다."

***

71면

한님(翰林)이 발연대로(勃然大怒)317) 왈(曰),

---

312) 실례(失體): 실체. 체면을 잃음.

313) 관인대덕(寬仁大德): 너그럽고 인자한 큰 덕.

314) 쇽: [교] 원문에는 '슉'으로 되어 있으나 오기로 보임.

315) 쇽현(續絃): 속현. 거문고와 비파의 끊어진 줄을 다시 잇는다는 뜻으로, 아내를 여읜 뒤에 다시 새 아내를 맞는 일을 비유적으로 이르는 말. 여기에서는 요익이 공씨를 아내로 맞은 후 이빙성을 재실로 맞은 일을 이름.

316) 츄비(麤鄙): 추비. 거칠고 더러움.

317) 발연대로(勃然大怒): 갑자기 크게 화를 냄.

"누구 너 궃툰 것 보라 오누냐? 우리 금옥(金玉) 궃툰 미ᄌ(妹子)를 보라 와시니 네 죄(罪)를 스스로 아라 최우미 가(可)토다."

뇨싱(-生)이 닝소(冷笑)ᄒ고 샹(牀)의 올나 누으며 쇼져(小姐)의 유모(乳母) 벽낭을 블너 닐오ᄃᆡ,

"내 비록 일개(一介) 유싱(儒生)이나 네 집 쇼졔(小姐ㅣ) 셩당(成黨)318)ᄒᆞᆫ 겨레를 밋어 경부(敬夫)홀 줄 모로니 가(可)히 나의 노(怒)를 발(發)치 아냐 셜니 다리고 네 집으로 가라."

ᄒ니 유뫼(乳母ㅣ) 미쇼(微笑)ᄒ고 믈너나고 부마(駙馬) 형뎨(兄弟) 져 거동(擧動)을 실소(失笑)ᄒᆞ야 냥안(兩眼)이 미미(微微)ᄒᆞ야 믄득 니러 도라가니,

뇨싱(-生)이 ᄯ 인ᄉ(人事)를 폐(廢)치 못ᄒᆞ야 니부(李府)의 나아가 승샹(丞相)긔 뵈옵고 ᄂᆡ당(內堂)에 드러와 악모(岳母)와 모든 ᄃᆡ 뵐ᄉᆡ 명 부인(夫人)이 졔부(諸婦)와 문 혹ᄉ(學士) 부인(夫人)을 거ᄂᆞ려 쳥(請)ᄒᆞ야 보니 뇨싱(-生)이 헌앙(軒昂)319)ᄒᆞᆫ 풍치(風采)에 쳥ᄉ(靑紗)320) 흑건(黑巾)을 졍(正)이 ᄒ고 모든 ᄃᆡ 녜필(禮畢)ᄒ고 좌(座)에 나아가ᄆᆡ 뉴 부인(夫人)이 은근(慇懃)

∘ ❋ ●

72면

이 말을 펴 쇼져(小姐)를 의탁(依託)ᄒ고 ᄇᆡ반(杯盤)321)을 드려 ᄃᆡ졉(待接)ᄒ니 뇨싱(-生)이 ᄯ혼 투목(偸目)322)으로 졔부인(諸夫人)을 규

---

318) 셩당(成黨): 성당. 도당을 지음.

319) 헌앙(軒昂): 풍채가 좋고 의기가 당당함.

320) 쳥ᄉ(靑紗): 청사. 푸른색의 관복.

321) ᄇᆡ반(杯盤): 배반. 술상에 차려 놓은 그릇. 또는 거기에 담긴 음식.

시(窺視)323) ᄒᆞ미 그 악모(岳母)의 명월(明月) 안광(眼光)과 공쥬(公
主)와 소 시(氏)의 용모(容貌)를 보고 눈이 황홀(恍惚)ᄒᆞ야 바야흐로
빙셩 쇼제(小姐ㅣ) 둘진 줄 ᄭᆡ닷고 흠복(欽服)ᄒᆞᆷᄋᆞ 결을치 못ᄒᆞ더라.

  이윽고 믈너 셔당(書堂)에 와 졔ᄉᆡᆼ(諸生)을 보니 문졍휘 한님(翰
林)을 도라보아 왈(曰),

  "츄비(麤鄙) 음픽(淫悖)324)ᄒᆞᆫ 탕ᄌᆞ(蕩子)를 대신(大臣) 좌하(座下)
에 오게 ᄒᆞ리오? 미러 졔집으로 보닉라."

  한님(翰林)이 응셩(應聲) 슈명(受命)ᄒᆞ고 몸을 니러 냥뎨(兩弟)로
더브러 미러 문밧(門-)긔 닉치니 뇨ᄉᆡᆼ(-生)이 대로(大怒)ᄒᆞ야 다라드
러 몽필 공ᄌᆞ(公子)를 밀치며 왈(曰),

  "내 셰(勢) 고약(孤弱)325)ᄒᆞ니 대신(大臣)과ᄂᆞ 결오지 못ᄒᆞ려니와
네야 못 졔어(制御)ᄒᆞ랴?"

  샹셔(尚書ㅣ) 이 거동(擧動)을 보고 나아가 뇨ᄉᆡᆼ(-生)의 ᄉᆞ미를 닛
그러 방(房)에 드러와 글오ᄃᆡ,

  "그듸를 그리 아니 아랏더

✲✲✲

73면

니 대강(大綱) 어렵닷다."

  셜파(說罷)에 졔인(諸人)이 말ᄉᆞᆷ홀ᄉᆡ 샹셔(尚書ㅣ) 왈(曰),

  "네 식니(識理)ᄒᆞᄂᆞᆫ 션빈로 벗의 누의를 상ᄉᆞ(相思)ᄒᆞᄂᆞᆫ 더러오미

---

322) 투목(偸目): 훔쳐봄.

323) 규시(窺視): 엿봄.

324) 음픽(淫悖): 음패. 음탕하고 도리에 어긋나는 행위를 함.

325) 고약(孤弱): 외롭고 미약함.

가(可)히 군즈(君子)의 즈리를 바랄가 시브냐?"

ᄒ니 뇨싱(-生)이 미소(微笑) 부답(不答)ᄒ니 부매(駙馬ㅣ) 왈(曰),

"네 얼골 거동(擧動)이 샹시(常時) 금옥군즈(金玉君子)러니 엇지 미싱(尾生)326)의 어리믈 당(當)홀 줄 알니오? 연(然)이나 미즈(妹子)의 일싱(一生)을 편(便)히 거ᄂ리라. 이제ᄂᆞ 믈이 업침 ᄀᆞᆺᄐ니 현마 엇지ᄒ리오?"

문휘 글오ᄃᆡ,

"너의 긔질(氣質)노 미즈(妹子)와 딱ᄒ고 우리 동싱(同生) 항녈(行列)의 츙슈(充數)ᄒ니 엇지 못홀 영화(榮華)로ᄃᆡ 경박(輕薄)히 ᄉ상(思相)ᄒᆞ믈 한(恨)ᄒ노라. 모로미 규ᄂᆡ(閨內)에 편ᄉᆡᆨ(偏色)327)ᄒ라 말이 잇게 말고 쇼미(小妹)로 ᄒ야금 쳡여(婕妤)328)의 원(怨)을 깃치지 말나."

뇨싱(-生)이 부마(駙馬) 형뎨(兄弟)의 말을 듯고 감ᄉ(感謝)ᄒ믈 니긔지 못ᄒ여 왈(曰),

"쇼뎨(小弟)의 죄(罪)를 엇지 모로리오? 연(然)이나 악쟝(岳丈)

※⚹※

74면

의 대은(大恩)과 계형(諸兄)의 지우(知遇)329)ᄒ믈 죵신(終身)토록 닛

---

326) 미싱(尾生): 미생. 중국 춘추시대 노(魯)나라 사람. 여자와 다리 아래에서 만나기로 약속하고 기다렸으나 여자가 오지 않자 소나기가 내려 물이 밀려와도 기다리다가 마침내 교각을 끌어안고 죽었음. 약속을 굳게 지켜 융통성이 없는 인물의 대명사로 쓰임.

327) 편ᄉᆡᆨ(偏色): 편색. 한 여자만을 편벽되게 사랑함.

328) 쳡여(婕妤): 첩여. 중국 한(漢)나라 성제(成帝)의 궁녀인 반첩여(班婕妤). 시가(詩歌)에 능한 미녀로 성제의 총애를 받다가 궁녀 조비연(趙飛燕)의 참소를 받고 물러나 장신궁(長信宮)에서 지내며 <자도부(自悼賦)>를 지어 자신의 처지를 하소연함.

지 아니리라."

부마(駙馬) 형뎨(兄弟) 흔연(欣然) 즈약(自若)ᄒ야 술을 나와 통음
(痛飮)330)ᄒ더니 니(李) 한님(翰林) 왈(曰),

"아지 못게라. 네 미즈(妹子)를 맛ᄂᆞ니 그 졍(情)이 엇더ᄒ며 ᄆᆞ음
이 날 ᄃᆞᆺᄒ냐?"

뇨ᄉᆡᆼ(-生)이 답왈(答曰),

"쇼뎨(小弟) 어이 졔형(諸兄)을 ᄃᆡ(對)ᄒ야 심ᄉᆞ(心思)를 긔이리오?
녕미(令妹) 쇼뎨(小弟)를 념고(厭苦)331)ᄒ야 작야(昨夜)의 단좌(端坐)
ᄒ야 새오고 맛ᄎᆞᆷᄂᆡ ᄉᆡᆼ(生)을 거졀(拒絶)ᄒ니 아름다온 밤을 헛도이
보ᄂᆡ고 냥졍(兩情)332)이 합(合)지 못ᄒ니 녕미(令妹) 고집(固執)을 한
(恨)ᄒ노라."

부미(駙馬ㅣ) 왈(曰),

"미지(妹子ㅣ) 텬셩(天性)이 고집(固執)ᄒ야 어려온 ᄆᆞ음이니 너의
과실(過失)이 그 ᄯᅳᆺ을 푸지 못ᄒᆞᆯ가 ᄒ노라."

샹셰(尙書ㅣ) 소왈(笑曰),

"당당(堂堂)ᄒᆫ 남지(男子ㅣ) 되여 녀지(女子ㅣ) 아모리 강녈(剛
烈)333)ᄒᆫ들 일실(一室) ᄂᆡ(內)에 엇지 니긔지 못ᄒ리오? 네 ᄀᆞ쟝 용
녈(庸劣)토다."

뇨ᄉᆡᆼ(-生)이 웃고 왈(曰),

"쇼뎨(小弟) 본(本)ᄃᆡ 잔약(孱弱)334)ᄒ니

329) 지우(知遇): 남이 자신의 인격이나 재능을 알고 잘 대우함.
330) 통음(痛飮): 술을 썩 많이 마심.
331) 념고(厭苦): 염고. 싫어하고 괴롭게 여김.
332) 냥졍(兩情): 양정. 두 사람의 정.
333) 강녈(剛烈): 강렬. 굳세고 세참.
334) 잔약(孱弱): 가냘프고 약함.

녕미(令妹) 정심(貞心)335)을 플기 어렵더이다. 그러나 듯지 아닛ᄂᆞᆫᄃᆡ 엇지ᄒᆞ리오?”

샹셰(尚書ㅣ) 왈(曰),

“네 맛당이 준졀(峻節)336)이 칙(責)ᄒᆞ고 꾸지ᄌᆞ라. 그리ᄒᆞᆫ즉 잠간(暫間) 굴(屈)ᄒᆞ려니와 빈(非ㄴ)즉 녀진(女子ㅣ) 더옥 착ᄒᆞᆫ 쳬ᄒᆞᄂᆞ니라.”

셜파(說罷)에 졔ᄉᆡᆼ(諸生)이 다 웃고 셕양(夕陽)의 뇨ᄉᆡᆼ(-生)이 도라가 쇼져(小姐)를 보고 흔연(欣然)이 우으며 작셕(昨夕) 졔ᄉᆡᆼ(諸生)으로 화답(和答)던 말을 니ᄅᆞ고 옥슈(玉手)를 년(連)ᄒᆞ야 말ᄉᆞᆷ이 니음ᄎᆞ되 쇼졔(小姐ㅣ) 맛ᄎᆞᆷᄂᆡ 디답(對答)지 아니ᄒᆞ고 안ᄌᆞ시니 ᄉᆡᆼ(生)이 노왈(怒曰),

“그ᄃᆡ 비록 샹문(相門)337) 녀진(女子ㅣ)나 엇지 이러ᄐᆞᆺ 교만(驕慢)ᄒᆞ뇨? 작야(昨夜)ᄂᆞᆫ 그ᄃᆡ 뜻을 바닷거니와 금야(今夜)ᄂᆞᆫ 좃지 아니리라.”

셜파(說罷)에 핍박(逼迫)ᄒᆞᄃᆡ 쇼졔(小姐ㅣ) 더옥 병으리왓고 듯지 아냐 ᄉᆡᆼ(生)의 협박(劫迫)338)ᄒᆞᆷᄅᆞᆯ 밀막으ᄆᆡ 의샹(衣裳)이 도로혀 어ᄌᆞ러워 거죄(擧措ㅣ) 고이(怪異)ᄒᆞ니 ᄉᆡᆼ(生)이 익노(益怒) 왈(曰),

“그ᄃᆡ ᄉᆡᆼ(生)을 이만치 염고(厭苦)ᄒᆞᆯ진ᄃᆡ

---

335) 졍심(貞心): 정심. 굳게 지키는 마음.
336) 준졀(峻節): 준절. 매우 위엄이 있고 정중함.
337) 샹문(相門): 상문. 재상 가문.
338) 협박(劫迫): 겁박. 으르고 협박함.

아이 샹국(相國)게 고(告)ᄒ고 오지 말미 올탓다.”

쇼졔(小姐ㅣ) 부답(不答)ᄒ니 싱(生)이 심한(深恨)339)ᄒ야 쳔만(千萬) 가지로 칙(責)ᄒ고 달뇌여 믄득 날이 새니 쇼졔(小姐ㅣ) 소셰(梳洗)ᄒ고 태샹(太常)긔 문안(問安)ᄒ려 드러가니 싱(生)이 착급(着急)ᄒᆫ 졍(情)을 억졔(抑制)치 못ᄒ더라.

이ᄯᅥ 태샹(太常) 춍쳡(寵妾)340)이 이시니 명(名)은 금완이오, 우인(爲人)이 간샤(奸邪)ᄒ고 용심(用心)이 블냥(不良)ᄒ야 싱(生)의 형뎨(兄弟)를 태샹(太常) 보는 듸는 은근(慇懃)이 되졉(待接)ᄒ나 태샹(太常)이 업ᄉᆫ 듸는 박되(薄待) 참혹(慘酷)ᄒ더라.

공 시(氏) 차시(此時) 니(李) 쇼져(小姐)의 ᄌᆞᆨ(姿色)과 싱(生)의 듕되(重待)를 보미 분뇌(忿怒ㅣ) 발발(勃勃)ᄒ야 쳔금(千金)을 무단(無端)341)이 가져 금완의게 회뢰(賄賂)ᄒ고 금완이 긴 밤의 공 시(氏)의 슬픈 졍ᄉ(情事)와 니(李) 시(氏) 방ᄌ(放恣)ᄒ미며 싱(生)의 편벽(便辟)ᄒ믈 ᄀᆞ초 고(告)ᄒ니 태샹(太常)이 혹(惑)히 곳이드러 니(李) 시(氏)를 미온(未穩)ᄒ나 그 부형(父兄)의 낫

츨 보아 노(怒)를 ᄎᆞᆷ고 싱(生)을 블너 규방(閨房)의 편벽(便辟)ᄒ믈

---

339) 심한(深恨): 깊이 한함.

340) 춍쳡(寵妾): 총첩. 사랑하는 첩.

341) 무단(無端): 끝이 없음.

대칙(太責)ᄒᆞ니 싱(生)이 니(李) 시(氏) 어든 슈일(數日)에 이런 거죄(擧措ㅣ) 이실 줄 알니오. 심하(心下)에 블안(不安)ᄒᆞ나 부명(父命)을 어그릇지 아니려 공 시(氏) 곳에 가 지ᄂᆡ더라.

이ᄒᆡ 츄팔월(秋八月)에 과게(科擧ㅣ) 이셔 몽샹 공ᄌᆞ(公子)와 몽필 공ᄌᆡ(公子ㅣ) 일방(一榜)에 고등(高等)³⁴²ᄒᆞ야 몽샹은 간의태우(諫議大夫)³⁴³를 ᄒᆞ고 몽필은 츈방혹ᄉᆞ(春坊學士)³⁴⁴를 ᄒᆞ니 이씩 한님(翰林)은 예부시랑(禮部侍郞)의 올맛더라. 원ᄂᆡ(元來) ᄎᆞ년(此年) 츄팔월(秋八月)이 태ᄉᆞ(太師)의 희년(稀年)³⁴⁵이라. 승샹(丞相)이 부친(父親)을 위(爲)ᄒᆞ야 형뎨(兄弟)로 의논(議論)ᄒᆞ야 날을 밧아 대연(大宴)을 지ᄂᆡ려 ᄒᆞ니 태싀(太師ㅣ) 승샹(丞相)을 블너 대칙(大責)ᄒᆞ야 듯지 아니ᄒᆞ니 승샹(丞相)이 민민블낙(憫憫不樂)³⁴⁶ᄒᆞ더니 냥(兩) 공ᄌᆡ(公子ㅣ) 등뎨(登第)ᄒᆞ니 조모(祖母)긔 고(告)ᄒᆞ고 경연(慶宴)³⁴⁷을 겸(兼)ᄒᆞ야 태ᄉᆞ(太師) 싱일(生日)의 크게 잔치를 베퍼 조모(祖母)와 부모(父母)긔 헌슈(獻壽)³⁴⁸

* * *

78면

홀ᄉᆡ 텬ᄌᆡ(天子ㅣ) ᄯᅩᄒᆞᆫ 태ᄉᆞ(太師) 희년(稀年)인 줄 드ᄅᆞ시고 샹방

---

342) 고등(高等): 과거에서 우수한 성적으로 급제함.
343) 간의태우(諫議大夫): 간의대부. 황제에게 간하고 정치의 득실을 논하던 관원. 진나라 때 간대부라 부르던 것을 후한 때 간의대부로 개칭함.
344) 츈방혹ᄉᆞ(春坊學士): 춘방학사. 태자를 보필하는 학사. 춘방은 태자의 어전을 말함.
345) 희년(稀年): 원래 드문 나이라는 뜻으로, 일흔 살을 이르는 말이나 여기에서는 뒤의 내용을 참고하면 환갑을 이름.
346) 민민블낙(憫憫不樂): 민민불락. 근심하며 즐거워하지 않음.
347) 경연(慶宴): 경사스러운 잔치.
348) 헌슈(獻壽): 헌수. 환갑잔치 따위에서, 주인공에게 장수를 비는 뜻으로 술잔을 올림.

(尙房)349) 어미(御米)350)와 교방(敎坊)351) 어악(御樂)을 보닉샤 위의
(威儀)를 도으시고 뎐젼태흑ᄉ(殿前太學士) 위진을 보닉샤 황봉어쥬
(黃封御酒)352)로 태ᄉ(太師)와 진 부인(夫人)긔 헌(獻)ᄒ라 ᄒ시니 승
샹(丞相)이 셩은(聖恩)을 망극(罔極)ᄒ야 망궐(望闕) 샤은(謝恩)ᄒ고
무평353)빅 등(等)으로 더브러 일톄(一切)로 의논(議論)ᄒ야 무릇 졔
구(諸具)를 명(命)ᄒ고 부마(駙馬) 형뎨(兄弟) 오(五) 인(人)이 밧드러
힝(行)ᄒ니 텬하(天下) 각읍(各邑)의셔 드는 거시 블가승쉬(不可勝數
ㅣ)354)니 ᄒ믈며 승샹(丞相)이 묘당(廟堂)355) 권(權)을 잡아 덕틱(德
澤)이 산듕(山中) 초목(草木)의 밋쳐 우슌풍됴(雨順風調)356)ᄒ는 지
경(地境)에 니르되 ᄒ 번(番) 연셕(宴席)을 닐위미 업더니 금일(今日)
양친(養親)ᄒ기로뻐 잔치를 베플믈 듯고 아니 깃거ᄒ리 업더라.

날이 다드르니 치셕(彩席)357) 병풍(屛風)과 흰 츠일(遮日)358)이 구
름의 년(連)ᄒ엿고 산진히착359)(山珍海錯)360)이 뫼 ᄀᆺ트며 바다 ᄀᆺ트

349) 샹방(尙房): 상방. 대궐의 각종 음식, 의복, 기물(器物)을 관리하던 곳. 상의원(尙衣
院)이라고도 함.
350) 어미(御米): 임금의 밥을 짓는 쌀.
351) 교방(敎坊): 예전에 궁정(宮廷) 음악을 관리하던 관서. 주로 아악(雅樂) 이외의 음
악과 무도(舞蹈), 백희(百戲)의 교습(敎習), 연출 등의 일을 전담함. 당(唐)나라 때
처음 설치되어 명나라 때는 예부(禮部)에 예속됨.
352) 황봉어쥬(黃封御酒): 황봉어주. 황제가 하사한 술. 황봉(黃封)은 황가(皇家)의 봉조
(封條)가 황색이었으므로 그렇게 칭해짐. 봉조는 문(門)이나 기물(器物)을 사사로이
여는 것을 방지하기 위해 글씨를 써서 붙여 놓은 종이.
353) 평: [교] 원문에는 '령'으로 되어 있으나 앞의 예를 따라 이와 같이 수정함.
354) 블가승쉬(不可勝數ㅣ): 불가승수. 이루 헤아릴 수 없음.
355) 묘당(廟堂): 종묘(宗廟)와 명당의 뜻으로 나라의 정치를 하던 곳, 곧 조정을 이름.
356) 우슌풍됴(雨順風調): 우순풍조. 비가 때맞추어 알맞게 내리고 바람이 고르게 분다
는 뜻으로, 농사에 알맞게 기후가 순조로움을 이르는 말.
357) 치셕(彩席): 채석. 아름다운 색깔로 꾸민 자리.
358) 츠일(遮日): 차일. 햇볕을 가리기 위해 치는 포장.
359) 착: [교] 원문에는 '작'으로 되어 있으나 오기로 보임.

여 텬하(天下) 십삼(十三) 성(省) 챵녜(娼女 l) 모다 각식(各色) 풍뉴
(風流)를 밧드러 모드며 닉외(內外)에 모든 빅관(百官)과 공경(公卿)
부인(夫人)이 모들시 치거쥬륜(彩車朱輪)361)이 곡구(谷口)에 몌엿
더라.

　부마(駙馬) 등(等) 오(五) 인(人)이 관복(冠服)을 졍(正)히 ᄒᆞ고 부
친(父親)과 슉부(叔父)를 뫼셔 졔긱(諸客)을 슈응(酬應)362) 홀시 태시
(太師 l) 츄텬(秋天) ᄀᆞᆺ튼 얼골과 별 ᄀᆞᆺ튼 안치(眼彩) 됴곰도 쇠로(衰
老)363) ᄒᆞ미 업고 슈염(鬚髥)이 즘간(暫間) 은ᄉᆞ(銀絲)를 셧거 드리온
ᄃᆞᆺ 챵챵(蒼蒼)364) ᄒᆞ야 가ᄉᆞᆷ을 님(臨) ᄒᆞ여시니 쇼안월빈365)(素顔月
鬢)366)이 쇼년(少年)을 우을 거시오, 두샹(頭上)의 ᄌᆞ금소요건(紫金
逍遙巾)367)을 쓰고 몸의 학챵의(鶴氅衣)368)를 닙고 쥬벽(主壁)에 좌
(坐) ᄒᆞ고 승샹(丞相)이 머리에 ᄌᆞ금관(紫金冠)369)을 쓰고 몸에 홍금

---

360) 산진ᄒᆡ착(山珍海錯): 산진해착. 산과 바다에서 나는 온갖 진귀한 물건으로 차린, 맛
　　이 좋은 음식. 산해진미(山海珍味).

361) 치거쥬륜(彩車朱輪): 채거주륜. 채색한 수레와 붉은 칠을 한 바퀴 달린 수레.

362) 슈응(酬應): 수응. 응대(應對).

363) 쇠로(衰老): 늙어서 몸이 쇠약해짐.

364) 챵챵(蒼蒼): 무성함.

365) 빈: [교] 원문에는 '빙'으로 되어 있으나 오기로 보임.

366) 쇼안월빈(素顔月鬢): 소안월빈. 흰 얼굴과 아름다운 귀밑머리.

367) ᄌᆞ금소요건(紫金逍遙巾): 자금소요건. 자금으로 만든 소요건. 자금은 적동(赤銅)의
　　다른 이름으로, 적동은 구리에 금을 더한 합금이고, 소요건(逍遙巾)은 죽림칠현 등
　　의 청담파(淸談派)들이 유흥할 때에 쓰던 두건임.

368) 학챵의(鶴氅衣): 학창의. 소매가 넓고 뒤 솔기가 갈라진 흰옷의 가를 검은 천으로
　　넓게 댄 웃옷.

369) ᄌᆞ금관(紫金冠): 자금관. 자금으로 만든 관. 자금은 적동(赤銅)의 다른 이름으로, 적

포(紅錦袍)370)를 착(着)ᄒ고 허리에 셔씌(犀-)371)를 두로고 초옥(楚玉)372) ᄀᆞᆺ튼 손에 옥홀(玉笏)373)을 쥐고 태ᄉᆞ공(太師公) 겻희 시립(侍立)ᄒ고 무평374)빅과 쇼뷔(少傅ㅣ) 녜복(禮服)을 졍졔(整齊)375)ᄒ야 시좌(侍坐)ᄒ고 부

***

80면

마(駙馬)와 문휘 금관(金冠)을 빗기고 금포(錦袍)를 쓰어 ᄒᆞᆫ가지로 뫼시고 한님(翰林) 등(等) 삼(三) 인(人)은 오사홍포(烏紗紅袍)376)를 착(着)ᄒ고 형뎨(兄弟) 항녈(行列)노 좌ᄎᆞ(座次)를 닐우니 ᄒᆞᆫ갈ᄀᆞᆺ치 ᄲᅢᆫ혀나 옥쳥(玉淸)377) 진인(眞人)378)이 녈좌(列坐)ᄒᆞᆫ 듯 텬디(天地) ᄉᆞ이에 ᄆᆞᆰ은 졍긔(精氣)를 오로지 니문(李門)에 쏘다진 듯ᄒᆞ더라.

___

동은 구리에 금을 더한 합금.

370) 홍금포(紅錦袍): 붉은 비단으로 만든 웃옷.

371) 셔씌(犀-): 서대(犀帶). 일품의 벼슬아치가 허리에 두르던 띠. 서(犀)는 통천서(通天犀), 즉 무소의 뿔임.

372) 초옥(楚玉): 초나라의 옥. 중국 춘추시대 초(楚)나라 형산(荊山)에서 난 화씨벽(和氏璧)을 이름. 초나라의 변화(卞和)라는 이가 박옥(璞玉)을 발견하여 초나라 왕인 여왕(厲王)과 그 후의 무왕(武王)에게 바쳤으나 왕들이 그것을 돌멩이로 간주하여 각각 변화의 왼쪽 발과 오른쪽 발을 자름. 이후 문왕(文王)이 즉위하자 변화는 왕에게 갈 수 없어 통곡하니, 문왕이 그 소문을 듣고 옥공(玉工)을 시켜 박옥을 반으로 가르게 해 진귀한 옥을 얻고 이를 화씨벽(和氏璧)이라 칭함. 『한비자(韓非子)』에 이 이야기가 실려 있음.

373) 옥홀(玉笏): 옥으로 만든 홀(笏). 홀은 벼슬아치가 임금을 만날 때 손에 쥐던 물건.

374) 평: [교] 원문에는 '령'으로 되어 있으나 앞의 예를 따라 이와 같이 수정함.

375) 졍졔(整齊): 정제. 격식에 맞게 차려입고 매무시를 바르게 함.

376) 오사홍포(烏紗紅袍): 오사모(烏紗帽)와 붉은 색의 도포. 오사모는 벼슬아치들이 관복을 입을 때에 쓰던 모자로, 검은 사(紗)로 만들었음.

377) 옥쳥(玉淸): 옥청. 도교에서, 신선이 산다는 삼청(三淸)의 하나. 상제(上帝)가 있는 곳.

378) 진인(眞人): 도교에서, 도를 깨쳐 깊은 진리를 깨달은 사람을 이르는 말.

졔빅관(諸百官)이 ᄎᆞ례(次例)로 모드니 승샹(丞相)이 ᄌᆞ질(子姪)을 거ᄂᆞ려 마ᄌᆞ 좌(座)를 뎡(定)ᄒᆞᄆᆡ 졔인(諸人)이 각각(各各) 말을 베퍼 태ᄉᆞ(太師)긔 하례(賀禮)ᄒᆞ니 태시(太師ㅣ) 쳑연(戚然)379) 손샤(遜辭)380) 왈(曰),

"노뷔(老夫ㅣ) 박덕(薄德)ᄒᆞ야 냥친(兩親)이 가ᄌᆞ시믈 보옵지 못ᄒᆞ고 금년(今年) 뉵십일(六十一) 지(載) 나르니 인싱(人生)이 어이 모지지 아니리오? 노부(老夫)의 ᄆᆞ음은 새로이 감샹(感傷)381)ᄒᆞᄆᆞᆯ 니긔지 못ᄒᆞ거늘 돈ᄋᆞ(豚兒) 등(等)이 고이(怪異)ᄒᆞᆫ 거조(擧措)를 닐워 졔공(諸公)으로 ᄒᆞ야금 슈고롭게 ᄒᆞ니 황감(惶感)382)ᄒᆞᄆᆞᆯ 니긔지 못ᄒᆞᆯ쇼이다."

졔공(諸公)이 일시(一時)에 몸을 굽혀 왈(曰),

"범범

＊＊＊

81면

지인(凡凡之人)383)도 부모(父母) 희년(稀年)을 무미(無味)384)이 아니 지ᄂᆡ거든 노태시(老太師ㅣ) 셩조(聖祖)385) ᄎᆞᆼ신(忠臣)으로 ᄒᆞᆯ며 승샹(丞相) 합하(閤下) ᄀᆞᆺᄐᆞᆫ ᄋᆞ들을 두어 겨시거늘 그 녜ᄉᆞ(例事)ᄒᆞᄂᆞᆫ 녜(禮)를 폐(廢)ᄒᆞ리오?"

---

379) 쳑연(戚然): 척연. 슬퍼하는 모양.

380) 손샤(遜辭): 손사. 겸손히 사양함.

381) 감샹(感傷): 쓸쓸하고 슬퍼져서 마음이 상함.

382) 황감(惶感): 황공하고 감격스러움.

383) 범범지인(凡凡之人): 평범한 사람.

384) 무미(無味): 재미가 없음.

385) 셩조(聖祖): 성조. 현 황제의 선조.

드디여 모든 슈셕시(壽席詩)386)를 닉여 좌듕(座中)에 노흐니 태스

(太師ㅣ) 일일(一一)히 잡아 보기를 맛고 피셕(避席) 스샤(謝辭) 왈(曰),

"노뷔(老夫ㅣ) 므슴 사름이라 녈위(列位) 졔공(諸公)이 이러틋 과

도(過度)혼 일을 흐시느뇨? 승당(承當)387)치 못홀가 져허흐느이다."

승샹(丞相)이 쏘혼 몸을 굽혀 칭샤(稱謝)흐믈 마지아니흐더라.

날이 일죵(一終)388)의 밋츠미 모다 태스(太師)를 뫼시고 드러가

헌슈(獻壽)홀시 태스(太師ㅣ) 쏘혼 일픔(一品) 관복(冠服)을 닙고 위

흑시(學士ㅣ) 몬져 옥비(玉杯)에 향온(香醞)389)을 부어 태부인(太夫

人)긔 삼비(三盃) 헌슈(獻壽)를 맛츠미 태스(太師ㅣ) 나아가 부인(夫

人)긔 진작(進爵)390)흐고 믈너 진비(再拜)흐미 츠시(此時) 부인(夫人)

나히 팔391)십이(八十二) 셰(歲)라 빅발(白髮)이

＊＊＊

82면

귀 밋히 셜이 곳투야 쇠모(衰耗)392)흐미 심(甚)흐니 태스(太師ㅣ) 헌

작(獻爵)393)을 맛고 홀연(忽然) 슬허 눈믈 두어 줄이 샹연(傷然)394)

이 느리니 승샹(丞相)이 아득미 오란 고(故)로 미우(眉宇)를 뻥긔고

---

386) 슈셕시(壽席詩): 수석시. 장수(長壽)를 축하하는 시.

387) 승당(承當): 받아들여 감당함.

388) 일죵(一終): 일종. 한 주기가 끝났다는 뜻으로 여기에서는 해가 짐을 이름.

389) 향온(香醞): 멥쌀, 찹쌀 식힌 것에 보리와 녹두를 넣고 빚은 술.

390) 진작(進爵): 술잔을 올림.

391) 팔: [교] 원문에는 '칠'로 되어 있으나 앞에서 이현의 나이가 61세로 나와 있음을
고려하여 국도본(15:69)을 따름.

392) 쇠모(衰耗): 쇠약함.

393) 헌작(獻爵): 잔을 바침.

394) 샹연(傷然): 상연. 슬픈 모양.

진젼(進前) 주왈(奏曰),

"대인(大人)이 비록 셕亽(昔事)를 츄감(追感)395)ᄒᆞ샤 심회(心懷)396) 창감(悵憾)397)ᄒᆞ시나 잠간(暫間) 관회(寬懷)398)ᄒᆞ시믈 바라ᄂᆞ이다."

태부인(太夫人)이 태亽(太師)를 향(向)ᄒᆞ야 위로(慰勞) 왈(曰),

"노모(老母)와 ᄋᆞ지(兒子ㅣ) 화란여싱(禍亂餘生)399)으로 텬춍(天寵)400)이 너와 나의 일신(一身)에 졋고 ᄌᆞ손(子孫)이 만당(滿堂)401) ᄒᆞ고 모지(母子ㅣ) ᄀᆞᆺ치 늙기에 니ᄅᆞ러 이 갓튼 경亽(慶事)를 보니 ᄎᆞ(此)ᄂᆞᆫ 셰간(世間)에 희한(稀罕)ᄒᆞᆫ 영화(榮華)라 네 엇지 이러틋 슬허ᄒᆞᄂᆞᆫ다?"

태亽(太師ㅣ) 개용(改容) 빅샤(拜謝)ᄒᆞ고 승샹(丞相) 형뎨(兄弟)와 경 시랑(侍郎)이 각각(各各) 슈빅(壽杯)402)를 헌(獻)ᄒᆞ고 부마(駙馬) 형뎨(兄弟) ᄯᅩ 각각(各各) 슈빅(壽杯)를 맛츠민 뉴 부인(夫人)이 총부(冢婦)403) 뎡 시(氏)로 더브러 각각(各各) 일(一) 빅(杯)를 태부인(太夫人)긔 헌(獻)ᄒᆞᆫ 후(後) 태亽(太師ㅣ) 뉴 부인(夫人)으로 더브러

* * *

83면

엇게를 갈와 태부인(太夫人) 상하(牀下)에 안즈미 승샹(丞相)이 몬져

---

395) 츄감(追感): 추감. 지난 일을 돌이켜 생각해 감회에 젖음.

396) 심회(心懷): 마음속에 품고 있는 생각이나 느낌.

397) 창감(悵憾): 슬퍼하고 한스러워함.

398) 관회(寬懷): 슬픈 마음을 누그러뜨림.

399) 화란여싱(禍亂餘生): 화란여생. 재앙과 환난 속에서 살아난 목숨.

400) 텬춍(天寵): 천총. 임금의 사랑.

401) 만당(滿堂): 집에 가득함.

402) 슈빅(壽杯): 수배. 장수를 비는 잔.

403) 총부(冢婦): 종가(宗家)의 맏며느리.

뎡 부인(夫人)으로 더브러 슈비(壽杯)를 들고 나아가 헌(獻)ᄒ고 강능(岡陵)의 슈(壽)[404]를 부르니 소리 쳥월웅심(淸越雄深)[405]ᄒ야 구소(九霄)[406]의 봉(鳳)이 우는 둣ᄒ니 태ᄉᆞ(太師ㅣ) 쳐연(悽然)[407] 탄식(歎息)고 승샹(丞相)의 손을 잡아 글오ᄃᆡ,

"금일(今日) 오ᄋᆞ(吾兒)의 거동(擧動)이 다시 엇지 못ᄒᆞᆯ 영화(榮華)라, 내 네[408] 손을 잡아 익이(溺愛)[409]ᄒ야 부ᄌᆞ(父子ㅣ) 쳐엄과 필경(畢竟)을 겸(兼)ᄒ노라."

승샹(丞相)이 태ᄉᆞ(太師)의 말ᄉᆞᆷ이 블길(不吉)ᄒ시믈 크게 놀나 다만 샤왈(謝曰),

"대인(大人)이 엇지 이런 말ᄉᆞᆷ을 ᄒ시ᄂᆞ니잇가? 부모(父母) 회혼(回婚)[410] 시(時) 십삼(十三) 년(年)이 이시니 다시 남산(南山)의 슈(壽)[411]를 부르지 못ᄒᆞᆯ가 근심ᄒ리잇가?"

태ᄉᆞ(太師ㅣ) 쳥파(聽罷)에 잠소(暫笑)ᄒ고 말을 아니ᄒ더라.

---

404) 강능(岡陵)의 슈(壽): 강릉의 수. 산마루와 구릉처럼 오래 살기를 비는 노래. 강릉은 『시경(詩經)』, <천보(天保)>에서 유래한 말로, 즉 "하늘이 그대를 안정시키셨으니 흥성하지 않을 수 없도다. 산 같고 언덕 같으며 산마루 같고 구릉 같도다. 天保定爾, 以莫不興. 如山如阜, 如岡如陵)"라 되어 있음.

405) 쳥월웅심(淸越雄深): 청월웅심. 소리가 맑고 높으며, 뜻이 크고 깊음.

406) 구소(九霄): 높은 하늘.

407) 쳐연(悽然): 처연. 슬퍼하는 모양.

408) 내 네: [교] 원문에는 '네 또 내'로 되어 있으나 문맥을 고려하여 국도본(15:70)을 따름.

409) 익이(溺愛): 익애. 매우 사랑함.

410) 회혼(回婚): 부부가 혼인하여 함께 맞는 예순 돌 되는 날. 또는 그해.

411) 남산(南山)의 슈(壽): 남산의 수. 남산과 같이 오래 살기를 비는 노래. 남산은 서안(西安)의 종남산(終南山)을 이르는데, 종남산이 무너지지 않듯 오래 삶을 말함. 『시경(詩經)』, <천보(天保)>에서 유래한 말로, 곧 "달의 초승달과 같고, 해가 떠오름과 같으며, 남산의 장수함과 같아 이지러지지 않고 무너지지 않으며, 송백의 무성함과 같아 그대를 계승하지 않음이 없도다. 如月之恒, 如日之升, 如南山之壽, 不騫不崩, 如松柏之茂, 無不爾或承."라 되어 있음.

니어 쇼부(少傅) 등 이(二) 형뎨(兄弟) 진작(進爵)ᄒ고 부마(駙馬) 등(等) 오(五) 인(人)과 무평412)빅, 쇼부(少傅)의 ᄌ셰(子壻ㅣ)413) 일시(一時)에 니러 금의(錦衣)를 붓치며 광슈(廣袖)

＊＊＊

84면

를 편편(翩翩)이 ᄲ어 헌슈(獻壽)ᄒ니 다 혼갈ᄀᆺ치 남ᄒᆡ(南海) 구슬과 공산(空山)에 보벽(寶璧) ᄀᆺ트니 쳥춘(靑春)의 명공(名公) 후빅(侯伯)의 복ᄉᆡᆨ(服色)을 ᄀᆺ초와시니 뉴 부인(夫人)과 태ᄉ(太師)의 유복(有福)ᄒ미 만고414)(萬古)를 기우려도 방블(髣髴)ᄒ니 업더라.

태ᄉᆡ(太師ㅣ) 탄식(歎息) 왈(曰),

"박명지인(薄命之人)이 금일(今日) 고금(古今)의 업슨 경415)ᄉ(慶事)와 복(福)을 어드니 셕ᄉᆞᆫ(夕死ㄴㄹ)들 무슴 한(恨)이 이시리오?"

다 각각(各各) 손을 잡아 두굿기고 드듸여 밧긔 나와 졔긱(諸客)으로 졉ᄃᆡ(接待)ᄒ며 상(牀)을 나와 즐기니 음식(飮食) 우히 ᄭᅩᆺ츤 춘ᄉᆡᆨ(春色)이 도라온 ᄃᆺᄒ고 각ᄉᆡᆨ(各色) 풍뉴(風流) 소ᄅᆡ 사름의 흥(興)을 돕더라.

죵일(終日)토록 진환(盡歡)ᄒ고 모든 챵기(娼妓), 악공(樂工)을 샹ᄉ(賞賜)ᄒ여 보닌 후(後) 승샹(丞相) 형뎨(兄弟) 태ᄉ(太師)를 뫼셔 ᄂᆡ당(內堂)에 드러와 조모(祖母)와 모친(母親)을 모시고 졔ᄌ(諸子), 졔부(諸婦)를 거ᄂᆞ려 다시 잔(盞)을 날녀 즐기더니 이ᅍᅥ 모

---

412) 평: [교] 원문에는 '령'으로 되어 있으나 앞의 예를 따라 이와 같이 수정함.

413) ᄌ셰(子壻ㅣ): 자서. 아들과 사위.

414) 고: [교] 원문에는 '조'로 되어 있으나 문맥을 고려하여 이와 같이 수정함.

415) 경: [교] 원문에는 '졍'으로 되어 있으나 오기로 보임.

든 부녜(婦女ㅣ) 각각 슈셕시(壽席詩)를 지어 봉함(封函)ᄒ야 뉴 부
인(夫人)긔 드렷는 고(故)로 태시(太師ㅣ) 바야흐로 승샹(丞相)을 압
히 안치고 봉함(封函)을 쩌혀 일일(一一)히 보니 공쥬(公主)의 문치
(文彩) 창파(蒼波) ᄀᆞᆺ고 비단 우희 금슈(錦繡)를 더은 듯ᄒ야 쟝강(長
江)과 대히(大海)에 너르미 잇고 태산(泰山)과 오악(五嶽)에 굿으미
이셔 위부인(衛夫人)[416]과 소시(蘇謝ㅣ)[417]라도 능(能)히 ᄯᅩ로지 못
홀 거시오, 댱 시(氏)의 소담[418] 벅벅흔 필젹(筆跡)이 ᄯᅩ흔 안항(雁
行)[419]이오, 소 시(氏)의 귀법(句法)이 ᄌᆞᄌᆞ(字字) 쥬옥(珠玉)이오, 청
신(淸新)[420]ᄒ며 놉하 구만(九萬) 니(里) 쟝공(長空)[421]을 낫게 넉이
는 듯 심침(深沈)[422] 쥰아(俊雅)[423]ᄒ며 조키 곤옥(崑玉)[424] ᄀᆞᆺ고 활
연(豁然)[425]ᄒ미 대히(大海) ᄀᆞᆺᄐ니 고금(古今)을 의논(議論)ᄒ나 뒤

---

416) 위부인(衛夫人): 중국 진(晉)나라의 위삭(衛鑠). 이구(李矩)의 아내였으므로 이부인
(李夫人)이라고도 했는데, 종요(鍾繇)의 필적을 본받아 예서(隷書)와 정서(正書)를
잘 썼고, 왕희지(王羲之)를 가르쳤음.

417) 소시(蘇謝ㅣ): 소사. 소혜(蘇蕙)와 사도온(謝道蘊). 모두 위진남북조 시기 동진(東
晉) 때의 여류 시인. 소혜는 자(字)인 약란(若蘭)으로 더 잘 알려져 있는데, 남편
두도(竇滔)에게 보낸 회문시(回文詩)인 <직금시(織錦詩)>로 유명함. 사도온은 재상
사안(謝安)의 조카딸로서, 문장으로 유명함.

418) 소담: 탐스러움.

419) 안항(雁行): 기러기의 행렬이란 뜻으로, 여기에서는 대등한 짝의 의미로 쓰임.

420) 청신(淸新): 청신. 글이 맑고 참신함.

421) 쟝공(長空): 장공. 끝없이 높고 먼 하늘.

422) 심침(深沈): 깊숙하고 조용함.

423) 쥰아(俊雅): 준아. 빼어나고 전아함.

424) 곤옥(崑玉): 곤륜산의 옥. 곤륜산은 전설상의 산으로, 아름다운 옥이 많이 나는 것
으로 전해짐.

425) 활연(豁然): 환하게 터져 시원한 모양.

두(對頭)426) ᄒ리 업순 듯ᄒ고 최 시(氏) 문톄(文體) 아담(雅淡)427) 소아(素雅)428) ᄒ고 화 시(氏) 이원(哀怨)429) 뇨라(嫋娜)430) ᄒ고 김 시(氏) 문톄(文體) 텰ᄉ(鐵絲) ᄀᆺᄐ여 싁싁ᄒ고 말이 다 슬긔 가득하며 무평431)빅 쟝ᄌ(長子) 몽경432) 쳐(妻) 허

⁘

86면

시(氏) 글귀ᄂᆞᆫ 비록 요연(窈然)433)ᄒ나 잠간(暫間) 슉셩(夙成)ᄒ고 쟝녀(長女) 빙염은 경 한님(翰林) 부인(夫人)이오, ᄎ녀(次女) 빙소ᄂᆞᆫ 조 흑ᄉ(學士) 부인(夫人)이오, 삼녀(三女) 빙홍은 녀싱(-生) 쳐(妻)니 다 ᄒᆞᆫ갈ᄀᆺ치 문톄(文體) ᄲᅢ혀나고 쇼부(少傅)의 쟝ᄌ(長子) 몽셕은 이졔야 십오(十五) 셰(歲)로ᄃᆡ 취쳐(娶妻)를 못 ᄒᆞ엿더라.

태ᄉᆡ(太師ㅣ) 웃고 승샹(丞相)다려 왈(曰),

"빙셩 형뎨(兄弟)ᄂᆞᆫ ᄯᆯ이니 의논(議論) 말고 졔부(諸婦)의 글을 우렬(優劣)을 뎡(定)ᄒ라."

승샹(丞相)이 부명(父命)을 니어 흔연(欣然)이 공쥬(公主)의 글을 가ᄅᆞ쳐 고왈(告曰),

"이ᄂᆞᆫ 비(比)홀진ᄃᆡ 쟝강(長江)을 좁게 넉이고 빗나미 금슈(錦繡)

---

426) 되두(對頭): 대두. 적이나 어떤 세력, 힘 따위와 맞서 겨룸. 대적(對敵).

427) 아담(雅淡): 조촐하고 산뜻함.

428) 소아(素雅): 정결함.

429) 이원(哀怨): 애원. 슬프게 원망하는 듯함.

430) 뇨라(嫋娜): 요나. 부드럽고 가냘픔.

431) 평: [교] 원문에는 '령'으로 되어 있으나 앞의 예를 따라 이와 같이 수정함.

432) 경: [교] 원문에는 '셩'으로 되어 있으나 앞(5:8)에서 이미 '몽경'으로 소개된 바 있으므로 이와 같이 수정함.

433) 요연(窈然): 보이는 것이나 들리는 것이 희미하고 매우 먼 모양.

룰 나모라고 화려(華麗)ᄒ미 츈식(春色)을 우으며 귀법(句法)에 놉흐미 태산(泰山)을 낫게 넉이니 가(可)히 일등(一等)이오, 댱 시(氏) 글은 문톄(文體) 소담ᄒ며 가려(佳麗)ᄒ고 유아(儒雅)[434] 졀승(絶勝)ᄒ니 가(可)히 셜상미화(雪上梅花)[435] ᄀᆞᆺᄐᆞ니 아름다오믈 알 거시오, 소 시(氏) 글은 귀귀(句句) 산악(山岳) ᄀᆞᆺ고 법

87면

톄(法體) 청신쥰려(淸新俊麗)[436]ᄒ야 월하(月下)에 강쳔(江川)이 흐르ᄂᆞᆫ 듯ᄒ야 고샹(高尙)ᄒ미 고봉(高峰) ᄀᆞᆺ고 식식ᄒ미 츄텬(秋天) ᄀᆞᆺ튼 가온ᄃᆡ 비단을 흣튼 듯ᄒ미 공쥬(公主) 글노 의논(議論)ᄒᆞᆯ진ᄃᆡ 일분(一分) 승(勝)ᄒ미 이시나 너른 곳에 잠간(暫間) 밋지 못ᄒ니 가(可)히 하등(下等)을 못 뎡(定)ᄒᆞᆯ 거시오, 최·화·허 삼(三) 인(人)의 글은 일ᄃᆡ(一代) 직식(才士ㅣ)오, 김 시(氏) 글은 위인(爲人)이 명명(明明)ᄒ니 반다시 유쥰(幽雋)[437]ᄒ야 남도곤 복(福)을 낫게 누릴 거시니 의논(議論)ᄒᆞᆯ 거시 업ᄂᆞ이다."

태식(太師ㅣ) 흔연(欣然)이 웃고 올타 ᄒ니 태부인(太夫人)이 우어 왈(曰),

"너히 부직(父子ㅣ) 평싱(平生) 쳐엄으로 좌(座)를 나와 져러ᄐᆞᆺ 화락(和樂)ᄒ니 이ᄂᆞᆫ 문호(門戶)의 경식(慶事ㅣ)라 가(可)히 치하(致賀)ᄒ염 즉ᄒ도다."

---

434) 유아(儒雅); 풍치가 있고 아담함.
435) 셜상미화(雪上梅花): 설상매화. 눈 위에 핀 매화.
436) 청신쥰려(淸新俊麗): 청신준려. 글이 맑고 참신하며 아름다움.
437) 유쥰(幽雋): 유준. 재주가 빼어나고 영특함.

태〈(太師)와 승샹(丞相)이 다 샤례(謝禮)ᄒ고 이윽이 말ᄉᆞᆷᄒ다가
야심(夜深)ᄒᄆᆡ 승샹(丞相)이 태〈(太師)ᄅᆞᆯ 뫼셔 밧그로 나가고 태부
인(太夫人)이 슉침(宿寢)

88면

ᄒᄆᆡ 뉴 부인(夫人) 이해(以下ㅣ) 각각(各各) 침소(寢所)로 도라가고,
  빙셩 쇼졔(小姐ㅣ) 이날 왓더니 노싱(-生)이 ᄯᅩᄒᆫ 니ᄅᆞ러 쇼져(小
姐) 침소(寢所)에 니ᄅᆞ니 부인(夫人)이 쥬찬(酒饌)을 ᄀᆞᆺ초와 보ᄂᆡ고
영ᄆᆡᄅᆞᆯ 블너 냥인(兩人)의 거동(擧動)을 보와 알외라 ᄒ니 영ᄆᆡ 홍년
당에 니ᄅᆞ러 ᄀᆞ마니 여어보니 노싱(-生)이 쇼져(小姐)ᄅᆞᆯ 뒤(對)ᄒᆞ야
환셩(歡聲)438)이 니음ᄎᄃᆡ 쇼졔(小姐ㅣ) 눈도 기우리미 업고 만일(萬
一) 손을 잡은즉 밍녈(猛烈)이 ᄲᅢ리쳐 용납(容納)지 아니ᄒ더니 샹요
(牀-)에 나아가려 ᄒ니 념졍단좌(恬靜端坐)439)ᄒ야 맛춤ᄂᆡ 듯지 아니
ᄒ니 노싱(-生)이 초조(焦燥)ᄒᄂᆞᆫ지라. 영ᄆᆡ 블승경아(不勝驚訝)440)
ᄒ여 도라가 부인(夫人)긔 고(告)ᄒ니 부인(夫人)이 침음(沈吟)ᄒ더
니 명조(明朝)의 ᄌᆞ녀(子女)의 문안(問安)을 당(當)ᄒᆞ야 좌우(左右)ᄅᆞᆯ
명(命)ᄒ야 빙셩 쇼져(小姐)ᄅᆞᆯ 좌(座)의 믈니치고 벽낭을 계하(階下)
에 나리와 젼어(傳語) 칙왈(責曰),
  “내 블미(不美)ᄒᆞᆫ 위인(爲人)

---

438) 환셩(歡聲): 환성. 즐거워서 지르는 소리.
439) 념졍단좌(恬靜端坐): 염정단좌. 편안하고 고요히 단엄하게 앉음.
440) 블승경아(不勝驚訝): 불승경아. 놀라움과 의아함을 이기지 못함.

으로 여러 ᄌ식(子息)을 두니 힝(幸)혀 욕(辱)이 조션(祖先)에 밋츨가
두리더니 텬힝(天幸)으로 여러 며ᄂ리 타문(他門) 사ᄅ이로ᄃ 다 온
슌(溫順)ᄒ기로 힘쓰고 ᄒ믈며 녀ᄋ(女兒)ᄯ녀. 이졔 네 쥬인(主人)
을 다려 구가(舅家)의 가미 몸이 샹문(相門) 녀ᄌ(女子ㅣ)라 교만(驕
慢)치 아냐도 그런가 넉이거늘 쇼졔(小姐ㅣ) 가부(家夫)를 압두(壓
頭)ᄒ고 지어(至於) 부뫼(父母ㅣ) 명(命)ᄒᆫ 빙필(配匹)을 나모라 화동
(和同)441)치 아니니 이ᄂ 녀듕대악(女中大惡)442)이라. 너의 인도(引
導) 못ᄒᆫ 죄(罪)ᄅ 다스릴 거시로ᄃ 짐작(斟酌)ᄒᄂ니 ᄎ후(此後) 그
런 히연(駭然)ᄒᆫ 거됴(擧措)ᄅ 내 귀에 들닐진ᄃ 결연(決然)이 ᄉ(赦)
치 아니ᄒ리라."

벽낭이 황공(惶恐) 퇴(退)ᄒ야 부인(夫人)이 안식(顔色)을 거두어
말을 아니ᄒ니 졔ᄌ(諸子), 졔뷔(諸婦ㅣ) 송연(悚然)443)ᄒ믈 니긔지
못ᄒ고 빙셩 쇼졔(小姐ㅣ) 대황(大惶)444)ᄒ야 계(階)에 셔셔 아모리
ᄒᆯ 줄을 모로ᄃ 부인(夫人)이 다시 말을 아니ᄒ더니 날이 식후(食後)

되미 뇨ᄉ(-生)이 본부(本府)에 단녀 이에 니ᄅ러 악모(岳母)긔 뵈라
드러오더니 믄득 보니 쇼졔(小姐ㅣ) ᄡ미(雙眉)ᄅ ᄧ긔고 뉴미(柳眉)

---

441) 화동(和同): 화락함.
442) 녀듕대악(女中大惡): 여중대악. 여자 중에서 큰 악인.
443) 송연(悚然): 송연. 두려워하는 모양.
444) 대황(大惶): 크게 두려워함.

롤 낫초와 빅화각 듕계(中階)에 박힌 다시 섯거놀 고이(怪異)히 넉여 당(堂)의 올나 부인(夫人)긔 뵈오미 부인(夫人)이 옷깃슬 념의고 손샤(遜謝) 왈(曰),

"쳡(妾)이 용녈(庸劣)ᄒ야 ᄌᆞ식(子息)을 잘못 가르쳐 그 ᄯᅳᆺ을 위월(違越)445)ᄒ니 ᄌᆞ못 군ᄌᆞ(君子)긔 죄(罪)를 어든지라 참괴(慙愧)ᄒᆞ믈 니긔지 못ᄒᆞᄂᆞ니 현셔(賢壻)ᄂᆞᆫ 붉히 다ᄉᆞ려 후(後)의 뉘웃지 마ᄅᆞ소셔."

ᄉᆡᆼ(生)이 바야흐로 쇼졔(小姐ㅣ) 듕계(中階)에 셧ᄂᆞᆫ 연고(緣故)롤 알고 부인(夫人)의 유열(柔悅)446)ᄒᆞᆫ 말ᄉᆞᆷ과 온슌(溫順)ᄒᆞᆫ 긔식(氣色)으로 ᄉᆞ샤(謝辭)447)ᄒᆞ믈 보니 탄복(歎服)ᄒᆞ믈 니긔지 못ᄒᆞ야 니러 샤례(謝禮) 왈(曰),

"쇼셰(小壻ㅣ) 블민(不敏)ᄒᆞ와 녕녀(令女)의 ᄆᆞ음에 블합(不合)ᄒᆞ미니 엇지 녕녀(令女)를 그ᄅᆞ다 ᄒᆞ리잇고? 금일(今日) 말ᄉᆞᆷ은 감(敢)히 당(當)치 못ᄒᆞ리로소이

※●●

91면

다."

부인(夫人)이 잠소(暫笑) 왈(曰),

"녀ᄌᆞ(女子ㅣ) 되여 지아비롤 블미(不美)타 ᄒᆞ고 간ᄃᆡ로 ᄯᅳᆺ을 거스려 블슌(不順)ᄒᆞ리오? 낭군(郎君)은 모로미 ᄉᆞ졍(私情)을 졀ᄎᆞ(節遮)448)ᄒᆞ여 ᄋᆞ녀(阿女)의 예긔(銳氣)를 도도지 마ᄅᆞ소셔."

---

445) 위월(違越): 어김.

446) 유열(柔悅): 부드럽고 온화함.

447) ᄉᆞ샤(謝辭): 사사. 사죄하는 말을 함.

뇨싱(-生)이 부인(夫人)의 일언(一言)에 참괴(慙愧)ᄒᆞ야 미소(微笑) 샤례(謝禮)ᄒᆞ야 믈너 침소(寢所)의 와 쇼져(小姐)를 쳥(請)ᄒᆞ나 쇼졔(小姐ㅣ) 응(應)치 아니ᄒᆞ니 부인(夫人)이 더옥 미안(未安)ᄒᆞ야 긔운이 졈졈(漸漸) 싁싁ᄒᆞ니 샹셰(尙書ㅣ) 몸을 니러 난두(欄頭)에 와 졀칙(切責)449)ᄒᆞ되,

"모친(母親) 경계(警戒) ᄌᆞᆺ 온당(穩當)ᄒᆞ시거늘, 네 엇지 가지록 이러ᄒᆞᆫ다?"

쇼졔(小姐ㅣ) 눈믈이 거의 ᄠᅥ러질 듯ᄒᆞ여 ᄃᆡ왈(對曰),

"모친(母親)이 ᄉᆞ(赦)치 아니신 젼(前)에 쇼ᄆᆡ(小妹) 어이 감(敢)이 뇨랑(-郎)의 브르믈 응(應)ᄒᆞ리오?"

샹셰(尙書ㅣ) 왈(曰),

"네 ᄌᆞ평을 화락(和樂)ᄒᆞᄂᆞᆫ 날이면 모친(母親) ᄉᆞ(赦)ᄒᆞ실 날이어늘 네 이졔 엇지 가지록 싱각지 아닛ᄂᆞ뇨?"

쇼졔(小姐ㅣ) 씬다라

• • •

92면

마지못ᄒᆞ야 년보(蓮步)를 옴겨 침소(寢所)에 니르니 싱(生)이 만안(滿顏) 화긔(和氣)로 니러 마ᄌᆞ 편(便)이 안즈믈 쳥(請)ᄒᆞ고 왈(曰),

"오릭 셧시니 약질(弱質)이 곤뇌(困惱)450)ᄒᆞ리니 편(便)히 누어 쉬라. 그ᄃᆡ 싱(生)의 말을 드르면 므슴 일 악모(岳母)긔 슈죄(受罪)ᄒᆞ리오?"

---

448) 졀ᄎᆞ(節遮): 절차. 절제하고 차단함.
449) 졀칙(切責): 절책. 매우 꾸짖음.
450) 곤뇌(困惱): 피곤함.

쇼졔(小姐ㅣ) 더옥 슈괴(羞愧)ᄒᆞ야 부답(不答)ᄒᆞ니 싱(生)이 쇼져(小姐)의 온슌(溫順)ᄒᆞ여시믈 환희(歡喜)ᄒᆞ야 손을 니어 흔연(欣然)이 우으며 ᄌᆡ삼(再三) 편(便)이 누어 쉬믈 니ᄅᆞ더니,

마ᄎᆞᆷ 셩문과 흥문이 모친(母親) 명(命)으로 위로(慰勞)ᄒᆞ야 이에 니ᄅᆞ니 뇨싱(-生)이 쇼져(小姐)로 더브러 무릅흘 년(連)ᄒᆞ고 손을 니어 희소(喜笑)ᄒᆞ믈 보고 흥문은 함소(含笑)ᄒᆞᄃᆡ 셩문이 믄득 눈을 낫초고 흥문을 닛그러 난간(欄干) 뒤히 가 골오ᄃᆡ,

"슉모(叔母) 부뷔(夫婦ㅣ) 집슈(執手)ᄒᆞ엿ᄂᆞᄃᆡ 엇지 방ᄌᆞ(放恣)히 드러가리오?"

흥

❊❊❊

93면

문 왈(曰),

"우리 드러가면 ᄌᆞ연(自然) 믈너 안즐 거시니 뇨슉(-叔)이 슉모(叔母) 손 노키를 기다리노라 ᄒᆞ면 모친(母親)긔 복명(復命)451)ᄒᆞ미 더 딀 거시니 가(可)히 드러가리라."

셩문이 마지못ᄒᆞ야 형뎨(兄弟) 손을 닛그러 드러가니 뇨싱(-生)이 쇼져(小姐) 손을 잡은 재 벼개의 지혀 소왈(笑曰),

"너히 엇지 온다?"

냥(兩) 공ᄌᆡ(公子ㅣ) ᄭᅮ러 각각(各各) 모친(母親) 말ᄉᆞᆷ으로 고왈(告曰),

"앗가 슉뫼(叔母ㅣ) 오ᄅᆡ 셔 계시니 긔운이 엇더ᄒᆞ니잇가 ᄒᆞ시더

---

451) 복명(復命): 명령을 받고 일을 처리한 사람이 그 결과를 보고함.

이다."

쇼졔(小姐ㅣ) 믁연(默然) 부답(不答)이어늘 뇨싱(-生)이 소왈(笑曰),

"이는 ᄌ작지얼(自作之孽)452)이라 엇지 죡(足)히 한(恨)ᄒ리오?"

쇼져(小姐)를 향(向)ᄒ야 우어 왈(曰),

"그딕는 딕답(對答)ᄒ야 보닉라."

쇼졔(小姐ㅣ) ᄯᅩ 부답(不答)ᄒ니 뇨싱(-生)이 미미(微微)히 우으며 쇼져(小姐) 손을 만져 익듕(愛重)ᄒ니 흥문이 우이 넉여 참지 못ᄒ여 왈(曰),

"슉뷔(叔父ㅣ) 슉모(叔母)를 하 단단이 잡아 계

• • •

94면

시니 슉뫼 이젼(以前) 도쥬(逃走)ᄒ시더니잇가?"

뇨싱(-生)이 대소(大笑) 왈(曰),

"내 여러 번(番) 속아시므로 금일(今日) 더 단단이 잡앗노라."

흥문이 ᄯᅩ 문왈(問曰),

"슉부(叔父) 눈에 슉뫼(叔母ㅣ) 긔이(奇異)ᄒ야 뵈ᄂ니잇가?"

뇨싱(-生)이 왈(曰),

"어엽블시 븟드럿노라."

쇼졔(小姐ㅣ) ᄎ언(此言)을 듯고 ᄉ쇡(辭色)이 싁싁ᄒ되 싱(生)이 굿이 잡아시니 썰치지 못ᄒ니 흥문이 호호(浩浩)이 우으되 셩문은 안졍(安靜)이 쑤러 힝(幸)여 그 거동(擧動)을 볼가 십분(十分) 샹심(傷心)ᄒ다가 문득 하직(下直)고 니러나니 흥문이 역소(亦笑)ᄒ고 니

---

452) ᄌ작지얼(自作之孽): 자작지얼. 스스로 만든 재앙.

러나 흔가지로 오다가 흥문이 소왈(笑曰),

"앗가 뇨슉(-叔)의 거동(擧動)이 우읍더라."

셩문이 바야흐로 미소(微笑) 왈(曰),

"뇨슉(-叔)의 거죄(擧措ㅣ) 무례(無禮)ᄒ야 우리를 소ᄋ(小兒)라 ᄒ야 녜모(禮貌)453)를 모로니 슉모(叔母) 일싱(一生)이 편(便)치 못ᄒ나라."

흥문 왈(問曰),

"뇨슉(-叔)의 거동(擧動)이 우

95면

읍거니와 부부(夫婦) 된 후(後) 집슈년기(執手連肌)454)ᄒ미 고이(怪異)ᄒ리오?"

셩문 왈(問曰),

"집슈(執手)ᄒ믈 고이(怪異)타 ᄒ미 아냐 셜ᄉ(設使) 부뷘(夫婦ㅣ)들 빅쥬(白晝)의 몸을 결워 안ᄌ시며 남이 드러오ᄃ 노흘 줄 모로니 과연(果然) 인ᄉ블셩(人事不省)455)이러라."

흥문이 소이믁연(笑而默然)456)이러니 마춤 최 슉인(淑人)이 뒤히 ᄯᆯ와오며 ᄎ언(此言)을 다 듯고 셩문다려 왈(曰),

"공ᄌ(公子)ᄂ 남의 말 니ᄅ지 말나. 그ᄃ 부친(父親)도 그ᄃ 모친(母親)을 손 노흘 젹이 드무더니라마ᄂ 요ᄉ이 엇지ᄒ야 나ᄌ 손 잡

---

453) 녜모(禮貌): 예모. 예절에 맞는 몸가짐.

454) 집슈년기(執手連肌): 집수연기. 손을 잡고 몸을 닿음.

455) 인ᄉ블셩(人事不省): 인사불성. 사람으로서의 예절을 차릴 줄 모름.

456) 소이믁연(笑而默然): 소이묵연. 웃고 잠자코 있음.

기를 드무리 ᄒ니 공지(公子ㅣ) 쾌(快)흔 말 ᄒᄂ도다."

셩문이 도라보고 믄득 졍ᄉᆡᆨ(正色)고 모친(母親) 침소(寢所)로 가니 슉인(淑人)이 부마(駙馬) 형뎨(兄弟)를 보고 앗가 냥(兩) 공ᄌ(公子)의 말을 옴겨 니ᄅ니 부마(駙馬) 왈(曰),

"셩문이 ᄆᆡᄉ(每事)의 긔특(奇特)ᄒ니 제 아비 십분(十分) 밋지 못ᄒ리라."

문휘 디왈(對曰),

"조그만 소ᄋᆡ(小兒ㅣ) 단니며 ᄆᆡᄉ(每事)의 착

흔 쳬ᄒ니 어룬 모로미 괘심토소이다."

졍언간(停言間)457)에 셩문이 안흐로조ᄎ 나와 시좌(侍坐)ᄒ니 샹셰(尙書ㅣ) 졍ᄉᆡᆨ(正色)고 나아오라 ᄒ여 문왈(問曰),

"부뷔(夫婦ㅣ) 나지 몸을 졀워 안즈시면 어이ᄒ여 인ᄉ블셩(人事不省)이며 뇨싱(-生)이 너의게 엇던 사름이며 나히 너히와 ᄀᆞᆺ투냐? 너의 소견(所見)을 ᄌ시 알외라."

셩문이 위연(偶然)이 흔 말이 부친(父親)의 칙(責)을 듯고 크게 두려 날호여 고두(叩頭)ᄒ고 샤례(謝禮) 디왈(對曰),

"ᄒᆡᄋᆡ(孩兒ㅣ) 블쵸(不肖)ᄒ야 어룬을 시비(是非)흔 죄(罪) 만ᄉ무셕(萬死無惜)458)이로소이다."

샹셰(尙書ㅣ) 혀 ᄎ고 굴오ᄃᆡ,

"제 어미를 담ᄂᆞᆫ다 흔들 그리 심(甚)이 달마시리오? 네 이제븟터

---

457) 졍언간(停言間): 정언간. 말을 잠시 멈춘 사이.

458) 만ᄉ무셕(萬死無惜): 만사무석. 만 번 죽어도 아깝지 않음.

즁인(衆人) 듕(中) 화긔(和氣) 업스니 쟝닉(將來) 져 버륵시 길진딕 내게 뵈지 못ᄒ리라."

부매(駙馬ㅣ) 우어 왈(曰),

"현뎨(賢弟)의 훈즈(訓子)는 진실(眞實)노 어렵도다. 셩문 굿튼 ᄋ들을 나모라ᄒ니 너의

***

97면

우인(爲人) 굿치 실셩(失性)ᄒ여야 됴ᄒ랴?"

샹셰(尙書ㅣ) 우어 왈(曰),

"쇼뎨(小弟) 무스 일이 그리 실셩(失性)ᄒ니잇가? 원닉(元來) 대쟝뷔(大丈夫ㅣ) 평텬하치국지되(平天下治國之道ㅣ)459) 웃듬이니 굿ᄒ야 눈을 ᄂᆞ초와 안식(顏色)을 엄(嚴)이 ᄒ여 가마니 안즈신 후(後)야 군지(君子ㅣ)리잇고? 이ᄂᆞ 도(道) 닥ᄂᆞ 도싯(道士ㅣ) 참션(叅禪)ᄒᄂᆞ 도리(道理)니 셩문을 출하리 도스(道士)의 뎨즈(弟子)나 주샤이다."

부매(駙馬ㅣ) 완이(莞爾)460)히 웃더라.

셩문이 추야(此夜)의 모친(母親) 침소(寢所)의 가니 부인(夫人)이 샹(牀)의 누어 셩문으로 손을 쥐무륵라 ᄒ고 므로딕,

"나지 네 부친(父親)이 슈칙(受責)461)ᄒ시더라 ᄒ니 므슴 일이러뇨?"

공지(公子ㅣ) 웃고 슈말(首末)을 고(告)ᄒ니 부인(夫人)이 낭연(朗

---

459) 평텬하치국지되(平天下治國之道ㅣ): 평천하치국지도. 나라를 다스리고 천하를 고르게 하는 도리. 『대학(大學)』에 나오는 말.

460) 완이(莞爾): 빙그레 웃는 모양.

461) 슈칙(受責): 수책. 책망을 받음.

然) 소왈(笑曰),

"네 부친(父親) 거죄(擧措ㅣ) 가지록 광픽(狂悖)462)ᄒ도다."

인(因)ᄒ여 호치(晧齒) 현츌(顯出)463)ᄒ여 웃더니 샹셰(尙書ㅣ) 이에 드러오다가 부인(夫人)의 웃ᄂ 양을 듯고 줌간(暫間) 불을 멈츄어 등쵹(燈燭)

•••

98면

뒤히셔 그 거동(擧動)을 슬피니 샹셰(尙書ㅣ) 부인(夫人) 소안(笑顔)464)을 쳐음 보ᄂ지라 싁싁흔 거동(擧動)이 화(化)ᄒ여 츈풍(春風)이 양긔(陽氣)를 비양(飛揚)ᄒ니 빅물(百物)이 회싱(回生)ᄒᄂ 듯 일만(一萬) 광염(光艶)이 비(比)홀 곳이 업ᄂ지라. 샹셰(尙書ㅣ) 크게 긔이(奇異)히 넉여 은이(恩愛) 더옥 진듕(珍重)ᄒ야 믄득 나아가 상(牀)의 안ᄌ 왈(曰),

"부인(夫人)이 흑싱(學生)을 만난 지 팔구(八九) 년(年)의 입 녀러 우을 젹이 업더니 금일(今日) 므슴 깃부미 이셔 웃ᄂ뇨?"

부인(夫人)이 놀나 밧비 니러 좌(座)를 믈니치고 졍싴(正色) 무언(無言)ᄒ니 샹셰(尙書ㅣ) 믁연(默然) 냥구(良久)에 무로딕,

"부인(夫人)이 므슴 연고(緣故)로 흑싱(學生)곳 보면 져러틋 화긔(和氣) 업ᄂ뇨?"

부인(夫人)이 ᄯ흔 블응(不應)하고 ᄌ긔(自己) 경(輕)히 우어 져의 졍(情)을 낫고니 ᄀ툿믈 블쾌(不快)ᄒ고 뉘웃쳐 화긔(和氣) 더옥 싁

---

462) 광픽(狂悖): 광패. 미친 사람처럼 말과 행동이 사납고 막됨.

463) 현츌(顯出): 현출. 뚜렷이 드러남.

464) 소안(笑顔): 웃는 얼굴.

연(捨然)호니 샹셰(尙書ㅣ) 냥구(良久)히 보다가 블연변식(勃然變色)465) 왈(曰),

"그딕

••

99면

져러틋 혹싱(學生)을 염고(厭苦)466)호니 싱(生)이 굿호야 블슌(不順)혼 가모(家母)를 다리고 살니오? 그딕는 쾌(快)히 도라갈지어다."

이에 셩문을 블너 셜니 어미를 다리고 나가라 호니 문이 이써 송구(悚懼)호믈 니기지 못호더니 추언(此言)으로조ᄎ 머리를 숙여 눈믈을 흘니고 말을 아니호니 부인(夫人)이 주약(自若)히 녀오(女兒)를 닛글고 쟝(帳) 밧긔 나오니 샹셰(尙書ㅣ) 더옥 혀 ᄎ 탄식(歎息)호야 미양 부인(夫人)의 강녈(剛烈)호믈 큰 흠을 숨앗고 쏘 거믄고 곡됴(曲調ㅣ) 화(和)호ᄂ 다시 화락(和樂)혼 적이 업ᄂ 고(故)로 심증(心症)467)이 되여 이써를 타 썩지르고져 호야 홍아를 블너 호령(號令)호야 부인(夫人)을 어셔 나가라 호니 홍이 쇼져(小姐)긔 고(告)호니 쇼제(小姐ㅣ) 닝소(冷笑) 왈(曰),

"구괴(舅姑ㅣ) 아직 쳡(妾)을 나가라 아니시니 다시 취픔(就稟)468)호야 허(許)호신즉 군(君)의 명(命)을 밧들니이다."

샹셰(尙書ㅣ) 더옥 노(怒)호

---

465) 블연변식(勃然變色): 발연변색. 갑자기 낯빛을 바꿈.
466) 염고(厭苦): 싫어하고 괴롭게 여김.
467) 심증(心症): 마음에 마땅하지 않아 화를 내는 일.
468) 취픔(就稟): 취품. 웃어른께 나아가 여쭘.

야 셩문을 명(命)ᄒ야 굴오ᄃᆡ,

"네 어미 나가기를 지류(遲留)469)ᄒ니 쾌(快)히 브르라. 그 ᄯᅳᆺ을
무러 보리라."

셩문이 모친(母親)긔 고(告)ᄒᆞᄃᆡ 쇼졔(小姐 ㅣ) 젼연(全然) 부동(不
動)ᄒ니 샹셰(尙書 ㅣ) 대로(大怒)ᄒ야 크게 소ᄅᆡᄒ야 호령(號令)이 샹
풍녈일(霜風烈日)470) ᄀᆞᆺᄐᆞ니 부인(夫人)이 더옥 개탄(慨嘆)ᄒ고 믄득
몸을 니러 댱ᄂᆡ(帳內)에 드러가니 샹셰(尙書 ㅣ) 즐칙(叱責) 왈(曰),

"그ᄃᆡ 나의 가모(家母)의 모쳠(冒添)471)ᄒ야 내 녕(令)을 엇지 위
월(違越)ᄒᄂᆞ뇨?"

쇼졔(小姐 ㅣ) ᄃᆡ왈(對曰),

"쳡(妾)이 도라가믈 지류(遲留)ᄒ미 아니라 우흐로 부뫼(父母 ㅣ)
명(命)이 아니 계시니 일편도히 군(君)의 명(命)을 슌슈(順受)472)ᄒ믄
가(可)치 아닐ᄉᆡ 지류(遲留)ᄒ미로소이다."

샹셰(尙書 ㅣ) 정식(正色)고 말을 아니ᄒ다가 셩문을 명(命)ᄒ야 편
(便)히 졋희서 ᄌᆞ라 ᄒ고 녀ᄋᆞ(女兒)를 안아 ᄌᆞ리에 누이고 ᄌᆞ긔(自
己) ᄌᆞ리에 나아가미 셩문이 부친(父親)을 두려 비록 누으나 모친(母
親)이 약질(弱質)의 져러ᄐᆞᆺ 안

---

469) 지류(遲留): 오랫동안 머무름.
470) 샹풍녈일(霜風烈日): 상풍열일. 몹시 찬 바람과 여름에 뜨겁게 내리쬐는 태양이라
는 뜻으로 기세가 세참을 이름.
471) 모쳠(冒添): 모첨. 외람되게 은혜를 입음.
472) 슌슈(順受): 순수. 순순히 받음.

즉 계시믈 초조(焦燥)ㅎ야 즈로 머리를 드러 보고 경경(耿耿)[473]ㅎ야
줌을 아니 즈니 샹셰(尙書ㅣ) 나아가 닛그러 눕기를 직쵹ㅎ니 부인
(夫人)이 츠경(此景)을 보니 즈가(自家) 업슈이 넉이믈 대로(大怒)ㅎ
야 연망(連忙)이 썰치고 상(牀)의 ᄂᆞ리니 엄슉(嚴肅)ᄒᆞᆫ 빗치 ᄉᆞ좌(四
座)에 됴요(照耀)ㅎ야 사름의 골졀(骨節)을 녹이니 샹셰(尙書ㅣ) ᄒᆞᆯ
일업셔 의관(衣冠)을 념위고 니러나며 왈(曰),

"부인(夫人)이 젼후(前後) 싱(生)을 념고(厭苦)[474]ㅎ미 막심(莫甚)
ᄒᆞ듸 싱(生)이 츈졍(春情)을 니긔지 못ᄒᆞ미러니 이졔 그듸 거동(擧動)
이 실(實)노 유졍쟈(有情者)ᄅᆞᆯ ᄭᆡ다를지라 가(可)히 도라갈지어다."

셜파(說罷)에 밧그로 나가니 부인(夫人)이 드른 체 아니ᄒᆞ고 드듸
여 상(牀)의 나아가 샹셔(尙書)의 금침(衾枕)을 거더 앗고 냥ᄋᆞ(兩兒)
ᄅᆞᆯ 다리고 편(便)히 ᄌᆞ더라.

이썩 뇨싱(-生)이 츠야(此夜)의 부인(夫人) 경계(警戒)를 유셰(有
勢)[475]ㅎ야 쇼져(小姐)로 냥졍(兩情)을 ᄆᆡ자믹 쳔만(千萬) 은익(恩愛)
산이 경(輕)ᄒᆞᆯ

너라.

---

473) 경경(耿耿): 마음에 잊혀지지 않고 염려가 됨.
474) 념고(厭苦): 염고. 싫어하고 괴롭게 여김.
475) 유셰(有勢): 유세. 자랑삼아 세력을 부림.

명일(明日) 집의 도라오니 공 시(氏) 이셔 태샹(太常)긔 닷토와 왈(曰),

"니(李) 시(氏) 뎌곳의셔 낭군(郎君)을 낫고니 가(可)히 블너올 거시라."

ᄒ니 태샹(太常)이 일종기언(一從其言)476)ᄒ야 싱(生)을 명(命)ᄒ여 왈(曰),

"니(李) 시(氏) 비록 샹국(相國) 여이(女兒ㅣ)나 친졍(親庭)에 무고(無故)히 가 이시미 가(可)치 아니니 네 모로미 내 ᄠᅳ슬 젼(傳)ᄒ고 다려오라."

싱(生)이 슈명(受命)ᄒ야 니부(李府)에 니르러 쇼져(小姐)를 보와 슈말(首末)을 니르니 쇼졔(小姐ㅣ) 즉시(卽時) 부모(父母)긔 하직(下直)고 뇨부(-府)로 갈ᄉᆡ 명 부인(夫人)이 ᄉᆞᆨ(辭色)을 허(許)ᄒ야 온슌(溫順)ᄒ믈 경계(警戒)ᄒ더라.

쇼졔(小姐ㅣ) 뇨부(-府)의 니르러 태샹(太常)이 쥬야(晝夜) 싱(生)을 칙(責)ᄒ야 공 시(氏) 방(房)에 잇게 ᄒ니 싱(生)이 감(敢)이 니(李) 시(氏)를 보지 못ᄒ니 ᄉᆞ렴(思念)이 무궁(無窮)ᄒ더라.

이러므로 타렴(他念)이 더옥 ᄉᆞ연(捨然)ᄒ야 아모 일에도 경(景)이 업셔, 일일(一日)은 싱(生)이 월하(月下)를 타 쇼져(小姐)의 곳에 니르러 탄식(歎息)고 위로(慰勞) 왈(曰),

"그ᄃᆡ 샹문(相門)

●●●

103면

녀ᄌᆞ(女子)로 귀(貴)ᄒ미 금옥(金玉)의 비(比)치 못홀 거시어늘 블힝

---

476) 일종기언(一從其言): 일종기언. 한결같이 그 말을 좇음.

(不幸)ᄒᆞ야 나의게 니ᄅᆞ러 이러툿 고초(苦楚)ᄒᆞ니 엇지 참담(慘憺)치 아니리오?"

쇼졔(小姐ㅣ) 졍ᄉᆡᆨ(正色)고 말이 업스니 ᄉᆡᆼ(生)이 옥슈(玉手)ᄅᆞᆯ 년(連)ᄒᆞ야 ᄋᆡ련(愛憐)ᄒᆞ더니 공 시(氏) 니ᄅᆞ러 여어보고 대로(大怒)ᄒᆞ야 드러가 울며 태샹(太常)긔 고(告)ᄒᆞ되,

"존귀(尊舅ㅣ) 냥군(郎君)을 쳡(妾)의 곳에 이시라 ᄒᆞ여 계시거ᄂᆞᆯ 앗가 니(李) 시(氏) 곳의 가 서로 되(對)ᄒᆞ야 존구(尊舅)ᄅᆞᆯ 원망(怨望)ᄒᆞ고 쳡(妾) 죽이기ᄅᆞᆯ 의논(議論)ᄒᆞ니 엇지 인ᄌᆞ(人子)의 도리(道理)리잇고? 원(願)컨되 대인(大人)은 쳡(妾)을 친당(親堂)의 보ᄂᆡ소셔."

태샹(太常)이 ᄎᆞ언(此言)을 듯고 대로(大怒)ᄒᆞ야 급(急)히 ᄉᆡᆼ(生)을 잡아오라 ᄒᆞ야 결박(結縛)ᄒᆞ여 즐왈(叱曰),

"네 니(李) 시(氏)의 위셰(威勢)ᄅᆞᆯ 흠모(欽慕)ᄒᆞ야 아비ᄅᆞᆯ 시비(是非)ᄒᆞ고 무죄(無罪)ᄒᆞᆫ 공 시(氏)ᄅᆞᆯ 죽이랴 ᄒᆞ니 ᄎᆞ(此)ᄂᆞᆫ 역ᄌᆞ(逆子ㅣ)[477]라 ᄉᆞ라 부졀업도다."

드되여 큰 ᄆᆡᄅᆞᆯ 갈히여 혜지 아니코 치니 셩혈(腥血)이 ᄯᆞᆫ히 고이ᄂᆞᆫ

· ● ●

104면

지라. 급ᄉᆞ(給事ㅣ) 이 긔별(奇別)을 듯고 급(急)히 나와 울며 ᄋᆡ걸(哀乞)ᄒᆞ니 태샹(太常)이 그려도 푸지 아냐 ᄉᆞ십여(四十餘) 쟝(杖)을 쳐 ᄂᆡ쳐 ᄂᆡ치고 뇨 급ᄉᆞ(給事) 형뎨(兄弟) 혼가지로 붓드러 구호(救護)ᄒᆞ며 쇼져(小姐)ᄂᆞᆫ 화쟝(化粧)과 픠옥(珮玉)을 글너 누실(陋室)[478]

---

477) 역ᄌᆞ(逆子ㅣ): 역자. 부모의 의사를 거역한 아들.

478) 누실(陋室): 더러운 방이라는 뜻으로 여기에서는 종들이 거처하는 방을 이름.

에 느려 디죄(待罪)ᄒ듸 태샹(太常)이 다시 뭇지 아니터라.

싱(生)이 샹쳬(傷處ㅣ) 덧나 만분(萬分) 위듕(危重)[479)]에 잇더니 이찍 부마(駙馬) 형뎨(兄弟) 조ᄉ(朝事)의 분쥬(奔走)ᄒ야 오릭 뇨싱(-生)을 ᄎ즈 아냣더니 이러틋 ᄒᆫ 줄 아지 못ᄒ엿더니 일일(一日)은 무평[480)]빅 쟝ᄌ(長子) 한님(翰林) 몽경[481)]이 니르러 뇨싱(-生)을 보고 병(病) 즁(重)ᄒᄆᆯ 놀나 문후 형뎨(兄弟)를 보와 니르려 ᄒ더니 노샹(路上)의셔 승샹(丞相)을 만나니 몽경[482)]이 알픠 나아가 뇨싱(-生)의 병(病)이 ᄉ싱(死生)의 이시믈 고(告)ᄒ니 승샹(丞相)이 념녀(念慮)ᄒ여 술위를 미러 뇨부(-府)에 니르니 태샹(太常)이 관복(冠服)을 졍(正)히 ᄒ고

• • •

105면

문밧(門-)긔 나가 마ᄌ 드러와 녜필(禮畢)ᄒᆫ 후(後) 승샹(丞相)이 글오듸,

"흑싱(學生)이 공뮈(公務ㅣ) 다ᄉ(多事)ᄒ야 일졀(一切) 이곳에 녀ᄋ(女兒)를 보지 못ᄒ더니 드르니 ᄌ평이 병(病)이 즁(重)타 ᄒ니 놀나오믈 니긔지 못ᄒ야 니르럿ᄂ니 므슴 병(病)이 졸연(卒然)이 듕(重)ᄒ니잇고?"

태샹(太常)이 승샹(丞相) 말을 듯고 닉괴(內愧)[483)]ᄒᆞ미 깁허 다만

---

479) 위듕(危重): 위중. 병세가 위험할 정도로 중함.
480) 평: [교] 원문에는 '령'으로 되어 있으나 앞의 예를 따라 이와 같이 수정함.
481) 경: [교] 원문에는 '셩'으로 되어 있으나 앞의 예를 따라 이와 같이 수정함.
482) 경: [교] 원문에는 '셩'으로 되어 있으나 앞의 예를 따라 이와 같이 수정함.
483) 닉괴(內愧): 내괴. 마음속으로 부끄러워함.

뒤왈(對曰),

"ᄋᆞ직(兒子ㅣ) 블의(不意)에 어든 병(病)이 ᄀᆞ장 듕(重)ᄒᆞ니 우민(憂悶)ᄒᆞᆷᄆᆞᆯ 니긔지 못ᄒᆞᆯ소이다."

승샹(丞相)이 ᄀᆞ장 념녀(念慮)ᄒᆞ야 몸을 니러 싱(生)의 곳의 가 보니 싱(生)이 샹요(牀-)에 누어 움죽이지 못ᄒᆞᄂᆞᆫ되 옥골셜뷔(玉骨雪膚ㅣ)[484] 소삭(蕭索)[485]ᄒᆞ야 몰나보게 되엿더라. 승샹(丞相)이 대경(大驚)ᄒᆞ여 나아 안ᄌᆞ 손을 잡아 왈(曰),

"슈일(數日) 보지 못ᄒᆞ엿더니 너의 병셰(病勢) 어이 이딕도록 ᄒᆞ뇨?"

싱(生)이 승샹(丞相)을 보고 참안(慙顔)ᄒᆞ여 말을 못 ᄒᆞ니 승샹(丞相)이

* * *

106면

이에 믹(脈)을 보고 믄득 낫빗츨 곳치고 말을 아니터니 태샹(太常)이 승샹(丞相)의 우인(爲人)을 져허ᄒᆞᄆᆞ로 쇼져(小姐)를 나와 뵈라 ᄒᆞ엿ᄂᆞᆫ지라 쇼제(小姐ㅣ) 강잉(强仍)ᄒᆞ여 이에 나와 그 부친(父親)긔 뵈니 승샹(丞相)이 냥안(兩眼)을 ᄂᆞᆺ초고 말을 아니터니 냥구(良久) 후(後) 소져(小姐)를 경계(警戒) 왈(曰),

"너는 모로미 믹ᄉᆞ(每事)를 삼가 됴심(操心)ᄒᆞ야 ᄌᆞ평을 업슨 병(病)을 어더 주지 말나."

셜파(說罷)에 태샹(太常)을 향(向)ᄒᆞ야 하직(下直)고 도라가니 태샹(太常)이 쳐엄은 승샹(丞相)이 ᄋᆞᄌᆞ(兒子)의 병(病)들믈 ᄀᆞ장 놀나

---

484) 옥골셜뷔(玉骨雪膚ㅣ): 옥골설부. 옥같이 희고 깨끗한 골격과 눈같이 흰 피부.
485) 소삭(蕭索): 다 사라짐.

다가 필경(畢竟)을 추악(嗟愕)히 넉이는 긔식(氣色)과 쇼녀(小女) 경
계(警戒)ᄒᆞᆫ 말을 듯고 참괴(慙愧)ᄒᆞ미 극(極)ᄒᆞ야 두 눈을 금을억
이고486) 말을 아니터니,

  벽뎨(辟除)487) 소릐 문(門)을 씻칠 듯 츄죵(騶從) 하리(下吏) 개아
미 쐬듯 ᄒᆞ며 부마(駙馬) 등(等) 오(五) 인(人)이 일시(一時)에 니르러
태샹(太常)을 향(向)ᄒᆞ여 녜(禮)

⋯••

107면

ᄒᆞ여 글ᄋᆞ되,

  "됴ᄉᆞ(朝事)의 분망(奔忙)ᄒᆞ여 오릭 ᄌᆞ평을 못 보왓더니 앗가 죵뎨
(從弟)의 젼어(傳語)로뼈 드르니 ᄌᆞ평의 병(病)이 ᄀᆞ쟝 위즁(危重)타
ᄒᆞ니 므슴 증세(症勢)니잇고?"

  태샹(太常)이 낫츨 븕혀 답(答)지 못ᄒᆞ더니 병뷔(兵部ㅣ) 뇨싱(-生)
의 손을 잡아 뫽(脈) 보기를 맛고 경동안싁(驚動顏色)488)ᄒᆞ여 왈(曰),

  "이 병(病)이 풍한(風寒)에 샹(傷)ᄒᆞ미 아니오 ᄯᅩ 심곡(心曲)으로
난 병(病)이 아냐 쟝독(杖毒)489)이 깁히 드러시니 살기를 바라지 못
ᄒᆞ리로다."

  셜파(說罷)에 하리(下吏)를 분부(分付)ᄒᆞ야 태의원(太醫院)의 가
침(針)을 가져오라 ᄒᆞ고 다시 뇨싱(-生)을 슬펴보니 긔운이 혼미(昏
迷)ᄒᆞ야 아모란 줄 모로고 급ᄉᆞ(給事) 형뎨(兄弟) 호읍(號泣)ᄒᆞ니 부

---

486) 금을억이고: 깜박이고.
487) 벽뎨(辟除): 벽제. 지위가 높은 사람이 행차할 때, 구종(驅從) 별배(別陪)가 잡인의
    통행을 금하던 일.
488) 경동안싁(驚動顏色): 경동안색. 놀라서 낯빛이 바뀜.
489) 쟝독(杖毒): 곤장 따위로 매를 몹시 맞아서 생긴 상처의 독.

마(駙馬) 등(等)이 츠악(嗟愕)ᄒ야 봉안(鳳眼)에 믈결이 어리여 태샹(太常)을 보고 말을 아니ᄒ더니 샹셰(尙書ㅣ) 태샹(太常)을 향(向)ᄒ여 왈(曰),

"ᄌ평이 므슴 즁죄(重罪)를 지엇관ᄃᆡ 노대인(老大人) 칙(責)ᄒ시미 이 지

경(地境)에 밋ᄎ시니잇고?"

태샹(太常)이 변ᄉᆡᆨ(變色)고 글오ᄃᆡ,

"욕ᄌ(辱子ㅣ) 녕ᄆᆡ(令妹)를 후ᄃᆡ(厚待)ᄒ고 졍실(正室) 공 시(氏)를 소ᄃᆡ(疏待)ᄒ야 원망(怨望)이 내게 도라오니 노뷔(老夫ㅣ) 두로 심즁(心症)이 발(發)ᄒ니 약간(若干) 칙벌(責罰)ᄒ엿더니 이ᄃᆡ도록 듕(重)ᄒᆞᆫ 싱각지 못ᄒᆞᆫ 배라."

샹셰(尙書ㅣ) 졍ᄉᆡᆨ(正色) 왈(曰),

"대인(大人) 언에(言語ㅣ) 모호(模糊)ᄒ샤 심곡(心曲)을 긔이시나 쇼싱(小生)이 다 아ᄂᆞ니 대인(大人)이 쇼ᄆᆡ(小妹)를 미온(未穩)ᄒ실진ᄃᆡ 쇼ᄆᆡ(小妹)의게 벌(罰)을 쓰시미 올커늘 엇진 고(故)로 이ᄆᆡᄒᆞᆫ ᄋᆞ둘을 이러틋 모지리 치셔 죽기에 니ᄅᆞ럿ᄂᆞ뇨?"

언파(言罷)에 하리(下吏) 침(針)을 가져 니ᄅᆞ니 샹셰(尙書ㅣ) 니블을 들혀고 샹쳐(傷處)를 보니 거동(擧動)이 ᄌᆞ못 츠악(嗟愕)ᄒ지라 샹셰(尙書ㅣ) 낫빗츨 곳치고 뇨 급ᄉ(給事)를 도라보와 칙왈(責曰),

"녕대인(令大人)의 칙(責)이 비록 엄(嚴)ᄒ시나 ᄌᆞ양이 만일(萬一) 동긔지졍(同氣之情)이 이실진ᄃᆡ ᄌᆞ평의 샹

체(傷處ㅣ) 이러토록 바려두엇느뇨?"

드듸여 침(針)을 가져 낫낫치 쓰더니고 약(藥)을 붓친 후(後) 태샹(太常)을 향(向)ᄒᆞ야 굴오듸,

"쇼싱(小生)이 블초(不肖)ᄒᆞ미 어이 누의를 어지다 ᄒᆞ리오? 이후(以後) 누의 죄(罪)를 다스리시고 무죄(無罪)ᄒᆞᆫ 즈평을 치지 말믈 원(願)ᄒᆞᄂᆞ이다. 즉금(卽今)이라도 우리 낫츨 보샤 아니 다스리미 그르니 대인(大人)은 모로미 쇼싱(小生)의 우직(愚直) 당돌(唐突)ᄒᆞ믈 용샤(容赦)ᄒᆞ소셔."

태샹(太常)이 참괴(慙愧)ᄒᆞ미 만면(滿面)ᄒᆞ여 샤례(謝禮) 왈(曰),

"노뷔(老夫ㅣ) 일시(一時) 블통(不通)이 싱각ᄒᆞ야 ᄋᆞᄌᆞ(兒子)를 즁칙(重責)ᄒᆞ나 엇지 오부(吾婦)를 그릇 넉이미 이시리오? 명공(明公)은 노부(老夫)의 허믈을 개회(介懷)치 말나. 다시 그르미 업스리라."

샹셰(尙書ㅣ) 흔연(欣然) 칭샤(稱謝)ᄒᆞ고 인(因)ᄒᆞ여 형뎨(兄弟)로 더브러 도라오니 뎡 부인(夫人)이 뇨싱(-生)의 병(病)을 무르니 부매(駙馬ㅣ) 대단치 아니믈 고(告)ᄒᆞ고 ᄎᆞ후(此後) 날마다 문병(問病)ᄒᆞ

야 아니 간 날이 업더니,

시졀(時節)이 동(冬) 십월(十月)에 니르러는 진 태부인(太夫人)이 노병(老病)이 날노 미류(彌留)490)ᄒᆞ야 극듕(極重)ᄒᆞ니 태ᄉᆞ(太師ㅣ)

---

490) 미류(彌留): 병이 오랫동안 낫지 않음.

망극(罔極)ᄒᆞ야 식음(食飮)을 믈니치고 쥬야(晝夜) 붓드러 초조(焦燥)ᄒᆞ니 승샹(丞相) 형뎨(兄弟)와 부마(駙馬) 등이 ᄒᆞᆫ가지로 환우(患憂)ᄒᆞ야 의약(醫藥)을 극진(極盡)이 ᄒᆞ되 텬명(天命)이 진(盡)하엿ᄂᆞᆫ 고(故)로 일호(一毫) 효험(效驗)이 업셔 줌연(潛然)491)이 벼개의 몸을 더뎌 아모란 줄 모로더니 홀연(忽然) 눈을 드러 태ᄉᆞ(太師)ᄅᆞᆯ 보고 손을 잡아 왈(曰),

"노뫼(老母ㅣ) 널노 더브러 화란(禍亂)을 ᄀᆞ초 겪고 영화(榮華)ᄅᆞᆯ 누려 금일(今日) 도라가미 낫부미 업ᄂᆞ니 너ᄂᆞᆫ 기리 무양(無恙)ᄒᆞ라."

ᄯᅩ 뉴 부인(夫人)ᄃᆞ려 말을 ᄒᆞ려 ᄒᆞ다가 니긔지 못ᄒᆞ야 늬 스러지ᄃᆞᆺ 졸(卒)ᄒᆞ니 태시(太師ㅣ) 이쎠 하늘이 문허지ᄂᆞᆫ ᄃᆞᆺ ᄯᅡ히 ᄶᅥ지ᄂᆞᆫ ᄃᆞᆺᄒᆞ야 모친(母親)을 붓드러 혼졀(昏絶)ᄒᆞ니 승샹(丞相) 형뎨(兄弟) 망

∘∙∙

111면

극(罔極)ᄒᆞ야 붓드러 구(救)ᄒᆞ야 듕당(中堂)에 나와 초혼(招魂)492) 발상(發喪)493)ᄒᆞ니 늬외(內外) 상하(上下) 노쇼(老少) 남녀(男女)의 곡셩(哭聲)이 텬디(天地)ᄅᆞᆯ 흔드러 태시(太師ㅣ) 젼후(前後) 화란(禍亂)을 겪고 ᄯᅩ 모친(母親)을 마즈 여희ᄋᆞᆸ고 셜우미 각골(刻骨)ᄒᆞ야 ᄒᆞᆫ 번(番) 우러 두 번(番) 긔졀(氣絶)ᄒᆞ니 승샹(丞相) 형뎨(兄弟) 대의(大義)로 개유(開諭)ᄒᆞ고 붓드러 보호(保護)ᄒᆞ되 태시(太師ㅣ) 영모지졍

---

491) 줌연(潛然): 잠연. 조용함.

492) 초혼(招魂): 사람이 죽었을 때에, 그 혼을 소리쳐 부르는 일. 죽은 사람이 생시에 입던 윗옷을 갖고 지붕에 올라서거나 마당에 서서, 왼손으로는 옷깃을 잡고 오른손으로는 옷의 허리 부분을 잡은 뒤 북쪽을 향하여 '아무 동네 아무개 복(復)'이라고 세 번 부름.

493) 발상(發喪): 상례에서, 죽은 사람의 혼을 부르고 나서 상제가 머리를 풀고 슬피 울어 초상난 것을 알림. 또는 그런 절차.

(永慕之情)494)을 니긔지 못ᄒ야 우룸을 긋치지 아니니 혈뉘(血淚ㅣ) 옷시 ᄀᆞ득ᄒ더라. 됴긱(弔客)이 문을 메여 모드니 승샹(丞相)이 무평495)빅 등으로 더브러 슈응(酬應)ᄒ고 부친(父親)을 뫼서 초상(初喪)을 다ᄉᆞ려 념빙(殮殯)496)ᄒᆞ미 임의 형영(形影)이 감초인지라 태ᄉᆞ(太師ㅣ) 더옥 간쟝(肝腸)이 붕졀(崩絶)ᄒ야 피를 토(吐)ᄒ고 관(棺)을 붓드러 모친(母親)을 브르지져 통곡(慟哭)ᄒ야 긔졀(氣絶)ᄒ니 승샹(丞相)이 울며 붓드러 이걸(哀乞) 왈(曰),

"대모(大母)의 졸(卒)ᄒ시미 인니(人理)497)의 츰지

∗∗∗

112면

못홀 배나 그러나 대인은 훼블멸셩(毁不滅性)498)을 싱각ᄒᆞ소셔."

태ᄉᆞ(太師ㅣ) 누쉬(淚水ㅣ) 만면(滿面)ᄒ야 오열(嗚咽) 왈(曰),

"내 부친(父親)을 참별(慘別)ᄒ고 살 ᄯᅳᆺ이 업ᄉᆞ나 다만 모친(母親)을 바라고 완명(頑命)499)을 지녀 ᄉᆞ랏더니 이졔 모친(母親)이 마ᄌᆞ 기셰(棄世)ᄒᆞ시니 뫼서 뒤흘 조ᄎᆞ미 올코 ᄉᆞ라시미 부졀업도다."

언필(言畢)에 ᄯᅩ 혼졀(昏絶)ᄒᆞ니 승샹(丞相) 형뎨(兄弟) 망극(罔極)ᄒ야 아모리 홀 줄 모로더라.

이튼날 셩복(成服)500)을 닐우미 만죄(滿朝ㅣ) 부문(府門)에 메여 됴

---

494) 영모지졍(永慕之情): 영모지정. 길이 어버이를 잊지 못하는 마음.

495) 평: [교] 원문에는 '령'으로 되어 있으나 앞의 예를 따라 이와 같이 수정함.

496) 념빙(殮殯): 염빈. 시체를 염습하여 관에 넣어 안치함.

497) 인니(人理): 인리. 사람으로서 마땅히 지켜야 할 도리.

498) 훼블멸셩(毁不滅性): 훼불멸성. 부모의 상을 당해 너무 슬퍼하더라도 목숨을 잃게까지 하지는 않음.

499) 완명(頑命): 질긴 목숨.

샹(弔喪)ᄒᆞ고 텬ᄌᆞ(天子ㅣ) 녜관(禮官)을 보ᄂᆡ샤 권쥭(勸粥)[501] ᄒᆞ시니 태ᄉᆞ(太師ㅣ) 상복(喪服)의 혈뉘(血淚ㅣ) 졈졈(點點)ᄒᆞ야 우롬을 울ᄆᆡ 소ᄅᆡ ᄌᆞ로 긋쳐지고 혼졀(昏絶)ᄒᆞ믈 ᄌᆞ로 ᄒᆞ니 보ᄂᆞᆫ 재(者ㅣ) 참연(慘然)치 아니리 업더라. 부인(夫人)을 졍당(正堂)의 빙소(殯所)[502] ᄒᆞ고 뉴 부인(夫人)이 셜오믈 ᄎᆞᆷ고 모친(母親) 조셕(朝夕) 증상(烝嘗)[503]을 다ᄉᆞ려 졔ᄉᆞ(祭祀)ᄅᆞᆯ 닐우고 뎡 부인(夫人)과 공쥐(公主ㅣ)

113면

뒤흘 ᄯᆞ라 뉴 부인(夫人)을 위로(慰勞)ᄒᆞ고 슈월(數月)이 지ᄂᆡᄆᆡ 태ᄉᆞ(太師ㅣ) 튁일(擇日)ᄒᆞ야 녕구(靈柩)ᄅᆞᆯ 뫼서 금쥐(錦州)로 가려 ᄒᆞ니 승샹(丞相) 형뎨(兄弟) 년(連)ᄒᆞ여 소(疏)ᄅᆞᆯ 올녀 벼ᄉᆞᆯ을 ᄉᆞ양(辭讓)ᄒᆞ고 병친(病親)[504]을 위로(慰勞)ᄒᆞ믈 알외니 샹셔(尙書) 등(等)이 ᄯᅩ 일톄(一切)로 ᄉᆞ직(辭職)ᄒᆞ니,

이ᄯᅢ 태감(太監)[505] 왕진이 큰 ᄯᅳᆺ을 두어 ᄆᆡ양 샹(上)긔 니(李) 승샹(丞相) 허믈을 참소(讒訴)ᄒᆞ더니 이ᄯᅢᄅᆞᆯ 타 샹(上)을 도와 졔니(諸李)에 ᄉᆞ직(辭職)을 허(許)ᄒᆞ시니 승샹(丞相) 형뎨(兄弟) 다 텬은(天恩)을 샤례(謝禮)ᄒᆞ고 믈너나 ᄒᆡᆼ장(行裝)을 ᄎᆞᆯ히ᄆᆡ 뎡 부인(夫人)이 칠십(七十) 냥친(兩親)을 ᄯᅥ나ᄂᆞᆫ 졍(情)이 망극(罔極)ᄒᆞ고 모든 부녜

500) 셩복(成服): 성복. 초상이 나서 처음으로 상복을 입음. 보통 초상난 지 나흘 되는 날부터 입음.

501) 권쥭(勸粥): 죽 먹기를 권함.

502) 빙소(殯所): 빈소. 상여가 나갈 때까지 관을 놓아두는 방.

503) 증상(烝嘗): '증(烝)'은 겨울제사이고 '상(嘗)'은 가을제사로, 통칭하여 제사를 이름.

504) 병친(病親): 병든 부모.

505) 태감(太監): 내시.

(婦女ㅣ) 각각(各各) 친당(親堂)을 니별(離別)ᄒᆞᄂᆞᆫ 졍(情)이 어이 측냥(測量)ᄒᆞ리오.

공쥐(公主ㅣ) 더옥 태후(太后) 츈취(春秋ㅣ) 고심(高深)ᄒᆞ신지라 쩌 나믈 ᄎᆞᆷ아 견듸지 못ᄒᆞ야 홀노 쩌져 잇고져 ᄒᆞ듸 부마(駙馬)의 우인(爲人)을 아ᄂᆞᆫ 고(故)로 무익지언(無益之言)을 아니ᄒᆞ고 님ᄒᆡᆼ(臨行)ᄒᆞ야

* * *

114면

궐ᄂᆡ(闕內)에 드러가 뎐폐(殿陛)에 하직(下直)ᄒᆞᄆᆡ 피ᄎᆞ(彼此) 니별(離別)이 ᄎᆞ아(嗟訝)506)ᄒᆞ야 혈뉘(血淚ㅣ) 옷깃슬 즘으고 목이 메여 말을 못 ᄒᆞ니 태휘(太后ㅣ) 우ᄅᆞ시고 무ᄉᆞ(無事)히 삼년(三年)을 맛고 도라와 반기믈 닐오시니 샹(上)이 특별(特別)이 금빅(金帛) 치단(綵緞)으로 ᄒᆡᆼ니(行李)를 도으시니 공쥐(公主ㅣ) 울며 ᄉᆞ양(辭讓)코 밧줍지 아냐 왈(曰),

"폐해(陛下ㅣ) 국졍(國政)을 힘쁘고 신(臣)으란 넘녀(念慮)치 마ᄅᆞ소셔. 신(臣)의 집의 ᄌᆡ믈(財物)이 유여(裕餘)ᄒᆞ니 길히 ᄒᆡᆼ탁(行橐)507)을 근심ᄒᆞ리잇고?"

드듸여 태후(太后)긔 하직(下直)ᄒᆞ고 나오니라.

이ᄶᅥ 소 부인(夫人)이 부모(父母)를 갓 만나 또 쩌나게 되니 더옥 슬허 옥뉘(玉淚ㅣ) 방방(滂滂)ᄒᆞ야 식음(食飮)을 폐(廢)ᄒᆞ니 소 샹셔(尚書) 더옥 일(一) 녜(女ㅣ) 쩌나믈 슬허ᄒᆞ더라. 뎡 각뇌(閣老ㅣ) 니ᄅᆞ러 뎡 부인(夫人)을 니별(離別)홀ᄉᆡ 부인(夫人)이 년긔(年紀) 고심(高深)ᄒᆞᆫ 부모(父母) 쩌날 일이 망극(罔極)ᄒᆞ듸 낫빗츨 온

---

506) ᄎᆞ아(嗟訝): 차아. 슬프고 의아해함.

507) ᄒᆡᆼ탁(行橐): 행탁. 여행용 전대나 자루. 노자나 행장(行裝)을 넣음.

화(溫和)히 ᄒ고 위로(慰勞)ᄒ나 님별(臨別)의 당(當)ᄒ여는 ᄌ연(自然) 봉안(鳳眼)의 누쉬(淚水ㅣ) 쩌러지믈 ᄭᅢ닷지 못ᄒ되 각뇌(閣老ㅣ) 희허(唏嘘) 탄식(歎息) 왈(曰),

"인싱(人生)이 그음이 잇고 셰ᄉᆡ(世事ㅣ) 변(變)ᄒᄆᆫ ᄌ연(自然) 덧덧ᄒ지라. 노뷔(老父ㅣ) 너를 필ᄋ(畢兒)508)로 어더 네 손ᄌ(孫子) 보도록 ᄉ니 이졔 니별(離別)ᄒᄆᆯ 어이 슬허ᄒ리오? 보듕보듕(保重保重)ᄒ야 나려가 삼년(三年)을 맛고 도라오라."

부인(夫人)이 ᄇᆡ읍(拜泣) 왈(曰),

"쇼녜(小女ㅣ) 금일(今日) 년노(年老)ᄒ신 부모(父母)를 쩌나 쳔(千) 니(里)에 도라가니 ᄆᆞᄋᆞᆷ을 버히는 듯ᄒ오나 야야(爺爺)는 모로미 귀톄(貴體)를 안보(安保)ᄒ샤 쳔츄무강(千秋無疆)509)ᄒ셔이다."

다시 모부인(母夫人)을 붓들고 위로(慰勞)ᄒ고 슬허ᄒ며 손을 난호니 피ᄎᆞ(彼此)의 비회(悲懷) 측냥(測量)업더라.

빙셩 쇼졔(小姐ㅣ), 문 흑ᄉ(學士) 부인(夫人)으로 더브러 이에 니르러 발힝(發行)홀 날이 밤이 격(隔)ᄒ니 졔쇼졔(諸小姐ㅣ) 다 친당(親堂)의 가고 빙셩 쇼졔(小姐ㅣ) 이(二) 인(人)이 셔헌(書軒)

에 나와 부친(父親)을 붓들고 니별(離別)을 슬허ᄒ더니 태ᄉᆡ(太師ㅣ)

---

508) 필ᄋ(畢兒): 필아. 막내.
509) 쳔츄무강(千秋無疆): 천추무강. 천 년 동안 건강함.

겨유 정신(精神)을 뎡(靜)ᄒ야 냥녀(兩女)를 나아오라 ᄒ야 각각(各各) 손을 잡고 탄식(歎息) 슈루(垂淚) 왈(曰),

"너희를 쟝샹보옥(掌上寶玉)510) ᄀᆞ치 넉이더니 금일(今日) 니별(離別)이 영결(永訣)이라. 다시 보미 쉽지 못ᄒ리니 여등(汝等)은 각각(各各) 구가(舅家)의 가 가부(家夫)를 어지리 인도(引導)ᄒ야 복녹(福祿)을 기리 누리고 노부(老父)를 싱각지 말나."

냥(兩) 쇼졔(小姐ㅣ) 이읍(哀泣) 왈(曰),

"즉금(卽今) 니별(離別)이 ᄎ아(嗟訝)ᄒ나 삼년(三年)을 무ᄉᆞ(無事)히 지ᄂᆡ시고 셩톄(盛體)를 안보(安保)ᄒ샤 환경(還京)ᄒ시믈 바라ᄂᆞ이다."

태ᄉᆞ(太師ㅣ) 참연(慘然) 뉴톄(流涕) 왈(曰),

"내 텬붕지통(天崩之痛)511)을 만난 후(後)로븟터 정신(精神)과 혼ᄇᆡᆨ(魂魄)이 흣터져시니 살기를 밋으리오? 여등(汝等)은 후회(後會)를 밋지 말나."

냥(兩) 쇼졔(小姐ㅣ) 다만 눈믈을 흘닐 ᄯᆞ름이오, 승샹(丞相)은 발셔 알오미 잇ᄂᆞᆫ 고(故)로 태ᄉᆞ(太師)의 말ᄉᆞᆷ으로조ᄎᆞ 눈

* ●●

117면

믈이 ᄉᆞ미를 젹실 ᄯᆞᆫ이러라.

냥(兩) 쇼졔(小姐ㅣ) 드러와 모친(母親) 겻ᄒᆡ셔 죵일(終日)토록 눈믈을 감(減)치 못ᄒ니 뎡 부인(夫人)이 역시(亦是) 슬허 왈(曰),

---

510) 쟝샹보옥(掌上寶玉): 장상보옥. 손바닥 위의 보석이란 뜻으로 매우 귀함을 이름.

511) 텬붕지통(天崩之痛): 천붕지통. 하늘이 무너지는 것 같은 아픔이라는 뜻으로, 제왕이나 부모의 죽음을 당한 슬픔을 이르는 말.

"여뫼(汝母ㅣ) 고당(高堂) 학발(鶴髮) 썅친(雙親)을 니별(離別)ᄒ고 가ᄂ니 너희ᄂ 우리 아직 져머시니 후일(後日)이 잇거ᄂ 므ᄉ 일 이러툿 ᄒᄂ다? 삼년(三年) 후(後) 즉시(卽時) 경ᄉ(京師)로 오리라."

냥(兩) 쇼졔(小姐ㅣ) 슬피 울고,

평명(平明)의 뉴 부인(夫人)이 뎡 부인(夫人), 셜 부인(夫人), 쇼부(少傅) 부인(夫人), 공쥬(公主), 댱 시(氏), 소 시(氏), 최 시(氏), 댱 시(氏), 김 시(氏), 몽경512) 쳐(妻) 허 시(氏), 몽셕 쳐(妻) 가 시(氏)를 거ᄂ려 힝거(行車)에 오르니 졔소져(諸小姐)의 보ᄂ 눈믈이 챵ᄒᆡ(滄海) 소소(小小)ᄒ고 초왕비 니르러 모친(母親)과 부친(父親)을 니별(離別)ᄒᄆᆡ 그 부친(父親) 근력(筋力)이 삼년(三年) 슈상(守喪)513)의 부지(不持)키 어려온지라 통곡(慟哭)ᄒ믈 마지아니ᄒ고 쳘 샹셔(尙書) 부인(夫人)의 ᄋᆡ상(哀傷)ᄒᄆᆡ 지극(至極)ᄒ며 경 시랑(侍郞)은 일톄(一切)로 뫼셔 금쥐(錦州)로 가니 샹셔(尙書) 부인(夫人)이 이에 잇

∗ ● ●

118면

더라.

승샹(丞相)이 모친(母親)이 뎡의 드르시믈 보고 초왕비로 더브러 니별(離別)ᄒᄆᆡ 왕비(王妃) 태ᄉ(太師)를 붓드러 혈뉘(血淚ㅣ) ᄉ미를 젹시ᄂ지라 승샹(丞相)이 역시(亦是) 타루(墮淚) 왈(曰),

"님년(臨連)514)ᄒ신 부뫼(父母ㅣ) 상쳑(喪慼)515)에 과훼(過毁)516)

<hr>

512) 경: [교] 원문에는 '셩'으로 되어 있으나 앞의 예를 따라 이와 같이 수정함.
513) 슈상(守喪): 수상. 상을 치름.
514) 님년(臨連): 임연. 돌아가실 날이 머지않음.
515) 상쳑(喪慼): 상척. 초상을 당해 슬퍼함.

ᄒᆞ샤 몸을 도라보지 아니시니 우형(愚兄)의 ᄆᆞ음이 운우(雲雨)의 ᄯᅳᆫ 듯ᄒᆞ지라 더옥 현ᄆᆡ(賢妹) ᄆᆞ음을 닐오리오? 무익(無益)ᄒᆞᆫ 상회(傷懷) 부졀업ᄉᆞ니 현ᄆᆡ(賢妹)ᄂᆞᆫ 보듕(保重)ᄒᆞ야 군왕(君王)을 어지리 돕ᄉᆞ오라."

왕비(王妃) 오열(嗚咽) 부답(不答)ᄒᆞ고 빙셩 냥(兩) 쇼졔(小姐ㅣ) 부친(父親)을 붓더러 ᄎᆞ마 노치 못ᄒᆞ니 승상(丞相)이 붓드러 경계(警戒) 왈(曰),

"금일(今日) 나의 형셰(形勢) 붕517)분(崩分)518)ᄒᆞ니 소소(小小) ᄉᆞ졍(私情)을 연연(戀戀)519)ᄒᆞ리오? 여등(汝等)은 삼(三) 년(年)을 기다리고 부졀업시 내 심ᄉᆞ(心思)ᄅᆞᆯ 도도지 말나."

드듸여 ᄉᆞ미ᄅᆞᆯ 썰쳐 밧그로 나가니,

텬지(天子ㅣ) 듕ᄉᆞ(中使)520)ᄅᆞᆯ 보ᄂᆡ샤 십(十) 니(里)에 호숑(護送)ᄒᆞ시고 만됴(滿朝) 거경(巨卿)이 대로(大路)ᄅᆞᆯ

* * *

119면

덥허 교외(郊外)에 와 젼별(餞別)ᄒᆞ니 승상(丞相)이 눈믈을 ᄲᅮ려 댱샹셔(尚書) 등 일반(一般) 졔붕(諸朋)을 ᄃᆡ(對)ᄒᆞ여 국ᄉᆞ(國事)ᄅᆞᆯ 부탁(付託)ᄒᆞ고 졔ᄌᆡ상(諸宰相)을 ᄃᆡ(對)ᄒᆞ야 각각(各各) 손을 드러 샤례(謝禮)ᄒᆞ야 먼니 와 보ᄂᆡ믈 닐ᄏᆞᆺ더라. 명 각뇌(閣老ㅣ) 태ᄉᆞ(太師)

---

516) 과훼(過毀): 지나치게 슬퍼하여 몸을 상하게 함.
517) 붕: [교] 원문에는 '봉'으로 되어 있으나 오기로 보임.
518) 붕분(崩分): 마음이 무너지고 찢어짐.
519) 연연(戀戀): 미련을 둠.
520) 듕ᄉᆞ(中使): 중사. 궁중에서 왕명을 전하던 내시.

의 손을 잡고 휘루(揮淚) 왈(曰),

"녯날 승샹(丞相) 형(兄)으로 더브러 삼(三) 인(人)이 막521)역(莫逆)에 스괴미 이셔 동긔(同氣) 아니믈 싱각지 아니터니 셰월(歲月)이 뉴슈(流水) ᄀᆞᆺ투여 인ᄉᆡ(人事ㅣ) 이러틋 변(變)ᄒᆞ니 슬푸믈 니긔지 못ᄒᆞ거니와 형(兄)이 텬붕디통(天崩之痛)522)을 만나시니 노령523)(老齡)을 싱각ᄒᆞ야 슬푸믈 관억(寬抑)524)ᄒᆞ야 삼년(三年)을 무ᄉᆞ(無事)히 지ᄂᆡ고 녜ᄀᆞᆺ치 모드믈 바라노라."

태ᄉᆞ(太師ㅣ) 오열(嗚咽) 왈(曰),

"쇼졔(小弟) 형(兄)의 지우(知遇)525)를 일분(一分)도 갑지 못ᄒᆞ고 이졔 호텬(呼天)의 통(痛)526)을 만나 남(南)으로 도라가니 다시 사라 도라오믈 밋지 못ᄒᆞ니 금일(今日) 이 니별(離別)이 영결(永訣)이라. 디하(地下)

※●※

120면

의 가 서로 보믈 언약(言約)ᄒᆞ노라."

뎡 각뇌(閣老ㅣ) 더욱 슬허 위로(慰勞)ᄒᆞ고 이윽이 년년(戀戀)ᄒᆞ다가 손을 난호니 태ᄉᆞ(太師ㅣ) 승샹(丞相) 등(等) 삼(三) 인(人)으로 더브러 녕구(靈柩)를 뫼셔 압셔고 뒤히 부마(駙馬) 형뎨(兄弟) 오(五)

---

521) 막: [교] 원문에는 '막'로 되어 있으나 오기로 보임.

522) 텬붕디통(天崩之痛): 천붕지통. 하늘이 무너지는 것 같은 아픔이라는 뜻으로, 제왕이나 부모의 죽음을 당한 슬픔을 이르는 말.

523) 령: [교] 원문에는 '력'으로 되어 있으나 오기로 보임.

524) 관억(寬抑): 너그러이 억제함.

525) 지우(知遇): 남이 자신의 인격이나 재능을 알고 잘 대우함.

526) 호텬(呼天)의 통(痛): 호천의 통. 하늘을 부르짖으며 슬피 울 만한 고통. 부모가 죽었을 때 이러한 표현을 주로 씀.

인(人)과 몽경,527) 몽셕 등(等)이 복의소디(服衣素帶)528)로 무슈(無數) 위의(威儀)룰 거ᄂ려 뉴 부인(夫人), 뎡 시(氏), 셜 시(氏), 혜아 부인(夫人) 힝ᄎ(行次)룰 뫼서 힝(行)ᄒ고 기여(其餘) 공쥬(公主)와 소 부인(夫人) 등(等) 뎡을 치보(彩寶)로 숨엿ᄂ 고(故)로 문셩과 소공ᄌ(小公子) 등(等)이 비힝(陪行)ᄒ여 뒤흘 ᄯ로니 위의(威儀) 삼십여(三十餘) 리(里)에 니엇고 그 쟝(壯)ᄒ미 결오리 업ᄉ니 인인(人人)이 진 부인(夫人) 복녹(福祿)을 아니 닐ᄏ리 업더라.

---

527) 경: [교] 원문에는 '셩'으로 되어 있으나 앞의 예를 따라 이와 같이 수정함.
528) 복의소디(服衣素帶): 복의소대. 상복과 흰 허리띠.

역자 해제

1. 머리말

<쌍천기봉>은 18세기에 창작된 것으로 추정되는 작가 미상의 국문 대하소설로, 중국 명나라 초기를 배경으로 남경, 개봉, 소흥, 북경 등 다양한 공간에서 벌어지는 사건을 그려낸 작품이다. '쌍천기봉(雙釧奇逢)'은 '두 팔찌의 기이한 만남'이라는 뜻으로, 호방형 남주인공 이몽창과 여주인공 소월혜가 팔찌로 인연을 맺는다는 작품 속 서사를 제목으로 정한 것이다. 이현, 이관성, 이몽현 및 이몽창 등 이씨 집안의 3대에 걸친 이야기로, 역사적 사건을 작품의 앞과 뒤에 배치하고, 중간에 이들 인물들의 혼인담 및 부부 갈등, 부자 갈등, 처첩 갈등 등 한 가문에서 벌어질 수 있는 다양한 갈등을 소재로 서사를 구성하였다. 유교 이념인 충과 효가 전면에 부각되고 사대부 위주의 신분의식이 드러나 있으면서도, 이러한 이데올로기에 저항하는 인물들이 등장함으로써 작품에는 봉건과 반봉건의 팽팽한 길항 관계가 형성될 수 있었다.

2. 창작 시기 및 작가

<쌍천기봉>의 창작 연도는 정확히 알 수 없고, 다만 18세기에 창작되었을 것으로 추정할 뿐이다. 온양 정씨가 필사한 규장각 소장

<옥원재합기연>은 정조 10년(1786)에서 정조 14년(1790) 사이에 단계적으로 필사되었는데, 이 <옥원재합기연> 권14의 표지 안쪽에는 온양 정씨와 그 시가인 전주 이씨 집안에서 읽었을 것으로 보이는 소설의 목록이 적혀 있다. 그중에 <쌍천기봉>의 후편인 <이씨세대록>의 제명이 보인다.[1] 이 기록을 토대로 보면 <쌍천기봉>은 적어도 1786년 이전에 창작된 것으로 짐작할 수 있다.

또, 대하소설 가운데 초기본인 <소현성록> 연작(15권 15책, 이화여대 소장본)이 17세기 말 이전에 창작된바,[2] 그보다 분량과 등장인물의 수가 훨씬 많은 <쌍천기봉>은 <소현성록> 연작보다 후대의 작품일 가능성이 높다.

<쌍천기봉>의 작가를 확정할 만한 자료는 아직 발견되지 않았다. 작품 말미에 이씨 집안의 기록을 담당한 유문한이 <이부일기>를 지었고 그 6대손 유형이 기이한 사적만 빼어 <쌍천기봉>을 지었다고 나와 있으나 이는 이 작품이 허구가 아니라 사실임을 부각하기 위한 가탁(假託)일 가능성이 크다.

<쌍천기봉>의 작가는 확인할 수 없으나 작품의 수준과 서술시각을 고려하면 경서와 역사서, 소설을 두루 섭렵한 지식인이며, 신분의식이 강한 인물로 추정할 수 있다. <쌍천기봉>은 비록 국문으로 되어 있으나 문장이 조사나 어미를 제외하면 대개 한자어로 구성되어 있고, 전고(典故)의 인용이 빈번하다. 비록 대하소설 <완월회맹연>(180권 180책)에는 미치지 못하지만, 다른 유형의 고전소설에 비

---

1) 심경호, 「樂善齋本 小說의 先行本에 관한 一考察 - 온양정씨 필사본 <옥원재합기연>과 낙선재본 <옥원중회연>의 관계를 중심으로-」, 『정신문화연구』 38, 한국정신문화연구원, 1990.
2) 박영희, 「소현성록 연작 연구」, 이화여대 박사논문, 1994 참조.

하면 작가의 지식 수준이 매우 높은 편이다. <쌍천기봉>에는 또한 집안 내에서 처와 첩의 위계가 강조되고, 주인과 종의 차이가 부각되어 있으며, 사대부 집안이 환관 집안과 혼인할 수 없다는 인식도 드러나 있다. 이처럼 <쌍천기봉>의 작가는 학문적 소양을 갖추고 강한 신분의식을 지닌 사대부가의 일원으로 추정된다.

3. 이본 현황

<쌍천기봉>의 이본은 현재 국내에 2종, 해외에 3종이 있는 것으로 확인된다.[3] 국내에는 한국학중앙연구원(이하 한중연본)과 국립중앙도서관(이하 국도본)에 1종씩 소장되어 있고, 해외에는 러시아, 북한, 중국에 각각 소장되어 있는 것으로 알려져 있다.

한중연본은 예전 낙선재(樂善齋)에 소장되어 있던 국문 필사본으로 18권 18책, 매권 140면 내외, 총 2,406면이고 궁체로 되어 있다. 국도본은 국문 필사본으로 19권 19책, 매권 120면 내외, 총 2,347면이며 대개 궁체로 되어 있으나 군데군데 거친 여항체가 보인다. 두 이본을 비교한 결과 어느 본이 선본(善本) 혹은 선본(先本)이라고 말할 수는 없을 것 같다.[4] 축약이나 생략, 변개가 특정한 이본에서만 이루어져 있지 않기 때문이다.

러시아의 경우 상트페테르부르크레닌그라드 아시아민족연구소 아세톤(Aseton) 문고에 22권 22책의 필사본 1종이 소장되어 있고,[5] 북

---

3) 이하 이본 관련 논의는 장시광, 「쌍천기봉 연작 연구」, 서울대 석사논문, 1996, 6~21면을 참조하였다.

4) 기존 연구에서는 국도본을 선본(善本)이라 하였으나(위의 논문, 21면) 더욱 면밀한 검토가 필요하다.

5) О.П.Петрова, Описание Письменых Памятников Корейской Культуры, Москва: Издальство Асадемий Наук СССР, Выпуск1:1956, Выпуск2:1963.

한의 경우 일찍이 <쌍천기봉>을 두 권의 번역본으로 출간하며 22권의 판각본으로 소개한 바 있다.6) 권1을 비교한 결과 아세톤 문고본과 북한본은 거의 동일한 본으로 보인다. 다만 북한에서 판각본이라 소개한 것은 필사본의 오기로 보인다. 한편, 중국에서 윤색한 <쌍천기봉>은 현재 미국 하버드대학교의 하버드-옌칭 연구소에서 확인할 수 있다고 한다.

필자가 직접 확인하지 못한 중국본을 제외한 4종의 이본을 검토해 보면, 국도본과 러시아본(북한본)은 친연성이 있는 반면, 한중연본은 다른 이본과의 친연성이 떨어진다.

4. 서사의 구성

<쌍천기봉>의 주인공은 두 팔찌를 인연으로 맺어지는 이몽창과 소월혜다. 특히 이몽창이 핵심인데, 작가는 그의 이야기를 작품의 한가운데에 절묘하게 배치해 놓았다. 전체 18권 중, 권7 중반부터 권14 초반까지가 이몽창 위주의 서사이다. 이몽창이 그 아내들인 상씨, 소월혜, 조제염과 혼인하고 갈등하는 이야기가 중심을 이루고 있다. 이몽창 서사의 앞에는 그의 형 이몽현이 효성 공주와 늑혼하고 정혼자였던 장옥경을 재실로 들이는 내용이 전개되고, 이몽창 서사의 뒤에는 이몽창의 여동생인 이빙성이 요익과 혼인하는 이야기가 이어진다.

작가는 이처럼 허구적 인물들의 서사를 작품의 전면에 내세우는 한편, 역사적 사건담으로 이들 서사를 둘러싸는 구성 방식을 취하고 있다. 즉, 작품의 전반부에는 명나라 초기 연왕(燕王)의 정난(靖難)

---

6) 오희복 윤색, <쌍천기봉>(상)(하), 민족출판사, 1983.

의 변을, 후반부에는 영종(英宗)이 에센에게 붙잡히는 토목(土木)의 변을 배치하였다. 그리고 이들 역사적 사건을 허구적 인물의 성격 내지 행위와 연관지음으로써 이들 사건이 서사에 자연스럽게 녹아들도록 하였다. 즉, 정난의 변은 이몽창의 조부 이현이 지닌 의리와 그 어머니 진 부인에 대한 효성을 보이는 수단으로 활용되었고, 토목의 변은 이몽창의 아버지인 이관성의 신명함과 충성심을 보이는 수단으로 제시되어 있다.

물론 작품의 말미에는 이한성의 죽음, 그리고 그 자식인 이몽한의 일탈과 회과가 등장하며 열린 결말을 보여주고 있지만, 전체적으로 보았을 때 역사적 사건이 허구적 사건을 감싸는 형식은 <쌍천기봉>이 지니는 구성상의 특징이라 할 수 있다.

5. 유교 이념과 신분의식의 표출

<쌍천기봉>에는 유교 이념인 충과 효가 강하게 드러나 있고, 아울러 사대부 위주의 신분의식 또한 두드러지게 나타나 있다. 이러한 면에서 <쌍천기봉>은 상하층이 두루 향유할 수 있는 작품이라기보다는 상층민이자 기득권층을 위한 작품임을 알 수 있다.

충과 효는 조선시대를 지탱하는 국가 이념으로, 이 둘은 원래 임금과 신하, 부모와 자식 사이에 상호적인 의리를 기반으로 배태된 이념이었으나, 점차 지배와 종속 관계로 변질된다. 두 가지는 또 유비적 속성을 지녔다. 곧 집안에서 부모에 대한 자식의 효도는 국가에서 임금에 대한 신하의 충성과 직결되도록 구조화한 것이다.

<쌍천기봉>에는 충과 효가 이데올로기화한 모습이 적나라하게 나타나 있다. 예컨대, 늑혼(勒婚) 삽화는 이데올로기화한 충의 대표적

사례이다. 이몽현은 장옥경과 이미 정혼한 상태였으나 태후가 위력으로 이몽현을 효성 공주와 혼인시키려 한다. 이 여파로 장옥경은 수절을 결심하고 이몽현의 아버지 이관성은 늑혼을 거절하다가 투옥된다. 끝내 태후의 위력으로 이몽현은 효성 공주와 혼인하고 장옥경은 출거된다. 태후로 대표되는 황실이 개인의 혼인을 지배하고 있다. 그리고 그 지배 논리를 충(忠)에서 찾고 있다.

효가 인물 행위의 동기와 방향을 결정하는 경우도 나타난다. 부모가 특정한 사안에 대해 자식의 선택권을 저지하고 자신의 뜻을 관철시키려 한다면 그것은 인지상정의 관계를 권력 관계로 변질시켜 버린 것이다. 예를 들어 이현이 자기의 절개를 굽히는 것은 모두 어머니 진 부인에 대한 효성 때문이다. 이현이 처음에 정난의 변을 일으키려 하는 연왕을 돕지 않겠다고 하였으나 결국 어머니 때문에 연왕을 돕니다. 또 연왕이 황위를 찬탈해 성조가 되었을 때 이현은 한사코 벼슬하기를 거부하지만 자기의 뜻을 굽히고 벼슬하게 되는 것도 어머니 진 부인이 설득했기 때문이다. 이외에도 자식은 부모의 뜻에 무조건 순종해야 한다는 논리는 작품 전편에 두드러진다.

<쌍천기봉>은 또 사대부 위주의 신분의식을 드러내고 있다. 이를 선민의식이라 해도 무방하다. 예를 들면, 이몽창이 어렸을 때 집안의 시동 소연을 활로 쏘아 눈을 맞히자 삼촌인 이한성과 이연성이 웃는 장면이라든가, 이연성이 그의 아내 정혜아가 괴팍하게 군다며 마구 때리자 정혜아의 할아버지가 이연성을 옹호하며 웃으니 좌중이 함께 웃는 장면 등은 신분이 낮은 사람, 여자 등의 약자에 대한 인식과 배려가 부족함을 보여주는 대목으로, 신분 차에 따른 뚜렷한 위계를 사대부 남성 위주의 시각에서 형상화한 것이다.

이외에 이현이 자신의 첩인 주 씨가 어머니의 헌수 자리에 나와

앉아 있는 것을 보고 나중에 꾸짖는 장면도 처와 첩의 분별을 분명하게 드러내는 부분이다. 또 이씨 집안에서 이몽창이 소월혜와 불고이취(不告而娶: 아버지의 허락을 받지 않고 혼인한 것)한 것을 알았는데 소월혜의 숙부가 환관 노 태감이라는 오해를 하고 혼인을 좋지 않게 생각하는 장면 또한 그러하다. 후에 이씨 집안에서는 노 태감이 소월혜의 숙부가 아니라 소월혜 조모의 얼제라는 사실을 알고 안도한다. 첩이나 환관에 대한 신분적 차별 의식을 엿볼 수 있다.

6. 발랄한 인물과 주체적 인물

<쌍천기봉>에 만일 유교 이념과 신분의식만 강하게 노정되어 있다면 이 작품은 독자들에게 이념 교과서 이상의 큰 매력을 주지 못했을 것이다. 소설에 교훈이 있다면 흥미도 있을 터인데 작품에서 그러한 역할을 하는 이는 남성인물인 이몽창과 이연성, 주체적 여성인물인 소월혜와 이빙성, 그리고 자신의 욕망을 가감 없이 드러내는 반동인물 조제염 등이다.

이연성과 그 조카 이몽창은 작품에서 미색을 밝히며 여자에 관한 자신의 의지를 밀어붙여서 끝내 관철시키는 인물이다. 그러한 과정에서 독자에게 웃음을 제공하기도 한다. 이연성은 미색을 밝히는 인물이지만 조카로부터 박색 여자를 소개받고 또 혼인도 박색 여자와 함으로써 집안사람들의 기롱을 받고 웃음을 자아내게 한다. 이연성은 자신의 마음에 든 정혜아를 쟁취하기 위해 이몽창을 시켜 연애편지를 전달하기도 해 물의를 일으키는데 우여곡절 끝에 정혜아와 혼인한다. 이몽창의 경우, 분량이나 강도 면에서 이연성의 서사보다 더 강력한 모습을 보인다. 호광 땅에 갔다가 소월혜를 보고 반하는

데 소월혜와 혼인하려면 소월혜가 갖고 있는 팔찌의 한 짝이 있어야 한다는 말을 듣고, 할머니 유요란 방에서 우연히 팔찌를 발견해 그 팔찌를 가지고 마음대로 혼인한다. 이른바 아버지에게 고하지 않고 자기 마음대로 아내를 얻은, 불고이취를 한 것이다.

이연성이 마음에 든 여자에게 연애 편지를 보낸 행위나, 이몽창이 중매 없이 자기 마음대로 혼인한 행위는 현대 사회에서는 얼마든지 있을 수 있는 일이었으나, 18세기 조선의 사대부 집안에서는 있으면 안 되는 일이었다. 이것은 가부장의 권한을 침해하는 매우 심각한 일이었기 때문이다. 집안의 질서가 어그러지는 문제인 것이다. 가부장인 이현이나 이관성이 이들을 심하게 때린 것은 그러한 연유에서이다.

이연성이나 이몽창은 가부장의 권한을 침해하면서까지 중매를 거부하고 자유 연애를 추구하려 한 인물이다. 그리고 결국 그것을 관철시켰다. 작가는 경직된 이념을 보여주면서 한편으로는 이처럼 자유의지를 가진 인물을 등장시킴으로써 서사의 흥미를 제고하고 있다.

이몽창의 아내 소월혜와 요익의 아내이자, 이몽창의 여동생인 이빙성은 남편에 대한 절대적 순종을 강요하는 이념에 맞서 자신의 주체적 면모를 드러내려 시도한 인물들이다. 결국에는 가부장적 이념에 굴복하기는 하지만 이들의 시도는 그 자체로 신선하다. 소월혜는 이몽창이 자신과 중매 없이 혼인했다가 이후에 또 마음대로 파혼 서간을 보내자 탄식하고, 결국 이몽창과 우여곡절 끝에 혼인하기는 하였으나 그 경박함을 싫어해 이몽창에게 상당 기간 동안 냉랭하게 대한다. 이빙성 역시 남편 요익이 빙성 자신을 그린 미인도를 매개로 자신과 혼인했다는 점에서 그 음란함을 싫어해 요익을 냉대한다. 소월혜와 이빙성의 논리가 비록 예법에 근거한 것이기는 하지만, 남편에 대해 무조건 순종하는 대신 자신의 감정과 호오의 판단을 적극적으로 드러냈다는 점에서 이들의 행위는 의미가 있다.

<쌍천기봉>에는 여느 대하소설에서와 마찬가지로 욕망을 추구하는 여성반동인물이 등장하는데 이 작품에서 그러한 역할을 하는 인물은 이몽창의 세 번째 아내 조제염이다. 이몽창은 일단 조제염이 늑혼으로 들어왔다는 점에서 싫었는데, 혼인한 후 그 눈빛에서 보이는 살기 때문에 조제염을 더욱 싫어하게 된다. 이에 반해 조제염은 이몽창에 대한 애정이 지극하다. 그러나 조제염의 애정은 결국 동렬인 소월혜를 시기하고 소월혜의 자식을 살해하는 데까지 연결된다. 조제염의 살해 행위는 물론 어느 사회에서든지 용납될 수 없는 것이다. 그러나 그녀가 그렇게까지 행동하게 된 원인을 짚어 보면, 그것은 처첩을 용인한 가부장제 사회에서 비롯되었음을 알 수 있다. 또한 남성의 애정이나 성욕은 용인하면서 여성의 그것은 용인하지 않는 차별적 시각도 한 몫 하고 있다. 조제염의 존재는 이처럼 가부장제의 질곡을 드러내는 기제이면서, 한편으로는 갈등을 심각하게 부각시킴으로써 서사를 흥미로운 방향으로 이끌어가는 역할을 한다.

7. 맺음말

<쌍천기봉>은 일찍이 북한에서 번역본이 나왔고, 러시아에서도 관심을 가지고 소설 목록에 포함시킨 바 있다. 사회주의 국가에서 이처럼 <쌍천기봉>을 주목한 것은 '자유로운 사랑에 대한 열렬한 지향과 인간의 개성을 억압하는 봉건적 도덕관념에 대한 반항의 정신이 구현되어 있기'[7] 때문일 것이다. <쌍천기봉>에 비록 유교 이념이

---

7) 오희복 윤색, 앞의 책, 3면.

부각되어 있지만, 또한 주인공 이몽창의 행위로 대표되는 반봉건적 성격이 내재되어 있음을 주목한 것이다. 일리 있는 해석이다.

<쌍천기봉>에는 여성주동인물의 수난과 여성반동인물의 욕망이 부각되어 있는데, 이것들은 당대의 여성 독자에게 정서적 감응을 충분히 불러일으킬 수 있는 소재들이다. 아울러 명나라 역사적 사건의 배치, <삼국지연의>와 같은 연의류 소설의 내용 차용 등은 남성 독자에게도 매력적으로 보이는 소재였을 것이다. 그리고 이 소설이 지닌 이러한 매력은 당대의 독자에게뿐만 아니라 현대의 독자에게도 충분히 흥미로울 것이라 기대한다.

장시광

전북 진안에서 출생하여 서울대학교에서 고전소설에 관한 연구로 문학박사 학위를 받았다. 서울대 강사, 아주대 강의교수 등을 거쳐 현재 경상대학교 국어국문학과 교수로 재직 중이며, 경상대학교 여성연구소 부소장을 맡고 있다.

논문으로 「대하소설의 여성반동인물 연구」(박사학위논문), 「여성영웅소설에 나타난 여화위남의 의미」, 「대하소설 갈등담의 구조 시론」, 「운명과 초월의 서사」, 「대하소설의 호방형 남성주동인물 연구」 등이 있고, 저서로 『한국 고전소설과 여성인물』이 있으며, 번역서로 『조선시대 동성혼 이야기:방한림전』, 『홍계월전:여성영웅소설』, 『심청전: 눈 먼 아비 홀로 두고 어딜 간단 말이냐』 등이 있다.

현재 고전 대하소설의 현대화 작업에 주력하고 있으며, 고전 대하소설의 인물과 사건 등에 대한 연구를 진행 중이다. 이후 고전 대하소설의 현대화 작업을 완료하는 것을 목표로 하고 있다. 아울러 고전 대하소설의 창작 방법 및 대하소설 사이의 층위를 분석하려 한다.

(팔찌의 인연) 쌍천기봉 7

초판인쇄 2019년 8월 9일
초판발행 2019년 8월 9일

지은이 장시광
펴낸이 채종준
펴낸곳 한국학술정보㈜
주소 경기도 파주시 회동길 230(문발동)
전화 031) 908-3181(대표)
팩스 031) 908-3189
홈페이지 http://ebook.kstudy.com
전자우편 출판사업부 publish@kstudy.com
등록 제일산-115호(2000. 6. 19)

ISBN 978-89-268-8220-7 04810
        978-89-268-8226-9 (전9권)